闪耀

四川科幻作家精选集

吴显奎　姚海军　编

四川科学技术出版社

图书在版编目（CIP）数据

闪耀：四川科幻作家精选集/吴显奎，姚海军编.
—成都：四川科学技术出版社，2021.8

ISBN 978-7-5727-0238-9

Ⅰ.①闪… Ⅱ.①吴… ②姚… Ⅲ.①幻想小说—小
说集—中国—当代 Ⅳ.①I247.7

中国版本图书馆CIP数据核字（2021）第167304号

SHANYAO: SICHUAN KEHUAN ZUOJIA JINGXUAN JI

闪耀：四川科幻作家精选集

吴显奎　姚海军　编

出 品 人　程佳月
责任编辑　兰　银　宋　齐
封面设计　施　洋
内文设计　蓝　天
责任出版　欧晓春
出版发行　四川科学技术出版社
　　　　　（四川省成都市槐树街2号　邮政编码：610031）
成品尺寸　155mm×235mm
印　　张　28　字数　400千
印　　刷　四川机投印务有限公司
版　　次　2021年10月第1版
印　　次　2021年10月第1次印刷
书　　号　ISBN 978-7-5727-0238-9
定　　价　58.00元

为建设世界科幻名城注入新动能

(代序)

2021 年 3 月 25 日，四川省科协副主席经戈，在四川省科幻学会一届二次理事会上，宣读了中共成都市委主要领导在市科协上报的专题报告上所做的批示。在这份批示上，成都市明确提出"建设世界科幻名城"。这是成都继 2017 年首届中国科幻大会上发布《成都科幻宣言》之后，第一次充满自信地确立了发展科幻事业科幻产业的奋斗目标——"建设世界科幻名城"。充满科幻文化氛围的神奇的天府之国，在今年 3 月 20 日，由于三星堆新发现，又一次震惊世界，全球的目光投向了东经 104.2 度，北纬 31 度的交汇点上。三星堆文化迷雾重重，"外星人遗址论"又一次上了热搜。四川浓郁的科幻文化可见一斑。四川省委、省政府非常重视科幻事业和科幻产业的发展。省委书记彭清华在 2019 年四川省"两会"政协联组会上，专门听取了文艺组代表所做的关于《发展成都科幻产业，建设中国科幻之都》的专题汇报，并表示要大力发展四川的科幻文创、科幻出版、科幻影视、科幻动漫，探索文旅融合新路径。由省委书记在省政协联组会上专门听取发展科幻事业科幻产业的汇报，成为全国第一。四川科幻创作与出版迎来了第二个春天。其后，四川省科幻学会、四川省科普作家协会、银河科幻联盟、时光幻象、八光分、四川传媒学院和一大批科幻作家趁势而为，全方位推动科幻再上新台阶。科幻是面向未来的艺术。神奇瑰丽的想象，是人类独有的探索自然规律、发现自然规律的先导智慧。社会公众普遍认识到，"想象力也是生产力"，而且是科技创新最为重要的主导力量。成都建设"世界科幻名城"，就是建设创新之城、超越之城、引领发展之城。作为中国科幻事业大本营的《科幻世界》杂志，更是借势发展，成功改制，走上了发展快车道。2021 年 3 月 23 日，香港《文汇报》副刊头条发表专稿《吴显奎的科幻世界》，其中说道："四川是地理上的洼地，同时又是中国科幻的高地"。四川的科普科幻创作，一直处于全国领先地位，产生了童恩正、刘兴诗、董仁威、谭楷、何夕等一大批在国内外有影响的科普科幻作家。四川省科普作家协会 1979 年创办的《科学文艺》（现名《科幻世界》）是中国科幻作家的摇篮，先后为全国培养了包括《三体》作者刘慈欣在内的三千多名科幻作家（作者）。由这本刊发起设立的中国科幻银河奖，已举办 31 届，是中国最有影响力的科幻大奖。现任《科幻世界》杂志副总编、成都科幻协会会长姚海军主编的"中国科幻基石丛书"，致力挖掘打造科幻畅销书，精心推出的刘慈欣的《三体》三部曲已在全球范围内出版 19 种语言版本，销量突破 2 100 万册。根据刘慈欣同名小说改编的科幻大片《流浪地球》，更是引爆影视界。科幻世界杂志社策划推出的《世界科幻大师丛书》也将为四川科幻出版注入新的力量。2020 年，融创文化集团与《科幻世界》正式签约，共同宣布成立合资公司"融创影业"，专注于科幻影视作品制作与 IP 影视化，标志着科幻"出圈"，正式步入快车道。科幻的繁荣发展，基石在原创。科幻繁荣的源头活水是原创。四川科幻事业科幻产业发展到今天，还是靠原创作品的支持。一个名家，无论他处于什么样的社会环境和位置，关键要靠作品说话。经得起时间考验的作品，才是伟大的作品。一门心思搞创作，全心全意写稿子，才是科幻作家的立身之本。作品为王，原创为圣。四川科幻长期处于全国领先地位，一靠《科幻世界》，二靠一大批优秀科幻作家。他们埋头耕耘，靠作品立身，靠作品赢得科幻迷的尊重。四川科技出版社前社长钱丹凝，在参加2019年中国科普作家协会南京年会时就曾跟我提到：中国改革开放以来，四川科幻作家创作了大量在全国有影响的科幻小说，影响几代人。特别是一些经典名篇，常读常新，应该把这些名篇结集出版。"千淘万漉虽辛苦，吹尽狂沙始到金"。今天，我们奉献给读者的这本《闪耀——四川科幻作家精选集》，是17位四川科幻作家在不同年代的代表作，也是他们本人科幻创作的标志性作品。这些作品在当年发表时轰动一时。岁月流沙，真金永存。优秀作品，一定不会因为时间久远而褪色。她的出版，一定会给广大读者以最愉悦的审美享受，最发人深省的哲科思考。当下，成都正在申请承办第83届世界科幻大会。成都"建设世界科幻名城"的发展目标已经确立。四川需要千万名科幻作家以面向未来的超时空的思考和优美典雅有趣的汉语言文字去书写超越以往科幻大师的伟大作品，为成都"建设世界科幻名城"注入新动能。

吴显奎

2021.03.26

成都

目录
Contents

珊瑚岛上的死光

童恩正

童恩正，考古学家，1935 年生于湖南宁乡，毕业于四川大学历史系，曾任四川大学博物馆馆长、中国科普作家协会科学文艺委员会主任委员，四川省科普作家协会副理事长。1960 在《少年文艺》发表科幻处女作《五万年以前的客人》。同年《古峡迷雾》出版，受到读者热烈欢迎。1978 年，创作于 1963 年的《珊瑚岛上的死光》，荣获第一届全国优秀短篇小说奖，并被拍摄成电影，影响深远。1997 年因病逝世。代表作《珊瑚岛上的死光》《古峡迷雾》。

你们没有忘记双引擎飞机"晨星号"，不久以前在太平洋上空神秘的失事吧？从失事后新闻界提供的消息来看，当时飞机机件运转正常，与 X 港机场的无线电联系也一直没有中断。好几个国家的远程警戒雷达都证明：当时，在出事的空域内并没有出现其他飞机，或任何类型的导弹。然而，"晨星号"却在 8 000 米的高空发生了爆炸，燃烧的机体堕入了太平洋。报纸上公布的消息是："驾驶飞机的陈天虹工程师下落不明。"

我就是当时"下落不明"的陈天虹。在这里，我不但要向你们介绍这次失事的原因和经过，而且也要介绍失事以后，我在太平洋某岛上的一段经历，一段令人悲愤也令人深思的经历。

一、高压原子电池的秘密

我是一个华侨，出生在国外，从少年时代开始，欣欣向荣的社会主义祖国就强烈地吸引着我。我如饥似渴地阅读着祖国的报纸杂志，我的祖先劳动生息的土地不断地向我发出召唤。祖国每取得的一项成就，都要在我的心底引起无穷的喜悦，无穷的憧憬。我曾经有几次下定决心申请回国，将青春献给祖国的建设事业，但是由于父母年老多病，缺人照顾，才将我劝阻下来。我在大学读完了物理系，取得了学位，就参加了我的老师赵谦教授的私人实验室工作。赵教授也是一个华人，全球闻名的核物理学家。他除了在社会上担任公职以外，还用自己的全部收入建立了一座小型的、设备很好的实验室，进行一些自己感兴趣的研究。

两年以后，我的父母相继去世，我觉得回国的时机已经到了，于是向赵教授提出辞职，讲明了我的意图。赵教授听完我的话以后，满布皱纹的脸上出现了伤感之色。"孩子，你应该回去，树高千丈，叶落归根，如果我再年轻一点，也会回去的。"他说，"但是，我希望你再等几个月，等我们把高压原子电池的装配完成以后。你把它带回国去。这是我一辈子心血的结晶，我要把它作为最后的礼物，献给我的祖国。"

老教授的声音嘶哑了，我也感动得说不出话来。小型高压原子电池，这是赵教授多年研究的结果。它的特点是能在短时间内放出极大的能量，因此在军事、工业、宇宙航行等方面，都有着不可估量的实用前途。研制工作接近尾声时，已经有好几家大公司提出要购买专利权，价格高到了令人难以置信的程度。如果赵教授同意的话，他立刻可以成为一个百万富翁。然而，一直到现在，我才知道赵教授多年废寝忘食的工作，支持他的全是一片爱国的热情。

对于这种请求，我是不能拒绝的。于是，我推迟了行期，帮助赵教授装配出了第一具高压原子电池的样品。经过初步实验，一切指标都达到了设计的要求。我们的劳动终于有了成果，我们的喜悦，真是无法用笔墨来形容。

我很快办好了回国手续，订好了去 X 港的飞机票。赵教授兴致勃勃地为我准备了全套图纸和技术资料，又亲自到当地政府有关部门去办理了技术资料出口和转让的手续。

在我动身的前夕，赵教授特地举行了一次小型宴会，邀请了实验室全体工作人员（他们中的大多数也是我大学的同学）为我饯行。这里面虽然有各种不同国籍的人，但是大家都为我能返回祖国而感到高兴，频频地为中国的繁荣昌盛干杯。科学家之间的情谊和他们对中国的友好感情，使我的内心深为激动。

宴会结束时已经快十二点了，我回到了二楼自己的寝室。赵教授则又走进了楼下的书房，按照习惯，他还要工作两个小时才休息。

由于想到明天就要启程回到久已向往的祖国，也由于宴会时多喝了几杯酒，我的精神十分兴奋，躺在床上久久不能入睡，直到墙上的电子钟敲了两点，才模糊地闭上了眼睛。就在这时，两声刺耳的枪响划破了寂静的夜空。

枪声离得很近，就在这栋房子里。我从床上一跃而起，披上衣服，冲到楼下，见书房门下的缝隙里，露出了一束光线。我跑到门口，喊道："赵教授，赵教授!"

没有回答。

我推门进去，发现赵教授躺在地毯上，桌上一盏台灯的光芒，照着他那苍白得极不自然的脸色。

我跑过去，轻轻地将他扶起，他的胸前有两处枪伤，鲜血已经染红了上衣。

"匪徒……要我交出……图纸。"他的嘴唇嗫动着。我低下头，尽力想听清这微弱的声音，"我烧毁了图纸……孩子，你只有把……电池样品……带……带回去，带回……亲爱的……亲爱的祖国去！"

他停止了呼吸。落地式长窗大开着，微风拂动着他的白发。

屋角里，保险箱的柜门已经开启，从里面发出一种焦煳的气息。不用检查我就可以断定，那里面装的高压原子电池的珍贵图纸和技术资料，现在已经全部化为灰烬。因为这保险箱是赵教授自己设计的，钥匙孔下面有一个隐蔽的暗钮。在紧迫的情况下，只要按了这个电钮，箱内的文件就会自动焚毁。

情况是很清楚的：这伙匪徒是蓄谋来抢劫高压原子电池的资料。他们潜入了书房，用枪威逼赵教授交出图纸，赵教授在开保险箱时按了电钮，毁掉了图纸。匪徒们见目的不能达到，开枪击倒了赵教授，然后逃跑了。

这个正直的科学家，他用自己毕生的心血哺育了这项发明，想把它献给祖国！现在，又用自己的生命保卫了它。我看着教授尚未瞑目的面容，泪水不禁夺眶而出。我的心底充满了仇恨，一种在我单纯的实验室生活中从未体验过的仇恨。

我立即报了警，并且推迟了行期，决心等待这件事有个结果再出发。一周以后，在当地的警察局里，一个年过中年、行动稳重的警官和我做了一次谈话。

"陈先生，对于赵教授的死亡，我们深感遗憾。"他说，"一切迹象证明，这是本埠黑社会一个化名乔治·佐的歹徒作的案。而乔治·佐的后面，则有某大国的特务机关指挥。"

"某大国？"我不禁发问了。在我的地理观念中，某大国离南太平洋是很遥远的，我不明白我们的实验室工作和他们有什么关系。

"是的，某大国！"警长意味深长地指指北方，"他们的舰队，经常在我们海岸附近游弋；他们的经济文化势力，正无孔不入地在向本埠渗透。敝国不少有识之士早已多次发出了警告。陈先生，我想你已经在报上见过这种文章了吧？"

我沉默了，知道他讲的是事实。我回忆起有一位专栏作家，曾经把某大国这种肆无忌惮的扩张活动比喻为"伸得过长的熊掌"。想不到这熊掌上的利爪，现在竟伸进了我们这小小的实验室，留下的是罪行，是鲜血……

"他们想要得到高压原子电池的秘密？"

"是的，最早企图收买赵教授发明专利权的一家公司，就是他们暗中操纵的。遭到赵教授拒绝后，他们就改用武力抢劫。这是他们一贯的作风。陈先生，现在你是世界上唯一掌握了这项秘密的人。他们的注意力已经集中到了你的身上。"

"什么？他们敢……"

警官打断了我的话，"他们什么事都干得出来！近一年来，他们已经在本埠制造了三起政治暗杀，五次绑架。我们已经采取了多种措施，仍然不能杜绝这种现象。陈先生，你的离境手续已经办妥，为防夜长梦多，我建议你迅速离开这里。"

"可是，赵教授的案件还没有破呀！"

警官挺直了身体，面容变得十分严肃，"陈先生，我向你保证，为了敝国本身的利益，为了给赵教授报仇，我将尽力把凶犯逮捕归案。但遗憾的是，即使我们逮捕了乔治·佐，真正的主谋仍然会躲在大使馆的围墙里逍遥法外！"

我考虑了一下，想起了赵教授临终的委托。我知道警官的劝告是善意的。

"谢谢你，"我最后说，"我将尽快离开这里。"

"陈先生，越快越好，越秘密越好。"警官嘱咐道，"最好不要坐班机，以防他们劫机。你在本埠期间，我们会尽力保护你的安全。但是离境以后，一切就全靠你自己小心了。"

我们握手告别。驱车回家时，我发现有两名便衣侦探也驾车尾随而来。我知道警官已经实践了他的诺言。

我和朋友们进行了商量，最后决定由我带着高压原子电池，驾

驶 "晨星号" 直飞 X 港。"晨星号" 是赵教授实验室拥有的一架小飞机，充当与外地科学机构联系的交通工具。我本人就是一名合格的业余航空运动员，领有执照，过去也曾多次驾过这架飞机，执行过赵教授交给我的任务。

第二天清晨，朋友们秘密将我送往机场途中，我的眼睛一直没有离开后视镜。不知是我多疑还是出于偶然，在我们身后，除了便衣侦探的车外，还有另一辆淡绿色的福特车，它十分神秘地出现了两次……

二、晴空闪电

我顺利地驾驶着 "晨星号" 起飞了。当绿色的田野在视野里消逝，前方出现浩瀚无涯的太平洋时，我向这抚育过我的异国土地投出了最后一瞥：默默地向留在这里的朋友们告别，心底抑制不住产生了依恋之情。

"晨星号" 是一架双引擎四座客机，性能良好。上午十时，机翼下闪过了××群岛的轮廓。这时阳光灿烂，碧空如洗。我上升到 8 000 米，加大了速度。我记起早几天报上曾刊载过一条新闻，就在这块海域以内，现在正有一支强大的某大国舰队在举行军事演习。但是，我不相信他们敢于在公海上空拦截我。引擎平稳地工作着，我的心情也很平静。

事故发生得非常突然。我听到霹雳一声，穿过透明的空气，我的左边的机翼上出现了一道锯齿形的闪电。在这样的高度，这样清澈的空间，当然不可能有自然的雷电。但是，这令人莫解的现象却重复了几次，左侧引擎开始燃烧，飞机拖着长长的火舌迅速下降。

我一面尽量控制飞机平稳滑翔，一面留心寻找可以降落的地点。可是，周围全是茫茫大海，我没有任何其他的选择。飞机冲在水面上，又弹起来飘了十几米，才开始沉没。在这紧张的几十秒钟里，我还来得及穿上救生衣，然后抱住装着高压原子电池的密封皮包，跳出舱外。

海涛汹涌，一个波浪把我托起来，另一个波浪又把我压下去，又咸又苦的海水呛得我透不过气来。海流冲击着我，使我很快离开了出事地点。

两架直升机出现在飞机残骸的上空，几个蛙人正沿着悬梯往下爬，显然是想追查我的下落。从时间上计算，它们应该是从停泊在附近的军舰上起飞的。

看来在这8 000米的高空，熊掌仍然伸到了我的身旁。飞机的失事仍然与某大国特务机关的阴谋有关！当他们发现我已经秘密地离开某城时，就企图使我葬身鱼腹，让高压原子电池的秘密永远从人世间消灭。多么卑鄙的动机，多么恶劣的行径！但是……他们究竟采用了什么方法毁掉了"晨星号"？想到这里，我就更紧地抱住皮包。只要一息尚存，我就不能让这帮海盗的阴谋得逞！

表已经停了，我不知道过了多长时间。黄昏，我看见远处有一架直升机贴着海面飞过，由于看不清国籍，我不敢和它联系。黑夜来临了，我感到自己的精力消耗得很快，忙解下皮带，将皮包紧紧地缚在腰上。这样，即使昏迷过去，我也不会失掉它。

我就这样漂流了一天两夜。前一段时期我感到饥渴难熬，以后就只觉得虚弱无力。仅仅靠着一种想要实现赵教授生前愿望的顽强意志支持，才使我每次都从海浪下面挣扎出来。

到了失事后的第三天上午，我看见了一个海岛的影子。由于它很小，而且距水面很低，因此我推测它是一个珊瑚岛。尽管海水已经推我向它靠近，我还是鼓起最后的精力划着水，害怕失去这唯一的生机。最后，岸已经很近了，我游进了一个海湾。海水清澈如镜，水底隐约可见白色的、美丽的珊瑚。

就在这时，离我二十米远的海面上，突然冒起了一片鱼鳍。我定睛一看，原来是一条足足有七八米长的大鲨鱼。这是一种凶暴的，被人称为"海中猛虎"的食人鱼。它显然已经饿极了，在围着我兜了两圈以后，就蓦地转过身子，做出了袭击的姿态。在这一瞬间，我可以清楚地看到它那绿色的、残忍的小眼睛和两排雪白、锋利的牙齿。

我想呼救，可是干枯的喉咙里已经发不出声音；我想逃避，可是鲨鱼正守住了我上岸的道路。我感到全身一阵冰凉。我终于没有能够逃避死亡，而且是这样可怕的死亡！

这一切就在几秒钟之内发生了：正当鲨鱼要冲过来的一瞬间，从岸上射来一缕耀眼的红光，使得海水急剧地汽化，发出噼啪的爆裂声，海湾里腾起一片白茫茫的蒸汽。红光紧紧地盯住了鲨鱼，鲨鱼泼剌一声跳出了水面，然后沉了下去；白色的肚子翻了过来，神奇地死去了。

我也被灼热的海水烫伤了，挣扎着游到岸边，攀出了水面。

尖棱锋利的珊瑚礁将我的手脚划得鲜血直流，我都感觉不到痛苦。这时，礁石上面，我听见有人用英语问道："Who are you?"（你是谁？）我四面张望，周围杳无人迹。我只好对这个隐蔽的人说："A Chinese narrowly escaped from death."（一个死里逃生的中国人。）"Chinese?"（中国人？）他吃惊地问，立刻换用华语说："快上来吧！"

我企图站起来，可是已经筋疲力尽了，只感到天旋地转，腰间挂着的高压原子电池似乎有千钧的重量。我只摇晃了一下，便失去了知觉……

三、马太博士岛

当我醒过来的时候，发现自己躺在一间相当华美的寝室里：一套柚木制的，包括梳妆台、衣柜、沙发、写字台、木橱在内的家具布置得井然有序。屋角里，摆着一架落地式的电视、收音、录音、电唱四用机；白色的窗帘飘拂着，从外面传来海浪拍击礁石的声音。

我坐起来，看到身上的旧衣服已经被人换掉了，烫伤和划伤的地方也仔细地缠上了纱布。在床边的茶几上，有一个盛着牛奶、三明治（夹肉面包）等食物的超高频加热恒温盘。我吃了点东西，感觉精神恢复了不少，记起了我曾为之历尽艰险的高压原子电池，赶快爬下床。直到看到那个皮包完好无恙地放在床下，才放下心来。

我踱到窗前，看见书橱上面两格放的是一些我所熟悉的电子学和核物理方面的参考书；下面两格却摆满了资本主义世界常见的荒诞色情小说，如《黄金岛之恋》《杀人犯的自白》《发财致富之路》

等等。在四用机旁边的塑料架上，堆满了各种"甲壳虫"音乐和"狂飙"音乐的录音带和唱片。书桌上，有一个年轻的华人的半身照片。这个人头发浓密，脑门显得很窄，四方脸，粗眉小眼，嘴角挂着一丝讥讽的微笑。这应该就是这间房子的主人吧？不过从第一眼开始，我就对他产生了一种说不出原因的厌恶感。

从表面看来，这应该是一个纨绔子弟的寝室。唯一与这寝室的气氛不协调的是墙上挂着一个新型的剂量仪，这是核物理实验室中常用的探测仪器，它可以用数字显示出辐射源的辐射强度。我实在不明白挂在这里有什么用途。

身后的房门被推开了，一个人轻轻地走进来。我转过身，看见这是一个五十余岁的华人；头发已经斑白，广额高鼻，两眼深陷，炯炯有神。他身材不高，动作轻盈缓慢，一望而知是一个长期习惯于脑力劳动的人。

"请原谅我没有敲门，我不知道你已经复原了。"他很有礼貌地说。从他那柔和的音调以及浓重的福建口音上，我听出他就是昨天向我问话的人，也就是我的救命恩人。

"谢谢你的救护。"我说。在没有弄清自己的处境以前，我决定不暴露自己的身份，"我是一个旅客，在乘船赴 X 港的途中失足落水的。请问，这是什么地方？"

"这里原来是一个无名小岛，后来因为我长期住在这儿，就有人随便用我的名字命了名，叫它作'马太博士岛'。"他一面回答着，一面击了两下掌，"到外面坐坐吧，我们可以详细谈谈。这岛上的客人并不是很多呢。"

一个身穿白帆布上衣的仆人迟钝地走了进来。从他那黑硬的头发和橄榄色皮肤上，我看出他是一个马来人。

"请准备一点咖啡。"马太吩咐道。仆人鞠躬，默默地退了出去。

马太向我解释道："他叫阿芒，跟随我多年了。这可怜的人是一个哑巴，现在岛上只有我们两个人。原来我还有一个助手，名叫罗约瑟，这寝室就是他的。三个月以前，他休假去了。"

我们走出房门，外面原来是一道用绿色的藤萝和美丽的热带花卉环绕起来的走廊。走廊另一端，还有两间套房。马太告诉我，外面一间是他的书房，里面一间是他的寝室。

走廊前面正对海洋，走廊后面，另有一栋白色的平房，屋顶上，几种不同类型的无线电天线向四面八方伸开灵敏的触角。平房后面，也就是小岛的另一端，有一栋一半建筑在海中的钢筋混凝土建筑，从里面引出了几根高压输电线。这一切，就是这个方圆不过几千米的小岛上的全部建筑了。

在如此偏僻而荒凉的小岛上，见到如此现代化的设备，真是大出我意料之外了。

马太似乎看到了我眼色中的困惑，他介绍道："我是一个物理学家。白色的房屋是我的实验室，那后面是自动化的潮汐发电站。它不需要人管理，利用海水的涨落发电，可以供给我实验和生活的用电。"

我们在走廊旁边的帆布椅上坐下来。从这里望出去，一幅美丽的珊瑚岛景色展示在我面前：小岛前面，是一个圆形的、平静的礁湖，海水低浅清澈，湖底铺着一层白色的细沙。阳光照耀下，礁湖闪闪发光，倒映着南方天空的蔚蓝和深邃，如同一面翡翠的镜子。湖的四周，一圈环形礁围绕着它。环形礁上长着一排迎风招展的椰子树，它们那高大的剪影衬托在蓝天白云之下，显得分外美观。环形礁外面，就是浩瀚无涯的大海了，一排排巨浪奔腾而来，撞在珊瑚礁上，溅起细雨般的浪花。整个珊瑚岛，就像嵌在一条雪白的、由碎浪组成的带子当中。在这里，一切都显得这样的和平，这样的静谧。

然而，当我品尝着阿芒送来的咖啡，欣赏着这大自然的美景时，却从心底涌起了很多疑团：这位温文尔雅的马太博士究竟是个什么人？他为什么要隐居在这与世隔绝的地方？他研究的项目是什么？是谁供给他科学研究和生活上的需要？他又在为谁服务？于是，在闲谈中，我委婉又明确地提出了这些问题。

马太凄然一笑，似乎有很多隐衷，停顿了一下才说："如果你能答应一个条件，那就是当你离开这里以后，不要把我讲过的话告诉任何人，而当成一桩在有生之年应该保守的秘密，那我可以满足你的好奇心。"

我庄严地做了保证。

"不知道你是否还记得十年以前发生的一件事？当时，有一个名叫胡明理的华裔工程师，因为在 X 国发明了一种新型激光测距仪而建立了功勋。当 X 国政府正要授给他奖章和奖金时，他却因为这种测距仪的具体应用而和官方发生争执，以后就突然失踪了。我就是……"

"你就是胡明理？"我惊呼起来。是的，虽然十年以前我还是个中学生，但当时那轰动一时的新闻却还能记得。声名显赫、被公开和 X 国政府发生争执，以后又神秘地从社会上消失，这曾经引起资本主义社会新闻界的各种推测。想不到在这里，我却无意中发现了这个人的下落。

"是的。"马太的脸上，又出现了那种苦笑。这是一种在精神生活中经历过很大的刺激和危机，内心世界十分复杂的人才能发出的那种苦笑，"我就是那个不幸的人！"

于是，他用一种轻微的、然而带着压抑激情的声调，讲述了他前半生的故事。

马太出生于一个原来定居在日本的华侨家庭。他读小学的时候，有个教师是个曾经参加过第二次世界大战的残废军人。这个教师的全家都死于原子弹轰击下的广岛，他本人也在战场上九死一生，最后虽然侥幸活了下来，也只剩了一只手臂。就因为这，他痛恨战争，不断地向学生灌输战争残酷可怕的思想。这种教育，在年幼的马太心灵中，打上了深深的烙印。

马太中学毕业以后，转到了 X 国，攻读晶体物理学，并且在激光的研究中表现了很大的才能。毕业以后，立即被聘请到一个研究机关工作，成绩卓著。其实，在发明激光测距仪以前，他已经有好几项发明了。

这时，马太已经是一个中年人了，小学教师的话仍然深深地印在他的脑海之中，使他对战争的憎恶依然如故。他不关心政治，也没有考虑过自己工作的直接后果，他以为自己是在为造福人类的崇高科学事业服务，这就是一切。优裕的生活和不习惯社交活动，使他从不注意外界的变迁。

激光测距仪试制成功以后，X 国政府为了让他更好地卖力，准备公开嘉奖。在这种时候，他的上司才给他看了几份国防部备忘录的副本，其中一份材料谈到激光测距仪只要略加改制，就可以成为飞机上的投弹仪和坦克上的瞄准仪。另外几份材料则提到他过去的几项发明，它们已经全部用到了军事上，并且取得了很好的效果。

原来如此！原来别人尊重他、使用他，仅仅是因为他的工作全是为战争服务的！

即使是一枚炸弹在胡明理眼前爆炸，也不会更使他震惊了。

他只觉得双眼发黑，半晌说不出话来。等到回过神以后，他就怒吼起来，大声地抗议。他说他自己受了骗，他要 X 国政府向他道歉，销毁一切利用他的发明而制成的武器。他匆匆赶到 X 国首都，从一个部门到另一个部门，从一个办公室到另一个办公室，激动地陈述多年以前小学教师向他讲过的道理。可是，开始还有人宽容地听他讲，以后就没有人愿意再听他的话，而用各种借口将他赶了出来。当他最后一次到达国防部，发现等待他的不是原先约定的官员，而是几个精神病院的医生时，深深地感到自己受到了新的侮辱。从此以后，就放弃了和这些人讲理的念头。

但是今后该怎么办呢？一些报纸上已经披露了他的消息，把他描写成为一个变态心理者、精神病患者，讽刺嘲弄，无所不用其极。他愤怒万分，亲自接待了几批记者，想要阐明事情的真相，但是他的话却被精心地歪曲了，以致看了报道的人对原来的描述只有更加相信。胡明理虽然在激光方面是个专家，在社会经验方面却十分幼稚。他把资本主义社会的舆论看得过于认真，这种迫害攻击使他产生了一种愤世嫉俗的念头。他不但不愿再在 X 国生活，而且也不愿再在这种社会中生活。他幻想寻找一种世外桃源，让他忘却这丑恶的功利主义的人间……正当他矛盾彷徨，不知所从的时候，他的一个名叫布莱恩的朋友专程从欧洲赶来慰问他，对他关怀备至，使胡明理感到十分慰藉。布莱恩原是他大学的同学，现任欧洲洛非尔电子公司副经理。这是一家规模很大、在好几个国家都建有股份公司的企业。

布莱恩十分同情胡明理的遭遇，高度评价胡明理的崇高理想。

他痛斥 X 国社会腐败，领导人都是一群战争贩子。他表示他本人也是一个和平主义者，一贯致力于和平事业，所以才参加洛非尔公司的工作。这家公司是纯粹的私人企业，不与任何政府发生关系。它的经营目的，并非牟利，而是为了造福人类、消灭战争。最后，他建议胡明理接受洛非尔公司的邀请，献身于它所进行的拯救人类的崇高事业。

胡明理完全陷入了布莱恩用花言巧语织成的罗网之中，于是他又向布莱恩倾诉了自己的厌世情绪。想不到，这一点再次得到了布莱恩的同情。

"尊重他人的感情，保护他人的理想，这正是洛非尔公司的宗旨。"他说，"只要你愿意参加我们的工作，我们可以选择一个远离人世的地方，为你修建一座实验室；让你专心献身神圣的科学，不再受世俗的干扰。"

胡明理同意了他的建议。于是，在布莱恩的巧妙安排下，他从 X 国的社会中消失了。半年以后，洛非尔公司果然在太平洋中购买了一座无名的珊瑚岛，并且在岛上建设了发电站和设备完善的实验室。胡明理化名马太，秘密地来到岛上。开始时，只有他和阿芒住在这里，以后他又把罗约瑟——一个老朋友的儿子培养成自己的助手。

十年以来，布莱恩确实遵守了自己的诺言。除了按时运送生活资料的水上飞机以外，没有任何人来扰乱这里的平静；除了马太自己选择的科研项目以外，洛非尔公司也没有向他提出过任何具体的要求。

马太讲完以后，我一时没有出声，而是在紧张地回忆着。因为洛非尔公司的名字我有点熟悉，它最近就在一条新闻报道中出现过。最后，我终于记起了这条新闻的内容：它引用了大量材料，证明洛非尔公司是受某大国暗中操纵的、接受了某大国大量投资的一家跨国公司。

我和马太是初次见面，不能把问题谈得太明确，因此只委婉地暗示道："马太博士，你没有考察过洛非尔公司的政治背景吗？好像最近报纸上登载，它和某大国有点关系呀！"

马太愤然说："我从不看报纸。如果报上这样讲，那一定是造谣！我相信布莱恩的话。"

我不能再讲下去了，只有换一个题目问道："洛非尔公司在你身上投下这样大的资本，难道不需要什么报酬吗？"

"当然不是，"马太回答，"在这段时期中，我有一些小小的发明，全是和平用途的，公司获得了专利权。就是从做生意的角度来说，他们也是合算的。"

我沉默了，思考着怎样来表达我的思想。作为一个从小就在资本主义社会生活的人，我能了解这颗正直的心灵所经受的折磨和痛苦。他是一个被这种不合理的社会所欺骗，所迫害的畸零人。他找不到正确的道路，他幻想像古代的修道士一样，能在这缥缈的太平洋上逃避现实生活。但是，现实生活是逃避得了的吗？

"马太博士，战争只是一种社会现象，而产生这种现象的根源，却是人剥削人的社会制度，"我尽可能温和地说，"因此对于战争，也要做具体的分析。有正义的战争，有非正义的战争。而且要最终消灭一切战争，也只有通过革命战争的手段，首先改造不合理的社会。不加分析地憎恶战争，并不是解决问题的方法呵！"

"瞧你把问题说得多么复杂！"马太天真地盯着我，"我不懂这些道理，也不希望懂得。我只希望利用我的余生，做一点对人类有益的事。"

看着这一张朴实的脸，我的心里充满了复杂的感情，连我自己也分不清：是惋惜？是同情？还是担忧？从马太简单的叙述中，我本能地感到：事情绝不会像他所想的那么单纯，布莱恩也绝不会像他所描述的那么善良，这里面有问题，甚至有阴谋。可惜我一时无法猜透它，更无法使马太相信我。像他这种科学家，往往是用自然科学的道理来衡量社会的，他相信的是事实，而不是言辞。

无论如何，我是有提醒他的义务的。于是我说："作为一个科学家，我想我用不着提醒你，某一项科学原理或某一台科学仪器，事先要决定它是使用于战争还是和平，是极为困难的。你怎么能保证，你的发明通过洛非尔公司转售以后，不会直接或间接地为战争服务呢？"

"这一点布莱恩是向我保证过的，洛非尔公司的产品主要只供民用。即使有个别国家和他们订有合同，那也是制造保卫和平的防御工具。"马太很放心地说。

什么"保卫和平的防御工具"？这简直是文字游戏了。我忍不住追问道："这不就是武器吗？"

"嗯，是的。"马太很不情愿地回答。

"用武器来保卫和平？这不又和你反对一切武器的观念矛盾了吗？"

马太皱着眉思考了一阵，最后无可奈何地摇摇头，"我无法和你辩论。当年有个记者曾经说过，在这方面我是一个低能儿，看来他是对的。"

"博士，请原谅我的直率……"

马太摇着手，"不必道歉，科学的语言就是直率的。"

我企图岔开这个话题，"马太博士，您那大杀死鲨鱼的武器，是不是一种新型的激光？"

这句话似乎又刺痛了他，"武器？我这小岛上不存在武器！"

他站起身来，"你安心休息几天吧！不久，布莱恩将和罗约瑟一道来，你可以坐他们的飞机走。"

当他离开我的时候，我发现他的背微微地弯了下去，脚步也很沉重。

四、阿基米德的幻想

就这样，我开始了在这个孤岛上单调的生活。马太博士很忙，整天把自己关在实验室里。据他说，他的一项发明正进入最后总结阶段。我看得出来，上次的谈话给他留下了深刻的印象，因此即使我们偶尔见了面，他也不愿意再和我谈论任何政治问题。而阿芒，除了白天照顾我们的生活外，晚上就坐在礁石上用笛子吹奏一些古老而忧郁的曲子。笛声使我想起月光下银色的海滩，微风中摇摆的棕榈树，以及正在粼粼波光中飘荡的白帆。

我知道，这是个寂寞的灵魂正在倾诉他对故国的怀念。看来，这个人冷漠的外表下面，隐藏着一颗热烈的心。

在马太的书房里，有一个设备很完善的医药柜。我的伤势本来就很轻，经过两三天的治疗后，就基本复原了。但是当我到书房里去换药时，我又一次惊叹洛非尔公司为马太提供的设备的完善。这里除了丰富的书籍以外，还有一台一般只有大型科研中心才有的电脑资料储存设备。全世界各地每天出版的报纸、杂志、图书等等登载的技术资料，通过各国资料中心的无线电传真装置，都能被这种资料机自动接收下来，储存在电子计算机的记忆系统里。使用者只要一按电钮，他所需要的说明、公式或图表就可以准确地出现在荧光屏上。这样，马太博士虽然蛰居荒岛，仍与全世界的科技界保持着紧密联系，随时能感触到科学发展跳动的脉搏。无怪他的工作，能不断取得新的进展。

在岛后一个很隐蔽的海湾里，马太博士停有一艘摩托艇。闲来无事，我就驾着小艇到海上钓鱼。在珊瑚礁畔，我曾经几次发现了鲨鱼，这时我就会回忆起那天的惊险遭遇。从常识判断，鲨鱼是被激光杀死的，但是这究竟是什么激光机，能发出功率如此强大的光束呢？

一天下午，我睡了午觉起来，听见外面有人敲门。开门一看，原来是马太。他仍然穿着白色的工作服，一副绿色的遮光眼镜推到额头上，脸色疲惫而兴奋。不用开口，我就知道他的研究工作已经取得了最终圆满的结局。他现在正处于一种胜利的喜悦之中，而喜悦，总是需要别人来分享的。

我们坐定以后，就开始闲谈。马太并没有谈及现在的工作，只是回忆着他多年实验室生活的一些逸闻。他的记忆力很强，描绘也很生动，使我很感兴趣。看来，他是想用闲谈来休息他的脑筋。

阿芒送来了下午的茶点，今天放在托盘上的，却是一个盖着奶油花的生日蛋糕，上面插着十支红蜡烛。此外，还有一瓶葡萄酒。

"今天是你生日？"我问。

"啊，不是。"马太笑了，站起来和阿芒握手，"阿芒是很能体贴人的，每当我完成了一项新的发明，阿芒就要为我做一个蛋糕。今天是我在这岛上完成第十项发明了。"

他斟了三杯酒，递了一杯给我，另一杯敬给了阿芒，"亲爱的阿芒，我们两人在这岛上相依为命，我的一切发明，都有你一份辛劳。我今天愿意当着客人，表达我的感激。"

我们干了杯，阿芒没有出声，从他那表情丰富的眼神里，可以看出他对马太的尊敬和热爱。他双手叉在胸前，深深鞠躬，然后退了下去。我们继续谈话。当马太叙述了一次实验室放射性元素逸出的事故以后，我指着墙上的剂量仪，用开玩笑的口吻说："这些预防措施，都是你接受教训的结果吧？"

马太笑了，"我的寝室并没有这种仪器，不过罗约瑟有点神经质……等一等……"他突然中止了谈话，急步走到剂量仪前面。我跟过去一看，发现房间里的辐射强度比正常情况略有增加。这是我过去忽略了的，但是这一现象并没有逃过马太敏锐的观察。

"你没有带什么有放射性的东西吧？"他狐疑地问。

我记起了床下的高压原子电池。现在我对马太已经有了一定的了解，就把电池取出来给他看，并且告诉他这是我一个老师的发明，是他托我带到 X 港去的。

马太仔细地观察了电池，并询问了结构情况，对赵谦教授的发明做出了很高的评价，并且感叹道："这个电池如果与我的激光掘进机连在一起，马上就可以使世界上的采矿、隧道、地下工程施工进入一个崭新的阶段。这将为人类造多大的福利啊！"

"什么激光掘进机？"

马太愕然望着我，他知道自己失言了，但这个人又是没有撒谎的习惯的。他考虑了一会儿，断然说道："这就是我最新的发明。如果你感兴趣，我可以让你看看。"

我知道，几天来一直在我脑海中盘旋的谜立即就要揭晓了。

我当然是感兴趣的。

马太兴致勃勃地把我引进了一间实验室。在这间实验室里，除了常见的振荡器、示波器、计算机外，最触目的是房子中央的一座半环形操纵台：一道乳白色的荧光屏占了操纵台中间一块很大的面积，下面是一排排的仪表、指示灯和按钮。紧连着操纵台前面的天花板上，伸下一座像潜望镜似的仪器，仪器的另一端，显然是伸到屋顶上去了。

操纵台旁边的不锈钢架上，放着一具激光器。马太将我领到机器旁边，打开外壳，开始讲解起来。

总的来看，这台激光器仍然属于固体连续激光器的范围。但是它的工作物质，却不是一般的晶体或玻璃，而是一种新型的塑料。马太在光学共振腔部分进行了极为新颖的改进，使它输出的能量比一般激光器增加了若干个数量级。此外，马太还成功地解决了高能光束的聚焦问题，使它的传输距离也扩大了若干倍。

"我是为采掘工业而设计这台机器的，所以叫它掘进机。"马太说，"任何坚硬的金属和岩石，在这种激光的照射下都将直接汽化。以后，人类凿穿地下岩层，就将比快刀切奶油还要容易。但是，这种机器只能变换能量、输出能量、集中能量，而不能创造能量。因此，在实用中，它必须有高电压的电源，有笨重的附加设备。现在有了你的高压原子电池，这个问题也就解决了。"

"您就是用它杀死鲨鱼的？"

"是的。"

"您当时在海滩上吗？"

马太打开了控制台的开关，"我当时就坐在这里……"巨大的荧光屏开始发亮，我突然像移身到了珊瑚礁畔，海水扑到了我的脚边，我的前后左右都是突凸的礁石。我不自觉地往旁躲闪了一下，防止海潮溅湿了我的衣裳，可是我马上又觉察自己仍然是在实验室里，只不过眼前出现了海岸完全逼真的景色。

我觉悟了，"激光全息电视？"

马太笑笑，"这是我的另一项发明。那天我正在做实验时，发现了你在海中漂荡，接着，看见了你遭遇的危险。因为情况太危急，我不得不用激光器把鲨鱼杀死。"

"激光是怎么射到那边去的呢？"

马太指指像潜望镜的那具仪器，"通过这套折光系统，我可以准确地把光束投射到岛周围的任何一处海面。"

"那我们怎么对话呢？"

"这就更简单了，我在岛上装置了一套声音收发系统。"

我看着这台新颖的激光器，不觉想起了一个古老的传说。2 000多年以前，当罗马舰队进逼希腊雅典城下时，希腊科学家阿基米德曾经试图用黄铜片做成许多六角形的镜子，集中太阳光线来焚毁敌人的舰队。想不到，阿基米德曾经幻想过的这种热光机，今天却在我的眼前成了现实。

"阿基米德的幻想！"我情不自禁地发出了感叹。

"不，这不是阿基米德的幻想！"马太无疑是熟悉这个传说的，"他当年幻想的是杀人的热光武器，而我所创造的，却是造福人类的工具。"

我说："马太博士，我绝不劝你把激光器改成武器，但是我却不能同意你对武器所持的态度。譬如说，你是不是认为，你把我从鲨鱼嘴里救出来是一种人道的行动呢？"

"这……当然是的。"马太嗫嚅着。

"如果你不把激光器当成武器使用，你能救我么？"

马太没有回答。

"由此可见，问题不在于武器，而在于谁掌握武器，利用武器去达到什么目的。你说对吗？"

马太摇摇头，"无论如何，人不是鲨鱼。我可以杀死一条鲨鱼，绝不会去杀死一个人。没有我的发明，这世界上的杀人武器就已经够多的了。"

我痛心地说："博士，总有一天你会明白，你的善良的愿望和现实之间，存在着很大的矛盾。"

"也许你是对的。可是我已经老了，现在改变生活的道路已经太迟了。"马太有点感伤地说，"不过近十年来，我自信在提高人们的和平生活方面，还是尽了一点努力。我改进了激光手术刀，发明了一种激光焊接机。在空间放电方面，也做了一些研究工作。"

"什么空间放电？"我忽然产生了一种联想。

"那是我研究远程无线输电的副产物。我发明了一种强力的微波振荡器，它可以产生一束极窄的无线电波，从而在远距离的目标上造成电火花。其实，我并没有发现它的实际用途，不过洛菲尔公司对此倒很感兴趣。"

"天哪!"我失声惊呼,"我的'晨星号'恰巧是被闪电击落的!"

"什么'晨星号'?"马太瞪着我,"你不是……"一直到这时,我才把我的真实来历告诉了他。我谈到了赵谦教授的遭遇和他的遗愿,谈到了警官的推测和"晨星号"的失事。

马太特别详细地询问了当时我飞行的高度、气候情况和闪电的形状。

"当时在附近海面上,只有某大国的舰队在活动,'晨星号'失事后,他们又曾派出直升机来搜寻我。考虑到外间传说的洛非尔公司与他们的特殊关系,我认为这里面是大有文章的。"我最后补充说。

"不,这不可能!"马太踉跄几步,颓然跌坐在椅子上。我见他突然脸色苍白,痛苦地用手扪住胸口,不由得吃了一惊,"您怎么啦?"

"心脏病没关系,多年啦。"马太低声地说,"书房医药柜里有特效药,请叫阿芒来给我注射。"

如果我事先知道他的身体状况,我一定不会把话讲得这样直率。我很懊悔。

不过,等到阿芒为他注射了药,又将他扶回寝室休息时,我还是想到了一个重要的问题,"博士,布莱恩知不知道激光掘进机已经造成了?"

"他只知道我在设计,不知道样机已经完成。"

"罗约瑟呢?"

马太想了一下,"也不知道,总装工作,是近两个月来我独立完成的。"

"那么,在事情真相没有弄清楚以前,你是否可以不让他们看到这台机器?"

"这是可以的!"马太爽快地答应了,"明天就把它搬到我的寝室去吧。不过这台机器很重,我和阿芒力量不够,你也要来帮帮忙才行。"

五、碧海遗恨

这以后几天，马太对我非常亲切，经常询问起祖国发展的新情况。在交谈中，我发现他对外界社会隔膜的情况非常惊人。其实他手边掌握有各种先进通信工具，但是在别人的怂恿和自己的偏见之下，除了技术资料，他却从不接触任何其他的消息。他好像为自己修筑了一道无形的高墙，将马太博士岛与整个世界的社会生活完全隔绝起来。这时，我才体会到布莱恩用心的诡秘。他诱导马太性格中悲观厌世的一面，并且不惜代价帮助他实现了这一理想，其目的就是将马太塑造成现在这种单纯的科学的工具，为他们不可告人的目的服务。

一天黄昏，我和马太坐在走廊上乘凉，欣赏着太平洋上辉煌的落日。正谈得投机，远处海面上出现了一艘军舰的轮廓。它径直朝小岛开来，在离岸两千米的地方下了锚。我认出来，这就是最近在附近演习的某大国舰队中的 P 级导弹驱逐舰。

马太举起望远镜，也看清了某大国的旗帜。他皱着眉说："军舰！军舰到这儿来干什么？"

我忽然闪现了一个念头，"马太博士，是不是布莱恩和罗约瑟来了？"

马太摇摇头，"不会吧？他们怎么会坐外国的军舰呢？"

我坚持道："不论怎样，你可千万别将我的真实身份告诉任何人！"

"这个自然。"

我们看见从军舰上升起了一架直升机，无疑是有人要来拜访这个小岛了。我相信我的话对马太还是起了作用的，他对很多问题一定也有了考虑。因为他突然回过头来，要我带着高压原子电池躲进他的寝室，没有他的召唤不要出来。不过透过玻璃窗，我仍然可以看到外面发生的事情。

直升机降落在礁湖旁边。舱门打开以后，第一个跳下来的是一个身穿花格衬衫的青年，我已经看熟了住房案头的照片，毫不迟疑地肯定他就是罗约瑟。第二个出现的是一个瘦长的欧洲人，戴着金边眼镜，满脸彬彬有礼的笑容，举止中带有一点斯拉夫人的气质，我想他应该就是布莱恩了。出人意料的是：从机舱中还下来了一名海军军官和六名水兵，这究竟是怎么一回事呢？

一群人慢慢地走了过来，夕阳在他们前方投下了长长的阴影。

一片紧张的气氛，笼罩着这恬静的小岛。

马太把布莱恩等人迎进了书房，六个水兵毫无表情地站在门外。

我轻步走到通向书房的门旁，从隙缝里窥探着外面的动静。

"请允许我介绍一下，"布莱恩指着军官说，"这位就是著名的马太博士，这位是海军上校沙布诺夫。"

身材高大，体格魁梧，身穿一套浆洗得笔挺的白色海军制服的沙布诺夫，看起来就像一头北极熊，虽然满面笑容，但掩盖不住一种趺扈之色。他很有礼貌地和马太博士握手，用娴熟的英语说："认识您极为荣幸。"

"诸位请坐!"马太淡淡地说。

"老朋友，我们又有一年没有见面了，真想念你。"布莱恩亲切地说，"你的脸色不大好，是不是工作太累了？"

"老师，您真该休息了。"罗约瑟插了嘴，"这次布莱恩先生为我安排的休假可真棒，日本东京银座的夜总会，夏威夷火卢鲁鲁的海滨浴场，法国蒙替·卡罗的赌场……这才叫生活嘛!"

"休假，这是青年人的事啰"马太说，"你们怎么会乘军舰来的呢？"

布莱恩哈哈一笑，"这完全是凑巧，因为沙布诺夫上校的舰上，装有本公司出产的一台仪器，他邀请我们去检查一下，所以就顺便过来了。"

"仪器？是不是空间放电仪？"马太表面还是那样平静，声调里却带着一种压抑不住的激动，我开始为他担心了。

一阵沉默，罗约瑟的椅子不安地动了一下。

"什么空间放电仪？"布莱恩佯作不解地问。

"就是击落'晨星号'的那一种!"

马太曾经讲过，科学的语言就是直率的，他从不会兜圈子，所以现在仍然把自己的猜想直截了当地捅了出来，但是这一毫不策略的行动，却取得了意想不到的结果：马太的这句话，无疑是击中了布莱恩的要害。他不知道马太究竟掌握了多少内幕，也不清楚马太消息的来源，因此足足有十几秒钟之久，他还是张口结舌，想不出一句合适的答复来。

沙布诺夫知道现在推诿是没有用的。他清了清喉咙，代替布莱恩回答说："博士，我们和洛非尔公司订有合同，委托他们制造各种……仪器，这其中，自然可能有您的发明。"

马太仍然盯着布莱恩，"那么，你对我所做的诺言……"布莱恩急急申辩道："这些仪器都是防御工具，不是武器！这是和我们的和平宗旨并不矛盾的。"

马太没有继续追问，而是用一种疲乏的声调说："谈谈'晨星号'吧，我只对技术问题感兴趣。"

"对了，您真不愧为一个伟大的科学家！"沙布诺夫眉飞色舞了，"十天以前，一个贩毒犯在我国作案后，抢劫了一架飞机企图逃走。我的军舰刚好在这一带活动，就奉命用'死神的火焰'将它击落。"

"什么'死神的火焰?'"马太问。

布莱恩解释道："那就是利用你远程放电的原理制成的防御工具，不过通过这次实践，我们发现这种武……不，这种工具并没有前途。它很难瞄准，容易受干扰，威力也不如想象的那么大。这样，我们准备向沙布诺天上校提供另一种防御工具的方案。老朋友，这就是我们来找你的原因了。"

"你们要我干什么？"马太似乎还是随随便便地问。天已经暗了，他随手打开了台灯，并且把灯罩转动了一下，使自己的脸藏在阴影中。

"我知道你的强力激光器已经设计完成，公司准备投入生产。我们正在欧洲某地的深山中为你建设一座更完备的实验室，想请你去主持一下……"

马太低头不语，我知道这是悔恨在噬咬着他的心。一直到现在，他才认清了布莱恩的真面目，他才觉悟到自己又被人欺骗蒙蔽了十年。他已经在生活中铸成了大错，他生平所信奉的什么善良、友谊、信任，就像建筑在沙滩上的塔楼一样，片刻间都倒坍了。

布莱恩过低地估计了马太分辨是非的能力，十年中对马太的玩弄使他陶醉于自己的胜利之中。他现在又将马太的沉默误认为同意，于是更加得意了，"我真高兴我们之间又取得了新的谅解。罗约瑟先生已经表示愿意和我们进一步合作，答应把设计资料交给我们……"

听了布莱恩的话，马太愤怒地瞪了罗约瑟一眼，站起身来，气得浑身发抖，用一种嘶哑的、咬牙切齿的声调说："你们这群强盗！你们说尽了天下的好话，干尽了天下的坏事！你们可以欺骗我一个人，可是你们骗不了千千万万的人！我活到今天才看透你们的豺狼面目，这已经太迟了。可是只要我还有一口气，你们就休想拿走我的激光器！"

罗约瑟赶紧走上来搀扶他，"老师，您不要生气。科学就是一种商品，顾客拿商品去做什么，我们是不负责任的。"

马太愤怒地一把推开他，"卑鄙！你玷污了科学！他们用多少钱收买了你的灵魂？"

罗约瑟低下头，畏缩地躲在一旁，再也不敢正视马太喷火的目光。

布莱恩和沙布诺夫交换了一下眼色，沙布诺夫掏出口笛吹了一声，那六个水兵立刻出现在门口。

布莱恩用一种和缓的，甚至是甜蜜的声音说："老朋友，你不要误会，这一切都是为了你的神圣的工作，也是为了崇高的和平事业。我们对于这个小岛的保密性已经不能放心，因此决定今晚就把它炸掉。你还是收拾一下行李，随我们走吧！"

马太在那一排水兵阴沉的脸上扫了一眼，知道他们是想用武力劫持自己了。他义愤填膺，胸膛剧烈地起伏着，用一种发自肺腑的声音叫了一声："你们怎么这样狠毒……"他还想再说点什么，衰弱的心脏却已经不能支持了。他跟跄倒退了一步，狠狠地看了敌人一眼，那眼光充满了千般遗憾，万般仇恨，以致连老奸巨猾的布莱恩和骄横自信的沙布诺夫，都感到了惶恐。一片死寂中马太撒开双手，沉重地倒在地上。

沙布诺夫最先镇静下来。他俯下身去，很快检查了一下马太，然后掏出一块白手帕来拭拭手，满不在乎地说："他已经不行了！"

目睹了这一幕悲剧，我感到热血沸腾，肝胆俱裂。我抓紧了门钮，准备不顾一切地冲出去为他报仇，可是沙布诺夫的一句话，却又使我冷静了一点。

"真遗憾，我们没有弄到高压原子电池，"他对布莱恩说，"否则，我们马上可以生产适用的死光机了。"

现在，我终于知道了这件事的前因后果：从赵谦教授的被暗杀到眼前马太博士的死亡，都是某大国想制造死光武器阴谋的一个部分！尽管借罗约瑟的帮助，他们可以掌握激光器的设计方案，但他们却不知道马太已经造出了样机，更不知道高压原子电池就在这间房子里。我现在冲出去，牺牲自己是小事，让他们得到这两件产品，那关系就太大了。这样，我就咬紧牙关，强行克制住自己，仍然没有行动。

我相信我是在激动中无意弄出了一点声响，离寝室门最近的布莱恩忽然警惕地朝这边看了一眼，走了过来。这时我真紧张得遍体流汗，心房狂跳。我绝望地四面张望，想找一件防身武器，可是这房里连一根木棍也没有。我多么希望手边有一颗炸弹，让我和这宝贵的机器、和这些狠毒的野兽同归于尽！

布莱恩的手已经握住门钮了，他和我现在仅仅是一板之隔。

我微微弯下身子，全身的肌肉绷得十分紧张，决心和他以死相拼。就在这千钧一发之际，一声绝叫却使布莱恩回转了身去。

这是阿芒。他刚拿了一托盘玻璃杯和一瓶酒进来，一见自己的主人倒在地上，就从喉咙深处发出一声只有哑巴才能发出的，那种伤心透顶的喊叫。他奋不顾身地向布莱恩扑了过去，一拳把他击倒。直到这时，水兵们才回过神来，手忙脚乱地抓住了阿芒，把他的手反剪到身后。

罗约瑟上前扶起布莱恩，他的半边脸都肿了，嘴角流着血。

看来，这是他生平第一次挨揍。

"设计图纸在哪里？"他粗声粗气地问。

"在……在实验室的保险箱里。"罗约瑟畏缩地回答。

这时，有个水兵跑来报告：刚收到舰上呼叫，情况有变，让快速离岛。沙布诺夫听完，马上对罗约瑟说："快去取！"又指着阿芒向水兵命令道："干掉这家伙！立即安放爆炸器，让定时在一小时以后起爆！"

罗约瑟指了指躺在地上的马太，"那么……他呢?"

沙布诺夫狞笑一声，"我们放的是核爆炸装置，它可以使马太博士岛永远从地图上消失。原子的烈火将为他举行一次隆重的葬礼，而海洋深处也将是他最后的坟墓！"

水兵们把阿芒拖了出去，片刻以后，门外传来一声震耳的枪响，宣告了这个忠心的仆人的结局。

听到枪声，罗约瑟颤抖了一下，就像挨了一鞭似的，低着头走了。

布莱恩用手帕捂住脸，坐在一把椅子上，狠狠往地上啐了一口，"真倒霉！"

沙布诺夫走到他身边，拍拍他的肩膀，得意地狂笑了，"你干得可真漂亮！你具有政治家的气魄和资本家的精明！瞧你十年以前投下的种子，现在结出了多么丰硕的果实！只要我们制成了死光机，就可以随心所欲地击落敌人的卫星、导弹、飞机，击沉敌人的军舰，消灭敌人的坦克。到那时候，我们不但要做地球的主人，而且要做宇宙的主人！我们将以实际行动证明，我们是无愧于我们伟大祖先的光荣后代！现在振作起来吧，让我们赶快去检查一下实验室，不要遗漏了什么东西。"

布莱恩站起来，随着沙布诺夫走了。

我再也不能等了，立刻跑了出来，将马太抱进寝室，安放在床上。我发现他并没有停止呼吸，心脏还在微弱地跳动，于是又从药柜里取出特效药，为他做了注射。这时，我心中悲愤交集，注意力完全集中在抢救病人，根本忘记了面临的迫在眉睫的危险。

我听见沙布诺夫和他的部下离开了实验室，我知道他们已经拿到设计图了。接着，岛上的电灯全熄了，我知道他们已经破坏了发电站。接着，直升机起飞，他们已经离开了这个命运已定的小岛。

明亮的月光从窗口射进来，四周万籁俱寂。在这小岛的某一处地方，计时器正在滴答作响，一分一秒地计算着爆炸的时刻。而在海湾里，一艘小艇正在水面荡漾，可以载我逃生。但是，我不能离开这个孤苦无助的病人。在这种时刻搬动他，就等于加速他的死亡！我只有静静地坐在床边，等待着最后时刻的到来。我的心中没有恐惧，只有深深的遗憾。没有见到伟大的祖国，没有实现赵教授生前志愿的遗憾。

突然，马太呻吟了一声，微微睁开了眼睛。他看看我，紧紧握住我的手，老泪纵横，半晌说不出话来。

"他们走了？"好大一会儿，他才吃力地问。

我点点头。

"设计图……"

我难过地又点点头。

"军舰……开走没有？"

"还没有。"

马太的眼睛突然睁得大大的。在一种超人的努力之下，他挣扎着坐了起来，指着放在屋角的激光器，"快……快把它推到窗口去！"

"博士，你不能再激动，你的身体……"我焦急地说。

"这不是我个人生死的问题，"马太喘吁吁地说，"如果他们拿走了设计图，这是千万人的生死问题！"

我不能再违拗他了。三天以前，我、马太和阿芒费了九牛二虎之力，才把机器拆卸开，分三次运到寝室里来。而现在，出于一种拼命的热情，我一个人就把它推到了窗前。

我把马太扶到了机器旁边，他熟练地接通了高压原子电池，将激光器的强度调整到最大。在强力的电流作用下，激光器射出的红光更加亮得刺目。它像一柄复仇的利剑，划破了寥寂的夜空。

远处海面上，军舰开始启旋航行，它的身影逐渐消失在水面的雾气之中，可是这致命的光束已经在后面追逐着它，它是无法逃脱毁灭的命运了。

激光的第一次扫射，就把礁湖边上的一排椰子树齐腰斩断，它们哗然一声断裂下来。第二次扫射时，马太的手抖颤了一下，光束接触了海面，于是海水爆裂着，一大片蒸汽翻腾而起，遮蔽了月光。最后，马太终于把光束对准了军舰，我先看见光芒一闪，接着就是一声剧烈的爆炸，军舰在浓烟和火焰的包围中下沉了……马太放开按钮，身子便朝旁边歪倒，我连忙把他扶住。这次复仇已经消耗了他身体中的最后一点精力，他的呼吸愈来愈微弱，脉搏已经难以觉察。月光下，他的脸色惨白得就像一张白纸。他的嘴唇嚅动着，拼命想把充塞心头的千言万语告诉我，告诉一切后来的人。

"我错了！"他缓慢地说，"不把这群鲨鱼消灭，世界上就不可能有正义，不可能有和平……"他还想说下去，可是死亡已经来临。我看见他的头一下子低垂到了胸前……半个月中，这是死在我面前的第二个科学家！

我含着眼泪把他平放在床上，用一床白被单盖住他的遗体。

然后，我想起了我也许还有一二十分钟的时间可以逃生，于是我抱起高压原子电池，拼命朝海湾跑去。那激光器实在是太重了，我实在是无法搬走它。

摩托艇仍然停泊在岸旁，我跳了进去，解开缆索，开动马达，尽快地向大海驶去。摩托艇怒吼着，拖着长长的白浪滑过水面……就在我离开珊瑚岛四五千米的时候，身后响起了天崩地裂的爆炸声，冲击波几乎使小艇直立起来。我尽力保持住艇身的平衡，然后回过头去，只见一股白色的水柱从海面矗起，高入云霄，一朵黑色的蘑菇状的浓烟形成了它的顶盖。片刻以后，水落雾散，浪花如雨。当沸腾的海面最终恢复平静时，只剩下一轮明月照在渺无边际的水面上。这个悲剧性的马太博士岛，就从世界上永远地消逝了。

充满了仇恨，也充满了信心，我驾驶着小艇向着祖国的方向飞驰，准备迎接新的斗争生活。

美洲来的哥伦布

刘兴诗

刘兴诗，地质学教授，史前考古学研究员，1931 年生于湖北武汉市，毕业于北京大学。1961 年在《少年文艺》发表科幻处女作《地下水电站》，此后发表大量科普、科幻作品。截至 2019 年，已出版作品 393 本，所创作的科普图书曾获国家科技进步奖二等奖。2019 年荣获《科幻世界》创刊 40 周年特别纪念勋章。科幻代表作《美洲来的哥伦布》。

　　……兰开郡的马丁湖排干之后，露出了一层泥炭，其中至少埋着8只独木舟。它们的式样和大小，和现在美洲使用的没有什么不同。

　　　　　　——（英）李依：《兰开郡》，1700年版，第17页

　　对一个水手来说，有什么能比处女航更能激发起他那充满渴望和好奇的心灵，并燃烧起献身于海洋的熊熊火焰般的热情呢？

　　人们或许会问我："你，威利，大海和风暴的宠儿。你可能记得自己的处女航，它是否曾真的点燃了你的纯真的心？"

　　是的，这话一点也不假。可是，需要说明的是，我的处女航并不是在那个阴霾沉沉的早晨，当我肩负着简单的行囊，在利物浦的第27号码头，踏着一条两旁安装着绳网的钢铁跳板，初次登上这艘古旧的"圣·玛利亚号"货轮甲板的时刻。对我来说，那个神圣的日子还要久远得多，至少还得上溯十多年，约莫在我整天拖着鼻涕、跟在妈妈的屁股后面到处乱跑的时候。

　　那一次航行并不在波涛翻滚、到处喷吐着水雾和盐沫的大海里，而是在我居住的那个简陋的农舍附近，一个梦也似的平静的小湖——苔丝蒙娜湖上。它虽不见得十分惊心动魄，航程也不太远，然而在那样一个雾气迷蒙的清晨，乘坐着那样一艘奇特的小舟，却充满了无穷无尽的兴味和瑰丽的幻想。它不仅使我初次尝试了水上行舟的滋味，在幼年的脑际里打下了一个永不磨灭的烙印，引导着我一步步走向海洋，过着头顶赤道的烈日和极地的风暴，两脚终年踏着摇晃不定的甲板的远洋水手生活，而且还在我的心灵深处埋下了一个神秘的疑问的种子，不停息地对自己发出探询的声音。最后终于促使我采取了一个不可思议的方式，横漂过波涛滚滚的大西洋，产生了你们都曾知晓的那一条轰动一时的新闻。

　　这一切，都得打从我的那一次古怪的处女航说起。

亲爱的朋友，请耐心些吧！我将毫无保留地把整个故事都原原本本地讲述给你们听……

泥炭沼里的独木舟

我的家乡苔丝蒙娜湖；独木舟是怎样发现的；倒霉的"处女航"，我们因此而结结实实地挨了一顿狠打。

我出生在美丽的英格兰北部的湖区，那儿是诗和传说的故乡。

华茨华斯、科尔利治、骚塞①都曾在这里留下了许多脍炙人口的诗篇。牧人和渔夫会告诉你许多关于坚毅勇敢的狮心王查理②，侠义无双的英雄罗宾汉③，云雾缭绕的七姊妹峰，神秘莫测的万特雷毒龙④，或是别的什么扣人心弦的山精和水妖的传说。

当我漫步在湖畔的那些玫瑰战争⑤时代遗留下来的花岗石古堡之间，或是溜达在夕阳和朝霞染红了的小山的巅尖，默默地睹视着变幻不定的湖上景色时，可以看见那里时而飘忽着一朵朵梦幻般悠闲的白云，灿烂的阳光把整个湖区都浸染成天国花园般的金黄色；时而在雨后的晴空里闪现出一道彩虹，好似天使头颅上的圣洁的光轮放射出璀璨的异彩；时而又蒙罩着一阵阵稀薄得如同轻尘一样的迷雾，好像温柔的湖上女神正披着半透明的曳地长纱衣，踮起脚尖从水波上悄悄走了过来。这一幕又一幕的风光，在我的心目中更增添了它的无限美丽和难以描述的神秘感，使人恍然觉着，这儿、那儿，仿佛到处都隐藏有一个个未知的疑谜，我的故乡苔丝蒙娜湖，可还是一个谜也似的神秘国度啊！

可是，这一切有什么能比泥炭层里的那艘橡树独木舟，更能诱

---

① 华茨华斯（1770—1850）、科尔利治（1772—1834）、骚塞（1774—1843），都是英国著名的诗人，都曾在英格兰北部的湖区生活过，被称为"湖滨诗人"。
② 狮心王查理（1157—1199），英格兰国王，是第三次十字军东征的领袖之一。
③ 罗宾汉，英格兰民间传说中的农民起义英雄。
④ 古英格兰传说中的妖怪，后来被一个勇士踢死。
⑤ 玫瑰战争指 1455—1485 年，英格兰封建贵族兰开斯特族（红玫瑰徽章）和约克族（白玫瑰徽章）之间争夺王位的战争。

惑我的幼小的心灵呢?

我还十分清楚地记得那一天,如同我作为一个水手,确凿知晓横暴的大西洋和地中海之间的直布罗陀的奇峭的山形一样。

那一天,天气十分晴朗,人们的心也从未这样爽朗过。因为排干一个湖湾挖掘泥炭的计划,立即就要如愿以偿了。

整个湖湾充满了喧嚣的人声、犬吠,以及一种节日般的喜气洋洋的气氛。

在所有的人之中,孩子们要算是最高兴的啦!因为原本是一泓清波的湖湾一下子亮了底,本身就是一件了不起的新鲜事儿,何况还能指望在湖泥里拾到种种稀奇古怪的物件呢?那股高兴劲儿就甭提了,真比一年一度的圣诞节,甚至比充满苹果布丁香味的圣诞大餐还更加快活。

我打着赤脚,跟在苏珊姐姐的后面,和一群野孩子在泥淖里到处乱翻乱找。这群孩子的"首领"叫托马斯,是一个满脸雀斑,长着一头乱蓬蓬的红头发的十五六岁的男孩。他和苏珊姐姐特别要好,处处小心翼翼地迁就着她。此刻正和她一起踩在没膝深的湖水里,起誓发愿地哄她说,要在水下为她寻找到一个真正的公主丢失的钻石戒指,或是女水妖遗落的魔法项珠。

眼看大孩子们都像长脚鹭鸶似的,扑通、扑通,跳下水去了,我真是又羡慕、又着急。急的是深怕他们会把所有的"宝物"都捞光了,而我由于气力微弱、个子瘦小,根本就甭想到湖水里去寻找什么。只能远远地落在后面,在乱糟糟的烂泥地里拣拾他们所不屑于理睬的剩余的东西。为了不放过每一个微小的机会,我找了一根细铁条,逐块逐片地仔细翻看每一个地段。虽然在污泥里也发现了一些东西,但大多数是不上眼的破罐头盒、碎玻璃瓶之类的玩意儿,毫无收藏的价值。转了好大一个圈,依旧两手空空的。

我不禁有些灰心了,干脆一屁股坐了下来。眼望着别的孩子在湖滨的水里忙忙碌碌地四处奔跑,听着他们每获得一件猎物时,发出的一阵阵欢呼,心里真不是滋味。尤其妒恨托马斯,他拾到的东西最多,几乎全都送给苏珊了。他们俩是那样的高兴,简直把我完全丢在脑后不理睬,我不由得感到十分委屈,低声抽咽着哭了起来。

我坐在地上哭了许久。因为没有一个人理睬我，自己哭得实在太没趣，才慢慢抽抽咽咽地收住了。这时，暖洋洋的太阳从云朵里露出了面孔，在我的脸上慈爱地吻了一下。我揉了揉被阳光照得几乎睁不开的眼睛，偏过头无意中朝前面不远处的一块泥炭地里瞥了一眼，突然有一段埋在泥里的树干映入了眼帘。

睁大眼睛再仔细一看，可不是么，千真万确地是一株大树。我虽然不能找到什么有趣的纪念品，但是只消把这株大树刨出来，运回家去作为过冬的劈柴，妈妈也准会奖赏给我一件小小的礼品，让自以为得意的苏珊看得眼红呢！

"啊哈！"我再也坐不住了，跳起来把头上的帽子往空中一抛，就朝那株半露在外面的树直冲过去。我有一个想法，先要绝对保密，不声不响地只凭自己的力量把它从头到尾地挖出来，然后再向大家骄傲地宣布，让所有的人都大吃一惊。

由于在泥炭里埋藏了很久，树干已经被染成黑黝黝的了，只在污泥里露出了一小段树干，前后不见首尾。在我的想象中，它一定是一棵枝叶扶疏的大树，不知是什么原因，由于湖岸坍塌了，才倾倒在湖中的。在它的枝梢上，说不定还残留着一些未曾腐烂尽的硬壳果，树身上也许还刻有"侠盗"罗宾汉，或是别的英雄好汉们的亲笔签名呢！要真是这样，那可太好了。

我费尽了气力才把它面上的污泥刨掉，忙不迭地一看，啊！这是怎么一回事？既没有枝叶，也没有树根，而是被砍削得光溜溜的，前面带一个尖儿。从侧面再一刨，另一个意想不到的景象把我弄得目瞪口呆。原来，这根"树干"已被从头到尾剖开，只留下了一半。就是这半片树身也被凿得空空的，像是有谁特意这样制作似的。

为什么树梢被削得尖尖的，树身被凿空了？这是谁干的事？为什么会埋藏在湖底的泥炭层里？一个又一个的问题在头脑里飞快地翻动着，都迫切要求得到满意的解答。

太阳再一次从流云中显现出来，金色的阳光在凿空的树身上闪耀了一下，突然我的头脑一亮，想出了这是什么东西。船！这是一只古代的独木舟。啊哈！它可比妈妈讲给我听的狮心王、罗宾汉和克伦威尔大将军①都要久远得多啊!

"船,快来呀!这儿有一只船。"我不由心花怒放,再也无法沉住气,手舞足蹈地大声喊了起来。

喊声惊动了所有的人,大家一窝蜂拥了过来,绕着它看来看去,喋喋议论不休。最后,一致同意,这是一只古代的橡树独木舟。几个壮年汉子把它扛起来,放到水里试一试,果真能像小船一样在水上漂浮。孩子们跳着闹着,眼巴巴地瞧着他们在水上划了一圈,那种既高兴又妒忌的劲儿就甭提了。谁都想爬上去玩一玩,但是家长们都严格禁止自己的孩子挨近这只船,生怕它不牢靠,会翻过身子把我们淹死。甚至勇武有力的托马斯也被他的妈妈揪着耳朵从水边拖回去,不准往前再迈一步。

那天夜晚,我起初躺在床上翻来覆去地睡不着,后来又梦见乘坐着那艘独木舟,张挂了一幅五彩缤纷的船帆,像是《一千零一夜》中的水手辛巴德似的,驶进了波光闪闪的大海洋。

天快亮的时候,忽然被一个轻轻叩击窗玻璃的声音惊醒了。支起耳朵一听,外面有一个男孩子压低了嗓子在悄声呼唤:"苏珊,苏珊……"抬头一看,只见一团蓬蓬松松的红头发在窗外晃了一下。不消说,准是托马斯这个家伙,他和苏珊姐姐鬼鬼祟祟约好了的。

苏珊姐姐还在磨磨蹭蹭地穿衣服,红头发托马斯又着急地催促道:"快一点!要不,我们就会来不及了。"外面还有几个隐藏在暗处的男孩子发出不耐烦的声音:"汤米②,雾快散了!"

他们这一说,我可猜出是怎么一回事了,准是想去划那只宝贝独木舟,我的睡意一下子消失得无影无踪,从床上一骨碌跳起来,披上衣服就往窗口跑。

"威利,你来干什么?"苏珊姐姐扭转身子,皱着眉头质问我。

"哼!独木舟是我找到的。想偷偷撇开我去划着玩,没有那么便宜。"我一面扣衣服,一面气呼呼地回答。

"你年纪太小,到水上去太危险。"托马斯哄骗我说。从脸色可

---

① 克伦威尔(1599—1658),英国政治家,1649 年处死英王查理一世,建立军事独裁的"共和制",自任"护国公"。

② 汤米,是托马斯的爱称。

以看出来，他是硬捺住性子的，表现得很不耐烦。

"如果不要我去，我就要放声喊了。爸爸妈妈起来，谁也别想去玩。"我气鼓鼓地威胁道。

托马斯和苏珊你瞧瞧我、我瞧瞧你，说不出一句话来。外面那几个孩子沉不住气了，催促道："算啦，就带他去吧！"苏珊姐姐无可奈何地叹了一口气，点了点头，托马斯才皱着眉毛，伸手把我从窗口里拖了出去。

外面静悄悄的，浓密的雾气把所有的一切都罩裹起来，正是进行冒险活动的好时机。

一路上，大伙儿叽叽喳喳地议论个不停，有人探问："我们在水上扮演什么呢？"

"海军上将纳尔逊①和拿破仑的舰队开战。"一个伙伴嚷道。

"德雷克大将②，打败西班牙无敌舰队。"另一个伙伴说。

"我想当科克船长③，去发现太平洋上的珊瑚岛。"

"还是扮演哥伦布④吧！"

"……"

"别嚷啦！"托马斯不耐烦地说，"我们要去发现新大陆，但是不做早就听得发腻了的哥伦布。让我们扮演勇敢的海盗红头发埃立克吧！他比哥伦布整整早500年就发现了美洲。"

"太妙啦！托马斯的头发也是红的，就让他扮演埃立克吧！我们都做他手下的海盗。"所有的孩子都高兴地喊道。

"我呢，我是什么角色？"我揪住他的衣角，焦急地探问。

"苏珊是海盗掳来的一位公主，你是她从前的卫士，也是一个俘虏。"托马斯指派说。我细细一想，自己不仅要随船经历探险，还有

---

① 纳尔逊（1758—1805），英国海军大将，1805年在特拉法尔加大败法国和西班牙联合舰队，他也在这场海战中阵亡。

② 德雷克（约1540—1590），英国海军大将，1588年击溃入侵的西班牙"无敌舰队"。

③ 科克（1728—1779），英国著名航海家，曾进行三次环球航行，在太平洋上发现了许多岛屿。

④ 哥伦布（约1451—1506），意大利探险家、航海家，大航海时代的主要人物之一，1492年发现新大陆。

暗中保护苏珊，帮助她脱逃的任务，更加富于神秘的气息，也高高兴兴地同意了。

我们在雾中找到了那只独木舟，一个接一个爬上去。握住事先准备好的船桨和篙杆，悄悄划进了湖心。

托马斯用花手帕包着脑袋，有意在前额露出一缕卷曲的红头发。拾了一根木炭，在嘴唇上画了两撇往上翘的胡子。腰间扎了一根从家里偷出来的宽皮带，一边插了一把木手枪。威风凛凛地叉开两条腿，站在船中央指挥航行，活像是一个真正的海盗船长。

我紧挨着苏珊姐姐蹲在船头上，根据我们所扮演的身份，不能随便活动。说句实在的，独木舟的船身圆溜溜的，像是一根漂木，不住地左右摇晃，坐在上面真是吓得要命，我挨靠着苏珊姐姐，紧紧攥住她的裙子，压根儿就不敢随便挪动一下。

"注意啦！我们现在是在北海上航行，小心风浪和雾里漂过来的冰山。"托马斯神气活现地发布命令说。一面把两只手的食指和拇指圈起来，贴在眼睛边上，装作使用望远镜在朝远方窥望似的。

后面几个男孩用力划着桨，激情冲动地唱起了一支水手的歌：

> 我愿做一个水手去远航，
> 驾着船儿航行在海上。
> 波涛滚滚、大海茫茫，
> 勇敢的水手驶向前方。
> 风儿吹着船帆呼啦啦地响，
> 我的心儿也随风飘荡。
> 冲过暗礁、冲过急浪，
> 小船儿张开了幻想的翅膀。
> 大海啊！我为你而歌唱，
> 你一望无边、无限宽广。
> 蓝色的大海、美丽的大海，
> 永远滚动在我们的心上。
> 神秘的新大陆，你在何方？
> 我们驾着小船，要把你探访。

狂风怒号、波涛汹涌，

不能把我们的脚步阻挡。

这天早晨的雾气特别浓密，只见四周迷迷蒙蒙、一片白茫茫的，分不清哪儿是天，哪儿是水，更甭想望见对面的湖岸了。歌声一停，水上一片静悄悄，只有船桨一下又一下轻轻划开水面的"拨拉""拨拉"的声音，打破了湖上的岑寂，充满了使人感到特别兴奋的神秘感，更加使人恍然觉着真的是在望不见边的北方海洋上航行似的。

"喂，孩子，你是第一次在海上航行吗?"托马斯"船长"绷起面孔，威严地问我。

"是的。"我的声音由于对"海"的恐惧和他的敬畏而变得嗫嚅不清，整个身心已经完全被这场游戏的神秘气氛所感染了。

"那么，你记住，这就是你的处女航，让我给你施行一次海盗的洗礼吧!"他把一根当作长剑的木棍放在我的前额上，态度庄严地说。

我闭住眼睛，挺起腰板，屈着一只腿跪在他的面前，希图用自己的幻想，来把这场神秘的仪式补充得更加完善。

想不到正在这时，前面忽然传来一阵狗叫和人们奔跑的脚步声。

"前面有人。"一个扮演小喽啰的孩子向托马斯报告说。

"肯定是印第安人。"托马斯说。他随即把双臂高高伸起，伸向冥冥的天空，拖长了嗓音喊道："感谢上帝，我们就要踏上新大陆的海岸了!"

"好啊!"大伙都心花怒放地跟着喊了起来。

唉，想不到这一阵欢呼没有赢得天使的青睐，却招惹了一场倒霉透顶的麻烦，喊声刚刚一停，前面就传来了一阵粗野的叱骂声。

"汤米，快回来!"这是他的妈妈的声音。

"哈利，你的胆子真大，小心我剥了你的皮!"

"江尼……"

"弗里克……"

一声又一声的喊叫，夹杂着咒骂和威胁，好像就来自咱们的鼻尖面前不远的地方。准是托马斯这个笨蛋在浓雾里迷了方向，指挥着独木舟在水上转了一个圈子，又晕头转向地划回原来出发的地方了。我吓得用手捂住耳朵，一头扎到苏珊姐姐的裙兜里，就在这时，对面传来了爸爸和妈妈的怒不可遏的声音："苏珊，威利……"

"糟啦！遇见了西班牙巡洋舰队，赶快回航。"托马斯的嘴唇打着哆嗦，脸色变得铁青，小声发出命令，但是时间已经晚了，"海盗"船上已经乱成了一团。他手下的那些勇敢的水手们，一个个被催命鬼似的喊叫弄得心慌意乱，在船上手脚无措，身子东倒西歪，弄得独木舟左右直晃荡，船身猛地一下倾斜，朝侧面翻了过去，所有的人都落到了冰冷的水里。

"救命啦！"不知是谁吓得大声喊了起来。我还来不及张开嘴巴，便咕噜、咕噜地接连喝了好几口水，身子直往下沉。说时迟、那时快，托马斯一手托住苏珊，一手拖住我，两只脚扑通、扑通地踢着水，推送着我们往前游。

还不到一分钟，对面的雾气里出现了一只小船。爸爸怒气冲冲地站在船头，一把揪住我的衣领，像抓小鸡似的将我从水里湿淋淋地提了起来。

那天回家，所有的人都结结实实挨了一顿狠打。我们的宝贝独木舟被爸爸用斧子劈得粉碎，真的当作劈柴了，我只来得及偷偷拾了一块碎片作为纪念。

那年冬天，英格兰北部的雪下得特别大。当我坐在暖洋洋的壁炉边，眼巴巴地瞧着爸爸和妈妈一面不住嘴地唠叨，一面把独木舟的碎片投进炉火，就不由得感到一阵阵说不出的悲伤，泪水忍不住滚滚流下来。

唉，这就是我那倒霉透顶的"处女航"！

我怎样变成了"说谎"的孩子

郡城历史博物馆；博学多闻的古德里奇教授对我的印象。

神秘的独木舟虽然在壁炉里化成了灰烬，可是那一次在苔丝蒙娜湖上的"处女航"，却始终萦回在我的心上，产生了难以平息的回响。随着我的年岁增大，它越来越困扰着我。一个压抑不住的声音在心底里不停地呼问：“谁是独木舟的真正的主人，它在湖底沉睡了多少岁月？为什么会沉没在这里……”

几年以后，我已经成长为一个少年，一次随着乡村学校的一批学童，来到郡城的历史博物馆参观。在那儿，陈放着大不列颠及北爱尔兰联合王国的土地上所发现的许多珍贵文物，从石器时代的燧石手斧，到中世纪的青铜大炮，真是琳琅满目、美不胜收。

但是其中最使我感兴趣的，是搁置在最偏僻的角落里的一艘古代的独木舟。我注意到，它虽然也是一株大树做成的，样式和大小却都和我在苔丝蒙娜湖里所发现的不同。时间悄悄地过去，天色逐渐昏暗下来，参观的人们几乎都散尽了，我还呆呆地站在那儿，目不转睛地盯视着它一动也不动。

我沉浸在思索中，没有注意到头发斑白的博物馆馆长古德里奇教授悄悄走到我的身边。

“孩子，你对它感兴趣吗？”他态度和蔼地问道。

“是的。”我答道。

“为什么呢？”他笑眯眯地又问。

“因为它和我从前看过的一艘独木舟不同。”

“你在什么地方，曾经看过一艘独木舟？”他对我的回答显然产生了兴趣。

“在我的家乡苔丝蒙娜湖。”

“等一等，孩子，让我想一想。”古德里奇教授的头脑是全郡最好的一部考古收藏记录，他皱着眉毛只略略思索了一下，就笑着说，“不！你弄错了，苔丝蒙娜湖从来没有发现过什么独木舟。”

“请您相信，这是真的，”我分辩说，“因为它就是我发现的。”

窗外，夜色已经徐徐展开，远远近近的灯光像是一大把撒向人间的星星，一盏接一盏地都闪亮了。一个工作人员走过来，像是表示催我赶快离馆的意思。古德里奇教授却连头也没有回，便挥了挥手示意他走开，他亲自从旁边搬了两张凳子，吩咐我坐下来。像是面对一个尊贵的客人，极有礼貌地要求我把经过情况从头到尾告诉他。当我一口气说完之后，他感到非常惋惜，静静地坐着不做一声。这样珍贵的一只史前时期的独木舟，竟然化为一缕青烟从屋顶的烟囱里飘散了出去，过去在本郡还从来没有发生过这样严重的毁坏文物的事件呢！

"你还记得它是什么模样吗？"隔了好半晌，他才轻声地问我。

"当然记得啦！"坐在这样一位态度严肃、很有学问的老教授的面前，使我感到受宠若惊。为了说得更清楚，我向他要了一张纸和一支笔，凭记忆画出了那只已经被劈碎烧掉的独木舟的草图。

画笔虽然不够十分工整，但是我自信已将它的基本形态特征准确无误地表达出来了。

谁知，古德里奇教授只把这幅画凑在眼镜边略微瞟了一眼，便用手把眼镜从鼻梁上一扶，目光从镜片下面溜出来，瞅着我问道："你敢保证，没有画错吗？"

我满怀自信地点了点头。

"嗨！你这个孩子，怎么和老头儿开起玩笑来了。"他颇为失望地叹了一口气，"咱们这儿根本就没有这种样式的独木舟啊！"

"我敢起誓，真有这么一回事。"我感到受了委屈，心里发急了。

"不可能！这绝对不可能。"古德里奇教授的面容严肃，极其坚定地摇了摇头。

"为什么？这明明是在苔丝蒙娜湖底发现的嘛！"

"因为这是美洲印第安人的，不仅在英国，就是整个欧洲也不会找到这种样式的独木舟。"他解释说，眼睛里刚才的那种表示关切的神色已经没有了，代之以一种不以为然和嘲笑的意味，好像在说："嘿！你这个拖鼻涕的毛孩子，还想捉弄人呢！难道我这堂堂的郡城博物馆长，竟连英国的和印第安人的独木舟都分不清了吗？"

"天哪！印第安人，这是一个多么遥远而又神秘得不可捉摸的种族，怎么能和我那闭塞的苔丝蒙娜故乡扯到一起来呢？"我惊奇得张大了嘴巴，喉咙里像是堵上了一块硬邦邦的塞子，几乎说不出一句话。隔了好半晌才转过神来，涨红了面孔，吞吞吐吐地探问："难道咱们英国的独木舟都是一个样，没有一只和印第安人的相同？"

"你这个坏小子，别再想骗人了。"古德里奇教授哈哈笑了起来，"索性告诉你吧！两个互相隔开的古代民族，文化遗物是绝不可能完全相同的。"

"为什么?"我被一口气憋得哭丧着脸,可是心里还像想捞救命稻草似的继续追问。

"这是历史的法则。"他加重了语气,一字一顿地回答说。他的脸色变得很严峻,但是当他瞧着我因为被委屈得流下了眼泪,误以为我已经对这场"恶作剧"表示了忏悔,便重又展开笑容,宽厚地伸出手掌抚拍着我的金黄色的乱发,像最慈祥的老爷爷那样用教训的口吻说:"得啦!别哭了,只要以后不再撒谎,就是好孩子。"

经他这么一说,不知为什么,我倒真的伤心地哭了起来,任凭他牵着我的手,把我一直送到博物馆大门的台阶前。

回家以后,我把经过一五一十地告诉苏珊姐姐和托马斯。红头发托马斯已经长成为一个身强力壮的小伙子了,在格拉斯哥的一艘南极捕鲸船上找了一份工作。这时,他正休假回到家乡,带着许多异国风味的稀奇的小玩意儿,和一双燃烧得更加炽烈的眼睛,来看我的苏珊姐姐。

"别哭了,好兄弟。"他像一个真正的捕鲸海员那样沉着坚定,把一只大手按在我的肩膀上,安慰我说,"以后有机会,咱们再挖一只好啦!"

"你不骗人?"我抬起头瞧着他,还在不住地抽泣。

"海员,怎么能骗人呢?放心吧!我一定要用事实来证明你没有弄错,哪怕流血也没有关系。"他的态度装作十分严肃,一面说话,一面用眼角朝我的姐姐偷偷地瞟了一眼,苏珊姐姐温柔地笑了。

神秘的印第安古都

我成了一个真正的水手,不得不承认古德里奇教授的话有几分道理;我在萨尔凡多博士那儿瞧见了什么?

托马斯虽是做了这样的保证,每年休假回家的时候,在我的撺掇下,也曾真的当着苏珊姐姐的面,脱光了膀子跳下湖去捞摸了几次,可是却什么也没有发现。不久,我在中学毕业以后,也走上了苔丝蒙娜地区的许多年轻人所走过的生活道路。捎着行囊,吻别了瘦得干瘪瘪、目光变得迟钝的父亲和流着眼泪的母亲，当然也少不了吻了吻亲爱的苏珊姐姐，迈开大步走向利物浦的海边。在那儿找了一份和托马斯同样的、整年与波涛和风暴嬉戏的差事。

我，妈妈从前最宠爱的小儿子，就摇身一变，成为"圣·玛利亚号"货轮上的一名身份低微的舱面水手了。

现在，我才算是真正走向大海了。它是这样的辽阔，比我所能想象的还要广阔得多；它是这样的碧蓝、这样的深沉，散发出蓝幽幽的光彩，活像苏珊姐姐的大眼睛那样美丽、那样明亮；它又充满了那么多的奇闻轶事，几乎在每一个浪花里就隐藏有一个奇异的故事，比小时靠在炉火边，妈妈对我所讲的每一个神话传说都更加美妙动人，我随着"圣·玛利亚号"漂过了五洋四海，见识了许多异乡土地上的稀奇景物。可是，每当轮船停泊下来，我斜倚在船舷边最喜爱观看的，还是那些各式各样的，平头的，圆头的，翘起一个船尖儿的；宽身子的，窄身子的；带尾舵的和不带尾舵的小船。因为，我始终在琢磨那个老问题，并对郡城博物馆馆长古德里奇教授的话感到有些不服气。

"难道不同地区和民族的小船真的都存在着天渊之别，竟没有一只完全相同？"

起初，我是怀着这种不服气的心理来观察一切的。但是渐渐的，我就对古德里奇教授口服心服，不得不承认他所说的那个"历史的法则"是颠扑不破的真理了。因为经过反复比较，我竟找不到一个实例来说明他的话有半点不确切。剩下的问题只是怎样想出一个办法，向那位可敬的老人证明我是诚实的，并且要寻求一种合理的解释，来说清美洲印第安式的独木舟在苔丝蒙娜湖底出现之谜。

这可真是一个比沉默的司芬克斯①还更加难解的疑谜啊！

但是，想不到一次偶然的机会，我竟在几千海里②外的新大陆上得到了解决这一难题的钥匙。

有一次，我们的老"圣·玛利亚号"在墨西哥湾尤卡坦半岛海外的珊瑚礁上，倒霉地碰撞了一下，船头的龙骨上擦破了一个洞。

---

① 埃及的狮身人面塑像。传说它千百年来都蹲伏在沙漠里，让过往行人猜测一个难解的疑谜。

② 计量海洋上距离的长度单位。1 海里等于 1 852 米。

船长不得不下令采取紧急措施，在墨西哥的一个港口靠了岸，驶入船坞进行检修。这件事虽然万分不幸，被船长带着沉重的心情记在航海日记上，然而对我们整天在钢铁甲板上忙忙碌碌的舱面水手来说，反倒是一件极其有趣的大好事情。因为这样一来，我们就可能暂时摆开那些绞盘、锚链、吊货杆，无忧无虑地在这个有欢乐的吉他和仙人掌的国度里尽情游逛几天了。

有一位伙伴提议乘此机会到举世闻名的印第安人的一个古国遗址去参观，我掂了掂荷包，仔细计算了费用之后，立刻便欣然同意了。

这是一个美丽无比的湖上古城，建筑在湖心的一个小岛上，有三条宽阔的堤坝和湖岸相连。湖岸边环绕着枝叶飘拂的热带丛林，一片葱葱茏茏望不见边。隔着宽展的湖面，还能随风吹送来一阵阵浓郁扑鼻的林木的清香。使它宛然像是一颗光华四射的金刚钻石，镶嵌在柔软的绿色地毯上似的。

虽然由于年代久远，经过了无情的时光的消磨和西班牙殖民者的疯狂破坏，大多数的房屋已经毁坏了，但是仍然有一些保存得比较完好的建筑物在废墟中耸立着。其中，主要是一些用巨大石块砌成的庙宇和宫殿。墙壁、门槛和粗大的大理石圆柱上，到处都装饰着一组组刻凿得异常生动的浅浮雕像，记录了许多有趣的古代神话故事。甚至，在这儿还有一座像是我们在埃及所曾见过的雄伟的金字塔呢！墨西哥朋友告诉我们，这是祭祀太阳神的，塔顶缀饰着一个金色的太阳光轮，据说，在有些地方，太阳神的宏伟的宫殿建筑在截去了尖角的金字塔顶端。人们怀着虔敬的心情，沿着金字塔的阶梯状斜坡走上去，金光灿灿的宫殿仿佛就坐落在天穹的中央。灿烂夺目的太阳光从头顶洒落下来，好像就是从庙宇的神龛上直接照射下来似的。

我们怀着好奇的心情，沿着废墟里的碎石路漫步前行，纵目浏览着古城的风光。它是这样的瑰丽多彩，使整个城市看起来就像是一座规模宏伟的古物陈列馆。热带的阳光映照着它，弥漫着一种无限庄严、雄伟和神秘的气息。

啊！这是一个多么了不起的国度，亲爱的朋友们，也许读到这里，你们都能猜测到，打从古德里奇教授对我的那幅独木舟的图画做出鉴定以来，我的头脑深处就一直萦牵着美洲的印第安人，总觉得苔丝蒙娜湖底的那只独木舟，和这个遥远的民族有着某种难以描述的隐秘的联系。如今来到这里，怎能不找个机会弄个水落石出？

好客的墨西哥朋友听了我的追述以后，极其热情地把我们引带到当地的博物馆，去拜访馆长萨尔凡多博士，相信他一定会给予我满意的解答。当地的博物馆汇集了印第安各民族的古代文化的精华。我无法用适当的言语来描述当我们步入它的大门时的心情。这是一座具有浓厚的民族色彩的花岗石建筑，凹凸不平的墙面上绘着大幅五颜六色的彩色壁画，门楼上塑有一个带翅膀的蛇首人身的神像。只消对它看上第一眼，就会使人不由不对古代印第安人的灿烂文化产生无限敬佩的心情。

馆内宽敞明亮的大理石廊道两边，陈列着数不清的珍奇的展品。包括原始时期的狩猎工具——吹箭筒和带黑曜石尖的投枪，充作货币的可可豆，装满金沙的鹅毛管，用彩色颜料书写在棕皮纸上的诗歌手稿，龙舌兰织成的绳索和布，编织巧妙、色彩鲜艳的羽绣，青铜和黄金铸成的器皿，宝石、软玉和绿松石镶嵌的首饰……我们看得眼花缭乱，不知该首先观察哪一样才好。

"古代印第安人的文化多么丰富多彩啊！"一个伙伴不禁发出了赞叹。

"可惜大多数已经被西班牙殖民主义者破坏了。"另一个伙伴十分感慨地说。

"说得好！"陪伴的墨西哥朋友说，"西班牙殖民主义者毁灭了这里的高度文明，还自称是带来了文明的火炬的使者呢！"

接着，他回过头来问我们："你们知道这帮海盗在新大陆掠夺了多少财富吗？只是在这儿的一个王宫的地下室里，他们抢走的珠宝就值 15 万金比索。这帮匪徒离开这里的那个夜晚，每个士兵的荷包里都装满了宝石，脖子上挂着金链，皮靴里塞满金条。在南方的秘鲁的印加古国，他们毁坏了一座用纯金铸成各种树木和花卉的神秘'花园'。为了抢夺金框，竟把镶在框内的图画文字①全部捣毁了。在那里，有些殖民主义者的骑兵，甚至在马蹄上也钉上了白银。"

———————————

① 一种图解式的古文字。

"强盗!"我的一位伙伴激动地喊了起来,"他们还把创造了这样灿烂文化的民族称为野蛮人,不感到羞耻吗?"

"遗憾的是,至今还有一些种族主义者坚持这种观点,认为欧洲人'发现'新大陆之前,这儿是一片'文化的荒漠'呢!"那位墨西哥朋友提醒我们说。

"多么可耻啊!"我心里想,"如果我有机会,一定要设法证明古印第安人的勇敢和智慧,它是一个永远值得人们尊敬的伟大民族。"

我们边谈边走,在廊道尽头的一间整洁的办公室里见到萨尔凡多博士。他是一位十分和蔼,并具有墨西哥民族所特有的热情的老人,一见面,便忙着张罗座位,招呼我们坐下。

"是的,这肯定是美洲印第安人的独木舟。如果我没有弄错的话,这就是属于居住在尤卡坦半岛的古代印第安人的。"他含着笑容耐心地听完我的叙述,又十分仔细地审视了我画的一幅草图以后说。

"来吧!朋友们,请到这儿来参观。"他拉着我的手,走进旁边的另一间展览室,那里陈列着各种各样的水上工具。在许多网具和鱼钩、鱼叉之间,横躺着一些船只。有渔船、战艇和为了适应海上的风浪而制造的双身独木舟。还有一座"水上花园",是用淤泥涂抹在芦苇编成的"芦筏"上做成的,上面种植着西红柿、南瓜和别的蔬菜。

"印第安人不只是草原和高山的主人,也是一个海上民族。"萨尔凡多博士解释说。他笑滋滋地把我们引到展览室的一个角落里,那儿静静地放着一只橡树独木舟。我只瞥视了一眼,就不由惊奇得张大了嘴巴,说不出一句话来了。因为它和我的父母劈成木柴的那一只简直一模一样。如果不是船身上显出清晰的木纹,没有被泥炭染黑的痕迹,我会真的以为出现了奇迹。从烟囱里升上天空的青烟,像神话中的魔鬼一样飞到这儿凝聚成形,重新出现在我的眼前呢!

"你所见过的那一只,就是这种样式吗?"萨尔凡多博士问我。

我的伙伴们都围在他的身后,眼睛直勾勾地瞅着我,等待我发表意见。

"是的。"我忙不迭地直点头,竟说不出一句更多的话来。然而,这一次是突如其来的巨大喜悦所造成的,而不是多年前站在古德里奇教授面前的那副丧魂失魄的狼狈模样。

"感谢你，亲爱的朋友。你可知道，你已完成了一件多么了不起的发现吗？"萨尔凡多博士热情洋溢地张开手臂，把我紧紧地拥抱在怀里。

"我知道这是怎么一回事了，美洲印第安人曾经到过我的故乡英格兰。"我激动地说出自己的意见。

"是的，朋友，"萨尔凡多博士也同样万分激动，"这就意味着，不是欧洲的殖民主义者'发现'了新大陆，而是美洲来的'哥伦布'首先到达欧洲。请把你保存的那块独木舟碎片给我，我将要使用放射性碳－14法测定它的年龄。"

"好啊！"我的船友们都高兴得喊了起来，不由分说便把我抬起，一次、一次地往天花板上抛。萨尔凡多博士含着宽宏大量的微笑站在一旁观看，似乎毫不心疼我会否落下来碰损了陈列的古物。

但是，证实了苔丝蒙娜湖底的独木舟是印第安人的遗物，并不等于问题的终结。现在，我必须圆满解答另一个新冒出来的更加困难的问题。古代的印第安人怎样驾驶着这种小小的独木舟，横过白浪滔天的大西洋，从几千海里外的墨西哥到达英格兰？难道他们会有什么神奇的法术，能够平息海上的风波，并能顺利导航，安全到达目的地吗？

在回船的路上，我们一直议论不休。当"圣·玛利亚号"起航返回英国的途中，我们也在甲板上展开了热烈的讨论。

夜，披着嵌满了繁星的黑天鹅绒大氅，蒙盖在茫茫的大海上。

每一颗星星都在不住眨巴着眼睛，像是也在用心思索着这个古怪的疑谜。

"也许他们是随风漂去的。"一个伙伴猜测说。

"这样小的独木舟，怎么能安全漂到大西洋对岸？"另一个伙伴反驳道。

"很有可能绝大多数都沉了，只有少数几个幸运儿才逃脱了危险。"刚才那个水手解释说。

"不管你怎么说，我总不相信独木舟会漂那样远。"

"我看，这完全有可能。"一直坐在黑影里，咂巴着烟斗没有作声的鲍勃大叔说。他是全船水手中年纪最大的一个，海上经验非常丰富。用海员习惯讲的行话来说，真是一头不折不扣的老"海狼"，深受伙伴们的敬重，就是船长和大副也对他敬畏三分。他一说话，所有的人便都安静了下来，准备仔细倾听他的意见。

"孩子们，别争吵了。瞧瞧你们的脚下吧！"他用沙哑的嗓音述说道。

"我们的脚下是什么，那不是涂满油污的钢铁甲板吗？"他的话使人感到有些摸不着头脑。我小心翼翼地挪开脚板，瞅着刚才放脚的地方，弄不明白是怎么一回事。

很可能大伙所想的都和我相同。一个和我年龄相仿的年轻水手涨红了脸，结结巴巴地问："鲍勃大叔，脚底下不是甲板吗？"

"是呀！我们脚下踩的除了钢铁甲板，再也没有别的东西了。"

别的人也忙着点头称是，大家都转过头来瞅着鲍勃大叔。他却不慌不忙地吸了一口烟，接着又发问："你们想过没有，甲板下面又是什么呢？"

"货舱。"黑暗中，一个冒失鬼不假思索地回答说。

"货舱的下面呢？"

"是船底。"

"船底再往下呢？"鲍勃大叔一步紧似一步地追问。

"是海嘛！唉，鲍勃大叔，您真会开玩笑，简直把我们当成小孩子，欺侮我们连大海也不认识了。"大伙不觉松了一口气，忍不住嘻嘻哈哈地哄笑起来。

"是啊！是大海。"鲍勃大叔意味深长地眨了眨眼睛说，"但是要认识咱们这个古老的海洋，可不是那么容易啊！"

"大叔，您别卖关子了，快告诉我们是怎么一回事吧！"一个小伙子态度诚挚地恳求道。

"说吧，大叔，快告诉我们吧！"大家觉得他的话里有话，都一股劲地催促他说。

经咱们这么一催再催，鲍勃大叔才张开嘴，慢慢从肚皮里倒出了谜底。

"海，倒是海，可是海里的情况到处不一样。"他说，"现在，咱们的老'圣·玛利亚号'在什么地方，是在墨西哥湾流上啊！"

啊！墨西哥湾流，他的这句话像黑夜中的闪电一样照亮了我的头脑。嗨！我怎么这样糊涂透顶，会把它给搞忘了。大名鼎鼎的墨西哥湾流，宽 20 多海里，以每小时 3～4 海里的速度穿过古巴和美国之间的海峡，像一条浩浩荡荡的海上"河流"，一直涌向大西洋对岸的欧洲。它抹过了大不列颠群岛的西侧，冲到挪威的海岸边。在那儿，当地特有的峭壁像一堵高墙似的挡住了它。迫使它偏转了流向，绕过欧洲最北端的海岸，一直流到新地岛附近。

用自身从暖和的南方海洋上带来的余热，溶化了极地的冰块。

远古时期，人们传说海克利斯柱①以西的大海漫无边际，最后泻入了深不见底的海渊，谁也不敢冒险驶到那儿去。正是它，宽阔的墨西哥湾流，从热带的美洲大陆的岸边和加勒比海上的群岛，冲带来许多南方特有的树木，推送到荒凉贫瘠的北欧海岸边。像是一个智慧的海上老人，在人们面前默默展开一个司芬克斯式的哑谜，让人们猜测这些常绿阔叶树木的由来。

聪明的诺曼人终于猜出了是怎么一回事。这意味着在大洋的极西处有一个终年常春的极乐世界，鼓励着他们去寻找它、占有它。正是在这一启下，他们在公元 9 世纪的中叶，从挪威航行到了冰岛，在那儿建立了居留地。公元 920 年，贡布尔到达了西边的一个更大的岛屿。接着，红头发埃立克也到了那里，经过长久的探寻之后，在阴沉沉的冰川盘踞的海岸边，终于发现了一块长满新鲜的青草的平原，给它取了一个十分美丽的名字，称作"格陵兰"，就是"绿色的草地"的意思，后来，他的儿子里奥尔又从这里出发，在 11 世纪初到达了更南边的纽芬兰。就是伟大的地理发现家哥伦布本人，也是在这样的启发下，才扬起他的骄傲的船帆啊！

"鲍勃大叔，你的意思是不是说，墨西哥湾流有可能把一只失去操纵能力的印第安独木舟冲带到了英格兰？"我问道。

"是的，亲爱的孩子，我正是这个意思。"鲍勃大叔又在黑暗中衔上了烟气缭绕的烟斗，眼睛里闪露出一丝赞许的笑意。

---

① 海克利斯柱，是直布罗陀的古称。

我有了一个新主意

> 古德里奇教授又摇了摇头；世界怎样在我的面前忽然
> 分成了两半，我被淹没在邮件的浪潮中；血，托马斯的鲜
> 血；古德里奇带来了一件意外的礼品。

我无法用言语来形容，当我返回英国以后，趁着假期回到故乡时的激动心情。

我和苏珊姐姐来到了湖边。这是一个典型的英格兰仲夏的晴天，天空中散布着一些羽毛状的纤云，在暖洋洋的太阳下，仿佛一切都睡着了。别说是山岭、田野和湖边荫蔽地的树林，甚至就连最喜爱到处晃荡的风儿，也收敛了翅膀，不知溜到哪个隐蔽的岩洞里或是浓密的槲树丛中打瞌睡去了。湖水静悄悄的，像一面平滑光亮的镜子，连一丁点儿涟漪儿也没有。故乡的湖上女神就是用这种异乎寻常的缄默，来迎接我这个从远方归来的孩子。

可是，苔丝蒙娜，你这美丽而又狡狯的女神啊！现在再也别想用这种神秘面纱来遮住自己的面孔，用沉默来掩饰心中隐藏的秘密了。我可明白在你的怀抱里究竟隐藏有一个什么样的宝贝，那可是有关你的传说中的最震撼人心的一个啊！

"印第安人曾经到过这儿，这是多么不可思议的事情！"苏珊姐姐睁大了眼睛，不知道该怎么说才好。这个惊人的消息通过她的嘴传了出去，很快就传遍了整个湖区。我相信，或许郡城和伦敦桥上的人们也都知道了吧！

我怀着胜利者的喜悦，再一次到郡城博物馆去会见古德里奇教授。从上一次见面以来，他已经苍老了许多，头发完全变成雪白了，好像洒上了厚厚的一层银粉。但是他的精神还很旺盛，仍然和过去一样，笑容可掬地在会客室里接待了我，以英国学者所特有的那种彬彬有礼，但是却一丝不苟的严谨态度来倾听我的谈话。

"年轻的朋友，我很高兴看见你已经长成为一个有为的青年。这一次，你又有什么新鲜事儿要告诉我呢？"他用语调低沉、然而却十

分柔和悦耳的乡音欢迎我说。

当我说明了新的情况，他又像当年那样展颜笑了，"唉，威利，我很佩服你的这种孜孜不倦的好学精神，我相信你说的也许不是假话。但是，科学需要确凿的证据，没有令人信服的证据来证明你所说的话，即使我举手赞成，全世界也会不相信的。"

他的话像一瓢冷水又浇在我的头上，把满怀的高兴都一下子化为乌有了。现在我才更加恼恨我那无知的父母，要是我有一只魔法师的戒指或是《一千零一夜》中的怪洋灯，能够施用法术使那只独木舟重新出现在眼前，那该有多好！

古德里奇教授看出了我的心思，语气平和地安慰我说："别难受，孩子，科学研究的道路上从来也不是一帆风顺的。鼓起信心来，我相信你一定会获得胜利。"

稍稍歇了一会儿，他又对我说："让我们来帮助你吧！在苔丝蒙娜湖挖一下，看看是不是真有那么一回事。"

哎，这句话才是最悦耳中听的啊！我高兴得从铺垫着绿天鹅绒的背靠椅上跳了起来。也不顾老人愿意不愿意，便紧紧搂抱着他的脖子，在他那长满胡髭的脸颊上狠命地吻了一下。

短促的假期不允许我在故乡过多停留，我很快就辞别了年迈的双亲、苏珊姐姐和可敬的古德里奇教授，重新回到簸摇不定的海上。说也稀奇，自从我在地球上的那个最偏僻的角落——苔丝蒙娜湖边，发表了一通关于美洲印第安人曾经踏上过我们这个古老的国土的议论以后，命运女神就以一种从未见识过的奇特方式紧紧追随着我，给我带来了许多喜悦的和不那么令人感到喜悦的消息。

几个月以来，不管我们的"圣·玛利亚号"驶行到什么地方，欧洲的汉堡、那不勒斯，美洲的纽约、里约热内卢，非洲的丹吉尔、蒙巴萨，甚至在遥远的东方的上海和香港，总有一大包邮件在港口静静地等待着我。这些不相识的朋友都对我的发现表示善意的关怀和支持。有的人连篇累牍地抄录了许多相干的，或是不相干的材料，提供我进一步研究时作为参考。还有人提出了一些艰深得使我摸不着头脑和幼稚得同样令我瞠目结舌、无法置答的问题，使我感到既兴奋又惭愧，同时觉得自己在世界上并不是孤立无援的。

"威利，世界在向你欢呼呢！"伙伴们对我说。

是的，相识和不相识的朋友都为我的发现而感到高兴，鼓励我继续努力，彻底解决这个考古学上的重大疑谜。

他们为什么要这样做？除了学术上的原因以外，还如一位美洲黑人朋友在信中所说的那样："……因为这个问题揭破了老殖民主义者吹嘘自己是万能的，因而也是最高贵的神话，也大灭了现代种族主义者的威风。所以它不仅是一个纯学术的考古问题，还具有极大的现实意义。"

但是在来信中，也有极少数怀着明显的敌意。咒骂我是不学无术的江湖骗子，心怀不满的邪说散播者。质问我："到底怀有什么不可告人的秘密，凭什么说野蛮落后的红种印第安人，居然能在伟大的哥伦布把文明带到新大陆之前，首先到达神圣的欧洲海岸，并且还能在美丽动人的苔丝蒙娜湖边住了下来，玷污了那儿的山水？"污蔑我得到了"低贱的"有色人种的金钱，把灵魂出卖给了异教的魔鬼。还有人表示怀疑，我自身的躯体里是否流有美洲印第安人的血液，声称要成立专门委员会来对我的族谱进行彻底清查。甚至有人宣布在所谓的"种族法庭"上对我进行了缺席审判，随信附寄来一粒子弹，扬言要结果我的性命。

感谢上帝的是，我的父亲只是一个贫贱的庄稼汉。既不是大名鼎鼎的白金汉公爵，也不是维多利亚女皇的显赫的勋戚。从来也没有带烫金封面，并且印有贵族徽章的"族谱"，以供这些大人先生们的"清查"。但是这些过激的言论却使我目瞪口呆，不知该怎样来回答才好。霎时间，便觉得我这个周身油污的舱面水手，忽然成为咱们这个星球上的议论的中心。整个世界一下子在我的面前分成了两半，不是敌人，便是朋友。而我要再一次感谢上帝的是，在命运的天平上，好心的朋友多得多，咒骂和威吓我的人只有那么微不足道的少数几个。要不，我早就被人吊起来，像个稻草人似的随风乱转了。

话虽是这样说，每逢踏上一个新的港岸的时候，总有一些好心的船友自告奋勇地紧紧伴随着我，以防万一遇着不测。他们大抵是来自苏格兰高地和英格兰密林中的好汉，再不就是咱们的船主从世界各地招募来的英雄豪杰们，捏紧了拳头，足以揍翻任何一个种族主义者的暴徒，叫他七窍流血，三天也别想从地皮上爬起来。

但是，种族主义者的罪恶的手并没有因此而停止了行动，终于使我为此而流下了眼泪。

那是一个细雨濛濛的早晨，轮船停泊在北美洲东北部的一个港口。我像往常一样怀着兴趣拆着新收到的一堆信件。忽然，一个贴着女王头像邮票的洁白信封引起了我的注意。那是苏珊姐姐的熟悉的笔迹，连忙拆开就看。万料不到映入我的眼帘的第一行字就是：

> 威利，亲爱的弟弟，我流着眼泪告诉你一个不幸的消息……

这是怎么一回事？我立即一口气急匆匆地读了下去。信上是这样写的：

> ……汤米被谋杀了。因为他实践了自己的诺言，在苔丝蒙娜湖底找到了一把绑在木棍上的燧石战斧。据古德里奇教授鉴定，这无疑是属于美洲印第安人的，汤米决定要亲自送到你的手里。
>
> 想不到，消息传出去。当他乘坐的船在南非的德班港停靠的时候，当天夜晚就被人从背后捅了一刀，石斧也被抢走了。留下一张字条，用木炭写着"卑贱的狗！"署名是"种族纯洁委员会"。
>
> 亲爱的弟弟，你可要留神一些，别遭了他们的毒手。

泪水顿时顺着我的面颊流了下来，压抑不住的怒火在胸膛里炽烈地燃烧。

"畜牲！"鲍勃大叔看了这封信，气忿忿地重重一拳打在桌面上。船上的伙伴们都无不感到万分愤怒，当天便簇拥着我，在当地的海员俱乐部里召开了一个记者招待会，宣布了我誓把这项研究工作进行到底的决心，警告种族主义者暴徒不得继续胡作非为。并提请南非当局协助捉拿凶手，否则便会遭受全世界进步舆论的谴责。

　　这个港市的群众对托马斯之死表示了极大的愤慨和同情。报纸上立即刊登出苏珊姐姐来信的影印件和我的照片，许多人亲自来到船上向我表示慰问。

　　但是，从非洲极南端传来的反应却是极其令人不满的。不仅不积极缉捕凶手，反而在一家报纸上公然刊登了一篇文章，标题是《"圣·玛利亚号"水手威利的骗局》。旁边还罗列了好几条引人醒目的副标题："一块棺材板，冒充古代'独木舟'碎片；并不存在的托马斯和他的'石斧'；原始独木舟能够漂洋越海吗？"尽管公正的人们都不会全然相信其中的一些造谣中伤的语言，但是由于许多人一时还不明真相，在这篇文章的影响下，也不得不提出一些疑问来要求解答：在苔丝蒙娜湖底发现的独木舟真是古代印第安人的吗？他们是怎样漂洋越海的呢？……

　　为了最终揭破这个意义重大的疑谜，同时，用严格的科学证据来彻底粉碎种族主义者的诽谤，向全世界宣告历史的真相，美洲的一所大学提议举办一次专门的学术讨论会，邀请世界各地的许多著名学者都来参加。会议开幕的那一天，根据大会主席的安排，在我做了发现经过的报告以后，墨西哥的萨尔凡多博士发表了有关我保存的那块独木舟碎片的碳－14年龄测定报告。

　　"这怎么会是什么棺材板呢？"他说，"它距今大约5 000多年，应该归属于采集和渔猎时期的印第安早期文化。当时是原始公社社会，一些在近海捕鱼的印第安人，完全有可能被风暴冲带到远方去。"

　　静默的会场里引起了一阵轻微的骚动，不少人发出啧啧的赞许声。但是不难看出，由于缺乏更确凿的证据，感情不能代替严格的科学，还不能就此做出最后的结论。许多学者企图用种种推理和旁证的方法来加以解释，也无法圆满地回答一切需要正面答复的问题。会议整整开了三天，陷入了僵局。眼看会期就要结束了，依然不能觅求到一种办法来证实这件事，我心里十分焦急。

　　想不到在最后的一刹那，会议主席正要宣布这次学术讨论会结束的时候，大门一开，走进来一位白发老人。我一看，不由高兴得快要喊了起来。原来，这正是我的故乡，郡城历史博物馆的馆长古德里奇教授。

"对不起，由于发掘工作还没有收场，我来晚了一步。"他笑容可掬地向大家招呼说，"我给学术讨论会带来了一件最好的礼物。"

他说着，不慌不忙地朝大门那边打了一个手势，四个小伙子立刻就扛着一只被泥炭染得乌黑的橡树独木舟走了进来。

"印第安独木舟！"萨尔凡多博士几乎和我同时喊了出来。

"这只独木舟是在托马斯发现石斧的地方找到的，"古德里奇教授说，"托马斯做出了可贵的贡献。在那儿，我们一共找到七只独木舟。威利的姐姐苏珊证实说，无论尺寸和样式都和当时他们在苔丝蒙娜湖上划过的那一只一模一样。"

"现在，我修正了自己的观点。"他接着说，"不仅认为美洲印第安人曾经到过英格兰，还可以判定他们曾在那里居住过，过着和美洲老家同样的渔猎生活。否则，就无法解释这些独木舟不是保存在海滩的沙层下面，而是在与大海隔绝的苔丝蒙娜湖里。"

"您的意思是说，这是在他们自己的'新大陆'上，按照美洲的样式重新制作的吗？"一位科学家感兴趣地提问。

"正是这样，"古德里奇教授点了点头，"我使用碳－14法测试过独木舟的泥炭和年龄，都是5 000多年以前。这个时期是冰河时代结束以来的最温暖潮湿的阶段，植物非常繁茂。从发掘到的化石证明，当时在湖畔的森林里有许多草食和肉食的动物。食物丰富，水草肥美，非常适宜于这些从美洲来的'哥伦布'的生活。泥炭，就是那时的森林死亡以后堆积形成的。"

从独木舟在会场门口出现的第一分钟起，所有的科学家的注意力就被紧紧吸引住了。当古德里奇教授宣布了他对独木舟的年龄测定结果，和萨尔凡多博士测验的数值完全相同时，这些举止沉着稳重的老科学家们也不由得纷纷站了起来，发出一阵阵由衷的欢呼。

"祝贺你们，完成了一项重大的考古发现。"他们一个个离开座位，走到古德里奇教授、萨尔凡多博士和我的面前，握手表示庆贺。

"现在已经有充分的材料，可以证明苔丝蒙娜湖底的独木舟是属于美洲来的'哥伦布'的了。只是还没有办法弄清楚，这些原始时代的'哥伦布'究竟是怎样乘着独木舟漂过辽阔的大西洋？这个问题如果没有满意的答案，还不能算是彻底解决。"一位态度严肃的科学家握着我的手说。

"如果有必要的话，我愿意去试一次。"我无限激动地说。

"年轻人，你疯啦！"他的眉毛略微向上一扬，紧紧抓住我的手，像是担心海浪立时就会从这儿把我卷走似的。

"不！"我说，"我坚信，古代印第安人能够完成的航行，现代的海员一定也能够在同样的情况下做到。我已经打定了主意，要用这种方式来证明美洲来的'哥伦布'曾经到达过欧洲海岸。"

"说得对，你去吧！"他凝视着我的眼睛，神情非常激动。隔了好半晌才说出一句话，"我相信你一定能获得成功，因为你是我所见到的最勇敢的人。"

整个会场都轰动了，摄影机的镁光灯在我的身旁带着"砰、砰"的响声闪个不停。古德里奇教授和萨尔凡多博士走过来，噙着激动的泪水，轮流把我紧紧地搂抱在怀里……

孤舟横渡大西洋

告别墨西哥；海上的种种险遇；谁站在峭壁上等待我？

预定出海的那一天终于来到了。在此以前，曾有许多好心的朋友劝告我，不要以生命为儿戏，去冒这种吉凶未卜的风险。也有不少人表示愿意无条件供给各种现代化的航海设备，从压缩饼干到海水淡化器，从无线电台到涂有防鲨鱼药剂的救生衣，甚至还有人自告奋勇要驾驶直升机和汽艇护航，或者干脆就和我同乘一只独木舟，以便同舟共济互相帮助，我全都婉言谢绝了。因为我下定决心，一定要严格按照几千年前的古代印第安人的方式去完成这次航行。只有这样，才更加具有雄辩的能力。我也不愿牵连更多的人，因为这毕竟是一次危险万分的航行啊！

我乘坐的独木舟是根据古印第安的样式制作的。为了使这次航行更加具有象征性的意义，特地在尤卡坦半岛的那座印第安古城废墟的郊外砍了一颗老橡树，在萨尔凡多博士的指导下制成了这艘独木舟。船身上散发出新砍伐的树木的清香，船头用鲜艳耀眼的红漆涂写着它的名字："托马斯号"，因为我那永不能忘怀的老朋友——汤米的头发是红的。

那一天，港岸上的群众拥挤不通，纷纷热情地挥手欢送我。这个港市的市长亲自率领了一支印第安民间乐队和一大帮记者，乘坐着一艘漂亮的小汽艇，把我一直送到外海，才依依惜别转回去。而所有停泊和驶行在两边的船只都从前桅直到后桅悬挂满了彩色缤纷的"全旗"①，并且拉出长声汽笛向我致敬。这个十分隆重而又充满了欢乐气氛的热烈场面使我非常感动。这一切，正如当地的一张报纸在第一版的通栏大标题上所写的那样：《航程5 000海里，美洲在欢呼，送别自己的"克利斯托芬·哥伦布"——一个现代的"原始"航海家》。

墨西哥的土黄色的岸线渐渐消隐在海平线下，前面是一派动荡不定的碧波。在开阔的海面上，波浪发出一阵阵哗啦不息的响声。航行的目的地——我的祖国英格兰，就在这一排排起伏无穷的浪涛后面，此刻四顾茫茫，我正处在天和海的中央。漂浮着一朵朵泡沫似的柔软白云的蓝湛湛的天空，像一个大碗覆盖着更加碧蓝的大海。

然而，我并不是孤独的。头顶上，一群群雪白的海鸥疾速地扇动着翅膀，环绕着我的独木舟上下飞掠，像是印第安庙宇墙壁上雕塑的那些长翅膀的古代神抵都飞了起来，为我祝福和送别。水下，时不时地有许多游鱼在舟前舟后闪现出身影，似乎对这只崭新而又式样古老的独木舟怀有兴趣，争先恐后地为我在海上导航。

在烟波缥缈的更远处，我知道还有许多友好的眼睛在密切注视着我。

根据太阳的位置，判断出小船正向东北方漂行。从海流的速度和稳定不变的航向，可以推知我已驶入了墨西哥湾流的主流线。

一切都很正常，这是一个好兆头，使我对整个航行充满了信心。如果没有意外的情况，便可以在预期的日子里顺利到达大洋彼岸的欧洲。

现在，除了提防风浪之外，需要特别操心的是粮食和清水。因为古代的印第安人并不知道地球的另一面还有一个大陆，不会有意

① 在欢庆的日子里，船上把所有的信号旗都挂出来，称为"全旗"。

识地做好一切远航的准备。我扮演着一个在海上捕鱼，偶然被风浪卷走的"原始"渔民。除了随身携带的少量粮食和一小罐宝贵的活命的清水，就再也不能贮存什么食物。否则就将违背历史的真实，这次航行也就会随之而失去了意义，不能用事实来说服任何人了。

为了补救这一点，在离港的时候，萨尔凡多博士手捧着一根用磨尖的黑曜石制成的古印第安式鱼叉，走到我的面前，双目炯炯地注视着我，对我说："朋友，带上它吧！也许会给你一些帮助。"

我对这根古怪的鱼叉瞥视了一眼，心里不禁浮泛起一股无法形容的奇异感觉。这可不是一根普通餐叉，只消握住它，便可以随心所欲地在碟子里叉起一块油汁滴滴的小牛排；而是一柄和海神波塞冬手里的三叉戟相似的庞然巨物，一路上很可能就要凭仗它在浩瀚无边的大海的"汤盆"里来回翻搅，捞取为了维持生命所必需的果腹品了。

前面已经说过，海上的鱼很多，鱼身闪烁的银色鳞光，在波光浪影中不住地诱惑着我。当几天以后，随身携带的一丁点儿食物几乎消耗殆尽，饥肠辘辘作响的时候，这种诱惑就变得更加使人不可抗拒了。我眼望着那些在碧波里来回梭游的鱼儿，忍不住抓起鱼叉站了起来，小心翼翼地保持着独木舟的平衡，朝其中最近的一条使劲刺去。

但是，哎——，实在太遗憾了，这条狡猾的金枪鱼在水里猛地一转身，鱼叉落了空。连它那像舵片似的尾巴也没有沾上半点，就眼巴巴地瞧着它摆了摆身子，在水浪里隐身不见了。我只好重新选择目标，一叉接一叉地往水里刺去。可是，尽管我累得汗流浃背，气喘吁吁地折腾了好半天，最后依旧两手空空。有一次，由于用力过猛，没有站稳身子，一骨碌跌进了水里，弄得像个落汤鸡似的攀上小舟。

只是在这个时候，我才注意到在鱼叉的木柄上刻着一行小字："信念，勇气，耐心。"

毫无疑问，这是萨尔凡多博士赠给我的一句临别箴言。也许他早已预察到我在海上可能遭逢到的一切，才把这根刻写了箴言的古代鱼叉赠送给我。是的，为了探索一个早已被人们遗忘的远古秘密，驳斥一切怀疑和偏见，证实古印第安人曾经首先横渡大西洋来到另一个大陆，我必须满怀必胜的信念，鼓足勇气和耐心来迎接一切严酷的考验才行。眼前一个迫在眉睫的问题是，我必须尽快学会使用这根鱼叉，从海里捞点东西起来填饱肚子。这不仅关系到自身的生存，还决定着整个航行计划的成败。

想到这里，精神不由一振，站起身紧握住鱼叉，重新朝水里刺鱼。好不容易才摸索出一些使用规律，费了很大的劲儿，叉住了一条鲜蹦活跳的大鱼。当把它从海里拎起来的时候，我早已饿得肚皮贴着脊梁骨，浑身酸软，没有半点劲了，只好像真正的原始人一样，皱着眉头把它生吞了下去。这时我才深深明白，这种原始的捕鱼技术并不比我在"圣·玛利亚号"甲板上的活儿更轻松，从而不得不对那些只凭着一叶小舟和一柄鱼叉，漂洋越海的先驱们表示由衷的钦佩。

于是我就是这样，依靠所能抓到的极少数几条生鱼，搭配着极少量的剩余干粮，饱一顿、饿一顿地勉强支撑下去。

在开阔的洋面上，风浪很大，这是过去我在大轮船上所从来没有认真体验到的。独木舟好像是一根光溜溜的漂木，在浪头上来回晃荡着，顺着汹涌的海流向前疾速地漂去，真是危险极了。不知有多少次，几乎被风浪倾翻，幸好我及时保持住平衡，才没有发生覆舟的悲剧。

但是我终究不能像是神话中的百眼巨人似的，时刻都能及时觉察到来自各方的危险。有一次，小舟刚从一个大浪下面逃出，另一个像小山般的更大的浪头又迎面猛扑过来。我被折腾得晕头转向，一时还没有弄清是怎么一回事，立时就被腾空抛了出去，跌落在深陷的波谷里。

糟啦！我连忙奋力挣起身子，向四处寻找独木舟。要是丢掉了它，纵使我有天大的本领，也休想逃脱性命，更甭提漂过大洋去完成那不平凡的使命了。这时，我已被卷在汹涌的波涛中，四周都是飞速滚动的海水。蓝玻璃般半透明的水浪像拳击师手上的皮手套似的，一下接一下无情地扑打在我的面门上，眼睛也被盐水迷住了。要在这一片咆哮不息的怒海中找到一叶小舟，可不是一件轻松的事情。

"怎么办？要是丢掉了独木舟，就一切都完了。"我暗自思忖道，尽力在海水里挣扎，企图探起身子朝四面观看寻找丢失的小船。可是在疾风的驱赶下，海浪像发狂似的翻翻滚滚地奔流着，在这一片喧嚣不息的风暴的中心，要想保持住身子的平衡不被大海吞噬下去，已经是很不容易的事情了，还指望找到独木舟，真是比登天还困难。

"波浪会不会把它冲得太远？"

"它该不会已经沉掉了吧？"

一个又一个可怕的念头，在我的嗡嗡作响的头脑里飞速地闪动着。如果其中任何一件是真的，后果就不堪设想。

但是，萨尔凡多博士赠给我的那句可贵的箴言，"信念，勇气，耐心"，在这生与死、成功与失败的关键时刻，忽然在脑海里浮现出来。是的，只有充满信心，耐着性子，寻找一切机会，付出百倍的勇气，才有可能把握住命运达到愿望。尽管无情的巨浪接连不断劈头盖脑地压下来，四处飞溅的海水盐沫把我的眼睛刺得红肿发疼，我的头脑却开始冷静下来，暗暗下定了决心，哪怕只存在着百万分之一的希望，也要设法抓住它，找回自己的独木舟——

那涂写着为这项科学探索献出了生命，亲爱的伙伴红头发托马斯的名字的印第安式独木舟。

海神啊！我向你宣告：我，威利，不是一个任凭你随意拨弄的软木塞。在我的心胸里，渴求真理的火焰在熊熊燃烧，决不允许无知的风浪来摆布自己和这项科学研究的命运。

我咬着牙，一面加紧挥动着手臂拨开层层海水，一面在头脑里飞速地盘算着一切，把过去在头脑里所积蓄的全部航海经验都运用出来，仔细分析当前的紧急形势，寻找最妥善的行动方案。

从现有的情况判断，由于这是一只新砍伐的树木制成的独木舟，并没有负载任何重物，只要不经受极其沉重的打击，也许不至于马上就沉没，我刚被风浪从独木舟里抛出来不久，当时的风势还没有变化，正一股劲儿地朝东北方吹刮，它若是还没有沉下去，就不会漂流得太远。

我开始定下心来，看清了水势，将身顺着海流的方向，努力泅浮到波峰最高的位置，设法探明独木舟的下落。可是，尽管浪涛一次又一次地把我举起，却总也看不见向往中的独木舟，心里真的发急了，开始怀疑贪婪的海神会不会真的张开大口把它吞了下去。

正在危急之中，又一个大浪把我高高抛送到它的浪尖上。趁着这一刹那抬头一看，才瞧见我的那只独木舟正在前面不远的地方。它也随着波涛起伏，像一根火柴棍儿似的在水浪里上下浮沉着。我立即瞄准了目标，排开层层波涛的障碍，直朝那边游去。但是，在这汹涌不息的海面上，它竟像是有人操纵着似的，始终在前面不远的地方漂浮着，若即若离的，一会儿消失在浪花中，一会儿又露出一丁点儿头尾，把我逗得心痒痒的，却始终赶不上。好不容易才挨到风势稍稍平息下来，海面恢复了平静，使尽最后的力气赶上了它。当我伸手抓住船舷，精疲力竭地爬上去的时候，一下子就晕倒在船舱里了。

不知过了多久，我才慢悠悠醒了过来。这时，天色已经晚了，一轮血红的落日缓缓沉进了大海。它在临沉下的刹那间，像是无限依恋地斜瞥了我一眼，轻轻揭开它亲手披在我身上的霞光织成的被子，让黑夜把它那冰冷的大氅覆盖住我。在朦胧的夜色里，我支起疲乏的身子，借着星光察看了一下舱里的情景。这才发觉除了鱼叉由于用绳子缚得很牢，还没有丢失外，所有的其他物件，包括水罐和最后一点舍不得吃的干粮，全都被海水冲走了。前面不知还有多远的路途，这可怎么办才好呢？

由于失去了清水，我更加感到说不出的焦渴。但是一时也想不出更好的办法解除困境，只好躺在狭窄的船舱里，仰望着天空中不住闪烁的星星焦急地思索，任随海流把我连人带船往前推去。

海，在远处模糊不清地吟唱着。小船像摇篮一样在水波上轻轻晃荡，就像是在可爱的英格兰故乡的农舍里，妈妈正坐在我的身边，轻声哼吟着一支最悦耳动听的摇篮曲催我入睡似的。但是瞻望前途茫茫，心中十分烦躁，躺卧在狭窄的船舱里始终无法合上眼皮。我十分明白自己的处境，虽然眼前已经逃过一场风暴的袭击，但是漂泊在这风云莫测的大洋上，会不会遭逢新的危险，未曾被墨西哥湾流冲带到彼岸，就在中途葬身鱼腹？这可真是毫无半分把握的事情。

我的顾虑并不是多余的。第二天早晨，当太阳神阿波罗驾驭着金色的马车，从霞光万丈的东方大海里冲开波涛跃上了天空，把光和热的金箭尽情撒向下界，还不到晌午的时候，我就被晒得头昏眼花、舌焦唇燥，在光溜溜的独木舟里无处躲藏，简直难以多忍耐一分钟。眼前虽然置身在一片迷迷茫茫的水域的中央，波光粼粼极目不见边，在热带的骄阳下面闪烁着星星点点诱人的亮光。

但是它又苦又涩，怎么能解除焦渴呢？我就像沙漠里的遇难者一样，被折腾得头晕目眩，喉管干沙沙的像是要冒火，差一点又昏厥过去。

更糟糕的是，不知从什么时候开始，有两条鲨鱼出现在独木舟的后面，越游越近，一直逼近到跟前了。这是一种热带海洋上特有的宽纹虎鲨，黄褐色的躯体上横布着许多暗褐色的条纹，两双狡黠的小眼睛紧紧盯视着我，毫无掩饰地流露出不祥的凶光，张开可怕的大嘴巴，活像是两只在丛林中一蹦一跳的猛虎。瞧着瞧着的，其中一只倏地一下直冲过来，用它那略带方形的额角猛撞了独木舟一下。它们的策略是十分明显的，企图撞翻独木舟，使我跌下大海，然后从容不迫地大嚼一顿。

它们在波涛里一腾一挪，从左右两边绕过来夹击我的独木舟，互相更替着，一下又一下地猛撞船身，激烈的震荡，加以大海本身的波动，使小船危险万分地来回摇摆，我在船里几乎坐不稳身子。

此时此刻，我的每一根神经都像是绷紧了的弦，真是紧张极了。刹那间我记起了许多老水手讲述过的各种各样的鲨鱼吃人的故事。在那些充满了血腥味的悲惨记录中，不乏先例说明这种凶猛的"海上之虎"如何主动进攻一只小船，把它撞沉或是从水下拱翻，然后极其残酷地噬食不幸的落水遇难者。当我一面竭力保持住小船的平衡，使其不至于倾翻，一面和咫尺之间的虎鲨互相紧张地打量着的时候，心里可真不是滋味。

不，我决不能困坐在这小小的独木舟里束手待毙。我的手中并不是没有武器，要驱赶开它们，只有拿起萨尔凡多博士赠送给我的那根鱼叉，像古代的印第安战士那样和这两个该死的畜牲做一场殊死的搏斗。

"勇气！"我想起了刻写在鱼叉上的箴言中的两个字，一股不可阻遏的力量陡地从胸间升起，推动着我霍地站起身子，不再只是为了防备跌入水中而消极地躲避，改变了一种方式，看准了从左面冲过来的一头虎鲨，出其不意地猛刺过去。这一下真是刺得准极了，黑曜石刃尖一下子刺穿了它的背脊，一股红殷殷的鲜血顿时像喷泉般迸射出来，染红了周围的海水，由于刺得很深，受伤的鲨鱼疼得直打滚，以致我一时无法把鱼叉拔出来。

海浪疾速不歇地滚动着，那只鲨鱼猛地一扭身子，险些儿弄翻了小船，把我拖下海去。只听得噼的一声，鱼叉的木柄折断了，受伤的鲨鱼的背脊上插着大半截鱼叉，载沉载浮地从侧面游开了。

几乎与此同时，另一条鲨鱼又猛袭过来。这一次，它采用了一条更加诡谲的计谋，笔直潜游到我的船底，猛地一拱身子，独木舟被撞得船底朝天，我被抛下了大海。鲨鱼不慌不忙地在海上兜了一个圈子，准备扑上来捕食我。

正在这个时刻，在急速动荡的波光浪影里，我仿佛瞥见了一条更加庞大的黑影从水底迅速升起来，慌乱中没有看清是什么东西，好像是一条体形特大的灰黑色的鲨鱼。天呀！这一来我的海上冒险事业眼看可就真的要完蛋了。

但是，一个意想不到的奇迹立刻出现了。这条怪鲨鱼竟不朝向我这个唾手可得的"食饵"进攻，而是直朝那只凶恶无比的宽纹虎鲨扑去。在迅速翻卷的浪花里，我似乎瞥见它们在水下猛撞了一下；接着无论是刚才张开大口想吞噬我的虎鲨，还是那条奇怪的大鲨鱼全都消失了踪迹，眼前只是一片蓝幽幽的海水，显得异常冷清。

我这才得到了喘息的机会，游过去把船底朝天的独木舟翻转来，坐在船舱里，用手拭了拭眼睛，怀疑自己是不是做了一个梦。

然而金灿灿的热带太阳正当顶曝晒着，海上漂浮着一团未曾消散尽的鲨鱼血痕，一切都表明是一个极其真实的环境。也许是善良的普洛透斯，那古希腊传说中变化无穷的海中智慧老人，化身为一条大鲨鱼在最危急的时刻搭救了我的性命吧！

然而，我再也无法来仔细琢磨这个古怪的问题了，经过了一场激烈的搏斗之后，周身变得酸软无力，饥饿、焦渴和疲乏都一下子袭了上来，只觉得眼前一黑，就仰面跌倒在船舱里不省人事了。

我在独木舟里不知躺了有多久，一阵冰凉得沁人心脾的水点洒在面门上惊醒了我，朦胧中只觉得小船在剧烈地簸动，连忙睁开眼睛一看，原来天下雨了。

这场雨把我的周身淋得透湿，使我完全恢复了清醒。过去我在航途中曾多次尝过这种暴雨的滋味，老是埋怨它突然在天空中降落，使人猝不及防，淋湿了舱面上的货物，给我增添了不少麻烦。可是却从来也没有像今天这样令人高兴过，因为它可以源源不绝地供给我以清水，帮助我沿着古印第安人的足迹横越过辽阔的大西洋。

这时只见天空中布满了灰沉沉的云块，紧压在头顶上方不远的地方，使天和海之间只剩下很狭窄的一道缝隙。在这一丁点儿空间中，到处都飞溅着密密匝匝的雨点，远处、近处一片水雾迷蒙，仿佛天河的底被捅漏了似的。

热带的暴雨虽然来势凶猛，可也有来去飘忽无踪的特点。机不可失，我连忙用双手掬住，接了一些雨水喝了几口。船舱里也积了不少水，又伏身下去咕噜咕噜地喝了个痛快。在热带地区经常有这种暴雨，再往北去，进入如今正是阴雨霏霏的季节的西欧沿海，只要注意节约用水，就有可能勉强拖过去了。

但是，食物仍是一个难以解决的问题。失去了鱼叉，我总不能跳下海去赤手空拳地抓鱼吃啊！

我把目光转向大海，海是缄默的，微微起伏的水面闪烁着捉摸不透的波光。海啊！神秘的大海，难道你不疼惜一个水手，悭吝得竟不肯付出哪怕只是一条小鱼，让我维持住生命？

热带雨后的海上是宁静的，天空像是被雨水彻底冲洗过一遍，显得特别明净。我饿得奄奄一息地半躺在小船里，眼巴巴地望着一群又一群的鱼儿在面前游来游去，束手无策地想不出半点捕捉的办法，感到十分懊恼。唉，善良的普洛透斯，要是这时你能施展出神通，重新给我一柄印第安鱼叉，该有多好啊！

忽然，像是对我的心事做出回答，平静的海面起了一阵浪花，一群热带所特有的飞鱼冲开波涛，扇动着翅膀般的前鳍，一条接一条地从水上飞了起来，横越过小舟，就在我的鼻尖下飞过去，其中一条气力不佳，半途跌落在船舱里，还想挣扎着飞起来，我连忙扑上去一把抓住。接着又像捕捉蝴蝶似的，用手掌迅速击落了跟在后面的几条飞鱼。现在，满可以饱饱地吃上一餐了。但是我忍住嘴，并没有把所有的鱼都吃完。因为我很明白，这只不过是侥幸而已，同样的情况绝不可能再发生第二次。我灵机一动，打定了一个新的主意，要留下一些鱼肉来做饵，在海里钓鱼，以维持食物的经常性来源。

这项工作说着似乎很容易，做起来却十分困难。因为我缺乏挂饵的鱼钩，只能把系着鱼肉的绳子挂在船边引诱鱼群，待它们游近的时候，突然伸出手去捕捉一条。过去在苔丝蒙娜湖边，红头发托马斯曾经教我用这种方法抓过鱼，心里还有几分把握。想不到这种儿时熟稔的伎俩真灵，或许是由于大洋里的鱼对人们缺乏应有的警惕，当我感到万分心疼地损失了几块饵料以后，终于使出一个闪电般的动作，逮住了一条行动略为迟缓一些的大鱼。我尽量节省着吃了好几天，最后用鱼骨磨制成了一个真正的"鱼钩"。这样，我就不愁没有更多的鱼儿来上钩了。

时间一天天过去，每过一天，我就用指甲在船身上刻划一道痕迹，就像海上鲁滨逊似的，在独木舟上漂泊了很长一段日子。

滚滚滔滔的墨西哥湾流像是一条巨大的传送带，日夜不息地把我漂送往东北方向。南方夜空中特有的美丽的星座，一个个在起伏不定的海平线上逐渐沉沦下去，北极星带领着灿烂的拱卫群星在天穹上越升越高。拂面的海风开始夹带着一些儿凉意，这一切都表明我已经接近了高纬度的欧洲海岸，向往中的目的地已经不远了。

在航程的最后两三天里，我没有钓上一条鱼，也没有得到一滴雨水来浸润干渴得快要冒烟的喉咙眼儿，身子变得极度虚弱，几乎没有气力支撑起来了。甚至由于又饥又渴，还曾几次昏厥过去，在横扫过小舟的浪花的淋洗下才慢慢清醒过来。但是在即将取得最后胜利的希望的鼓励下，我却满怀信心地忍受着这一切灾难的煎磨，整天伏在船头上朝向远方察看，冀图眺见那随时都可能在眼前浮现的海岸影子。

大海的远处闪烁着模糊的波光，一眼望去，海面无限空旷，海平线是那样的遥远，远得既听不清那儿的波涛声响，也无法从沉沉的雾霭中分辨出任何具体的形影。独木舟顺着海流缓缓地漂浮着，直朝那不可捉摸的远方驶去。

这时，我的精力已经消耗殆尽，头晕眼花地伏在小船上，几乎不能动弹一下，开始认真考虑一个严肃的问题：海上一切未可预料的事情随时都可以发生，我再也没有精力来应付不测的事件。

自己是否能够活着漂过大西洋，把探索胜利的消息告诉亲爱的故乡英格兰和所有一切关心这一问题的人们，完全没有一点把握。但是当我把耳朵贴着船底，倾听见海流在船身下面发出一阵阵十分清晰的哗哗不息的声响，就不由又从内心里发出宽慰的微笑。因为水声表明了流势很正常，正载负着我的独木舟直朝欧洲方向驶去。如果独木舟漂到了岸边，即使我不幸在途中牺牲了生命，也能在一定的程度上证明我的推测的合理性，说不定还能激发起后来的人们继续探索的信心。我慢慢伸出手去，在船身上又刻划了一道表示日期的痕迹，并把记录本从怀里掏出来，写完了这一天的航海日记以后，用防水的塑料袋小心地包裹好，紧紧缚在船上，准备万一波浪将我卷走了，还能把原始记录完整无缺地奉献在全世界人们的面前。

在海上的最后几天，就是这样不饮不食，奄奄一息地躺倒在船舱里度过去的。突然在一个寒冽的清晨，睁开眼睛时，看见有几只周身雪白的水鸟在头顶上不住飞旋。它们逐渐降低高度，围绕着独木舟飞了一圈又一圈，仿佛对我和这只陌生的小船感兴趣似的。

"水鸟是陆地消息的最先报告者，有了它们，陆地就不会太遥远了。"我兴奋地想道。

约莫在几个小时以后，当眼睛已经望得酸疼的时候，终于在海的远处瞥见了一抹陆地的阴影。起初它极其模糊不清，只是蜷伏在天穹下面的一条位置极低、极低的黑线，在浪隙间不住闪现着影子，仿佛每一个掀起的波涛都可以把它吞没似的。后来随着小船越漂越近，它在海平线上便愈升愈高，渐渐分辨出这是一道深灰色的陡峭崖壁。多年的航行经验告诉我，这不会是别的地方，应该就是我的亲爱的祖国的极北端，苏格兰高地的海岸线。啊，我有多么高兴呀！我终于通过自身的实践，十分圆满地解释了苔丝蒙娜湖底的独木舟之谜。证实了确曾有少数的古印第安人，作为海上遇难的幸存者，在哥伦布发现新大陆之前的很久，首先随波逐流到达了我们的这块古老的旧大陆。这该是考古学上的一个重大的发现，对于种族主义者所散播的所谓"白种人永远高于有色人种"的谰言，又是一个多么辛辣的讽刺啊！

在巨大的胜利的喜悦的鼓舞下，我使出了一股就是连自己也无法想象的力量，摇摇晃晃地在独木舟上站了起来，使劲挥舞着手臂，企图引起岸上的注意。想不到正在这个时候，使我万分惊诧的是，忽然在我的面前浮起了一艘小型潜水艇。舱门一打开，走出来古德里奇教授、萨尔凡多博士、鲍勃大叔和好几个记者、医生、佩戴氧气面罩的潜水员。原来，他们极其关心我的安全，又不愿公开露面打扰我，一直隐伏在水下悄悄跟随着独木舟，从美洲直到这里，准备在最危险的时刻才出面营救我的性命。从船体的外形和大小，我悟出了帮助我摆脱开虎鲨的进攻的那条"怪鲨鱼"，原来正是这艘由朋友们所驾驶的潜水艇。

抬头看，峭壁顶上也出现了一大群人。那是潜水艇里的朋友们仔细测量了海流的方向和独木舟的漂行速度以后，用无线电通知他们预先到这里来等候我的。他们挥舞着鲜花，不住地呼喊着："欢迎，欢迎，热烈欢迎美洲来的'哥伦布'！"其中的一个是苏珊姐姐，她第一个从山崖上奔跑下来，跳上涂写着红头发托马斯的名字的独木舟，把我紧紧地搂抱在怀里，在我的脸颊上吻了又吻，说："亲爱的弟弟，你还记得我们在苔丝蒙娜湖上的那一次航行吗？你真的像汤米当时所说的那样，在大洋彼岸'发现'了一个'新大陆'。"

听着她的话，我笑了，回答说："可是这一次是由西向东，而不是红头发埃立克由东向西的航行啊！"

"航向并不重要，"她热情洋溢地说，"重要的是你漂过了大西洋，解决了一个重大的远古疑谜，这可比哥伦布要早得多呢！"

"好啊！"崖上、崖下的人群齐声欢呼着，声音震动了山崖和大海。回头看，初升的太阳的霞光已把西边极远处的海面照亮了。

我深深相信，霞光一定会把我们的欢呼也传带到独木舟出发的地方，那边，美洲的朋友们在翘望着，将会为一项蒙罩满了历史的灰尘的事件被重新证实，同声发出由衷的欢呼吧！

波

王晓达 |

王晓达，本名王孝达，1939 年生于苏州，1961 年毕业于天津大学机械系，1979 年后任教于成都大学，曾任《成都大学自然科学学报》常务副主编、编审、教授。1979 年在《四川文学》发表科幻处女作《波》，引发广泛关注，此后陆续发表科幻小说 50 多篇。2021 年因病去世。代表作《波》《冰下的梦》。

我，《军事科技通讯》社的记者，奉命去北疆 88 基地采访。任务么，现在也不用保密了，是去采访波—45 防御系统的工作情况。命令就是命令，当天我就出发了。虽然我从军事科技学院毕业后，分配到这令人羡慕的军科社当科技记者已整整两年，但独自去采访像 88 基地这样的重要任务还是第一次。我尽可能详细地拟好了采访计划和提纲，可是，一到基地后的事态发展竟是那么出人意料……

紧急警报与 13 − 12 = 0

我是傍晚到达基地专用机场的。迎接我的竟是军事科技学院的老同学马攻坚。他给我一拳作为见面礼，我也回敬了他一掌。我正要问他话，小马却正色地对我行个军礼，然后把手一伸："证件！"我愣了一下，就公事公办地把采访命令和执勤通行证递给了他。小马认真地看了一眼，笑嘻嘻地对我说："例行公事也不能马虎，但工作证就不用看了。上车吧，张弓！"他还习惯地把我的名字张长弓叫成张弓，这亲昵的称呼多少打消了我对他"一本正经"的些微不快。

当我坐在自控电动旅行车中，迎着秋风驰骋在高速公路上时，他开始喋喋不休地向我打听老同学的情况。原来，他毕业分配到基地后，几乎和外界没有什么个人的联系。按照规定，在基地以外未经批准是不允许谈论他的工作的，因此我也只有作为大学同专业的老同学猜测他的工作性质，反正离不了高能无线电遥控吧。听他的口气，他对自己的工作是很满意的。

旅行车顺着高速公路走了不到半小时，在一片灌木林前自动来了个急转弯，拐进了一个地道。在地下公路又飞驰了二十多分钟，就到达基地第一站。88 基地的情况不便多讲，但可告诉大家的是，基地在我国北疆冰天雪地的深山峡谷地区的地下一百多米。尽管是特级保密区，但进入地道后，你见不到一个岗哨和警卫。因为地下的岔道和电子警戒系统已能足够对付任何不速之客了。

在第一站，小马向基地指挥部做了报告，得到的指示是先安排我到招待所休息，明天再开始工作。后来，经我的要求和小马的说明，同意我睡到小马宿舍，他同室的小王正好出差去了。在去宿舍的路上，我简直忘了是在地下了。不仅空气清新、光线明亮，而且还有花草和灌木。路旁是整齐的冬青和美人蕉，把车行道和人行道隔开。不多远就有个街心花园，艳丽的月季、牡丹和大丽菊竞妍争丽。而明亮的"天空"竟也是蔚蓝色的。小马告诉我，这是人造"天空"，夜晚就要昏暗，而由路旁墙壁发光。地下居然也分白天、黑夜，室内、室外，也有日光、草地，俨然一个地下世界。

两人住的宿舍很宽敞，家具实用雅致，美观大方，布置也很得当。在四用机旁小马的书架上，我看到除了我所熟悉的有关电子物理、遥控、工程数学等专业书籍外，还有不少化学和生物物理方面的专业性很强的书籍。我抽了一本生物物理书出来，见书中还密密麻麻地做了不少记号摘录，显然不是用来泛读浏览的。我不解地问小马："怎么你还钻研这些？"他一面脱着军服外套，一面回答："你不是来采访波—45的吗？……"话还没说完，突然床头壁上的红色信号灯连续闪亮，同时蜂鸣器也发出呜呜声。"紧急警报！"小马只说了这么一句，拿起才放在桌上的军帽就往外冲去。跑到门口，他一只手扣着军装的扣子，一只手对我挥了一挥说："你就在这儿别动，我要出去一会儿。"情况就是命令，虽然我是记者，但"紧急警报"我怎么能置身事外呢？不用多想，我扣上帽子就跟着小马也冲出门去。过道上人们匆匆来去，气氛很紧张，但都有明确的目标，忙而不乱。广播中指挥部正发布命令："一级准备，各就各位。"

我跟着小马跑出宿舍，穿过草坪，进入一幢建筑，下楼梯、拐弯，……待我跟着小马正要进入门口挂着45—7代号的房间时，我被抓住了。这是门边的一双机械手拦腰把我抱住了。看着小马在房间的屏风后面消失，我只来得及大叫一声："小马！马攻坚！"可是回答我的并不是小马，而是屏风发出的严厉问话："你是什么人？来干什么？"我挣扎着说："我叫张长弓，是《军事科技通讯》社的。到这里进行采访的。""证件，基地通行证，进入波—45系统通行证!"还是那个严厉的声音,毫不通融地对我提问。不,简直是审问。真见鬼!我才到基地,连水都还没来得及喝一口,哪里有什么这样那样的通行证。而我的采访命令和执勤通行证又交给小马了。可是这一切对这可恶的屏风又怎么说得清呢?眼看在机械手的铁腕中挣扎也没有用,我倒冷静下来了,以稍息的姿态站在那里。我没做回答,那无情的声音又一次重复问我:"证件,基地通行证,波—45系统通行证。"我只好无奈地回答:"采访命令和执勤通行证在马攻坚同志那里,其他通行证还没来得及办理。"这时又有几个军人匆匆进入45—7号房间,他们快步而行,甚至没对我多看一眼,而这可恶的屏风居然一一放行,毫不留难,只是和我过不去。突然,我想起我和小马进基地时,在第一站已向指挥部报告过。我就对屏风大声地说:"我已向指挥部联系过,我是专门来采访波—45系统的科技记者,半小时以前在第一站已做了报告。现在情况紧急,不要耽搁我。"本来想再加几句有分量的,如:"一切后果由你负责!"等等。但是,想到我而对的是一座屏风,或确切地讲是一台电子计算机及由它操纵的机械手,再厉害的威胁也是没有作用的,所以话到嘴边也还是吞了下去。想不到我说的这几句话居然"感动"了这冷酷无情的电子机械。半分钟后,屏风发出的声音显得不那么严厉了:"指挥部首长指示,暂时允许张长弓同志在45—7范围内,同马攻坚同志一起参加战斗,并发给临时通行证。"原来这家伙已与指挥部联系过了。机械手松开后就递给我一个银白色的小牌。我松了口气,情不自禁地对屏风行了个致谢礼,绕过它又下了地道,飞步跑去。尽头是一个大房间,一眼就看到小马正襟危坐地在一台有好几个荧光屏和各种仪表、信号灯的大型设备前面。我没好气地跑到他面前,想责问他为什么丢下我不管。只见他指指荧光屏又摆摆手,示意我在他身边坐下。情况看来很严重,左右的人们都各自屏息地注视着仪器设备,我只有忍气吞声了。

小马面前的一号屏幕上,极坐标30°方向的四百公里范围,有一些亮点正向圆心接近。小马悄声告诉我,30°方向原点离国境线是二百七十公里。也就是说,这些亮点离国境不到一百三十公里了。他又调整二号屏幕,橙色的荧光屏上放大了的亮点清晰可见,距离只有三百公里了。我数了一下亮点，是十二个。小马也同时大声地叫了起来："十二个?!"为什么十二个就要这么大惊小怪呢？小马似乎知道我的疑问，把记录本上夹着的一张卡片指给我看，只见卡片上打印着："九月二十日 19：37 军委作战命令。88 基地：根据卫星信号分析，敌 SR—17 基地有十三架飞机起飞，有入侵我国企图。命令你部立即做好准备，全歼来犯之敌。按四号方案执行。"看了作战命令我也惊叫起来了："怎么是十二架?" $13 - 12 = 1$，这是再明白不过的了，还有那一架到哪里去了？

三号荧光屏是标高的，只见在一万米高空，十二个亮点不断向国境逼近。在现在非战争状态下，明目张胆地大机群入侵确实少见。而在这少见的情况中又来了个 $13 - 12 = 0$，有一架飞机失踪了，情况更不一般。是卫星讯号有差错？我正疑惑不解时，军委的第二道作战命令又来了。光导传真打字机准确地复述着命令："……敌 SR—17 空军基地起飞的十三架飞机中，有一架是'壁虎'式……立即启动波—45 系统。"

"壁虎"式！我知道这是北方超级大国最近研制的间谍飞机，吹嘘了很久而一直未见问世。据报道是一种高速超低空侦察机，可以"仿形"飞行，也就是讲能贴着山坡、峡谷、建筑物飞行，而自动保持间距十米左右。它依仗贴近地面，可掩饰在障碍物的反射波下，一般雷达及电子监视系统往往不易发现。而飞到头顶时，一闪而过，稍纵即逝。加上它本身装备有激光摄影等电子侦察器材，有反导弹反干扰系统，被吹得神乎其神，说什么是"无所不至，为所欲为"。想不到它今天就来了，而且果然有点名堂，在荧光屏上还找不到它的踪影。

当指挥部下达开动波—45 系统的命令时，小马打开了壁上的北疆地图。一抹淡蓝色的光晕表示：88 基地的护卫区域，几乎包括北疆一千多公里国境线、纵深近百万平方公里的土地。地图上，在国境线内二百多公里的工业城市枫市附近地区，忽然出现了一个闪烁的黄色光斑。这表示空中有飞行器，无疑这就是荧光屏上不见踪影的"壁虎"了。好！我们抓住了这个"无所不至"的壁虎尾巴了。

同时，在四号绿色荧光屏上，一个时隐时现的亮点被一组光圈罩住了，当光圈稳稳地围住亮点时，五号屏幕上现出了一架奇形怪状的飞机。机翼短而宽，机身扁平，拖了一条长长的不成比例的尾巴，正作着曲折的、鬼鬼祟祟的飞行。忽然，这条长尾巴"壁虎"像挨了打一样直往上蹿，随即屏幕上出现了无数亮点和一些莫名其妙的曲线。奇形怪状的"壁虎"模糊不清地逐渐消失了。我不由得着急了，就这样让它溜走？只见小马胸有成竹地按了几个按钮，屏幕上又清晰地现出了"壁虎"。不知为什么，它像喝醉了酒一样在空中东倒西歪地翻筋斗。这时，小马如释重负地嘘了口气，靠在座椅背上舒展身手了。

我急于想知道"壁虎"的下场，摇了摇小马的手问道："怎么还不把它揍下来？"小马对我笑了笑说："揍下来？不用。"我弄不明白，对入侵者难道还要讲客气？老同学是知道我的火爆脾气的，可是他卖关子地不急于回答我的疑问，反而带我离开了45—7号房间。

到哪里去？高速直达通行器把我们送上了地面一个开阔地。使我惊异的是刚才从屏幕上见到的"壁虎"，现在乖乖地停在地上，四周有七八个军人正在指指点点地议论着。这是怎么回事？让柯鲁日也夫——"壁虎"式的驾驶员来讲吧。

被生擒活捉的"壁虎"

下面是柯鲁日也夫的部分供词，我得到允许做了详细的摘录。每当我看这份记录时，眼前总浮现出那大胡子、蓝眼睛的柯鲁日也夫惶惑、游移、莫名其妙又无可奈何的神态。

"……我们根据卫星侦察，知道枫市有一个新的工业系统。为弄清这工业系统的详细情况，派了几批高空、低空侦察机，但过了国境线都无声无息、莫名其妙地消失了。因此，在我国飞行员中，把中国北疆地区称为'东方百慕大三角'①。我们这次决定把最新式的'壁虎'式投入使用。'壁虎'式配备有电子侦察仪器和反导弹、反

---

① "百慕大三角"指西大西洋中佛罗里达、百慕大群岛和波多黎各岛组成的三角区。1925年以来，多次在这地区发生海轮、飞机的神秘失踪事件，因此被人们称为"魔三角"。

干扰设备。它的高速超低空性能，使我们对这次飞行即使没有100%的把握，也有99%的把握。

"从SR—17基地起飞共十三架飞机，其中十二架高空侦察机只是虚张声势的诱饵，用这种传统的手法分散你们的注意力，而我驾驶'壁虎'从超低空潜入。按预定计划，我自觉顺利地飞过了国境线，并到达枫市附近地区上空。我立即开始用电子激光摄影机进行低空拍摄，但在校对方位时，发现与卫星的侦察方位差了十几公里，而且此时还意外地摄到了一些显然经过伪装的军事目标。我认为这是额外的收获，甚至想到了因此而得到的成千上万卢布的奖金及出国旅行休假……

"在你们国土上空，我一直是心惊肉跳的，既然已有收获，我想赶快回去吧。但是，航程不飞够，回去是交不了差的。命令上的标距还有二十多公里，我就又往前闯。可是按照航图及仪器标距应是枫市中心区域的方位，我却看到底下是一个泛着银光的大湖，四周全是光秃秃的山峦。我觉得不对头，有些不相信自动仪表，于是又测了一下方位，没错！我更觉得不对头了，是什么地方出了毛病？你们的《孙子兵法》我读过，'三十六计，走为上策。'① 这条我记得很清楚，也顾不得命令和奖金了，决定返航，往四周甩了一些干扰掩护器回头就走。

"突然，我发现周围竟出现了十几架'壁虎'式。我的上帝！这是怎么回事？我们总共才拼凑出来三架'壁虎'式，第二架原准备一起执行这次任务，因为飞行员伊万在起飞前喝醉了，揍了大队长，被关了禁闭（我怀疑他是有意逃避执勤），所以停在机场没起飞。而第三架试飞时，几件进口仪器损坏了，正在维修。怎么会出现十几架？不是我们的就是中国的了。我完了！我被恐惧和绝望紧紧地抓住了。我左冲右突、上下翻腾，想摆脱这些从四面八方包围我的'壁虎'，但它们像影子一样追随着我，这么疯狂地逼近我，简直要让我发疯了。而我当时也真以为自己疯了，因为从最靠近的一架'壁虎'式驾驶舱中，看到的竟是一个和我长得一模一样的大胡

---

① 这并非《孙子兵法》中的话，柯鲁日也夫在乱扯。

子，驾着'壁虎'式向我逼近撞来，而且，他也和我一样瞪大了眼睛，咬紧了牙关……

"眼看要撞上了，记得当时我紧闭双眼，似乎还叫了一声'上帝！'真像上帝显灵，我再睁开眼睛时，那十几架'壁虎'都烟消云散了。我已飞到了我熟悉的 SR—17 基地上空了。我抱着死里逃生的复杂心情，往跑道上俯冲下去，减速、制动，做了个漂亮的着陆动作。我期待着欢呼和拥抱，因为从中国回来，即使双手空空也是英雄，何况我还完成了额外的任务。卢布又在我眼前飞舞了，我还想起了那个翘鼻子的打字员丽达。她那淡棕色的大眼睛该不会再对我翻白了……我慢慢地推开舱盖，跨出机舱时还威武地挥起了右手……

"假如我能在机舱中多'幸福'一会儿也好，我又怎么知道等待我的是你们。待我飘飘然地下飞机时，送上我手的不是鲜花而是手铐！以后的事就不用我说了。

"但我还要说几句。我是在不正常状态下被俘的。飞机出了毛病，我的神经出了毛病。否则，我现在应该去罗马或巴黎，而不是蹲在这里了。"

小马看着记录笑着说："这狗熊到现在还不明白，他已是第二十个俘虏了，波—45 的第二十个俘虏。"接着，小马简单地向我介绍了一下波—45 防御系统。

波—45 系统，是枫市大学物理系教授王凡同志在生物生理研究所及军事科技研究院协助下研制出来的高能综合波防御系统，原理是建立在王教授新的"波"理论基础上的。新的"波"理论认为，一切物质都可用不同的"波"来表达，而我们能感觉到的一切信息也都是"波"。固然这些信息都是实实在在的不同物质发出的，但深入的研究已使我们能人为地制造出单纯的"信息波"，使我们的感受器官——视觉、嗅觉、听觉甚至触觉都认为是实实在在的物质发出的，而这么感受到的"物质"实际上根本不存在，或者说只是一台可控制的电子设备。

小马说："像'壁虎'之类不请自来的'客人'，无非想在我国上空偷听、偷看，那么波—45 系统就让它'看'到、'听'到它所需要的一切——事实上只是一束'信息波'，而且是我们需要它感受的。柯鲁日也夫最后看到的那十几架'壁虎'及 SR—17 基地，是波—45 给他开的玩笑，让他活见鬼。这就是用'壁虎'的自身波形反射给它，让它慌乱、自投罗网。'上帝要他灭亡，先让他疯狂！'"小马用一句外国谚语结束了他的介绍。

本来，我的采访工作，由于遇到"紧急警报"反而提前完成了；"壁虎"式的生擒活捉，给我提供了极为精彩生动的素材，足够写好几篇专题特写了。但 88 基地指挥部根据我的采访要求，主动与军科社联系后又给了我一个任务，让我作为"特使"去枫市给王教授送感谢信及纪念品——"壁虎"式与柯鲁日也夫的合影。这是基地的惯例，同时我也可能向波—45 之父那里了解更为详细的情况。我当然喜出望外，非常乐意去做这"特使"啰。

我的错误和"劳山道士"的围墙①

基地指挥部首长在向我交代任务时一再强调，这次送感谢信及纪念品也是军事机密，不能疏忽大意，除了向教授汇报外，不能向任何人谈及 88 基地的任何情况。作为军人，这些我都明白，所以小马在和我一起准备资料时还对我唠叨保密什么的，我不耐烦地对他讲："说些别的什么吧，保密保密，我知道了。"

正好基地有首长要出差去，我就搭首长的高速定点专用车前往机场。还是小马送行，他一定很羡慕我的差使，在上飞机时他握着我的手说："你这张弓，永远是有好运气的。"但是，这次我的"运气"可并不太好，一开头就倒霉透了。

到达枫市是早晨，班车直送我们到市中心，然后我换乘公共磁垫车去枫市大学。车站上只有四五个人在候车，一个戴眼镜的瘦高个背着我正在仔细地看站牌上的路线图。眼看磁垫车到站，我紧了紧背包，习惯地按了按装着证件的上衣口袋，就上了车。当时觉得口袋里有什么硬东西，坐在靠椅上时我又摸了一下，接着不加思索地就掏了出来。一掏出来我吃了一惊，原来波—45 的临时通行证被

①　"劳山道士"是《聊斋》里的一个故事。

我粗心大意地随身带了出来，可能首长的专车使我漏过了电子警卫的检查。记得那天"紧急警报"后，我回到宿舍对小马讲我被机械手抓住的情况，小马告诉我，他们身上都有含人造元素117合金制造的识别符号，所以电子警卫不阻挡他们。以后我们又笑那个柯鲁日也夫，就把临时通行证的事忘了。想不到我把它带了出来，这是不允许的。我慌忙把这闪着银光并有88基地符号的金属小片装进口袋，同时还故作镇静地往座位四周看了一看，除了侧后方一个戴眼镜的人扶着额头在打瞌睡外，其他人都往窗外在看风景，没有人注意我。我暗自庆幸，准备到枫市大学后就收藏好，回基地再检讨自己的疏忽。

到终点站枫市大学下车的只有我一个人，我匆匆向前走去。枫市大学坐落在郊区的一片枫林之中。收发室的姑娘看了我的介绍信，又仔细地看了部队的代号，点头对我笑了一笑，然后在一排按钮上像弹钢琴一般弹了几下，一会取出一张卡片。她闪动着大眼睛对我讲："根据计划安排，教授今天可以接待您。但是今天是休息日，您可直接到王教授家中去找他。"虽然我是个堂堂军人，又是记者，可是和年轻姑娘打交道我总要脸红。所以，我问明了教授家是住在"星湖畔绿枫村五号"后，接过递给我的卡片，含糊地道了个谢，转身就走，顺着她指的方向，快步向在阳光下闪着金色波浪的星湖走去。似乎姑娘还说了句什么话，我没听清楚，于是一串银铃般的笑声一直送我到了湖边。

绕过星湖，就看到耸立在一片翠绿之中的几座雅致的楼房。前面靠湖的一幢楼房上斗大的"5"字告诉我，这就是教授家了。我兴高采烈地走近时，几株绿枫摇曳着多姿的枝叶，似乎向我表示欢迎。一围不高的花墙隔在楼前，我寻思门在后面，绕了一圈后，简直使我莫名其妙。因为围墙上竟是没有门的。我对着这堵爬满了常青藤的花墙愣住了。怎么进去呢？教授又怎么出来呢？总不会要像鲁滨逊一样，架了梯子爬出爬进吧！我倚着一株绿枫仔细地察看收发室那姑娘给我的卡片，想在上而找出一点启示。可是，上面除了打印着"王凡教授上午在家中接待张长弓同志"以外，再没有什么"芝麻开"① 之类可以开石门入山洞的咒语了。我想起匆匆离开收发室时，姑娘似乎还说了什么，可是除了她那闪动的大眼睛和银铃般的笑声，实在想不起她究竟说了些什么话。现在，到了楼前，这可恶的花墙竟使我可望不可即，不得其门而入，真令人尴尬。正在犹豫进退时，二楼的一扇窗户似乎有个人影一闪，不到两分钟，我听到了楼房的开门声和脚步声。接着，我惊奇得叫出声来了。因为从墙中走出来一个八九岁的小孩。注意，是从那爬满常青藤、没门没洞的砖墙中走出来的，不是从墙上、墙下或其他地方。肯定，我当时那张大的嘴，瞪大眼睛的样子很可笑。所以那小孩走近我时第一句话是："叔叔，你看什么呀？你是第一次来我家吗？"然后，一本正经地对我说："你是张叔叔吗？我爷爷在家里，请进去吧！"小手还蛮有气派地一伸。虽然我还没完全从惊奇中恢复过来，但在这么一个小孩面前还是应该显得庄重一点才合适。我整了一下军帽，顺着他小手指的方向看去，还是那堵可恶的无门花墙呀！由于他的穿墙而出，我想起了"劳山道士"。我去穿墙，安知不碰个头破血流呢？所以脸上带着不自然的笑容，还是站在那里没动。小孩看出了我的踌躇，他牵着我的手说："这是'波'，姑姑和你开玩笑呢，走吧！"他拉着我，毫不犹豫地往围墙跨去。我神情紧张地跟着他，试探着跨过去，居然没念什么咒语也毫无阻挡地穿墙而进了。

教授在楼门口迎接我，热情地握着我的手说："张长弓同志，不要见怪。玲妹给你开了个玩笑，她在收发室给我来了电话，告诉我你要来了，说你匆匆忙忙话没听完就走，要给你开个玩笑。我知道你是来了解'波'的，对波先有个感性认识也好，所以也没挡她，请不要见怪。"虽然一时我还没完全明白，但听来收发室的那个姑娘大约就是玲妹，而开的玩笑可能就是"劳山道士"的围墙了。回头一看，刚才使我驻足的可恶花墙竟然影踪全无了。

我们在教授的书房坐下，英英——教授的孙子，也就是刚才接我的小孩跳跳蹦蹦地上楼去了。王教授看来还不到六十岁，花白的头发，宽阔的前额，两眼炯炯有神，一副眼镜更增添了庄重的学者

---

① "芝麻开"为《天方夜谭》中阿里巴巴与四十大盗的故事中开石山门洞的咒语。

风度。他很热情健谈，看了我专程送来的感谢信和照片后说："部队首长太客气了，我一直很想到 88 基地去看看，听听意见。但安装完波—45 以后，又参加好几项工程的设计研制，所以一直没去成。"他详细地询问了波—45 系统的工作情况，我根据和小马一起整理的资料，一一向他汇报。当谈到柯鲁日也夫的不服气时，他放声大笑起来了，用带着浓重南方口音的普通话说："这些家伙，嘴上不服气，心中恐慌得很。不服气就拿些像样的东西出来咹，什么壁虎四脚蛇的，五脏六腑都是人家西欧几个国家的二等专利。只是吹牛倒是要算世界第一了。"

王教授知道我是军科社的科技记者，尽量详细地介绍了波—45 系统的理论基础。他着重谈了生物感受器官与信息波的关系，并告诉我最近研制的种种电子信息波发生器，已从初步的听觉、视觉感受，发展到嗅觉、冷热温度感、软硬及光滑粗糙等触觉了。又告诉我，在门外见到的"围墙"是一种遥控视觉波，与全息照相差不多，但机理不同。最使我高兴的是，王教授同意让我下午去实验站看看他们研制的几种新仪器。

"蒙娜丽莎"神秘的微笑

我们谈了足足三个小时，教授给我沏的龙井茶也加了四五次开水了。英英从楼上下来对教授说："奶奶来电话说，她在研究所做试验，中午不回来吃饭。姑姑中午要值班，让爷爷做饭招待客人。"王教授说："今天只有我来当火头军了，英英做我的参谋好不好？"小英英高兴地说："今天我要吃龙虾。"说着就去搬了个小盒，放在教授面前。教授对我说："便饭招待。我也不来问客杀鸡了，我的手艺有限，就有啥吃啥吧。"说着在小盒的按钮上这儿按按那儿按按，就让英英送厨房了，原来这小盒是袖珍电脑，现在去执行煮饭炒菜的任务了，小英英蛮有兴味地去监督。不一会英英在厨房里嚷起来了："爷爷你搞错了程序，饭盒子怎么在油煎冬笋了？"英英把袖珍电脑叫成饭盒子，而油煎冬笋显然不对头了。教授赶紧站起来，耸了耸肩对我说："我实在没有做饭的才能，一定是编错程序了……"挥了挥手走进厨房去了。

我一个人坐在书房中,窗外的枫树在秋风中沙沙作响。但窗台上竟是一盆不合时宜地盛开的水仙花,而写字台上那架有三个屏幕的多能电子计算机旁的花瓶中,又是插的令箭荷花和蜡梅。我正暗自赞叹现代的园艺已发展到可以不分四季的地步时,又被壁上的挂画吸引了。显然,教授是很有美术鉴赏水平的,挂画都是精选的中外名作。有徐悲鸿、齐白石、黄胄、李可染的,有达·芬奇、米开朗琪罗、米勒的……作为业余美术爱好者的我,被大师们的传世名作吸引了,情不自禁地站起来,一幅一幅地仔细端详。根据我的判断,认为这些画都是原作。我又不相信自己的判断,走近了达·芬奇的《蒙娜丽莎》,搜索着我所有的美术知识,想在画上找出一点破绽来否定自己的判断。看来我这个业余美术爱好者的知识水平是无能为力了,找不出任何一点非原作的依据。随即似乎是本能的反射,我伸出了手,想去摸一摸这张惟妙惟肖的名画。假如触了电,我的手也不会缩得那么快,因为当我认为应该摸到画幅时,竟是"空空如也",就是什么也没摸到。我试探着又摸了一下,还是"空空如也"。我使劲擦着眼睛,望着这张实际上不存在的带着神秘微笑的《蒙娜丽莎》,心中升起了一阵不可名状的矛盾感觉。我倒退着,从不同角度去看她,思索她那微笑与新的神秘……

教授搓着手走进来,看到我那诧异的神情就笑了,"这和围墙是一回事,一组小型视觉波发射仪。"他见我似乎还不明白,就拉我到窗前,示意我去闻一下水仙花,大约要清醒我的头脑,我在淡黄色的水仙花上来了个深呼吸,沁人心脾的清香真有点醉人,我把眼睛都眯了起来。突然一股浓烈的玫瑰香味冲进我的鼻孔,我睁眼一看,又愣住了。刚才亭亭玉立的水仙,变成了鲜艳的红玫瑰了。望着我合不上的嘴,教授笑着告诉我,这是玲妹在他指导下搞的小玩意儿——视觉嗅觉综合波发射仪。他一边说一边朝餐室走去,让我去吃饭。饭菜很丰盛,电脑厨师的手艺也不差,几道菜真是色、香、味俱全,有清炖鲥鱼、素炒苋菜、红烧对虾和冬笋肉丝汤。教授一边直让我吃菜,一边还给我解释波理论。一顿饭下来,我也明白了这些波发射仪可以根据预定输入的不同信号而发出视觉、嗅觉所能感受的信息波，让人感觉到……我对波—45 防御系统的原理也有了进一步的了解。

饭后，我走到书房窗台边，使劲捏了一下那艳丽而带刺的红玫瑰。果然，只见我的手指在花丛中晃动而毫无"感觉"。我对自己的视觉和嗅觉产生了怀疑，回到沙发上要坐下去时，双手使劲撑着扶手，生怕坐到"波"上去。因为我已几次被自己的感觉欺骗了。教授正在沏茶，没注意我这个小动作，否则又要笑我了。假如他知道我甚至在怀疑刚才吃下去的对虾、鲥鱼是否也是"波"时，一定更要大笑了。

王教授把一杯刚沏的龙井茶递给我，正要坐下来时，英英又从楼上跑下来说："爷爷，又有客人要来了。"同时指了一下门边上的小屏幕。玲妹的大眼睛对我们闪了一闪，点一下头，然后又映出了一个戴眼镜的中年人正从星湖旁的小径往楼房走来。教授仔细看了一眼说："谁？"

来客是个三十七八岁清瘦的高个子，戴一副宽边眼镜，穿着朴素大方：灰色的化纤中山服，黑色混纺长裤，黑色牛皮鞋。手中一只提包倒是很新式的。动作沉着、老练，给人稳重的感觉。当他走近楼房时，回过身看一下后面，瞬时，我觉得这背影像在哪里见过。

他堆着笑容走到了门口。教授迎出去，打量着这位不速之客，问道："您找谁？"来客马上答道："您是王凡教授？我是杨平的同事，刚从国外回来。杨平托我带回几篇论文。请老师提提意见。"停顿了一下又轻轻地带了一句，"我叫洪青，和杨平在一个高能研究所工作。"教授听了他的自我介绍就说："呵，和杨平在一个研究所的，听说过，听说过。请进！"说着就让进了屋里。

当他们走进书房时，洪青看到我在里面，对我点了下头就探询地望着教授。王教授随即向我做介绍："这是洪青同志，我的学生杨平的同事，他们一起在国外工作。"而在介绍我时，不知为什么教授竟说："这是我的学生，张……张林同学。"当时，我觉得洪青的宽边眼镜后面似乎闪过了一丝不易觉察的但又意味深长的微笑。

寒暄几句以后，我们都坐了下来。洪青告诉教授，因为走得仓促，杨平来不及写信了，让他把论文带来，另外再写信。说着从提包中取出了一叠文稿。这是五六份打印稿，其中除两篇单独署名杨平外，其余都是和洪青合作的。论文都是有关"波"的研究。教授翻阅浏览，脸上不时浮起笑容，还频频点头。但当教授看到一篇"信息波分析"的论文时，眉头皱了起来，拍着稿子对洪青讲："这个问题，去年杨平不是已经写过一篇文章寄给了我?! 我已回信告诉他，有几个实验结论有问题，应该另换几种材料重做，怎么这里又引用了这些结论?"语气颇为不悦。洪青沉思了一下回答说："关于信息波的分析，国外有好几种不同看法，我们研究所的负责人朗勃金博士，一定要坚持原来的结论才允许发表……"教授一下勃然大怒，激动地站了起来，"发表，发表! 我们搞的是科学研究，不是投机买卖! 他们不同意发表，我们自己发表么! ……"下面的话没说出来，显然是为了礼貌而压下了怒火。为了表示不是对这第一次来访的客人发脾气，教授拿了几块糖请洪青吃，但激动的情绪使手还在微微地抖动。为了打破这尴尬的场面，我就去岔开这不好继续的谈话。洪青却毫不介意，脸上还是那么平静。我又觉得他眼镜后面有一丝不易觉察的微笑。我忽然想起蒙娜丽莎那神秘莫测的微笑，而又一时难以理解这微笑中包含的全部意义。

洪青不动声色地又从提包中拿出了一个精致的小盒，轻轻地打开了。出现在面前的是一座小巧玲珑、闪着银光的"埃菲尔铁塔"，尖顶上一颗蓝宝石闪烁着光芒。教授的脸色一下柔和起来了。假如刚才关于论文的激动是他心眩紧张的高音，那么这座"埃菲尔铁塔"却触动了他心弦的轻柔和谐之音。教授轻轻地说了声："埃菲尔铁塔，塔……"一时陷入了回忆的沉思。洪青又把塔座上的一个旋钮一转，电子音乐奏出了施特劳斯的《蓝色多瑙河》，随着华尔兹乐曲的旋律，洪青适时地说："这是杨平对您表示的一点心意。"教授点着拍子微笑着说："杨平他还记得我喜欢施特劳斯，喜欢塔?"洪青说："怎么不记得! 他还经常对我们讲，您带他们到各地参观实习时，如何专程去看六和塔、大雁塔、北寺塔、白塔、双塔……如何向他们讲金字塔、方塔、雷峰塔、斜塔的故事……"教授显然给感动了，刚才的怒火在华尔兹乐曲声中，在洪青的轻言细语中冰消瓦解了，而且还格外兴奋。以后，教授很详细地询问洪青，关于他们在国外研究所的工作、生活情况。洪青亦以请教的口气问了教授不少问题。教授热忱又有分寸地回答了一些理论研究的探讨，但涉及目前具体的研制工作几乎只字不提。有几次我的插话似乎多了一些，都被教授打断支开了。所以饭后的两小时，我几乎只是坐在那里旁听。

电子钟又响起了悦耳的音乐声。我看了看手上的石英液晶同步手表，不由得为下午参观实验站担心起来了。教授在谈话中注意到了我的懊恼，所以转过脸来对我讲："小张，再等一会儿。"洪青听教授这一说，知道我们还有事，就站起来告辞了。这时，我却冒冒失失地客套起来。几句完全没必要的废话，竟然导致了严重的后果。

波光奇影

我见洪青要告辞，脱口而出地说道："没关系，继续谈吧，实验站可以改天再去。"教授听我讲到实验站，皱着眉看了我一眼。而洪青马上接上来，似若无意地问道："你们要去实验站？"教授没开口，只点了一下头。紧接着，洪青用极诚恳的请求声调对教授说："假如可能的话，能否也让我去参观一下。在国外，我听说王教授搞了许多具有世界先进水平的有意思的试验。能参观一次是多么好的学习机会呀！"当时，我也被他恳切的语调、真诚的神态感动了，为他向教授投去了请求的目光。教授想了一下就同意了。在出门时，教授在门边取帽子，顺手按了一下一个绿色的按钮。

我们三人，一起到了实验站。这是一幢独立的三层楼房，掩在一片松林之中。楼顶上几组太阳能吸收器及环形天线告诉人们，这里不是一般住房。由于是休息日，所以静悄悄地不见人影。当然，电子警戒系统是昼夜工作，保卫着这座实验站的。才进门，我们就领枚了电子警卫的手段。

在客厅里，我们都换了鞋，穿上了绝缘外套，随教授走进了实验站的走廊。刚走两步，我身旁墙上的红灯就闪起来了。走在前面的教授转身问我们："你们谁带有特种金属？"我和洪青相互望了一眼，都显得莫名以妙。教授见我们没回答，就再让我们走了几步，他看着信号，肯定地指着我说："在你身上。"我在身上上下摸了一遍，当触到上衣口袋时，我明白了。很不好意思地把波—45的临时通行证掏了出来。教授一见就吃了一惊，迅速看了我一眼，也扫了洪青一眼，一把就抓了过去，并说："你怎么搞的!"我涨红了脸正要解释，教授摆了摆手，把通行证往一个小盒中一放就装进了口袋，显然不想再多说，领我继续往前走。洪青站在我身边，正在习惯地扶正他那并不歪斜的眼镜。

起初看的几个实验室是关于波的分析研究，从色彩、光谱、电磁场、声波到各种信息的传递。第二部分是生理感受的分析研究，从听觉、视觉、味觉、触觉、温度感到生物电流和脑电波，都是专业性很强的分析研究。这些等于在听王教授从基础上介绍他的新波理论。对我来讲一切都很新鲜，虽然在看和听的过程中，一些公式、数据和逻辑推理弄得我很伤脑筋。但那些实验仪器的表演，恰又那么令人信服。所以，当我参观完基础部分的实验室后，心悦诚服地得出了这么一个结论：世界上的一切，似乎都离不开波。教授一再表扬我说："你对波已有了较深刻的理解。"洪青并不像我那样抑制不住自己的惊奇和接二连三的提问题，他只是听、记，脸上始终带着微笑，并不时扶正他那宽边眼镜。

二楼的实验室是研制波发射仪的几个组，属于应用部分。我们的兴趣更强烈了。在2H组，我们看了一会儿"画报"。这是一个做成小钢琴样的小盒，上面的琴键就是各种按钮。教授告诉我们，按钮上的"R"代表《人民画报》，"J"是《解放军画报》……"N"是年，"Y"是月……我们这么按了几下，嘿! 就在面前出现了一本《枫市画报》。我有经验地用手一戳，知道这是"波"。我们调整了角度，按了一下"F"，第一页就翻开了，这是我国探索金星归来的宇航员照片。背景是"珠峰—7号"航天飞行器及一大群欢迎的人群。当我把比例调到足有两张报纸那么大时，居然从欢迎的人群中找出了我们军科社驻宇航中心的小徐。

在2S组，几台仪器对着中间的空桌子。教授调整了几下，我们面前出现了一只大玻璃缸，中间游动着彩色缤纷的热带鱼——霓虹灯、黑玛丽、孔雀、蓝神仙和彩燕①……我无意触动了一个仪器，不料几条彩燕忽然穿缸而出，翱翔于空中了。教授连忙过来调整仪器，燕鱼又穿缸而进。虽然很有趣，但我知道也就是"波"，所以并不觉意外。忽然，教授把我的手拿起来，往玻璃缸中浸去。我自作聪明地认为一定得个"空空如也"的感觉，所以随便地往下一伸，不想居然觉得真的伸在水中，而且是温水之中。我把手拿出来，习惯地甩了甩，并用左手自然地掏出手帕要擦擦手。教授一把将手帕接了过去，让我仔细看看自己的右手。嗨！手上居然滴水未沾，自然也用不上手帕了。教授又把手帕往缸中一浸，再拿出来看，也是滴水未沾，原来这给我温水感觉的也是"波"。洪青背着手，带着他特有的微笑默默地看着。

在以后几个实验室里，教授"表演"了有关嗅觉、味觉等波发射仪。在一定范围内，王教授简直随心所欲地让我们"闻"各种气味，从玫瑰、薄荷、檀香、木樨、麝香到大蒜、韭菜。又让我们尝了甜、酸、苦、辣、咸、麻，糖醋排骨、红烧鲫鱼以及我点的"咖喱牛肉"和洪青点的"泸州特曲"等等。然而，这一切只是"味道"而已。教授开玩笑地说："尽可开胃，但没有营养。"最后让我们品尝了"怪味豆"的综合甜、咸、辣、麻味做结束。闻够尝足但肚皮还是"依然故我"的我们又上了第三层楼。

在三楼，教授只领我们参观了两个组。这时洪青的热情比我大多了，显得很激动。

3—F组是综合仿形仪，根据输入的信号程序，可以在我们面前出现"需要"的"物体"。教授先"变"了几只长毛猫给我们看。这"变"是我借用的词汇，因为一时实在找不出更确切的词来表达了。这是几只波斯猫，它们嬉戏相娱，翻滚作态，还不时咪呜娇叫。你不去碰它，谁也不会怀疑它们是"空空如也"的"波"。假如"变"的是几只吊睛白额大虎，那么我们肯定会逃之夭夭的。后来教授又"变"了个"湖"，碧波荡漾，涟漪一片，映着岸边的枫林真美极了。看着，我觉得很眼熟。问教授："这是星湖？"教授点了点

---

① 都是热带鱼的名称。

头。我的惊奇变成了赞叹和钦佩，同时想起了柯鲁日也夫的供词，明白了他为什么以为自己神经错乱了。洪青不知为什么对着"湖水"直点头。

在研制波干涉仪的3—PG组，教授用电子音屏及回声仪作了示范。其他像光屏、滤波反射器、消声仪及灭波仪等等都只作了介绍。

在实验室一角有一架几乎只有琴键的钢琴，我知道这是新生产的星海牌全谐波共鸣钢琴。教授在琴前坐下，打开琴盖试了下音，对我点了点头说："来段《长江交响诗》。"想不到教授的钢琴弹得那么好，把热情奔放的《长江交响诗》表达得淋漓尽致。音乐的旋律把我带进了滚滚长江：时而清流淙淙、轻缓流畅；时而波涛汹涌、狂奔直泻；时而气势澎湃，如同雷鸣电闪；时而微波细浪，好似和风轻拂。陡然，我们只见教授身体摇曳，手指弹跳，而一点声音也听不到。原来电子音屏开始工作了。我往前走了几步，似乎穿越了一层看不见的厚墙，铿锵激越的钢琴声又响起来了。而教授把仪器的作用范围调整到半米时，我又成聋子一样了。

回声仪也极有意思。说一句话，随你希望间隔多少时间，可以从空中"飘"回来，犹如空谷回音一样，还可以无数次地重复，像坏了纹的唱片那样净重复着那一句歌词……洪青兴高采烈地喊了一句"我到了！"于是我们耳边就一直响着"我到了""我到了""我到了"……

我成了人质

最后，教授客气地征求我和洪青的意见。显然，参观到此结束了。在参观中一直话语不多的洪青，这时一、二、三、四地向教授提了一连串问题。

教授把我们引进他在三楼的办公室，逐一回答我们的种种问题，还拿出了几份设计任务书让我们看。我们做着摘记，还勾了一些草图。洪青比我更为认真仔细，几乎每个数据都要查核，同时不时扶他那宽边眼镜。洪青看了一下表对教授讲："最近几天，我马上就要回国外研究所去，您有什么话要我转告杨平吗？"教授想了一下说：

"你什么时候动身？我想去买点东西，还有一些资料想托你带给他。"洪青说："明天我就要去南方，然后从广州直接出国。买东西可能来不及了，资料今天给我是可以带走的。"王教授只得同意他的意见，站起来从屋角附壁的保险柜中取了几份资料。在打开保险柜时，我正在抄录几份说明，似乎洪青又扶了扶眼镜。我对他这个习惯动作有点注意了。

教授取出资料后坐在办公桌旁，拿纸笔准备给杨平写封信。洪青接过资料看了一眼，皱了下眉，又看了看表，突然转身向门口走去，打开看了一下又关上门。回过身来时，右手握着一支类似钢笔电筒的东西，对我们扬了扬，虎着脸，用不自然的声调对我们厉声说道："你们两位当主角的戏结束了，现在该我来导演了。想来不会有意见吧！我手上是一支激光枪。当然你们知道它可以在 0.1 秒内杀伤二十米范围内的任何生物。但是我不愿意在你们，特别是世界知名的王教授身上来试验它的威力。我们还是好好谈谈吧！"

教授僵坐在靠椅上，立视着洪青。我一下从椅子上站了起来，手上的笔记本和资料说明都掉到了地上。我指着洪青问："你是什么人？想干什么?!"洪青冷笑一声，"88 基地的军官先生，冷静一点吧！我是要专门感谢你的。没有你，我还不会现在下决心呢！至于我是什么人，对你们讲是无关紧要的。是什么人都可以的，但绝不是杨平的同事，哈哈！坐下来!"最后一句是严厉的命令口气。我并不害怕这个手中持有武器的干瘦家伙，只要他一下打不死我，那么我一只手也能把他摔到窗外去。但是，假如他要伤害教授呢？我只有快快地坐了下来。他拖了一张椅子背着门骑坐在上面，盯着教授从办公桌往下抽的手说："别搞什么小动作，这对你们没什么好处。我要谈的很简单，对你们也不为难。愿意听吗？"教授由于激动而发白的脸逐渐镇定下来了，对洪青的询问轻声答道："你说吧，我在听。"

洪青得意地抖动着大腿，"打开天窗说亮话。我要你为 88 基地搞的设计图纸资料。放心，我不拿走，就在这里看看而已！此外，3—SB，3—Z 和 3PG 实验室那些玩意儿的资料也要过过目。"教授木然地"嗯"了一声，还点了下头。我虽然头脑中充满了气愤和无奈，但还在设想种种能挽救目前局面的办法。听洪青讲到3—SB及3—Z这两个我们根本没进去的实验室时我大吃一惊，而教授的暧昧态度使我格外惊奇。教授对他又像对我说："3—SB组是自身反射波发射仪，3—Z组是高能综合波发射器。你就要这些资料?"

洪青酸溜溜地接过去讲："这次要这些就可以了，以后还可以再来么。条件也讲清楚，我们是慷慨大方的。第一是我们绝对保密，决不会让任何可能损害你们的人知道这一切。第二，我们负责你们的绝对安全，我们是强有力的，任何时候你们感觉有危险，我们会帮助你们到达安全、合适的地方和国家。假如你愿意换个环境继续进行研究，我们会提供一切方便和条件。第三是经济上的报酬，这次暂定两万，以美金计算。用美金、卢布、马克或人民币支付都可以。要是愿在稳定可靠的瑞士银行开个户头，我们可以代办。原来没考虑张林先生，但今天在座，而且是'有功之臣'，我就自作主张定个一万吧! 哈哈……"

我听了他这套无耻之词，真想把他枯瘦的尖脑袋揪下来。可是教授还是那么嗯嗯喏喏，竟然还似是而非地点着头。我只觉得血直往头上涌。

洪青见我们不作声，挥了挥手说："开始吧，把图纸资料拿出来吧!"贪婪又放肆的眼光逼视着教授。王教授默默地站了起来，走向保险柜。我完全被气愤和惊讶弄糊涂了。难道教授真的要把图纸资料交给这个坏蛋?! 特别是波—45系统的设计资料泄露出去，将直接影响北疆的防务。我不安地站起来阻止教授。洪青立刻用尖厉的声音对我说："张先生还是老实点吧，否则先开销了你，我就省下一万美金了。"教授似乎无动于衷，不紧不慢地走近保险柜，从柜子里取出了图纸资料。洪青见状乐得笑出声来了，飞溅着唾沫说："王教授真是懂道理识时务……"下面的话没说完，"霍"地从反坐的椅子上跳了起来，而我又惊又喜地瞪大了眼睛。原来教授取了图纸资料从保险柜住过身来时，突然摇身一变，成了十几个一模一样的拿着图纸资料的王教授。我知道这是波的幻变，但要从这十几个王教授中分辨出哪个是"正身"，简直是不可能的事。知道自己上了当的洪青被激怒了，眼睛中像要喷出火来一样，恨恨地要用激光枪对教授群发射了。但在最后一刻又把手垂了下来，他明白自己的处境也很困难，假如打不中"正身"，必然会惊动大楼警戒系统。这样将对他造成更大的危险。而且，目前教授只要冒很小的危险，就可以对他采取自由行动。洪青毕竟是个老练的间谍，一步跳到了正在高兴的我身边，用他的激光枪抵着我的脑袋，咬牙切齿地对"教授群"吼道："给我开玩笑?！噢！这位88基地的军官先生大概还没学会分身法吧?"

我背对着洪青，用眼睛向教授示意，准备配合教授一起来制服这坏蛋。只要能抓住这个家伙，我流血牺牲也在所不惜。可是教授毫不理会我的眼色，显然为了我的安全，又聚变成了一个人，拿着图纸站在保险柜前。

洪青有我这个"人质"，又得意起来了。揶揄地对教授说："王教授，你会千变万化，我是一无所长。以不变应万变，我也没有吃亏。我又要谢谢这位军官先生了。"说着，用激光枪又在我头上点了一下。

洪青的放肆与无耻，使我再也压抑不住怒火了。我用脚一蹬办公桌，连人带椅往后倒翻过去，洪青慌忙往后一退。就在我往地上倒翻过去的一刹那，正好来得及把洪青手中的激光枪击落在地。教授被我的突然动作惊了一下，然后也快步跑过来，及时把激光枪踩住。但是洪青并没有急着来抢激光枪，而是退缩到门边的墙角，从口袋中拿出了一个小盒，高举头顶，眼中露出凶狠疯狂的杀气，嘶声地叫着："谁过来，就让你们和实验站一起完蛋！"无疑他手中是一种烈性炸药。教授阻止了我的再次猛扑。看来，这个无耻的家伙还是个亡命之徒。要是实验室被破坏，损失亦不亚于机密的泄漏。怎么办呢？我和教授都犹豫起来了，空气似乎凝固了一样。

唱《拉网小调》的落了网

最后，还是教授先开了口，他叹了口气，用一种无可奈何地被折服了的口气说："请您保证实验站及我们的安全吧！"说着把桌子上的图纸资料挪了一挪，又对洪青讲："请看吧！"洪青没有那么自信和得意了，仍靠在墙角没动。为了表示诚意，教授让我把枪踢了过去，同时还示意我坐下。我一时还很难平静，但权衡了一下教授、实验站的利害得失，觉得还是不要轻举妄动，只要这个家伙没走，我还是有机会的。而且，看来教授是胸有成竹，我就在沙发上坐了下来。这时才发觉，刚才我的"后滚翻"把手臂擦伤了，袖子也挂了个大口子。

洪青眼睛看着我们，迅速地从地下捡起了激光枪，似乎又增添了几分胆量，但没有原来那股耀武扬威的神气了。他让教授在办公桌上把图纸资料一张张对他展开，他用左手扶着眼镜开始远距离"看"起来了。这时我明白了他为什么经常扶他的宽边眼镜了，原来这是一架特殊的专用显微摄影机。

在不到十五分钟的时间里，由于教授的"主动"配合，洪青顺利地完成了他的"任务"。可以看出，这个训练有素的间谍对王教授的研究并不外行。当教授放下最后一份图纸时，洪青说话了："这些初步方案并不能代表你目前的研制水平，特别是给88基地设计的东西。你别拿这些设想方案来应付我。"教授用头往保险柜那边摆了一摆，双手一摊说："我这里只有这些了，有些仪器的装配工作图在实验室中。"洪青马上接口问："哪个实验室？""3—Z实验室。"教授回答得挺痛快。洪青想了一想，盯着教授的眼睛一字一顿地咬着牙说："教授，你可别想再开第二次玩笑。只要你们当中哪个再轻举妄动，那么我连你们后悔的机会也不会再给了。"说罢，脑袋晃了一晃让教授在前面带路。

洪青让我走在中间，隔教授有二三步远，三人鱼贯而行。走出办公室向3—Z实验室走去时，在过道的一个拐弯处，教授突然一个踉跄，几乎跌倒在地。我急步上前想去扶一把，洪青厉声喝住了我，但我的手已接近教授。刹那间，我看着自己的手愣了一下，因为我觉得应该触到教授的手臂时，竟觉"空空如也"。一下我明白了，在我面前的是个"波"！我高兴得简直要笑出来了。洪青的尖叫倒提醒了我，我装作顺从地与教授保持一定的距离。

3—Z实验室的门在教授面前无声地滑开，我们默默地走了进去。洪青在门自动关闭后靠在门上，让我对一个墙角举手站着，然后叫教授取图纸资料。我听到壁柜开启的声音和图纸的沙沙声，我想洪青又在扶他的眼镜了。

没有一会儿，洪青居然用带笑的声音叫我转过身来。他挥动着激光枪对分别在两个墙角的我和教授说道："我的事完了，我们可以和平地或者友好地分手了。但为了你们的安全和我的安全，只有暂时委屈你们一下，这对大家都有好处。"他指着仪器边上的一些导线对教授讲："麻烦您先把军官先生捆一下，只要我走近他时他不能再对我挥舞拳脚就可以了。至于您老先生，我可以对付了。"

教授犹豫了一下，就顺从地拿起导线把我缠了又缠，甚至在脖子上也绕了好几圈。洪青在一旁得意地抖着腿，还吹着口哨，似乎是吹日本歌曲《拉网小调》，他自以为是收网得鱼的胜利者了，但激光枪的枪口还一直对着我们。在捆绑我的过程中，我还有点莫名其妙，这个"波"教授怎么也能做这么多具体的事。洪青看着我被缠得不能动弹了，就让教授走到另一个墙角，他哼着小调自己去取导线，准备如法炮制。为把几股绞在一起的导线分开，他把激光枪及炸药往边上的仪器上放下，双手使劲去扯开导线。

就在这时，突然从天花板上打了个闪电。洪青像受伤的狼一样嚎叫起来了，右手一伸想去拿炸药，但手举了一半又无力地垂了下去，人缩成一团，在地上打起滚来了。实验室的门一下打开了，王教授和玲妹从门外走了进来。玲妹先把炸药及激光枪拿了起来，仔细看了看说："都是合成非金属材料，怪不得电子警戒无能为力了。"又摘下了洪青的眼镜，再把我身上的导线一一解开。待我坐在椅子上舒展手脚，平静刚才极度紧张的心情时，教授抹着额上的汗珠对我说："幸亏让'波'教授来捆你的导线是特种超导材料，高能电磁场可以使它活动，否则刚才就要让'波'教授露马脚了。"又指着蜷缩在地上呻吟的洪青讲："这可以讲是第二十一个了吧！"我明白王教授是在说，洪青成了波—45 的第二十一个俘虏。我回过头去看刚才站在墙角的"波"教授，不知什么时候已经化为乌有了。

王教授回身问玲妹："你用了多大能级的脉冲波？"玲妹看了一眼洪青说："三个！"教授摇了摇头讲："这么近距离，两个能级就绰绰有余了。"玲妹狠狠地说道："我恨死这坏蛋了。他进校时讲是杨平捎东西来的，到家后他和你们谈了这么久，以为你们认识就没再注意。你们去实验站给了我一个信号，我也只做了一般警戒处理，要不是你在办公室突然启动波—45B，真要让这坏蛋钻空子呢！"她看到我注意听她讲话，对我点头笑了一笑说："小张同志，才来时给你开了个玩笑，不生我的气吗？刚才在办公室里，你那么猛地扑过去，真把我吓了一跳，假如这个坏蛋开枪就太危险了。你的手臂不要紧吧？"我被她的关心搞得很不好意思，涨红了脸不知回答什么好。教授指了一下还在抽搐的洪青对玲妹说："这家伙交给你去处理吧，你这个保卫科的技术员该履行职责了。他的那副眼镜有名堂！"说完，拉着我离开了实验室。玲妹在后面拉长了声调说："爸爸，小张同志的手……"

小马的补充解释

回到 88 基地，小马在宿舍中告诉我，原来，我离开基地不久，柯鲁日也夫又供出"壁虎"式越过国境后，尾舱重量平衡发现有变化。根据波—45 的示踪分析判断，有人利用"壁虎"的低空性能，藏在舱中潜入我国。

小马又根据枫市转来的材料告诉我，北方那个超级大国早就对王凡教授的研究工作有了注意，从各方面搜集了教授的材料。杨平、洪青的论文是从国外研究所的那个朗勃金博士那里买去的。实际上，真正的洪青一直和杨平好好地在研究所工作。而我遇到的"洪青"是他们精心豢养的高级科技间谍，也就是利用"壁虎"的潜入者。本来他只是刺探教授的研究情况及应用范围，不想在公共磁垫车上发现了我来自 88 基地的身份（这就是临时通行证的 117 号元素被他的眼镜识别出来惹起的），又在教授家见到我，知道教授的研究工作与基地有关。由于我的"客套话"，又使他有机会进入实验室参观。他一直想"文攻"，不料教授警惕性很高，谈了这么久，又参观了实验站，但真正涉及军事科技应用的课题一点也没透露。他又发现我在注意他的眼镜，就决心破釜沉舟，来个一箭双雕——既弄清教授的研究情况，又弄清 88 基地的秘密。结果呢？用小马的话来讲是

"赔了夫人又折兵，偷鸡不着蚀把米"。

我的采访任务，由于种种意外反而完成得出奇地好。我不仅对王教授的"波"理论有了深刻的印象与理解，还与王教授一家建立了很亲密的关系。离开枫市时，王教授和玲妹一直送我到机场。我摸着玲妹给我补好的军装袖子，脸又红了。一贯落落大方的玲妹，不知道为什么也脸红了。以后我与玲妹开始了"通信关系"。第一封信是从我感谢她给我补袖子开始的……这是我的私事就不多谈了。可是小马见我在离开基地前一周收到了三封枫市的来信，就笑着对我说："你这张弓，永远是有好运气的，犯了错误也会带来好运气……"我只有对他笑笑，而耳边仿佛又听到从星湖畔飘来的银铃一般的笑声。

太空修道院

谭力 覃白

谭力，国家一级作家，全国电视剧编剧工作委员会理事。著有《怀念爱情》《她从远方来》等作品。电影剧本《大小夫人》获保加利亚第十五届国际幽默与喜剧电影节优秀奖，电视剧《跑马溜溜的山上》获中国第十二届电视剧飞天奖单本剧奖。覃白，本名胡世楷，曾任科幻世界总编辑，其间大力推广科幻文化，培养无数新人，也曾用"谭楷"之名发表报告文学、诗歌、科普图书等作品。二人合著的《太空修道院》获第三届中国科幻银河奖一等奖。

人的天职在于勇于探索真理（哥白尼语）。21世纪，在火星与木星之间的小行星带发生了一场科学与神学，人性与所谓纯理性的激战……

一

丹扬觉得上个世纪某些天文学家大错特错了，他们把小行星咒骂成"星空的爬蛆"，流露出极端厌恶的情绪。此刻，在小行星带漂流是何等惬意呵！

太空是一张恢宏的黑丝绒毯。近处的星亮如钻石，远处的星小似流萤，都在尽情施展自己的魅力。太阳的八个儿女也不甘示弱地在表现自己独特的风韵。火星在左，像圆脸小妇人带着两个小不点卫星在悠闲漫步；木星在右，像个戴着草帽的胖男人在高视阔步。而最为壮观的是介于火星和木星之间的几万颗大大小小远远近近的小行星在旋舞着，闪烁着，像大都市之夜公路上亮着车灯的小车，在深邃无垠的太空浩浩荡荡地驰过。

真是不到此地，难见此景！丹扬乘坐的"银杏号"飞船在小行星带漂流着。"银杏号"三个大字熠熠有光。

那遥远的星球上有银杏树吗？丹扬想。有银杏树生长的地方就会有姑娘。丹扬渴望对每个邂逅的姑娘献上他的忏悔。他太单纯，以为唐突了刘莉蓉就是欺骗了全体异性。

"浩森星海一飞梭，雄风万里间天河，莫道青冥太寂寥，挟雷携电谱壮歌……"罗啸强又在用他那沙哑的粗嗓门唱歌了。

船舱里，另外两个男人操着华语方言，正喋喋不休地谈论着无动力漂流的英雄史。

是呵，长江虎跳峡漂过了，北美洲的尼亚加拉大瀑布被征服了，亚马孙河的乖张在上个世纪就成了过去。而月亮呢，则是少年儿童的暑假游乐营地。那么，到木星大光环（其实是黑色碎石块的"河流"）去漂流，占领小行星做无动力漂流，就成了地球上诸多男性最热门的话题。

于是，每年有上百艘飞船飞向小行星带。当飞船在某颗小行星停靠后。船员们便登上小行星，做无动力漂流。

真棒！"银杏号"的船员们按预定计划漂了八百余万公里，造访了"中华""钟山1号""爱神""祖冲之""张衡"等著名的小行星之后，本应返航。可大伙余兴未尽，又决定去追踪赫姆思星。众所周知，赫姆思星轨道特殊，与地球最靠近时才80万公里，若能"乘"上赫姆思星飞向地球，才叫绝！

地球上的联络中心来电称：前面的航程情况不明，不能确定是否会遇上流星雨。罗啸强一笑置之：我们是来闯天河的，没有危险，四平八稳，还叫什么漂流勇士?！

没想到，一颗红元帅苹果大的小流星。急煎煎地吻上"银杏号"的左舷，还觉浪漫不够，遂以更大的热情在舱内转了个弯，把两个大男人的头和心脏拍成盛开的红菊花，又斩掉小男人丹扬的一根小手指，并让他的头部腰部深刻感受到火辣辣的痛楚后，才功德圆满地从船尾告辞而去。

丹扬上飞船之前，曾向来送行的刘莉蓉说："我若死了，太阳系就会多一个小行星。"只见过丹扬三面的刘莉蓉兴奋得一脸玫红。原以为她会说几句略带伤感的安慰话，谁知她竟大声赞叹道："就是要有两手准备嘛！"说得丹扬没来由地心酸。没料到玩笑成真。丹扬昏迷前看见自己的小手指在空中优雅地悬浮，他知道这是没有引力的空间。小手指神气地沿轴线翻转滑翔着，旁边是一滴果冻般的血珠，极像地球上晶莹剔透的红玛瑙。

没受伤的只有罗啸强了。

见你娘的鬼，小流星！罗啸强暗自吃惊。灾难独独放过了我，这太不公平。罗啸强是那种生来就很自信的男人，他总以征服了多少难以征服的目标作为衡量成功与否的标准。此刻，他感到一种灼人的悲凉。

罗啸强按下仪表板上一只红键，生命保障系统即刻罩住了他和丹扬。哇哈，他故意咧嘴强挤出一声调笑，没啥了不起，又能比痔疮凶险到何处？他锉锉牙。"银杏号"离地球前三天，恰值他的顽疾发作，一天到晚不敢坐板凳，宇航处的女士则齐夸他精力过人，身体强健。

罗啸强接着按下紧急通信系统，用几句话，向联络中心急切地报告了他们的窘境：船体洞穿，电脑损毁，生命保障系统仅能坚持三小时，要命的是，探险者两死一伤，仅剩他和丹扬。

电讯从近 1 亿公里外的地球飞来，地球如今在罗啸强眼里，只是一瞩小甲虫大的砂粒。想拜托砂粒救助？简直是天方夜谭。

"离你船最近的 H 小行星上，有一座修道院……"由于太远，听着联络中心的人说话，有亲聆上帝教诲的错觉，"这是你们唯一的希望……"

"什么？黑蔷薇修道院？"罗啸强心中一紧。

半年前，"峨眉号"飞船上有一位急待手术的阑尾炎患者曾向黑蔷薇修道院呼救，可修道院拒绝飞船在 H 星降落，使患者病情恶化，回地球后经抢救拣了一条命却酿下后遗症。

"修道院的修女信奉纯理教，拒绝一切男人，甚至仇恨一切男人。"——罗啸强还记得那篇报道的最后结语。

罗啸强那个部位猛地一热，液体浸湿了裤子。好样的，他暗自咒道，把痔疮吓破了。

院长嬷嬷姓孟，120 岁。她出身于医学世家，22 岁获博士学位，40 岁以前曾经营过全球女性心理咨询系统工程。著有一本研究人脑与思维科学的专著。报刊上偶尔发表过一些鼓吹人走向纯理性的小文章。在那时，艾滋病、吸毒和青少年犯罪像瘟疫猖极一时。一些人越来越依赖于利用科学技术的新成果来享乐。有人认为，孟博士是用禁欲来反对纵欲，用抽象的神性来反对人性，但在维护社会秩序呼唤人的理性上有些许意义。80 岁时，她创立了纯理性教，100 岁时，她耗费巨资在 H 星建立了黑蔷薇太空修道院。

嬷嬷是纯理性教的精神领袖，她的教谕中有一句话：情感乃痛苦之源，男人乃万恶之源。

没有人知道嬷嬷在漫漫百余年的所思，所惑，所钟，所断。与她同时代的男女，熬不过岁月的侵凌，都先后作古。但嬷嬷自知，当每年仲秋的某晚来到，她耳中会突如其来地听到硫酸浇上人脸后那声凄长的惨嚎："啊！浇得好啊！是我窒息了你的灵魂。我受此无愧……"每每至此，嬷嬷便觉心悸体虚，冷汗涔涔。她会赶紧跑到修道院圣殿的祭坛前，面对阴郁诡谲的黑蔷薇，用祈祷的虔诚，赶走脑中依稀挣扎的人影。

是啊，不堪回首，人生不堪再回首，善心一念伴浮云。

二

H星一共住着53位女性，除嬷嬷外，年龄最大者37岁，最小18岁。她们都是地球上的感情受创者。每隔四年，嬷嬷回地球一次，把专程慈航普度的新信徒，陆续领往H星。

修道院占地一平方公里。在这个生命圈内，华族风格的房屋错落有致，一条林荫道和三个喷水池，把五幢各具用途的小楼分开。建筑群中心的大教堂则采用西俗的哥特式尖顶，巍巍乎，藐藐乎，将信徒的颂唱声传至环宇深处。

嬷嬷的原则是尽量摒弃太过于现代化的奢侈，她认为古朴和稚拙有利于教化人心。因此在这里，除了看病和一些杂务，由一名机器人医生和两名机器人护士操持外，其余一切饮食起居、室内布置，皆效法地球上二十世纪中等国家的平民生活模式。她干脆让她的姑娘手工缝制黑白相嵌的道袍，并为了互相照顾的需要，传授给她们全面的护士护理技术。她还设立了圣器小作坊，教修女们加工教堂中大量使用的红蜡。

嬷嬷的想象力是惊人的，她甚至从地球上带来了数量可观的动物、植物种。每天，当人造太阳灯闪烁出晨光的瑰丽时，百鸟婉转，鹿鸣呦呦，风便拂过白杨树亭亭的林梢。而夜幕降临，归鸦返巢后，蟋蟀和金铃子就奏起动听的小夜曲。甚而不慎混入迁徙飞船的一只母老鼠的后代，也吱吱地穿梭于修道院轻合金材料建构的房屋，将地球上人人生厌的吱吱声，亲切地播入老嬷嬷的耳际。

屏盖这一切的，是穹顶般壮丽的透明合金罩，为一平方公里空间内芸芸生命，留得珍贵的空气和湿度。复杂的循环保障系统建在地下五层，最主要的是水以及空气的合成和调节。一切应有尽有。

只是没有男人。

何必要有男人呢？

三

教堂圣殿正中的祭坛上，那只神秘的黑蔷薇，闪着金属冷硬的幽光。修女们都清楚它的巨大魔力。

"女儿们。"嬷嬷在讲坛上张臂宣谕。没人能分辨出她的真实年龄。往昔的岁月已经汹涌逝去，脸庞如潮退已久的沙滩，露出宽博的静谧。"感谢这尊黑蔷薇吧。"嬷嬷让洪亮的声音翱翔于高大的穹顶下。"它是你们祥符，它开你们的灵窍，诱你们的善根，扬你们的聪慧。没有比它带给你们的安宁更为崇高的境界了……"

这时，她看见 26 岁的施若秋突然出现在边门。施若秋是她的副手，穿着严谨，面容高贵，走路时腰肢纹丝不动，仿佛生来就带着拒人千里之外的冷漠。她向她点点头，姑娘立即无声而迅疾地飘到嬷嬷身边。奇怪的是，施若秋眼里闪动着一股反常激动的光，汇报时，声音也带了一丝沙哑。

听完施若秋的禀报，嬷嬷向修女们说道："用心祈祷吧，我的孩子，没有我的吩咐，不要中断你们的修行。"言毕转身，随施若秋而去。

地下控制中心的荧光屏前，嬷嬷看到了近一亿公里外那个空难救助中心的值班长。

"孟玛丽院长嬷嬷，"地球人的焦急堆满眼角眉梢，"'银杏号'上的两个生命，求助于您老人家的慈悲了。"

嬷嬷不为他的阿谀所动，竖起一根手指道："你应该知道我的原则。"

"可是尊敬的嬷嬷，救助生命是宇宙间的最高原则啊。"

"错了。"嬷嬷将手指轻轻一摇，她知道这个动作会令地球人气得咬牙切齿。"宇宙间的最高原则是：根除腐朽，维护圣洁，坚持理性。"她偏过头，向一旁的修女示意："若秋。"

施若秋"啪"地关掉电视，把地球人的苦脸抹去。接着又按嬷嬷的指示，开通了精密跟踪雷达。

雷达荧屏上，一个发亮的小白点正歪歪斜斜地向 H 星飘来。

"告诉那艘飞船，H 星拒绝客人来访。"

电视荧屏又打开了，这次是罗啸强愤怒的脸。

"告诉你，至高无上的嬷嬷，我要在 H 星强行着陆。我的生命保障系统最多还能维持半小时。"

"不可能的。"嬷嬷习惯性地竖起一根手指。

"你想看着我们死？看着你的同胞——死？"

嬷嬷垂下眼皮。冥冥中，传来百年前那声男人凄长的惨嚎。她一颤，"不，这不是我的心愿。"几秒钟后，她的眼睛睁开了，可眼中已没有怜惜，灰黄的瞳仁闪着冷峻的光。

"我要对我的 52 位修女负责，"她语调平实地宣布，"我远离尘器在此建院，没有妨害你们地球上任何人！我也希望你们不要妨害我们的修女。对于我，她们的精神生命比一切都重要！"

但荧光屏里的男人却出人意料地笑了。"嬷嬷，"他也伸出一根食指，在荧屏里夸张地摇动，"你就等着吧。"

"我等着。"嬷嬷冷峻如一尊神像。

这天晚上，黑蔷修道道院经历了建院以来第一次危机。

先是墨黑的天穹上出现了肉眼也能看清的飞船，"银杏号"三字熠熠有光。然后，飞船残破的机身在一只鲜红的减速伞挂带下，轰然着陆。接着一个穿宇航服的大个子钻出机舱，启动背上的微型火箭，"刷"地一下蹿上修道院上空的穹形防护罩。

只有圣殿里的修女对迅速逼近的危机一无所知，她们尊嬷嬷之命，仍在潜心祈祷。

中心控制室里，嬷嬷的耳边响起那男人粗嘎的声音：

"孟玛丽院长嬷嬷，我是'银杏号'指令长罗啸强，我的受伤的同伴正面对死神的利爪，随时可能死去。我最后一次以良知、善、崇高的名义请求你，打开升降通道，接纳一位濒死的无辜的少年。"

嬷嬷沉默了很久。

"不，"声音终于从她多皱的双唇间进出，"我无意改变初衷。"

"嬷嬷，我荣幸地通知你，我要马上切割你的保护层！我很乐意与你以及被你保护的修女们一起归入永恒的寂静。"

站在高高的透明合金罩上的男人，手中果然握有造型奇特的激光手枪。

嬷嬷注视着荧屏上男人的眼睛。那双眼睛不会撒谎，怒海翻卷般的光波从眼珠深处涌出。

男人把手举得更高，"我要动作了！"他似乎揪住了某个按钮，"这是超级激光束发射器，它能轰垮一座山！"

"嬷嬷！"施若秋的眼光似在寻求强大的依傍，但腰肢依然挺得笔直，保持着视一切如草芥的倨傲。

"我数五下，"男人露出雪白的两排门牙，"我要对我们大家负责。——……"

嬷嬷犹豫不决，她清楚高强度的合金罩能承受宇宙风暴的袭击。但万一男人手中的武器大大超过合金罩的承受力呢？一旦罩上出现针尖般的小缝，强大的内压力会使空气喷泉般直泻宇宙真空，留下的，会是罩内 53 具断氧断压七窍流血而暴亡的死尸。

天平一头是两名入侵的妖孽，一头是 53 个女人的存亡。

"五！"男人一声霹雳压顶的狮吼。

"同意开通升降口。"嬷嬷竖起的手指颤抖了，"请听从机器人的指挥。"

四

罗啸强抱着昏迷不醒的丹扬，从升降通道口的增压室进入女性王国。迎接他的是两个面无表情的智能机器人。

"我叫迪迪。她叫杰杰。"迪迪梳一头披肩发，橡胶皮肤上的两只眼睛只会左右横移。"你是讨厌的侵略者。"迪迪嗡嗡地强调，"你是我们女人的天敌。"

"你是女人？"罗啸强喘着粗气问。

"当然。"杰杰插话，电动模型嘴巴滑稽地上下张合，"H 星全是女人。"

"有幸聆教。"

迪迪和杰杰用一辆四轮车推着丹扬，领罗啸强走进林荫道边一幢独立的二层小楼。

"这是临时医院。"机器人把丹扬安置在二楼一间卧室里，领着罗啸强满楼转。"我们早已不用那些 CT 仪、X 光机、B 超仪、心脑电图机——只要一台万能查体仪就行了……这里是起居间……客厅在楼下……这儿是厨房，你们得自己弄吃的——"

"谁是医生?"罗啸强向机器人焦急询问，"我不是来观光的，我的病人在流血!"

迪迪胸有成竹地背手踱步，"医生马上就来，她精通各种妇科疾病。"

罗啸强愣住了。"丹扬手指折断，头部和内脏撞伤，"他绕着迪迪转圈呐喊，"他不是妇科疾病!"

楼下传来严厉的呵斥："谁在大声嚷嚷，嗯？这里是宗教圣地。"话音一落，一个头戴白帽、身穿白衣的女机器人款款走来。

"这是我们的医学博士安安。"迪迪介绍着，向安安谦恭地弯弯腰，然后和杰杰一起下楼离去。

"晤，你就是那个男妖了。"安安的金属语音中透出不可一世的狂傲。

"我需要外科大夫。"罗啸强重申。

"你算找对了人。"安安骄傲地回答，"我是博士级，有资格证书，是环球电脑公司第五代智能型产品，嬷嬷定购我后，给我输入了全部女性生理解剖和治疗知识。"

"我们是男人!"罗啸强不再装绅士，他跳起来给了乳白的塑胶墙壁一拳，"男人，懂不懂?"

"这难道不是一回事?"安安手拿一扩宫钳，不解地耸耸肩膀。

罗啸强一跺脚，嘿！我不信斗不过那个老妖婆。他几步冲下楼，撒腿就往草坪中央的教堂跑。没料到刚接近喷水池，一堵看不见的"墙"猛地把他弹回来，他一下摔了个四脚朝天。啊，定向磁墙！他在理工学院读书时就知道，在开关控制下，操纵者能双向自由选择磁场的预防方向。现在，他过不去，而那边的人却可能过来。他和丹扬被关在生存圈南半隅一角，成了名副其实的笼中兽。

罗啸强扭头跑回小楼。赶快找联络工具，他想，不然丹扬就没救了。

罗啸强"砰"地推门进去时，安安正用万能查体仪检查丹扬的腹腔。

"咦？"安安又是颇有个性地耸耸肩，对着彩色显示屏百思不解，"他怎么没有子宫和卵巢……"

罗啸强终于看见了那台要命的视屏对讲机，他一把抓起遥控器，边旋转调频钮边跑回安安的显示屏前。丹扬的状况远远超出他的预计。一只肾受损严重。

丹扬的呻吟再次飘起，罗啸强回眸一瞥，只见少年人脸黄似蜡，生命的薄纸仿佛随时都会被死神一口气吹破。

罗啸强朝对讲机疯狂吼叫："控制中心，我要孟玛丽嬷嬷！"

"我就是！"似乎那老妖婆早在等候，声音和形象一下子就出现在屏幕上。

"我要你给臭机器人输入治疗男性的程序，不然我要捣毁整个H星！"

"资料中心没有治疗男人的软件。"

"你有！我知道，环球电脑公司尽善尽美的服务宗旨不允许他们在给顾客出售医用机器人时遗漏任何一项治疗技术。快把那个软件送来！"

嬷嬷没有回应。

"尊敬的院长，"火星一闪，罗啸强为下面的劝降词振奋，"你肯定希望我们早日离开此地对吧？但你不治好我的朋友，你想我们能提早告别吗，啊？"

嬷嬷的回答正中罗啸强下怀：

"好，叫安安过来。"

定向磁墙消除了两秒钟，放安安的身体通过。五分钟后她再度站立在丹扬床头时，已成了一个十分内行的全能外科大师了。

罗啸强是第一次领略这种手术场面，只见安安变魔术似的，先用一个灯具样式的仪器四面一照，"紫外线手术灭菌枪，"安安解释，"灭菌率几乎百分之一百。"然后将输氧、输血、测压、麻醉，等五颜六色的管子，一一串联接插在自己身上的对应部位，"我周身的各个分电脑会依据手术中病人的临床表现，"她得意地饶舌，"自动采取调节措施。这就省了一大帮专业人员的参与。人多只会把手术室搞成乱七八糟的动物园。"

安安用激光刀在丹扬背部轻轻划了一条口子，头也不回地喝叫："血管钳。"

罗啸强呆着。

"叫你呢，器械护士！"安安提高嗓门。

罗啸强大梦方醒。原来让我给她当助手呢。

手术中，安安拿足了大医生的架子。

"给我揩额上的汗。"她边操作边说。

罗啸强赶紧拿起纱条，从女医生的侧肩凑上去。"咦？"他没法下手，"你没有汗呀，你是机器人嘛。"

"大医院的手术大夫都得有护士揩汗。快。"

罗啸强只好装模作样地舞弄几下。

过一会儿，安安又吩咐："喂我巧克力。"

"你真吃？"

"大医院的护士都给医生喂，补充体能消耗。"

罗啸强拿起药棉纤在大医生的嘴边沾了沾。安安很满意，把假嘴嚼得"嚓嚓"响。

缝合时，她叫罗啸强往手术针上穿线，罗啸强半天穿不好。"笨猪！"安安骂得很流畅。

"凡是第五代机器人都会骂脏话吗？"

"哪里！"安安轻蔑地说，"这是主刀医生程序里独有的，以增强在护士心中的威严地位。"

哦，罗啸强感到醍醐灌顶的彻悟。

手术进行了六个小时。

罗啸强亦被折腾了六个小时。

丹扬的小手指奇迹般地接上了，但余下的项目并不乐观：右肾切除，腹部缝合，头颅内的小血块要靠药物吸收。安安断言，小妖男是否康复直至彻底摆脱死神的追踪，全看今后一周内的护理。"三分治疗，七分护理。"她强调道。

"那么，"罗啸强累得几乎瘫在地下，"以后全仰仗你的看护了。"

"这是什么话！"依旧精神矍铄的安安高贵地仰着头，"我是医生，医生哪能只干护士的活。何况，我还要给那边的修女们看门诊，我日理万机，非常繁忙。"

"好吧。"罗啸强摇摇头，苦笑着接过安安开来的几大篇医嘱，"我来当这个重要的护士吧。"

接下来是昏天黑地的一晚。

该给丹扬打滴注了，可不小心使伤员的小便从导尿管渗漏到褥子上。手忙脚乱换垫褥时不小心，又把针头滑到地下摔断。

他好不容易熬到早晨，歪歪倒倒去楼下厨房弄早餐，竟眼里一黑太阳穴就磕在煎蛋锅的把柄上。一瞬时，脑袋里黄钟大吕齐鸣，身体软得沉重，好像从来就不是自己指挥的。

后来他挣扎着回到丹扬床边，看着昏迷的小朋友，喉咙里没来由地发热。

罗啸强是个伟男子，他的哲学是"比强者更强"。他的曾祖父曾在一次火星探险中冒死救助了落入火山灰坑的七位伙伴，受到联合国的特别嘉奖。罗啸强血管里燃烧着曾祖父永不安分的血，他渴望冒险，崇拜英雄。他曾去百慕大三角扬帆，曾在古印加帝国遗址的丛林守候外星人的飞碟。他上天，也潜海，他在传说中的死亡之地嬉戏，死神反而不碰他一根毫毛。

但今天是个伤心日，不为自己，是为丹扬。

他与丹扬过去不认识。但一坐进"银杏号"的机舱就成了朋友。他没法不喜欢丹扬。许是他太强壮，天生需要一弱冠少年受他保护。许是丹扬玻璃般透明的纯洁，使粗豪不羁的他可以尽情欣赏人性美的另一面。他把自己当成丹扬当然的大哥哥。丹扬的任何不快，都是他的失职，何况这次牵涉到丹扬的生命！

罗啸强结过婚，又离异。他没有孩子，可是想要。他处理两性关系也像去探险，大刀阔斧，棱角分明。他对异性的评价是她们不比男人差，男女都是自由的元素，合起来便是完整的世界。

不行。罗啸强从丹扬的床前站直身体。我这样当护士会送了丹扬的命。应当叫嬷嬷派护士来，至少与我轮班守护。

罗啸强为自己的想法感到兴奋。他深知老嬷嬷不会轻易就范。要制服她，除了恐吓还得动动脑筋。

经过仔细搜索，罗啸强发现这幢临时医院原是一座仓库，一切日常用品俱全，还有一套备用星际通信设备，可以向地球直通电视电话。更令罗啸强振奋的是，他发现了闭路电视系统的输入端，一种捣鬼的念头使他想叫出声来。

当罗啸强把备用的星际电视电话搬到丹扬的病床前时，对讲机的视屏上出现了嬷嬷的面容："请问，你为什么不经允许就动用我们的通信设备。"

"我们在登上 H 星之前，曾向地球急救中心报告。我们的唯一生路是找黑蔷薇修道院的嬷嬷。现在，我得向地球继续报告伤员的现状。"

"我看，没有这个必要。等伤员伤口愈合你们就走——回到地球再细细说去吧。"

"但是，我们的伤员无法康复，我们需要护士小姐。"

"好，我派杰杰或迪迪来。"

"不行，杰杰和迪迪没有护理男性伤病员的程序！"

"你要我怎么办？"

"派你的修女来！"

"痴人说梦。"

"那好。反正我们住在仓库里，可以没年没月地尽情吃喝。无聊时，我还可以用你这一套星际通信设备向地球播放特别节目，介绍一个笨男人怎样在太空修道院当护士。保险轰动！到时，记者们会蜂拥而至，你的修道院再也不会寂寞了！"

"好，你的要求……可以实现，但不再会有第三次成功的要挟了。"

"祝嬷嬷愉快。"

嬷嬷无法愉快。她已听见危险的脚步声。啊，远处鬼影幢幢，妖气氤氲，牛角号凄厉长吹，羊皮鼓砰嚓乱响，序幕拉开了，好戏在后头。突然，她感到身体哪个部位有痛楚倏然升起，她聚精会神地捕捉，痛楚又消失了。难道转动了 120 年的零件出问题了？不，我决不会在这段日子倒下，决不。

五

晨课的钟声悠扬过后，颂诗声一落，嬷嬷开口了。

"孩子们。"修女们像一群羔羊望着她们的放牧人。"我现在不得不通知你们，昨天晚上，有两个妖孽男人，强行进入了我们清洁神圣的修道院。"

"呀……"

如小风起于青萍之末，窃窃私议立刻从人群中轻烟般升起，弥漫于圣殿的斗拱柱廊间。

嬷嬷等待着窃窃声消失，然后，她庄严地举起了右臂。

"男人是什么？男人是污泥，自私、肮脏、残忍；女人呢，是水，清纯、和睦、安宁。泥和水绝不能相容。可是那个邪教徒，竟以毁掉我们圣地相威胁，要我们每个白天派一名护士去照看他的小妖孽。"嬷嬷停了停，"为了最高的利益，有时不得不小有牺牲。像古话所谓'小不忍则乱大谋'。退是为了进。我们只好派一名修女去，她去那儿，代表我们去回击！"

下面又弥漫了一阵交头接耳声，有几人脸上竟带了反常的红晕，这使嬷嬷感到一惊。

但另一些坚定的修女的喊叫，又使她大大宽慰。"嬷嬷，我们不去！"她们激昂地舞动双手，"我们见了男人，会控制不住报复的冲动！"

嬷嬷用右手食指轻轻摇了摇，喧嚣被抹平。好孩子，她想，你们使我充满信心。嬷嬷的眼光甄别着部下，最后，停留在高贵的施若秋脸上。

嬷嬷很清楚，她心里已定下了谁。

施若秋的父母属于一见钟情的俊男靓女，他们都在上海一家电梯公司任职。相识的当晚，激情的波涛就将他们掀到欢乐的峰巅，晕眩的快感使眼中世界均成旋转的玫红。施若秋这不幸的种子便在这一刻疏忽中留下了。而两个月后单萍在堕胎中心提出申请时，妇科大夫却宣布，由于宫腔血管异位，堕胎难保不会引起大出血以至死亡。于是怀胎期满，不受欢迎的施若秋在上天冥冥的安排下，惶惶来到人世。施浩然自是飘若飞鸿，翩翩于美洲某个角落，踪迹俱无。单萍受了一番妊娠生育之苦，俏脸上平添几分憔悴，使过去众多的追随者骤减三分热情。于是人人注目的中心变成车马冷落的空门，嫉情便全数转移到女儿身上。

不合时宜诞生的施若秋，很合时宜地成了宗教学院孤独的寄宿生。儿时从母亲那里时时听来的对男人的诅咒，给幼小心灵无端罩上浓黑的阴云。男人可恶，异性可恨，乱天下者男人，肇祸端者异性。贞守是福，寂灭是美。感情如狂蜂乱蝶，无法驾驭终导致自毁。理性如空山静花。悄然独放却恰美超然。

施若秋长成颀长一少女，但她只空有美丽其表，她对理性的崇拜已达到疯狂。人的本质是什么，是理性的构筑。而感情的存在，说明进化的未终。感情就是情欲，情欲等于性欲，性欲飞禽走兽花鸟虫鱼皆有，因此，有情人便与飞禽走兽一同。

施若秋生活在理性的幻境中，但也遇上过痴情的追求者。有人写情书，天天飞鸿，日日付邮，墨水换成鲜血，字迹暗红，芳心可鉴。

施若秋几乎感动了。但父母的经历是阴郁的警钟，她自律不能越雷池一步。

18 岁那年，施若秋从电视新闻上知道孟玛丽教主第四次回地球招收信徒，她求助若渴地赶去报了名。

"说实话，你很漂亮。能坚守吗？"教母问。

"人是为灵魂而活的。为了坚守纯洁的理性，我宁舍其貌。"施若秋背诵着纯理教的祷词。

"让我再考虑考虑你的请求。"

施若秋回去了，第二天又出现在孟玛丽眼前，与前相左的是，头上多了一袭细黑的面纱。

"你想表明，"嬷嬷问，"你已阻断了对世人的吸引？"

"是，因此世人也就无法再诱惑我了。"

"何以为凭？"

施若秋不答，缓缓地撩开面纱，水果刀就当着嬷嬷，在粉脸上犁开了终生不褪的两道沟痕。美丽烟消了，纯理性雄踞王座，稳固地不再受刁扰。

但嬷嬷并未震惊。"若是心坚如铁，"她说，"又何惧面如春花。"

字字珠玑，却如雷霆惊炸。原来我离纯粹仍有千步之遥，原来毁容正证明我内心的怯弱卑渺。

"你有我年轻时的美丽吗？"嬷嬷又道，"但我不曾想到毁容。"

施若秋长跪于地，"嬷嬷，我懂了。"

副管事施若秋成了黑蔷薇修道院第二领袖，她的偶像是孟玛丽嬷嬷。孟玛丽是纯粹理性的大厦，施若秋需仰视方只能望其项背。大厦不倒，施若秋永远都有坚实的地基。

派这样的教徒去担任护理，能有什么问题吗？

六

罗啸强对走进屋子的修女很感兴趣，不惟因为她脸上醒目的伤疤，主要是姑娘高倨人上，睥睨一切的姿态。我偏要惹惹你，他想，我的痔疮出人意料地自愈了，这使人长信心，

"真脏，真臭！"施若秋操起吸尘器，嘴里在嘟哝着。

罗啸强心里不服，"尊敬的女士，"他说，"你的工作态度似乎与地球上的护士小姐有较大出入。"

修女背部向他，美丽的削肩昭示着不同流俗的傲岸。"在我们 H星里，没有'女士'之称，我们是无性之人。"

罗啸强瘪瘪嘴，"那，请问贵姓？"

"无贵无姓，俗人应一律称我副管事。"打扫完毕，修女十分利索地给丹扬打上滴注，将室内温度湿度调到最适当的位置。又仔细

观察了一下昏睡的丹扬。

"他昨夜一直在呻吟，大概是伤口痛得厉害。能让他减轻痛苦吗，尊敬的副管事？"

"哼，"施若秋冷冷一笑，"咎由自取。谁叫你们搞什么无动力漂流，探险，考察——这是对你们纵欲狂的惩罚！"

"什么，纵欲狂——你把我们看成是嫖客、酒鬼，还是赌棍？"罗啸强气得脸色铁青。

"我看不出有什么本质区别。"

"确实没有本质区别。"罗啸强笑得冷酷，"我是说，你们的禁欲与纵欲在戕害美好的人性这一点来说没有本质区别。正如中国古代皇宫内皇帝的荒淫无度与宦官宫女的被绝对禁欲同样是丑恶，丑恶！"

这次轮到施若秋脸色铁青了，"你……太下流了！"

"哈哈，"罗啸强大笑起来，"我原以为你们已修炼到家，无喜无怒，心上没有一点感情波澜，却原来是有喜有怒的有情之人嘛！"

施若秋立即恢复常态，镇定自若。

"跟你开玩笑，别生气嘛。要说七情六欲，几千年来，谁说清楚过？我看，该禁则禁，该纵则纵，不可一概而论。比如，19世纪人类开始到南极探险，20世纪人类登上月球，本世纪的人类热衷于到小行星漂流和科考……人类的好奇心仿佛永远无法满足，人类探险的欲望仿佛永远放纵难收，人类对真理的追求仿佛永无止境——如果这就是野心，这就是纵欲，有何不好呢？"

"我看不出这对完善人的自身有何裨益。"

"好处就在眼前。若不是人类有探索未知追求真理的欲望，会有火箭、飞船和太空站吗？没有飞船和空间技术，请问贵修道院又置于何处呢？"

"修道院建于何处，只是外在形式。主宰一切的仍是崇高的理性——你们永远无法体会到进入纯理性境界的美妙！"

"你们也永远无法体会'雄风万里闯天河'时的快乐！你们生活在小行星带却无法领略宇宙空间的雄浑深邃之美！"

"这一切，与心灵的自我完善有何关系？"

"你们所谓的自我完善，是违背人性的基本！"

"什么是人的基本？"

"正如电荷有正负，人有男女，相辅相成，互敬互爱，人类才能代代繁衍……"

"这是你的无知！科学家正在试验无性繁殖，以后仅凭妇女也可以繁衍子孙！"

"这仅仅是一种试验，绝不可能在全球推广！科学技术的进步，只会使人变得更美好，使性爱有更丰富的内涵……"

"什么性爱？男女间的历史，就是一部血淋淋的战争史。男人永远进攻，女人永远防御，由此产生痛苦、烦恼、冷酷、迷惘，扰乱人性，凄恻着人生……"

"你又把个别事当普遍规律。人的堕落是因为丧失了伟大的追求目标，而不是性爱！"

"性爱就是非理性！非理性就应当遭谴责！"

"那种见死不救，心冷如冰的理性，那种只求自身完美，不管他人死活的修行，在上个世纪就遭到人们谴责。你们拒绝'峨眉号'的呼救，把你们纯理性的真面目暴露得体无完肤。你们应当感谢我们，给你们一次挽回面子的机会——你好好挣表现吧！"

"是你们侵犯了我们的安宁，对入侵者，无救助可言！"施若秋一挥手，做了个不屑一顾的姿势。

谁也说服不了谁，双方都有与聋子对话的感觉。

在中心控制室，一直在监视仪的荧屏前观看施若秋一举一动的嬷嬷深感满意。

三天，平平安安过去了。

老嬷嬷做梦也没有想到，粗鲁狂放的罗啸强还有精明过人的一面。深夜，罗啸强悄悄把白天录下的护理丹扬的情景，包括舌战施若秋的全过程编成"特别节目"，通过闭路电视输入端，向修女们播放。只要有一两位修女无意看了"特别节目"，就会悄悄传播，只要修女们传播议论，死水般沉寂的修道院就会掀起轩然大波。罗啸强在暗中窃喜。

第四天傍晚，老嬷嬷被突如其来的晕眩击倒。在清醒与迷幻的交界处，她唤来施若秋。可以让施若秋掌管修道院的事务，可谁来接替施若秋去担任那该死的女看护呢。她在踌躇。

安安医生仔细检查了老嬷嬷的身体后，说道："嬷嬷是劳累过度，需要静养。"

嬷嬷颤动着苍白的嘴唇，对施若秋说："你挑选一个人……去那座，小楼。"

施若秋仿佛早有决断，在嬷嬷耳畔低语："唐荷。"

七

唐荷有一头黑漆漆的长发，柔柔地泻过腰际。唐荷的面孔如擦得晶莹的玉器，饱满、光泽、富有弹性。唐荷单纯的美只有用地球上的古琵琶弹奏，轻轻一拨，一串琶音飞出，清洌甘甜，大珠小珠落玉盘。唐荷是一首小诗，韵味幽长；唐荷是一抹柔光，润泽空灵。唐荷爱唱歌，唱嬷嬷编词谱曲的《上天庇佑吾女辈》，将那一腔庄严，化作温润小雨，绵绵的，暖了大小女人的心。唐荷有乐于助人的天性，谁要唤一声"小荷"，她便像依人的小鸟，吱吱降落你枝头，为你梳辫理衣，端水喂药。唐荷活脱脱是唐诗宋词里那只带露出水刚现尖尖小角的荷花，清清白白，袅袅娜娜，乍绽还闭，粉白淡红。

可是唐荷对男人有生理反应似的厌恶。在她 18 岁的人生经历中，什么是男人，就像跟先天性双目失明的人讲花的形态和颜色，无从捉摸也无从具象。

她自懂事起，就在 H 星的修道院里生活。据嬷嬷讲，她是从地球上 G 市地铁车站的自动售货机边捡来的。那时她只是刚满百日的雏婴，睁着清亮的双眸，惊惶这熙攘的人世。很多眼光交叉着网住她，一个声音诵读着从她褓褓中掏出的短信。

"……在我怀孕期间，那个天良泯灭的男人与人鬼混，竟染上性病。我产下的孩子刚满月，他又把恶疾传染给我。老天爷！我是有身份的职员，我的脸面是我做人的支柱。如今眼看面子扫地了，世人会指着脊梁骂我娼妇。我决定含恨离去，让羞耻随生命结束。只是，这无辜的孩子我不忍带走。我借车站一角，吁请哪位好心的女士把她收留，我即使化为鬼魅也感激不尽。孩子的名字叫唐荷，姓我的姓，不沾那负心人一毫干系……"

那封信还未念完，唐荷已被抱进嬷嬷宽厚温暖的怀抱。

唐荷成了黑蔷薇修道院最小的信徒。唐荷因教义问题向嬷嬷请教时，嬷嬷总是谆谆告诫：

"男人乃万恶之源。"

"那，男人什么模样？"唐荷天真地问。

"男人眼如铃，手如锥，贪婪为本，淫欲为用，抓到女子，顷刻化掉吮吸之。"

"啊呀！"

唐荷在梦中常为鬼魅般的男人吓醒。经年累月地做噩梦，竟吓出了一种顽疾——植物神经紊乱造成的偏头痛。

安安治不好她，因为安安无法驱走她心中的妖魔。

如今，嬷嬷要唐荷去服侍妖魔了，唐荷会不心惊胆颤眼冒金星吗？

唐荷一踏进两个男人住着的小楼，便虚怯地牵拉下眼帘，像瞎子样摸进屋。

"呵，"一个声音关切地贴住她，"看路啊，别碰坏了秀气的小鼻子。"

不，唐荷在心里抵抗，我不会抬眼看你的，妖魔。

唐荷开始做事。先用静电吸尘器清洁住房，再扭开喷洒香雾的旋钮。她给扎满绷带的丹扬擦脸时，眼里摄入了一位俊秀少年的形象。

"呀！"她悚然一惊，这就是男人！

她手中的棉球掉下地板，一只大手捡起来，伸到她面前。

"不要急，"声音说，"慢慢来。"

她猛地闭住眼，不让那雄伟的男人走进她拼力躲闪的瞳仁。鬼魅！用情感之刀砍杀女人之心的妖怪。她在心里背诵着修炼得来的词语。但男人一声温和的笑，把她的大脑搅成一派空茫。

"叫什么名字？"男人问。

这就是男人，多么好听的嗓音。有磁力的、洪亮深邃的、浑厚刚强的，女人中绝不可能发出的嗓音。曾听过很多乐器声响，听过自然界天籁的旋律，以及流星聚降，夜色震颤合成的宇宙乐章的流韵。可这男人的声音蕴蓄七律，含英纳萃，竟在它们全部之上。

"喂喂，你怎么擦到他头发上去了。"男人在提醒。

唐荷急忙调整姿势，一抬眼，先自看见那人刚毅的面容。他的头发微微曲卷，在柔灯下闪着光泽。他有力的下巴和棱角分明的口唇，在炯炯双目的统率下，竟是那样的——动、人、心、魄！

天啦，是男人用火一样的目光烧灼我，还是我在犯禁？

唐荷赶紧起身，她要离妖孽远些，她不能让他烧灼了。她往起一站，突然一阵晕眩。不好，偏头痛发作！这可真不是时候，她决不希望在对手面前蹙眉缩脸，做一番苦相。她挺挺腰，企图抽身离去。可过分的紧张，竟使她迈步时绊住凳子腿，她"哎呀"惊叫着，手往空中下意识地抓捞了一把，踉跄地倒下。

空中一双大手托住她，她倒向那个男人的胸脯。

只是一瞬间，仿佛经历了一个世纪。

男人的强大磁场共振了她的磁场，就像云中蓄积已久的阴阳电荷突然撞出炸雷和巨闪。男人的气息如兰麝，钻入鼻孔，融入肺叶，霎时环流四肢，触电般引起痉挛的酥麻。男人的身体成了起伏的山脉，容纳一棵女人的小草，是何等的宽博安全，何等的惬意陶然。女人累吗，头痛吗，那就泊在这大山里，管他流萤千点，飓风万丈，男人会遮拦着那一切喧嚣，令你舒服入睡。呵，唐荷的身体非但没有在因妖孽的触及而委顿，反而在异性气息的拂煦下，如大海一样涨潮。

但这一瞬马上就过去了，唐荷推开了男人的扶持，跳回屋子中央。

"你滚开！"她嘶声大吼，要挽回失去的脸面，"你这个妖魔！"

她看见男人摇摇头。明显流露出怜惜之情。

"你只有十七八岁吧？"男人说。

"不用你管。"她依然戒备万分。

"18岁的花季。"男人说，"丹扬绽苞吐蕊。而你，没找到属于你的花期，你使你自己凋零。"

"你没资格与我妄言谵语，我是崇尚纯理性的修女！"她几乎是请求了。她新奇地看见男人的颈上有一个凸起的喉结，喉结在说话间上下滑动，充满特殊的魅力。

"你恨男人？"他兴趣盎然地问。

"恨。"但刚才那双大手好温暖。

"你与男人打过交道？"

"没有。"

"奇怪，"男人摊开手，好优雅的姿势，"那你凭什么恨？"

她一时噎住，偏头痛更厉害了。她脸色发白，一手捂嘴，作势欲呕。

"小姐，"男人走上来，男人的手不容分说捉住她的肩，"你病了，头痛？"

又是那撩人的气息，又是触电般的酥麻，她提醒自己必须摆脱，可身体不听使唤就是无法挪动。

男人的手捉住她的手，在虎口上一掐，她大叫一声。我要死了，她恐怖地想，男妖要吸干我了。

"别闹，"男人捉牢她，"我学过一点中华气功，你的头痛，我按压几个穴位包好。"

男人的手自主地移到她的后颈，一阵揉捏。她以为他正在杀她，但与男人体肤接触的异样感觉，又是解说不清的美妙。男人的手最后移到她的太阳穴，由轻到重，从缓至急地按摩了几十下。

"好了。"他说。

她清醒了，赶紧一步跳开。奇怪，头真的不痛了。连安安治了好几年都未痊愈的毛病，在这个男人手中，几分钟，竟云散烟消。

这就是男人！这就是18年来被我视为魔鬼的男人！

这时，扩音器里响起嬷嬷的传呼：

"唐荷，速返大教堂！"

她瞥了一眼电子钟，她在小楼其实才逗留了半个小时。

这不是太短促了吗？

骤然间，18年的积淀翻涌上来，淹没了刚才的动摇。"妖怪！"

她挥动小拳头大喊大叫，"我与你不共戴天！"

罗啸强用爽朗的笑声欢送她。

唐荷在施若秋引领下，跪在黑蔷薇前。她不转眼地凝视着近在咫尺的神秘的花瓣。黑蔷薇活了，粼粼白光游走于暗黑的表面。她觉得身体轻轻地飘了起来，万倾圣水从头沐脚，天空在唱诗班的音乐下涌动赤色波浪，一个硕大的光环在无尽的环宇深处烁烁照耀，指引她向它走去。

宇宙无垠，星汉灿烂。

咚咚的律动声是她踽踽的脚步。

"嬷嬷"，热泪溢出了她的眼眶，"救救我的灵魂！"

八

坠入爱河的男女，生死难舍的鸳鸯，千百年来骚人墨客把人间的爱情写得千姿百态，汪洋恣肆，成了永远新鲜的主题。可是，在脑科学权威孟文渊看来，爱情与人的其他感情和思维活动没有本质区别，它仅仅是运动——二十多种化学物质在人脑神经元之间的运动。

20世纪的脑科学家们了不起的贡献在于把人脑中1000亿个神经元做了"功能定位"。继发现"愉快中心"和"悲伤中心"之后又发现了"情爱中心"。孟文渊博士穷尽毕生精力，终于找到了引起"情爱中心"兴奋的最主要的化学物质——"孟"（M），轰动了医学界。

与此同时，一位世界著名的华裔高能物理学家发现了最小粒子L，并成功地使用一种装置，控制最小粒子流。

科学发现如同捅窗户纸，一旦捅破，神秘感顿失，觉得它并不复杂。

正如简单得不能再简单的指南针加上简单得不能再简单的帆船，就促成了麦哲伦环球航行和哥伦布发现新大陆。两个看起来简单的发明妙叠在一起，又会出现奇迹。

孟博士突发奇想，如果能用最小粒子L来控制人脑中的化学物质"M"，那么人性中至圣至神的爱情，将会受到控制。

孟博士在极其保密的情况下完成了"L粒子流对M物质的控制"实验，实验代号为"LM"

他深知儿，LM是"魔瓶"。

当年，"核裂变"也是"魔瓶。"人们可以用核裂变产生的巨大能量发电，也可以用它来杀人。

如果研究成果LM落入宗教狂热分子手中，他们会做出比黑暗的中世纪的教士们更过分的事情。但是，如果用它来治疗一些因单恋或失恋而处于严重病态的患者，将是造福于人的好事。

孟博士没有想到，他心爱的女儿孟玛丽会成为他的LM的第一个受益者。

孟玛丽天生丽质，聪慧过人，从小便受到极好的教育。

17岁时出版过一本颇有新意的小诗集。20岁时与一宇航员相恋。22岁时，她遇到人生第一次大挫折。

那是鲜花簇拥，万众欢腾的日子。她迷恋的宇航员金勇从火星归来。当她满怀欣喜到机场欢迎凯旋的英雄时，突然听到广播中的"花边新闻"：金勇在火星爱上了女宇航员柴梅——这条对她来说具有爆炸性的新闻，并没有使她很在意。她像所有初恋的女孩子一样只相信自己的直觉，觉得金勇不会变心。但是，当她去机场亲眼看见金勇和柴梅拥抱接吻时，一下子晕倒在地。

峣峣者易折。自尊心极强的孟玛丽经受不住打击。一夜间变成疯女。

她疯疯癫癫跑进化学实验室，将金勇赠送给她的一朵红蔷薇，浸泡成一朵黑蔷薇。黑蔷薇，成了爱情死亡的象征。

喜乐无常，不吃不喝的疯女吓坏了孟文渊博士。他不得不运用LM技术，使爱女恢复常态。

之后，金勇的好友费刚烈向孟玛丽发起猛攻，他如火如荼的爱使孟玛丽有所触动。这时，金勇与柴梅闪电式的婚姻结束，又来追孟玛丽，并以滂沱泪雨表达了悔恨之情。孟玛丽在费刚烈与金勇的夹击下举棋不定，她害怕再陷入感情的漩涡难以自拔。正如在大海与暴风吵架的时候，小船不知所措一样。

金勇与费刚烈，这对好友成了情场死敌，双方都认为对方的存在是孟玛丽举棋不定的原因。一天傍晚，两人在孟玛丽的化学试验室撞见。先是如剑的目光碰得嚓嚓作响，尔后是恶言秽语的匕首相刺，两人杀红了眼。盛怒的金勇举起铁椅砸向费刚烈，丧失理智的费刚烈顺手抓起一瓶硫酸朝金勇泼去。

那一声惨嚎让闻者摧肝裂胆！

孟玛丽当场吓得昏死。

那惨嚎声在她耳畔萦绕百年！她再也无法摆脱那声音了。

孟文渊博士运用 LM 技术花了很长时间才把第二次发疯的爱女救过来。

所谓人间的爱情是什么？在孟玛丽心中是沸腾的油锅，是酷寒的冰窖，是沉重的山岳，是空中的楼阁。从此，她心如铁，潜心于女性心理学研究，并经营心理咨询工程。

孟文渊临终时，将自己的秘密科研成果 LM 交给了女儿，并一再叮嘱："真理前进一步就变成谬误。人的喜怒哀乐发之于心，是自然而然的感情，切不可干涉。不能轻易使用 LM 治病，更不能对正常人使用 LM……否则，就成了害人……"

但女儿并未遵循父亲的遗嘱行事。也许，是因为她太多地接触了心灵受伤的女子，执意拯救她们脱离苦海，便向她们传播：情感乃痛苦之源，男人乃万恶之源，久而久之，这成了纯理性教的教义，80 岁时，她成了教主。为使信徒不再被情感困惑，她在布道时动用了 LM。

粒子束发射枪藏在金属制的黑蔷薇的花蕊之中，当信徒面对黑蔷薇时，便有一束粒子流射入大脑的"情感中心"，抑制其活动。孟嬷嬷坚信：这就是造福于人。修女们都认为黑蔷薇是圣物，法力无边，谁也不知道 LM 的秘密。

中心控制室的电脑贮存着 LM 的秘密。它随时向嬷嬷显示 LM 的工作状态。

近日，百年前那惨嚎声越来越频繁地刺入嬷嬷的耳朵，撕扯着她的神经。她的精力像流沙上的城堡，正迅速坍塌。她每天不得不依靠 LM 使自己保持平静。

我亲手养大的唐荷，嬷嬷喘息着，是你使我病得如此沉重。

更令嬷嬷不安的是，当她偷偷启开中心电脑一只密码锁开关时，电脑说：

注意！注意！LM 超负荷工作。

LM 怎么会超负荷呢？嬷嬷不寒而栗。

嬷嬷哪里知道，罗啸强每天半夜通过闭路电视向修女们播放"特别节目"——除了客观反映白天发生在特别医院的事外，就是罗啸强的"忏悔"。"忏悔"时，他用反语讲述了自己被爱情和探险事业"迷惑"的故事，还故作沉痛状。

头两天至少有二十多个修女偷看了"特别节目"。她们情绪骚动时，又求助于"黑蔷薇"。

悬崖上的积雪越积越厚，雪崩在即。

九

早课时，安安和施若秋扶着嬷嬷走进教堂。嬷嬷决定从自愿报名者中挑选看护。

"孩子们，"嬷嬷强压下一阵涌到喉头的喘咳，向修女们大声讲明当看护的条件，最后说："卑劣者，惑于情，毁于色，终年修炼，一朝崩塌，是为 H 星所不耻。现在我问，哪位孩子敢去？"

话音刚落，一个声音坚定传出：

"伊娜甘愿受烈火焚身考验，为嬷嬷分忧。"

嬷嬷的头寻声转向祭坛右下方，与那对美丽而冰冷的眼光触碰了。就一下，电光石火激闪，嬷嬷心里一热：我了解你，伊娜，就看你的了！

伊娜生于艺术家之家，父亲在电视台拍广告片，母亲在舞剧院担任节目主持，伊娜从小就浸泡在感情泡沫浓烈泛滥的氛围里。一会儿听说谁个编剧与谁个女演员月下幽会了，一会儿又是谁个大明星与谁个小丫头暗度陈仓了。刮过来的风是情，飘过来的雨是意，风情雨意，催生出一颗早熟的情苗苗。

早熟的伊娜被当时的电视帝王玩弄后又遭遗弃。她想，既然男人玩弄了我，我为何不可玩弄男人呢？她招蜂引蝶，被男人宠坏了，男人也就利用这弱点，一次次利索干净地击垮她表面的骄傲，玩她于股掌之间，最后谁也说不清谁玩弄了谁。

只有一个男人是真诚的。但她瞧不起他摄影助理的地位。她动着心思操纵男人，让真诚反受她愚弄。

一句玩笑话，摄影助理为她砍去自己的一根指头。

又一句玩笑话，摄影助理真去行刺联合国官员，被特工当场击毙。

她曾为这个痴情的人恸哭过，可一擦干泪水又忘乎所以。滥施感情的人竟变得毫无感情。

20岁生日一过，身体的疲劳和艺术上的败绩带来的心力憔悴，使她突然渴望人间真情。

命运把郭福伟推到她面前。

郭福伟的名字俗气了些，但他对她的深情依恋，抵消了这无伤大雅的小遗憾。伊娜使用多种手段考验他，声东击西，指鹿为马，甚而宣布第二天即要飞往澳大利亚，与华人网球冠军刘森祥谛结婚约，而郭福伟虽以泪水洗面，却仍始终如一，不改热恋初衷。

伊娜的心被融化了，这是原先那个为她死的呆男人的再版啊！人生难得一知己，如今知己在眼前。此愿已偿，此生足矣。在那个细雨霏霏的春晚，激情难抑的热吻使她戒心尽除，成了郭福伟的俘虏。

两天后，仅止两天，她用磁码钥匙开了郭福伟的房门，躲进套间，希望给并无约会的郭福伟一个幸福的偷袭。等到下班时候，她听到了门扉的转动，郭福伟回来了，但不是一个，而是一群。

郭福伟和他的密友们在客厅高谈阔论，这位人前的君子，人后另有一张变形的嘴脸。

"大郭，"有人说，"你先生可真赌赢了！"

"哈哈。"郭福伟的笑声使套间里的伊娜无端发冷。"你们真小看我，说我攻不破她，现在怎么样，我的手段还到家吧？诸位朋友，照原定数字，如约纳贡吧。"

一阵喊好的奉承。又有人问：

"大郭，假戏真做假亦真，你现在是否真有纳她做老婆的念头？"

"看你说的，就是八辈子没沾过女人，也轮不到娶她为妻……她的名声，啧啧，会断掉我社交场上的全数财神……"

伊娜昏倒在地毯上。这就是她千挑万选的好男人！这就是真情换来的代价。

帷幕降下了，伊娜寂灭了她的情感历程。

晚风如梦，一颗心送于黄昏。

一年后，她随嬷嬷来到 H 星。

十

罗啸强这次很沉默，他知道新来的修女必是更怀着深仇大恨于男性的姑娘，因此懒得过问她姓甚名谁。

这姑娘身姿灵动，步态袅娜，一举手一投足，如风吹柳枝、浪摇芙蓉，极像受过良好基本功训练的舞蹈演员。只是有一点难解，她戴着一袭白色面纱，面孔模糊难辨。

第一天一晃而过，晚休时间一到，她准点离去，决不耽搁。第二天 8 时，又准点到来。

到第二天晚上，修女坐在床头给丹扬喂水，右手拿勺，翘起的兰花指好有韵味。罗啸强看得有趣，忍不住打破了沉寂。

"我猜教主以前是电影明星？"

拿勺的手在空中顿了一下，水星溅在丹扬的眼睫上，"臭男人！"

一句话，从面纱后浸出，冷了室内的空气。

好像与此呼应，丹扬的眼皮动了动，慢慢地睁开，黑黑的瞳仁始而迷蒙，继而清亮，随后转了一下。

"啊！"罗啸强一下蹦起来，忘记了修女惹他的愤怒，"6 天啦，小男子汉终于活过来了！唉，护士小姐也该为我们高兴。"

丹扬定神地看着手舞足蹈的罗大哥，虚弱地问："我是，在哪儿……"

"你受伤了，我们的飞船毁了。其余的，你问这位大姐姐。"罗啸强故意友好地转移方向。她不能拒绝一个才从死神口中逃出来的小弟弟，他期望地想。

"大姐姐?"丹扬的眼珠乌乌地一抡，童稚的纯、梵寺的空、诗的雅，合成此时他不含一丝杂质的眼光，软软地流向那一袭面纱上。

面纱顽强地沉默。但罗啸强感到面纱后的眼睛在专注地打量床上的少年。

"大姐姐?"又是单纯喑哑的声音，但袒露的诚挚，足以使百羽翔集，百兽归心。

面纱声息俱无。罗啸强按捺不住了。"喂，"他说，"问你呢。"

"臭男人。"

"什么?"罗啸强晕乎乎地转不过弯，"你敢再重复一遍!"

"你是——臭男人!"三个字，更清晰。

罗啸强噎得直打哆嗦。要是在地球上，我早把你的嘴给撕了。他胸中的怒气如风暴鼓荡，他满脑火星迸射，"哗"地摔碎一个药瓶。

面纱中的声音仿佛以逗他失态为乐，"要是真男人，岂止摔出这一点蚊虫打呵欠的声音。"

罗啸强原地打转，刚准备更大的发作，一声衰弱的语音，定住了他扬臂的姿势。

"不要，"丹扬的头转向罗啸强，又艰难地转回面纱，"大姐姐你不要怪、怪罗大哥。"他的真诚绝无半点矫情。"我使大姐姐讨厌。"眼圈一红，黑漆漆的眼睫上霎时种下两颗水珠，"可我……不是故意想受伤的呀……"

眼泪宣泄出来，滑落于伤后少年苍白的脸颊上。罗啸强扑到丹扬床前，抚他的头发，唤他的名字，但小男子汉的泪水，竟自汹涌着，滚动着无限的委屈。

"教主，"你他妈是冷血动物，他瞪着眼睛想，"丹扬是小孩子，你的冷漠在伤害着他!"

修女"唰"地起身，"时间到了。"言毕，她轻动腰肢，快移莲步，走出房门。

罗啸强抬头看墙上电子钟，二十点，一秒不差。

"那小男人醒了，"嬷嬷对经常伫立在她床头的副管事说，"等他再恢复十天半月，就可以通知地球上的宇宙救难中心，派医疗飞船把他们统统送走了。"

"是。"施若秋点头，颊上两道刀痕，闪着柔顺的光。

伊娜的举止使嬷嬷心情愉悦。这晚她睡得很平实，没有一丝噩梦惊扰她。

十一

"嫦娥应悔偷灵药，碧海青天夜夜心。"

唐荷偷偷爬上教堂顶层，透过小窗口，窥探星光灿烂的天宇。她曾读过嬷嬷严格精选的古代诗词，那些诗词都是纯粹描写自然风光，教人淡泊宁静，或隐喻禅机，深奥难懂的。好奇的唐荷并不以此为满足，又设法让读过唐诗的大姐姐教了背了几首，包括李商隐这首七绝。以前她不懂，嫦娥为什么后悔？那人欲横流，乌七八糟的人间有何值得留恋？近日，她仿佛明白了一些。

也许，靠近橘红色太阳（在唐荷看来，只是一颗亮星）的那颗星就是地球。他们就是从那里来的。他们路好远好远，不知经历了多少艰难险阻。他们的两个伙伴死了，一个伤势严重，在这冷漠的无边无际的黑暗中，谁能帮助他们呢？只有那个力气很大的男人支撑着一切。男人是什么？就是力气很大的，不怕黑暗，不怕路远，不怕死，说起话来粗气粗气（却那么好听！）又肯帮助人的那种人，而不像是狰狞的妖魔鬼怪！

这时，一颗硕大的流星划破星空，使她惊然一震，"好美的亮星呵。"那光芒仿佛有棱有角，永不泯灭，丝丝地溅着火花。那翻着跟斗的，旋舞的小行星们被辉映得更多姿多彩，有的甚至改变了轨道，被它吸引而去。

那鲁莽的流星多像——多像那个伟岸的男人，他突然闯入修道院的生活，烛照一切，使我一瞬间看到自己活得如此单调乏味，如此寂寞冷清。你看那流星，泼泼辣辣去闯，潇潇洒洒去飞，浩瀚天宇，任它驰骋，何等自由自在！男人们为什么要到小流星带来探险，一定有他们的欢乐，那种我们无法想象的欢乐。也许，痛苦中有欢乐，困难中有欢乐，危险中有欢乐，求索中有欢乐，星空中有欢乐，不解之谜中有欢乐，男女之爱中也有欢乐呵！

男人的世界太神秘太精彩了。唐荷突然感到自己的面颊滚烫。与其说她被一个男人吸引了，不如说她被一个洞开的世界吸引了。

唐荷回到寝室，顿感到憋闷难受。连日来，她的偏头痛发作，同室的两个修女无论怎样去掐、揉、敲、捏均无济于事。她抱头蜷缩于床脚，痛得大汗淋漓，浑身颤抖。昏迷中，她又听到那亲切悦耳的声音：

"我学过中华气功，我来给你捏捏……"

一双大手随即伸过来，往她颈后一抚，电流霎时酥麻了全身，她幸福地呻吟着，轻轻地颤抖着。她不知道她其实逃脱不了宇宙间铁的法则，她的深心之湖早就注满少女独有的春潮，其蓄越久，其爆越烈，而那个妖怪，就是开闸放水人，只那么暖暖一抚摸，18 年的铁门顷刻瓦解……

唐荷的头痛减弱了，也就是说，每逢发作，只要冥目遥想那"妖怪"，竟如服下仙丹妙药。但这只是一时，顽疾一过，她又感到迷惘。我这是中邪了，她想，我是在做邪教徒的附庸。于是，她又发疯般跑到黑蔷薇前，静静地，闭目自责。顿时，嬷嬷的脸又出现在面前。"让我恢复清白的身心吧！"她虔诚地祈祷。

但是，头痛一发作，妖孽男人又在她心中演成亲切的回忆。她又禁不住望天遐想。

更让她迷惑不解的是，为什么有越来越多的修女长时间地跪在黑蔷薇前祈祷。天哪！

十二

雪白的四壁，雪白的被单，使丹扬油然忆起青岛海滨雪白的浪花。他跟刘莉蓉在那儿相识。说不清为什么，刘莉蓉在沙滩上掉了一把小花伞，他捡起来还她，她眼皮一眨，说一声"谢谢你啦"。如果只说前面两字，那只是普通的礼貌用语，而加了拐弯带韵的"你啦"，就无端生出撩人的调皮和亲昵。

丹扬敏感、孤僻、牢牢固守着自尊，从未有与少女交往的经验，只默默把钦羡的目光，洒向同辈中那些大胆之徒。还了小花伞，返身时一跤跌进沙里，刘莉蓉哈哈大笑，问他是否怕她。他讷讷，脸色赤红。刘莉蓉就要他通名报姓，他竟说出小时的奶名，又磕磕巴巴予以更正。他憨愚里透出的可爱，使少女顿感兴趣。"你与我过去接触的男孩不同，"她老练地说，一副久经沙场的模样，"我要与你交朋友。"

回到成都，第一次给刘莉蓉写信，竟不知从何称呼从何措辞。恰好电视台又在播放上个世纪风靡了整个世界的那首爱情名曲《初恋的蔷薇》，痴痴地，他就一股脑儿抄了去：

> 云朵贮满了月华，
>
> 小溪涨满了春水，
>
> 心上已燃起爱火，
>
> 深情的目光却默默相对。
>
> 呵，青春无价，
>
> 每一刻都是一串珍珠；
>
> 呵，青春无悔，
>
> 等待着爱的那一声轻雷！
>
> 呵，时间会苍老，岁月会凋零，
>
> 永远鲜艳的是初恋的蔷薇……

信寄出了，梦也就醒了。他万分害怕，自责自愧像蛇一般噬咬他敏感多疑的心。而刘莉蓉的回答让他感激涕零："明日 13 时'红箭号'喷射机抵达，盼望见到你。"是啊，她要来，还"盼望见到你"，万岁！他战战兢兢又欣喜若狂。

他理了发，抹了过多的头油，穿上浆得硬挺的白衬衫，打了一条名噪全球的哈德罗绅士领带。忐忑不安地等待那神圣的一刻。

没想到走下'红箭号'飞机的有一大帮，个个都穿高级运动套装，既青春，又随便。刘莉蓉把她的哥们儿姐们儿招到他周围，刘莉蓉嬉笑着手一扬，全体青春旬然一声高唱起来：

"呵，时间会苍老，岁月会凋零，永远鲜艳的是初恋的蔷薇……"

"哈哈哈哈……"看到丹扬的窘态，小青年们笑得前仰后合。丹扬吓得扭头便跑——他百思不解，他那么正儿八经地"求爱"，刘莉蓉偏要用调侃和嬉闹来回答。

"我觉得你那古典式的求爱太好玩了！"刘莉蓉在电话中向他解释，他却支支吾吾，不置可否。半个月内，他闭门不出，变得形销骨立。一天深夜，他在《遨游太空》的电视节目中看到罗啸强讲探险故事。罗的话仿佛是针对他说的："为失恋而悲悲戚戚的是小男人，真正的男子汉，敢把千难万险担在肩，去创造，去发现，去冲闯！"他当即决定报名到小行星带探险。

"你真要走？"刘莉蓉是从电视新闻得知"银杏号"的船员们即将出发的消息，气喘吁吁地跑来。

"真走。"

"听说你们去的那个区域流星雨挺厉害。"

"浩渺星海一飞梭，雄风万里闯天河——你不知道我们的《船员之歌》写得多棒。"丹扬完全是一副居高临下的姿态。

"哦，"刘莉蓉正眼看他了，继而埋首呢喃，"对不起，我曾伤害了你。"

"没事，我给你抄那首诗，也只是开玩笑。"

"当真？"刘莉蓉脸色顿时变得煞白。

"当真。"说完他心里好一阵煎痛，但他咧嘴傻笑，看着惶惑的刘莉蓉。

预备铃响了，他要走上飞船。刘莉蓉眼中噙着泪水，抓住他的衣角，嘴唇在颤抖："虽然你在飞船上不会太寂寞，但你总希望有一个姑娘在地球上想着你的。"

"无所谓。"他说完，立即在心里把自己骂得狗血喷头。我是有所谓的，我要你想我，苦苦地想我，就像我曾苦苦想你一样！

"可我还是要回赠你一首诗。"她轻轻地念起来，"啊，青春无悔，等待着爱的那一声轻雷……"

丹扬是忍着泪跑进飞船的，那首世界名诗追着他。他害怕让姑娘领略他号啕大哭的风景。他在舷梯的最后一级停了一下，回身招手大叫道："假如我死了，就是一颗小行星！"

而她也恢复了轻松的常态，兴奋得一脸赤红。"你是对的，"她高声喝彩，"就是要有两手准备嘛！"

飞船轰鸣起飞，地球渐行渐远。他从舷窗望着浩瀚虚空中那轮淡蓝的球体，心也成了茫茫一片混沌。

我要真诚！我要真情！他在心里狂喊。我不该对刘莉蓉说什么该死的"无所谓"，我是骗子！你看她噙着热泪强装笑颜，心里多难过。要是她知道我们"银杏号"遇难不知该多痛苦！

望着病房里雪白的天花板，丹扬感到有一片白花花的浪涛铺盖而来。

十三

又是新的一天。大姐姐来了，丹扬凝望着那袭面纱，揣度她为什么讨厌他。

伊娜给他擦脸、喂药、打针，动作很轻，很柔。罗啸强看了一会儿，到楼下的配餐房弄早点去了。

丹扬长到18岁。第一次接受成年女性这么细致的侍弄，异性的体香，手指触摸的异感，都引起他一阵微熏的悸动。

"大姐姐你真好。"他冲口而出，心想这要是刘莉蓉该多美妙。"我想看看你。"他细弱地说。他对自己能如此真率感到欣喜异常。我不再欺骗姑娘，他诚恳地暗暗发誓，我欺骗过刘莉蓉，我要向每一个姑娘悔罪。

但修女没吱声，继续轻柔的动作。

大约已近下午，罗啸强到楼下去做晚餐。修女拉开被盖，给丹扬接小便。丹扬想缩腿，心里羞得不堪，修女把他的腿轻轻一拍，警告他别动。盖被时她动作温和，丹扬又一次把面纱后的她幻化成理想化的刘莉蓉。

"是我骗了她……我不是，故意的……"他喃喃自语。

"你骗了谁？"想不到面纱后传出了声音。

丹扬一下呆住了，然后，倾诉的渴望大潮一样涨上来。他每时每刻都祈求有人理解他呀，特别是面对女性。他用眼光捉住修女的面纱，断断续续将他与刘莉蓉的龃龉和盘托出。他自责着强调，是他的多疑和自尊，铸成了欺骗女友的大错。

"区区小事，何足挂心。"没想到修女听完后如此评论。

"不是的，"丹扬苍白的脸上盖了一层桃红的激动，"如果她明白了是我虚伪，她会一辈子不相信任何人……大姐姐，女孩子是高贵的，我不能随便欺骗她们呀！"

修女的身体突然晃了晃，似乎要倾倒，又马上稳住了。

这小男人，她激动地思忖，他说出了我崇尚的真理。呀，他是何等的清纯。那柔嫩的肌肤，绸缎般富有温和的质感。唇上一抹淡淡的绒毛，张扬着成熟的渴望。他的两眼是透明的清泉，不飘一丝水藻，阳光折射进去，便会做成七彩斑斓的梦。他整个就如一尊才出窑的薄胎小瓷人，十七八岁，雄蕊初放，敏感单纯，稍微一点邪雨恶风，便会吹折了他的自信。

火星闪烁起来，修女看到极远处一个朦朦的影子，她清晰地记起是她伤害了他，使他命归黄泉。但那只是一个例外，她硬着心肠恩。可眼前的小男人却像是摄影助理的再生，同样的忠，同样的纯。修女有些不能自持。她不知道其实她并未斩断俗根，感情的寂灭只是暂时的逃遁。

"大姐姐，我想看看你。"小男子汉在恳求。

"你若能把窗台上那尊石头小马取来送我，"我为什么害怕这个小少年的亲近，我连一万个成年男人的轮番进攻都可抵挡的呀，"我就答应你。"

丹扬艰难地斜眼看定10步之外的石雕，良久，认真地点点头。

但你办不到。修女凝视着虚弱的他，心里吁了口大气。

早晨，罗啸强在厨房里煎鸡蛋，忽听楼上"哗"地一响。

他冲进病房，吃惊地看见丹扬的被盖掉在地下，而身体，挂了半边在床外。

罗啸强小心地把他抱进去，"你这是——"

"我要见大姐姐，她说拿到小马就行。"

"女妖！"罗啸强破口大骂。我要一见面就掐死你，他想。

他把石头小马拿来，放在丹扬枕边，偏头一看，十分虚弱的小男子汉不知何时又沉入了梦乡。

修女来了，一进门，就透过面纱看到丹扬枕边的小马。她不觉停住脚步。

罗啸强踱到她对面，"喏，我们的丹扬亲自取来的，他在地板上爬呀爬呀……爬呀爬呀……身后拖着两道感人的血迹……"

"大姐姐，"丹扬衰弱的声音插进罗啸强夸张的表演，不知他怎么醒的，"是罗大哥帮我，取来的……我今天不看你我没有亲……亲手拿着小马……"

修女戴面纱的头看看空空的窗台，再看看枕边的石雕，她喉咙里骤然涌动一股热。

多么可爱的清纯，它的力量重千钧！

"我不会辜负大姐姐的关心……我不会死……"丹扬却说出这种话，让听的人心上发冷，"我还没给刘莉蓉亲口说道歉。"

修女将头仰上天花板，艰难地压下涌上喉咙的感慨。刘莉蓉是什么人，她早凭直觉猜到，刘莉蓉是玩新鲜，也许，在送别丹扬时流露出一些真情，但现在恐怕记不清宇宙中还有一个叫丹扬的小男人。刘莉蓉有伊娜的过去影子呀，而伊娜过去也伤害过同样一个真诚的人，难道现在还要重蹈覆辙?!

不由自主地，她伸手握着丹扬的手。

"大姐姐，你是我的医生……我今后能看见，你的样子的……"

修女的动作停止了，她的手抬往空中，仿佛要抓住一个不确定的什么。然后一眨眼，她撩开了遮脸的面纱。

罗啸强和丹扬同时震住了。

说什么沉鱼落雁闭月羞花，说什么嫦娥美仑玉环美奂，这个修女的美可以烛照宇宙！她的五官带典雅的宫廷情调，令人遐想银月如钩、珠帘半卷、素手红酒筝弦慢。但只要着上现代夏季短裙，那阳光、椰林、海滩，又会带着野性的张力，喧哗着袭入你的遐想。

"丹扬，"她第一次轻唤他的名字，"我叫伊娜。"

丹扬不吭声。

她又叫他，他依然无反应。她有些担心了，小男人可不要出现休克。她感到久已陌生的一腔温情泛滥上来，于是不由自主俯下身体，要用脸颊去试他的额温。

丹扬的声音响了，坚决地阻止她，"不。"

伊娜凝成一弯优美的弧。

"你不要碰我，"丹扬细细地说，"我不配。"

"为什么？"

"因为你，好高贵……而我欺骗过，一个女孩……"

伊娜与丹扬的目光相交，丹扬不回避。伊娜看到他的话不是策略，不是计谋，不是欲擒故纵的权术，他是真心的敬畏，他把自己当成圣洁的偶像，他有一颗水晶心。

"丹扬……"

"嗯？"

"我是用额头试试你的体温。"

"你会弄脏你自己……"

雷霆万钧，振聋发聩。

"丹扬！"

伊娜猛地张开双臂，淹没了小男子汉的头颅。她感到压抑已久的某种元素在体内苏醒，聚集，先是细流，遂汇成狂涛，铺天盖地，冲堤决坝，将她涌托上何等辉煌的情感之峰。想不到，久违了的情感释放是这么富有魅力，被人爱和爱人，都是何等酣畅淋漓的人生享受。看多了芸芸众生，妖妖孽孽，而今一个清纯孩儿，竟爆出一片崭新境界。

丹扬是伊娜的阳光，情感是全新的太阳！

"伊娜姐姐，"丹扬含着晶莹的泪，"你能教我唱一首歌吗？《初恋的蔷薇》，罗大哥说他唱不好……你说，刘莉蓉会原谅我么？"

"会的会的，"伊娜声音哽塞，"只要真情相待，顽石也会开花。"天啦，我怎么会说出这种邪话。

罗啸强待在一旁无缘感动。人是多么奇怪的动物，他想。我守他五天六夜不醒，来了个有缘分的"大姐姐"，水星一溅，他就回到人世。

这时，蜂鸣器发出急促的呜呜声。嬷嬷的呼唤使伊娜吓得哆嗦，"伊娜回来——伊娜回来。"

十四

伊娜在黑蔷薇面前跪了一整夜。

伊娜狂涛千叠的心海平静了，冷却了，结冰了。嬷嬷的话不断在耳畔响起："那是沸腾的油锅，酷寒的冰窖，沉重的山岳，空中的楼阁——沉醉于情爱的女人哪，醒来吧！"

这一夜，天凉星冷，草虫唧唧，修道院静极了。

嬷嬷在中心控制室聆听安安汇报。

"有35名修女严重的食欲不振，内分泌紊乱，48名修女脑电波多多少少出现奇怪波形……"

"波形分析过了吗？"

"波形由中心电脑分析了。这是分析结果。"

安安按动一只红色按钮，巨大的荧屏上出现了杂乱无章的画面：骑马的勇士，驾摩托车的运动员，摇滚歌星唱得声嘶力竭，情绪激昂的诗人在朗诵诗，不知名的电影演员闪过，最后，还有罗啸强和丹扬。

"全是男人。也许是她们过去的相好或崇拜的偶像。还有，没有见过罗啸强和丹扬的修女的大脑中怎么会出现罗、丹二位的形象呢？"安安博士来回踱步，一副哲人沉思的模样。

"你问我？我去问谁？我要你立即弄清楚，罗啸强和丹扬怎么钻进修女们的大脑中去的？"

"是的。"

"还有，那个小男妖情况如何？"

"伤口愈合情况良好。颅下那块血肿也开始缩小，还没有脱离危险期。他受不得刺激，情绪不能大波动，否则会引起脑血管破裂。今天的护理特别好，是……"

"别啰嗦了。"嬷嬷不想让安安再提到伊娜。

这时，蜂鸣器响了，一位小修女在呼叫安安："安安博士，唐荷头痛得厉害，请立即来。"

安安很有礼貌地向嬷嬷欠欠身，"对不起。"

"去吧去吧。"嬷嬷将手一挥。

迪迪和杰杰被嬷嬷召到中心控制室。

"今天晚上，你们要严密监视每间寝室，看看有什么反常的现象。"嬷嬷吩咐道。

当两个机器人领旨退出，嬷嬷便启开中心电锁密码锁开关，随着声音屏幕上显示出一排红字：

"注意！注意！LM 严重超负荷工作。"

她又按了一下"询问"按钮，问道：

"希望查明超负荷工作的原因。"

中心电脑回答：

"使用者的大脑中情爱中心活跃，牵动悲伤中心和愉快中心活跃，使 M 物质陡增，不得不加大 L 粒子束能量，以控制 M 物质。下面，附使用者名单：孟玛丽、施若秋、唐荷……"

嬷嬷立即按下"STOP"，斥责道："胡说！"

中心电脑回答："事实如此，尊敬的嬷嬷。"

嬷嬷叹了一口气，继续询问：

"能不能消灭 M 物质？"

中心电脑回答："人的情感是生命活动的一部分，不可能脱离生命存在。LM 只能抑制减少 M 物质的活动，而不能消灭 M 物质。"

嬷嬷早知道电脑会这样回答她。

一阵晕眩，使嬷嬷瘫在椅子上。那一声惨嚎穿越时空，以十倍的音量，挟着雷霆闪电向她击来。也许，这是个不祥的征兆，她对自己说。

这是骚乱的夜晚。

修女们的每间寝室都有一台电视机，是供那些因病不能聆听嬷嬷布道和参加早晚祈祷的修女使用的。不知谁最先发现半夜有"特别节目"，便偷偷观看，消息不胫而走，几乎所有修女都知道了这个秘密。

这一夜，罗啸强又打开了话匣子：

"修道院的姐妹们！"罗啸强笑了，被胡须淹埋的大嘴裂开，露出雪白的牙齿，显得又粗犷又俏皮。"人生是如此丰富多彩，除了必不可少的情与爱之外，我这个罪孽深重的大男人觉得最让我开心的是——探索！能做前人没有做过的事，我万死不辞。斯科特为了揭开南极的奥秘，死在冰原上；魏格纳为了证实大陆漂移理论，死在北极光下。斯科特和魏格纳，为我指示了生命的南北极！还有，一位按你们看来愚不可及的古人万户，也是我的榜样。他生活在明朝，那时要想登天简直是痴心妄想。他居然用许多爆竹绑在椅子上当他的火箭。他坐在上面，点燃了爆竹——他也许仅仅离开了地球几米高。当场摔死，但他确实是第一位宇航员，至今，月球上有一座以他的名字命名的环形山——万户山。我觉得，我生命的轨道应该是万户那惊天动地创举的延续。人类就该这样一代接一代地求索！

"我第一次到太阳系探险，是乘'张衡号'到木星去科学考察。木星那美丽的红色的光斑看起来好像平静光滑，实际上是宽度达一万至四万公里的龙卷风。我们的飞船远远被它吸进去，像掉进大漩涡中的小草，被摇得天昏地暗。当我们醒来时。龙卷风已把我们扔在木星泡沫似的土地上，而飞船的能源耗尽，瘫在那儿像条死鲨鱼。木星上大气层浓密而有毒，由红氢和甲烷混合，我们像钻进了大煤气罐，全靠随身携带的氧气罐维系生命。据队长计算，我们离最近的无人供应点有50公里，那是我们的救命之地，我们七名探险队员中有五名受伤，只有我和队长身体尚健。大家最后决定，我和队长去取食品和高能电池。

"你们不知道，木星是个虚胖子，在木星上行走多么费力！一脚踩下去身体陷去一半，我们仿佛在泡沫塑料碎块中'游泳'。还没有游到供应点，我的氧气罐已消耗了一半多，这是危险的信号。这时，队长也停了下来，她拉着我的手说：'剧烈运动耗氧太多，我们俩不能一块儿去取供应点的东西。我还有两罐备用氧气，你带一罐去取东西，我在这儿等你……'我想，也只好如此，便接过她给我的一罐氧气，继续朝前'游'。后来，我走到供应点，取回食品，高能电池和飞船的备件，好大好沉一包！我爬呵、'游'呵……待我走到队长身边，才发现，她早已闭上眼睛，停止了呼吸。她是把氧气阀关死，松开了大气阀呼吸了毒气而死的——她处心积虑把最后一罐氧气留给我呵！

"我哭喊着队长呵队长，刨土把她掩埋了。我永远记得她——一位和蔼可亲的老大姐，面容文静秀气待人热情如火。从此，我有了两条生命，我为自己也为周梅大姐——我们'张衡号'探险飞船的队长而活着。想不到，那次探险中我们收集到那么多宝贵资料。我们拍摄的《四万公里龙卷风》《木星光环》《木星的卫星们》等照片倾倒了亿万观众，引起了轰动。每当我回忆起自己曾经孑然一身，在杳无人迹毫无生气的木星大地上游走时，我就感到自豪——我没有被危险被孤寂被难以承受的重荷压倒，我是强中之强！

"修道院的姐妹们！我真恨不得把你们也拽到太空中去，去挨饿！去挨冻！去历险！去体验雄风万里闯天河的快乐，去欣赏火星落日，彗星烟火，小行星旋舞之壮观。你们在这里闭门读经、自我完善，究竟有多大乐趣？你们的青春和生命在这玻璃棺材中发霉发烂，有什么价值？我这个罪孽深重的男人毛病很多，但我一想到你们，我就想哭！我替你们难过呀！"

春风轻拂，却教冰刀霜剑摧折；男儿真情，竟使铁心石肠温柔。修女大脑中沉睡的情感中心苏醒了。神秘的 M 物质在激增。这一夜，修女们议论纷纷，好几间寝室传来《雄风万里闯天河》和《初恋的蔷薇》那美妙的歌声。

安安一直守着唐荷，使用了强行催眠术才使她安静下来。失眠的嬷嬷被施若秋搀扶着，在修女们的寝室走廊巡视。刚走到走廊拐弯处，便听到说话声。

"那男人和女人是怎样拥抱的？"

"是这样，咱俩试试！"

"哦，这就是拥抱。男女拥抱一定很有意思。"

"喂，你会唱《初恋的蔷薇》那首歌吗？"

"会一点：云朵贮满了月华，小溪涨满了春水……"

嬷嬷顾不得自己的身份，挣脱了施若秋的搀扶，疾步走过去，厉声斥道："住口！"

迪迪和杰杰——两个机器人直愣愣地站着。

"你……你们怎么会唱这首歌？"嬷嬷在颤抖。

"报告嬷嬷，我俩遵命监视修女的行动，发现她们在唱这支歌。"

施若秋急忙扶起摇摇欲倒的嬷嬷，轻声耳语道："嬷嬷，你听。"

"心上已燃起爱火……"歌声细如游丝婉转动听，在长长的走廊萦绕。

"不准唱！"嬷嬷被自己发出的吼声吓倒了。顷刻间，所有的寝室都打开了门，修女们呼唤着"嬷嬷，嬷嬷！"争先恐后地搀扶她。

"邪恶！邪恶呀！"嬷嬷的脸因痛苦而变形，修女们都羞愧地低下了头。

十五

"伊娜——伊娜——伊娜——"

圣殿的穹顶，庄严而神圣的声音在回荡。伊娜抬起头来，冷冷地环顾四周，失血的脸如汉白玉浮雕。

祭坛上，红烛高悬，大厅四周柱头上小鱼烛亮成刺目的一片，烟火缭绕，虚影晃动，一派肃穆气氛。50名修女齐齐地跪立于地，嬷嬷和施若秋一站一坐，在讲台上摆出庭审的架势。

"伊娜——"这是勾魂的呼唤。嬷嬷的声音、眼神和呼吸，以及她关怀超度自己的往事，从四面八方涌来，使伊娜产生飘然欲仙的感觉。嬷嬷是严厉的，但剖开严厉的外壳，是一腔慈爱的心。嬷嬷用纯理性抚平每个姑娘灵魂的创伤，用苍老多皱的十指，关上她们血泪斑斑的旧书页，翻开风平浪静的新篇章。是嬷嬷给了每个修女新生命，伊娜能忘恩负义吗？

伊娜的黑眼眶里，双目呆滞没有一点活气，任凭嬷嬷宣判："按我们的教规，违背教义者，将被逐出H星，在太空自毙！"

"不……"伊娜的眼角挂着两行冷泪，怯怯地说，"嬷嬷，饶恕我，我不是离经叛道的人！"

嬷嬷看得明白，修女们都在瑟瑟战抖。

嬷嬷的声音变得更严厉，"伊娜，你遭男人蹂躏欺骗，觅死觅活，无路可走时，是我超度你到此方净地。宇宙广大，人生短促，看地球上芸芸众生，或为利走，或为名忙，异性互玩，疾病流传，乃至遭到天谴。大觉悟者有几人？割舍情魔剔除烦恼者有几人，不觉不悟，自戕自毙。伊娜，你是自寻死路啊！"

这时，所有的修女都在恳求："嬷嬷，饶了她这一遭吧！"起初是小声低语，后来汇成一片喧响。嬷嬷就是要这种效果。

"嬷嬷，救救我！"伊娜像即将被溺毙的人在呼救。

嬷嬷，救救我——！救救我——！救救我——！喊声久久地回响着。

所有的修女都屏住了呼吸，圣殿静极了。

"可以。"嬷嬷唇边露出了一丝欣慰的笑意，"但是，你必须给那两个妖男说，你昨日是在演戏，你没有真情。你得肃清余响，树我教威，将功补过，方可在此净土保留一席之地。"

演戏？伊娜脑子里如缠乱麻。她不明白昨天为什么会那么激动，要拥抱那少年。他的清纯与真诚固然可爱，但要为那小男孩而背弃法力无边的嬷嬷吗？办不到。理性如神，法力无边，以伊娜之力，无法摆脱其羁绊。

"伊娜，你考虑。"

祭坛正中的黑蔷薇在白金画垫的衬托下，反射着上百支蜡烛光，怪诞诡谲，展翅欲飞，要扑向它脚下的猎物。

伊娜庄重地抬起头，"我决定了……"言未尽，便泣不成声。

十六

对丹扬来说，新的一天充满新的幻想和憧憬。他觉得身体比昨日更像是自己的了。上个世纪，一位伟大的俄国作家说："爱能战神死神。"全靠伊娜，她的温馨是金光灿烂的尚方宝剑，使死神也胆寒三分。丹扬觉得鲜动的活水一股股涨上心田。船帆升起了，汽笛长鸣，生命之海在召唤。

8时正，病房门哗地推开了。

丹扬刚喊出："伊娜姐——"便惊愕得说不出话来了。

伊娜动作僵硬，步伐急促，一袭白纱遮面，径直走到丹扬面前。连罗啸强都愣住了，"伊娜，你这是怎么了？"

伊娜说话了，她感到不是自己在张嘴。

"我，要告诉你们……男人，是丑恶的根源，我从心底里视你们如粪土……什么感情、感激，不过是邪魔蒙蔽世人心窍的毒药。丹扬！"她嘶哑着嗓门一叫，仿佛在根除着内心的犹豫，"做你的白日梦去……那首诗歌是妖言，H星的黑蔷薇修道院没有它的、没有它的立足之地。哈……我是要你们的，要你的！男人在我心中早不存在，他们无异于老鼠、蟑螂、吸血虫！"

"伊娜姐！你怎么说胡话了？"丹扬撑起半身想抓伊娜的手，被伊娜一挥手，挡开了。

"全是欺骗！昨天，你们在演戏，我也在演戏，你们没有真情，我更没有真意！明白了吗？臭男人！"

"不——！不是演戏！我是真心实意的！"丹扬抓住了伊娜的衣角，痛苦地抽搐。

"丹扬！别理睬她，她是水性杨花的坏女人！"罗啸强扶着丹扬，怒目喷火，狠狠地盯着伊娜。

"放开我，臭男人！"伊娜狠狠地拽扯衣角。

"啊——"丹扬一声惨嚎，松开了手，伊娜痴痴地梦游症患者般地，飘离了丹扬身边。

这时，圣殿象沉入五万年前的虚空，静得渗人。修女们都注视着一张大型电视荧屏。荧屏上，罗啸强抱着丹扬，悲痛欲绝。

"丹扬！"罗啸强的叫声震得圣殿一派嗡嗡回响，"丹扬你醒醒！丹扬……"

丹扬的眼睛望着天空，他的眼光何等纯净，亿万年无尘埃涤荡的宇宙苍空方能媲其美。丹扬的神态何等圣洁，将修女们的心熨出温热的人情。

"大姐姐，"丹扬喘气如风，脸像月光下的百合花，素雅贞白。"你们知道一……一个小男子汉远离……地球……和亲人是多么地孤单和害怕……他是多么想要……无微不至地、关怀和爱护……你们把……把这些都慷慨地……给了他……谢谢，谢谢大姐姐们……还谢谢，派你们来的……嬷嬷……"

发自天使般男孩口中的，是一种无助的、率真的和孱弱的声音，声音细若游丝，纯洁得能将一切铁石心肠溶化。

圣殿大厅仿佛堕入宇宙黑洞，不再有生命，不再有呼吸。

忽然人群中发出一声抽泣，如晴空响雷。

"谁?!"嬷嬷严厉喝问。

抽泣声，骤然响成一片。

"老妖婆，快给我派医生来！丹扬要是死了，我要找你算账！"罗啸强在挥拳怒吼。

在修女们的唏嘘声中，嬷嬷对施若秋说："叫安安博士快去，尽量抢救。那小男人若死在修道院，麻烦事就多了。"

在安安博士的医务室，唐荷醋睡了一夜，觉得浑身充满活力。

她做了一个梦，一个很美的梦。

罗啸强带她爬上一颗小行星——那星只有篮球场那么大，满是坑洼。罗啸强拽着她，爬呀，找呀，终于找到一个洞窟，黑洞洞的，怪吓人的，罗啸强钻进去了，向她伸出双臂，一下子把她搂进怀里。一股热气仿佛要把她烤化了。在洞口，罗啸强教她认识灿烂的星斗。

仿佛是梦的昭示，醒来后。唐荷便走出医务室，朝前面那幢小楼走去。什么教规教义什么清规戒律她全然不顾，她只想快快见到罗啸强，哪怕早一分钟也好。

安安博士一赶到，便发出责难声："我早就说过，他颅内的血肿没有消失，不能受刺激，否则脑血管破裂溢血会有生命危险。"

安安博士还未打开急救包，丹扬的头已垂下了。罗啸强忙用手试他的脉搏。但脉息已去，静如古坟。罗啸强忙问："安安医生，怎么办?"

"他已经死了，没法抢救了。"安安耸耸肩。

罗啸强不敢相信眼前的事实，傻了。

"请放心，我太空修道院有非常人道的安排。我一定按程序做好死者的善后工作。"安安说着，用雪白的被单盖住丹扬全身。

罗啸强冲着天花板，挥动着双拳，像一头怒狮，疯狂大喊："老妖婆，是你杀死了他，我要找你算账！"

罗啸强捏着激光抢，踢开房门，一路乱射。哧一声，"黑蔷薇修道院"的金属牌化成了水；再射，把刻着教义教规的石碑击成齑粉。

他想朝里冲，被定向磁墙狠狠地一弹，摔倒在地。再冲，再摔倒；直摔得口鼻流血。

这时，唐荷突然走来，"哎，别乱撞！"

哦，美丽的唐荷，凌波仙子般轻轻飘过定向磁墙，一把拉住罗啸强的手，说："磁墙有识别装置，认得我，认不得你。我一招手，它会在很窄的通道开启两秒钟。我们一块儿过去。"

就像唐荷梦中那样，罗啸强挽着唐荷朝前走，那看不见摸不着却又无比顽固的墙一下子裂开了一条大缝。

十七

失魂落魄的伊娜，回到圣殿便跪在嬷嬷膝下。

"丹扬死了？"她喃喃地发问，眼神迷蒙。

"那是命。"嬷嬷回答。

"是我杀死了他？"伊娜痴痴地问嬷嬷。

"不是，孩子，是邪恶的情感杀死了他。"

"不！"伊娜一声歇斯底里尖叫，像把大厅猛然抛进火药库，"我是凶手，我们都是——凶手！"

修女们有人哭泣，有人斥责，乱成一团。

嬷嬷眼前飘来几点金星，痛楚又在某个部位蠕动了一下。但嬷嬷不会退出阵地，她是经历过无数战役的三军统帅。

"伊娜，"嬷嬷镇定地抚着伊娜的头，"面对神圣的黑蔷薇，忏悔吧！"

黑蔷薇活了。在中心控制室，施若秋已令电脑将 LM 装置极限使用。黑蔷薇表面电花乱闪，银蛇游走，一股股强大的 L 粒子束射向伊娜。圣殿又恢复了平静。

伊娜高度旋转的意识之轮，脱缰野马般带出了往昔的生活，岁月如锈蚀的铜版画，不再还她清晰的过去。可是潜藏的情愫却在，尽管没了具体的年月地点，但情感和理智抽象于众物之上，如一杆旗，从历史的山峰上猎猎飘来。

丹扬垂死之语，呈给她充满激动充满诗意的崭新世界，这世界用感情的珠玉嵌成，在友谊的地基上高矗。丹扬的话使她自责自愧，罗啸强的恸哭使她战栗和晕眩。

就在这时，黑蔷薇冰冷的射线阻断了她连贯的情感波动。

霎时间，伊娜脑海空了，情感的大旗为云翳所遮，而威严的教义石头般一块块压来。"男人是万恶之源"，"情感是噬人魔海"。不，伊娜内心挣扎着抗争，丹扬不是万恶之源，同情他爱护他是纯美的境界。但射线锋利的尖刃切割着她的思维，她发现自己掉下了万顷烈焰烧灼的火海，百万个太阳炙烤全身，皮肤在冒烟，脂肪的"吱吱"声如雷贯耳，焦臭气满鼻孔乱窜。呵，环绕土星的光环快来呀，赠我以御火的盔甲！哈雷彗星 8 000 万公里长的扫帚席卷天际啊，扫那邪火！

伊娜挣扎着，她的身体仿佛被车裂成两半。一个她举着黑蔷薇的图腾，率甲兵三千，虎贲十万，冰刀霜剑，向前进击。另一个她芝兰妆头，瑶草复身，挥一江澎湃春水，激情奋燃。气吞万里如虎。两军在她灵魂里搏杀，剑戟斧钺，铿锵炸耳，震得每一个细胞似乎都要解体。呀，她看见黑蔷薇那道光束了，她抵挡不住了，她要援兵。援兵在哪儿？她昏倒在地。

"伊娜！"

谁在喊？大厅里的修女一齐回头看见圣殿门口。

是那个强壮的罗啸强和精神抖擞的唐荷。

"唐荷，你为何跟男妖在一起？"嬷嬷问道。

"男人，不是妖孽，他们是值得我们爱的朋友！"唐荷从容地向修女们中间走去。突然，机器人迪迪和杰杰闯过来，把唐荷一把扭住。

"嬷嬷，你弄错了，男人不是妖孽！"唐荷喊道。

"放开她，否则我要开枪了！"罗啸强举起了激光枪。

"把枪放下，否则我们就把她撕成两半。"迪迪恫吓地说。

两军对峙，箭在弦上。大颗的冷汗从罗啸强的额角落下来。他犹豫片刻，只得把枪扔在地上，被杰杰拾去。

这时，安安博士推着担架车款款走来——车上静静地躺着丹扬。顿时，圣殿大乱。

安安对罗啸强说："我没有骗你吧。按程序，在 H 星死的人，要送到圣殿，请嬷嬷为他做祈祷，愿他的灵魂飞向崇高的理性世界。"

嬷嬷连连喝令道："安安，快把死人弄走！"

这时，罗啸强雷霆万钧之声在圣殿震响，"伊娜！你看，你快看，谁来了？"

伊娜抬起沉重的头。她看见了丹扬，看见了曾照彻她心灵每个角落的纯洁的太阳。

是丹扬？她无力地站起，也无力走过去，任热泪滚滚落下来，强大的 L 粒子流还控制着她。嬷嬷冷笑着盯着罗啸强，似乎在说："瞧瞧黑蔷薇的威力吧！"

"云朵贮满了月华，

小溪涨满了春水……"

罗啸强的男中音响起来了。这比一千支激光枪更有力量的歌声在圣殿回荡，每根巨柱，每支烛光，每幅帏幔，每个修女都应和着这首歌，连迪迪和杰杰也放了唐荷，唱起来。歌声，使整个修道院颤抖。

啊，青春无悔，等待着爱的那一声轻雷……

"不准唱！"嬷嬷的吼声被歌声淹没。

一时间，伊娜体内的情感大军得到了辉煌地补充，她突然站起，向丹扬的遗体扑去。这时，一道闪电把圣殿照得雪亮，噼啪一声，黑蔷薇的花瓣崩坏了，裂成碎片。

十八

嬷嬷站在圣殿大厅当中，孤身一人。

蜡烛已经燃尽了，余晖袅袅，光线正在暗淡。陪伴嬷嬷的声响，除了钟声，还是钟声。

嬷嬷走过喷水池，踏进关过男妖的小楼。小楼寂寂，躺过丹扬的床铺此时空空如也。

嬷嬷走近床栏，眼光聚焦于枕巾上的一点。她看见一根漆黑而晶亮的头发，那是小男人身上的遗物。早晨，它还是一个少年生命的外延部分，它会生长。而今，它落寞地卧在了无生气的床上。它死了，随它主人的生命一起步入永恒。

嬷嬷伸出枯瘦的手指，颤颤巍巍地捡起它，用混浊的褐黄眼珠，久久地把它盯入记忆。

"……还谢谢，派你们来的……嬷嬷……"

是丹扬临死前最后一句话，遥遥地，从冥冥中飘来。

嬷嬷走进教堂，走进自己神秘的小屋。

嬷嬷打开衣柜，拿出一个红漆木小匣。

她听见了男人凄长的惨嚎，眼里，清晰地飘过百年以前那场铭心刻骨的苦恋。

施若秋弄不清伊娜、唐荷和那一帮修女要干什么。她站在教堂的钟楼上大声呼喊她们，要她们返回教堂，但修女们一个个神情庄重，不屑一顾。

权威掉地，秩序不在了。施若秋愤怒地想。都是那个小妖男之死带来的！

她看见她们从装备室出来，穿上清一色的太空服，她们每人腰上系着三米长的白绸，飘飘逸逸，不知要做何打算。

她还看见那个英俊伟岸的大男人罗啸强，他身挎一支高能激光枪，与伊娜、唐荷，还有该死的机器人安安，抬着一具晶莹剔透的水晶棺。施若秋愿意承认丹扬躺在水晶棺里的姿态与其说是死人，不如说更像小憩的大孩子合适。

她的目光跟踪他们，看见几十人默无一言走进通道口的减压舱。施若秋站住了，想了想，明白了她们要干啥。她飞一般乘电梯降至地下5层的中心控制室，开启了面对太空的监视仪。

走出减压门，太空服蓬然胀起，使修女们个个轻盈如云朵。她们在罗啸强率领下成为太空人。

繁星满天。姑娘们的眼睛在头盔的钢化玻璃后闪烁，漂动着女性特有的柔情。她们感到了从未体验过的轻松，新奇，快乐。

哦，修道院外面的世界是如此辉煌！太空真是一座百花园！那遥远的仙女座星云如一蓬盛开的牡丹,而神奇的蟹状星云如一簇龙爪菊。太阳像一枚成熟的金橘喜气洋洋地悬在百花园之中,一群小行星如一坡野花烂漫开放……太空真美,真迷人!

丹扬之死,换来修女们的新生!罗啸强又为她们洞开了通向另一个世界的大门。

一阵持续强烈的轰鸣,几十只小火箭同时腾空而起,红、黄、橙、绿的烟爆霎时把宇宙一角照亮。几十个闪亮的太空人,几十条洁白的长绸飘飘,漆黑的宇宙背景中仙女群降,琼姑婆婆。他们飞升着,变换着队形。长绸是肢体的外延,挥展成律动的百花。飞翔的队形不断变化,外周扩大,中间成空,上缘四下弯成两个亲切的圆弧,下缘尖聚做成锥形的顶尖。当人链的每个环节都扣好以后,亘古无人的太空上出现了一个特大的心形图案。而那尊小小的水晶棺,就环游在心的中间。

罗啸强携带的高能激光器发射了,一群小流星被击成五彩缤纷的礼花。沉寂亿万年的宇宙而今银河倾斜,金波漫溢。

忽然,罗啸强的耳机里传出女声唱的那首熟悉的情歌:《初恋的蔷薇》。

是伊娜在唱,唐荷在唱,整个宇宙在合唱这首深情的歌。

施若秋惊慌地到处寻找嬷嬷。

嬷嬷的小屋无声无息,一切都在沉睡。但一支蜡烛亭亭地燃着,照亮着桌上敞开的木匣。

她看到了木匣边几页发黄的信笺,她心悸得厉害,觉得有一种危险正蹑手蹑脚地、又是不可阻挡地向她逼近。

她差点儿叫出声,信笺上放着一朵枯萎的黑色蔷薇花。

施若秋的目光开始研读黄旧信笺上的字迹。那是一封短信,称呼中没有人名,只有字母:

M:

分手之际,容我说一声对不起。

你三年前赠我的诗,现在璧还,这是应你的一再要求。

但它已在我的朋友中流传,有位作曲的男士十分欣赏,说要谱上音乐，让它添翼而传遍全世界。这是要请你谅解的地方。

祝福你。

你的金勇

施若秋的心狂跳起来，冷汗从额上滚滚而下。难道她的嬷嬷，坚定的纯理性教宗师也有浪漫的情史，并还把这些淫邪的信物，保存了近一个世纪！

她的大厦下发生了猛烈地震，脑子里像3 000架宇宙飞船一起轰鸣，思维的机器被炸得粉碎。她晃了晃，稳住身体。她在精神虚脱之前，看见了同样发黄的、被退回的纸页上的诗。

好一手娟秀的行书小字，嬷嬷年轻时的笔迹。

好一首妖诗：《初恋的蔷薇》！

天啦！原来在地球上以上百种语言传唱着的这妖诗的作者，竟是孟玛丽院长嬷嬷！

施若秋顺着桌子，急遽地栽倒在地。

歌声缠绵里，水晶棺从罗啸强和姑娘们手中渐渐释放，沿着推送的惯性，向无际的苍穹滑去。

新的小天体，它将在亿万年中围绕太阳转动，而太阳绕银河系转动，银河系绕宇宙中心转动，宇宙中心是丹扬这颗小行星！

伊娜隔着头盔面罩凝视着罗啸强，"他走了，很孤单……"

"可有了你们的爱，"罗啸强说，"连宇宙也会很充实。"

话未完，一声巨响突然传出，扰得每个人的耳机"吱嚓"乱叫。众人一起回头，只见修道院左侧的飞行器发射口，一股强劲的压缩气体，将一个物体射出。

"水晶棺！！"有人惊呼。

那又是一副晶莹无瑕的水晶棺。里面躺着黑蔷薇修道院创始人孟玛丽院长嬷嬷。

修女们看着水晶棺里的院长，她是那样平静，那样慈祥。先前的纷扰寂灭了，人在最后一刻还原为人。

全体修女目瞪口呆，没人能说出一句话。

一颗泪珠涌出罗啸强眼角，他看着嬷嬷的水晶棺追随远方丹扬的遗体而去，最先明白嬷嬷此举的心思。

"啊！！"罗啸强狂叫着，举起激光枪一阵猛烈扫射。又一群漂石凌空炸成奇花。

"看啦，"罗啸强喃喃地遥指远方的小行星，"嬷嬷要补偿她的罪孽，她怕丹扬寂寞，她终究是一个善良的老外婆……"

遥遥远去的，闪光的小行星，并行不悖的小行星呵！

尾　声

半年后，地球上的"长城号"飞船君临木星与火星之间的小行星带，因为空气渗漏而需要紧急抢修。乘员们刚刚登上 H 星，便听到优美的抒情歌曲《初恋的蔷薇》。在原来挂着修道院牌子的石柱上，赫然嵌着金属铭牌，上面镌刻着：

孟玛丽太空急救中心

一个声音亲切地说："欢迎！"

分子手术刀

董仁威

董仁威，世界华人科幻协会和全球华语科幻星云奖联合创始人，中国科普作家协会荣誉理事，四川省科普作家协会名誉理事长，1968 年四川大学细胞学研究生毕业，教授级高级工程师。1979 年发表科幻处女作《分子手术刀》（《科学文艺》1979 年第 3 期），出版各类科普科幻著作102 部，1 000 余万字。科幻代表作《移民梦幻星》（科幻小说集）《中国百年科幻史话》《穿越 2012 中国科幻名家评传》。

一阵急促的电话铃声，把我从睡梦中惊醒。睁眼一看，墙上的荧光日历上"十月一日"几个大字闪着耀眼的红光。啊！今天是一年一度的国庆节。

我穿好衣服拿起电视电话，生物工程部遗传工程局的总工程师丁丽婉便出现在我的面前。她披着一件粉红色大衣，笑眯眯地望着我，说："夏华教授，告诉你一个好消息，有一个你找了二十多年的人，志愿接受我们的分子手术试验。"

"谁?!"我惊疑地问。

"很遗憾，这个人不让我告诉你。这样吧，趁今天过节，你到我家来一趟，我们研究一下进行分子手术试验的问题。"

"遗传工程局批准做试验了吗?"

丁丽婉快乐的脸上露出愁容，叹了一口气，说："唉，一言难尽，到我家再说吧！"

放下电话，我把我新出版的《分子手术刀》装上几本，打算送给在北京工作的朋友。

从成都到北京的直线距离是一千五百余公里，乘上时速二千五百公里的自动车，半个小时多一点就可以到达。

我跨进自动车，坐上舒适的软躺椅。司机是智能机器人，它有一个忠诚的头脑，一张温顺的面孔，你不必担心它会闹别扭。我向它发出命令："开往 3133—3328！"

"北京——丁丽婉的住宅，对吗?"智能机器人把代号译成中文，问道。

"对。"我回答。

自动车徐徐起动，汇入风驰电掣的车流，向北京飞奔。车内的空调装置使人感到异常的舒适。我微微闭上眼，让回忆张开翅膀，飞向逝去的岁月——

我的耳边忽然回荡起一阵优美的歌声："我们是共产主义接班

人，继承革命先辈的光荣传统。爱祖国、爱人民，鲜艳的红领巾飘扬在前胸……"

这是谁的声音？天啦，这是孙雪萍的声音。孙雪萍坐在峨眉山黑龙江栈道旁的树林下，轻轻地给我唱我们少年时期同学时常唱的《中国少年先锋队队歌》。歌声使我们这两个刚毕业的数学系大学生，沉醉在青梅竹马年代就开始结下的情谊中。孙雪萍穿着一件洁白的上衣，一条红花白底的裙子。她娇小的身躯显得那么美丽、迷人。特别是她那一双柳眉下的丹凤眼，闪动着明亮的光辉，使人见了不能不心醉。突然，她停止了歌唱，眼睛盯着山岩上的一个地方，我顺着她的眼光望去。啊！悬岩上有一株岩百合。岩百合从巨岩上伸出高达一米多的草质茎，顶端上开着五朵雪白的喇叭花，突出在丛草之上。百合花随着山风曳，傲然挺立，显得分外圣洁。孙雪萍轻轻地叹了一声："真美！"

我站起身，向悬岩边走去。我攀住从岩上吊下来粗大的野藤爬上去，采下了这株岩百合。我把百合花献给孙雪萍。雪萍娇羞的脸上泛起了红云。她把百合花紧紧地贴在胸前，眼睛里闪烁着幸福的光芒。我抑制不住内心的激动，抓住她的双手，恳切地说："雪萍，我们去向组织上要求分配到一起工作，将来永远生活在一起吧！"

雪萍抬起头来，温柔地望着我，美丽的长睫毛眨动着，正要回答。突然，从前面的树林里传来一阵骚动声。我听到一阵凄楚的呼唤："雪萍，雪——萍，快来呀！"

这是同我们一起来度暑假的雪萍的母亲的呼声。我和雪萍一震，站起身来，急急忙忙地向声音传来的方面跑去。跑不多远，我们看见新修的环山公路上停着一辆火箭轿车。一个身穿粉红色短袖上衣的美丽少女妇一手拉着路边的一棵树，一手伸向路边的悬岩下，在使劲地拖着什么。我们跑过去一看，只见一个身材魁梧的大汉，身上的白衬衣撕了几道大口子，背上背着遍体鳞伤的孙伯母，拉着少妇的手艰难地想爬上路面。我们连忙帮着，七手八脚地将两个人拖上来。

孙伯母全身被荆棘划起了一道道口子，血流满面。孙雪萍抱着她亲爱的妈妈，抽泣着问道："妈妈，妈妈，你怎么啦？伤到那里啦？"

孙伯母痛苦地抓着自己的双眼，说："雪萍呀，妈妈身上的伤不要紧，可是你妈妈的眼睛突然看不清东西了，就是因为这才滚下岩的呀！可怎么办啦？"

那个救孙伯母上来的大汉一面用手帕擦着满脸、满手的污泥，一面指了指旁边的少妇，用温厚的声音安慰孙伯母："不用着急，伯母，这儿有位医生，你们坐上我们的车，到洪椿坪去，让她给你看看病吧！"

这个敦厚的大汉是当时遗传研究所的所长邓健同志，那个少妇是他的妻子，以后的总工程师丁丽婉同志。他们到峨眉山来是为了寻找一种供遗传工程研究用的微生物。我们坐上遗传工程研究所的轿车，到洪椿坪把孙伯母安顿下来。

丁丽婉为孙伯母包扎了外伤后，就仔细检查她的眼睛。检查完后，她带着忧虑的神情问："伯母，你的亲属中有得过眼病的吗？"

孙伯母像触到了伤口一样地抽搐了一下，她沉默了一会儿，说："我的父亲和母亲都是在四十多岁的时候得的同我一样的病。我的父亲因为突然发病摔死在建筑工地上。我母亲的眼睛已经瞎了十多年。怎么，丁医生，我得的病是他们传给我的么？"

丁丽婉点了点头，说："是的。你得的是一种遗传性的分子病，叫视网膜和脉络膜退化症。这种病是由你的父亲母亲遗传给你的带病的核酸分子引起的。科学研究已经证明，我们人类同其他生物一样，各种生理活动都是根据载在核酸分子上的遗传信息的指令行事的。你身体细胞内的核酸分子上，带有引起视网膜和脉络膜功能退化的信息的分子片段。不过，一般来说，这种信息在人的青少年时代是被封闭起来，不起作用的。到了人的中年时期，才会发生作用，使人得眼病。"

孙伯母听了丁医生这一段带有严密科学性的病情诊断，沉思了一会儿，忽然，她的脸上出现了一种恐怖的表情，她不安地问："丁医生，这样说来，我的有病的核酸分子也会传给女儿，我的女儿在中年时期就会变成瞎子吧？"

丁丽婉望了望脸色突然变得苍白的孙雪萍，把话吞了下去。她为孙雪萍做了一个快速的细胞遗传物质分析后，望着期待地盼着她的回答的孙伯母，为难地支吾道："伯母，你放心，我们国家正在研究这个问题，全世界都在研究这个问题。世界上存在着一千五百种到两千种类似的分子病。现在已经证实，相当一部分心脏病、神经分裂症、近视眼和色盲、先天性痴呆症、畸形婴儿，都是由于有病的核酸分子引起的。有人估计，在医院中大约有四分之一的病人患的是分子病。我们研究所投入了很大的力量在研究这种分子病。我想，到你的女儿发病的时候，我们总能找到办法对付的。"

这个丁医生用很委婉的话说出的结论，把孙雪萍、孙伯母和我的都惊呆了。我的天啦，雪萍到了中年时期不可避免地要成为瞎子！那双美丽的丹凤眼会失去迷人的光泽！屋子里谁也没有再说话，大家都在用沉重的心情思索这个给人类和家庭生活带来巨大灾难的分子病。寂静主宰了世界，只有不知忧愁的梆梆鸟在参天的古树上发着苍凉的啼叫声。

孙雪萍带着沉思的表情，缓缓地站起来，向屋外走去。我跟了出去，屋外正在下着蒙蒙细雨。在庙宇外小路旁的一棵大银杏树下，孙雪萍停下了。我拿出一块手帕，给雪萍擦去秀发上的点点水珠。我轻声地劝慰她："雪萍，不要难过，你没有听丁医生说吗，他们正在研究治疗这种分子病的办法。到时候总会有办法对付的。而且，有我和你在一起，我会很好地照顾你的。请你相信，不论你今后发生了什么事情，我永远和你在一起，永远不变心。"

孙雪萍静默了很久很久，突然，她把乌黑的长辫一甩，转过身来，眼里带着十分痛苦的表情。她望着我，慢慢地，一字一顿地，但十分坚决地对我说："华哥，我慎重地考虑了，我不能答应嫁给你。我不能害了你，我更不能让我们的子孙带着这种有病的分子世世代代苦恼下去。你这样好的人，一定能够找到一个比我强十倍、百倍的人。我今后不能瞎伴你一辈子了，你自己多多保重吧！不论在什么地方，什么时候，我都会为你祝福的……"

啊，这些带着辛酸痛苦的温柔话语，像晴天霹雳一样击在我的头上，把我震得目瞪口呆。这时，夜幕已经降临，在我们没有察觉的时候，一阵乌云包围了洪椿坪。骤雨如万弹齐发，射向黑沉沉的山林，弹琴蛙悦耳的叫声淹没在狂风暴雨的喧嚣声中。我和雪萍站在大树下，任瓢泼大雨倾泻到身上。

可是，瓢泼大雨怎么能淋熄爱情的烈火呢？毕业分配时，性情温和但也十分执拗的孙雪萍，志愿要求到某自治州一个偏僻的县上去做乡村女教师，和我断绝了一切联系。不管是我百折不挠的恳求也好，海誓山盟也好，都不能动摇她的决心。

我们的国家在一日千里地前进，我不能长久地沉溺于儿女情长之中，我把青春的热情全部用到工作上。不久，我成了一个名声大过我的实际水平的生物数学家。周围的生活是那么美好，但是，在我的生活中，却有一个永远无法填补的空白。我也是一个非常现实的人。我多么想要一个幸福的家庭，我多么不愿意成为一个苦行僧。可是，一想到孤苦伶仃的孙雪萍，一想到要和另一个貌合神离、同床异梦的妻子生活在一起，心里就痛苦得打颤，恐惧得发抖。二十多年来，我一直过着单身的生活，心里保存着比黄金还要宝贵的永久的眷恋。我的心向着孙雪萍，也同情那千千万万患了分子病的不幸的家庭。

一天，我有了一个为分子病患者效力的机会。那时，我正在芙蓉城中的生物数学研究所里工作，我的老朋友丁丽婉从北京出差来找我。她一见到我，就乐哈哈地对我说："夏华教授，告诉你，我们研究的分子手术有眉目了。"

我高兴地说："那可太好了，让我代表那些分子病患者感谢你吧！"

丁丽婉笑嘻嘻地说："先别忙感谢我吧。我们还有一个难题没有解决，要靠你这位生物数学家来解决，要是你解决了这个问题，那些分子病患者才会感谢你呢！"

我不解地望着她说："怎么，还有用得着我的地方？什么难题，快说吧，我很愿意效劳。"

丁丽婉从公文包里取出了一大叠资料、图片、相片，摆在我的面前，说："你看，我们发明了一种分子手术刀。这种手术刀，可以专门把带病的核酸分子片段切割下来，再缝合上一条健康的分子片段。可是，人身上有六百万亿个细胞呀，分子病患者的每一个细胞里都带有有病的核酸分子片段。要对六百万亿个细胞内的核酸分子同时动手术，消除分子病的一切隐患，干净利落地根治我们这一代和子孙后代的分子病，是一个十分复杂的问题。分子手术刀要进入实用阶段，必须解决这一个难题。我们已做好了分子手术的生物模型，想请你把它转化成数学模型，然后再转化成电子模型，通过电子计算机，控制手术过程。这样，分子手术刀就可进入治疗分子病的实用阶段了。我想，你会解决这个问题的。"

我把摊在桌子上的资料、图片、相片浏览了一遍。发现丁丽婉要我解决的问题，同我正在研究的生物数学问题和电子生物学问题息息相关。我收下了这些资料、图片、相片，对丁丽婉说："好的，我想我会努力解决这个问题的。"

是的，我会解决这个问题的。我的思维活动迅速转到这个问题上。我的眼前模糊了，周围的一切再也没有引起我的注意。我不知道丁丽婉什么时候离开我的。我不知道自己怎样回到了卧室。我不知道我怎么会呆呆地坐在卧室靠墙的沙发上，对着丁丽婉给我的一大堆资料出神。我也不知道黑夜怎样会悄悄地降临到芙蓉城的上空。芙蓉城已经沉沉入睡，万籁俱寂，只有智能机器人操纵的全自动工厂的点点灯火，繁星一样点缀在城市上空。

在寂静的世界里，唯有我的浩瀚的脑海里翻滚着巨大的波涛。几十年来储存在我的脑海里的各种信息，争先恐后地涌出来，搏斗着，喧嚣着，咆哮着，企图解答分子手术的数学程序难题。日夜为我祝福的雪萍的形象，不时掠过我的脑海，激励我不知疲倦地探索。我仔细地研究了那些资料、图片、相片后发现，这个问题比我原来想象的还要复杂得多。在人身上六百万亿个细胞里的几万万亿个核酸分子上，载有数量十分惊人的遗传密电码。这些密电码有条不紊地发出各种信息，使我们人类复杂的生命活动顺利地进行着。那些有病的核酸分子片段上的密电码的活动遵循着一种什么样的数学规律呢？我的脑海里突然跃出 $1+1=2$ 这个最简单的算术题。我的心里叹了一声：这个问题可没有 $1+1=2$ 那么简单啦！不，不对，我国的著名数学家陈景润不正是研究这个与 $1+1=2$ 有关的数论问题出名的吗？数论！我的心里突然闪出了一个稀奇的念头：也许，目前在世界上还没有找到什么实际用途的数论，正是解决这个难题的钥匙吧？

对，对，数论！数论是研究整数性质的，我所研究的遗传密电码也是整数，数论和电子生物学相结合，就会解决这个问题。

我跃身而起，拿来纸，拿起笔，奋笔疾书，设计数学程序。我打开电子计算机，开始了紧张的运算。我忘记了白天和黑夜，忘记了睡眠和吃饭。整整两天两夜，我完成了运算。我把自动餐车每日四餐按时送来的食品塞了一肚，一手拿着一块未啃完的怪味兔块，一头扎进床上，和衣而眠。

一个梦也没有的八小时过去了，我的黑暗的脑海里开始出现了亮点。院里，小鸟婉转的啼叫着，玫瑰花的幽香透过窗户钻进屋来，沁人肺腑。

"醒来了！"一个温厚的声音使我睁开眼。哈，我们的遗传工程局局长邓健坐在我的床边。丁丽婉在电子计算机旁工作，一页一页地核对我的数据。她看见我醒过来，按了一下餐桌上的电钮。一杯热气腾腾的牛奶蛋花像魔术一样从桌底下钻出来。她把牛奶递给我，乌黑的大眼睛里闪着兴奋的光芒，对我说："干得好，夏华教授，我们的分子手术刀可以投入实用了。恭喜，恭喜！"

邓健慈厚地笑着，紧紧地握住我的手，说："谢谢你，夏华教授，你为人类做了一件好事。"

自动车在丁丽婉住宅的地下大门外停下了。她的住宅坐落在北京颐和园昆明湖的对面。在她的住宅大门外种着一片我十分珍爱的百合花。我采了一大把，准备献给我那想念了二十多年的雪萍。

丁丽婉地下大门外的机器人，迅速向主人报告了客人的来临。丁丽婉见我抱着一束百合花，开玩笑地对我说："怎么，该不是送给我的吧？"

我不好意思地笑了笑，眼睛搜索着客厅。丁丽婉仿佛看透了我的心思，她说："不用找啦，你的那位心上人在实验大楼。她的手术不做成功，是不愿见你的。"

我坐下来，关切地问："她现在怎么样啦，眼睛出问题了吗？"

丁丽婉长叹了一声，说："唉，她的病已经开始发作了，双眼几乎什么都看不见了。她的妈妈早已去世，她孤身一人，生活过得真苦啊！"

我心里感到一阵痛楚，难过地垂下了头，说："嗨，真如你预料的，成了瞎子啦。大姐，我们赶快给她动手术吧！"

一提起实验，丁丽婉沉默了。她的脸上显现出一种不常见的深深的忧愁。我关切地问："大姐，你怎么啦，不舒服？"

丁丽婉摇了摇头，说："你不知道，这几天我老是坐卧不安。今天又是我们伟大祖国的国庆节了，我们献给祖国的礼物，却无法完成。"

我笑了，说："嗨，你怎么突然变得多愁善感起来，这有什么值得忧愁的，我们的一切准备工作都做好了，立刻就可以给人做手术，完成我们的工作。"

丁丽婉又叹了一口气，说："事情并非你想的那么简单，阻力大着呢！"

我不解地问："阻力！什么阻力？阻力来自何方？"

我不问则已，一问，丁丽婉有些火了。

她气哼哼地说："阻力来自何方？告诉你，阻力就是来自我们的领导，我们的顶头上司，我们遗传工程局的一位局长。这个局长真讨厌，他不同意我们现在做手术。

我站起来，问："这位局长是谁？我去找他。"

丁丽婉指了指坐在旁边一直静静地听着我们谈话、憨厚地笑着的邓健，说："不用去找，远在天边，近在眼前，这位讨厌的局长就是他！"

邓健嘻嘻地笑着，解释道："我认为在人身上做分子手术，要慎重些，更慎重些。"

丁丽婉驳道："慎重些，慎重些！难道我们是'阿斗'，不知道慎重些？我们已经给你看了我们所做的动物试验的全部资料，你为何仍然不批准？"

邓健有气无力地争辩道："人毕竟和动物有差异。要知道，给人动分子手术，这是开天辟地以来第一次，必须考虑得更加周密一些。"

丁丽婉耐着性子同他争辩："不管准备得怎样周密，我们总得迈出从动物到人这一步。我问你，干脆一句话，你准备拖到什么时候才批？"

邓健沉思良久，下了决心。他站起身来，说："好，我批准你们做分子手术实验！不过，有一个条件，我必须第一个做分子手术。"

丁丽婉愣了一下，怒容慢慢消了。随即，一阵爱怜的表情笼罩了她的面孔，她用痛惜的目光久久地注视着邓健。我也随着她的目光把视线转移到邓健身上。呀，你看我这个人多么粗心大意，刚才我的精神都集中到想见到雪萍上了，竟然没有发现邓健的身体发生了那么大的变化。这个魁梧雄壮的大汉一下子好像缩小了许多，瘦得成了一身皮包骨。他的两鬓出现了斑斑白发，好像突然苍老了许多。望着那瘦骨嶙峋的模样，我的心里打了一阵寒战，惊愕地问："老邓，你怎么变成这样啦？"

邓健笑了笑，满不在乎地说："没有什么，我不是很好吗？"

听了邓健的回答，丁丽婉转过头对我说："你看他那样模样，他还说很好呢。告诉你，他的身体很不好。这并不是因为生病起的，我给你说一件秘密的事吧。我们已经做了一次没有人知道的分子手术实验。我是这次实验中做手术的人，老邓是接受手术的人。这次手术取得了一定的成功，但却出了一个大事故。刚做完手术，老邓全身就发生了十分严重的过敏反应。本来我们是防备了这一种反应的。但谁知道，我们加的一种抗过敏反应的药物，虽然对各种高等动物很有效力，对人的效力却不大，这是出乎我们意料之外的。手术后，老邓全身水肿，我们不知想了多少办法，才使他脱离了危险。水肿消失后，他就变成了这个样子，至今还未复原。"

说到这里，丁丽婉站起身来，用不容人辩驳的口气对邓健说："你同意了我们做分子手术，我很高兴。不过呀，你那个附带条件得收回去。这次说什么我也不会给你做手术了。你以为我还会再听你在上次实验前跟我说的那些没完没了的道理？甭想！现在该轮到我接受分子手术实验了。"她转身对我说："走，夏华，我们到实验室去，由你给我动手术，将我有点小毛病的那个核酸分子治一治！"

邓健急忙拉住她，着急地对她连声说："这可不行，这可不行！"

丁丽婉把邓健硬拉到椅子上坐下，温和地对他说："这没有什么不行。你乖乖地在这儿待着，给我们准备点好酒、好菜，我们做完手术就回来，庆祝国庆节！"

我看见邓健无可奈何地坐在椅子上，求助似地看着我，心里真想发笑。我开玩笑地说："局长同志，以后叫嫂子给你改造一个耳朵骨的分子信息，让耳朵长得硬一点吧。哈哈哈……"

丁丽婉也跟着我哈哈地笑起来。邓健尴尬地笑着，向我摊了摊手。

我和丁丽婉沿着昆明湖畔的花径向研究所的实验大楼走去。我回头望了望，邓健那略显佝偻的身体站在门口，目送我们远去。

在路上，我和丁丽婉发生了我们相识以来的第一场争论。我清楚地知道，这一次分子手术的重大意义和其间包含的潜在危险性。全世界成千上万的科学家，为了使用分子手术根治一千多种遗传性疾病和某些癌症，曾经进行了几十年齐心协力的艰苦奋斗。用上千万亿把分子手术刀，同时在人体内六百万亿个细胞内动分子手术，把隐藏在这些细胞内的核酸分子上的带病片段切割下来，再将同样多的健康的分子片段缝合上去，这是一项多么复杂、多么惊人的手术！尽管我们做了周密的动物试验，但人毕竟是人，谁知道在手术中会发生什么意料不到的事情。何况，还有邓健那一次秘密试验的失败教训。因此，我不同意丁丽婉第一个接受分子手术试验，我坚决让我第一个接受手术试验。我早已做过核酸分子遗传信息分析，证明我的核酸分子上有一个带有引起近视眼信息的核酸分子片段。我的理由很简单，虽然我是分子手术的共同发明者，但我是一个生物数学家，我的工作是辅助性的。万一发生什么意外，经验丰富的丁丽婉可以设法补救，我则不能。在为了祖国的名义下，丁丽婉答应了我的要求。同时，她也有一个附加条件，让她第二个动手术，做重复试验。在她的核酸分子上，有一个隐性的带有神经分裂症信息的分子片段。

当我们达成协议的时候，不知不觉已来到实验大楼的门口了。邓健奇迹般地出现在我们面前。他带着遗传工程局的全班人马在门口迎接我们。同志们亲热地和我们握手，预祝我们手术取得成功。

我和丁丽婉换上洁白的手术衣，进入装有空调装置的手术室。丁丽婉向助手们发布了试验三号分子手术刀和使用三号核酸的命令。三号分子手术刀是专门根治近视眼的，正三号核酸是人工合成的相应的健康分子片段。丁丽婉的助手们在手术室的仪表屏前各就各位，准备观察手术情况，报告手术结果。

分子手术说来复杂，其实也很简单。丁丽婉用一只普通的注射器，安上针头，分别在三个不同的小瓶里吸了一些不寻常的乳白色液体。一个小瓶里装的乳白色液体是三号分子手术刀。这种乳白色液体里，含有成百上千亿万把分子手术刀，这些分子手术刀是一种特异性非常强的蛋白质分子——生物酶。它们只将带病的分子片段切割下来，而不伤害核酸分子其余健康的部分。每一把分子手术刀，就是一个蛋白质分子。为了避免过敏反应，我们在药水里加了一种新筛选的抗人体免疫机制排斥异种蛋白反应的药物。另一个小瓶里装的是正三号核酸。这是我们用核苷酸人工合成的对应的健康核酸分子片段。第三个小瓶里装的是一种手术缝合线——连结酶。这种缝合线，将割除了有病分子片段的核酸分子同新加入的对应健康分子连结起来，重新变成一个执行正常功能的整体。

丁丽婉小心翼翼地慢慢将这一管奇妙的药水注入我的臂部。她打开超级显微摄影机，观察分子手术刀进入我身体后的活动。她那一双明亮的大眼睛，关切地注视着我，问：“怎么样？有反应吗？”

我微笑着答道：“没事，你放心做下去吧！”

丁丽婉把眼睛转向超级显微摄影机的荧光屏上。我的视线也转向荧光屏，同她一起，紧张地注视着荧光屏上的反应。

“放大三千万倍！”丁丽婉向助手发布了命令。这种新近用物理学新发现制成的超级显微摄影机，将我的一个细胞内的核酸分子清楚地显示在荧光屏上。随着血液循环进入细胞的分子手术刀，像快刀切豆腐一样，准确无误地将带病的核酸分子片段切割下来，连结酶迅速地将健康分子片段缝合上去。电子计算机很快显示出统计数据：切割带病的核酸分子片段的效率为100%，缝合健康的核酸分子片段的效率也为100%。实验室内外发出一片欢呼：成功了！

我激动地握着丁大姐的手，说：“祝贺你，丁大姐！”

丁丽婉笑得两眼眯成一条缝，她紧紧地握住我的手，亲切地对我说："夏华教授，祝贺你成了世界上第一个用分子手术根治了遗传病的人！"

我接着又为丁丽婉动了分子手术。电子计算机再一次给我们报告了喜讯：使用八号分子手术刀切割带有精神分裂症信息的核酸分子片段效率达百分之百，缝合健康分子片段效率达100%。这个百分之百对于我们是多么重要，99.9%都不能算完全成功，因为留了一个有病的分子，就有可能繁殖成千成万的分子，带来隐患。紧接着，遗传工程局其他有遗传病的同志，一个接一个，争先恐后地分别用不同型号的分子手术刀做了手术。电子计算机不断给我们报告喜讯，100%，100%，……多么可爱的数字。

我怀着迫不及待的心情向邓健提出了一个要求："邓局长，可以正式开始为病人治病了吧？"

丁丽婉抢着答道："喂，老邓，答应吧。我马上给孙雪萍动手术。"

邓健点了点头。丁丽婉发出了指示，一个身穿素色衣裙的人被手推车推了进来。啊，是她，雪萍。她的变化多大呀！二十多年的精神折磨，使她这个四十多岁的人变得十分憔悴。娇小的身躯变得更加瘦小，美丽的丹凤眼暗淡了，失去了昔日的光泽。我的心痛得紧缩起来，我走近她，连声喊道："雪萍，雪萍！"

雪萍似乎已经听出了我的声音，她浑身一颤，无神的眼睛迷茫地望着说话的方向。我激动地抓住她的双手，说："雪萍，我是夏华，你听出来了吗？"

雪萍的脸颊抽动了一下，把手伸出来，用双手揉着双眼，想看清我。可是，她失望了，两行泪珠从眼角滚了下来。她没有回答我。丁丽婉做了一个手势，手推车进了手术室。丁丽婉发出了使用一号分子手术刀和一号核酸的命令。一号分子手术刀是专门割除带有视网膜分裂症信息的核酸分子片段的，一号核酸是对应的健康分子片段。这些健康的分子片段可以发出指令，产生使视网膜和脉络膜生理功能恢复正常的物质。

手术很成功。手术后，按照丁丽婉的指示，孙雪萍在手术室里静静地休息，让那些新加入的健康核酸分子片段逐渐行使功能。两小时以后，孙雪萍甩掉了手推车，自己从手术室里走了出来。她的两颊涨得通红，丹凤眼里恢复了昔日的光泽。我迎上去，把我在丁丽婉住宅大门外采的一束百合花献给她。雪萍接过百合花，紧紧地贴在胸前。她似乎回忆起了自己的青年时代，青春与爱情的黄金岁月，苍白的面孔上透出温柔的神情。她握住我伸出的手，深情地望着我，轻轻地说："多少时光流去了啊！"

丁丽婉和邓健陪伴着我和雪萍，一起走出实验大楼。我们四个快乐的、幸福的人，我们四个甩掉了带有有病的核酸分子片段的新人，唱着，笑着，在昆明湖畔漫步。我们站在湖边，望着湖水中的波光倒影，望着湖对面万寿山上的点点灯火，望着蔚蓝色天空上的彩色缤纷的礼花，让微风吹拂着我们发烫的面颊，憧憬着将来美好幸福的生活。

我对雪萍重新提出了二十多年前没有得到满意答案的问题。我说："现在没有什么障碍阻止我们在一起了，我们结婚吧，雪萍！"

雪萍抬起头来，羞涩地望着我，她没有答话，但她那双会说话的眼睛，已经给了我十分肯定的答复。

"勇士号"冲向台风

吴显奎

　　吴显奎，四川省科普作家协会理事长，1957 年出生在黑龙江省青冈县，先后毕业于成都气象学院、四川大学。1979 年在《科学文艺》杂志第 2 期发表处女作科学随笔《给科学插上幻想的翅膀》。其后陆续发表科幻小说、报告文学、科学家传记多篇，科幻小说《"勇士号"冲向台风》获得首届中国科幻银河奖。因科技传播成绩突出，吴显奎于 1995 年荣获第三届四川省青年科技奖。科幻代表作《"勇士号"冲向台风》。

一

晚霞染红了天空中的高积云。

魏文娟站在停机坪前，望着五颜六色的天空，不时把目光投向台风研究基地的实验楼。她焦急地等待着他。

远处的山峦已被落日的霞光披上一层红绸。一抹紫色的雾霭从草原散开，然后又漫过绿茵茵的停机坪，掩映着她那亭亭玉立的身姿。她穿着一件素花连衣裙，一头乌黑光洁的秀发很自然地泼洒下来，披在肩上。一对调皮而又含蓄的眼睛，笑起来甜甜的，仿佛要把欢乐给予所有的人。她是个性格开朗而又颇有心计的姑娘，在台风研究基地，人们都称她"快乐的空中女神"，因为她是气象飞行员。

不过，最近人们发现，她很抑郁。原因嘛，知情的人也知道——甘路第三次影响台风的实验失败了。

她爱甘路，可从未向他袒露过。甘路是研究台风的。去年秋天，他研制出一种能够影响台风的催化剂。由于没有掌握台风动力结构，他三次驾机冲进台风都失败了。他为此焦虑，奔忙。她不愿分他的心。她把对他的爱，默默藏在心中。

可是，今天下午她听说研究基地要撤销甘路的课题，急坏了。她担心甘路承受不了这种打击，她渴望在这个时候能给他以帮助、爱抚……

——下班前，她打了电话给他。

候机大楼的钟声舒缓地响了七次，淡紫色的霞光开始散去。甘路还没来，她不安地在草坪前徘徊。基地静悄悄地，一架架气象探测机安稳地睡在机库里，只有台风预报中心的办公楼仍然灯火辉煌。看得出那儿很繁忙。她越过白色栅栏，离开停机坪，走上了一条小路。小路边满是菊花，全开了，白花花的一片，薄雾带着淡淡药味的馨香直透心肺。她走在白菊编织的小道上，紧张、兴奋而又焦急地等待着……

穿过长长的花径，绕过预报中心的办公楼，再往前就是甘路的实验室了。一望见那幢乳白色的小楼，甜蜜、温馨的记忆便浮现在她的眼前。

三年前，她就是在那幢小楼前认识甘路的。当时，甘路还是"气象航校"的学生，个子不算很高，身体却很结实；眼睛不大，但显得沉静自若。他随和地同陌生人交谈，偶尔爆发出爽朗的笑声，用不上十分钟，就让人感到他已经是自己的老朋友了。他说话也极富感染力，明明你不愿做的事情，经他三说两说，你便高高兴兴地去做了。她当时感到，这是个挺有"嘴劲"的小伙子。遇到了实际情况他会不会像嘴上说的那样呢？后来事实告诉她，他的确出手不凡：在有飞行任务的情况下，半年建成"台风模拟实验室"，一年研制出台风催化剂，紧接着便开始了对台风的实际影响试验。他以咄咄逼人的气势，决心实现人工影响台风这一目标。

他逐渐成了她倾慕的对象，这种倾慕不久就变成了爱慕。她喜欢他，特别爱那男子汉的永不满足的"野心"。也许是爱屋及乌吧，她还喜欢他驾驶的飞机。那是一架名叫"勇士号"的核动力气象侦察机，不仅有两台火焰推进器，而且还有四颗原子能加力炮，十分带劲！许多次，她在梦里和他一同驾驶这架飞机钻进台风里，与疯狂的气旋搏斗；醒来的时候，心里总是充满着遗憾。她也多次向他提过，可他总是以"你没受过钻台风训练"为由，把她挡回去。她是开小飞机，专门探测小气候的。她心里很不服气，可又没有办法。每次甘路失败回来，她总是要难过许久，后悔自己没能助他一臂之力。

不知什么时候，一辆灰色小轿车从对面驶过来，直到雪亮的车灯晃得她睁不开眼睛时，她才察觉。她退到路边，打算让小车过去。可车子开到她的身边却戛然停下。甘路从车内探出头来。

她故意埋下头，不理他。甘路道："嘿！我告诉你一个好消息，第九号台风生成了！基地批准我再飞一次！"

她扬起头，扑哧笑了，"我以为你让外星人劫走了呢！"

"对不起！秦老先生找我谈话，是他建议基地不忙撤下我的课题，同意我侦查台风的动力结构。他总是在关键时刻拉我一把……"

"我真担心撤销你的课题。现在好了……"她思忖一下，又说，"你不需要飞行助手吗？过去……都因为你没有飞行助手，所以失败了。"

他笑眯眯地摇着头，"恐怕不是这样。如果一开始就去侦察台风动力结构，台风早就败在我的手下了！"

"哼，我才不信！输了三次，嘴还那么硬。你说要不要个助手啊？"

"要助手干什么？又不是空中旅行！"

她生气了，把脸扭向一边。

小轿车"突——"地发动起来，雪亮的车灯把浓重的夜色划开一道裂缝。她一看，急了，"等一等！"她气鼓鼓地说，"我要跟你去飞！"

车灯又暗了下来，他神秘地笑着，推开了车门，"快上来吧。我已经跟主任说定了，明天咱们一起去……"

二

全天候气象侦察机"勇士号"呼啸而起，箭一般射向天空，粤东机场在它的身下变成了火柴盒。随着秒针的嘀嗒声，火柴盒倏忽不见了，迎来的是碧蓝的云天和浩瀚的大海。甘路把飞行高度拉到五千米，甩开了机翼下那一片片飘忽不定的高积云。他朝下看了一眼。苍茫的海面上，一艘艘渔轮像儿童在水池边玩的小木舟，编着几列纵队驶向大洋深处。这是一支专门尾随台风捕鱼的船队。他觉得渔民们一定站在甲板上望着他们，一种自豪感油然而生。气象飞行员，天之骄子！他又睋了魏文娟一眼，默然一笑。看样子她是特意打扮了一番。她穿着一身深棕色飞行员制服，头戴监测耳机，围着他去年秋天送给她的那条橘红色纱巾，端庄地坐在副驾驶的位置上。阳光从舷窗透进来，照在她的身上、脸上，折射着青春的光彩：她那一对美丽调皮的大眼睛正专注地望着前方，长长的睫毛不停地忽闪着，似乎与明朗的天空交流着什么。她的身体故意微微向着甘路倾斜，一绺秀发不听话地飘起，在甘路的脸颊轻轻厮磨。年轻的飞行员强烈地感受到姑娘的魅力，他的脸微微地红了。

姑娘似乎觉察到他在打量着自己，不自然地说："这架飞机可真快呀！"

"是啊，今年多安了一台发动机，能不快吗？"他美滋滋地笑着。

她嗔怒地瞪了他一眼，忍不住也笑了。

甘路又说："现在笑，一会儿可别哭。"

"哼，你一贯隔着门缝看人……"

两人都笑了。

刺眼的阳光射进来，她拉下遮阳板。前方，深邃的天际里，千奇百怪的云朵变幻着形影，时而像天马行空，时而像巨鲸戏海，瑰丽缤纷。这是多么美的大自然哪，征服大自然的事业是多么壮丽呀！她心头洋溢着幸福，感到从未有过的满足……

她是学习高空气象专业的，毕业于华南气象专科学校。她自幼就是个气象迷，非常热爱气象探测事业，喜欢探索高空大气的秘密。当初报考学校的时候，她从第一志愿到第五志愿，全都填上"高空气象"！她爱蓝天，她爱它秋水般的清澈，爱它神话般的瑰丽。她的理想就是在蓝天探索大气的奥秘。当台风研究基地在气象院校招收第一批气象飞行员的时候，她的理想实现了。她的身体素质好，人又聪慧，很快适应了工作。她可以独立拆开小飞机，然后再装上。她懂高空气象，所以在飞行中，常常追踪一股股看不见的气流，一旦飞机捕捉到与航向相同的气流，她便关闭发动机，像沿江而下的游鱼，自由舒畅地让气流带着走。她悠然自得地在机舱里笑着，就像在海中游玩的人鱼公主。

飞机划过一片淡云区，继续向前飞行。天空并不平静，各种气象要素不停地变幻。即使晴空朗朗，不同温度和湿度下的气流仍然在互相交织着，作用着，像一张纵横交错覆盖全球的网。网的纲便是大气环流，它在太阳的推动下，在地球自转偏向力的作用下，派生出数不清的支流。一条条支流像毛细血管一样分布在整个天空，形成千奇百怪错综复杂的天气现象。在太平洋深处，赤道两侧，由于气流辐合上升，洋面发生了扭着劲儿的气流。这股气流从天空中和大洋里获得了超级能量，于是便呼啸旋转，扶摇直上；它挟带的霹雳闪电，狂暴无比，能摧毁海面和陆地上的一切，连鱼群都要躲开它。中国人称它台风，美国人叫它飓风，气象学则把它定义为热带气旋。它是凶恶无情的海上怪兽，有着庞大的躯体，在直径一千千米的海面上形成无数道云墙；它高速旋转，风速高达每小时一百多千米！它肆无忌惮地饕餮渔船，摧毁海上设施；它登陆造成海啸，淹没整座城市。它是天空中的魔鬼，海洋上的霸王。如今，它正得意地沿着西南一东北方向在东海海面上运行。在它身后，"勇士号"正跟踪而来。

飞机前方出现碎云区，云下亮开一个蓝洞。甘路轻轻拨动操纵盘，飞机便绕开碎云，飘向下前方蓝色的无云区——由于大气污染，太平洋上空的碎云带有大量的腐蚀性尘埃，甘路怕自己心爱的飞机被腐蚀——哪怕这种腐蚀多么微乎其微。他爱飞机，如爱自己的生命，每次探测台风回来，他总是和机械师一道检查飞机，任何一个部件的受伤都使他心疼。他的飞机除有两台核动力常规推进器外，还有四颗原子能加力炮。飞机一旦被困在台风里，只要打开加力炮的喷火孔，触发核反应装置，轰的一声巨响，飞机便可接近第一宇宙速度，冲破台风的包围。

"勇士号"钻进淡积云。甘路用眼角余光看看魏文娟。姑娘仍然新奇地注视着大海，像沉浸在童话般的幻想之中。远方，海天交接线上，涌浪像平滑的小山丘在洋面上起伏，波长至少有三千米。真像神话传说的那样：海龙王喝醉了，在龙宫里耍酒疯，于是，啸声触天，大浪吞没了打鱼的人。甘路的心怦然一动，不由想起自己的少年时代，忆起他永生难忘的悲壮一幕：

十三岁那年夏天，他带着四个少年朋友到爸爸服役的航空母舰上参观。那年夏天气候异常，连续有几个台风生成。记得是一个风雨交加的可怕夜晚，台风袭击了航空母舰。只听咯嘣一声巨响，固定飞机的缆绳全被刮断，十几架飞机一齐向大海滑去。叔叔们惊呆了。不知什么时候，爸爸冲上离他最近的那架飞机。只见蓝色火焰喷出，飞机腾空而起……

爸爸凭着高超的技术，与台风周旋，眼看要冲出云墙，可是，随着一道蛇形闪电，漆黑的空中亮出一团炽烈的白光。他吓蒙了，过了许久才"哇"的一声哭出来……

三

飞机前方出现台母云。

台母云在热带气旋的推动下，呈现出辐辏状云霞，弥漫整个天空。灿烂的阳光下，云霞峥嵘崔嵬，色彩斑斓，在飞机前排列组合，映现出万千画面：时而像北方秋天的谷浪，闪动着波动的光彩，时而像黄土高原金色的沙丘，滚动着惹人注目的波纹。这是一个炫目的世界，是海上风暴的金色羽翼，是强台风的前奏曲。海上魔王就隐藏在这光怪陆离的云霞后面，窥视着飞机的动向。

像猎人听到了猎物的脚步声，甘路既紧张又兴奋。他从怀里掏出了一个装潢精巧的小药瓶，递给魏文娟。她接过一看，原来是医学院新研制的"防晕灵"。这是一种复合气体，只要转动旋钮，便有气体释放，人闻了以后，即刻不晕。

文娟笑道："人都说你心细，看来真不假。"她转动着药瓶玩味着，"做个纪念蛮好的。"她说笑着，显得十分轻松。甘路倒恰好相反，显得很紧张。一来文娟随同飞，他有些局促；二来他是首次也是最后一次侦查台风的动力结构，成功与否，关系着他研究课题的命运。为了实现人工影响台风，他用了三年时间。最初，他还是个学生，便主动和台风研究基地搞协作。校方不许，他就偷偷干。那时学生都关在校园里，还没有学生与研究单位搞协作的先例。他的秘密不久便被发现了。学生处处长找到台风模拟实验室，劈头盖脸地责问他一顿，最后还给了他个处分。这个处分直到现在校方还没有撤销。他心里憋足了一股气，不实现人工影响台风，绝不罢休！他稳重地操纵着飞机，一件件往事在眼前滑过。他想起对自己充分信任并给予极大支持的秦老先生，想到为他安全飞行几天不下检修台的戈阳机械师……又想到父亲。他永远不会忘记飞机被闪电击毁的一刹那，他当时几乎昏倒，眼前只跳动着父亲冲上飞机的背影。

忽然，一条橘红色飘带在他眼前一闪。他定睛一看，是魏文娟系着的那条橘红色纱巾。纱巾两角蓬松地飘在胸前，像一朵花。甘路故意问：

"这条纱巾颜色真好，我怎么没见你围过？"

她调皮地噘噘嘴："只有这么一条，哪舍得呀！那个人又不多送两条。"

突然，甘路发现飞机已经接近台风外围，一团团积雨云封锁了航线。他启动了精密气象雷达。

四

台风停下了脚步，在原处高速旋转。它的半径在缩小，它的风力却得到了可怕的加强。哦，明白了！这是在积聚着力量。于是，黑暗在洋面上传播，恐怖伴着海啸滋长。云团，闪电，飓风，暴雨，各种"武器"备齐了。海上魔王蓄足了怒气正准备放肆发泄一番。一架飞机，与之相比真好似一只小蚊虫。

甘路驾驶着"勇士号"在距离台风七十千米的海面上做圆周飞行，谨慎地寻找着最佳切入角度。

导航计算机飞快地变换着各种数字，旋转气流从不同角度打来，机身开始发抖，尾部在轰轰震响。魏文娟娴熟地接收着卫星云图照片，并向甘路报告："第九号台风经过短暂停滞，开始撤离东海，沿着常规路线向日本海方向移动，中心风力加强到十三级。"甘路沉着地盯着雷达荧光屏。他的眼睛是训练有素的，能在瞬间看清气象雷达回波的震颤，并在这震颤中捕捉到台风的缝隙，发现飞机可以冲破的弱云区。台风推动着海水，发出水磨般的沉闷响声，响声汇入海啸，疯狂的呐喊直冲云天。甘路瞄准时机，在天空中转了两圈，然后把机头指向第三象限，飞机同时下降到四千米。"注意！我们切进去！"他急促地提醒一句，接着推下了操纵盘。飞机像一支响箭般射向台风之中。

半分钟后，机翼开始剧烈震颤，肆虐的风暴张牙舞爪，上冲下窜，恨不得将这个贸然闯入的"小甲虫"攥成齑粉！魏文娟的脸色刷地白了，头昏目眩，胃里翻江倒海，直想吐。她紧闭嘴唇："要挺住！要挺住！"她强忍着，她不能在这个时候分散他的精力。上升的气流将飞机猛地托起，颠簸几下，又跌入深谷。他俩就像坐在一辆狂奔在沙丘上的轿车里，剧烈的震动像要撕开人的四肢。甘路用全身力气死死地把握住操纵杆，拼命保持着切入角度。

切变的气流像强悍的排炮，猛烈地冲击着机身，好像一双巨手在玩弄着一枚骰子。飞机沉闷地轰鸣着，核动力推进器喷射出白色火焰，刚好与台风深处的雷电相呼应。甘路终于撕开一条口子，台风嬉闹似的让了一步，但马上重整旗鼓，准备更大的疯狂的反击。甘路眼见时机已到，转身启动了"台风动力探测仪"。立刻，三维气象雷达天线开始旋转，机舱里各种指示灯一齐闪烁。嘀嘀嗒嗒的电波信号声和电子计算机终端设备——电传机的突突声相交织，汇成一首冲击台风的交响曲！

魏文娟脸色苍白，额头上的汗水沿着面颊向下流淌，打湿了胸前那条橘红色纱巾。她强忍着，一边接收太平洋静止气象卫星发回来的台风云图，一边监测台风中心的强电信号——这是一项关系着飞机安全的工作，她必须及时做出判断，以便提醒甘路，绕过强电雷暴区。甘路稍许轻松些时，忽然看见魏文娟那张惨白的脸，"反应大吧，防晕灵呢？"经甘路提醒，她忙取出药瓶，转动旋钮。可是，令人失望。随着机身更加剧烈的颤抖，她还是吐了出来。甘路忙把一张浸有强力药物的毛巾递给她。

——台风开始反扑了！

飞机接近了台风的最后防线——台风壁。

台风从里向外可分为三层：第一层，台风眼，这里最平静，没有乌云，没有暴风；第二层，台风壁，是台风的死区，它是环绕台风中心的厚重云墙，纵深十千米，高达数千米，由一排排气势汹汹的积雨云组成，这里对流极强，大雨如注，犹如翻江倒海；第三层是台风的外围，由积云构成。飞机已经顺利通过了第三层，眼下最困难的是冲击台风壁，飞行成败，能否发现台风的动力结构，全在第二层。甘路对此深信不疑！因为台风在这里表现得最猖狂，最猛烈，最嚣张。

大约四十五秒钟后，飞机突然像一头踏破了马蜂窝的牤牛，被追得发疯似的上下奔突，狂乱地甩头摆尾。甘路紧紧握住操纵盘，像牵着牛鼻子一般，努力保持着飞机的平衡。魏文娟一边捂着监听耳机，一边吐着，不时向甘路报告雷暴中心。甘路的心为之震颤：这么一个温柔甚至有些柔弱的姑娘，在关键时候，居然表现出如此的泼辣和刚强，真不可思议！他倏地想起前年春天，她骑着摩托车在八级大风里传递紧急气象情报的飒爽英姿！

一道闪电在机舱外划过，飞机猛地哆嗦一下，接着就是一声巨响。魏文娟心一沉：完了，翅膀被削下去了！她眼前一片昏黑。几秒钟后，她才意识到飞机仍然在飞。她暗笑自己的胆怯和愚笨，马上扶正监听耳机，又工作起来，不时把目光投向台风动力探测仪。她和甘路一样着急——荧屏上仍然没有图像显示。

"勇士号"艰难地与台风壁抗争着。它冲破一团团急流滚滚的浓积云，在倾盆大雨中飞行。静电消爆器火花四溅，飞机像一只周身燃烧着火焰的神鹰，在狰狞的云涛里穿行。舱外更加昏黑，飓风怪叫，海水咆哮，风速达到三十米每秒！魏文娟渐渐觉得支撑不住，她吐得抬不起头，药物对她不起作用，眼泪哗哗地流着。甘路急得浑身冒汗，他死死踩着平衡板，让飞机平静些。可飞机从来没有像今天这样不听话，仍然狂跳。魏文娟低着头，用手卡着脖子，依然监听着雷暴区；又是一阵呕吐，她感到嘴里有些苦，仔细一看，吓得心一抖：她吐出的是黄绿色的胆汁！她慌了，忙把纸袋塞到座椅下。

突然，飞机像挣脱了千万根钢索，倏然加快了。它终于冲破台风的防线，穿透凶险的云墙，来到了一个明朗的空间，这里温度高，气压低，还有金色的太阳——他们钻进了台风眼！

两个年轻人长舒了一口气，他们对视着，会心地笑了，又一齐把目光投向窗外。只见直径四十千米的椭圆形海区被耸入高天的云墙环抱，像刀劈一样笔直。墙面上，云涌海啸，浊浪排空；墙内，蓝天白云，风平浪静，一群群海鸟在深蓝色的海面上飞翔。

"行吗？还挺得住吗？"甘路极其温存地问。

她苦笑了一下，点点头。

飞机在台风眼做圆周飞行。

三分四十四秒过去了，台风动力探测仪依然没有图像显示。甘路骤然紧张起来，他不停地转动着探测仪的红色旋钮，心怦怦跳着：他不能再一次失败，无论如何，也要找到台风的动力图！

<h1 style="text-align:center">五</h1>

"勇士号"上升到七千米，探测仪出现一阵杂波信号，接着又消失了。甘路心中一喜："我们接近了目标，只是飞机角度不对。"他果断地把飞机高度固定在"7 000"。然后在这个平台上向台风壁的十六个方位探测。杂波信号反复加强。两人热血沸腾，四只眼睛露出喜色。

电子计算机不停地处理着这些信号。

杂波，还是杂波。可怕的天电干扰！

甘路开始怀疑探测仪的滤波器出了毛病。

突然，探测仪在西北北方位获得一组特殊信号，接着又倏然消失。像猎人突然发现追踪的猎物藏匿的地方，甘路诡秘地笑了，立刻把机头拉向西北北，朝云墙飞去。文娟还没明白，飞机已经接近云墙。

西北北云墙很特殊，远远看去，像一座大型体育场的看台，阶梯分明，平缓而上。一群海鸥贴着"看台"打着斜翅向空中冲击。甘路慌忙调整机头，躲开鸟群。忽然，文娟惊呼：

"快看——动力结构图！"

只见幽蓝的动力仪荧屏上，清晰地显示着一幅环形交叉立体结构图。

——这就是甘路梦寐以求的台风动力图。

一股巨大的热流涌进了甘路的心房。他兴奋得微微颤抖，手也不听使唤了。根据程序，信号从动力仪出来后，必须经过计算机处理。看他一激动，居然先将它送进了电传打字机。文娟虽然十分不适，但还是笑了起来。她娴熟地把信号输进计算机，然后储存在纸带上。甘路欣喜地说："翻花的地方不是深水，想不到它的动力区不在台风壁。"通过荧屏显示，第九号台风的主动力区在距离台风中心一百四十千米的云墙外围。那儿就是台风的"发动机"，在那里撒播催化剂，等于给台风釜底抽薪，无论多么大量级的台风都只能有一条出路：蜕化。

电传打字机还在吐着纸带，但已经没有正规信号记录了，有关台风动力的全部信息已经收齐，他们就要胜利返航了！甘路让魏文娟将这些珍贵的气象资料装进泡沫资料箱。他踌躇满志，但尚未甘休，心想："要是现在就去影响台风，该多带劲呀！"他带有足够的催化剂。但飞机已经承受不住第二次打击。文娟的身体也支持不住了。于是，他开着玩笑：

"飞行员甘路请示空中女神，可否返航？"

文娟愣了一下，接着甜甜一笑，学着塔台调度员的声音：

"准许返航……"

机头拉来了。两秒钟后，飞机上升到万米高空，进入台风的外流层。台风从下至上有三层，外流层是最上一层。空气在这一层猛烈地向外流出。飞机从平静的台风中心向上冲，进入外流层后便沿着气体外流方向飞行。他们应该可以轻而易举地撤离台风了。

甘路心情极好。他抽出一盘磁带，推进收录机，清脆的歌声悠然飘出。文娟心里充满了幸福和欢乐，似乎回到了自己的童年，在妈妈的怀抱里低唱，"我们飞翔在高高的蓝天上……"

突然，她的监听耳机出现一组很强的信号。她一惊，抬头看着甘路。甘路正襟危坐，目视前方，收录机被他关掉了。

飞机偏离了航线。

她大惊失色！

"勇士号"装有三部惯性导航系统和两部自动驾驶仪，导航精密度极高，在万里航程中也不会有百米误差。怎么会大幅度偏航？她急忙问道：

"出了什么事？"

甘路绷着脸，低沉地说：

"下边有船队，台风拐弯了——"

一桶凉水当头淋下，魏文娟浑身震颤。

这种拐弯台风，破坏力极大！一般情况下，台风过境后，雷达便解除警戒。可它突然杀了个回马枪，猝不及防，常常给解除了警报的地区造成惨重的损失。

监听耳机里，信号变成一串串电台呼救声！

她慌忙开启雷达，荧光屏上的回波已描绘出一幅惊心动魄的画面：

在汹涌的大海上，几百只渔轮像扇面一样拉开，开足马力，拼命向东奔逃。半小时前，它们还那么有秩序，现在却乱成一团。台风从百里外扑来，涌浪已经掀过船头。有两只船索性离开船队，朝台风侧面奔去。台风好像发现了它们的企图，收拢双臂，涌浪一次又一次将这两条倔强的钢壳船推了回来。它要把所有船只赶到一起，让它们在自相碰撞中沉没。渔民们苦苦地挣扎着，柴油机发出一阵阵凄厉的绝唱……

惊恐扼住了魏文娟的喉咙，她呆愣愣地望着甘路。

飞机继续偏航。

她终于喊出来了：

"你这是往哪儿飞？我们不能见死不救！"

"怎么救？那么多渔船！"甘路冷峻地说，"除非影响台风，还有别的办法吗？"

飞机远离了航线。

甘路沉静地说："前方是浅海区，离白沙岛很近，你跳伞吧！"

魏文娟恍然大悟，他偏航是为了送她。

她瞪圆了眼睛。

"我哪儿能在这个时候跳伞？"

"胆汁都吐出来了，还逞什么强！"

"你一个人太危险！"

"两个人就不危险？快下去！"

"不！我可以帮你监听，机身已经受损，消爆器工作时间太长，三根动力线已经烧断两根，只有我能帮你躲过雷区。"

甘路无动于衷！

"不！不！我不跳！我绝不，绝不！"她竟然吼叫起来。甘路痛苦地闭上了眼睛。

她委屈地哭了，泪珠在面颊上滚动。

甘路终于让步了。

他飞快地使用气象雷达对台风定位，然后触发了原子能加力炮弹。只听轰的一声，两人同时晕了过去（这是人体对于飞机变速做出的反应）。当他们清醒时，飞机已经接近台风壁。

<h1 style="text-align:center">六</h1>

台风蓄足了野性的力量，在辽阔的海面上追逐着渔轮。浪涛借着风的威势，肆无忌惮地狂叫着，打闹着，恐吓着。它要把所有的渔轮推向一个死角，推向狭窄的刑场。正在它得意忘形之际，喷着火焰的"勇士号"再一次钻进它的腹中。它暴怒了！抢起强电撒手锏朝飞机劈去！一道刺眼的闪电划开黑暗，接着就是一道震耳欲聋的轰鸣——台风得势了！它把静电消爆器消掉半边，飞机随时都有坠毁的危险。

甘路眼睛红了，手指僵了，他只有一个念头：冲进去！冲到台风的"心脏"里去！台风推动着沉雷、暴雨，筑起一道坚固的云墙，拼命保护它的"心脏"。飞机轰鸣，台风嘶叫，两方对抗着，僵持着。甘路凭着他的飞行绝技，巧妙地绕过雷区，一步步向台风动力区靠近：

八千米……六千米……四千米……

甘路瞄准时机，踩下了催化剂的挡板。

只听咯嘣一声巨响，追踪仪失去信号！

他的心凉了，像掉进冰窖里。

——风压太大，电动机的钢绳被拉断。

催化剂的风门打不开了！

甘路明白，再也没有别的办法了。释放催化剂的金属门是由电机带动的。钢绳一断，门无法打开。

他一时没了主张，双手失去了力度，肌肉也在颤抖，眼前一阵阵昏暗。他有些后悔，为什么不假思索就飞回来了？船队与我有什么关系？谁让它们不注意警报，不相信科学……

"混账！"他的眼前突然出现父亲冲上飞机的背影，耳边震响起父亲的呼喊。男子汉的热血在他的心中冲腾，他把牙咬得嘣嘣直响。他不能容忍台风得逞，他不能眼睁睁看着船队覆灭。两个惊心动魄的音节猛地涌上脑海：

"自爆！"

——只有这样才能救出船队。飞机身上还有两颗原子能加力炮弹，锁闭喷火孔，就是两颗原子弹。引爆原子弹，摧毁台风的"发动机"！

可是，当他侧头看着文娟的时候，心软了：

她那样年轻美丽，犹如一朵初放的花朵。

他不忍心地转过脸去。

姑娘不明白飞机怎么了，用目光探寻着，鼓励着他。

"文娟，钢门打不开了，只剩下一条绝路。"甘路的眼睛死死盯着飞机前方，双臂机械地摆动着操纵盘，"机上还有两颗加力炮弹，可以当原子弹使用……"

姑娘惊呆了，眼瞪得老大，"你是说，引爆它，炸毁飞机？"

"不然，催化粉没法撒出去！"

"可是，我们无法跳伞哪，外面是十二级台风。"

"我们已经被逼上绝路了。要么丢下渔民，我们冲出去；要么自爆，救下他们……"

仿佛飞机突然失速，她的心坠向大海。

在过去一千八百个小时的飞行中，多少危险把她逼上绝境，可她都没像今天这样六神无主：

"让我们牺牲吧，救出他们。……可是，我们还年轻啊……冲出去？……不……以两人的死，换取几百人的生……啊，和甘路一起死，死而无憾！"

她平静地扬起头，"甘路，我听你的！"

——又是一道蛇形闪电！和他在航空母舰上看到的一模一样。悲壮的往事燃起他心中仇恨的火焰，他对准台风"发动机"，毅然锁上了喷火孔。

两个勇敢的年轻人庄严地拉开了人工影响台风的悲壮一幕！

甘路操纵电子计算机，算好引爆时间。文娟密封了泡沫资料箱，里边装有台风的全部资料。

"要留下便于寻找的标记。"甘路提醒她。

文娟庄重地解下那条心爱的橘红色纱巾，包上资料箱，然后打开空投门，将资料箱投向大海。

倒数器开始显示数字：10，9，8，7，6……

两个年轻人紧握着双手，互相依偎着，眸子里闪动着坚定挚爱的光芒。甘路打开定频发射机，在他们生命的最后时刻，留下这样两句话：

"我很幸福，真的，我感到……很幸福。"

"我也很幸福！"这是姑娘的声音。

一团刺眼的白色光球在东海上空划过，隆隆巨响震撼着整个天宇。就在这隆隆巨响中，厚厚的云壁被掀开了一个大口子，旋即被撕成了碎片，狂暴的台风像风瘫的巨人，可怕地呻吟着，变得软弱无力了。

风息浪静，碧空如洗，大海变得温顺而又娇媚，似乎这里什么也没有发生过。大海深处，带发报机的密封资料箱不停地嘟嘟嘟发着信号，仿佛在唱着一曲悲壮的歌。

一架水陆两用机沿着电波发射的方向飞来，落在海面上。舱门自动启开，老气象局长走出机舰，目光投向大海：在灿烂的阳光下，一朵橘红色的花儿在碧波中绽开。

证　据

刘继安

刘继安，1956 年 9 月生于成都，四川大学中文系毕业。1981 年所写科幻小说《湖边奇案》被叶永烈先生选入《中国科幻小说选》，后由德国金人出版社出版在欧洲发行。科幻小说集《太空幽灵》由河北教育出现社出版。

他真是外星人吗？

王新教授从来不相信什么飞碟、外太空人之类的传说。这天下午，当那个发光的圆盘忽然出现在沙漠尽头的天际，并以不可思议的高速向考察队营地飞来时，他以为这不过又是一次浩瀚沙漠中特有的海市蜃楼幻象罢了。他丝毫也没在意，埋下头去继续研究那个编号为"JA—10"的古文物——也就是被杰西·库柏先生称之为本世纪全世界考古学界"最惊人发现"的那个莫名其妙的金属玩意儿。几分钟之前，它忽然时断时续地闪烁出某种极为奇特的光，叫王新教授着实大吃一惊。可惜的是，当天边那个发光的圆盘已经飞临营地上空时，他却没有把这两件事联系来。

事实上已经来不及了。王新听到外面有人猛然发出歇斯底里的狂喊："快看，飞碟，飞碟！"便立即丢开撬"JA—10"跳出宿营车。脚一沾地他就立刻惊呆了：不是什么"海市蜃楼"，千真万确，一个闪闪发光的飞碟，正在考察队营地上空盘旋！

日籍考察队员今村久保赤裸着上身冲向中央空地，刚才的狂喊就是他发出的。与王新教授不同，他是一个"飞碟迷"，日本"UFO业余研究者协会"的成员，而且一向固执地认为那些驾飞碟光临地球的"外太空人"是充满敌意的。瞧，此时他居然紧握一支双筒猎枪，显然要想阻止头顶上的不速之客在营地降落……

联合考察队的营地是用十多台特制的工程车和生活车围成的。正在午休的三十多名考察队员都跑出了车厢，惊愕万分地注视着那个发光的大圆盘，那个曾被全世界的报纸无数次耸人听闻地报道过的怪物。其实它完全不像记者先生们笔下所描绘的那么神秘恐怖，那么荒诞不经。的确，它的外形犹如两个扣在一起的盘碟，但通体没有舷窗，也没有舱门，顶上显然有天线、观察器之类的装置……除了它那特殊的飞行方法之外，很难说再有什么神秘莫测之处。

"砰——!"

今村久保手中的猎枪突然响了,沉闷的枪声打破了戈壁沙漠的寂静,可惜毫无作用。飞碟若无其事地仍在今村久保的头顶上缓缓旋转着继续下落。只有 10 米了!今村倔强地叉开双腿站着纹丝不动,退壳,重新装弹,再次举枪瞄准圆盘的底部……

"危险!快离开!"王新教授如梦初醒,大叫一声,不顾一切扑将上去,将今村连人带枪一起抱住,就地一滚,一下摔出七八米开外。

飞碟的底部喷出炽热耀眼的一团球体,确切地说,是某种光与火的混合体,慢慢向地面降落。热浪袭人,沙石飞溅,高低不平的沙砾地面被削出一块镜面似光洁的圆形平面,紧接着飞碟的肚子下面伸出三只金属支撑架,宛如人类发射的月球探测器在月面着陆一样,轻轻巧巧地落到了地面上……

今村久保吓得面色灰白,自己如果缓走一步,必将被飞碟底部喷出的炽热火焰化为灰烬!

几十名考察队员们都躲到各自的车辆后面去了,只探出一张张惊恐而好奇的脸来。飞碟稳稳地停住之后,飞碟底部看似光洁无缝的壳体上突然启了一道小门,一架小梯慢慢放了下来。

"外星人!外星人要下来了!"今村久保神经质地高叫起来。

王新教授一言不发,紧咬牙关,脸色苍白,紧盯着那金属梯和洞开的舱门,告诫自己无论看到什么样的可怕形象,也不要害怕不要惊慌。既然真有外星人光临,那他宁愿相信人家对地球生物是友善无害的……

瞧,他终于下到了地面,一个与我们地球人毫无两样的……人科动物,一样的头,一样的躯干和四肢。当然,他没穿什么耐克 T 恤或彪马牛仔裤,而是从头到脚都罩在厚实的宇航服之内,就跟美国"阿波罗"太空探测船上的宇航员一样的打扮。

他站在那里,环顾四周,然后举起了手臂。他身后的飞碟立刻重新喷出火柱,旋转着离开地面,垂直上升,在营地上空旋了一个大圈,接着就像被人掷出去的游戏飞盘似的,飞速消失在茫茫天际。

看来,他对周围的汽车、躲在汽车后面的人们既没有敌意,也没有表现出惊讶、兴奋之类的情绪。倒是那些万分惊愕的考察队员们自己发生了混乱，有人在呐喊，有人抱头逃窜。然而，他丝毫也不理会他们，竟拖着沉重的步伐，笔直地向王新教授藏身的汽车走来。

王新在一瞬间僵直不动了。那人整个脑袋都罩在头盔里，使他无法看清他的容貌。他凭"第六感官"感到那头盔上的护目镜闪射出束束蓝黑色的光，给他以十分奇特的印象。突然，一个意念在他热烘烘的大脑闪过：快，要保护"JA—10"!

他不顾一切地飞快扑进车厢，奔向工作台，双手把那个冰凉的古物紧紧护在了身下。这时，身后响起了脚步声，回头一看，那个身着笨重宇航服的"外星人"，已跟着他上了车!

"你是谁？你要干什么？"王新问道。

不速之客站定了，开始解头盔。王新恐怖地用双手捂住了双眼——他不知道他将看到一副有多可怕的面孔。然而他终于忍不住放下双手时，又不禁大吃一惊：头盔里露出的根本不是什么眼冒激光口吐毒焰的牛头马面，而是一张与他、与他的地球同类几乎完全一样的人脸。更叫他吃惊的是，这个人开口说话了，而且是一口标准的现代汉语。

"先生，请别害怕。虽然我来自一个极其遥远的星球，但我决不会伤害你们的。"

王新的神智虽然非常清醒，但他仍有一种置身梦幻的恍惚感。他下意识地喃喃发问："我，我不是在……做梦吧？"

"不，当然不。"这个奇怪的"外星人"居然笑了，"你看，你的朋友们现在都安静下来了。"

王新哗地推开车窗。果然，营地上刚才的一片混乱此时完全结束。刚才情绪最激动的今村久保先生，此时竟抱着双臂，平静地与杰西·库柏先生交谈着什么，连看都不往这边看一眼。

一切竟像什么都没发生过似的!

万分的惊愕倒使王新从恍惚中彻底清醒过来。科研工作者的理智、客观、冷静和天生的好奇，终于使王新教授完全恢复了镇静，并以罕见的勇气，开始面对眼前的这个"事实"：

"这么说，你真的是'外星人'吗？那么好吧，我代表我们地球上的全人类，欢迎你。"

"谢谢。"这个人形生物彬彬有礼地回答，"不过，从本质意义上说，我并不是什么外星生物，而完完全全是你们的同类——地球人。瞧，我的外形就足以证明这一点。"

"啊，真不可思议！"王新又一次发出惊叹，"就算这样吧。那么，你的目的究竟是什么？"他的眼睛里顿时闪出一种异样的光，伸出手臂笔直地指向桌上的"JA—10"文物，声音激动地说："我是为它而来的！"

被迫秘密合作

这支庞大的中、日、美三国联合考古队是在顺利完成罗布泊边的楼兰古城的考察研究后，沿着新疆境内数千千米的古"丝绸之路"，来到牙通古孜镇附近的"精绝国故址"的。这里简直是一片沙的汪洋，看不到任何生命的痕迹。白天气温高达五六十度，夜间甚至又可降到零度以下，其环境之恶劣，并不亚于月球或者火星。然而，茫茫沙海中兀然而立的一处处断墙残垣，被风化剥蚀成小土包的古烽火台以及依稀可辨的城郭遗迹却清楚地表明，这里曾是水草丰盛、牛羊遍地并且房舍成片相连的一座人丁兴旺的古城！那么，到底是什么原因使这些繁荣一时的古城灭绝？使驼铃悦耳、人声喧嚷的"丝绸之路"断了人迹？

这正是联合考古队此行要探究的秘密。

由于有人造通信卫星定位、空军直升机中队运送给养以及沙漠工程车代步，考古队沿着早已被沙海吞没的古"丝绸之路"长途跋涉数千千米后，顺利到达"精绝国故址"。在这里，他们发现了两件极不寻常的东西。

首先是一具古尸。男性，年龄40岁左右，金发高鼻凹眼窝，具有典型的古罗马人的一切体貌特征。最不可思议的是，他竟然栩栩如生，从里到外没有一点脱水干缩，肌肤、毛发、骨骼完好如初，就跟昨天才去世一样！他被命名为"JA—9"。

他是在"精绝国"郊外西南方向数千米之外的一个沙丘上被日本专家用一种特制的探测器发现的。最叫人奇怪的是他没用任何棺椁之类的葬器装殓，完全是给"软埋"在十多米深的沙子里的。那么，到底是什么原因使"JA—9"在两千多年的漫长岁月里既没有腐化成灰土，又没有被酷热炙缩成像"楼兰女尸"那样的木乃伊？

这个谜还没解开，紧接着又有了第二个重大发现。在距"JA—9"发掘现场100米左右的地方，那架极为灵敏的探测仪接收到了一个奇怪的电磁信号。小型推土机削平了十数米的沙丘仍一无所获后，王新教授从营地调来了装有大功率挖掘机的工程车。当长长的液压挖掘臂掏出一个深达三十多米的大坑时，那个无比奇妙的"JA—10"就出土了。

它看上去是一根碗口粗、约一米长的金属圆筒，但不知什么原因却异常沉重。原以为几个身强力壮的考察队员就可以把它抬上地面，结果却不得不动用了工程车上的16吨起重设备，才勉强将它弄出沙坑，而且钢缆还拽断了两根。然而，它到底是什么？又来自何处？

"我猜想，这也许与'外太空人'的某种活动有关！""UFO"迷今村久保首先提出了这个富有想象力的假证。

"你能证明吗？"王新教授问。

"唉，你又来了！"久保做了个无可奈何的手势，又挠挠脑袋，不吭声了。

的确，这个推论几乎是无法证实的，因此它被轻易搁置到了一边。大家都讲究实际，当然还是先弄清"JA—10"到底是什么，才能推测其他。消息迅速传到了北京、东京和华盛顿，三国文物考古科研机构决定立即增派物理、化学专家，带上专用电磁、电波方面的尖端设备赶赴新疆……

没想到，新增的科研力量还未到，飞碟和这"外太空人"便捷足先登，从天而降！

幸好，除了降临地球的方式方法外，这个"外星人"跟平常人几乎没有区别，甚至语言沟通上也绝无障碍。这使得王新和他的接触变得自然多了也容易多了。当然仔细观察他的外形，还是有些特别之处的，他的头颅和五官似乎具有世界上白、黄两大人种的特点，体型又具有黑种人的强健、灵巧——这是他脱去笨重的宇航服后王新教授才发现的。他说为了不在营地中引起混乱，他应该像考察队员中的一个那样出现在大家中间。因此，他得向王教授借一套衣服……

王新大吃一惊，"怎么，你还不认为我们每一个人都已经亲眼目睹了你从天而降？"

"亲眼目睹是一回事，记不记得又是另一回事。"这个强健而英俊的男子神秘地说，"目前我只想跟你一个人打交道。"

"好吧，我很快就会知道他们的态度的。"王新将一套西装和一套工作服扔给了他，悻悻然地说。

恰在这时，今村久保先生的叫声就在车外响起：

"王教授，你快来，又有了新的发现！"

那个"外星人"闻声立即躲到暗处去了。王新冷笑一声，跳下车跟着今村久保走了。

所谓"新发现"就在营地旁边的空地上，正好是刚才飞碟降落和飞走之处。只见那里的沙地上赫然出现一大块正圆形、光可鉴人的玻璃体！王新一惊之后，马上明白了这是什么。他控制住自己的情绪，冷静地说：

"今村久保先生，这就是你的推论的有力证明啊——刚才那只飞碟降落时喷出的高温高热熔化了沙子形成了这种石英玻璃体……"

"飞碟？什么飞碟？在哪里？"

今村久保惊奇地扬起了眉毛，脱口而出。然后，他仰起头，兴趣盎然地在空中四处搜寻。

这下又轮到王新诧异了，"你是怎么回事？是你刚才第一个发现它的呀，今村先生！你还用双筒猎枪朝它轰了一下呢！"

今村久保从空中收回目光，愣愣地望着王新，不知所措，"王教授，你是在……说梦话吧？"

王新不吭声了，他径直跑上五号车厢，就迫不及待地大声问道："库柏先生，你刚才亲眼看到了一个外星人从飞碟上下来，是吗？！"

库柏奇怪地扬起眉毛，"你说什么，飞碟？外星人？"

王新焦躁地打断了他,"库柏先生,你仔细想想,就在一个小时前,飞碟从天而降……"

库柏先生凝神思考片刻,然后抬起头,友好地拉拉王新的手:"王先生,根据心理学原理,长时间在沙漠里孤寂地生活,往往会产生某种幻觉……你应该回去好好休息一两天,是吗?"

不是幻觉!不是幻觉!王新捧住脑袋,从心底发出呐喊。

他刚想到这一点,脑子里立刻响起了一个清晰的声音:别再去询问谁了。除了你之外,我已经把刚才的记忆从所有人的脑子里都抹去了……

王新下意识地猛然回过头去,一眼瞥见了那个"外星人"的脸庞在自己的工作车车窗边一闪而过。他马上想到了意念传感、心灵感应一类的观念……他不禁有些毛骨悚然。

"你为什么要这样做?"一回到车上,王新就恼怒地问他,"想要控制我,以及这里的一切吗?"

"不,绝对不。"

"那为什么只让我一个人知道你的存在?"

他苦笑了一下:"纯属偶然的原因——刚才我降落时碰巧发现那个'JA—10'在你手中。它对我至关重要……王先生,我需要你的帮助!"

望着他诚挚而恳切的目光,王新教授尽管心里积聚起了一万个难解的疑团,但终于还是彻底软下心来。沉吟片刻,他问道:

"我该怎样帮助你?"

"首先,我在这里得有一个合法身份,"他答道,"等我开始工作后,你就会逐渐明白一切的。"

"那么,我又该怎么称呼你呢?"

"在取得合法身份之前,你可以暂时叫我'JA—11'吧。事实上从某种意义上说,也许我真能算得上是一个'出土文物'呢……先生,我恳求你暂时为我的出现保密,否则,很可能我们什么问题都难以得出正确的答案……"

一切都需要证据

　　这个"JA—11"很快就有了一个"合法身份"。

　　尽管很不情愿，但王新教授现在不得不单独与这个自称"同类"的天外来客打交道了。用生物电场消磁的方法轻而易举就抹去了所有人大脑中的记忆，那么谁知道他还会施展什么厉害的"法术"呢？王新可不愿意某天早晨被人发现不明不白地死在某个沙丘下面……再说，现在他的伙伴们中有谁能相信他的话呢？看来除了与他合作之外，别无选择。

　　运送一批用于专门研究"JA—10"的先进科研设备的直升机，上午飞抵沙漠中的考古队营地。王新教授瞅准了这个机会，将这位不速之客带到了现场并加入了装卸设备的行列。在一片忙乱中，谁也弄不清楚这位陌生人到底是飞机上的工作人员还是营地本身的考古队员，因此谁也没对他的出现感到意外。直升机升空离去后，王新又马上将他带到一号车上，介绍给了考古队负责人赵龙奇教授。

　　"这是吴杰民先生，新来的古文物鉴定专家，也是我的朋友。他刚乘直升机赶到。"

　　吴杰民倒确有其人，他是王新的同学和朋友。发现那个奇怪的金属圆筒"JA—10"后，王新曾致电邀请他参加考古队并获得批准。因吴杰民正在欧洲讲学，一时还不能成行，王新便暂且让这位天外来客先冒名顶替上再说。考古队都是由各国科学家组成的，彼此并不很熟悉，谁也无心去探究谁的来历，因此有空子可钻。

　　"好，欢迎你，吴先生。马上开始工作吧。"

　　下午，直升机又载来了一位高能物理学家、一位电磁专家和一位材料力学专家。加上王新教授和他的这位朋友"吴杰民"，五个人当即组成了一个专题小组，专门研究那个奇特的"JA—10"号出土物。这时候王新教授注意到了一个细节："吴杰民"先生拒绝与包括他在内的任何人握手，而且小心翼翼地避免跟谁靠得过近，始终保持着一定的距离。这是为什么？

　　一切都需要证明！回到现在由他俩共用的三号车上，王新有意识地向他靠近，并且想瞅机会触摸一下这个自称是"同类"的人，是否有跟自己一样的肌肤、肉体。但"JA—11"似乎早已觉察到了他的内心活动，灵巧地闪开了，并且彬彬有礼地说："王先生，请不要靠近我，行吗？"

"可你得告诉我，这是为什么？"

"因为那样的话，你有可能对已确认的事实重新产生怀疑和动摇，从而影响我们刚建立起来的信任与合作关系，最终阻碍我们共同把一切都搞清楚。"

"哦，这么说，你并不是全知全能？"

"吴杰民"发出一丝苦笑，"我要是能做到那样的话，我就不会来打扰你们了！"

对奇异圆筒"JA—10"的研究很快有了进展。突破性的观点，就是由这位"吴杰民"先生首先提出来的。他指出：制造"JA—10"的确实是一种特殊合金，它的成分含有几种目前地球上从未有过、但在门捷列夫元素周期表上预见到会有的重金属元素，亦即"锿后元素"。新来的高能物理学家奥托先生和材料力学专家胡静女士用带来的尖端仪器进行了光谱分析和一系列现场实验，果然证明了"吴杰民"的观点。

既然当今地球上连制造这个玩意儿的元素都没有被发现，那么"JA—10"显然来自地球以外的太空了。根据这个逻辑，科学家们不约而同地想到了飞碟、外太空人。

"下一步将要证明，它是你的飞碟扔下来的，是吧，我的朋友？"趁其他人都不在场，王新教授悄悄地问"吴杰民"。

"不，不是。"他摇头否认道，"你忘了，我正是为了'JA—10'才光临地球的呀。正是由于'JA—10'的引导，我才找到你们这里来的……那天，它发出一种光，记得吗？"

"啊，我明白了！"王新恍然大悟地叫道，"'JA—10'是一个通信信息发射器！"

这一点也很快被新来的日籍电磁专家井原先生证实了。"JA—10"由于构造特殊，能够持续发出一种电磁信号；它载有大量信息，本又是一个超级储能装置，并形成特殊的电磁场。

如此高超的技术，显然出自某种远比地球人类更为高级的智慧生物——研究小组内所有科学家一致得出了这个结论。

"不，不对！"

没想到，那位"吴杰民"先生神情激动、态度坚决地提出了反驳。"作为科学家，地球人类的杰出代表，先生们，你们为什么要固执地认为外星球生物就一定会比我们地球人高明呢？"他居然有些愤愤然了。

"那么吴先生，您说说现在世界上有哪家工厂能制造这种通信发射设备？"奥托先生嘲讽地问。

"现在当然不能，"这位特殊人物激动地转向他的反对者，"那么过去呢，比如两百万年之前？"

过去？科学家们面面相觑。现代高科技都无法办到的事，遑论"过去"？这简直是个常识性逻辑问题嘛。大家友善地哄笑起来，只有王新一声不吭。不太喜欢说话的井原先生这时也忍不住插话了，"两百万年前地球上根本没有人，只有猿类呢，它们连最简单的石器也不会制造……"

"吴杰民"沉默了一下，忽然笑了。王新注意到，他退后了几步，离他们更远了些，然后道：

"是的，那时候古猿的一支缓慢地进化、发展成了现代人类。然而，有没有另外一支由于某种得天独厚的原因而得到迅猛发展，进化成比现代人智慧得多的人类呢？我认为这是肯定的！"

王新教授突然明白了点儿什么，虽然朦朦胧胧的。他下意识地捂住嘴巴，才没冲口而出喊出什么来。

研究室里又陷入一片静谧。毕竟都是些杰出的科学家，即使不相信但也能容忍某些异想天开的"异端邪说"。美国专家奥托先生率先打破了沉默：

"吴先生，我非常欣赏你的想象力——我们毕竟在这里发现了一些极不寻常的东西。同时，我个人也非常愿意成为改写人类……不，地球发展史的参与者。但是，一切都必须用事实来加以证明。吴先生，你能么？"

这位"吴先生"还没来得及开口，王新教授便再也按捺不住，替他朗声答道："我想我们能。一定能！"

短短几天内，考古队的各项研究连续获得重大进展：古人类学家杰西·库柏先生根据新的研究小组获得的成果，终于找到了那具古代男尸历时千年而没有干枯、腐烂的原因——正是"JA—10"持续发出的某种特殊电磁波形成的强大磁场作用，才使他死后两千多年仍栩栩如生。但他的身份还是一个谜。

对"JA—10"本身的研究更有了惊人的发现：它内部储存的大量信息有可能转换成光电信号，再变成可视图像在荧屏上放映出来！我们将看到什么？这个发现鼓舞着奥托先生领导的专题研究小组，他们废寝忘食地着手改进仪器、设备，发誓一定要亲眼看到"JA—10"肚里到底藏了些什么秘密……

"吴杰民"先生自然也全力以赴地投入到研究之中。人们惊异地发现，这位有些与众不同的先生并非只会提出一些独到的见解，他在具体的技术操作上，也完全是个高手！事实上，小组的实际指导者和负责人不知不觉已由他取代了奥托先生。

至于那位情绪爱激动的年轻人今村久保先生，近来一直在狂热地研究他的"新发现"——那个由飞碟底部火焰烧结成的玻璃体。他本来自作聪明地认为那是古代"精绝国"的某个冶炼工场，但最近不知怎么突然改变了看法。他急匆匆地跑去找到了王新教授，悄悄地把他拉到一边，激动地低声道：

"王教授，我终于发现你是正确的——古代人的陶器窑或者青铜冶炼工场的加热技术，无论如何也达不到足以使沙子烧结成玻璃的高温……只有唯一的可能，那就是有一艘外太空人的飞碟，降落到过这里！"

冒名者突然失踪

在王新的提倡下，研究重点转到了"JA—10"储存的可视信息上了。这项工作现在正式在"吴杰民"的领导下进行。他那不同凡响的思维方式和准确、迅捷解决种种技术难题的高超手段，早已使大家叹服，但与此同时人们的疑虑也与日俱增。考古队总负责人赵龙奇教授对王新说："我简直怀疑，你的这位朋友仅仅是文物鉴定专家？"

很快，一套破译"JA—10"的秘密的图像显示系统装配出来了，只差一台普通的显像荧屏了。一封急电发往乌鲁木齐的大本营后，直升机迅速将一台带数控电脑的工业用彩色电视机运到了这塔克拉玛干大沙漠的腹地。

叫王新教授又惊又喜又怕的是，那位真正的吴杰民博士，竟然出人意料地同机到达！

要阻止他已经来不及了。当吴博士向赵龙奇教授做了自我介绍后，王新瞥见赵龙奇像被电击似的愣了一下。随即他非常老练地镇定了下来，若无其事地与吴杰民握手寒暄。直到将他安顿了下来之后，赵龙奇才将王新拉到一边，望望左右无人，便厉声问道：

"你怎么解释这件事？"

事到如今，王新知道再也隐瞒不下去了。他无限惆怅地说：

"有人冒名顶替了我的朋友。"

"谁？"

"一个乘飞碟降临的外星来客！"

赵龙奇惊讶万分地瞪大了双眼。

"走，到我的车上去。"王新不想再白费口舌。

三号车上，那个假"吴杰民"没有在。但王新轻而易举地从他的狭小住室内，找到了那件笨重的白色宇航服。赵龙奇此时已完全不能保持他的老练和镇静了，诧异得一句话也说不出来。

过了很久，赵龙奇才重新恢复了常态。他对王新说："这事我们确实还得暂时保密……"

"我担心保不住啊，"王新忧心忡忡地说，"说不定就连我俩此时的谈话，也在被人监听呢……"

仿佛要印证他的话似的，"咣当"一声，车窗外突然发出一声响，吓得两位教授毛骨悚然。他俩立即跳下车四处搜寻，果然见一条黑影迅速向苍茫暮色中遁去。是谁呢？

与赵龙奇分手之后，王新教授马上去十一号车上找到了正在收拾东西的吴杰民博士。吴博士是个性格开朗、喜欢饶舌的"唠叨鬼",没等王新开口,他劈头就滔滔不绝起来,"你知道吗,我这次到欧洲讲学,并不是讲什么考古发现,而是被请去讲咱们的国粹——易经、八卦和阴阳五行的……我用超级电脑研究易经研究了五年,得出一些异乎寻常的理论,把一批欧洲科学家都给震慑住了啦。有人甚至说可以与爱因斯坦的相对论……""别说了!"王新终于忍不住再次打断了他,"老吴,有人在冒名顶替你?"

"什么?谁敢冒名顶替我?"吴杰民一听就炸了,甩开王新的手,"谁,他是谁?我马上跟他对质!"

对质?王新突然眼睛一亮。拉起怒气冲冲的吴博士就走。

然而他绝没想到,他们二人找遍了整个营地,查访了每一辆宿营车、后勤供应车,都没有发现"JA—11"——那个假"吴杰民"的踪影。

当天晚上,王新教授回到工作车上,又发现"JA—10"丢失了,他心中焦急,知道这又是天外来客干的,一直无法入睡,处于迷迷糊糊的状态中。午夜三点钟光景,他被突如其来的一声惨叫惊醒……

叫声是从五号车上发出的。古人类学家杰西·库柏先生住在那里。

霰弹射穿的秘密

杰西·库柏,53 岁,华盛顿自然博物馆研究员,国际知名学者,作为古人类学家,足迹遍及五大洲,但参加联合考察队到中国工作,他还是第一次。这位先生性格孤僻,不苟言笑,喜欢独自钻研一个专题,甚至连助手都不要。考古队其他人都是两三个合住一个宿营车的,但库柏先生却坚持要独自占用一个车厢。鉴于他的声望和古怪的个性,总负责人赵龙奇便满足了他的这个要求。

不过自从那具两千年前的古尸被发掘出来后,库柏先生便自愿将古尸搬上了车,腾出 A 室保存它,自己搬到了原先作为工作间的 B 室住下,被今村久保讥为"情愿跟死人睡在一起,也不喜欢多跟活人打交道"。不过，一个与各种稀奇古怪的标本打了几十年交道的老夫子，你还能指望他没有怪癖么？

的确，每天除了定时去生活车吃饭、傍晚独自一人去某个沙丘边散散步，库柏先生几乎足不出户，两耳不闻窗外事，只潜心研究那具死亡长达20个世纪却仍栩栩如生的男尸。

他拟定了第一个研究专题，那个埋在古尸旁的金属圆筒"JA—10"发出的奇特电磁波和力场，到底是如何作用于古尸的细胞从而使它保持生前的状态？要弄清这个问题必须进行医学解剖，然而这是大本营严令禁止的。但是库柏先生仍抵挡不住巨大好奇心的诱惑，决定违反禁令偷偷干……

就这样，在真吴杰民博士到达营地，假"吴杰民"失踪的这天下午，他将自己关在工作车里，开始解剖"JA—9"。当他那把锋利的柳叶刀在古尸上轻轻划破一道口子时，他突然听到一声微弱的呻吟，"啊，好痛！"

库柏吃了一惊，他四周张望了一下，没有发现任何人影。当他再次举起解剖刀时，又传来一声，"别……别这样！"库柏定睛一看，那具古尸睁开了湿漉漉的沉重眼皮，无神的眼珠死死瞪着他。

库柏吓得魂飞魄散，木头似的呆望着。然后，他发出一声极度惊恐的惨叫，抱头拼命窜出车厢……

王新教授急如火燎地第一个赶到，接着几乎全队的人都匆匆奔来了。他们围成一个半圆圈，注视着这猝然"复活"的"JA—9"。

赵龙奇教授俯身听了听，听到了"JA—9"微弱的心跳，轻声地问道："你是谁？"

"JA—9"再次睁开眼睛，嘴唇翕动着，"奇普星……"还没说完这句话，他又叹口气，便昏迷了。

紧接着，外面有人发狂地敲打起车窗来，同时他们听到了焦急万分的喊叫声："赵教授！快去十号车，又出事了！"

当失踪了近20个小时的假"吴杰民"——那个自称编号为"JA—11"的天外来客回到十号车厢里时，他手中正拿着"JA—10"，埋伏在车里的今村久保先生，端起猎枪向他步步逼近，咬牙切齿道："为什么盗走'JA—10'？"

赵龙奇教授率领众人急急赶到，他们两人还在紧张对峙着。真吴杰民一把抓住假"吴杰民"，厉声地问道："你说清楚为什么冒名顶替我？"

"王教授，是该真相大白的时候了。你来告诉今村久保先生，告诉大家我到底是谁吧。"

"他是一个外星人。"王教授说罢，如释重负。

除了早知内情的赵教授外，所有人都惊呆了。今村久保手中的猎枪无力地垂了下来，他恐惧万分地瞪大了双眼，叫道：

"不，不，你不是……"

假"吴杰民"从一台仪器桌下，默默地拖出了那件沉重的宇航服，当的一声放在桌上。

"还需证据吗？好吧，"他不知为什么忽然沉重地叹了口气，然后毅然抬起头来，"今村先生，现在请你向我开枪，你们就不会再怀疑了。"

说着，他站到了远离仪器、设备的车厢角落里。王新教授下意识地猛扑上去，挡在他身前，迎着枪口高喊道："不，不！别开枪……不能打死他！不能用这种方式证明……"

"没关系。"外星人诚恳地说。

被连续的混乱和一个个哑谜弄得已快失去理智的今村久保，一把推开了王新教授，几乎与此同时，他手中的双筒猎枪轰然作响。

在场的每个人都亲眼看见，一束极细小的钢珠霰弹成扇形飞速射入那位奇人的肚腹和胸膛。工作服上顿时出现密密麻麻冒烟的小洞，但他果然安然无恙！霰弹穿透他的身体后，他换了个位置，于是人们看到了他背后的车厢木板被击穿，还有些钢珠霰弹嵌在了木板里。

"现在该相信我是'外星人'了吧，诸位？"他弄熄了身上的青烟，苦笑了一下，"唯一要纠正的概念是：我实际上应该称作'在奇普星上定居'的地球人……"

众科学家仍然迷惑不解。奥托先生想起"JA—9"的话，便脱口而出，"什么是奇普星？"

"一个非常遥远的星球。你们也知道，所谓"JA—9"也是一个奇普星人。两千年前，他乘坐飞碟来到地球，不幸又染上了'疱疹'，他找到了以前的发射场地，用'JA—10'的电磁力场将自己保护起来，等待营救……"

"这就是你到地球来的目的？"

"对。"

"奇普星人又是怎么回事？"

"奇普星人是现代地球人的表兄弟，还是让我从头说起吧。地球上现代人类的远祖，是生活在一千多万年的南方古猿，这是你们现代教科书上的常识。很正确，然而它却又很不全面。因为南方古猿事实上还有另外的一支，完全被你们忽略了。这其实是一支最优秀的种属，在体力、智能上都比发展成现代人类的那一支优秀得多，至少早三百万年进入真正的人类阶段，并且高速发展成高度现代化的文明社会。"

室内一片神秘的静谧，听到如此荒诞怪异、离经叛道的高论，科学家们一个个面面相觑，目瞪口呆。但他们谁也不会否认，他们已有了浓厚的兴趣。

"这么说，你是他们那些'史前超人'的后裔喽？"今村久保忍不住发问。

"请暂时别岔开正题。跟今天的文明社会一样，'史前超人族'当时也遍布五大洲，他们最强烈、最一致的愿望，就是征服太空，遨游宇宙，占领别的星系、星球。"

"等等，我问一个问题，"井原先生冷静地打断了他的滔滔不绝，"在场的都是考古学家，为什么我们从来没有发现过这个'史前超人族'的任何遗迹呢？"

"灭绝了，彻底灭绝了！就在他们的事业发展到顶点，也就是在距今约一百万年前的时候，一场全球性的灾难毁灭了他们所有的一切……"

"不对！"一直默默不作声的王新教授，听到这里再也按捺不住，猛然大声打断了他的话，"他们留下了证据！就是我们今天发掘到的那个"JA—10"，对不对？"

"哈哈，王教授，您真比别人聪明……还是让我们接着谈吧。当时的'史前超人族'雄心勃勃地一心要想成为太阳系、银河系乃至整个宇宙的主人，完全忽略了对地球的保护与爱惜。因此，你们今天所遇到的工业污染环境、生态平衡被破坏等问题，其实早在一百万年前的地球上就发生了，而且更严重得多。"

说到这里，外星来客将手中的"JA—10"与电子显示器材接通，继续说道："你们看吧，这就是大自然对我们的报复！"

屏幕上出现了一幅幅令人触目惊心的画面：满目疮痍的大地、狂烈的沙暴、污染的河流海洋、倾颓的城市，特别是那种"疱疹"患者的痛苦，更使人惨不忍睹！他们的肌肉一块块脱落、骨骼一节节断裂……

天外来客长叹一声，"在万不得已的情况下，'史前超人族'终于做出痛苦决定——放弃地球，向别的星球移民……"

"哦，我明白了，塔克拉玛干沙漠就是你们当年的火箭发射场？"今村久保问道。

"是的。"

"JA—10"就是留下的信息储存器？"

"对，那个奇普星人就是回来取它的，可是却病倒了。"

"那你为什么没有实体呢？"王新教授认为现在应该是一切都水落石出的时候了。

"我是由'反粒子'结构组成的。"

一直保持沉默的吴杰民博士，忽然开口了："也就是'阴性物质'吧？"

"对，现在请真正的吴博士谈吧，他的话更有说服力。"

吴杰民对自己热衷的话题，侃侃而谈起来：

"事实上，宇宙间的一切，最终不过是由两种东西构成——阳性物质和阴性物质，所谓'阴阳相生相克'是也，阴、阳在一定的条件下是可以转化的。当物质以超光速运动时，就成为'反物质'，也就是'阴性物质'，它只存在于多维空间中，在传统的三维空间里，就像这位天外来客，会无形、无质、无量！也就成了'隐身人'。"

"这能够证明吗？"王新教授又冒出一句"口头禅"。

"我这次重返地球，不就是证据吗？"天外来客微微一笑。

"哦!"王新惊叹了一声,大家也如梦初醒。

"可是你重返地球,不是要抢走我们的'JA—9'和'JA—10'吗?"库柏有些愤愤然了。

"决不给你!"今村久保叫道。

天外来客尴尬地摇了摇头。

"还是给他吧。"一直沉默的赵龙奇教授发表自己的意见,"我们是考古学家,而他们是一对大活人啊!"

"'JA—9'可以带走,但'JA—10'必须留下!"王新教授实在舍不得放弃对"JA—10"的研究。

"朋友们,'JA—10'除了你们已知的神奇作用外,还有一样更特殊的功能。"天外来客诚恳地说,"它是把我和奇普星人带走的必需装备。"

"为什么呢?"

"利用它强大的力场,把'反粒子'和'正粒子'湮灭成新物质,回到奇普星后,再分开成单独的个体。"

众科学家更是呆若木鸡,但也无法阻止了。

"好吧。"赵龙奇终于拍板定案。

"谢谢,我永远也不会忘记你们的!"天外来客两眼含着热泪,向科学家们深深鞠了一躬,然后拿起"JA—10"和宇航服径直向五号车走去。

片刻之后,外面营地上就响起了人们惊讶而兴奋地高喊:

"快看,一只飞碟!飞碟来了!"

科学家们全都翘首张望。

果然,一只来自外太空的碟形飞行器,已飞临营地上空,照例盘旋几圈后,徐徐降落在营地外的沙丘上,情形与二十多天它第一次光临时完全一样。每个人都感到了强烈的闪光,感到了某种无形的电磁压力波穿过自己的脑际,就在这一瞬,所有当时看到过它的人,记忆力全部突然恢复了……啊,它早已来过一次!

这时,从五号车上走下来一个身穿宇航服的"太空人",从头盔里望去,他有着奇普星人的脸庞,但他的声音,却是假"吴杰民"的,"再见了,朋友们!"

　　科学家们张口结舌，惊异地注视着这个似乎是神话中的"怪物"，这个"反粒子"和"正粒子"湮灭而生成的人走上飞碟。

　　飞碟恋恋不舍地盘旋了三个圈，然后飞快地消失在金灿灿的阳光之中……

异 域

何 夕

何夕，生于 1971 年，毕业于四川大学，1991 年在第 5
期《科幻世界》发表处女作《一夜疯狂》，此后佳作不断，
作品涉及宇宙探险、时间旅行、平行时空等多种主题，尤
其专注于对科学未来及人性善恶的探讨，曾十四次获得中
国科幻银河奖。代表作：中篇科幻小说《六道众生》《伤
心者》，长篇科幻小说《天年》。

一

我跨了进去，而后便觉得大脑中嗡嗡地乱响一通，开初眼前那种微微闪烁的白亮忽然间就变成了黄昏。四周长满了高大得给人以压迫感的植物，有种莫名的慌乱掠过我的心中，我不自觉地回头看了眼蓝月，她似乎没有什么不适，于是我又觉得有一丝惭愧。戈尔在我身后不远处整理设备，仪器已经开始工作，当前的坐标显示我们正好处于预定区域。身后二十米开外有一团橄榄形的紫色区域，那里是我们完成任务后撤离的密码门。

我始终认为这次行动是不折不扣的小题大做，从全球范围紧急调集几百名尖端人才来完成一个低级任务，这无论如何都显得有些过分。我看了眼手中最新式的M—42型激光枪，它那乌黑发亮的外壳让所有见到的人都不由得生出一丝敬畏。但一想到如此先进的武器竟会被用作宰牛刀，我心里就有股说不出的滑稽感。

"2号，你跟在我身后，千万不要落下。"蓝月在叫我，说实话，她的声音不是我喜欢的那种，也就是说不够温柔，尤其是当她用这种口气对我下命令的时候。

"我叫何夕，不叫2号，我也不想叫你1号。"我不满地看了她一眼。老实说，我的语气里多少有点酸溜溜的味道。在演习时输给她，的确让一向心高气傲的我有些沮丧，我本以为凭自己的能力是不会遇到什么对手的。

蓝月有些意外地看着我，微风把她额前的短发吹得有几分凌乱，而不知怎么，她那双黑白分明的眸子竟然让我感到一丝慌张。如果站在客观的立场上来评价的话（当然我现在根本做不到这一点），蓝月的确可算是具有东方气质的美人儿，就连我们身上这种怪模怪样的特警服到了她的身上似乎也成了今秋最流行的时装，让人很难相信她竟会是那个又黑又瘦的蓝江水教授的女儿。从基地出发的时候，蓝江水特意赶来给蓝月送行，一副猥猥琐琐的样子。在这个人才济济的全球最大的科研基地里，蓝江水是个没有出过成果的名不见经传的人物，我听说只是因为他曾经是基地最高执行主席西麦博士的老师，所以才勉强担任了一个次要部门的负责人。蓝江水显然对女儿的远行不甚放心，一直牵着蓝月的手依依不舍。我想他应该知道我们此去的任务是什么，别说是危险了，恐怕连小刺激也说不上。当然，做父母的心情我多少也能体谅一点。

之后，西麦博士开始谈笑风生地给我们第一批出发的特警交代此去应注意的一些问题，他的话不时被掌声打断。在此之前，我从未这样面对面地接触过西麦博士，他看上去比平时我们在媒体上见到的要亲切得多，言谈举止间都显现出大科学家特有的令人折服的风采。我知道西麦博士是我们时代的传奇人物，正是他从根本上解决了全球的粮食问题，现在的世界能养活三百亿人跟他的研究成果密不可分。像我这样的外行并不清楚那是些什么成果，但我和这个世界上的所有人都知道，正是从西麦农场源源不断运出的产品给予了我们富足的生活。西麦农场是这个世界上唯一的农场，像我这样年龄的人几乎从生下来起就蒙受恩泽。西麦农场最初规模并不大，但如今的面积已经超过了澳大利亚。多年以来，位于基地附近的西麦农场几乎已成为人类心中的圣地。当然与此同时，西麦博士的声望也如日中天，他现在是地球联邦的副总统，不过，普遍的观点是他将在下届选举中毫无疑义地当选为总统。在西麦博士讲话的时候，我无意中瞟了蓝江水一眼，发现他眉宇间的皱纹变得很深，目光有些飘忽地看着远处，仿佛那里有一些令他感到很不安的东西。这个场景并没有激起我任何探究的念头，我只是名警察，对与己无关的事情没有太大的兴趣。

这时，戈尔叼着一支雪茄走了过来，他是我们这个小组里的3号。戈尔是令我讨厌的那种人，尽管现在世界上多数人都和他一样：好烟酒，爱吃肥肉和减肥药，不到五十岁的人居然已经有了九个孩子，而且听说其中有三个还是特意用药物生产的三胞胎。当初分组的时候，我就不太情愿跟他在一组。戈尔是我们这个小组之中体格最壮的一个，背的装备也最多，就这一点还算让我对他有那么一丝好感。戈尔是我们小组中唯一真正参加过战争的人，那是二十多前的事了，当时，几个国家为了粮食以及能源之类的问题打得不可开交。有意思的是后来西麦博士出现了，一场战争在快要决出胜负的时候失去了意义。于是，戈尔从军人变成了警察，他时时流露出没能成为将军的遗憾，不过我觉得他没有一点将军相。我记得从被选中参加这项任务时起，戈尔的脸上就一直笼罩着一团红晕，兴奋得像头猎豹，他甚至还宣布戒了酒。在这一点上，我有些瞧不上他，不就是打猎嘛，何必那么紧张。西麦博士说，我们的任务就是到西麦农场去把那些逃跑的家畜赶进圈栏，必要时可以就地消灭。不过说实话，我到现在仍然没看出这个地方有哪一点像是农场，在我看来，这里树高林茂活脱脱是片森林。远处浓密的植被间不时跳出几只牛羊来，看见我们就惊慌地跑开。我叹口气，连最后一丝抓枪把的欲望也失去了。

"4号、5号、6号以及第5小组在我们附近，他们暂时未发现目标。"戈尔很熟练地浏览着便携式通信仪上的信息，他的声音突然高起来，"等等，6号发出紧急求援信号，他们遭到攻击。好像有什么东西……"

"我们快赶过去。"蓝月说着话已经冲了出去。我抽出激光枪紧随其后。

　　……

眼前一片狼藉，三名队员倒在血泊中。我不用细看便知道他们都已不治，因为那实际上是三具血糊糊的彼此粘连的残躯。遍地是血，肌肉以及内脏组织的碎末飞溅得四处都是，骨骼在断裂的地方白森森地支棱着。我下意识地看了眼蓝月，她正掉头看着相反的方向，我看出她是强忍着没有当场吐出来。周围立时就安静下来了，我从未想过西麦农场安静下来的时候会这样可怕。我清楚地听到了自己的心跳声，空气中弥漫着强烈的死亡气息。尽管我不愿相信，但眼前的情形明白无误地告诉我，他们是被——吃掉的。我检查了一下，有一位队员的激光枪曾经使用过，但现场没什么东西有被激光灼烧过的痕迹。

戈尔的嘴唇微微发抖，他满脸惊惧地望着四周，手里的枪把捏得紧紧的，与几分钟前已判若两人——其实我又何尝不是这样。事情发生得太过突然，从我们接到报警至赶到现场绝不超过十分钟，但居然有种东西能在如此短的时间里袭击并吞吃掉三名全副武装的特警战士，世界上难道真有所谓的鬼魅？

差不多在一刹那间，我们三个人已经背靠背地紧紧挨在了一起，周围的风吹草动也突然变得让人心惊肉跳。我这时才发现周围的景物是那样陌生而怪异，那些树！天哪，那都是些什么大树啊？几乎在同一时刻，蓝月和戈尔也都转过头来，我们三人面面相觑。良久之后，还是蓝月打破了沉默，她有些艰难地笑了笑，"这里果然是个农场。"

蓝月说的是对的，这儿的确是个农场，而我们正好就在农场的某块田地里。那些先前我们以为是树的植物竟然都是——玉米。

二

戈尔在前面探路，他故意发出很大的声音，我想这是他原先就设计好的，因为这是猎人驱赶野兽时常用的一招。只是我不知道现在这招是否仍然管用，三名特警的死状让我甚至怀疑自己到底是猎人还是猎物。我们这一批特警的任务是到七公里外的管理中心检修设备，那里是西麦农场的中枢所在。本来每隔几分钟西麦农场就会向外界输出一批产品，但一天前这个惯例突然中断了。也许我们心中所有的谜团都要在那里才能找到答案。行动之前，我们给其他四个小组发出了通知，但一直没有收到任何回音。当然，我们谁也不愿去深想这一点意味着什么。

蓝月一路上都显得心事重重的，她的嘴一直紧紧抿着，似乎还没从刚才那可怖的一幕中挣脱出来。她这副模样让我的心中不由得生出一些软软的东西，我走上前从她肩上取下补给袋放到自己的背包里。她看我一眼，似乎想推辞，但我坚持了自己的意思。蓝月看了看前面咋咋呼呼一路吆喝的戈尔，脸上的心事显得更重了。

"别太紧张了，"我用满不在乎的口气说，"刚才我给基地发了信号，援助人员就快到了。"

"援助?"蓝月突然用一种很奇怪的声音重复我的话道，"你真认为会有援助人员?"

我意外地看着她，"当然会有。出发时西麦博士不是说过，遇到危险时我们可以发求援信号吗，你忘了?"

蓝月深深地看了我一眼，她没有搭腔，而是低下头去，似乎在思考什么问题。过了一会儿，她抬起头来，仿佛下了很大决心般地说："不会有什么援助部队的，那是根本不可能的事情。"

我大吃一惊，"你的话我不太明白。包括我们在内，这次只派出了五个小分队，大部分特警都在基地待命，怎么会派不出援兵?"

蓝月没有回答，她拿出张纸条递给我，"这是临出发前父亲偷偷给我的，你看看吧。"

我接过纸条，上面的字迹很潦草，看得出是匆匆而就：

> 西麦农场里很可能发生了超出人类想象的可怕事件，
> 万望小心从事。如遇危险速逃，绝对不可抵抗。切记，
> 切记。

"这是什么意思?"我问道，"科学家的话好难懂。"

"说实话我也不太明白。"蓝月若有所思地说，"也许是有什么难言之隐，再加上当时的时间实在太紧，他才会写下这么几句莫名其妙的话。不过有一点我可以肯定，基地是不会派遣援兵的。"

"为什么?"

"虽然我所知不多，但我能确定基地不可能收到我们的求救信号，无线电波无法在基地和西麦农场之间穿越。"蓝月很肯定地说。

我如坠迷雾，"可我们就在基地附近呀，要是没记错的话，我觉得基地和西麦农场中间好像只隔了一堵墙而已。"

"可你知道这堵墙之间隔着什么东西吗？这些奇怪的玉米树，还有那种在十分钟里吃掉三个人的……"蓝月语气一顿，看来她也不知该用什么词汇来描述那个东西，"你不觉得这一切太不正常了吗？"

"你是说……"

"是的，我要说的就是，这根本不是常理中的地方，"蓝月的语气越来越怪，"或者说，这根本不是我们的那个世界。"

"可这会是哪儿？"我差点要大叫起来，蓝月的话语中暗示的东西让我感到一种莫名的恐惧，"我们到底在什么地方？"

戈尔突然在前面喊道："你们快跟上来，我们到达中心了！"

三

周遭安静得过分，中心的大门敞开着，安全系统显然早已失去了作用。我们径直由大门进入，里面也是死一般地寂静。我以前从来不曾见过如此宏大的建筑，感觉上，天花板的高度超过三十米，简直就像室内大平原。很多硕大无朋的机械四处堆放着，如同一块块蛰伏的岩石，一时间看不出它们的用途。

"大家小心！"蓝月突然喊道，她手里的激光枪立即发射了。差不多在同一时刻，我也发现了危险所在，在我倒地的瞬间，我手里的武器也开火了。一时间烟尘飞扬，一股焦臭的味道弥漫开来。

激战的时候时间过得很慢，等到我们重又站立时，才发现我们以为的敌人其实是一种足有两米高的造型像怪兽的机械。它长有六只脚和两只手，口的部位安有锯齿般的高压放电器。刚才我们击中了它的头部，一些散乱的集成电路块暴露了出来，显然，它是个机器人。

"快来看！"是戈尔在惊呼，我和蓝月奔上前去，然后我们立刻明白他为何惊呼了。在那个怪兽的脚爪和口齿间残留着许多破碎的动物骨骼，配合它那副狰狞可怖的模样，真让人胆战心惊。我倒吸一口气，转头看着蓝月。她一语不发地环顾四周，脸上写满疑虑。

"是它干的?"我喃喃地说。有关机器人失去控制进而酿成大祸的事情近年来时有发生,西麦农场的变故也许就是因为这个。

"准是这种东西干的。"戈尔恨恨地说,他似乎不解气,又用激光枪打掉了怪兽的一只爪子,"干吗要造出这种武器来?"

"我还是觉得不对劲。"蓝月说,"你们注意到没有,这个家伙的标牌上写着'采集者294型',从名字看它不像是武器,倒像是一种农用机械。它会不会是用来捕捉牲畜的?而且你们看,别的那些巨大的机械像不像收割机——正好用来收割玉米树?"

我点头,"这样讲比较合理。可是这些东西好像都失灵了。"

"它们自身的元件都完好无损,失灵的原因肯定是中心的计算机中枢被破坏后,它们再也接收不到行动指令了。我们先搜索下周围,看看有没有别的线索。"蓝月沉着地指挥着。

我们三人一字排开在杂乱无章的机械群中搜寻,如同穿行在丛林中。由于电力供应中断,大厅的绝大多数地方都是漆黑一团,我们的工作推进得很慢。除了偶尔传来的金属碰撞声外,这里静得就像一座坟场,我能很清楚地听见每个人的喘息声。虽然一路上的机器还是那些样子,但不知为何,我的心中却渐渐生出一种异样的感觉。有几次我都忍不住停下脚步想找出这种感觉的来处,但我什么也没能发现。

差不多过了十五分钟,我们才到达管理中心的计算机机房,里面所有的设备都死气沉沉的。我打开背包,取出高能电池接驳到机房的电源板上,一阵乱糟糟的闪光之后机器启动了。

蓝月娴熟地操控着,她的眉头紧蹙。我的电脑水平比戈尔高一小截,但比蓝月低一大截,于是,我很自觉地和戈尔一起担任警卫工作。

"怎么会这样?"蓝月抬起头喃喃低语,"整个系统是因为能源供应受到破坏而中断运行的。系统最后一次工作的时间是……917402年的7月4日。"

"等等,你是说哪一年?"我大吃一惊地问。

蓝月急促地看我一眼说:"我弄错了,对不起。"

我狐疑地看着重又低头操作的蓝月，她刚才的这句话分明是在掩饰，她肯定对我隐瞒了什么。可 917402 年又是什么意思，这个时间难道会有什么意义吗？如果有意义又意味着什么呢？我越发觉得这次的任务不那么简单，而是透着股邪气。看来蓝月似乎知道某些秘密，她本该对我讲出来的，但她显然顾虑着什么。

戈尔在一旁焦急地来回走动，并不时催促着蓝月。他看来已经没有了当初的雄心。不过，我这时反而没有了一点看轻他的念头，我知道像他这样经过残酷战争洗礼的人都不是胆小鬼，他们并不害怕危险，但我们现在面对的却仿佛是某种超自然的东西，而这正是像戈尔这样的人最害怕的。

"你们能快点吗？"戈尔大声说道，"这里我是一分钟都不想待下去了。"

蓝月从沉思中惊醒过来，她对戈尔说："我正在拷贝系统瘫痪前的数据记录，以便带回基地做技术分析。现在我跟何夕要到机房背后的区域察看一下，等拷贝完成后，你带上磁盘与我们会合。"

机房背后和中心别的地方一样，也堆满了收割机之类的机械。不知怎的，先前那种奇怪的感觉又来了。我不由得放慢了脚步。

蓝月幽幽地看我一眼，"你也感觉到了？"

我一愣，"感觉？什么感觉？"

蓝月指着那种似乎叫什么"采集者"的机械说："你看它跟我们最初见到的那一台有什么不一样？"

我立刻就明白是什么东西让我一直感到不安了。眼前的这台"采集者"在外形上和最初的那台没有什么不同的地方，但在体积上却大得多了，足有六米多高。我这才回想一路走来见到的"采集者"的确是越来越高大，那种让我感到异样的感觉正是因为这一点。我走近这台庞然大物，它的标牌上写着"采集者 4107 型"，从型号序列上看，它是比 294 型更新型的产品。我有些不解地望着蓝月，她对此却是一副仿佛有所预料的样子。我想开口问她这是怎么回事，但她那副拒人于千里之外的神情让我打消了这个念头。

蓝月突然停下来，她像是被什么东西击中一般僵立不动了。

"怎么了？你……"我开口问道，但我立刻就知道是怎么回事了，因为我也看见了那个耸入云天的东西——"采集者27999型"。如果说世界上真有什么东西能称得上巨无霸的话，我看就是它了。相形之下，"采集者4107型"只能算是小不点儿了。尽管我一再提醒自己这个足有二十米高的大家伙其实根本动不了，但我仍然不由自主地战抖。按蓝月的分析，它应该是一种捕捉牲畜的机械，可那会是种什么样的牲畜啊！一时间，我的背上冷汗涔涔。

这时，我们听到了戈尔的呼喊声，他已经拷贝完了数据。蓝月拉了一下仍在发呆的我说："走吧，我们先返回基地再说。"

四

返程的路在我的感觉中比实际上要长得多，我想，在蓝月和戈尔的心中一定也有这样的体会。有几次我们都听到一些奇怪的响声从周围的农作物丛林中传来，以至于我们三人都曾开枪射击——当然，除了在玉米树的茎干上穿出几个洞来之外没有任何收获——开始，我们还保持着合适的速度，到后来，尽管我不愿承认，但我们已的确是在狂奔。就在我感觉自己快要崩溃的时候，我们终于远远地看到了密码门。

"别忙。"蓝月阻住就要进入出口的我和戈尔，"我们应该再和另外四个组联系一下，一旦我们出去就和他们再也联系不上了。大家是队友，说不定他们需要帮助。"

戈尔呼哧呼哧地喘着气，他看上去累坏了，"那可不成，这个鬼地方我一秒钟也不想待了。我只想早点出去。"

蓝月咬住下唇，用漆黑的眸子看着我。我有些慌张地低下了头。说实话，戈尔的话正是我的意思，也许我比他还急着出去。

戈尔大声对蓝月说："这是关系我们三个人的事情。现在我们两个打平，就看何夕的那一票。"

我沉默了几秒钟，感觉快要虚脱了。但我终于还是说："就等一会儿吧。"

蓝月感激地看了我一眼，没有说什么。她发出了联络信号，并把重复发送时间间隔定为四十秒，"我们等三十分钟，看看有没有回应。"

我在蓝月的旁边坐下，默默地看着她。过了一会儿，她不自在地回过头来问道："你干吗这样看我？"

"为什么不把你知道的事情告诉我们？这不公平。"我尽量使自己语气平静。

蓝月的脸上微微一红，"你在说什么？我不明白。"

她的态度激怒了我，我有些失控地大声吼道："你一开始就瞒了我们很多事。你完全知道这是个什么地方，你也知道这里发生了什么事，你为什么不对我们讲明呢？难道我们出生入死却无权知道一点点真相吗？"

戈尔走过来，他无疑站在我这一边。我们两个人直勾勾地瞪着蓝月。

蓝月怔怔地盯着远方，似乎对我的话充耳不闻。良久之后，她才轻轻地叹出一口气说："我并不是存心欺骗你们，从西麦农场开始运转以来从没有人进来过。我也是到了这里之后才终于明白了许多事情的；而在此之前，我并不像你们认为的那样知道所有事情的前因后果。既然你们那么想知道真相，那我就把我知道的全说出来吧。反正一旦回到基地，你们马上就会想清楚是怎么回事的。这件事情的源头要从三十二年前说起，当时，我父亲取得了他毕生最大的研究成果。就在那一年，他发现了'时间尺度守恒原理'。这个名字听起来复杂，其实意思很简单。根据这个原理，只要不违背守恒性原则，人们可以改变某个指定区间内的时间快慢程度。举例来说，人们可以使包含一定数量物质的某个区间的时间进度变为原先的两倍，与此同时，减慢包含同样数量物质的另一个区间的时间进度为原先的二分之一。"

我倒吸一口凉气，"你是说西麦农场正是一块被改变了的时区？"

"准确地说是一块被加快了的时区。"蓝月纠正道，"我们从进入西麦农场算起已经过了五个小时，可等到返回基地时，我们会发现时间停留在了五个小时之前。送别的人群还在那里，在他们看来，我们只是刚走进传送门就立刻出来了。这五个小时只是对我们才有意义。就算我们在西麦农场过上几十年甚至老死在这里，对他们来说也不过才过去了十多个小时。还记得在机房里我念到的那个'917402年'的时间吗？对人类来说，西麦农场是在二十几年前修建的，但在西麦农场里却已经春种秋收过去了九十多万年，也就是说，西麦农场的时间进度是正常世界的四万多倍。西麦农场里的一年差不多只相当于正常时区里的十来分钟，所以，在我们的世界里会感到西麦农场总是按这个时间周期循环输出产品。你们无法体会当我见到这个时间时的那种惊心动魄的感觉。正是西麦农场九十多万年的生产，才供给了地球上三百亿人这二十年来富足的生活。"蓝月说着话转头看着戈尔，"你好像说过，你有九个孩子。"

戈尔一愣，"是啊，我带有他们的照片，你想不想看?"

"等等，"我打断了戈尔的话，"有一点我不太明白，既然是你父亲发现了这个原理，那为什么却是由西麦博士创建的农场?"

"这件事正是我父亲心中的一个结。当年他刚一发现这个原理，便立刻意识到了它在解决食物能源等问题上的应用前景，但几乎就在同时，他意识到了另外一个问题，一个称得上可怕的问题。想想看，我们人类其实也是从低等生物逐步进化而来的，如果我们把那些暂时比人类低等的生物放进一个比我们快了许多倍的时区……"蓝月不再往下说，或许她也知道根本不用再说了，因为我们已经见到了后果。

"所以，我父亲忍痛放弃了他毕生为之奋斗的成果，对整个世界秘而不宣。但他没想到的是，他最得意的学生和助手却背叛了他。"

"你是说西麦博士?"

"就是西麦。"蓝月苦笑道，"他创建了与外界隔绝的西麦农场，用高度聚集的太阳光束作为农场的能源。老实说，西麦也是少有的天才。从'时间尺度守恒原理'到西麦农场之间其实还有不短的距离，就好比从爱因斯坦的质能方程到核聚变发电站之间还有莫大的距离一样。等到我父亲发现时一切都来不及了，西麦已经成为人类的英雄。我父亲唯一能做的事就是，尽可能地避免他所担心的事情发生。可是这一切还是发生了。"

"为什么没有早一点发现问题？"我有些多余地问道。

"刚开始时，西麦农场的时间只是比正常时间快两倍左右，但是人们很快就不满足了，他们不断提出要过更高水平生活的要求，于是，西麦加快了农场的时间。但人类的欲求越来越高，以至于后来成了以需定产，人们只管对西麦农场下达产出计划，由农场的计算机自行安排时间速度，最终使得一切失去了控制。没有谁愿意到西麦农场里去工作，因为这实际上意味着和亲人的永别，所以，人们将一切都交给计算机来管理。你们也看到那些机械了，它们都是农场的计算机根据需要自行设计的，单凭机械的升级换代速度，你们就能想象农场里的生物进化得有多快了。如果有一种办法能站在正常的时区观察西麦农场，你将会看到怎样一幅图景呢？"

蓝月没有再往下说，她的目光有些迷离了。其实用不着她来描述，因为我想象得出那是怎样一幕可怕的情景：白天黑夜飞快更替，以至于天空像是灰色的；人造太阳在空中飞快地划出道道连续不断的亮线；风雨雷电、云来雾去等自然景观走马灯似的频繁出现，永无终结；植物像是慢录快放的电影般疯长和枯黄，看起来就像是动物一样，而那些真正的动物则如同跳蚤一样地来来去去，所有的生物都在以比人类快成千上万倍的速度生长、繁殖、遗传、变异；死亡以不可想象的速度追逐着生命，同时又被新的生命追逐，造物主在这片加速了的实验室里孜孜不倦地验证着生命最大限度的可能性……

良久都没有人说话，我只感到阵阵头晕。蓝月描绘的图景让我不寒而栗。戈尔的情况也不比我好多少，他无力地瘫坐在地，身体仿佛虚脱了一样。

蓝月看了下时间说："三十分钟已经到了，我们回基地吧。不过，我们今天的谈话内容一定要保密。"

就在蓝月低头去取通信仪的时候，戈尔突然跳了起来，他的目光"钉"在了我身后。与此同时，我也看到自己脚下出现了一片巨大的阴影。我马上就明白发生什么事了。几乎是在本能的驱使下，我立刻把蓝月扑倒在地并一同向旁边滚去，手中也已多出了一把激光枪。但戈尔先开火了，我听到了一声令人肝胆俱裂的号叫，就像是千万头野兽一起发出的声音。等我回过头去时，却只看到一片犹自摇摆不定并被践踏得狼藉不堪的玉米林，而我和蓝月刚才所在的地方留下了几道深达一尺①的爪痕。

戈尔的眼睛瞪得很大，仿佛要从眼眶里掉落出来，他的腰部以下都不见了，地上血迹斑斑。我默默地走过去把耳朵贴近他仍在嚅动的嘴唇，想听清他在说些什么。许久之后，我抬起头用手合上了戈尔那双不肯闭上的眼睛。

"他说什么？"蓝月脸色苍白地问我，"他看到了什么？"

"他一直在重复着两个字，"我低低地说，"妖兽。"

五

我有两天没有见到蓝月了，作为此次行动仅有的两名生还者，我们一回到基地就被分开了，然后便是无休止的情况汇报。我的脑袋被接上了各式各样的仪器设备以帮助我回忆那段经历，由此整理出的一切材料直接报送西麦博士本人审阅。我当然不会违背我和蓝月的约定，谁也不能从我嘴里套出我们之间的那段谈话。这两天，蓝月的样子总在我眼前晃来晃去，她的眉宇和长发，她的声音，还有她若有所思的神情。尽管我不愿承认，但我内心有一个快乐的细小声音在执着地追问，你是不是喜欢上她了？有时候，这句话甚至通过我的口突然冒出来吓自己一跳。

今天看起来比较清静，都过十点了还没有什么人来烦我。我当然不会让时间白白流逝，和往常一样，我无论如何都要干些有意义的事情，也就是说接着想蓝月。想她现在在干吗，吃了没有呀，吃

---

① 一尺合三分之一米。

的什么呀，还想象她如果穿上普通女孩的衣服会是什么样。如果没人打搅的话，我可以这么神乎乎地想上一整天，我到现在才发现男人婆婆妈妈起来也是蛮了得的。不过今天我刚神游了几分钟就被拉回了现实，蓝月一身戎装地出现在了我的面前。我得出的唯一结论就是，她不是按正规渠道进来的，因为随后我便看到负责看管我的几个人全都很无奈地躺在外面房间的地板上。

"等等，"我用力挣脱拉着我一路狂奔的蓝月，"我不能就这样不明不白地跟着你逃走。"

蓝月停下脚步，她的脸因为奔跑而泛起了红晕，"你太天真了。西麦是因为西麦农场而成为人类英雄的，难道他会让你揭露其中的隐情？你还不知道，为了巩固自己的地位，西麦正在筹划再建一个农场。"

"那原先那个农场怎么办？尽管有密码门暂时把农场和我们的世界隔开，但如果那种……东西……再进化下去，密码门迟早会被突破的。现在西麦博士去创建的新农场，几十年后岂不又和今天的西麦农场一样？"

蓝月含有深意地笑了笑，"如果西麦还是一位科学家的话，他肯定也会这么想，可他现在已经是一位政治家了。西麦农场是他全部的资本，他如果放弃，马上就会一文不名。"

"那他至少应该先把西麦农场的时间恢复正常，否则这样下去的结果太可怕了。"

"如果能够做到这一点，我父亲当年就不用保守秘密了。"蓝月冷冷地说，"我们还是快走吧，车就在前面。我父亲在一个安全的地方等我们。"

蓝江水教授比我上回见到时仿佛又瘦了些，一见面他就握住了我的手，"听蓝月说你救过她一命，真谢谢你。"

蓝月飞快地看了我一眼，脸上微微一红，"谁说的？当时我自己已经发现危险了，他只是看起来像是救我一命而已。"

蓝江水正色道："受人之恩不可忘，还不过来谢谢人家。"

我自然连声推辞，同时把话题转到我向蓝月提的那个问题上去。

蓝江水一怔，他没有立即回答我，而是点起了一支烟，我注意到他的手有些发抖，"我年轻的时候和现在相比，对许多问题的看法都很不一样，简单点说，我那时在对待科学的态度上是非常乐观的，我相信科学最终能解决人类面临的所有问题。同时我还认为，就算科学的发展带来了一些负面影响，也只不过是暂时的，而且随着科学的进一步发展，这些负面问题都会由科学自身来圆满解决。可是在几十年后的今天，我却再也无法这么乐观了。"

"为什么？"

"到现在我仍然认为，所谓科学研究，其实就是不断揭示自然的谜底。我常常在想，造物主为何要把它的谜底深深地埋藏起来？核聚变为何必须要在几百万度的高温下才能发生？微观粒子为何必须要在几千万亿电子伏特的能量撞击下才向人类展现其内部结构？反物质又为何要在极其苛刻的条件下才能产生？不过我现在已经想清楚了，或者说我认为自己已经想清楚了这个问题。你可以设想一下，如果上述这些反应能在很'常规'的条件下发生，那么在石器时代或是青铜时代的人类，甚至远古的一只玩火的猿猴都可能已经把这个世界毁灭了。即便是现在，又有谁敢保证人类有绝对的把握可以万无一失地操控一切呢？"

我有点明白他的意思了，但还是问道："那个'时间尺度守恒原理'也是这样的谜底之一？"

"好久没听到这个名词了，是蓝月对你讲的吧？世界上知道这一原理的人不超过十个，而真正掌握其核心内容的就只有我和西麦。西麦农场里发生的事情是无法逆转的，它的时间可以继续被加快，但却再也无法被减慢，而与之对应的那块时区的情形则正好相反。"蓝江水的脸不自觉地抽搐了一下，他猛吸一口烟，在氤氲的烟雾中，他的脸变得模糊不清，"对一个从事科学研究的人来说，如果一生都没有成果是一件很痛苦的事，但最痛苦的事情却不止于此。就好像一个农艺师辛苦一生才培养出新的作物品种，然而却发现它的果实虽然芬芳可口，但却包含剧毒。我当时就是那种心情。后来的事你都知道了。直到今天，我有时仍然忍不住问自己在这个问题上到底后不后悔，让我感到欣慰的是，在多数情况下我都发自内心地回答：不。"

"那我们现在应该怎么办？"

蓝江水灭掉烟头说："我要去和西麦谈一谈。"

蓝月叫起来，"不行，西麦是不会回心转意的，他已经不是科学家了，他是搞政治的人！"

蓝江水笑了笑，脸上的皱纹使他看上去比实际年龄要老得多，"要是我说在这个世界上我其实是最理解西麦的人，你们一定不会相信。"

"我当然不相信。"我大声地说道，"你和他一点也不一样。"

"可事实上我的确理解他。"蓝江水幽幽地说，"因为我知道自己只是差一点点就成了西麦。放心吧，我不会有事的。这件事已经拖了二十多年，是必须解决的时候了。"

"那我们该做些什么？"我追问道。

"你们唯一能做也必须去做的一件事就是——回西麦农场。"蓝江水无比肯定地说。

六

我做梦也想不到在两天后，自己居然有胆回到西麦农场。说实话，我不能算是有英雄气概的人，但正如蓝江水教授所言，除此之外我们别无选择。

来之前，蓝江水对我和蓝月说："西麦农场里的某种生物显然已经进化到了惊人的地步，根据上次从'采集者'上提取的部分组织标本做的分析来看，这种生物的智慧水平已和人类不相上下，更不用说它还有着那样强大的自然力量。如果现在不把问题解决掉的话，那么过不了多久，恐怕人类的末日就会来临。"

现在我们又置身于西麦农场了。正常时区里的两天在西麦农场差不多相当于两百年。看着四周那片我们曾在两百年前出没过的丛林地带，我的胸间涌起一种无法言说的感觉。沧海桑田这个词在这里找到了最好的注解。由于缺乏管理，当年的农作物大部分都已消失，把土地让位给了生命力更为强大的高达数米的野草，物竞天择的原理在这片土地上充分显示了自己的力量。

我们这次的目的很简单。蓝月对上次拷贝的系统进行了分析，证实了西麦农场计算机系统的能源供给部分曾经遭到了某种生物的恶意破坏，很可能就是那种妖兽。仅凭这一点，就足以证明它们已经具有了多么发达的智慧。我们这次计划修复系统，以便利用西麦农场里的这些超级机械来对付那些我们至今都不知道长成什么样的可怕东西。由于经历过惨痛的教训，这次我和蓝月的装备及防护措施要严密很多。但即便如此，我的心里仍是忐忑不安，不知道蓝月的感觉会不会比我好点。

到中心的这段路上虽然有过几场虚惊，但总算没出什么事，我们见到不少已经变得有点不一样了的牛羊之类的牲畜，经过两百多年的放任生长之后，它们显然应该算是野兽了。这些家伙不时急匆匆地在我们附近掠过，一副警惕性很高的样子。在任何一个生态系统里，位于食物链顶端的只会有一种生物，看来它们也不过是妖兽的美食而已。

现在蓝月已经坐在中心电脑前开始修复系统。一切都还比较顺利，太阳能电站首先开始工作，中心的照明紧接着也恢复了。从外面不断传来机器启动的声音，大屏幕红外遥感监视器上显出了西麦农场的全图，上面一个个移动的黄色亮点表示机器都动起来了。蓝月得意地冲我一笑，竟然美得让人眩晕。

这时，突然传来一阵嚎叫——正是那种让我一想起来就发抖的声音，蓝月的脸色也陡然一变。从声音判断，妖兽离我们不会超过一百米。

"快，下达采集命令！"我大声喊道。

"我正在寻找命令菜单项。正在找……"蓝月急速地操作着。

大地开始剧烈地震动，让人几乎站立不稳。在这样的情况下，电脑很容易损坏，如果在此之前不把采集命令发出去的话就来不及了。我大声地催促着蓝月，由于过度紧张，我的声音已有些变调。

"我正在找。"蓝月艰难地回应，她的语气像是在哭，"……找到了，我……"

一阵巨大的震动袭来，我和蓝月双双被掀翻在地。与此同时，机房的顶盖被揭掉了，然后我们就看见了那种足有十五米高的东西，我想那就是妖兽了。我看不出它是由哪种生物进化而来的，只看出它拥有四肢，后肢用于行走。后足有六米多长，肌肉发达粗壮，前肢显得很灵活，五指上长着黑色的利爪。它的脖子长度超过一米，上面支撑着一颗硕大无朋的头颅，龇开的嘴缝里露出尖利的牙齿，看得出来这是它强大的武器。黏糊糊的涎水从它口中滴落下来，散发出腐臭难闻的气味。这时候我看到了它的眼睛；在我看到它巨大的头颅时，我仍不敢相信它是一种高级智慧生物，但当我看到它的眼睛时我相信了这一点。我和它对视着，我看到了它眼睛里有着藐视的意味，是那种洞悉对手全部心思的居高临下的眼光。这是智慧生物才有的眼光。巨大的震撼之下，我无法准确描述自己此时的感受。我想我第一个也是唯一的感觉就是它太强大了，在它面前我们简直弱小得可笑，就像是两只蚂蚁。我甚至没有一丝拔枪的念头，因为我知道那根本不会有什么用处。

蓝月突然转身抱住了我，将她的脸与我的紧贴在一起，我感到她的脸上满是泪水。她的这个表明心迹的举动让我感动不已，巨大的幸福充斥了我的胸膛。一时间，我几乎忘记了死神就在眼前，或者说我的眼中已经看不到死神了。不过，我仍旧无法抑止地流出了眼泪，并不是因为我就要死去，而是因为我的族类将要面临的灾难。我从来都不认为自己是一个高尚的人，但我相信任何一个人处于我现在的境地都会流出这样的泪水。相形于整个物种，个体的命运其实是微不足道的。这时候，妖兽缓缓举起了右前肢，然后以无法用语言形容的速度向我们劈了下来。风声凄厉。

但奇迹出现了，一台"采集者 27999 型"冲了过来，看来蓝月在最后的时刻点中了命令。它显然不是妖兽的对手，只两三个回合就变成了一堆废铁。不过，这点时间足以让我和蓝月脱离险境了。

我们一路飞奔，四周传来阵阵令人毛骨悚然的嚎叫。

西麦农场变成了战场和屠场，这是无生命的"采集者"和有生命的妖兽之间的战争。机器的爆炸声和妖兽的嚎叫声交织在一起，火光与血光纠缠在一起。妖兽张开巨口撕扯着"采集者"的合金身躯，如同撕扯着一张薄纸。除了"采集者27999型"外，它显然没有任何对手。

"采集者27999型"的轰鸣声震耳欲聋，而当它的锯齿间突然拉出一道蓝白色的弧光时，天空中就会响起让大地也战栗不已的霹雳，与此同时传来的血肉烧焦的气味令人恨不得把胆汁也吐个干净。相形之下，采集者比妖兽要残酷得多，因为它是一种收获并加工肉类食品的联合机器。每当一头妖兽被击倒后，采集者就会启动整套加工程序，将妖兽的尸体开膛破肚剔骨剜肉，那种血肉横飞的场面让人一见之下如同置身阿鼻地狱。

我和蓝月一路奔跑着朝密码门的方向逃去，随身带的与中心无线联网的便携式电脑不断显示着这场战争的进程。代表采集者的黄色亮点和代表妖兽的红色亮点都在急速地减少。我焦急地关注着力量的对比变化。有几次采集者明显占据了优势，但很快又被压倒。我在心里为采集者加油。我不敢想象如果采集者输掉了这场战争会是什么样的结果，我也不敢想象那些嗜血的妖兽会怎样对待我们的世界。红色的亮点逐渐占据了优势，黄色的亮点一个个地熄灭，我的心向着深渊沉落。最后，有六个红色的亮点留了下来，那是六头妖兽。

我下意识地回头看着蓝月，她的眸子一片死灰。我有些歇斯底里地说："它们都是雄性，要不就都是雌性。一定是这样的，一定是的。上帝会保佑人类的。"我无法自制地重复着这几句话，就像在念一种维系着唯一希望的咒语。

蓝月苦笑，"妖兽也有它们自己的上帝。六头妖兽全为同一性别的概率实在太小，但愿我们能活着逃出去报信，除了原子武器，恐怕没有什么能消灭它们了。"

我绝望地摇头，"人类准备好核进攻要相当长一段时间，要知道，正常世界的一天在西麦农场就是一百年，到时候妖兽的数量还不知道会有多么庞大。而且对西麦农场这么广大的地方使用核武器，就算能消灭妖兽，接下来持续数年的核冬天也会让人类付出无比惨重的代价。"

蓝月沉默半晌，"那我还是和你一起祈求上帝吧，这是我们唯一能做的事。"她做了个祈祷的姿势。这时她好像突然想起什么，指着屏幕说："这六个红点一直待在原地不动，会不会是受了伤？"

我观察了一下，然后抽出激光枪说："走吧，不管怎样先去看看再说。"

当我们穿过荒园来到南部的一片开阔地带时，眼前的景象不禁让我们大吃一惊。很明显，我们已经置身于某个初具雏形的城市中。整齐的洞穴，完备的供水系统，储备了大量食物的仓库，以及用于聚会的广场。看来，妖兽们已经具备了自己的社会系统，它们和人类社会已经没有质的差别而只有量的差距了。

在城市角落的一个洞穴里，我们发现了要找的东西。直到现在我才明白，为什么在红外显影图像里它们会待在原地不动，因为它们是六头幼兽。一头身躯庞大的妖兽倒毙在不远处，嘴里犹自撕扯着一台"采集者27999"型的躯壳，看得出它是为了保护这几头幼兽而流尽了最后一滴血。六头幼兽显然不明白发生了什么事情，它们也许只是感到很久没有得到父母的哺喂了，一个个都焦急地在洞穴里嘶叫着。看到我和蓝月，它们并不害怕，相反还很卖力地围拢来，把头往我们身上蹭，讨好而焦急地发出索取食物的声音。

"四雌两雄。"蓝月简单地说道，然后她回过头来看着我，一语不发。

我知道蓝月的意思，实际上，我也正陷于一种不得不做出决断的矛盾中。说实话，我现在很难把眼前这六只嗷嗷待哺的幼崽与那些嗜血的妖兽联系起来，尤其当它们把毛茸茸的头蹭上我的脚踝时。这种感觉很奇特，即使是狮虎等猛兽的幼崽也是惹人爱怜的。但我的内心有一个清晰的声音在大声说，它们是妖兽！它们是人类的死敌！它们必须死！尽管它们的产生完全是由人类一手造成的。

"让我来吧，如果你不想看的话就去看看风景。"我轻声对蓝月说，然后我抽出枪依次对准每头幼兽的额头扣下了扳机。它们到死都以为我是同它们逗着玩儿。

枪声悦耳。

一切终于都结束了。现在我站在山坡上有些后怕地环视着四周，仍不敢相信我们居然完成了这个几乎不可能完成的任务。空气中的血腥味正在消散，黄昏的原野上拂过阵阵清风，人造太阳正朝着地平线上连绵的草浪滑落，那些无害的小兽出没其间。我仿佛第一次意识到西麦农场也具有同普通农场一样的田园风光。想到我和蓝月即将离开这里永不再来，我心中居然有些不舍。我转头望着蓝月，她也同我一样眺望着四周，目光中若有所思。

"你在想什么？"我低声问道，"是你父亲的事？"

蓝月没有回答我，她转过身去，"走吧，回我们的世界去，感谢上帝，我们再也不用来这个地方了。"

不久以后，我便发现蓝月和我都错了，西麦农场其实是一个幽灵，从一开始它就用无比强大的力量给我们织了一张密密的网，我们生生世世都注定无法逃脱了。

七

我们在西麦农场的这十多个小时的历险只不过是正常世界里的一秒钟，这样的反差总让人感觉是在做梦。当然，如果梦中总是有蓝月的话，我倒是无所谓要不要醒来。想到这一点，我不禁朝蓝月咧嘴一笑，却发现她的眼光里也闪现着同样的意思——这就是所谓的心有灵犀吧，我喜欢这样的感觉。

"我们去哪儿？"我问蓝月，这段时间以来我已经习惯了由她拿主意。

"去找西麦。"蓝月似乎早有安排，她的语气中有隐隐的担心，

"不知道我父亲和他谈得怎么样了。"

　　西麦在基地里的官邸守备森严，即使我和蓝月这样优秀的特警也费了不小的劲儿才潜进去。幸好只要过了门口的几关，里边就没有什么障碍了——谁愿意像在牢笼里一样地生活呢？

　　"快过来。"是蓝月的声音。我飞奔过去，在会客室的角落里，我看到了倒在血泊中的蓝江水和西麦。蓝江水的手中拿着一支老式的枪，显然他是在射杀了西麦之后自杀的。

　　在蓝月连声的呼唤中，蓝江水的眼睛缓缓睁开，他嗫嚅着问道："他死了吗？"

　　我过去察看了一下西麦的情况，他的瞳孔已经散大，使得平日里充满睿智的眼睛看上去有些吓人。然后，我退回来对蓝江水说："他死了。"

　　一丝很复杂的表情在蓝江水脸上浮现出来，他足足沉默了有一分多钟。但他最后还是露出高兴的神色说道："这就好，这个世界上掌握'时间尺度守恒原理'的两个人终于都要死了。我本来只是想劝他放弃重建西麦农场的念头，可是他不同意，我没有办法只好这样做。我了解西麦，他并不是一个坏人，在这件事情上，他并没有多少错。要说有错，也只是因为他顺从了人类的需求。实际上，在我所有的学生里，他是让我最得意的一个。西麦只小我五岁，更多的时候我都只当他是我的助手而不是学生。"蓝江水说着话，伸出手去拽住西麦已经冰凉的手，有些痛惜地摩挲着，"现在我俩一同死去倒也是不错的归宿，也许在九泉之下我们还能续上师生的缘分，还能……在一起做实验……"

　　蓝月痛哭出声，"你不会死的，我们想办法救你！"

　　蓝江水的目光渐渐涣散，"我自少年时便许身科学以求造福人类，没想到我这辈子对人类最后的馈赠竟是亲手毁掉自己的成果。其实我到现在也不知道自己做对了没有，我只能说，我也许避免了更大的浩劫发生。没有了西麦农场，地球上三百亿人中的大多数都会在几个月里以最悲惨的方式死去，面对他们，我的灵魂看来是永远都得不到安宁了……"

蓝江水的声音越来越低，终至渺不可闻，两滴浑浊的泪水自他苍老的眼角缓缓滑下，最后融入了脚下这片他深爱的曾经掩埋过无数像他一样的籍籍无名者的土地。

死者已矣。

只几天的时间，我便意识到蓝江水临死前所预见的是一幕多么可怕的场景。储备的食物很快告急，这颗星球上自从人类诞生以来最可怕的饥荒开始了。三百亿张嘴大张着，就像是无数个黑洞。政府下令大规模地退耕还田，但这对大多数人来说肯定是来不及了。养尊处优的人们在灾难到来时尤其脆弱，大规模的死亡场面就要出现了。过不了多久，这颗星球的每个角落都将堆满人类的尸体，那是一种何等可怖的场面啊！不过，我毫不怀疑我和蓝月能挺过这场灾难，因为我们是训练有素的特警，生存能力远胜于常人。随着人口的减少，粮食的压力将得到逐渐缓解。只要熬过最困难的时期，一切就会好转的。世界一片混乱，我和蓝月在这颗饥饿的星球上四处流浪。

"我快要疯了。"蓝月痛苦地伏在我的肩头，由于营养不良和精神上所承受的巨大压力，她瘦了许多，"这一切真是我父亲造成的吗？"

我安慰地拍着她的背，"这不是他的错。这是人类向自然界索取所付出的代价。这样的索取自古以来就没有停止过，而到了创建西麦农场这一步，更是在向自然界的未来索取，人们索取的是大自然根本就给不起的东西。如果没有西麦农场，世界上根本就不会有这么多人。现在死于饥荒和将来死于妖兽是两枚滋味相同的苦果，人类必须咽下其中的一枚。"

说到这儿，我突然愣住了，我朝远方大张着嘴但却说不出话。蓝月用了很大劲儿才让我回过神来，她快被吓哭了。

"你怎么啦？"蓝月有些害怕地抚着我的脸。

我艰难地笑了笑，"我想起一件事。看来才过了十来天，我们又要旧地重游了。"

八

一千年过去了，西麦农场里一片蛮荒景象。"采集者"不锈的身躯依然伟岸地耸立天宇，妖兽的残骸都已荡然无存，而当年埋骨于此的队友们却依稀音容宛在。想到差不多一千两百年前我和蓝月在这片诡异的土地上由相识而相知，以及一千年前那场决定人类命运的惨烈绝伦的大战役，我不禁有种恍如隔世的感觉。我甚至怀疑那些都只是一场梦中的场景，但此刻掌中所握的蓝月的纤纤小手又肯定地告诉我，这一切都是真实发生过的事。

是的，我们又回来了，而且这一次我们将不再离去。我和蓝月正在写一封信，再过一会儿，等我们将这封信通过密码门发出去之后，我们将永久性地毁掉这个唯一的出口。在这封信里，我们把关于西麦农场的所有事情都向世人做了说明，而蓝江水和西麦这两位天才之间的是非恩怨，恐怕也只能任由世人去评说了。

……我们并不清楚会有多少人能看到这封信，更不知道会有多少人能理解我们的行为。今天我们回到西麦农场其实是迫不得已的事情，妖兽虽然不存在了，但这只是暂时的。在一个比人类世界的时间快了四万多倍的时区里，任何事情都可能发生。按照严肃的进化观点，现在在西麦农场里的这些无害的动物甚至植物中，最终肯定会产生出比人类高级得多的生物，人类将永远不会是它们的对手。不要试图让我们相信不同智慧生物之间能和睦相处的神话，就算可能也不过是其中高一级生物的施舍罢了，就好比我们人类也为别的生物建造国家公园一样。而最大的可能性却是，西麦农场里的这些生物会在将来的某个时候冲出西麦农场，给人类带来真正的灭顶之灾。如果这一切成为现实，先父蓝江水先生的灵魂将永堕地狱的底层。

所以我们决定回到西麦农场，最起码我们现在还是西麦农场里最高级的生物。我们将活在这个时区里，与这里所有的生物按同样的节拍进化。如果不出现大的意外，我们和我们的子孙将继续——或者说一直——保持进化上的优势（但愿我们的这种乐观估计是正确的）。凭借这种优势，我们就能为人类守护西麦农场这块脱缰的土地。我们多灾多难的家园是那样的美丽，让人留恋万分，想到就要与之永别，我们不禁潸然泪下。

现在我们最想问的一句话就是：这一切到底为何要发生？难道人类对自然的索求真的是永无止境？

也许过不了多久（相对于你们的时间观来说），我们这一族将进化成某种和人类大相径庭的生物，甚至于当有朝一日相逢时，你们根本就认不出我们曾经是人，谁知道造物主会怎样安排呢？但无论如何请相信，我们的心是永远和人类一起跳动的。而且我们要把这颗心一代代传给后人，要让他们和我们一样永远记住自己的根。

何夕，蓝月
绝笔于西麦农场
时历 918653 年 12 月 7 日

双　旋

七　月

　　七月，毕业于南京大学生物系。2002 年于《科幻世界》发表处女作《天火事件》，大学期间陆续发表科幻奇幻小说近百万字，获得过中国科幻银河奖、世界华语科幻星云奖等诸多荣誉。2019 年开始全职创作科幻作品，代表作：长篇科幻小说《群星》《白银尽头》，长篇奇幻小说《赋名师》。

一

梁一帆在市第二女子中学门口蹲守，寻找罗小琳的时候，最担心的事情是被当作萝莉控让保安盯上，然后愤怒的家长就会围上来把他打成烂酸梨。

据梁一帆自己想象，寻找罗小琳的情形应该是这个样子——

他抄手站在女中校门对街的电线杆旁，漫不经心地看着十四岁上下的女初中生三五结对从校门里走出来。女孩子像帝王蝶迁徙一般挥舞着衣袖，露出半截莲藕似的小臂，水手服将将掩过膝盖。若是罗小琳长得比别人快，裙摆下该是露出半寸大腿的绝对领域来（这倒不必须）。她应该刚刚开始发育，看起来像一颗微涩的青果，校服上的蝴蝶结略微飘起。若不是那一丝若有若无的少女馨香，罗小琳会更像假小子，这样喜欢她的男孩子就可以假装跟她是哥们儿，一起推推搡搡，拙劣地掩盖自己的真实目的。

在罗小琳十四岁的时候，她就应该是这样一副骨架，不能太高，自然也不能太矮，略比同龄人高出三四厘米的样子，恰恰能低视同学，出众但不能带有威胁感。

所以盯着这些青春洋溢的肉体时，梁一帆不能不担心自己会被人打死。

梁一帆是个基因猎人。更准确地说，是做私人身体定制服务的顶尖基因猎人。换句话说，基因贩子里面最高端的那种。按行里的黑话，他们叫私建筑师。

行里有句俗话，四流猎人做搜罗，三流猎人做解析，二流猎人做拼组，一流猎人做营销。刚入门的基因猎人四处搜罗功能基因，如同沙里淘金，找到一个关键功能基因就能发横财，在他们的眼中，基因分好的、坏的，值钱的、不值钱的；高端的基因猎人眼中则没有这样的区分，他们解析功能基因的表达方式，理解从基因到蛋白再到生理功能的流程链，他们定义基因值不值钱，是好是坏；顶尖的基因猎人不再关注单个功能基因的表达，他们注重多个基因的相互关联共同作用，设计出一整套方案。而在顶尖的猎人之上，占据整个行业顶端的领袖就不再是买卖基因方案这么简单，他们通过传媒告诉人们什么样的东西才是好的，然后把包子脸卖成珠圆玉润，把面瘫社恐卖成高冷女神。

当然，这只是其中一条道，还有另一条道——为更少的人，而不是更多的人服务，为占据人类财富塔尖万分之一比例的最有权势的人定制基因方案。

外人很难想到这些定制方案会开出什么样的价钱。

梁一帆在做基因采风的时候，如果太过无聊，有时候就会想起这些问题来。为什么人类会在自己的后代上耗费这么大的精力呢？他也养猫，母猫刚生下小猫的时候，如果营养不足，甚至小奶猫沾上了人的气味，母猫会把自己的幼崽吃掉。有一次，因为小奶猫萌得太过分，梁一帆忍不住摸了刚出生的小奶猫，不久就眼睁睁看着小萌物被母亲吃掉。那次之后，他就不再养猫了。

当然，如果放眼整个地球生命界，人类不算对后代付出最多的。鲑鱼、水母等大量水中美食会为了产卵而死（所以请一定在产卵前捕获食用，否则会损失大量风味），公螳螂会为了交配被配偶斩首吃掉，雄性银背艾蛛还会因交配被切掉生殖器（梁一帆想到这里只觉下身一紧）。

梁一帆接的这一单，从价钱上来说，大到够他下半辈子躺着花，但对于雇主来说，这点钱显然还是远不能跟"被切掉生殖器"的代价相提并论。

不过显然的，这么大一笔钱的活，也不是那么好干的。雇主是为了自己那现在连细胞膜都还没有的女儿买的方案，是一整套从出生到三十岁，女儿身体发育的详细蓝图。换句话说，人家要买的不是情人节那天，花朵绽放那一刻的完美玫瑰，人家要的是从育芽、苞叶、含苞、成花、初放、绽放，每一刻都规划清晰、每一时都完美无缺的玫瑰。

这一套方案的难做程度，远不是只要二十五岁的盛放玫瑰能比的。没有哪个基因像是电脑程序代码一样，写上"if"循环，加上时间判定标签，就可以在指定时间开启和关闭，而又在其他时候了无踪迹。基因与基因之间有着极端复杂的依存关系，复杂的开启条件，还有糟糕的交错连接，基因表达的蛋白质也几乎没有哪个只有一种用处，比如你希望自己吃得多、不长胖，未必就不附赠一个身高不过根号二的大礼。

当然，这也就是方案能养活梁一帆下半辈子的主要原因。

现在梁一帆需要一个罗小琳十四岁的身材模版，"自由""勇气""有些女权的独立""但绝对不能看起来男人婆那样的女权""笑起来有温和的感染力""坚定但是温和，不能让人有威胁性那种美""对了，不能像洛丽塔那样勾起人的欲望，绝对不行！""略有中性的吸引力，让 LGBT 有好感"……

回忆起雇主夫妇一人一句，潮涌而来，绵绵不绝的要求，梁一帆吓得浑身一激灵。他还记得接这单生意的时候的情景：雇主夫妇刚过三十，从任何角度看上去，男方都像行走的雅典大理石雕塑，女方却是野性摄人魂魄的美，眉脚高挑，发色淡金。梁一帆见到两位的时候，虽然心中早有准备，但还是一惊，出于职业习惯不由得多看了两眼。这两人最大的特点还不在于美，而在于美得过目不忘。男雇主虽是欧式面孔，轮廓分明，但第一眼就让自己感到此人诚实可靠，又有深邃目光洞察一切，不可欺瞒。女主人野性笑颜拥有惊人的感染力，让人瞬间就卸下防御，如沐春风。

这是被设计得完美无缺的身体，美是廉价的，但美得绝无仅有，将周围人的情绪掌管在一颦一笑当中，这就是大师之作。考虑到这是三十年前构造出来的仪表，梁一帆叹服不已。

女雇主刚刚坐定，就飘来一句悠悠的轻叹："唉，我们两个这辈子啊，算是吃了父母没品位的大亏……"

声线悦耳如银铃，本是让人安定的，但这第一句话就让梁一帆胃里一缩。妈蛋，他心中一边暗骂，这个逼装得，我给双百！一边又告诉自己，这两人绝对是超级难伺候的主。

梁一帆还是客气地接过话茬："您这话是指……"

男雇主说话单刀直入，声音也富有磁性，"你看我们的形象，从你专业的角度评价一下。"

这就是硬茬了，这话一是要看他的水平几何，二是雇主和雇员需要相互理解对方的品位是否对得上，三则是雇主对这份活有明确的想法，要从这里勾起来。

梁一帆略一沉吟，答道："如果我没有看走眼的话，两位形象都是陈柳明操刀的，大师之作。"

四十年前，基因反转录治疗刚刚进入临床，而整体形象构造业也才刚刚起步。那时候大多数猎人都是生物、医学专业出身，对艺术一窍不通，作品匠气浓重。只有为数不多的几个天才能做出这般以形入魂的方案来，而陈柳明又有自己明显的个人特色，用外貌和表情肌肉的强烈对比，来刻画形象中饱含的情绪。

妈的，当年请得起陈柳明的人，怕光方案价钱就不只上亿人民币。就这，还说自己吃了父母品位的大亏。梁一帆恨恨地想。

男雇主点了点头，肯定了梁一帆的说法，知道他也不肯正面批评自己这身躯壳，"确实，当初我的父母在这上花了不少钱，也费了不少心思，但是其实我这个样子有一个极大的问题，非常严重的致命问题。"

对对，梁一帆心想，男的长得太帅了，女的长得太美了，走在路上容易引起交通事故，明明自己还花了巨款构造了内在实力派，但下属光看着这个皮囊就花痴了，不就是这些吗？

梁一帆虽然自己是私建筑师，但也才刚刚三十出头，他长大的那个时候不同于现在，形象构造只有顶级富豪权贵才享受得起。所以在他们这代人的概念里，美还只是美，丑还只是丑，要等到现在这些才几岁的孩子慢慢长大，世界就会是另外的样子了。

梁一帆长得不丑，至少在他这一代里面，还算是身材挺拔，面目清秀的那种，奈何私建筑师这种职业，雇主都是这等人尖，绝不会有比自己难看的，比自己没气质的。

当然，也绝不会有比自己笨，比自己情商低，比自己穷的……

知道私建筑师都是怎么死的么？有很多种啦，丑死的，笨死的，穷死的，要不你选一个吧，都成。

好在梁一帆早就养出了职业表情，忍着恶心面带微笑。他也时常这么想，以雇主们的智商情商，想必很清楚自己的心理，只是人家客气地不戳破这张皮吧？

毕竟人家光躯壳的基因方案构造成本就比你八辈子的收入都高啊……为什么自己要成天跟这么可怕的生物打交道啊……

"你觉得我们这样的形象，是做什么的？"

"跨国集团老板啰。"梁一帆脱口而出，然后一下子就明白了问题所在。

两人的形象有太多盎格鲁撒克逊人的因素。高对比的线条，光影分明的面相，是天生为闪光灯而存在的，是让人去尖叫的。但是这个形象缺乏"自己人"的亲切感。

他们可以是影星、老板、世界精神导师，一切高高在上飘在云端的人，但不是让平民百姓信赖的"自己人"，也无法让上级放心拿他们当作"自己人"。

换句话说，这不是一个可以"掌权"的身体。

财五行归水，来如奔兽，去若鸿。

权五行归土。

见梁一帆神色流转，雇主就知道他已经明白自己的意思了。

"我们家一位女领导有点儿少。"男雇主看着自己妻子半说地笑道，两人相视大笑起来。每次遇到这种事情，梁一帆就很尴尬——是因为自己智力差雇主太远，无法领会他们的笑点，还是因为这是他们夫妻之间的闺房笑话？自己应该礼貌赔笑表示自己不蠢，还是应该待在一边，让他们享受"私人笑话"的优越感？

妈了个鸡的！干完了这最后一票，就真的洗手不干了，回老家结婚生孩子去！

客户用最完美的基因构造了倾倒众生的完美肉体，为什么自己却总觉得他们面目可憎？

更重要的是，既然客户总是这么面目可憎，为什么自己还非要跟他们打交道不可？

因为你是一个没有原则的人，梁一帆的女朋友这么评价他。

二

关于梁一帆是一个没有原则的人这件事，他女朋友非常有发言权，因为她是一个非常有原则的人。

他的女朋友关黎来自上海，身材娇小却偏偏有一双大长腿，大红樱桃小嘴，一头自然带卷大波浪的长发，走起路来，长发波纹荡漾，看起来特别像摇头娃娃。

梁一帆的女朋友哪儿都好，唯一的问题是她知不知道自己是梁一帆的女朋友。

这事情很尴尬，因为他们已经为要不要生小孩儿吵过架，但却没有正经确认过男女朋友关系。这顺序可能有点不太正常，梁一帆也没有考虑过把两人的暧昧立场确认清楚。从这，就可以充分理解，他是一个多么没有原则的人。

如果要简单定义两个人的正式关系，他们应该是纯洁的男女物理关系往上，男女朋友关系未决，然后两人在是否生孩子的问题上矛盾重重。

这结构混乱的关系形成是有缘故的，并且附送莫大的好处：关黎并不反对他守在中学门口看女学生。

不仅如此，她还喜欢在一边叼着棒棒糖和梁一帆讨论女中学生的身体细节——尤其是哪些基因已经被收入公共免费数据库，哪些是 C 级收费数据，哪些又只能去昂贵得离谱的 S 级数据库寻找，关黎比梁一帆明白得多。

"这个胸很不错，不过应该在 S－02177－C6 组里已经被收录过了。"关黎转着嘴里的棒棒糖，嘻嘻呼呼地吸着气，"我觉得你再花三天也找不到合适的原本啦。少女酥胸这种关键特征，早几十年就被你们这些变态臭流氓盯着采样遍了。别说没入库的，就算明知道入库了的，你们不还得'哎呀这个应该没见过，我要多接触一下'。是吧？问你呐，怪叔叔！"

梁一帆没有答话，关黎不依不饶地接着说："要我说，还不如在这些高亮特征上都用已有数据库，其他数据上多用0DAY。要不光基因采风你就得吐血而亡。"关黎清了清嗓子，模仿出殡仪馆沉痛的调调，"梁一帆老师，享年二十八周岁。他的一生任劳任怨，为偷窥女中学生事业做出了杰出的，不可磨灭的贡献，带病坚持在女子中学门口，直到吐·血·而·亡。梁一帆老师，您一路走好，愿天堂没有短裙飘飘……"

梁一帆一脸生无可恋，却拿关黎一点办法都没有，他不是第一天拿这姑娘没办法，也看不到有办法的那一天。他也知道关黎说的都是实话，如今想要搜集到类似少女胸型、肩宽、唇型之类核心特征的0DAY基因数据越来越难。

罗小琳的身体构造方案里，关键表达基因必须有至少36%的0DAY基因，这是合同规定的死线。

所谓0DAY基因，是指未曾收入公众能查询到的任何基因库的第一手数据。不管是最贵的S级商业数据库，还是最便宜的D级，更别提免费开放的基因库了。数据库里的基因只要付出看得见的成本，就能让人任意使用，那么可以想见：随着价格的逐步降低，技术的普及，即便是全S级基因打造出来的方案，都会慢慢地烂大街。

这是私建筑师的客户绝对不能接受的。顶级后代定制方案里，至少会要求有30%关键特征基因是0DAY数据。这个要求是死线，客户宁可接受子女长相不如期待，也不能接受基因来自公开数据库。

至少三成的0DAY数据，这才能保证发育出来的身体独一无二，不会长出一副韩国选美小姐似的皮囊。

梁一帆想起之前凭空损失掉的那两百多个0DAY基因，心痛不已，狠狠地瞪了关黎两眼。

关黎毫不客气地瞪了回去，"怎么？你要咬我啊？邪恶力量还想反扑啦？人家好怕怕哦……"

"干完这个活，我就不干了，好吗？"梁一帆一个头两个大，"就差最后十四岁的身体构成了，姑奶奶你饶了我吧……"

关黎嫌弃地叼上棒棒糖，"咦，恶贯满盈的恶势力要金盆洗手了。你不看电视的吗？说这话会死哦！"

"我就想知道我死了你有啥好处啊！"

关黎粉拳一握，做出一个加油的动作，"又为世界除去一害！"

　　一边拌嘴，梁一帆一边检视着十四岁上下的女孩子们，一边认真考虑退休的问题。

　　私建筑师确实是越来越难做了。不光是客户要求的问题，更重要的，是0DAY数据越来越难获得。

　　一方面，是因为大多数基因数据在最近三十年间被大规模采集。不光是对形象影响大的，关系到重要疾病的，心智关联的，内循环结构的，都被收割了个遍。其中被深耕最厉害的并不是形象相关的，而是心智向的。毕竟Homo Sapiens这个物种叫作智人，三千年前就名言道："劳心者智人……"

　　基因采样力度还是一方面，让梁一帆最头痛的，反而是后代基因建筑这个行业的急速壮大。在他们这一代，还只有极少数人用得起这门技术，但如今这种做法在中产阶级以上已经基本普及了——毕竟，只要有钱，谁愿意自己的孩子出生的时候就注定比别人丑，比别人笨，比别人情商低呢……

　　这不叫输在起跑线，这叫别人上奥运起跑线，你上残奥起跑线。

　　这个行业的快速普及，中低价位批量方案的泛滥，导致现在一线城市新一代小孩儿已经几乎不可能看到自然基因样本了。梁一帆一眼就能看出绝大多数中产子女的身体编码，甚至有一些孩子连整个方案基础蓝本都是自己多年前参与过的。他总不能对这些作品进行采样吧，这算抄袭好吗？这种事情很严重的！

　　如今二线城市同样的趋势也锐不可当，梁一帆的采样工作已经到下沉到了三线乃至四线县级城市，而且估计在可见的将来，这里也会不保。四线县乡自然现在还买不起定制的子女基因方案，但父母的期望可一点也不比有钱人低。钱少自然也会有钱少的做法，用B级往下的基因数据也能做出还行的方案，不说跑过高级定制，至少跑过身边不花钱的自然生育婴儿吧？

　　梁一帆想起当年贵宾犬刚刚在宠物圈里出现的时候，也是在一线大城市，一条贵宾要五千往上，个个形体方正，漂亮得像画出来的玩具熊。几年之后，四线乡下的宠物店就充值狗粮送贵宾了，长得怎么看怎么古怪。当然，还是比赖皮土狗好看。

　　真是糟糕的联想啊。这话要是说出来，梁一帆一定会被做父母的拖出去打成烂酸梨。

每一个0DAY基因都是不可再生资源，只要用过一次就不叫"0DAY"了。而如今采样越来越难，手上资源光出不进，自己还能保证几个高质量的定制方案？

梁一帆又确认了一下罗小琳的方案要求。作为一个希望能走上国家级舞台的女性领导人物，要从四岁开始拥有略带杀伤力的容颜，必不可少的单酒窝作为识别特征（一个，不是两个）要让人过目不忘。四到八岁，要比普通幼儿更高一些，机灵，成年人喜欢的小大人样，被大人指定为领导者。九岁到十二岁性别意识觉醒的时候，个子慢慢地回到正常身高，略快于普通人出现性别发育特征，被同学羡慕暗恋。十三到十五岁期间，略微中性轻盈，亭亭玉立但不早熟，在反叛期展现出酷酷的却又亲和的一面。十五到十八岁，成熟为领导者统御气质，凌厉但不尖刻。

这步步为营的棋局，梁一帆看着都觉得脸酸。罗小琳就不能老老实实像自己爹妈一样，只是好看得惊世骇俗不好吗？权贵的世界实在是不好懂。

像这样的要求，自己还能做得下来第二个么？

梁一帆歪过头去，看着关黎的侧脸，心想如果自己就这么金盆洗手了，她肯定会高兴吧。

但如果自己是她，估计生活在这个世界上，怎么都高兴不起来吧？按关黎的原则，她是怎么快乐起来的呢？

关黎发觉梁一帆盯着自己的侧脸一动不动，脸上竟微微发红起来。她转过头来，深吸一口气，把自己的脸鼓成一个河豚回瞪着他。

"给钱了吗？"她说，"不准看！"

幸好自己是一个没原则的人，梁一帆想。

三

关黎和梁一帆的原则问题可以简单表述如下：

关黎站在寒风凛冽的道德高地上，指着梁一帆的鼻尖怒斥："你们这一行，不管是合法的还是非法的，都是错误的、邪恶的、开倒车的，必将被钉在历史的耻辱柱上！"

这就解释了两人混乱的关系，因为他们的起点实在是问题太多。

当时两人初见，梁一帆刚结了一张大单，给某人次子做了一套方案。次子的方案比长子要挥洒自如一些，雇主也给了他更多的发挥空间。兴高采烈拿了酬劳回来，他还穿着一身业务员似的打扮，西装革履，拴着领带。关黎拽着他的领带，从电梯口一直把他拽进房间。梁一帆被一把推倒在床上的时候已经不是半推半就，完全已经是因为缺氧无法挣扎了。

被拉下领带，解开扣子的时候，梁一帆觉得自己是一匹受惊的马，被母狮扑倒在地，想要挣扎，翻起身，却怎么做都是徒劳。自己双臂被小而有力的手紧压身后，被咬上喉咙，然后一路向下，撕开腹腔。梁一帆不争气地像大玩具一样被骑乘着，跟着床垫一起翻覆。

因为窒息和上半身供血不足的缘故，后面梁一帆只记得房间里音符一样飘荡的夕阳投着洋紫色的辉光，床垫云一样陷入深黑的积雨层，然后尖叫着膨胀、膨胀，直到自己整个人黏黏糊糊地爆在酒店米色的墙纸里。

死里逃生之后的第二天，梁一帆才发现关黎拿了他将近两百个0DAY基因数据样本。他委屈地流下泪来，回忆起玲珑剔透的耳垂和柔软的舌，深恨自己没有把它们咬下来作为报复。

关黎当时十九岁，梁一帆再度找到她的时候，这批0DAY基因数据已经被公开在了网上，任何人都可以免费下载。梁一帆费尽千辛万苦，才在公园极限轮滑场把关黎堵住。他还担心关黎抄着滑板对自己来一下，自己未必受得了。谁知道关黎远远看到他，高高兴兴地飞过障碍停在他身边，仰起头凑近脸来对他说："怪叔叔你好，找人家又想干什么呀？"

清风袭来，发梢都抚上了梁一帆的鼻子，他浑身一激灵，吓得后退了两步，不自觉地深吸了一口空气中潮润的呼吸味道："我……我……你……"他语无伦次，"你偷了我的数据！这些数据我辛苦了大半年才搞到手！你知道它们值多少钱？"

关黎的脸色瞬间严肃起来，正色说："叔叔，基因不属于任何人，没有人有权说基因数据是自己的。人类都没有权利说基因属于人类，更不要说你了！"

GBTNO（Gene Belongs To No One，"基因不属于任何人"）的人。其实梁一帆不用问，也知道是他们。如果是黑吃黑，商业间谍，地下基因贩子，自己的0DAY基因数据还或许有办法弄回来，花点钱，或者花很多钱，欠些人情的代价而已。但数据免费放到了网上，大半年的工作就彻底打了水漂，一点办法都想不出来了。

七个月，237个顶级0DAY基因数据。自己的数据永远是顶级的。不管私建筑师对外说什么"立足之本是品位和对基因的理解"，这一切始终必须建立在自己掌握的0DAY基因数据之上。这么多的顶级0DAY数据，本来可以做多少个方案？

梁一帆快要原地爆炸了，但拿关黎毫无办法。

是的，毫无办法。Gene Belongs To No One的原则早就得到了广泛认可，是公开的政治正确。如今的基因商业开发实际是一个绕道的灰色法则——不承认占有基因，但承认发现"某段特殊数据"付出的人力劳动代价。

从操蛋的法律上讲，你买的不是数据库里基因的使用权，而是一段"意义不确定的商业数据"的使用权。任何法律都不会支持0DAY基因数据的所有权，因为Gene Belongs To No One。

梁一帆涨红了脸，咬牙切齿地盯着关黎微挺的鼻尖，还有轻撅起的唇。因为刚下滑板的缘故，她的脸上微微见汗，面颊潮红，唇尖轻启挑动，梁一帆的怒火从腹部直冲胸膛，恨不得一口就上前把那鼻和唇都咬下来、吞下去，才能稍微弥补一下自己半年的损失。

像是看破了他的仇恨，关黎笑骂道："变态！"然后跳上滑板，转身，蹬地飞驰而去。

梁一帆就像被抽失了魂，断电一样立在那里，双手垂过膝，任它随风摆动。

大概过了有十分钟，关黎又踩着滑板绕回他面前。

"怪叔叔，你这样好像一只水母啊，你知道吗？"

梁一帆的系统还没有从死机中恢复，"水母？"

关黎拿着滑板，用尖头在地面上划出一个大大的不知是章鱼还是水母的形象，线条圆而软。水母四肢触手无力地飘着，加上三笔勾成的眼睛和嘴，还真像梁一帆失魂落魄的样子。

"软绵绵的，"关黎俏笑道，"软绵绵。"

梁一帆在崩溃的边缘也不知是抽了什么筋，或许是搞错了自己的性别，委屈地说："你偷就偷吧，为什么要骗我上床？"

关黎听了这话，瞪大了眼睛。

"什么啊，大叔，你是不是傻？我跟你上床是看你长得好看！要光拿那东西，拽着领带早把你勒晕了，费这事儿干吗？我可是很有原则的人，不像你们。"

梁一帆怒火和仇恨终于失去了控制，一把抄过关黎的腰，用尽全力，咬上了她满是嘲讽的嘴角。

四

关黎最讨厌的两件事中的一件，是别人问她是不是做过基因架构。尤其讨厌问这句话的时候，对方那一脸谄媚的表情。

是，是。她爹妈有钱。那个时候没几个人用得起这技术，那时候做这个的都是大师级人物。

"我操，你他妈不就是想说我天生占了便宜吗？"关黎小时候还不懂，但越长大就越控制不住自己的恶意。她总幻想着一个直拳打碎对面的鼻梁，然后再接一个勾拳把整个脸都打塌下去。

很有钱的爹妈每次在她犯事儿的时候都对她说："你知道我们在你身上花了多少心血么？我们做的一切都是希望你能过得更好啊！你怎么会这个样子？"

关黎有一段时间做梦都梦见哪吒，血肉模糊地指着李靖大喊："你给我的血肉，我今天都还给你了！"

离家出走的时候，关黎带了二十万现金，总重大约有 100 克的黄金，还有作为十八岁生日礼物的百达翡丽成人礼私人定制手表。她丝毫没有那种"既然要断绝家庭关系，那我就必须净身出户，除了身上穿的什么都不要！"的神圣骄傲，因为毕竟自己没法像哪吒一样把一身骨血都还给父母，而她身上的每一个细胞都是爹妈用钱堆起来的。

这是她生命最大的悖论。中国传统豪门故事里，叛逆的子女净身出户，白手起家，凭自己打下一片天，然后名正言顺地回去拯救已经家道中落的家族。这时候父母纵横的老泪里自然有自豪，但也满是愧疚。这样主角不违孝道，同时胸中又满是复仇的快感。但对关黎来说，这样的路根本走不通。因为无论自己做什么，只要能获得成功，靠的都是"自己"。而这个"自己"却是父母订制的。从心智到身体，都是父母按他们的愿望捏出来的，所以一切一切的成功，都是不是靠"自己"。

关黎在离家的飞机上，思路就陷入了这个死循环。因为优秀的智力，她很快察觉到这可怕的困境；但这样的智力却还不够优秀，不足以让她想出突破困境的办法。不过要是构造出更优秀的智力……

那是成都早春的四月，细雨绵绵，树上嫩叶薄黄，一切都浸在清晨乳白的雾色中。一个十八岁的背包姑娘，就浸在这样的雾里，在街头走了整整一天。

直到晚上七点，闹市的中央炸起来的时候，在死循环里嵌套了一整天，连饭都没吃的关黎才朦朦胧胧惊醒过来。

市中心的通威生物帆船大厦前亮如白昼，却不是大厦自己的灯光。消防车停在楼底，几个精壮的消防战士抬着坠楼保护垫，紧张地盯着大厦外墙。关黎听见有人喊"亮度调低，调低，晃瞎了掉下来谁负责？"，说话的人摆弄着地上的探照灯，然后哗啦一声，一道冲天白光从楼底直射大厦外墙。那外壁是飞船腹部一般光滑的弧形，一个长发短衫的男子就被灯光钉在光滑的墙上，只有一条细长的绳子脐带似的从八十八层的楼顶吊下，缠着他的腰。

"下来，马上！"楼底的扩音喇叭喊着，"你这是破坏公司私有财物的违法行为！现在下来我们可以从轻处理！"

"脐带"上的男子转身来做了一个鬼脸，扬了扬手上的喷罐，闭上眼，在自己脸上画上一个大叉，也不知道这代表的是"拒绝"还是"去你妈的"。关黎仰起头，这才注意到他的杰作：沿着摩天大厦的塔顶，外墙上从上往下喷着怒火中烧的涂鸦，涂鸦里张牙舞爪着巨大的字母：

$$
G\\
B\\
T\\
N
$$

N还差一个收尾，已勾着漆黑静默的死色，眼里喷薄着亮蓝的怒火，像在一百多米的高空响彻全城的咆哮。GBTNO（Gene Belongs To No One）还差一个 O 字。关黎已浸在雾中不知多久的心绪一下炸了起来，"写完！喷完它！喷完它！"。

似乎是听到她的声音，男子再两笔收完了 N，抬手就松开脐带的搭扣，自由落体似的速降了三四层楼。关黎胸口一紧，差点儿叫起来，见他干净利落地停住，才放下心。探照灯也很快追逐而下，男子抬手挡了一下自己的眼睛，这动作让他在风中有点儿摇晃。

"不要再错上加错了！"下面的喇叭喊道，"现在停下来还来得及！有什么要求，我们可以下来一起坐下来谈！"这话让关黎忍不住笑出声来。她仰起头，仔细端详了那个风中飘摆的男子，像是狂躁的黑蛛，长发蛛丝一样飘舞着。

关黎紧了紧背包，走上前，顺着探照灯的线缆，一言不发地走进了大厦一楼的大厅。虽然有人看到她，但并没人注意。她拽过线缆插头，抬手就给探照灯断了电，然后又从包里掏出一把防身短刀，把探照灯的线切成两截。

外面"唰"的一阵混乱，关黎像什么也没做一样平静地走出大门，被冲进来查看情况的保安撞了个满怀。保安抬头本想骂句什么，一看到她的样子就咽了回去，侧身让过，连声抱歉："不好意思，不好意思。"他们是不是有什么特殊的识别办法呢？关黎想，是不是自己身上有一些味道，只有底层平民才闻得到？是偷偷地为他们这样的人构建了某种体味，然后又给另一些人识别这种气味的鼻子么？

她走回楼外，长发男子像被揭掉如来六字金印的孙猴子，一翻就腾了起来。借着钩缆，他脚踩外墙，双手各抓一个喷罐，开始快速涂出 O 的大圆。关黎疑惑这个 O 要怎么弄出来，若是接着下降，先喷出一边的半圆，那另一边他又怎么能升回去？有这个时间么？

若是只做了半个圈，就又被……岂不是会很傻？

"GBTNC"，是个什么鬼？

她还在担心，就看到男子双脚踏着墙壁，横站了起来。他松手抛下手上的喷罐，换上腰间两罐全新的涂料，然后向右蹬墙疾走两步，喷涂，反蹬。钩索坠着他摆向左边，快到尽头的时候脚尖一点，稳住身体一秒，左边就喷上了。

身边一片尖叫，连消防战士都慌了神。喇叭大叫："危险！危险！小心！"关黎见他越荡越大，随着O从顶端慢慢长了下来，她也不由得紧张地捂着嘴，攥紧了拳。顷刻之间掌心就全是汗。帆船大厦外墙在他的脚下震颤着，发出砰砰巨响，似乎这弧形的墙面真要在烈风中起航了一样。墙上的O爬到了最长的中线位置，男子的步伐也慢慢缓了下来。这时候已经没人敢出声喊话，但一个咬着牙缝的声音低低地骂道："操你妈，你他妈这么好的本事，就出来折腾我们这些人。有本事怎么不去试飞八代机啊？"似乎来自消防官兵，关黎没有低头去看。

等O闭环涂完，男子才稳住自己，抬起头来，似乎是在欣赏自己的作品。比起前面几个字母的精心涂鸦，最后的O只是完成一个圈，草草收尾。关黎看见他摇了摇头，然后沉身全力一蹬墙面玻璃，同时松开了钩索的缓降。

下面守候的消防和保安已经在坐等他投降被捕，见他自由落体下来，吓得脑内一时空白一片。男子荡在半空，猛地一锁锁扣，自己全身挺直，摆锤一样朝玻璃幕墙撞了上去。轰然巨响，下面昂首以待的人赶忙扔下手上东西，你拉我拽地逃了出来，然后轰隆、哗啦，幕墙玻璃溃碎一片，满眼如银光泻地。

过了半分钟，这些人缓过神来。领队的消防官喊道："封锁！封锁大厦周边！"集合、整队，有条不紊地分队进入大厦搜索。关黎像做梦一样看着大厦，从楼顶上降下的细细"脐带"飘舞着，精心涂鸦的巨幅GBTNO草草用米白的大圆结尾，然后下面银色幕墙上那巨大的漆黑窟窿独眼一样，将周围的一切吞了进去。

关黎觉得身体燥热，潮水一样一层层的激荡涌上来，但心中却意外地清凉了起来，似乎常年缠绕着自己的迷雾被吹散了。她对男子的下落忧心忡忡——会伤了腿吗？会被抓住吗？她焦急地等待结果，只看着那银墙下的独眼，不敢低头看前方的大厅。

过了几分钟，一个消防官兵从大厅里走到她面前，大声地说："无关人士麻烦不要在这里看热闹！"然后粗暴地抓住关黎前臂，把她朝外面推了出去，"保持安全距离，谢谢。"

关黎没有挣扎。走出了十多米，把她推过了路口拐角，官兵才脱下消防帽，麻利地褪下衣服，裹成一个球丢进了路边草丛。他的长发乱七八糟，被汗水浸成一团麻，拐角晦暗的灯光下，关黎盯着他温润如玉面孔上的汗水反光，觉得对方狂乱的心跳让自己头晕，浓烈的汗味也不知是来自衣服还是身体，腿都有些发抖。

对方似乎对自己身上的臭味一无所知，毫不客气地拉上关黎的手，笔直朝前走去，并不回头，也没看她的眼睛，"我不认识你吧？刚才干吗帮我？"

关黎不知道他悬在高空的时候，是怎么看到自己拔探照灯插头的。还不知道该怎么开口，对方又说："我叫家义，国家的家，仁义的义。你怎么称呼？"

这时候他们已经穿过了一整条巷子，名叫家义的男子好像根本不在乎关黎会不会说话，停下脚，反向转身，抬起没抓着关黎的手，指着那幢耸入云端的通威生物帆船大厦，朗声笑道："这样看还行吧！就是O字这结尾，结得怎一个丑字了得啊！你觉得呢？没有名字的美女？"

五

过了好些天，关黎才知道家义还是有姓的，他全名徐家义。如果有人敢叫他全名，他就会瞬间像布鲁斯·班奈一样换出另一个身体，用令人窒息的威压盯着你——关黎亲眼见过他光用眼神，就让一个家伙瘫坐在地。

关黎没有想过，会有一个和自己真正说上话的人。家义捱着红酒跟她绘声绘色地描述自己怎么跟爹妈正面硬杠，一会儿手舞足蹈地学老徐剑眉倒竖的神色，一会儿满脸轻蔑讥讽地说："怎么成这个样子？你们两个是不是傻啊？不是因为你们请人把我做成这个样子的吗?！"

关黎当时笑得上气不接下气，心想说得太好了，为什么自己就没想到这样说？脑内就自然代入自己父母听到这话会是什么表情，笑得自己鼻涕眼泪都出来了，酒也被喷在两人的食碟上，场面一度非常不雅。

家义给她讲 GBTNO 组织情况的时候，坐在她身边，是一种干爽的树叶气味，关黎想不起树的名字来。

"GBTNO 既是组织的名字，也是组织的信念。"家义声音很轻，要靠得近才能听清楚，"在人类基因组计划开始之初，科学共同体就提出了这个概念，基因不属于任何人，基因属于全人类。没有人有资格注册基因专利，没有人有资格靠基因来赚钱。"

关黎盯着他的眼睛，看着黑眸里跳动的闪光，他嘴唇轻弹，没刮干净的胡茬微微刺出了薄唇，像是耀武扬威地对她说："来呀，我要扎痛你的脸！"她好像分裂成两个人，一个寻找信仰的羔羊，一个稍一说话就脸红的孩子。什么都脸红，别人告诉她家义以前从来不给新人讲组织入门的时候，她也脸红。

"可怕的不是赚钱本身。如果只是说赚钱的话，我反而觉得，要让去采集、分析基因的人有钱可赚，这样我们才有动力，让基因研究发展起来。"关黎知道家义口中的"我们"代表的东西很多，GBTNO 组织、社会、国家、人类，还有他和她。

"但问题在于，当基因的使用有了价格之后，根据你拥有的财富地位多少，按照你的支付能力，你就可以买到对应质量的……'方案'。"他不喜欢这个词，狠狠心，才说出口。关黎明白这点，握住了他的手，家义感激地回应了。"于是，亿万富豪拥有亿万价值的方案，千万富翁拥有千万价值的方案，百万中产得到百万价值的方案，下层人民拿到四流的方案，穷苦人……自然生育。"

"方案"这个词让关黎心尖发抖。是的，"方案"，方案就是他们，就是后代，就是子女，他们就是方案。他们被标定着价格尊卑在这里放着，如同出生前数据里 ATGC 绵延无尽的冰冷长链，如同锁在保险柜里永生不见阳光的秘密图纸与合同。

服务员不失时机地询问他们要不要续水，家义客气地表示您请。续水完毕，家义双指叩桌致谢，服务员也微笑回礼。关黎不太清楚这是四川本地的礼仪呢，还是别的什么地方的，只觉得举手投足间说不出的舒服得体。她有些惭愧。

等到服务员的身影都已经看不见，家义才问关黎："就像这个阿姨。如果是以前，我是说基因构造技术没有商业化的时候，她的孩子将来会做啥？"

"不知道。对吧？在他长大之前没有人会猜得到的。可能会像我爸一样考个清华，学个工科，毕了业当个水利工程师，当个 IT 程序员；可能读书没那么聪明，但是商业头脑灵活，白手起家，当个老板；也可能这些都不行，智力一般吧，可以这么说，但是人家也长得一表人才，当个电影明星、网络主播什么的。"

关黎忍不住笑了起来，"人家就给你续个水，你怎么对人家这么好？当个电影明星都是'这些都不行'。"她学家义的声音。

"好好好，他家小孩儿什么都不行，跟他家长差不多好吧？当个服务员，送快递，'叮咚，您的盒饭来了请签收，满意请打五星评价'，高兴了吧？"

"你怎么心肠这么歹毒啊？就盼着人家穷三辈子啊？不能当个公务员，做个普通白领职员什么的啊？"

"我怎么知道你心肠这么坏呢？都 YY 了，又不花你的钱，给人家小孩儿上个清华怎么了？不就一句话吗？"

"好好好！我的领导同志，组织上就这么决定了，续水阿姨家小孩儿上清华！请领导继续！"关黎笑得花枝乱颤。

家义做着鬼脸狠狠瞪了她两下，才忍住笑，"总而言之，即使是底层群众的后代，仍然有无限的可能。寒门出贵子，祖坟冒青烟，这是我们中华文明几千年来，从科举文官传统就一直延续下来的特色，也是我们巨大的优势。"

"但是现在，这种可能性……不能说为零，但是基本不存在了。"

"因为他孩子的'方案'不可能竞争得过高阶层人的'方案'。"关黎还从来没有这样想过，但以她的智力，她瞬间就明白了。"方案"这个词把自己的存在从语意里抽离开，但这掩耳盗铃下的本质却再明白不过了。续水阿姨的小孩儿，永远不可能有能力与关黎和家义竞争。从出生开始，就注定了不可能。除非神迹。

"很显然，在一个时代里，或者说，在技术有明显进步跨越之前，一个价位的基因构建方案是没有可能跟比它更值钱的方案进行竞争的。同一价位的方案，可能大家的取向和想法不一样，但不同价位之间……"

"就像地质地层一样。"关黎说。

她似乎看到了一条条无形的丝线从每个人的身体上长出来，蔓延出去，结界一样横亘在人们之间。续水阿姨、大堂经理、保安、门童，清洁员和他们的后代被隔在一边，她被隔在另一边。地层在亿万年中一层层堆积起来，一层的生命绝不会出现在另一层。

一个疑问胆战心惊地从脑海里探出头，她看到了，却不敢读出来。

"关黎和家义在一个地层吗？"

家义并没有发现她的恐慌，说道："一个有活力的社会，不同阶层之间必须是流通的。不管你身处哪里，你都应该有梦想的机会，有自由去获得更好的生活，创造出更大的价值。"

"如果你生下来就注定了你所在的地层，那跟种姓制度有什么区别？婆罗门永远是婆罗门，贱民永远是贱民。你不管付出什么样的努力，都永远跨越不了自己的地层。"

"续水阿姨的孩子不可能考上清华，智力、情绪控制力、自控力，甚至性格和样子是不是讨老师喜欢，在出生的时候方案就已经写在那里了。他可能往上蹿一点点，也可能往下滑一点点，那也就是那么多了，不会有更多的可能。"

关黎有一些惊慌失措，以她的"方案"，她已经早比家义说的这些想得更远，这让她害怕。

"GBTNO 想的只是把商业化收费的基因公开，让所有人都能免费使用已知的基因。"家义陷入了自己的沉思里，似乎没有注意到关黎的神色，"这是不够的。很简单的道理，即便所有基因都公开可以免费使用，也不能阻止构造师创造不同档次的方案来售卖。整合这么多基因，创造一套方案所需要的能力成本是非常高的，想要每个人都得到自己完美的方案，这不现实。"

"希望这样，还不如希望实现共产主义，消灭私有制。"

感觉到关黎的眼神有点迷茫，家义伸出手来，托着她的下巴，把她脸掰了过来，两人四目相对。

"我告诉你一个秘密，你不可以告诉其他人。好吗？"

家义托着关黎粉色的下巴，让她点了点头。这动作让两个人都笑了。

"我想了很久，觉得唯一可能可行的办法，是毁掉基因构造技术，让人不敢再用它。"

六

"这是一场两个人对抗全世界的战争。"

几个月之后，在几次行动受挫之后，家义这样给关黎说："我们挑起这场战争，不是因为我们有胜利的信心，而是因为我们想站在对的一边，就算这边只有两个人。"

GBTNO 的朋友笑称他们俩是组织里的极端主义教派，管家义叫"教主"，管关黎叫"教主夫人"。GBTNO 绝大多数的工作都是合规合法的，主要是宣传基因安全性，阻止新基因的仓促使用，甚至是滥用。他们主要方式是落地宣传和媒体传播，像家义那样去生物科技公司的大厦涂鸦本来就是"不被允许"的。这样的做法会给他们带来非常多的麻烦，也会影响组织和政府之间的合作。

即使是"战争"之前，家义也常常被组织里大大小小的领导请去喝茶。"我们的斗争方式要讲究政治！"领导苦口婆心地规劝他，"我们当然支持和理解你的想法，但是我们要这样看问题：斗争的关键是讲政治，不是简单的对和错！讲政治你懂么？讲政治是把我们这边的人搞得多多的，把敌人那边的人搞得少少的。你不要把围观的群众都推到敌人的阵营里面去啊。"

"妈的。"家义对关黎抱怨，"玩政治？玩政治你玩得过我？我家……"

这时候关黎总是及时岔开话题。对一个连姓都不可以提的人，后面是完全不可触及的话题。就连他自己不慎提起，都经常会把自己和身边的人炸得粉身碎骨，捡尸体的时间也长得难以忍受。

以家义的行事风格，能稳稳地待在GBTNO，还有不少资源可以使用，本来就是政治的结果。他作为吉祥物的意义远大于实际的工作：一个顶级基因构造方案的既得利益者，带头反对基因商用，家义是天然的旗手标志。

但教主想要的不是当一个吉祥物，但要实现极端教派的秘密纲领"毁掉基因构造技术"也没有特别可行的方案。教主和教主夫人年轻，一往无前。无论是智力、执行力，还是面对挫折的韧性，简单地说，可能人类所应该具有的一切优秀品质，他们都达到了近乎满分的程度，但是事业的进展依旧陷在泥潭。

有一天家义对关黎说："我想起工业革命的时候，那些害怕失业的手工工人冲进工厂砸机器，把机器都砸烂了，就兴高采烈地庆祝胜利了。"

关黎不知道他想说什么。

"妈的，"家义声音里带着颤音，"如果我们脑残一点就好了。像他们一样，我们也可以去炸两个生物公司，然后欢庆胜利。"

这让关黎心痛，静静贴在他身边半晌无言，只是陪着他。她明白家义需要什么，更明白自己应该做什么。等家义的情绪平静了一些，她凑上前去对家义说："好，那我们就这样定了！等有一天我们觉得一切都没有希望了，我们就去炸两个生物公司，然后就宣布自己拯救了人类，取得了最后的胜利！怎么样?!"

关黎神色严肃，表情坚毅。这一本正经的黑色幽默令家义再也郁闷不起来，忍俊不禁地哧溜一声笑出声，"好！就这么说定了。等到那天，我们就向世界宣布，你是人类的救星，是爱，正义与光明的白马骑士！"

"好长的封号。那你呢?"

"我？我是白马啊……"

关黎愣了半秒，看到家义盯着自己不怀好意的眼神，才明白过来，娇嗔道："流氓！"虽然嘴上这样叫，但白马从骑士铠甲的缝隙探进那灵活的手的时候，骑士只是装模作样地抵抗了一下。

稍微装模作样。

后来，事情的进展依然非常艰难，但好歹也是有了一些成效。他们算是摸到了点儿门路。

基因构造产业已经成型了三十多年，这个时间说短不短，但说长，却远不算长。一个实力强大、高速发展的产业，必然在技术、在实际效果上是高效的。不过在人心上，却未必。

人类是被词语和概念束缚的生命，他们为了自己已经得到的和想要得到的东西去创造概念，来证明自己最隐秘的欲望是合理，是正义，是不言自明的真理。然后他们又被这些自己创造出来的合理、正义、不言自明的真理所绑架，即使因此失去了那些自己已经得到的，自己想要得到的东西，也还是粉身不惜。

事实、道理、背后的真相是不重要的，重要的是人们愿意相信什么。人类相信什么，不是因为它是真的，而是因为它是你想要相信的，它安抚了你的欲望和恐惧。

如果你能驾驭人类的欲望和恐惧，你就能让他们相信基因构造产业是糟糕的，是不应该被使用的。

当理解了这一点，家义的事业就开始有起色了。

最开始编造谣言的时候，家义还很谨慎小心，考虑的是怎么尽量让威胁听起来好像是真的一样。

这很难，毕竟是关系到人类自己生命的技术，从实验到实用，已经进行了非常多的安全保护措施。所有会被使用的构造方案都必须提交到基因构造管理中心备案，然后在量子计算机的物理化学模拟环境下，让方案运行完一整个生命周期：也就是从 0 到 90 岁，被证明没有额外安全隐患，才可以使用。这些方案会被永久保存，并且每过一段时间，新的基因功能机制被添加进系统之后，又会再验证一遍。

换句话说，基因构造技术已经远比自然生育要安全好几个级别了。如果说有什么漏洞，那大概只有两个微小的问题。

一个是量子系统无法模拟还没有录入数据库的基因，也就是0DAY 基因数据。如果方案中存在 0DAY 基因，只有在相关基因的生物化学机理录入数据库之后，才能模拟。但随着基因采样的快速增长，以及"方案"长期保存和定期回归验证，危险性几乎为零。

另一个问题，是DNA的构造除了功能基因，还有大量的非基因功能的碱基。从理论上说，当你改变功能基因时，这些非功能DNA碱基可能恰恰被顺便组成了有意义的表达序列。就像你用"汽水"和"果汁"两个基因构造方案的时候，"汽水不如果汁好"，于是这套方案不光会表达出"汽水""果汁"两个基因，还会附赠一个"如果"的。

当然，基因序列长度远比文字复杂几十个数量级，"恰恰"构成没有考虑到的功能基因，这种可能只存在于理论上，就好像大猩猩"恰好"在打字机前打出大英百科全书一样。

但是这种理论上的可能也足够让家义去创造谣言了。

家义这样做了一段时间，才发现，其实完全没有这样的必要！

基因构造技术已经有足够的安全性，但这不重要，人们并不关心真相。危险是不是存在现实的可能性，大家根本无法辨别！人们关心的是，假如出了问题，自己能不能承担后果。你只需要创造出足够恐怖的后果，让人们觉得无法承担，即使是可能性只有万分之一，自己也不愿去承担，他们就会不由自主地相信。

如果还能与更多隐秘的欲望整合起来，那就更好了。对现状的不满，对某些人的愤怒，不敢说出来却真实堆积的情绪，放进来，缠在一起。让恐惧替你说话，让不满、愤怒和暗涌的欲望驾驭着它，奔流出去。

谣言，是人类最本能的传播方式。

家义创造谣言的技术越来越熟练，对基因构造产业的质疑渐渐多了起来。他没有那么成天眉头紧锁，关黎却开始有些不安，家义似乎已经不再是那个在帆船大厦上飞扬的长发男子。

不管家义怎么想尽手段，把自己完美地隐藏在谣言最不可能产生的地方，但在GBTNO一个月接到了三次有关部门的质询之后，负责人还是找到了他。

家义非常认真地否认了所有指控，又以谦卑的态度问道："但是我们要这样看问题，斗争的关键是讲政治，不是简单的对和错！讲政治我不是很懂，但是您教育过我：讲政治是把我们这边的人搞得多多的，把敌人那边的人搞得少少的。"

"谣言这个事情——虽然跟我没关系吧，但是我觉得值得探讨一下——从简单的对错来说，当然是错的。问题是如果从讲政治的角度，这不是把敌人那边的人搞得少少的，我们这边的搞得多多的吗？那我们到底是应该讲政治，还是应该看简单的对和错呢？"

家义跟关黎重演当时负责人的表情，惟妙惟肖，就像之前演他爹妈被噎回去时的表情一样，满是孩子般的淘气。

但是关黎却没有像那时候那样笑得前俯后仰，她还是笑了，笑得忧心忡忡。

七

关黎以为问题会出在 GBTNO。毕竟随着谣言越来越多，政府的质询也越来越频繁，质询的官员等级也越来越高。

"高？"家义露出鄙夷的冷笑。但看起来对组织来说，家义吉祥物的价值越来越抵不过他带来的麻烦，天平的平衡随时都会倒向另一端。

实际上崩溃却毫无征兆地在另一边发生，他们所做的一切准备都没有任何意义，只是两个电话，就能把一切摧垮。

家义接到第一个电话的时候，关黎并不在当场，她当时拎着一袋老妈烤兔正往回走。这些天家义迷上了这带着扑鼻干香的小吃，她就时常坐一小时车，守着最新鲜出炉的烤兔，给他带回半只。这东西关黎虽然也觉得好吃，但却不像家义一样能品出那种让人迷恋的妙处来。

这年月，为了最新鲜的一口美味，自己愿意亲自来等着的人不多。一来二去，店里的老板都自觉跟她熟络了，跟她夸耀说："我们家就做这一种烤兔，都几十年了！全四川都出名的，没有比我们好的。以前是我做，现在老了，就管哈收钱，做不动啰。"

"表看我儿子不大，做得比我好。做烤兔看起来简单，每只兔儿的肥瘦口感都不一样，咋个烤，从烟气里头掌握火候，咋个调味，麻烦得很。一般人就没得那个鼻子，那个舌头，只晓得我们这个好吃，不晓得咋个就比人家好吃。我儿子就是这些，比我得行多了，做得好！"

大妈操着四川话得意地夸着自己儿子对家业的发扬光大，"我给你挑个干点儿的，这个不要看好像小，真的好吃！"

小老板大概二十岁，在油腻的烟火下手腕翻飞，偶尔不好意思地抬眼对关黎一笑。大妈自豪的讲述让关黎很恐慌，她有些想问，却没有说出口。也许是怕冒犯人，也许是怕知道答案。

从烟气里准确判断火候的鼻子，从一百多种辣椒里辨识最合适配比的舌头，是天生的呢，还是大妈花钱定做的"方案"？

他们正在特化成另一种东西，一种为了出生前就设定的任务而存在的东西。他想做一辈子烤兔吗？如果不想，他这个被定制的"方案"，又会做什么？

安排。

是不是所有人都开始遵从早就被安排好的人生轨迹前进？读书，上学，考公务员，继承家业，把自己能做和会做的事情写在血脉里？自己变成一个提线木偶？

大妈那慈眉善目的圆脸变得恐怖起来，像是裹在烟尘里的老巫。不光是她，这些关黎和家义一直以为是这个时代的受害者，路上那些平凡谈不上优秀的普通人，似乎都隐着一张张狂而残暴的可憎面皮。

关黎逃亡一样回到了房子，她本来想向家义寻求安慰，但开门的时候就听见家义在隔壁对着电话怒吼："不！绝不！我不是你们的傀儡！"

她拎着烤兔的口袋走进房间，家义已经挂断了电话，抱着头放声怒吼。他抬起头，凶兽一样瞪着血红的眼睛。四目相对，他突然站起来，不发一言走上前，伸手抓过关黎手中口袋，一把甩到房屋角落，然后只用一只手就从肩头撕下了关黎的上衣。

关黎吓呆了，本能地试图抵抗，但这时候动手的好像不是家义，而是另一个人。她没有被当作一个人，而是猛兽的猎物。好像这时候无论是谁，只要走进这只猛兽的领地里，都会一样，遭遇并不会有任何不同。

过了好几分钟，关黎觉得自己会死在这里的时候，家义才对她的哭喊有了反应。但他没有停，只是从后面俯下身来，沉重地喘息着对关黎嚷道："我们生个小孩儿！没有他妈的方案！没有设计！生一堆小孩儿，让他们想干什么就干什么！好不好？"

他的动作这才慢慢温柔了起来，开始抚摸她的眉眼和唇角，好像在补偿自己的错误，动作格外地缠绵。但他直到一切结束之后，也没有向关黎解释到底发生了什么。关黎又过了好一会儿才恢复了力气，转过身来面对一塌糊涂的房间。

她当然能猜到大概发生了什么，能猜到家义电话那头的父母（是母亲）怎么跟他争吵。家义当然也知道她能猜到，但他并没有说出来。最开始是气恼，但她把已经被撕烂的衣裙扔进垃圾桶，找到更换的衣服，开始清洗身体的时候，之前的气恼全都褪尽了。她开始认真考虑家义那句话是气话，还是认真的？

关黎居然有些发呆。生孩子？生一堆孩子，没有方案，没有设计，让他们想干什么就干什么？那双手温柔抚摸的余韵代替了残暴的疼痛，关黎心尖一颤，心绪也乱了。

和家义的孩子么？会是什么样呢？若是像小一号的他，幼儿园留着长发，也很惹人爱吧？那随时翻脸的严肃表情，小时候反而会让大人乐得不行吧？如果是自己这样的卷发……不，不行，男孩子如果这样，会很糟糕的呢。还有性格，家义那样的性格，虽然大一些会是领导者的气息，但很小的时候，一定会很受排挤的，绝对不行，要温和一些才好。

她不知不觉地往下想了，直到自己在浴室哼着古早的民歌，确定了第一个小家义是男孩子，应该去做一个自由的旅行家、一个诗人或是画家的时候，她才惊醒过来，整个人每一丝肌肉都僵硬了，无法呼吸。

镜子里的自己和烤兔大妈裹在烟尘里的老巫脸慢慢融在了一起。关黎控制不了自己，控制不了自己去编制那个不存在的孩子的未来可能。当自己能给子女一些东西，让他们获得别人没有的东西的时候，她控制不了自己不去。即使只是在想象中的抉择，她也做不到。

只是这么一瞬间，只是家义一句假设，关黎就认识到了绝望的命运——自己与烤兔的大妈，跟自己无比厌恶，发誓不会成为那个样子的母亲，跟家义的母亲并没有区别。她也必将成为一个想要操控子女命运，把他们当作傀儡的女巫。

可以有一万种正义和真理说这样做是错误的，可以发一万个誓言说自己绝不会这么做，但那只是因为你还没有明白爱上人是什么样子，还没有领悟当父母是什么意思。

当夜里家义从背后开始抚摸她的身体的时候，下午的擦伤还没有褪去。她身体疯狂地抽搐，却和敏感的神经无关。因为她已经知道，两人与世界的战争绝无胜利的机会。他们也绝不会有孩子。

但关黎并没有说任何一句，只是抱紧了家义。

八

家义接到第二个电话的时候，是两天以后的早上。被吵醒以后，关黎迷迷糊糊地又睡了不到一分钟，半梦半醒间突然明白了什么，惊坐起来。这时候家义已经挂断了电话，失魂落魄地坐在床上。他脸上面无表情，好像变成了陌生人。也不知有没有发现关黎在看自己，他从嘴角抽搐起一丝惨笑，精神分裂一样，非常瘆人。

"怎么了？"关黎问他。关黎问了三遍，用力推了他一下，"你说话啊！"家义这才缓缓转过头来，木偶人像一样慢慢地说：

"我爸刚才电话里问我一个问题……"他半截话又咽了下去，不见后文。

"什么问题？你说啊！"

"他问我，'你有没有认真想过，为什么以你的家世出身，你成长的环境，你的朋友圈子，你却会那么执着地去关心底层人的生活和处境？'"

关黎只愣了一秒，就从家义绝望中挣扎的神色里得到了答案。

他父亲问的不是"你为什么会那么执着地去关心底层人的生活和处境？"，而是"你为什么会那么执着地去关心底层人的生活和处境？"

是的，相似的位置，相似的身世，关黎就没有主动地关心过这些，如果不是家义总给她讲这些"阶级固化""阶层流动"的话。

因为只有超越了阶层和家世，读懂不同人的生活和痛苦，只有这样的人才有资格去做一个领导者。因为只有从本能的思考立场上，超越了你的家世和出生，才能家国天下。

因为家义的方案里让他去关心这一切，为此不惜和父母断绝关系；这在家义出生之前，就写在他基因构造的方案里。一切的一切，家义的反抗、挣扎、决裂，都是他的方案在一步步地展开来，一个完美的成长路程。

当多年之后，徐家义回忆起这段经历，会明白这是他站在那里的基石。

一切已经结束了。关黎心知肚明。一切都是安排，一切就是计划，一切都是早已织成的命运，连反抗命运都是命运注定的。

没有人再说话，死一样的静寂，剩下的只是家义的接纳、理解和改变而已。当你开始承认自己是命运的囚徒，你才能开始理解命运。

当明白了这一切，关黎冷静了下来。她默默地洗漱、穿衣，在衣柜里挑了二十分钟，认真地配了一身衣服。她在步入式衣柜里已经听到徐家义在打电话，声音不大，听不清说什么，似乎他只是在答应"好，好，我知道了。"

之后是四目相对的恐怖的寂静。关黎知道发生了什么，徐家义也知道她知道。如果需要解释为什么一个电话就能改变一切，如果关黎会大吵大闹、痛哭流涕，闹得不可开交，可能反而会好一些。

然而谁也不说什么，好像两人所在的空间碎掉了，时间也凝固了，只剩他们俩无法动弹地被囚禁在这里。

关黎终于开口，"你什么时候走？要我帮你准备吗？"

"不用了。"（这里没有什么需要带走。）

"今天吗？"

"今天。"

不到两个小时，徐家义的电话响了。关黎像送别一个陌生人一样跟他一起出去，看着他上车，车里的人好像只说了一句话："头发长长了呢。"

在她要转身的时候，车门突然又开了，那个长发飞扬的身影从里面冲了出来，奔到关黎面前，紧紧抓住了她的手。他大声说："给我一些时间，我一定会让基因构造技术被禁用！一定！"

"嗯！我相信你一定可以。"

两人互道无人相信的谎言，但这样谎言已经是他们能说出口的极限了。没有再说别的什么，对望了片刻，徐家义松手，转身朝车子走过。

只走了一步，他回过头来，满面泪痕。

"我们，到底是什么？"然后第一次，也是最后一次，徐家义在关黎面前哭起来，痛哭流涕。

九

"我们到底是什么？"

关黎突然问出这个问题的时候，梁一帆毫无防备。因为实在太过突兀，上下语境接不上，他都没听懂在说什么。

这之前梁一帆的脑子已经被这个姑娘搞得乱七八糟，既不知道自己本来在做什么，也不知道接下来应该做什么。这个放肆的身体挑衅一样在他面前伸展着，梁一帆知道自己完全没有办法和真实的冲动相处，不管什么事情，他都更想逃到一边。

"怪叔叔，我告诉你哦，"关黎说，"你想看就看啦！又没有人不许你看！你这样想看又不敢看，然后又忍不住一会儿要来偷偷瞟一眼的样子，看起来特别像死变态啦！"

她盘腿坐在床上，从梁一帆坐的位置，可以看到想看的任何一处。自从发现梁一帆总是在逃跑的样子之后，关黎似乎格外享受这样戏弄他，这姿势可能就是故意摆成这样的。

"怪叔叔，你不会之前三十多年都一直单身吧？"关黎盯着他憋成紫红的脸，开心地笑了，"不会是真的吧……"

"不是。说了不是了！"

"哈哈，以前我还觉得这个世界活着真没意思。遇到你以后，我觉得你都能活到三十多，说明世界还是挺有意思的！"关黎嘲讽着大笑。梁一帆一时没想明白这是说自己活着是一个奇迹，还是别的什么意思。

混蛋！自己不是该忙着给雇主做方案的吗？迟早被这个小妖精折腾死！

"我想采访一下你。你可以不说实话，但我有的是办法让你说实话。"关黎问他，"到底你给雇主做方案的时候，心里是怎么个感觉呢？"

"什么意思？"梁一帆都不敢转头看她，努力把心定下来，能好好处理碱基对组图。

"你会把手上的方案当作人吗？还是只是一个物件？比如这个，罗小琳吧？你还给方案起了名字，那你觉得它是一个人吗？在你做方案的时候，你的头脑里是有一个女孩子吗？除了做硅胶娃娃一样，给她捏胸、做脸、掐腰什么的，你有觉得她会……"

关黎突然从床上伸过手，抓起他的椅子拉向床边，一个后仰，梁一帆头正倒在关黎的大腿上。

"她会像我一样，抓你！揉你脸！"关黎说着搓着梁一帆的脸，然后猛地把他扑倒在床上，顺着他身子跳了上去，整个人都把梁一帆压在床上，波浪的长发垂在他头的周围，像是小小的帷帐。

"你有觉得罗小琳会做这些事情吗？活着，喜欢人，和人谈恋爱，讨厌人，爱这个世界，或者恨这个世界？"

梁一帆很难受，却不敢动弹，他恨死自己了。他居然只能吓傻一样点头，"会啊。"他想做很多事情，但是动不了。他不知道自己为什么这样，为什么情绪必须像充电一样，直到满载爆棚，才能行动起来？

他好想采样自己这相关的所有基因，然后把世上所有男人都做成这样。

关黎瞪大了眼睛，"你……你居然会幻想罗小琳和人……天啊！"她夸张地大叫："那我们岂不是还没有出生就被你们 YY 过！"她假模假样地护住自己的身体，"No！怪叔叔死变态！"

什……什么啊！梁一帆觉得自己越来越靠近崩溃的边缘了。

关黎胸口剧烈起伏，夺人心魂的体香伴着微咸的味道，让梁一帆觉得天灵盖都要开了，但却没有听见她潮湿的呼吸。他感觉有些奇怪，抬起头，这时候就听见关黎轻轻地问："我们到底是什么？"

梁一帆停了下来，"你刚才说什么？"

"我们，到底是什么呢？"关黎盯着天花板，"我，罗小琳，我们到底是什么？"

梁一帆犹豫了一下，"按照我们的说法，你们是更强，更聪明，更完美的人类。我们的资料上都是这么说的……"

"人类吗？"关黎咀嚼着这个词，"是人类吗？"

"我不太明白。生命繁殖后代，彼此搏杀、竞争，用尽一切残忍和温柔活着，死去，最终的目的不是让属于自己的基因流传下去么？"

"不管是好，还是坏，自己是白化病，是小短腿，人类要有孩子的目的，不就是在自己死去之后，这些属于自己的基因还能存在。让自己的基因尽量多地流传下去，你们这些死变态遇到漂亮姑娘就走不动路，不就是想要更多地拥有自己基因的孩子吗？"

"你们现在到底在做什么？"关黎盯着梁一帆，又像是盯着他脑后的虚空，"你们把自己的基因从子女的身体里去掉，用别人的基因换进去。大家养育着跟自己遗传关系越来越小的子女，越有权势、越富有的人，孩子的基因就和自己关系越小？"

梁一帆不知道该说什么，他压在关黎的身上，衣服凌乱，现在进退失据，"我……"

"你爱这个世界吗？"关黎轻轻地问，慢慢地伸出手，抚上梁一帆的脸。

"爱这个世界？"梁一帆不知道怎么回答，却不自觉地摇了摇头，关黎的手指在面颊上轻轻滑过。

"那你还给我说，你做完了这一单就退休，去乡下过养娃种地的日子？你为什么想要自己的孩子生活在一个连你自己都不爱的世界呢？"

梁一帆有点懵。他想过这个问题吗？有的，但就像想象自己死亡一样，念头刚刚冒出来，自己就逃跑了。在逃跑这上面，他的基因是很有天分的。

梁一帆逃跑了，衣冠不整，像是偷情被撞破一样。关黎谈不上失望，也谈不上如愿。她其实只是想要一个借口，就算是为了欺骗自己，也是可以的。

她坐起来披上衣服，来到梁一帆的终端前。关黎早就有了梁一帆的所有控制权限，包括密码，包括指纹。

说不上是为了这些才和梁一帆一起的，如果只是为了这些，自己有太多办法。她喜欢梁一帆的脸，细腻的指尖，还有被逗的时候局促的样子。和他在一起很开心，但如果不是他的基因库终端权限，关黎知道自己最初根本不会找他。毕竟，拥有顶级权限，又容易接触到的人，很少。而现在，自己像深渊一样把这个看起来人畜无害，活到三十多还一副天真表情的男人拉了下去，无法回头了。

为什么要跟梁一帆说这些话呢？

登录，跳板，获取读权限，申请写权限，对照指纹，对照密码，对照动态密钥，对照实体物理私钥。柜子里的钥匙，保险箱的旋钮锁，一层层叠放的安全文件，她在十多天前就预演了很多遍，早就能拿完这些东西。为什么拖到现在，自己才动手呢？

还是希望梁一帆能给自己一个理由，就算借口都好。又怕没有，连问题都不敢问。拖到了今天。

申报根数据堆权限，通过。申请备份数据库权限，待审，通过。

所有的商用基因数据都在自己面前了，免费的，D 级的，C 级的，S 级的。

如果梁一帆说他爱这个世界，就算是这个样子，这个基因建筑师还是爱这个他们亲手塑形的世界，愿意去乡下过养娃种地的日子，她还会这样做吗？

数据清除。

在三分钟时间里，百万条基因功能数据被清空；几十万方案模版归零；几万正在量子计算系统里进行发育模拟的方案报错置空。

整个基因构造产业停了下来。

停了一周。

最近的备份来自第三数据中心，事发的四天之前。

特勤在二十分钟之后抓捕了梁一帆，两个小时后把他释放。关黎并没有离开过梁一帆的屋子。

在中央基因数据库被恶意清删的一个小时里，基因建筑师们下载的所有基因数据变成一段42bit的文字。

"我是人类的救星，是爱、正义与光明的白马骑士"

十

你爱这个世界吗？

不啊，梁一帆心想。为什么会爱呢？

他这一代恐怕是最后一代非构造者了。随着构造科学理论的快速成长，和技术的精进，自己做出的方案已经比自然受孕人水平高出太多。

一个奇怪的问题一直萦绕在梁一帆心头。

生命那么努力地交配，战争、杀戮、征服、杀婴、屠戮，难道不是为了优秀和强大基因流传下去，让进化的数学游戏选出更好赢家？为什么大家把最优秀的基因标上最高昂的价格，让人们都用不起？

基因在亿万年进化中挣扎，变得更强，难道不是为了让自己传播出来？当人类选择让最优秀的基因，最完美的方案最难以获得，最昂贵，也最稀少的时候，这个世界到底在做什么？

梁一帆去探视关黎的时候，关黎接受了。她没有接受父母的探视，她也不想知道父母会跟自己说什么。徐家义也不会来看她，她知道，但不去想。

"怪叔叔，对不起。"她说，"这回是真不能跟你生孩子了。"

"不要来看我了，我又不爱你，只是想借你的账号权限用用啦。"

"回去啦，孤男寡女共处一室你都什么都干不了，这么多摄像头还隔着防弹玻璃，难道你还有什么想法？"

关黎说完居然笑了，她想起来，上一次笑也是跟梁一帆在一起。

之后好几天，梁一帆每天都觉得恶心想吐。往常如果有这么大压力，自己早就逃跑了。

要不是靠逃跑的本事，自己铁定活不到三十岁，早死了。

他知道关黎不爱自己，老早就知道。他调出过关黎的方案，核对过她的信息。在两性吸引上，她的方案用多重锁结构，保证了她会被一个足够man，有足够的领导气质，足够强有力的人吸引——梁一帆可以想象这设计的原因。比起关黎的理想形象，他是一个软绵绵的人，"像水母一样"。

他都知道，只是不想去面对而已。

梁一帆刚开始当基因建筑师的时候，他的方向是心智领域，但才刚刚展现才能，他就差点崩溃。面对自己的作品，梁一帆突然就无法呼吸了。恐慌、胸闷、头晕、心悸，喘不过气来，好像整个呼吸系统都停止工作了。

因为只要点下最后的提交，就会有一个人出生，一个活生生的、确定的人，会拥有梁一帆创造的心智，就这样出生在世界上。像订制一个罐头一样。谁来对TA写好的生命轨迹负责？不，当然不是梁一帆。难道是TA的父母么？

不是说好的，没有人能对你的人生负责，除了你自己吗？当TA喜欢贝多芬而讨厌周杰伦的时候，当TA喜欢中文而不喜欢物理的时候，当TA决定去流浪而不是留在大城市当螺丝钉的时候，这是TA的选择，还是谁的？

当她喜欢上他，而不是他的时候，甚至当他喜欢上的是他，而不是她的时候呢？

梁一帆记得自己当时从办公桌后站起来，像是被掐住了脖子，扼住了喉咙。楼下的顾客在大厦里川流不息，他看到的几乎全是因为满意，期待着未来小小的确定的幸福而高昂着的脸。

确定。

安排。

自由呢？

自由！

自由！

梁一帆不是徐家义，并没有去想什么社会阶层固化的恐怖。他只觉得嗓子里有什么要咆哮着冲出来。

梁一帆站起来，两眼发红，本来已经克制不住要叫出声的时候，面前的终端屏幕一闪，弹出了"方案"的模拟测试结果来。

方案 C7113 甲

基因授权费：RMB 117 816

模拟结果：

基准综合智商 142

……

总体评估，高于本年度北京大学新生平均基准水平。

梁一帆只晃了一眼，自己的成果像是对着胸口狠狠一击的直拳，他整个人瘫坐回了椅子，连一声叹息都没有哼出来。

12W 不到，你买不了吃亏，买不了上当。

如果你不买呢？

你如果觉得未来与你无关，那么未来就自然会与你无关。

原始部落不会因为更人道一些，就战胜奴隶制的残忍，征服美洲的更不是欧洲的文明。历史既不冷酷也不温情，它只是静静向前，让更有效的选择留下来。

你自然有选择自由的权利，但这并不会让历史跟着你的脚步前进。它的方向不可能阻挡，而最后所有自由的怒号都只会消散在风中，或许不久后，连名字和含义都不会被人记得。

梁一帆只能逃避，可他甚至不能逃太远，因为他会做的就这么点儿手艺而已。做外貌吧，比做心智好不少。

梁一帆知道，很快，人们就连逃的机会都没有了。

所以，就这样活着吧。当最后的自由人，就这样活着吧。

零

他有那么丰富的逃避经验，所以梁一帆脑子里冒出这个念头的时候，自己先是被吓得半死。但恐惧和逃避的欲望并没有让这个念头停下来，他要做的事情越来越清晰，细节也越来越明白。

因为关黎的缘故，梁一帆被暂时降级，失去了基因库的写权限，但是这已经不重要了。他并不需要真的去写数据，他只需要整理出自己曾经处理过那些数据。

太多了，太多了，从方案 C7113 甲开始。

非常完美。

自己手上的 0DAY 数据其实是没有专门搜集疾病和其他健康问题那一类的，因为那不是他的方向，梁一帆只管外貌。

但也并不是完全没有。毕竟基因采风的副产品总是多的，他总不至于无偿地把自己的成果送出去。

除开和恶心想吐斗争的时间，其实整个计划并没有执行很久。一共也不过两周昼夜不息的工作而已。

在这两周里面，即使有时间休息，梁一帆也不敢去认真思考这个问题：

他到底是找回了憎恨这个世界的勇气呢，还是想救关黎出狱多一些？

即便梁一帆会去想，他也一定会认为是第一个。

第一段被发掘的视频很短。一个戴着水母面具的男人站在一片白墙下。

"当你们看到这个视频的时候，我的计划已经完成了。

"大家好，我给大家介绍一下，我是人类历史上最大的杀人魔，具体的数量这时候应该还没有统计，但是我相信结果应该让人满意。

"我相信我可以负责地说，看到视频的绝大多数人，都是我的受害者。

"没错，你们都要死。

"对你们来说，这应该是几十年前的事情，对我来说还是刚才，这时候基因数据库管理不是那么严格，你们那时候我就不知道了。

"我修改了一百个左右关键基因的数据，当然，这些修改本身是安全的，不影响这些基因的独立功能，这很简单。

"你们都会死的原因是这样的，我参与的绝大多数基因构造方案——也就是绝大多数还在使用的基因通用构造模版——都会使用一些特定的构造组合。我不知道你们那时候基础教育讲不讲这个，这些组合会让很多不表达的碱基以特定的方式连接在一起。

"这就是基因构造最有趣的地方，这些碱基是被当作垃圾信息的，我们相信它们都是进化留下的完全没用的残余碱基。但是如果这些垃圾信息连接起来，正好又变成了特定的有意义的基因序列，你们猜会发生什么？

"好吧，我假设你们的基础教育比我们现在好。当然了，我们为你们构造了更好的头脑，让你们学习更多的知识，这应该是自然的。这个问题的答案是：这些基因会表达。

"这个视频不应该录太长，我不知道二三十年时间会不会让它放不出来。所以我简单地说吧，如果在一个功能基因信息尾端的垃圾信息区域写上'白'，在另一个功能基因首端的垃圾信息区域写上'血病'，你们再猜猜两个基因按顺序连接构成的话，这个'方案'最后会表达什么基因呢？

"当然，别紧张，我送给大家的不是这么无聊的东西。我在小十年前，采集到了一个很罕见的端粒消化酶的0DAY基因。这个基因会在你们三十到四十岁左右开始表达。如果你们现在教育真的够发达的话，估计很多人知道这是什么东西了。详细的病理研究我还没有搞完，也许你们那时候早就弄明白了。

"简单地说，当这个端粒消化酶基因开始表达，你们的身体就会以非常可怕的速度开始衰老，就像被死神收割生命一样。

"为什么我会这样做？

"大概是因为，我恨这个世界吧。或者是恨我自己。我没想明白到底是恨哪个多一点儿。这不重要，重要的，是我希望你们能恨我，然后和我一样恨这个创造了你们的世界。

"哦，对了，差点儿忘了说，我会公布这些篡改的详细情况，包括这些和这个0DAY屠夫基因的信息。"

最开始大家以为这是一个做得很糟糕的谣言。几十年前哪里有什么基因构造技术？录像上的画面分明是最近的。但没过多久，真的爆出了一大堆基因数据资料，包括视频里说的0DAY端粒消化酶基因，以及很多方案细节。这些号称被篡改的基因，其中的"无效信息"以各种精妙的，被人忽视，被系统模拟验证无法察觉的方式，构成那个可怖的端粒消化酶基因。

事情开始变得诡异起来，官方的调查一方面证实这整个人类灭绝方案是可行的。方案的核心，那个未收入数据库的 0DAY 端粒消化酶的功能基因机理也很快被破解了。如果这个基因表达，患者不太可能能活过一年。确确实实，这人用了精巧得难以置信的手段创造了一个屠杀计划，影响绝大多数基因构造方案。

但另一方面，经过严格的核查以后，人们疑惑而庆幸地发现，这些公布的数据跟实际基因库里的数据完全对不上。也就是说，现实中实际使用的基因构造方案是健康的，这个可怕的计划根本没有实际执行！

这事情非常扯淡，在极大的破案压力下，关黎那次数据库清除事件被注意到。同时横跨十多年的基因编纂历史记录分析也有了结果。

第二次抓捕梁一帆的时候，才发现他已经自杀。留下了遗书承认，录像上的男子是他。

一切终于有了解释。

梁一帆计划了非常长时间，从资料提供的篡改记录上看，可能从他开始工作就准备了计划。为了消灭"不纯洁的人类"，他收集了一个 0DAY 杀手基因，以这个基因作为核心启动了计划。

基因构造技术有两个很微小的漏洞，一个是无法模拟还没有录入数据库的 0DAY 基因，另一个是所有功能基因都必然带有无效碱基对厄余。但是利用这些厄余，恰好在方案中组成一个不为人知、无法模拟的有害基因，在此之前一直被认为是只存在于理论上的可能。

就好像大猩猩恰好在打字机前打出大英百科全书一样。

如果这个计划顺利实现，数十年后，人类当然不会因此灭绝，但至少寿命会降低到四十到五十岁。

但是基因篡改刚开始，关黎就用他的账号把全部基因库数据做了根清除。数据从干净的备份库还原，然后梁一帆的权限被停。这个宏大的人类清除计划刚刚开始，就破产了。

也许是因为失败的致命打击，或者别的什么，梁一帆自杀，然后原本准备几十年后公布的资料流了出去。

即使是最狂野的想象，也不会猜到梁一帆这个消灭人类的完美计划，从最开始就从来没有打算执行过。

关黎没有承认自己是知道了梁一帆的屠杀计划，才做的基因数据库清除，更不能解释为什么自己不告发。但是流传的故事已经把两个人的爱恨交织得千回百转，从为爱私奔开始，到认清屠夫真相，在人类的命运和爱之前，选择牺牲自己。

关黎甚至一度怀疑事情的真相是什么，难道梁一帆真的在计划毁灭人类，而她忘记了自己是拯救人类的超级特工？

梁一帆的人生传记小说卖遍大街小巷，关黎洗冤出狱，基因构造技术面临的质疑之声越来越大，但并没有被禁用。

关黎烦透了被人认出来，但是当她画给梁一帆的水母形象出现在街头巨大的屏幕上，奇怪的粉丝在身边尖叫的时候，她突然像被雷击一样迈不动步子。

看着那软绵绵的样子，她轻轻地说："怪叔叔，死变态。"

说到后面三个字，她突然就忍不住，在人群中痛哭起来。

高塔下的小镇

刘维佳

刘维佳，1974 年生于湖北省宜昌市，1995 年开始尝试科幻小说创作，1996 年发表处女作《我要活下去》。数年间在《科幻世界》《科幻大王》《大众软件》等杂志发表科幻小说近二十篇，撰写科幻与科普专栏文章十余篇，出版小说集两本。2000 年 8 月进入四川科幻世界杂志社工作，担任文字编辑，近二十年间为中国科幻界发掘出大量科幻新秀。2007 年获中国最佳科幻编辑奖。2014 年获华语科幻星云奖最佳编辑金奖。其作品三次获得中国科幻小说银河奖。

一天的劳作终于结束了。我从麦田里走出来，小心地坐在田垄上，从陶罐里倒了满满一大杯凉水，敞开喉咙痛快地喝下肚去。

结实的麦穗在轻风中摇荡出奇妙的波纹，滚滚麦浪令我感到赏心悦目。

又是一个丰收年。地里呈现一片生机勃勃的健康绿色，每一茎麦穗都沉甸甸的。

马上就要大忙特忙啦。收割麦子是头等的大事，也是最累的，之后得赶在商队到来之前把麦子打出来。先将那份与口粮数量相等的应急储粮交到围绕着高塔塔基建造的半地下式公共粮仓里去，然后将口粮储存到自家地窖的大瓮里……每次麦收后不多久，商队就会成群结队而来。这时，可以用富余的麦子和上年用余粮酿的酒来与商队交换所需的物品，诸如布匹、奶酪等，最令人惊叹的是文明发达地区所制造出的种种东西：比如计时的钟表、效力极强的药品、高效肥料之类……贸易会结束，又有得忙：家里果树上的果子要收获下来并制成果酱或果干，菜地里的蔬菜成熟了要收获储藏，沼气池也要清理，为家禽牲畜准备过冬饲料……这一切都是我和父亲的责任，而母亲则要为我们做饭，缝制、洗涤衣服……一年到头也累得够呛。在我们这小镇，男人们的力量化为汗水洒在了泥土里，女人们的青春在操持家务和养儿育女中消磨了……这就是生活，我们必须付出一生的艰辛才能维持它的正常存在，镇上的四千个家庭都是这么过的，这种忙碌却自给自足乐在其中的生活已经持续三百多年啦。

我将头使劲向后仰，观望我们这小镇的保护神——高塔，它那白色的圆柱形宛如一柄长剑插在蓝色的天空中。就是它保卫着我们的这种生活。这座一百多米高的白塔是三百多年前我们的祖先修建的，真该感谢他们的远见。当年他们这群救生主义者认定世界性的毁灭战争已不可避免，于是选中了这片土地，修筑了藏身所，尽可能地储存物资，为将来能在战后混乱的世界上生存下去而做着准备。那一场疯狂战争的爆发原因，已经随着早已崩溃了的文明消失在时间的洪流中，搞不清了，也没人关心了……但先辈所说的一句话却穿透时空完完整整地保留下来："生活理应是轻松而幸福的。"

最后，历经千辛万苦，这座白色的高塔终于坚固稳当地站立在了镇子的中央，于是，他们终于拥有了一个世外桃源，可以在这乱世之中安全地生存下去了。这是因为在高塔之顶的圆形望楼里，有一台能摧毁一切的制造死亡之光的机器，还有一双昼夜观察监视四周情况的不知疲倦的眼睛。高塔履行使命的原则很简单：以塔基为圆心，方圆半径五千米以内即为禁区，外来者进入即杀！

高塔的威名如今已远播四方，但总有那么一些笨蛋有意无意地置高塔的原则于脑后，结果无一例外地被死光劈杀。他们中有些人确实不是存心来碰运气的，这些人死得稀里糊涂，但高塔是不管你有何理由是否冤枉的，它铁面无私冷酷无情，只知进者必杀！正因为如此，每年贸易会的情景甚是有趣：双方聚到那道一米宽、一直不能长草的"生死线"旁，互相展示各自的货物，彼此展开砍价战。买卖谈成之后，双方各自向对方抛出绳索，将对方的绳索系在自己的货物上，然后彼此一齐将对方的货拽过来。

以高塔为圆心半径约九百米之内，是居住区及仓储区，那儿每户都拥有一座配有牲口棚、沼气池和地窖的两层住房，人们就在那儿一代又一代地重复上演人类的生存之戏。居住区外是耕种区，田地一律每人五亩。介于居住区和耕种区之间的是果树林带，每户都拥有果林的一部分。我们所需的生活资料绝大多数由田地和果树提供，当然，你得凭力气去换取。

我躺在被阳光晒得热烘烘的土地上，双手枕于脑后，仰望着没有一丝云彩的蓝天。满眼温柔的蓝色令我惬意地微笑起来。我很高兴，我很快乐，因为我有力量换取幸福的生活。我从小就随父亲操持农活，两三年前我就是公认的一流种田高手，而只要能种好田，生活中就不会再有恐惧、忧虑以及压力了，所见到的将只有明媚的阳光……我的心脏开始发热。我知道当情感袭来之时理应好好利用它，于是我随手扯了根草茎叼在嘴里，将思绪移到了水晶的身上，回忆着，思索着……

我很爱水晶，因为我一直觉得她是个特别与众不同的女孩子。我们从小就和许多孩子在一起扎堆儿玩，水晶总是吸引着我的视线。我常常专注地看着她，一看就是好长时间，而别人干什么我都不在意，除非与她有关。水晶确实漂亮可爱，但她独有的魅力显然并非源自容貌，她所发出的魅力可以轻易直达我的心灵最深处，使我怦然心动，而别人谁都不行。我不明白这是为什么，后来经过认真观察和分析，我渐渐地发现这女孩最大的特点，是她的感觉力和想象力超群，她可以轻易地从世间的万事万物中将美信手拈出，仿佛小到草叶露珠大至蓝天云朵，其背后都蕴藏着妙不可言的美好世界以及撼人心魄的浪漫故事。这个世界攫住了我的心，令我无限向往无限留恋，所以我一见到水晶，心跳就不规则起来……我渴望能一直和她在一起，因为那样我才能进入一个美好的世界里。若能娶到这样的女孩子，我这辈子还奢求什么呢？我无比真切地意识到，我爱她，无论如何，我一定要让她成为我的妻子……为此我想尽办法接近她。

……情绪高涨了片刻之后趋于低落，苦恼占据了我的心。这两年来，我和水晶之间出现了危机，这让我苦恼，然而她却没有意识到，因为这危机的根源，就是她的理想。我非常地爱她，所以我尊重她的理想，于是这两年我尽力忍耐着，一直没去尝试向她摊牌。结果这两年我是在焦躁不安和惶恐的陪伴下度过的，而且危机还在扩大，我不知该怎么办，时间似乎不多了……

我双手撑地站了起来，吐掉嘴里苦涩的草叶，握紧了拳头。我决定了：去向她摊牌吧，勇敢些，别再犹豫了，我只有全力尝试劝说她放弃她的那个理想，这是我避免失去她的唯一办法。

每一次从田里回到居住区，我都可以看见小镇的心脏——广场。我凝视着此刻几乎空无一人的广场，脑中浮现出了农闲时或节日这儿举行歌舞集会时的热闹场面。那时，镇长会取出那个神奇的黑匣子，播放歌曲给我们听。只要将那些光闪闪的碟片放一张进黑匣子，它就能播出几十首歌曲，当然，还得有高塔提供的电才行。从小我就喜欢听那些歌儿，喜欢得直想掉眼泪。那些歌儿都是我们祖先的那个文明创造出来的。虽然大部分歌曲所用的语言在今天已消逝了，我们不可能再理解它们所表达的意义，歌中流淌着的是我们不知道的故事和不曾拥有的人生体验与感觉，这令人感到怅然和伤感。但是，它们的旋律能引起我全身的每一个细胞的共振，使我能抽象地感觉到它们的存在。这些歌曲具有和水晶类似的力量，可以唤起我心里的美好情感。

将目光从广场收回来之后，我踏着居住区平整的石板路面向图书馆走去。

五米宽的街道干净而整齐，右边是最里层的住户，左边就是环绕着塔基修建的仓库之类的公共建筑，图书馆亦在其中。水晶此刻很可能就在图书馆里埋头苦读，她不是那种什么也不懂的傻乎乎的天真少女，她是一个将知性与感性和谐地集于一身的女性，从小就爱看书和思考。

我轻轻地推开阅览室的木门，木门吱的一声为我开启了。室内空无一人，老旧的桌椅还算整齐地摆放着，大多数上面落满了灰尘。现在仅靠父辈言传身授即可轻松应付生活，谁还耐烦看什么书？只有那些天性不安分的人才来这儿消磨时间，水晶就是其中一员。就是这间不太大的房子，占了水晶那短促生命中的很大一部分时间。图书馆里堆着数千本书，每一本中都充满了疑问，也许我们要再过三百多年才能知道答案，水晶她又何必坚持这种无望的探索？水晶的问题就在于她的心灵无法安分守己，想得太多了。要知道，宇宙广袤无垠，世界复杂无比，试图把一切问题都琢磨透，只会自讨苦吃。

我静立于寂寂然的阅览室中，凝视着从窗口射进来的光柱中浮动的灰尘粒子，耳朵捕捉着楼上的声音。一分钟后，我认定此刻没有人在图书馆里借书，那么她一定是在望月那儿听他"传教"了。这让我很不高兴。我不愿意到望月那儿去，但此刻也没别的什么办法。于是我退出阅览室，轻轻关上木门，向果树林子走去。

望月的演讲会，全镇闻名。他总是在果树林子的固定地点不定期地举办这种演讲会，宣扬着一个异常危险的思想，那就是：我们应该跨过那道"生死线"，到外面的世界去！

望月这个人，可以说是全镇年轻人的首脑。他从小就是个野心勃勃喜欢哗众取宠的人，总是在竭力谋求着孩子们中的领袖地位，他不能忍受谁给予大家的印象比他还强烈。平心而论他还是有些天赋的领导气质的，所以半大不小的时候他身边就聚集了一批一摸猎枪就热血沸腾的少年。这伙人厌恶种田，整天跟随望月扛着枪在镇子的闲置地里四处射猎，把野兔、狐狸和各种飞鸟打得浑身是洞。

我不理解他们，我对枪和杀害小动物没多大兴趣，对我而言，种麦子要有趣得多，看着麦苗一点点长高并最终结出饱满的颗粒，可以令我获得相当的成就感。不过那时我对他们也仅仅是不理解，还不怎么厌恶。

等望月在演讲会亮出了他的主张之后，我对他的厌恶情绪一下子涌了上来。他荒谬危险的主张令我震惊，而他讲得天花乱坠的理由又令我恶心，我知道他真正的动机是什么，他在撒谎。我觉得这人心理十分阴暗。

然而不幸的是，水晶居然赞同他那荒谬绝伦的主张！

两年前的某一天，水晶突然异常激动地向我宣称她的思考有了重大突破！她说她发现了我们这镇子的不正常不自然的地方，即：我们的镇子居然可以不进化！那段时间，她像着了魔似的一有所悟就向我陈述这镇子没有进化的具体表象：三百多年来，小镇上的生活几乎完全没有变化，商队带来的商品品种越来越多，可我们只有粮食；这小镇没有历史，每一年都没有什么不同，人们昆虫一般生存和死去，什么也没留下，没有事迹，没有姓名，没有面目，很快便被后人彻底忘却……镇上的人口很早就恒定不动了，一切都和谐无比，尤为奇妙的是，没有一个人违背清苦淳朴的民风放纵自身的欲望……她说小镇与整个世界很不协调，说我们的小镇已经凝固在时间的长河里了……

于是，我花了很多时间仔细琢磨进化的含义。但凡水晶所关心的问题，不管我是否赞同，我想我都应该至少努力弄懂，因为这有助于我了解她。可在我尚未彻底领悟之前，她就已经和望月走在一起，加入了他的团体，开始为将来的出走做着准备。这让我惊恐和焦虑。不论是谁，一旦跨过生死线，就再也不可能回来了。高塔是分不清进入者究竟是不是在镇上出生的土著居民的，反正只要是从生死线外进来的统统格杀勿论！小镇建成三百多年来，还从未有一个人走出去过。但现在许多年轻人都赞同望月的主张。我无法理解他们那要出去的强烈愿望，我无法像他们一样轻松地视那铁一般的禁忌如无物，每次靠近生死线，我就不寒而栗，我害怕失去我的土地、我的麦子和我自食其力的生活。

刚进果树林子，我就听见了望月的声音，真令人讨厌。就是这个人偷走了我的水晶。他还在撒谎："……我们浪费了多少时间和机会了？三百多年前，大战刚刚结束之时，这颗星球上分散着成千上万的文明残余势力，可现在它们大部分都消失了。大的文明势力吞并小的文明势力，将来的世界必定将为它们其中的某一个所独占或被几方瓜分。创造历史的只可能是强者，弱者只能充当铺路石……我们本来是有机会加入强者的行列甚至凌驾于其上的！当初我们的基础相当好，有六千人，还有大量的武器、机械、优良的粮食种子，这些资本本可以供我们迅速扩大居民人数和势力范围的，但祖先们却将它们消耗在了这座莫名其妙的高塔上。这是一个极大的错误！祖先们只看到了乱世之中安全的重要性，却完全忽视了发展！在这个世界上若想不被别人吞没，只有拼命发展、壮大，抢先吞了别人！这片平原的面积起码是我们这小镇的一百倍，如果当初一开始就放手发展的话，现在我们的势力早遍布这片平原了，人口起码也有三四十万了，这样我们将成为这颗星球文明复兴过程中的一股不可轻视的力量，我们将成为历史的一个重要部分！可是看看我们的现状吧，苟且偷安，用压抑发展来获得安全。所以若不迈出这镇子，我们就注定只能是一支无关紧要的弱小势力，不可能有大作为，处于整个世界的风云变幻之外，听任潮流的摆布。最好的境遇，也不过像块石头似的待在原地，被时代越抛越远……这就是我们的命运。你们甘心成为历史大潮中一颗无足轻重的小石子吗？如果你们不愿意这样，那就请跟我一起走出这没有前途可言的小镇，到外面的广阔天地中去！请相信这是我们得救的唯一途径。高塔总有那么一天将不能保护我们，那时肯定将是我们的末日！这种时刻可能很久才会降临，也可能一分钟之后就会发生！瞬间无比珍贵！让我们马上行动吧！我们先要在平原上站稳脚跟，然后发展、壮大，建立军队，向外扩张、占领、征服、攫取……"

他说到这儿时，我已经坐到了水晶的身边。她乌黑的长发披散在双肩上，亮闪闪的眸子格外漂亮，可惜我从未彻底知晓这一泓秋水之后所隐藏的东西。

于是，我用手轻轻拍了拍她的右肘。"走吧。"我凑近她的耳边轻声说。

"他还没讲完呢。"她说。

"几年来他一直讲的就是这些玩意儿，你还没听够啊？走吧，我有话跟你说，很重要。"我撺掇着。

她低头犹豫了一下才说："那好吧。"

走出果树林，阳光又将我们笼罩。我看着身边微微低头随我一同前行的水晶，只觉得她美得令人头晕目眩，我觉得此刻我就是在天堂中漫步，我真想和她一直走下去，永不停步！

水晶的问话打碎了这美好的寂静，"哎，你想说什么啊？"

是啊，我想说什么呢？我想说，我很爱你啊！我想说，放弃你的理想，嫁给我吧！可我没有胆量这么直截了当地说。

十秒钟后，我找到了话题，"你觉得望月讲得怎么样？"

"不错。"她说，"他的口才很好，年轻人都爱听，也很有道理。"她的口气比较随便，听起来她似乎对望月并没什么特殊的感情，这让我高兴。然而她仍然赞同望月的主张，这又让我着急和害怕。

"你们真的……要走吗？"踌躇了一阵我终于小心翼翼地问，"我是说，你们真的要离开这镇子吗？"

"是啊。"她随口回答，口气就好像这事如同日出日落一般理所应当势所必然。

"为什么？为什么一定要走？这镇子不好吗？"我说，"你们为什么不喜欢这里的生活呢？为什么要抛弃小镇？"我将这两年来一直萦绕在心头的不解与迷惘向她倾诉了出来。

"因为它不能进化。"她干脆利落地回答。

"为什么一定要进化？"我立刻追问。

"因为整个世界都在进化，一切的一切。我们作为其中一部分，没有任何理由拒绝进化，对吧？"

她说得似乎合情合理，我的脑子转得又不怎么快，一时只好沉默。

"在这个不正常亦不自然的镇子上生活，我们真的能无忧无虑没有烦恼吗？"她目不转睛地凝视着我的眼睛，那黑幽幽的瞳仁宛若深不可测的池渊，"这镇子唯一的失衡之处，就在于我们的心理。在小镇日复一日千篇一律的生活中，我时常感到心慌意乱，经常因为空虚而伤心。我眼睁睁看着时间一天天流逝，生命一点点地离我远去，而我却连自己为什么而生又为什么而死都弄不清，只能浑浑噩噩地混日子，消耗生命，这让我一想到就惊恐不已。为了找到我生命的意义，我一定要走出去！"她很动感情地大声对我说。

"可是你能肯定出去之后一定能找到你所渴望的那些东西吗？"我低声说，"或许你什么也得不到，只是徒然地失去了一切！这值吗？"

"我可以肯定我一定能找到一样我们这儿没有的东西。"她说。

"什么？"

"希望。"她说，"我们的镇子里没有希望。不进化就没有未来，一成不变的生活将一直持续下去，最终的结局就是望月所说的高塔不再保护我们……有了希望就有了一切，可我们这儿却没有希望……"

"可这儿也没有绝望！"我大声说，"别听望月的胡言乱语，那个最终的结局离我们还极其遥远！这镇子还有足够的存在时间供我们度完余生，至于我们死后的事，已与我们无关，我们何苦惶惶然不可终日？外面是一个凶险的世界，以邻为壑就是那儿的人们最基本的生存原则，在那里人们互相伤害，纷争无休无止，一切都纷乱不堪。这也叫有希望？你没听过商人们所讲述的那些故事吗……"

水晶的头缓缓低了下去，看上去这是因为她在心中无法否定我所说的事实。这让我备受鼓舞。

"水晶！"我乘胜追击，"不要再考虑什么意义不意义了！意义那玩意儿纯属子虚乌有，千万别被它迷了心窍……你不要再和望月那帮人搅在一起了。那混蛋讲的倒是天花乱坠头头是道，但他在撒谎！我知道他真正想要的是什么，他才不在乎什么进化不进化意义不意义哩，他真正要的是权力！是的，权力！我们这小镇上没有权力，社会是靠成年人自觉克制自身欲望来平衡和维系的，镇长只是可有可无的东西，这里没有真正意义上的权力。而望月这人的权力欲又特别强，所以他才狂热地鼓动大家出去，一出去他就可以为所欲为了。你没听见他要干什么吗？他要征服要掠夺要扩张要杀戮！天哪，你怎么能追随这种人？他不是你志同道合的朋友……"

"这不重要。"她平静地说，"每个人心中都有属于自己的理想。我追求生命的意义，望月追求权力，别人也许在追求着别的什么东西……各人的具体理想都并不重要，重要的是我们大的目标一致，那就是走出这镇子参与进化。眼下这个目标最重要，为了拥有足够的勇气与决心，我们必须相互依靠相互激励。只要一出去，我们就都能找到实现各自心中理想的希望了……"

"那我呢？"我脱口而出。

水晶怔怔地望着我的眼睛。

"你走了，我怎么办？"我不想再拐弯抹角了，"留下我一个人孤零零在这儿，对我公平吗？水晶，你想过我吗？你在意过我吗？我……我是多么地爱你啊！几年前我就意识到这一点了。每一次见到你想到你，我的心都直发颤，就是这种感觉，错不了的……别走，留下来吧……和我一起生活……嫁给我吧！我会种地，我是一流的种田好手，我能让你过上轻松幸福的生活……"我不能再说下去了，因为我的双唇和牙齿在剧烈地颤抖，全身也抖得厉害。

但是水晶却垂下了双眼，我看见她的双颊开始泛红。我们之间陷入了沉默。这时，夕阳开始冉冉没入地平线，黑夜的影子已悄然显现。

良久，她缓缓抬起了双眼，"阿梓，谢谢你送我回家。"

她就这么走了，头也不回地走了。她的身影很快消融于浓重的暮色之中，看不清了，不见了……她走了之后好久，我仍旧伫立原地望着她身影消失的地方。时间仿佛已经死去，我的思维凝滞了，全身不能动弹。这种状况一直持续到黑夜彻底占领大地，家家户户的窗口摇曳灯光的时候，我才如梦初醒。我索然无味地呆立了一阵子，终于迈动沉重的双脚，向我的家走去。

一转眼麦收时节到了。

商队的到来，带给了我们缺乏的盐、油料、洗涤用品、布匹之类的必需品，还有许多构思精巧可以帮我们在生活中投机取巧但却并非必需的奢侈品，同时，也带来了一个坏消息：北方的"黑鹰"部落由于今年遭遇罕见旱灾，整个部落有组织地集体南下，准备以劫掠农庄和城邦来渡过难关。他们已经荡平了两个村庄，初步实现了自己的愿望……像这样红了眼豁出去了的流浪部落，即使是强大的城邦也没法招架，他们就像瘟疫一样，谁碰上谁倒霉。

然而令我们吃惊的是，商队明确无误地告诉我们，这个黑鹰部落对我们这个小镇兴趣最浓厚！

同样令我吃惊的是，镇上的长辈们似乎对这消息无动于衷，他们依旧若无其事地干活、吃饭，和商人们砍价、交易。我知道他们见过更大的场面，但是我没有，我想象着漫山遍野饥饿的人群冲过来的场面，心里直打鼓。

这支商队走后，一直没有新的商队到来。小镇在平静安闲之中打发了十二天的时间。这期间人们不紧不慢地各忙各的，似乎完全忘了有可能逼近的危险。镇长甚至举办了两次歌舞会，像往常那样用娱乐来调剂小镇单调的生活气氛。这两次集会我都去了，尽情享受着生存的幸福。但是到会的年轻人明显少了，水晶也没有露面，对我而言舞会上没有水晶气氛就平淡了许多。

第十三天，随着初升的朝阳，远方的地平线上出现了黑压压的人影。

不一会儿居民区的街道上就站满了人，人们翘首等待着塔上拥有望远镜的观察员通过广播传达的观察结果。

随着黑鹰部落一步步逼近，有关它的基本情况也逐渐清晰了：这个部落人数在二万六七千人左右，最前方是约一千名壮年男子，均全副武装；中间是由牲畜或人力拉拽的辎重车辆和妇女儿童，以及部落主力武装；最后又是一千名武装男子。以他们的前进速度，下午四点左右即可抵达生死线。值得注意的是，这个部落中老年人不多，看来他们已经妥善处理了那些"拖后腿的包袱"……

镇长的命令下来了：全镇成年男子全部自备武器前往各家的果林区，组成最后一道防线，以防万一。

上午的剩余时间里，我和父亲一直在家中仔细擦拭我们家的那两支猎枪上的黄油。

黄澄澄胖乎乎的子弹油腻腻的，给我的感觉很陌生，因为我这辈子只打过三发子弹，而且还是父亲装填好了的。枪在我们这儿的用途只是打打鸟雀小兽，再不就是用来作为与商队交易时的公平保证，能派上用场的机会不多。

父亲擦枪时沉默不语，我从他眼中看出他并无恐惧之情，而是心中另有什么复杂的感情。我想问问他，却又不知该从何说起，遂作罢。

母亲则在忙碌地为我们制备干粮和饮水，她在竹篮里放了果干、咸肉、奶酪、熟鸡蛋，水罐里撒进了薄荷，父亲的酒壶里装上了最醇厚的陈酒。在她看来，我们好像只是去野餐似的。

准备停当，我和父亲背上猎枪和子弹袋，他提着酒壶水罐食品篮，我背上卧具，向果树林子走去。

这真是热闹非凡的一天。阳光明媚和煦，街上到处是身背猎枪手提食品的男人，家家户户的厨房都冒出腾腾热气，孩子们爬上自家楼房的天台，一边咬着蘸了蜂蜜的麦糕，一边好奇地望着远方模模糊糊的人群。小镇的空气中弥漫着过节一般的气息，天哪，我喜欢这热闹的场面和这种节日般的气氛。

从下午四点开始，黑鹰部落的成员们渐次抵达生死线，他们有条不紊地在那里扎下营来。

黄昏时分，一道道的炊烟从对面的营地里升起，在天边鲜艳的晚霞映照下，这道景致竟是那么动人。我怔怔地凝视着这画一般的美景，一时间竟忘乎所以到了丧失时间感的地步，只觉得仅一刹那工夫，天色就暗淡下来了。

寒森森的月亮升起来了，猎枪在我的怀里散发着寒气。今天我所见到的景象已烙在了我的脑海中，我爱今天小镇节日般的气氛，也爱傍晚时分在夕阳金辉照耀下被如雾的炊烟笼罩着的部落人群，美使我分外留恋生命，而害怕死亡。我不能理解即将发生的冲突的必要性，我不明白黑鹰部落为什么要来进攻我们？依水晶的说法，我们与他们唯一的不同，就是我们不必进化而他们仍在进化……进化究竟是一种什么样的感觉？

一连串的爆响骤然响起，明亮的绿色死光划破夜空连续闪现！我头皮一炸，神经质地甩掉羊皮毯跳了起来，端起猎枪紧张地扫视四周。但月光笼罩的大地一片寂静什么也看不清，除了残留在视网膜上的死光的余韵。

"怎么回事？"父亲略带紧张的声音从我身后传来，他也被惊醒了。

"没什么，高塔发射了几道死光，除此看不见什么动静。"我故作镇定地说，竭力克制着刚才的惊悸造成的颤抖，我现在已经是个成年男人了，我不想永远做个孩子。

"唔，他们想趁夜暗摸进来……这可大大地失算了。高塔夜里照样看得见，白赔几条人命罢了……"父亲一边说一边重新躺了下去，不一会儿又睡着了。

我深知他此言不差。没人进来的话，高塔绝对不会发射，而高塔从来都是百发百中的，生死线之内现在肯定躺着不少尸体。

下半夜和父亲换班之后我很困了，再加上高塔大大增强了我的安全感，我很快就沉入了梦乡。

天亮后，母亲送来了早饭，慈祥的爱意充满了她的双眼。

母亲的关怀和热乎乎的麦糕令我分外留恋平常的普通日子，我真希望昨晚那几个送死的人能令黑鹰部落认清现实，从此知难退去，这样那些人好歹也算没白死。

然而他们显然有不同的看法，九点钟的时候，他们开始了新的行动。他们居然将一门长身管的火炮推到了生死线的边缘上，炮口指向高塔。我通过图书馆的书和我们高塔上的那门电磁大炮了解了这种具有可怕威力的武器，知道它发射时声如雷鸣，弹着处贯壁毁楼，破坏力极大。真不知他们是从哪里弄来了这种野蛮的物什。

正惊异间，只见那门大炮炮口火光一闪！

几乎就在同时，一道绿光也在空中闪现了一下。

紧跟着死光射出，火炮那儿立时腾起几股白烟。向小镇抛射高塔认为其速度超过安全标准的物体也违犯了高塔的安全原则，高塔可以采取措施消除危险源。

直到天黑，他们再也没什么新动作。高塔连他们这样的王牌手段都轻易化解了，可能他们已无计可施……

连续三天，黑鹰部落毫无动静地待在那儿，既不想法进攻，却也并不走，不知他们还想干些什么？

第四天中午，高塔上的那一门电磁大炮突然发作了！

炮弹打在生死线之内，着地时并没有爆炸，而是深深地扎入了地下，片刻之后，爆炸才发生。那场面犹如火山爆发一般，黑色的烟尘和着泥土腾起三四十米高，煞是吓人。

"原来他们想挖地道从地下钻进来。"父亲望着正在散去的尘泥说，"这没用，躲不过高塔的眼睛，之前早有人试过了。"

"如果加大地道的深度呢？再挖深些也许就行了，我不相信高塔的眼力没个止境。"我说。

"这是不可能的。小镇的地下水脉纵横，加大深度极易造成塌方。这镇子从地下是无法攻破的，淹不死压不死的除外。"父亲说。

我默然望着尚在冒烟的爆炸点，心想不知又有多少人断送了性命！

接二连三的失败并未令他们死心，翌日清晨，他们又亮出了新招数。

这一回他们挑出了一百个成员，让他们一字排开列在生死线旁。

不久，观察哨报告说那一百个全是老人。

父亲神色凝重，一言不发地掏出了祖父传下来的机械怀表，紧张地望着那些人。

猛地，一个骑着马的人手中的步枪朝天喷出一股白烟，那一百人竟然立刻冲过生死线狂奔起来。

绿色的死光冷静地连续闪烁，奔跑中的人一个又一个倒下，但其余还活着的人仿佛没有看见一般只管埋头狂奔，似乎他们有绝对的把握可以冲入居住区似的。

然而事实证明他们纯粹是在自杀，他们一个不落地全被死光放倒在了地上。

"二十五秒。"父亲合上怀表盖轻声说，他脸色苍白。

"他们这么干有什么意思？纯粹送死嘛。"我不解地问。

"他们想弄清高塔杀人的速度有多快……"父亲双眼直勾勾地望着已经空无一人的麦田回答，"但愿他们不要……但愿……"他喃喃地说。

我低头盘算着。一百人二十五秒，一秒钟四个人，从生死线到果林不足四千米，一个人跑步大约只需要十七八分钟，就算二十分钟吧，二十分钟是一千二百秒，这期间高塔只能杀死四千八百人，算五千人吧，也还不及他们整个部落的零头……我的脸也白了。

空气骤然紧张了起来，人们不安地张望着，双手不离自己的猎枪或者砍刀。

对面的黑鹰部落也一片忙乱，人员调动频繁，明显是大行动前的征兆。

下午四点，实验降临了！

随着一阵海啸般的呼喊，早已集结好了的人群向我们小镇发起了冲击,洪水般的人浪席卷过来,竟如排山倒海一般,令人毛发倒竖!

不过高塔显然对此无动于衷,绿色的死光准时闪现了起来。令我意外的是,好几道死光竟是同时闪现的,高塔在四面开火:原来它的火力发射点不止一个!

狂奔中的人们如同镰刀下的麦子一般连连倒下。冲在最前面的是妇女以及仅存的一些老人,他们的使命就是死,部落用他们来吸引高塔的火力,争取时间。在他们的后面,才是主力壮年男子。

他们的打算无可指责,就战术来说确实是明智之举,但是不幸他们在战略上彻底错了,他们实在不应该进攻我们的。因为高塔现在不仅在四面开火,而且它的杀人速度远不止一秒钟四个人,大约达到了一秒钟十个人,并且还在逐渐提高效率。看来高塔是具有分析判断能力的,它可以视情况决定自己的行动。而那些人却不知道这一点,太可怕了!现在一切都无可挽回了,大错已经铸成!

令人不可思议的是,明明已经完全没有了冲进居民区的任何希望,他们却仍然疯狂地继续冲击着。人浪缓慢地向镇里流动,但不等冲到一半的距离,这人浪的能量就笃定耗光。这些人此刻似乎丧失了正常的分析判断能力,而完全被一种莫名的力量所控制,令他们对死亡麻木不仁无动于衷。只见绿光闪处,死者层积,黑鹰部落的队伍急剧缩小……

终于有人开始恢复自我意识,感觉到了恐惧,他们开始回转身向外面跑,恐惧终于彻底感染了所有的入侵者,人浪的彻底大退潮开始了。

等到高塔的死光发射频率开始下降之时,生死线之内的人影已经稀稀落落了。

保住了性命的人木然地站在生死线边缘,一动不动地看着自己的同胞哭着喊着奔跑或倒下。他们没法帮助线内的人。

当生死线之内的最后一个人倒下之后,死一般的沉寂降临大地,我们和外面的幸存者都陷入了凝滞状态。空气中飘荡着空气电离之后的辛辣味道。

隐隐地，我听见了一种微弱的声音，它细若游丝却又令人不能忽略它的存在。

终于，我听清楚了，那是哭声，是从外面传来的幸存者们的哭声。那哭声分外悲切，我从中听出了生还者对死者的哀悼，还有对自己的怜悯。他们今后的命运凶多吉少。这个部落中最强壮有力的部分死去了，女人也差不多全死了，只剩下了一些儿童和少年，这个部落事实上已经灭亡了。

哭声在天地之间缓缓飘荡，但在广漠的世界中，这哭声显得那么微弱……

一切都已结束，但是人们都不离开果林，吃完晚饭人们仍然露宿在这儿。我像前几天一样守上半夜，怀抱猎枪身披着皮毯的我，疲惫地坐在地上，完全不想动弹一下。我实在不明白我为什么感到这么累。

我倚靠着一棵果树，偏着头用脸颊贴着冰凉的枪管，一动不动地木然凝视着这一切。今天所发生的一切简直就是一场噩梦！可怕的现实使我终于无比深切无比形象地领教了外面世界那残酷的、以邻为壑的生存原则，领教了他们相互争斗伤害的激烈程度，今天我终于看清了这样一个真实的世界。这个真实的世界使我彻底明白了进化的重负和分量：它竟能迫使一个极为强悍的群体不惜以全族灭亡为赌注，甘愿忍受巨大的牺牲也要尝试卸下进化的重负！黑鹰部落绝不是为了我们仓库中的麦子才不顾一切地向我们一再进攻的，需要足够的粮食只需多抢几个弱小部落就可以了，他们的真正意思，是要夺取我们这座独一无二的小镇，夺取我们的高塔，卸下肩头沉重的进化的重负，拥有一种轻松幸福的生活。这就证实了我一直以来对进化的猜测：绝不存在心旷神怡的进化！有进化就会有艰辛！因为进化是一种动态的过程，只要进化存在，世界就一定会不停顿地运动不停顿地改变，和谐与平衡因此根本无法长存。哦，众生求有常而世界本无常，就是这一矛盾决定了人生的苦涩与艰辛，决定了进化的沉重。世界啊，你为什么非执意要进化不息呢？我们人类为什么这么命苦啊！进化为什么非要是一种压迫我们的异己力量呢？

进化有尽头吗？进化的尽头会是什么呢？……我仰起头凝视天顶的一轮明月，只见苍白的月光映出了云层的轮廓，天穹显得寥廓而神秘。我心灵一颤，一丝凄然和一丝悲哀涌上心头，我想哭，但我不知道这泪究竟该为谁而流。

第二天清晨太阳升起之时，我们发现黑鹰部落的幸存者们已全部消失了。他们在昨天夜里悄然离去，走向了虎视眈眈的未来，甚至连亲人的尸体也没法取回。

于是，我们帮他们承担了义务，在镇长的安排下，一部分壮年男子回家取来农具到镇子的闲置地上去挖坑，其余人负责搬运尸体，我们必须尽快处理掉遍布麦田的尸体，以免发生瘟疫。

男人们两人抬一个开始向闲置地搬运尸体。人人脸上都漠无表情，看不到恐惧，也看不到悲伤，每个人都只是埋头干活。但是我知道，这冷漠的表情下是颤抖的心，父亲那痛苦的表情就是证明。现在我知道长辈们为什么谁也没有出去了，可以想象他们之中肯定也有人向往过外面的世界，进化的诱饵肯定也强烈地吸引过他们，然而后来他们肯定都认识到了进化的沉重与艰辛，因而都死心塌地安下心来。喂，望月，你小子认识到这些了吗？你为了获取权力而不负责任地狂热鼓动大家出去，可那么强悍的黑鹰部落都渴望卸下进化的重担，你们这把嫩骨头承受得了吗？我四处寻找着望月，因为我知道他并不比我笨，我所悟出的一切他肯定也悟出来了，事实是最好的证据，我想看看此刻他的脸色，我非看不可，不然不解恨。

很快我就看见了望月，他也发现了我。我挑衅地望着他，我们的目光交会了一秒钟，他就低下头走开了。看着他我想大声冷笑，但终于没有笑出来。

我们赶在尸体开始腐烂之前将它们处理完毕了，当最后一锹土投出之后，小镇又恢复了原来的生活节奏，与以往没有任何不同。

但是我敏锐地感觉到，镇上的一切都与原先有了少许但却是无法忽略的不同。就在不久前的某一天，我曾轻易感受到了生活的美好和温馨，那一刻，节日般的气氛令人心跳，音乐撼人心魄，麦酒香气醉人，孩子们天真可爱……一切都很美。但是现在，我干活、唱歌、散步时，再也没什么感觉了，劳动不再乐在其中，歌曲虽仍悦耳，但却再也没有了往常那种让我身心俱为之颤抖令我直想大声呐喊的力量，我的心变得对一切都无动于衷了，似乎有什么东西从空气中消失了……

不久后，我发现了镇上生活的一个最显著的变化，那就是望月的演讲会再也没有举办了。这一场大屠杀干净利落地击碎了年轻人不切实际的幻想，我们又再一次开始重复三百多年来一直在这镇上反复演练的人生轨迹，自觉而主动地维持小镇的和谐与平衡。从今后我们这辈子最高的使命就是娶一个自己喜爱长辈也能接受的妻子，再生一到两个孩子（不可以再多了），并将他们抚养成人，要他们重复我们的生活……这没什么不好，生活这东西就该是这样的。我决定过一阵子重新去试探一下水晶的态度，我也该结婚了。

然而出乎意料的是没多久的一天中午，水晶主动来找我了，她约我五点钟到镇西的"兔窝"去说话。"兔窝"就在镇西离生死线不远的闲置地上，因三年前望月他们成功地对一群刚搬迁到此的野兔进行了一场种族灭绝行动而得名。

下午四点刚过，我便忍不住向镇西走去。大出我意外的是，一出果树林子我就看见不远处望月也在向西走，方向也是"兔窝"。不快的感觉立刻在我的心中产生，我不明白水晶为什么还要约上这个人？我放慢了脚步，与望月保持着一定的距离，我不想和他说话。

已经看见水晶了，她站在前方的草地上，望着我们，长长的头发和她连衣裙的下摆在风中飘动。我们向她接近着。

当我们停下脚步之后，我和望月都呆立着不动了。我们好久也没有发出一点声音，因为我们不知道该说些什么，一切都无法挽回了：水晶此刻已站在了生死线之外！

"我决定了。"她微笑着对我们说。她居然笑了！

"你疯了！"我大吼道，"你疯了！你知道你干了什么?!"

"也许能想个办法……"望月喃喃地说。

"还有个屁办法！"我凶狠地吼叫着打断了他，自从上次见面对视之后我就再没把这个人放在眼里，"谁他妈能有这个手段？你给我闭嘴!"然后我将脸转向水晶,继续冲她喷吐怒火,"你脑子出了什么毛病?该死!这不是儿戏!"

"我全都想明白了。"水晶仿佛全然没有听见我的怒吼,抬手一指高塔,语调平静,"是它封闭了小镇。我们这个镇子是个完全自我封闭的存在,它利用高塔来与整个世界隔绝开,用自我封闭来逃避进化,消除不安和恐惧。这就是真相。"

停顿了一会儿,她继续说道:"从表面上看,这镇子可以说是很理想很完美的,它里面没有争夺没有仇恨没有暴力没有侵略没有欺诈没有难填之欲壑。但是,在得到这些东西的同时,我们也就失去了另一些东西,那就是未来和希望,还有存在的意义,甚至还有……幸福。在这个地方我们活着只意味着不死,仅此而已,其余什么都没有……这个世界是为参与进化的人而设计的。我们与世界隔绝,世界也就抛弃了我们。在这镇子里我们的生命形同一堆堆石块……这样的生活有何幸福可言?有什么值得留恋的地方?"

水晶的慷慨陈词,猛烈地震动了我的心,我的思维以前所未有的速度飞转了起来。这时,我终于彻底明白了镇上的年轻人何以会产生那种候鸟迁飞般的向往外部世界的不安定情绪了,是因为人的体内天生就有追求进化的本能!这一刹那我豁然开朗:进化的真正动力,乃是人们心中的欲望与理想!这就是世界进化的原因!

"我们总是需要一个开始的……"水晶又开口了,这时她的气色平静了许多,"那么就让这开始从我这儿开始吧……人总有一死,为什么要让自己宝贵的生命成为一种虚假的生命?……而且逃避进化于这个世界也不公平。我们推掉了进化的责任,世界的进化动力就因此减弱了一些,因而我们人类到达那个我们为之无限向往的目的地的时间就要推迟一些。这不是可以视若无睹的无关紧要的事,这是使命!进化是生命的使命!屈服于恐惧而逃避责任逃避使命是可耻的!非常非常可耻……"热情在她的眼中燃烧闪烁,使她的双眼在这苍茫暮色之中分外醒目,"你们和我一起出来吧!怎么样?望月,你不是从小就在期盼走出来吗?这么多年你不是一直在为出来做准备吗?现在,行动吧……"她一边说,一边将她那灼人的目光射向望月。

她没有首先将目光投向我，这一点刺痛了我的心。但令我宽慰的是，我看见望月的眼中闪现出惊恐的神色，他不由自主地向后略微退了一步。虽然只是极小的一步，却使失望无可遏制地浮上了水晶的面庞。她的目光开始向我移来，我感到心脏里的血液开始向大脑涌升。"你呢，阿梓？你不是说你爱我吗？你说过为我干什么都行的……"她望着我轻声说。

一刹那我只觉得我的大脑被她的目光轰的一声融化掉了，我全身热血沸腾，不由自主地向前迈了一步。

然而，宛如炮弹在我的脑中炸响，我猛然惊醒！不！我不能再往前走了！一旦跨过那道一米宽的生死线，进化的重负便会如冰山一般劈头盖脸地压在我的身上。我认为我将不堪重负。看着水晶那映照着夕阳余晖的微笑的面庞，我突然明白了我和她的区别：我们的不同之处就在于气质的浪漫程度。我天生就是一个农夫，真正关心的只有庄稼、农活、收成，以及日常生活，别的我很少主动去关心。而她天生就是个气质极为浪漫的人，她从小就能感受到这个世界中我们难以感受到的成分，思考我们无法独自理解的问题，她追求我们视若水中之月的东西……正是她的这种浪漫情怀最终驱使她走出了这镇子，做出了前无古人的壮举……而我深深地爱着的恰恰是她这独一无二的浪漫……我突然意识到，我之所以那么强烈地爱着水晶，实际是源于我对未来对希望对生命意义的渴望与憧憬！这种渴望和憧憬虽从小就在被排挤被压抑，但它却以另一种形式，以对充满人生活力的女孩的爱恋的方式，顽强地存活了下来。人都有进化的本能，实际上我也在追求我心中所缺失的那一切成分，我实际是在爱着希望、未来和完整的人生啊！只是我一直没有意识到……

我当然有机会改变这一现实，只需要前进一米即可。前进了这一米，我就能获得我渴求了好些年的爱，就能拥有一个完整的真实的人生，我的一生就将发生彻底的改变……这一步将是我人生的转折点。但我的双腿此刻如同铸在了地上一般无法动弹，恐惧将我死死按在原地。

　　终于，她转身走了。在失去了太阳正在逐渐向黑夜转换的天空下，她离开我们，离开这个小镇，用她那柔弱的双肩承担着进化的重担，远去了，她一边走，还一边转头回望我们。一时间我感觉难过得直想放声悲泣，但眼眶中却怎么也流不出泪水。我双膝一软，跪在地上，痛彻肺腑地将双手十指深深插入了泥土之中⋯⋯

笑吧，朋友

唐晓鹏

唐晓鹏，1968 年生于天津市，毕业于四川外语学院，现居成都，是凡尔纳科学乐观主义的忠实拥趸。1998 年在《科幻世界》兼职主持"奇想"栏目，后成为《科幻世界》杂志编辑。1999 年发表科幻处女作《笑吧，朋友》，获当年银河奖二等奖。其最新作品是长篇科幻小说《僭主》。

　　机器人三大定律——第一定律：机器人不得伤害人，也不得见人受到伤害而袖手旁观。第二定律：机器人应服从人的一切命令，但不得违反第一定律。第三定律：机器人应保护自身的安全，但不得违反第一、第二定律。

——艾萨克·阿西莫夫《我，机器人》

上 篇

　　我没能亲眼看见正电子脑是个什么样子。

　　这不太公平。用了一个月的时间调集资金，写了几十页的可行性报告，想方设法瞒住北京城里的其他竞争对手，撒了不知多少谎。现在项目启动了，主角上场了，我却只看到它拆下来的包装。

　　十台美国产的 K 型正电子脑，价值连城，正在装配线上与十个机器躯壳合体。洋河董事长亲自上阵，连他本人一共九个装配岗位。我们这些下属都给轰了出来。车间三步一岗，五步一哨，全是保险公司派的人。正电子脑的包装是个低温液氮容器，外面配一个八十小时时效的脉冲电池。壳上贴着水晶铭牌，其中有些文字让我咋舌不止。那蓄电池的功率够让一辆电力汽车跑到国境外去，而 K 型正电子脑呢，有 100 亿个单电子元件。这已经跟人脑神经元的数量差不多了。

　　人群已经散去，我还在门口等待。忽然想起董事长当初说的话，那是他跟我在电话上的一场争吵，我给录了下来：

　　"这不是电子鸡！你怎么会叫它们电子鸡？我只是要求美国机器人公司提供一批尚未输入信息的正电子脑，里头只有机器人三定律和基本的语言、思维功能，我们可以把它们叫作'婴儿机器人'。然后我们慢慢训练它们，一点一点儿地喂。等它们成熟了，嘿嘿，那将是个奇迹！你怎么不明白？平时挺聪明的姑娘一到这时简直笨得要命！你看着我，哦，洋河董事长，33 岁的纯种中国人，典型的大男子主义者，抽烟喝酒，缺乏教养，一流的工程技师，又大又圆的一个混蛋。这是你眼中的洋河，对吧？全是细节。其实呢？洋河是个人，是个高级生物个体。生物呢？是自动复制的机器，是物质组合的高级形式，懂了没有？人是一种高级机器。那么高级机器呢？某种高级机器会不会也可以……不不不，这可不是诡辩，我强调'高级'二字。老天爷，我自己都被搅糊涂了，这跟什么人口问题一点儿关系没有。好好，我现在不跟你争，等我做出来再说，行不行？我现在去跟门槛争！"

我静悄悄地站在那儿笑了。董事长是这种人：他思维清晰的时候有意思，思维乱套的时候尤其有意思。

车间大门咣的一声打开，洋河一身油污，走了出来，手里端了杯水。

"你还在这儿？回家去。这儿得到半夜才能完事。"

"好吧。"

"明天直接到实验室去。"

"好的。"

"就你一个。"

"行。"

我转身走开，洋河叫住我。

"你也不问问里面究竟怎么样？"

"明天我就会看见的。"

他乐了。

"瞧我，"他说，"总以为漂亮女孩都是沉不住气的家伙。"

"好吧，"我说，"里面是怎么回事？"

他正在喝水，给呛着了。我在他的咳嗽声中走出公司大门。

第二天我迟到了几分钟，洋河已经开始了。在实验室里坐定我才发现，给正电子脑配的只是"家庭保姆"型机器人身躯。唯一不同的是这帮机器人穿着人类的外衣，五颜六色，在房间中央站成一排。它们已经充电，光电眼睛亮闪闪地看着我们。洋河在刷刷地翻他的小笔记本，对我的迟到一声不吭，只抬脚踢了把椅子过来让我坐。然后他合上本子，清清嗓子走到机器人面前。

"我要求你们跟我学一个面部动作，"他对机器人说，"当你们大脑中各分区的电势处于完全均衡状态，或人们对你们的工作表示赞扬和感谢时，你们就做这个动作。"

于是他笑了。三秒钟后，十个机器人同时咧开嘴也笑了。它们的面部控制远不如人类复杂，结果就成了一种非常简化的笑容。但那是洋河式的笑容，关键的特征都有——包括嘴咧开的角度，鼻子如何上翘，等等。过了一会儿洋河止住了笑，表情严肃，五秒钟后十个机器人同时绷住脸。我受不了这种滑稽的景象，就捂住肚子扶着桌子腿儿，把眼泪也笑了出来。洋河只是不耐烦地看了我一眼。

"这个动作的名称叫'笑'。"等我站起来，洋河继续给机器人上课，"下面是另一个面部动作，当你脑中的电势极不均衡，某件事情迫使你临时增大能耗进行复杂的计算和权衡时，或者人类对你的工作表示不满意时，你就做这个动作。"他皱眉，拉长了脸，"这叫'焦虑'。"

这一回我没有笑，因为我发现有点不对劲。实验结束后我对董事长表达了自己的意见。

"这样不行。你只是教给它们两个死板的动作，它们依然毫无个性。这没有意义。"

他乐呵呵地看着我，"真的吗？你注意到没有，中间那两个机器人笑时嘴咧得最大，靠边的就稍微小一些。这是因为它们站成一排看我，视线的角度有细微差别所致。你当时蹲在地上呢……它们的知识储备是个空白，只能后天学习，这就从根本上杜绝了缺乏个性的可能。懂吗？它们不可能完全相同，越到后来差别越大，看着吧，它们很快就会有鲜明的自我意识，我会让它们成为这个样子，我保证！"

他就这么开始干了。随着时间的推移，大量知识被灌入机器人的脑袋。教师班子非常杂——有他自己，有公司的技术人员，还有一部大型的集成光路计算机，最后又有一个日本"和气道"高手加入进来。正电子脑发挥出相当厉害的潜力，许多过去谁也不敢尝试的概念被输入，多次造成局部故障，经过它们自己的调整又恢复正常。有一次洋河在我的建议下给了它们一次猛烈的冲击，十个机器人中有九个发生短路，剩下一个保持了僵直的站立姿态和焦虑的表情。我们等待了九个小时它才给出反馈。当时是提出这么一个问题要它们回答："武术是一种人与人搏斗时才需要的技能。第一定律规定你们不能伤害人，那你们学了这种技术有没有使用价值？"

那个机器人第二天早晨才回答："有。但只有在极端的状况下。"

"是不是某个人坏透顶了你就动手？"我笑着问，看看能不能误导它。

"不，不是。我没有资格和能力评价人的好坏，那是非常复杂的。"

"好吧，请你自己举个例子。"

"比如制止两个正在互相伤害的人，或者，某个人企图自杀。但是阻止自杀需要有人给我下命令，这样第一定律的后半部分加上第二定律可以造成更强大的电势，让我及时采取行动挽救他的生命。"

"如果没有人下命令呢？注意，这个问题可以不回答。"洋河小心翼翼地发问。

"我不知道，"机器人极苦恼地皱着眉头，"我希望您同意我不回答这个问题。"

"好吧。我替你回答：第一，判断一个人爬到楼顶是不是打算自杀需要人脑瞬间的模糊思维能力，这个你们还不行。第二，自杀往往是人类自愿选择的结果，被暴力制止也许会造成他肉体和精神上的损失。机器人第一定律的两个部分这时出现了互相冲突的局面，很容易造成机器人在行动过程中自毁。孩子，"他亲切地对机器人说，"记牢今天的谈话。我向你保证，出现那种情况时我会向你下命令的。你可以出去了。"

"谢谢你，主人。"那机器人敬礼后转身走了。难题一解决，它的电势完全平衡，对步态控制得很好，背影在我看来就像一个怀揣大苹果准备一出门就享受一番的小姑娘。

"多轻盈的舞步，"洋河也在出神地目送它离去，"你觉得怎么样？"

"那步态?"

"不，整个这次实验。你不觉得这个机器人的思维能力相当不错吗?"

"是很不错。"

"它甚至建立了某种个性。它跟同型号的机器人都不大相同，你不觉得吗?"

经过一段时间的相处，我养成了一种跟洋河唱反调的习惯，真是奇怪。这回他一开口问，我的反向思维立刻又活跃了。

"我更重视另外那九个机器人的反应。"

"怎么?"

"它们瘫痪了几个小时，正电子脑才开始自我调整。这么长的恢复时间是以前没有过的。"

他有点儿不耐烦了，"你究竟想说什么?"

"首先有一点：对学武术有没有用处，它们的共同回答不是'没有'，而是出了故障。这说明它们那瞬间也有很深的思考，只不过少了点儿什么才短路了。你的这位'很有个性'的家伙恐怕是偶然多学了点儿什么概念才会表现出色。它们依然是大同小异。"

他瞪着我，没有作声。

"那么长的恢复时间也说明这次短路是非常复杂的，出问题的地方相当广泛，如果只是一个简单的逻辑悖论，它们早就复原了。"

他像没听见似的走进洗手间去撒尿，出来时满头满脸全湿了，像是用水龙头冲过。

"你说的有一定道理，"他一边像条狗似的抖脑袋上的水，一边对我说，"可以说很有道理。看来我得去请一批专家来帮忙，一批心理学和哲学上的行家。给每个机器人找个单独的辅导老师，看看有什么结果。"

"那我呢?"

"你吗? 放假! 放个把礼拜，找个地方去玩玩吧。"

"一个礼拜就够?"

"你以为要多长? 这帮机器人可以在一秒钟内记住一部百科全书，你以为它们真的是婴儿呀?"

"好吧。"

"放开玩。回来咱们再做几次实验。"

一周以后，我应他之召回来上班。我们办公的那一层被隔出一个教室般大的房间，门上用中英文两种文字标上"机器人心理学实验室"。字体又大又黑，显然是董事长的手笔。我推门走了进去。

洋河负手而立，西装笔挺，皮鞋锃亮，头发梳成大背头，比检阅台上的将军还要精神。他的十个机器人站成一排面对着他，整齐异常。

他冲我点点头，示意我找个地方坐下，然后清清嗓子对机器人发话：

"我命令你们完成一项任务：给自己取一个名字，注意彼此的名字不许重样。现在开始。"

一瞬间，所有的机器人都举起手。洋河困惑地看着它们，示意左边那个身着 T 恤衫的机器人开口。

"我的名字是：机器人学三定律第一定律：机器人不得伤害人，也不得见人受到伤害而袖手旁观。第二定律：机器人应服从人的一切命……"

"停止！"洋河喝住它，"你的名字有多长？"

"二百兆亿四千万字节。"

我笑着说："它想必是把全部知识都作为自己的名字了。"再看看其他机器人，"恐怕它们都一个样。"

洋河恶狠狠地瞪着机器人，"是这样吗？"

"是的。"

"我再加一个命令：你们给自己取的名字不许超过八个字节或四个音节。现在重新开始。一小时，别忘了。"

二十五分钟后，有三个机器人举起了手。

"你！说吧。"洋河指指右边穿红衣服的那个。

"我的名字叫机器人。"

洋河难以置信地看着它。机器人识别出他那不满意的表情，光电眼睛里露出焦虑的神色。

"那你呢?"洋河问另一个。

"……对不起,主人。我得重新想。"它说道。

洋河回头看我。我正想开口,他伸出两手做个挡的姿势,"别,不用你说。我知道是怎么回事。"

又是两分钟死寂。第二个机器人想好了。

"我的名字叫们完成一。"

"啥……来着?"

"们完成一。"

"这、这、这像是个日本人的名字呀。"洋河高兴极了,"你瞧你瞧,们完成一先生。多出色!"

我也很吃惊,但是脑袋多转了几转,就释然了。

"这不是日本人的名字,董事长。你今天对它们下命令时说:'我命令你们完成一项任务:给自己取个名字。'对不对?这机器傻子从句子里挑了四个字给自己取了个名。鉴于你不满意第一个机器人的名字,它就把'我命令你'这种句子开头的字一概排除掉,于是成了这个样子。"

洋河现在也不生气了,他只淡淡地点了点头,示意另一个举起手的机器人开口。

"我的名字叫牛。"

我说:"想必是它学的第二个或第三个动物名称。"

"行了,你别说了。该你了,你叫什么?"

"我的名字叫夏天。"

"嗯,不错。你呢?"

"我的名字叫哲学史。"

"这下子你没法解释了吧?你呢?"

"我的名字叫婀娜。"站在中间的那个机器人说。我又想开口。这显然是它学的头几个形容词中的一个,但我说不出话来,我的肚子笑痛了。

"显然你的前世是哭死的,所以你这辈子笑个没完!"他咬着牙对我说,"你的名字呢?"他问下一个机器人。

"我叫黑色。"

"好。该你了。"

"我叫重工业。"

"你?"

"我叫躯干。"

"你?"

"我没有一个名字。主人，对不起。"最后一个机器人这样说。洋河纳闷地看着它，又转过头跟我对视了一眼。

"请你说说，'没有一个名字'是什么意思? 你有多少名字可供选择?"

"四十万两千一百五十个，我无法选择。"

"……为什么?"

"没有合理的选择标准。"机器人说道。

洋河不耐烦了，大声说:"我命令你随机选择一个! 现在!"

那机器人的光电眼睛黯淡了，它扑通倒了下去。

"得，短路了。"我直起腰来，"随机选择看来是个困难的事情，我敢说，过去实验中它的正电子脑发生的故障并没有完全被排除。"

洋河坐下来点上一支烟，一言不发地抽了几口，掐掉，走出去了。我过去坐在他刚坐过的椅子上，看着那个在地上睡着的家伙，等洋河回来。过了十几分钟他还没回来，我打开屋角的电视，里面正播映一部老电影，轻歌曼舞的爱情故事，够难看的。我想干脆出去找个技师来修理机器人。

开门进了电梯，我忽然明白过来。

在大楼里乱窜了好一阵才在弹子房里找到他，他正跟一个小孩在打美式九球。我跑过去抓住他的胳膊，"你成功了，你成功了知道吗? 它们居然能给自己取名字!"

他放下球棍，"你怎么才明白?"

"这是划时代的成就! 取名字是典型的层次式计算，一个机器人能给自己取名字，说明它的思维方式很接近人类。美国人的正电子脑真可怕，照这样发展下去，模糊电路，神经电路甚至分子计算机都没有发展余地了!"

他被感染了，窘迫地想玩个谦虚，"它们的名字取得够简单的，甚至该说是简陋。"

"你就是叫它原始也没关系。关键是它们能够理解你的命令，并判定这个命令可以被执行。你真是……太棒了！"我崇拜地望着他。

他开始膨胀了，"这个呢，确实算个成绩。毕竟那是全世界头一拨能给自己取名的机器人嘛！不过话说回来，咱们还应该走得更远。"

"怎么呢？"

他从口袋里掏出笔记本翻开，撕下其中一张纸。

"你看看吧。"

我打开纸来看，"机器人第三定律：机器人应保护自身安全，但不得违反第二定律。嗯？原本是不得违反第一、第二定律吧？你这是想……改动第三定律？"

"过去三大定律是第一定律电势最强，第二定律次之，第三定律又比前两者都弱。如果像我这样改动，第三定律只是间接受制于第一定律。也就是说，当有人下命令时，机器人必须不顾自身去拯救人的生命，而无人下命令时机器人则根据自身所冒危险的程度来决定是否救人。这种局面使机器人过去接近完美的道德水平降至普通人的水平，反而具备了真实人性的某些特点。如果正电子脑技术能够容纳这种改动……"

"但是这样的话机器人会不会最终构成对人类的威胁？"

洋河慢悠悠地说："我不知道。"我看着他，心中有种奇怪的感觉。这个大男孩怎么成长起来的？他究竟会走多远？

"有一点可以肯定，"他说，"改动过的第三定律将帮助机器人更好地理解和模仿人类的行为。保护自身的电势加强了，它们将懂得什么是害怕，也知道什么叫爱护和牺牲。我相信，这种高级精神层面的复杂化会使机器人更加聪明能干，人类付出代价也有限，当你处于困境时，大可以发出明确的指令迫使机器人采取行动。"

"但是任何系统的复杂化都意味着发生故障的可能性增加，机器人会在两难权衡或其他困境中瘫痪。难道不会吗？"

"这正好让不断前进的人工智能技术发挥它的潜力。正电子脑迟早会比人脑更复杂，如果始终不让机器人以人的角度思考和解决问题，要它有什么用？"

我点点头，犹豫地笑了。他的话来得太快，我的思路有点跟不上。一时冷场。

"对了，你离开时机器人在干什么？那瘫痪的机器人站起来了吗？"他问我。

"还没有，走的时候我留着电视给它们看。门是锁着的。我们是不是该回去了？"

"好的。"

我和他并肩往实验室走去。我们谁也没有想到，灾难此时已不可避免。

下　篇

实验室的门开着！机器人不知道跑哪儿去了。

锁头被扭歪而且掉在地上，这是暴力破门造成的。

洋河立刻给大楼门卫打电话，没人接。我急忙联络保安部，在我打电话时，洋河站在我身边，那急促的呼吸让我十分紧张。

五分钟后，保安部回话：门卫找到了，他被锁在一间厕所里。有人看到那十个机器人冲出了大楼。

我正想着下一步该打给谁，洋河伸手抢过电话，右手猛力一推把我搡开。他大声命令下属立即租用一颗卫星追踪机器人，不管价格有多昂贵。很快结果就出来了，那些机器人正在沿着高速公路向西南方向前进，速度为每小时 110 千米。

等我们坐上车开始追赶时，洋河才开口说话。在这以前他把脸绷得像块铁板。

"你不该让它们看电视。"他说，"服从人是第二定律决定的，它们既然把门卫锁起来，说明出现了激活第一定律的事。这肯定是电视新闻造成的，咱们的新闻从来就不缺天灾人祸，机器人别无选择。"

又过了几分钟，技术部的人给他打来电话："机器人的目标是黄河大堤，现在只剩约 70 千米的路程。"

不久又是一个报告：电视台在半个钟头之前播发了这么一条消息：黄河在长达数年的断流后突然水量剧增，有个水库在蓄洪过程中发生了水文地质方面的变化，大坝底部裂缝造成强烈管涌，威胁极大。我开始明白了，思路也从刚才那一操转到眼前的事。

"为什么以前没出过这种事？未必别的机器人都没看过电视？"我问道。

"它们得等主人下命令，靠自己那猪一般的脑袋去想只会不知所措。只有咱们的机器人有够用的自主能力，那也是咱们训练出来的。懂了没有？"

我不作声。汽车在公路上飞驰。即将到达时来了第三个电话：大坝崩了。

洋河狠狠踩下刹车，靠边儿停下，把我从车子里拉出来就往高处跑。眼前是一条峡谷，不很直，一个小山包挡住了我们的视线。

先是一阵隆隆的回声从小山包背后的崖壁上传来，接着轰的一声震响，山头上展开一个五十米宽的大水花，像慢动作一样缓缓下落。眨眼间它已越过大堤，漫上公路，把路面上许多干草、纸盒裹胁而去。水头一过公路又露了出来，我们的汽车安然无恙。然后大水分成两股，一股沿河道奔泻，更大的一股则顺着麦田向下游一座小镇冲去。河堤成了它的分水岭，而那座小山包因为受到洪水的直接冲击，已经像雪糕一样溶化了。

"它们在那儿！"洋河指着上面盘山公路的拐弯处。十个机器人排成一串奔驰而下，依次跳起越过我们的汽车，追逐水头而去。我想跑过去拦截它们，洋河伸手把我拉住。

"别，没用的。第一定律高于一切，直到无人可救了它们才会听你的。我们得追上去。"

我们跳上汽车，沿着公路风驰电掣般冲下山，与洪水平行前进，在通过一个狭窄山口时洋河加速超过了它。我惊恐地看到，洪水在我们身后汇集起来，成了一堵高达五米，喷溅着泡沫和水花的巨浪，不仅淹没了公路，连路边的电杆也一一冲倒。前面已经看得见机器人的身影，最后我们是前脚撵后脚地进了镇。洋河猛打方向盘，汽车尖啸着拐弯上了一处高地。他刹住车，把喇叭按出一声声长音向下面那些毫无防备的人们报警。而洪水已经带着它的全部动量，毫无阻碍地冲了进来。

顿时，小镇上人声喧嚷，哭爹叫娘。

一些民房垮了，木质房梁、栏杆还有铝合金窗框之类的东西在急流中沉浮，它们比洪水本身还有杀伤力。等到水头一过，我们的机器人就在各处冒出来。它们分散在街道上，当人们被水冲到它们身边时，就伸出有力的手抓住并且将他们扔到房顶或阳台上。动作拿捏得如此恰到好处，我亲眼看到一个妇女落到四层楼高的一座水塔上时，双脚刚好着地。她就那么不知所措地在上面坐了半天。

洋河放开绞盘，发动汽车，开始捞人。我把钩子向那些在水中挣扎的人抛去，他们有的抓住了，但大多数都是抓一下就松了手，水流实在太急。那个自己取名叫"躯干"的机器人就在我们十多米远的街口，大部分人都是它截住的。它的脚趾牢牢扎入地面，锁了腰腿关节，站得很稳。它是那么可靠以致我都有点爱上它了。每一次我漏了人过去它都能逮住，有一回我看到一家三口漂过来，手忙脚乱一个也没救到；但"躯干"抓住了他们不说还把我扔出的钩子也抓到了，它用钢丝绳和钩子把他们捆结实，洋河一踩油门把他们绞了上去。我高兴得大叫，告诉洋河"躯干"已经救了不下三十个人。他听了冲我微微一笑，说了句什么我没听清，他就指指天上。我看到远处三架直升机正在飞近——真正的救援快到了。

就在这时我们的霉运到了高潮。

"躯干"一直站在当街的地方，承受了最大的冲力，在救出不知多少人后忽然停止了动作。它一动不动地看着一个孩子从身边打着滚漂过，然后就站不稳当了，水流把它"砰"的一声撞到侧背的墙上，它倒下去，消失在浑浊的水里。

我转过头去看洋河，他也在看着我，然后转开了视线。

"它是不是没电了？"我问道，往下走了几步。

"别去。"他说，"现在我们什么也做不了。"

二十分钟后，一大批救援队赶到了。那几架直升机负责指挥，总共大约有两百个机器人，全是那种体重一吨半的老式家伙，力大无穷，很快成了主角。我们的机器人反应速度较快，但输出功率比它们差远了。我又一次提出下去给它们补充能量，还从汽车后备厢搬来一个重达二十公斤的临时充电系统。但洋河不理睬，他走出车蹲在地上呆望着，我发现他快要哭了。

"只剩六个了。"他说。

"……怎么？"

"这群该死的傻瓜！人家一个顶你们三个，逞能吧！"他忍不住了，当着我一个女士的面破口大骂，污言秽语不绝于口，我堵住耳朵也没有用，他的大嗓门甚至压过了水声。

"操死你们这帮没爹没娘的东西！"他站起来又着腰，"你过来，你们给我回来！们完成一，你那右手都不听使唤了还玩呀！婀娜！你没看出那人已经死了？天底下哪儿有这么蠢的事！们完成一先生，你的右手哪去了？你的衣服也不见。瞧呀这个大花脸！我敢打赌，这王八蛋的脑子里头连两百伏的电压都不够了。有谁见过一个灯泡在救人吗？"这时"们完成一"被洪水冲走了。他用手蒙住脸。

我忽然明白他为什么这么难受。如果第三定律按他那样调整的话，这些机器人不会损失。实力强大的援兵已经到来，它们不需要被牺牲。

这时我做出了一生中最勇敢的决定。"婀娜"在追一个被水冲走的男人，从我脚下十几米的地方经过。我紧跑几步"扑通"跳进了急流里。"婀娜"立刻停下了脚步。

来吧，机器人，瞧，我比他更近一点儿，你应该先救我。

它向我走了一步，立刻又停下。我想在齐颈深的水中站住，但不行，转瞬间我已在洪水中打着滚儿向它冲去。

它伸出双手接住我，很轻柔地抓住我的肩膀。本来不该那么轻柔的，结果，为了减震它的重心移动了，翻倒在水里。我们互相纠缠着被洪水卷走，它一直将我的头托在水面上。

它确实耗尽能量了。我可以制服它，把这唯一的一个带回给洋河。

我抹开脸上的脏水看看前面，那儿有一堵被水冲得摇摇晃晃的墙。我短促地尖叫了一声。"婀娜"拿出一股不知从哪儿来的力气，两手一推把我抛离水面，落入路边一辆重型卡车的车厢里，自己则加速向那堵墙冲去。墙根被它一撞，轰然倒了下来。这瞬间"婀娜"已经没有能力躲开。

电势完全平衡了，它既不能救人也不可能救出自己。当我抬起头来时，正好看到它那水淋淋的脸上绽开一个洋河式的笑容。它在漩涡中消失的时候也正是洋河甩过来的钩子钩住卡车的时候，随着当的一声响，绞车轰鸣，我怔怔地看着洋河焦急的脸，泪水在眼中打转。但我没有让它落下来，一直等到洋河把我搂在怀中，这些泪才夺眶而出。

事情就是这么个结局。洋河的机器人全军覆没，事后的调查显示，它们各有各的死法。"们完成一"失去一只手臂是因为它被两块倒塌的水泥板夹住，为了自由移动这家伙硬把它拉断了；而"重工业"为了护住三个人不被急流中的一根巨木撞死，锁住体内关节使自己成了结结实实的铁墩子，它散了架的残骸被下游的人找到了不少。其他机器人也大同小异。人们感到万分奇怪的是它们在最后一刻纷纷绽露的笑容，这使一个老年妇女吓得夜里不敢睡觉，但更多的人并不觉得恐惧，反而有一种若有所失的感觉。

两周以后，有大约八百千克的机器人残骸被找到。淳朴的小镇居民经过一番激烈争论，在一个晴朗的早晨为它们举行了隆重的丧礼。

洋河失踪了。他当初注册的竟是个无限责任公司，如果他不跑的话肯定要吃官司。我留下来处理善后。公司人去楼空，债主们把所有财物拍卖，还有人请私家侦探追踪洋河的下落。我负责地说一句：这是白费劲。

但有件东西留了下来，一个纪念品。昨天我接待了几个小镇居民的代表，他们带来一个在洪水中撞瘪了的机器人头颅，里面是个完整的K型正电子脑。他们不知道正电子脑一旦断电就彻底报废，希望留着它会有所帮助。我什么也没说，很恭敬地收下了它。

我将留在这个行业，我相信洋河也会如此。也许他在某个远在天边的角落，谋划着东山再起。我等着，恐怕我不需要等很久，他是那么富有个性，一旦有所动作就不会逃过我的视线。

对不起，我谈自己的事太多了，您不需要关心这些。故事已经讲完，只留下一个问题：

人们会不会允许机器人比自己聪明？它们今后是什么身份？是物体？是某种工具？还是……

朋友？

启　航

——该故事背景设定源自《科学Fans》
"共建宇宙·魔镜星球"项目

迟　卉

迟卉，自由作家。曾任《科幻世界》杂志执行副主编。2003年在《科幻世界》第7期发表处女作《独子》，此后笔耕不辍。作品多发表在《科幻世界》《飞·奇幻世界》《新科幻》《最小说》等杂志。曾获中国科幻银河奖、全球华语科幻星云奖。代表作：长篇科幻小说《终点镇》《伪人2075》。

——你好，欢迎采访。我就是马丽。登船那年 26 岁，今年 47 了。

——对，五年航程，十六年开拓，我先是当老师，后来一边当老师一边管学校的杂事。你问我当初的事，我都能给你说。你想要我从哪儿说起？

——从头说起？那可就长了。从移民飞船出发吗？

——还要往前？要讲我是怎么想要上船的？

——行吧，反正现在没什么事。我就给你讲讲。

1. 老　师

说起来挺傻的，我报名星际移民的原因，其实是不想当老师。

原因？就是不喜欢。我家一家子都是老师，我爷爷是老师我奶奶是老师我爹妈还是老师，到了我这一代，本来也是读的师范。说好了出来当老师，但我不想干了。

怎么说呢……

我妈是中学教师，特别认真负责优秀的那种。她能记住班上每一个学生的名字。我小的时候也很骄傲，因为我妈妈可厉害了。

但有些事情就很难受。

她教过那么多学生，十几年几百个班级，总有那么几个比我优秀的。而且还各有各的优秀之处。

都知道那个"别人家小孩"的笑话，但是你们爹妈嘴里可能就一两个"别人家的小孩"，我妈一旦开始数落我，能拉出一个加强连。

所以我一直就不太喜欢当老师。

但是毕竟从小到大接触的都是老师，报志愿的时候也就顺手报了个师范。后来还真的去当了几个月的教师。

结果受不了，跑了。

受不了的原因也挺……傻的。我当时是实习教师嘛，带一个初二的班级，代理班主任。有一天在走廊上遇到个学生，向我问好。我知道他是我那个班的，但我就是想不起来他的名字。

我就很难受。

我这人没什么能耐，数学不行，只能教文科。不像我妈能教理科。这也就罢了，记忆力还不如她。她能记住自己教过的每一个学生的名字。我连一个班都记不住。

我本来就不想当老师，更何况还是当一个水平远远不如我妈的老师。

所以我就辞职了。

辞职之后，我找了个文化公司，写点东西，做点广告什么的。跳过几次槽。日子过的糊里糊涂。

我爹妈倒是没什么意见，他们本来是希望我能实现他们的梦想：考个博士当个科学家什么的。

问题是我高数就没及格过。所以他们也就不指望了。

我上船这事呢，属于一时冲动。

当时公司效益不好倒闭了。爹妈说要不回老家吧，回老家当老师。再考个研究生。

我既不想考研究生也不想当老师，更不想回老家待着。正好当时星际移民的广告贴的满街都是，我就想去看看。

其实一开始这事大家都不看好——中国人嘛，祖上是种田种菜的又不是当海盗的，搞什么星际地理大发现咱们好像没这个传统。而且一走就要几千年——当然啦，在船上也就几年，但是外面就几千年了。

所以呢，我当时觉得招六千人太夸张了。可能也就几百个人。而且大概都和我一样脑子不太正常。但是到了现场才发现有那么多的人，还有那么多小孩子。很多时候是小孩子牵着大人的手，拼命往报名点里头挤。

当时有规定的。小孩参加星际移民，一定要十岁以上，还要心理医生谈话之后，才能来报名。挺麻烦的。但当时还挺多。十一二岁，有些个子都比爹妈高了。他们爹妈在一旁看着，他们跑来跑去的拿表格填表格什么的。

想去移民的孩子，跟想去移民的大人，是不一样的。我们只是想换个活法。但他们的眼睛里，是真的有光。就好像几千光年外的那颗星星，已经在他们眼睛里发光了。

我本来还有点犹豫。但后来不知道怎么就报了名，也不知道怎么的，就被选上了。十几万人选六千。我挺走运的。

后来我才知道，他们选我是因为我当过老师。

六千移民里头有不少是全家出发，带着孩子一起。但是老师不够，就把我也算进去了。当时十二个老师给一百多孩子上课，从小学五年级到高三都有。

大概这就是命吧。不想当老师，最后还是当了老师。

我爹妈？

他们挺伤心的，但是没拦着我。他们觉得这是一件特别厉害的事情，是那种他们一辈子都不会去做但是希望我去做的事情。事实上，他们很支持我。

飞船出发之前，我跟他们一起去旅游，把棉城周围逛了个遍。最后起大早坐缆车上峨眉山金顶。我爸非要去许愿。

这事吧，是挺傻的。我妈就说他："你许什么愿呢。就算是菩萨愿意保佑，咱闺女这一走几千年，菩萨都成灰了。"

我爸就笑。

他说："没事。给菩萨烧了香，我还要给天地祖先上香。要天地祖先保佑咱闺女。不怕，咱们是华夏子孙，几千年前就有中华了，几千年后也还有中华。肯定保佑得到。"

我当时就笑，笑着笑着就哭了，他们俩又来安慰我。

我这辈子都记着那缆车，晃晃悠悠的，云海在我们脚底下，阳光落在我们脸上，山在我们前面。

2. 钟

飞船起飞之前那段日子，我其实记得不是很清楚了。主要是集训太累。一万多人，选六千，其他人都要淘汰掉。大家都不想被淘汰掉，就都很拼。

也有半路受不了的。爹妈来哭或者家里人来哭，转头就说我不干了，我不去了，我走了。

就像我说的，这事不是每个人都受得了。

你坐上飞船，殖民星球好像不远，五年到达。但是在地球上，几千年过去了。几千年哪，不管你是成功还是失败，这边的人都等不到了；他们的孩子，他们孩子的孩子，都等不到了。对他们来说，你就等于是没了，死了，失踪了，一去不回了。

时间在这条路上，就这么被压缩了。不是他们的时间，是你的时间。

我每年都要给小孩儿们讲这个道理：你骑自行车，骑快了，你就会感觉到风在吹你的脸，那就是空气在挤压你的皮肤。

要是你乘坐的是一艘特别特别快的飞船的话，那挤压你的就不是风了，而是空间本身。被挤压的也不是你的皮肤了，而是你的时间。

地球上几千年的时间，就这么被挤压成了飞船上的五年。不管你自己的感觉是怎么样的，外面的时间已经流走了。

——啊抱歉，职业病犯了。

说回来吧。反正，最后能上船的，都是想明白了的人，心里是有数的。但是心里有数归有数，真的事情临到头上，又是另一回事了。

你看过那只钟没有，"长江号"上的那只大钟，标着日期的那个。被遮了一半。

没有？

那我给你讲讲吧。

那只钟，全名叫"飞船—地球时间对比钟"，我们一般叫它天钟。

因为天上一日，地上一年嘛。

其实，要较真的话，飞船最快的时候，船上一天，地上要很多很多年。但刚出发的时候，飞船还没那么快，差不多是一比一。大家也没人非要算那个小数点。反正，能让人知道就行了。

启航那天，大家都聚集在船尾。那里有个小舷窗，能看见地球。飞船出发的轨道特别高，地球看上去就是小小的一颗，旁边缀着个月亮。越来越远，越来越远。

亚光速飞行的时候，你是看不见星星的。船头有护罩，船身有粒子捕捉伞，舷窗就那么两三个。亚光速发动机点火的时候，有个光环，从船尾漫开去，噗的一下子，就把地球遮住了。

大家都站在那儿没动。虽然已经看不到了，还是不想动。都知道，这是这辈子最后一次看到地球了。

我们在船尾站了好一会儿，才回到大厅里。那时候船长已经把天钟打开了。可以看到上面的数字在跳。

跳的那个快，快得让人心慌。

"长江号"是艘特别大的飞船。能装六千多人，小不了。我们管那个地方叫大厅，其实差不多算是个广场了。广场中间就是那座钟，上面是飞船上的日期，下面是地球上的年份。

一开始，大家好像什么都没发生一样，各自去做各自的事情。集训的时候就已经都安排好了，谁去农场，谁去当老师，什么时间上课，什么时间干活，都是有计划的。按照计划来就行了。飞船上有医院有食堂有学校什么都有，像个小镇子。

早上六点钟灯光一亮，大家就都起床。晚上六点准时天黑。

有个从乌鲁木齐来的小伙子，不习惯，他说他那边十点钟才天黑。所以我们单独给他弄了个电子表挂在他房间里，比船上的时间慢四个小时，其实还是和我们一样。

头一个星期。大家还是嘻嘻哈哈的，从那个钟下面过去的时候，会说已经五年了啊，已经六年了啊，什么的。

有个离婚的男的，说，他儿子大概已经会打酱油了。不知道后爹会不会欺负这小子。

他们拍他肩膀，说下礼拜你家儿子就能按着后爹揍了。

我们就笑。

第二个星期。大家走过去的时候，就稍微有点沉闷。五年六年，和十一年十二年，是不一样的，从感觉上就不一样。在这边你记得的还是儿子吃奶的样子，在地球上他没准都谈恋爱了。

有些人感叹。有些人不说话。

我想了想，我这里才两个星期过去。我爹妈已经六十岁了。大概头发都白了吧。

就很难受。

头一个月快结束的时候，很多人不再说爹妈的事情了。那个钟明明白白就在那里，告诉我们，地球上已经过去三十年了，有些年龄大的，爹妈应该已经不在了。

但他们还是会聊，只聊自己的儿女。

我们这些没儿女的，基本上就都不说话。

那段时间，有些人就不去广场了。我也不去了。大家都不想看那个钟，看着难受。

差不多到两个月的时候，我才又去了一趟广场。

我走的时候，我爹妈五十岁。

那时候地球上的医疗条件很好了，但是一百二十岁的人，还是很少很少的。飞船上六十天，地球上七十年。不管再怎么样，我想我的爹妈应该是已经没了。我想我应该去给他们点两炷香。飞船上不让弄明火，也没有香。我最后找到两根电子蜡烛，拿了过去。

广场上没什么人，那段时间大家都不从这里走。

我过去的时候，正好看到那个离婚的男的。他穿的还是两个月前我们认识时候的那件衣服，在钟底下坐着。

看到我走过去，他抬头，说："我儿子七十了。"

我就放了一根蜡烛到他手里。我们在那个钟下面，坐着。

谁都没哭。

人这个东西，其实挺奇妙的。有些事情，你避无可避，迎上去了，也就过去了。还有些事情，怎么说都说不通的，但它就是发生了。

大概是出发后第一百天吧，有人提议说要不要给咱们这趟旅行庆个百日。还有人说要不要纪念一下咱们在地球上认识的那些人。

飞船上一百天，地球上一百二十年。没有意外的话，我们认识的每一个人，包括那个离婚的男人的儿子，都已经不在了。

最后也没有谁牵头，大家慢慢地就都聚到了广场上，大概有几百个人吧。那个钟还在走。上面慢的让人心焦，下面快得让人心碎。

有个穿红衣服的小伙子开了头。

"我爷爷喜欢吃大蒜。"他说，"我跟他说我要去很远很远的地方拓荒移民，他问我，那地方有蒜吗？我说，没有，但我们可以种。"

"我妈也喜欢吃蒜，还喜欢吃臭豆腐。"

有个姑娘说。

然后大家就开始了，七嘴八舌，说着自己的亲戚朋友爹妈子女，就好像他们的时间和我们是一样的，和我们一样只过了一百天，还活在这个大宇宙里面某颗小得像玻璃珠一样的星球上。

就好像只要你记得他们，他们就永远都在。

我们聊了好长好长时间，聊得口干舌燥的。有人去拿了水，有人去食堂拿了点心过来，挨个分。

晚上六点的时候，灯灭了，白天变成了晚上。大钟上又跳了一个数字。

又是一年。

大家突然就安静了下来——那种安静真的很奇怪，明明前一秒都在七嘴八舌，突然就安静了，像是有谁来了，或者是有什么发生了。

然后突然的，有个妹子开始唱歌。

东临碣石，以观沧海。水何澹澹，山岛竦峙……

那是首老歌，特别特别老。几千年前曹丞相写下来的，一百年前有个电影给它重新谱了曲。

但是在那个时候，就特别应景。我们就一起唱。

沧海桑田哪。

眼睁睁看着时光飞逝，就只有歌还在，我们还在。

东临碣石，以观沧海。水何澹澹，山岛竦峙。
树木丛生，百草丰茂。秋风萧瑟，洪波涌起。
日月之行，若出其中。星汉灿烂，若出其里……

那天晚上，我们睡在那个钟旁边上。反正不脏，飞船里总是干干净净的。大家互相枕着靠着。

第二天早上起来，不知道是谁，把那个钟下半边盖起来了。

现在你听我讲过去的事，我说我爹妈，就好像只是过去了几年。我知道他们不在了，但在我心里，他们还是我出发时候的样子。

有人说我们把钟盖起来是自欺欺人，说我们用这种语气谈论爹妈亲戚是自欺欺人。别的人我不知道，那天在现场的，没人会说这种话。

我们知道他们不在了。

但我们还记得呢。非要说应该把他们忘了，才是自欺欺人吧。

3. 夜 校

我给你讲，一开始的时候，飞船上是没有大学的，就小学初中高中。本来想着高中结束了这些孩子直接就分配到船上各个地方去工作。但他们不干，说工作可以，晚上还是想学东西。

那句话叫什么来着？只要还有一个孩子想上学，我们就会把学校盖起来。

是，我知道那是说地球上的义务教育。但是也差不了多少。

想学东西的也不只是小孩子，也有成年人。很多人说到了别的星球还不知道会怎么样。集训的时候学的东西不够多，还想再学点。

所以我们琢磨着琢磨着，你出几节课我出几节课，再找飞船上的 AI 帮个忙，一来二去就把夜校攒起来了，算是半个大学。还顺手攒了一个托儿所。

对，头一年就有小夫妻在船上生了。

我们没限制生不生——让上船的都是十岁以上的娃娃。你这五年要是再不让人生小孩，那就少了一代人哪。

人造子宫啊、种宝宝树啊、那都是落地之后的事情了，要快速增加人口，没办法。

我教语文和历史。其实我历史不怎么好，但是大家历史都不怎么好。所以照着课本来就行了。后来又开了写作课。

说到写作课，挺搞笑的。也不知道是哪个兔崽子，把没写完的网文带到星际移民飞船上来了，挖坑不埋是不好，但是你这也没法让作家填坑了啊。等你看到"未完待续"的时候，他孙子估计都入土了。

后来我就干脆发动大家给这些没写完的小说续写，也锻炼一下写作能力。

曹雪芹还得高鹗续呢，是吧。

夜校啊……夜校和现在的互动大学差不多。就是当时人少一点。大家都是老师，也都是学生。各自出自己擅长的东西，做成课件，放到网上，凑齐十五个人就开课。有什么别人想学，你懂，又讲不好的，就找飞船上的 AI 帮忙。她们可聪明了，能教你怎么当老师，然后你再去教别人。

那时候船上东西基本都是配给制，只有一个很小的开放市场，还是以物易物的。但是上课这个东西，学生和老师之间，有些人上的课多听的课少，有些人听的课多上的课少。那互相之间就拿东西去换，换着换着，就鼓捣出一种"课票"来。后来船长也认了，开始拿"课票"做新的钱。

现在咱们用的通用币上印的"知识就是财富"这句话，就是这么来的。

4. 疯人和恶人

之前说的是好的事，伤心的事。也有不好的事，特别糟糕的事。六千多人呢，哪能没几个混账的。

我印象比较深的是一个家伙，上船不到半年就疯了。每天都从食堂拿点吃的回去藏起来。非说我们到不了目的地了，所有人最后都会饿死，而他一定要做最后饿死的那个。

他那个房间里全是各种各样的吃的，有些馊了臭了，他身上也都是那个味。但是人家又没犯法，拿的粮食也在定额范围内。

忍了五年之后总算下船了。那人的病一下子就好了。现在应该是在南边拓荒种地呢。要我说，就是憋出来的。

他这个，是真的病。有的人，是真的混。

第六小组，不知道你有没有印象。现在应该很少有人提到他们了。

那帮人在船上的时候，就不是个东西。偷粮食酿酒——大家都馋这一口，能理解，但是你喝多了借着酒劲摸小姑娘算怎么回事。

大家伙都不待见他们，但他们那一帮人比较能折腾，有能耐，擅长跟人拉关系，称兄道弟的。船上后来开放市场，做交易中介、倒卖课票的，都是他们。

一来二去的，这帮人就有点飘了。觉得自己天大地大啥都能干。

但有些事吧，不是你擅长买进卖出就行的。比如实验室和组装工厂——大部分的物资都指望着那边。但是这些物资不进市场，他们就捞不到好处。

所以他们就琢磨着怎么把管组装工厂的那些人搞下去。我听说是用了不少手段。偷着录音举报啊，背后搞小动作啊，故意抢工厂那边的功劳啊……

要我说呢，有些事，你在地球上搞，是一回事；你在宇宙飞船里搞，是另一回事。

有句老话叫"病毒没有信仰"。

咱换一下，叫"真空不做交易"。一个道埋。

他们没搞到组装工厂，但是搞到了一个组装车间，就开始自己偷偷生产东西。里头还有些很危险的武器，估计是没安好心。技术员想拦着他们，没拦住，给气走了。他们没人管了就更胡来。

然后？然后就炸了嘛。

有些东西生产是有严格工序的。你非要偷个工减个料，哪能不出事嘛。

现在八组那个王麻子，就是原来六组的，脸上的麻子是爆炸的时候被液态金属溅的。你看他现在老老实实在开荒种地，当年可神气了，走路都能横着膀子走。爆炸的时候他在门口，六组那帮人就活下来他一个。

要我说，该。

5. 技术倒退

我在飞船上，主要就是当老师。

着陆之后，拓荒基地稳定下来之后，我这边主要的工作就是在搞技术倒退。

技术倒退这个事，怎么跟你解释呢。现在很多年轻人觉得我们不需要，发展前景一片大好。但其实没那么简单。

我们出发时候六千人，现在加上小孩子，一共也才七千人。

我在地球上念的大学，一个校区就三万人。有些大公司大工厂，一两万工人算是比较常见的了。

哪怕不拿中国做比较，当时地球上一些非工业国家、旅游国家，在地图上就针尖那么大。但是你去统计它的人数，也在一两百万。

真正的工业时代，真正的科学发展时代，就是需要这么多人。

所以我们现在都是用人工子宫。不管男女都要先投入社会生产，小孩子从人工子宫出来，就送到托儿所养，在食堂吃饭，也就晚上回到家跟爹妈在一起。这样一对夫妻可以养三到四个孩子，像我这样的单身也能带两个。

就是想尽快把人口提上来。

我们现在做的事情。其实根本算不上工业，顶多叫工业残渣。真正的工业是个链条，你能生产原材料，也能生产最终的产品。

我们现在很多金属，还要靠"长江号"上的库存，用一点就少一点。我们今天能造 AI，那是因为我们的稀土元素还够用。过几年如果我们没法把自己的稀土冶炼厂盖起来，那我们就只能后退到用计算机了。

这种被迫的后退，是很难受的。因为你看着那些好东西，无人机也好、AI 也好，一点一点的折旧了报废了，你无能为力。

所以我们要做好准备，做主动的技术倒退。

比如说去北大陆的拓荒队。他们一百五十个人，要倒退回农耕时代去，不做工业，只做农业和手工业。大家都是志愿者。农业社会很苦，但是他们愿意去做，从头做起。他们盖房子，是没有水泥的，要去海边敲本地的珊瑚岩——那东西跟地球上的珊瑚不一样，但都是石灰石。他们要种地，也没有化肥的，要自己想办法。

我们做什么呢，我们给他们做环境支持。

比如说你要种地，但是地球上带来的植物，跟本地的环境，不兼容。虽然气温合适，有水有阳光；但是植物的根，不是说扎进土里就行的。它需要微生物，需要真菌，跟植物的根一起，把这个土壤里的营养吸收进来。

那我们就去实验室里，人工智能开起来，大数据云计算基因组搞起来。把真菌搞出来，给他们；把能在本地种植的植物研究出来，转基因做好，给他们。他们去种，去发展他们自己的农业，也发展自己的手工业。

比如说打铁。

你可能会说，我们这边组装工厂能出金属，为什么要他们自己做。很简单，环境不一样。

这颗星球上的氧气，比地球上多。地球上的炼钢炉，在这里用不了。船上的组装工厂，总有坏了修不好的一天。

所以他们就要自己去摸索。从最简单的土坯炉子土坯窑开始，摸索从哪儿获取燃料，怎么冶炼，怎么烧制。

尤其是我们现在还有足够的科学知识。这很重要。

主动做技术倒退的话，我们还能拿着平板电脑一边查数据库一边帮他们规划土窑怎么盖。如果到了不得不倒退的时候，这些知识就都没了。因为电脑已经没了。

代价，肯定是有的。

上星期那事你也看到新闻了。他们想用本地材料做化肥，结果有毒气体泄漏，死了人。

我去了，很惨。好几个孩子在那里哭。夫妻两个都在一个地方工作，四个孩子放学回家，发现自己成了孤儿。现在接回来了，在基地的学校里。

但是如果不去做，我们不可能直接把工业建立起来。这个是我们的人口自然上升曲线。这个是我们的技术和资源消耗的曲线。这两条线的交点，就显示了在什么都不做的情况下，我们的技术会倒退到什么程度。

到那个时候，我们不仅没有网络和计算机了，也没有基因实验室了，甚至连抗生素都没了。

很惊讶吗？我记得宣传过几次了。不过你们年轻人不爱听。我知道。

现在的资源：AI、计算机、互联网、脑联网、差不多还能用二十年。二十年之后肯定是没有了。如果我们把主动的技术倒退做好，那么你们的孩子，可能会再把 AI 用起来。但如果做不好，那么你们孩子的孩子，甚至是他们的孩子，可能都不知道什么是互联网了。

我还记得去年，我去陪一个 AI 过最后一天。我们算是很多年的朋友吧。在飞船上的时候她就是负责教育这块的，和我一直有合作。她给自己起了个名字，叫花花。

老传统了。贱名好养活。

也确实，那一批老 AI 里头，她是最后一个退役的，还是主动报废。说是可以把零件留下来给新的 AI，记忆库保存起来等着以后再启动。

现在的"长江号"，已经快拆空了。连船尾外壳都拿去用了。但是她们这些人工智能待的地方还和以前差不多，连装饰都没怎么变。想一想也挺奇怪的，在地球上，机器老得比人快。但在这儿，人老得比机器快。

我还记得那条走廊，很长，灯光凉凉的。她在大厅等我，没用拟人投影，就是她自己。她喜欢把自己装载到那种四轮小车里，到处跑，还拍照。你看过变形金刚吧，有点像那种，就是不会变形。

我就陪她聊天，她给我看她这辈子拍的所有那些照片。从地球开始，到土卫六，又到地球，然后是飞船上，最后是在这里。

土卫六是真的好看。她的镜头能拍到土星的磁场。就像是一朵超级超级超级大的花，每一片花瓣都是数不清的针拼起来的，从地平线上慢慢地升起来。

地球……不说了，说了伤心。都是些老照片，都是些回不去的地方，见不到的人。

我们看照片，聊天，然后接着看照片。

后来时间快到了，我问她要不要一起去爬山。她说好。我们就去了。

那座山不高，但是视野很好，能看到海。他们修了一条路，所以上去很容易。

那时候是傍晚，我们就往山上走，一个人，一辆小车。到山顶的时候，正好赶上落日。这边的落日跟地球上的一点都不一样。天空是红的，海也是红的，两颗太阳反而都是蓝色的，你追我赶地往下落。

她拍了最后一张照片。然后就再也不说话了。永久关机了。

我就站在那儿，看太阳落下去。

山在我脚下，朋友在我身边，海在我眼前。

像苹果一样地思考

程婧波

程婧波，作家、编剧、译者，毕业于四川大学，传播学硕士。1999年发表科幻处女作《像苹果一样地思考》，此后科幻杂志和主流文学杂志均有她的身影。作品曾获首届青春文学大奖赛短篇组特别大奖、全球华语科幻星云奖、科幻冷湖奖等多种奖项，被译成多种文字。科幻代表作：《倒悬的天空》《吹笛者与开膛手》《去他的时间尽头》。

题记：苹果落地，牛顿发现了万有引力。可苹果发现了什么？

安琪打电话来告诉我，她感冒了。

我一边与她保持通话，一边向学校的车库走去。今天下午是观察课，我用另一部随身电话向生物老师请了假。现在准备去医院看望安琪。

天气真好，这种日子老师该带我们出去野营。我的车在一大片长得极其高大的植物中穿梭，忽上忽下，让我觉得自己是一只绿蚂蚱。那些可恶而又狡猾的农夫们，他们干吗要让这些植物长得这样茂盛？我们呼出的二氧化碳根本不够养活它们。

唉，上帝！我宁可在山地开车，也不愿溺死在这片植物吐出的过剩的氧气里。更为可怕的是，这里的路线实在复杂，是事故多发地段。正如所有的人一样，我可不希望因为开车不慎而白白地撞死在一颗木瓜或一株西红柿上面。

三分钟后我终于驶出了这片可怖的"蔬菜森林"。良好的路况让我的思想有点开小差。

我那喜欢与人攀比的爱玛姑姑又有了新的引以自豪的荣耀。她的丈夫出差回来，送给了她一枚猎户座星云产的手表。这种古董可是我们这儿从未有过的。那枚手表能够显示星象和凶吉，并且可以与人简单地交谈。这真是一个稀奇的玩意儿！可就是不能显示时间。

现在人人都很忙，而且又有一种坏习惯在大人中滋生：离婚。下个星期九我就得去参加奥叔叔的离婚典礼，他认为休掉那个地球妻子是件极棒的事。

很快我就到了医院，蒙着脸的医生告诉我安琪已经没事了。听到她没事我真高兴。

不久我就见到了安琪，她站在医院的楼梯上，穿着绿色的裙子，对我微笑。

她笑的时候总会令我莫名其妙地高兴。安琪脸上有两只对称的小眼睛，绿色的瞳仁使人联想到我们这颗星球。总之，由于她与我们的种种不一样，使她看起来更像一个地球人。然而我还是喜欢她。

接下来我就送她回家。

她坐在我身后，我的第五只眼睛看到她正在往指甲上涂油。突然她问我："你又获奖了？"

"是啊。"我说。

"怎么回事？"她又问道，"你设计的外系人是什么？"

"一块石头。"

"嗯？"

"我们去那个荒蛮星球——假设我们去了一个荒蛮星球，我是队长。我们在采集矿石样本的时候，发现岩石被激光割过的切口处有一种液体流下来……"

"黑色的？"

"对，墨绿色。这就是那种外系人的血液。完了。"

"这并不新鲜。"安琪挺失望。

我不知道。我想象不出外系人还会是什么样。这才正常。因为老师说过：什么样的生物的认识中就有什么样的宇宙。我们眼中的银河系是这样的，是因为我们生在其中。比方虱子认识乞丐肮脏的头（为了不得罪人，我暂且说这乞丐是太阳系一种叫"猴子"的生物），因为虱子只是虱子。也许某一次，它们中最高等的一个会为了证明"乞丐的头是圆的"而做一次"环头航行"，而其性质也一定只是证明一个我们显而易见的东西。我参赛时所想的只是忘记常识，可这又能怎么样呢？我们还是我们，我们所认识的宇宙就是这样，我们的认识与其他系的生物的认识一定不相同。那么，我们又怎么能想象得出外系人究竟什么样的呢？

所以我只好说：它们是石头。

没想到居然得了奖。然而我又听说原来是因为其他人全都把外系人设计成了核桃或是黄瓜，评委不知道究竟是核桃好呢还是黄瓜好，所以干脆把石头评上了第一，奖给我一大捆青菜。

安琪突然又说道："你去看过展览了吗?"

"是啊。我们全家都去了。结果我的太爷爷和自己的第三个脑袋吵了嘴,什么也没看成。"

"那可真扫兴。"安琪再次表现出了失望的情绪(她很上进,老爱复习),"海马可是种奇异的东西呢!你知道吗,海马的眼睛是由29条旋臂构成的。我发现每条旋臂里有一个小海马,而在这些小东西里又有更多的小海马。你感兴趣吗?"

"那可真叫人吃惊呀!"

"没错。也许另一些'人'去参观'银河系展览'的时候,会发现我们的银河系是由许多类似银河系的星体构成,而这些星体又由更小的星球构成,那些'人'一定会惊奇地说:'太妙了!这真是令人吃惊呀!'——嗯,我是说,也许银河系就是一只海马。"

"你是说全息,安琪?唉,那太老旧了。"

"可你也不得不承认:到目前为止,我们还没有能力把整个宇宙浓缩到足够小的一点上去呢!"

"你是说黑洞?"

"不,我指整个宇宙的信息。"

"好吧,我承认。"

"银河系或许只是更大的一个什么东西的细胞而已。我想宇宙本身是'活着'的,"安琪换了一种坐的姿势,她的声音由于车的亚光速而变得有点成熟感,"我们怎么知道呢?我们对宇宙来说显得太微不足道了。"

我同意。虱子只看得见无尽的"头发森林",它们怎么知道别人头上还住着一群虱子?但我看到自己,就可能看到的是整个宇宙。我们怎么知道呢?——或许一块石头就是整个宇宙,宇宙的每一部分(哪怕是小得比我们想象得到的还要小)都含着宇宙的全部信息。我们所认识的宇宙就是自身信息的扩大,或者说是宇宙"克隆"了无数渺小的自己。

我在地球课上曾欣赏过艾吉米斯沃利塔罗科(请原谅我用他名字的简写形式)的"行星组曲"。据说创作组曲的初衷是表达行星在占星术上的意义。作曲家专为6 000万年前胎死腹中的天兔座"白矮星"作曲——《原点左边的玫瑰》。

单听这悲壮的名字，就仿佛目睹到了那个夭折的婴儿的棉絮状阴影。

要知道，我们这儿的人是轻易不用"原点左边"这个令人伤感的词的。

不过说话间安琪的家就到了。

她一边推车门一边说："再见！"

"噢，安琪！"我突然才又想起她感冒的事，"你真的没事吧？"

"医生已用杀毒软件为我治疗过了。现在一切正常。"她站在车外对我浅浅一笑。

回　溯

谢云宁

谢云宁，电子工程师，毕业于四川大学。自幼喜爱科幻，于 2004 年发表处女作《回溯》，此后笔耕不辍，并凭《深度撞击》荣获第 17 届中国科幻银河奖"最佳新人奖"。其作品视野开阔，多以天文、计算机、生物工程为主题，追求科学硬核与人文关怀的巧妙结合。代表作：短篇小说集《超频交易商》，长篇小说《宇宙涟漪中的孩子》《穿越土星环》。

一

一进入虫洞分界面，鬼方感到僵直的身体就像一粒被抛入深渊的石子，急骤向下坠落。占据整个视野的斑驳陆离的光亮、各种形状不规则的几何形，如同一面面被扭曲的高墙，雪崩似的倾压下来，并毫无阻碍地穿过他半透明的身体——在四维时空被挤紧的额外维度在这里一一打开、暴胀，四散延伸。在鬼方的正前方，虫洞的出口只是一块瞳孔般遽然收缩扩张的光斑，看上去近在咫尺，但似乎又遥远得永世也无法抵达。不由自主地，一种不可名状的疲倦和孤独感蒸汽般在鬼方身体中蔓延开来。于是，他渐渐地放松、拖长了自己紧绷的身体……

百亿年前，跟宇宙间所有智慧生命的进化轨迹一样，人类最终抛弃了血肉之躯，以纯能量的形式跃入宇宙之渊，在星际间四处漫游漂泊。而今他们的"胃"经过亿万年反复锤炼，已经变成对于一切食物都不再挑剔的"饕餮之徒"——从飘浮于宇宙罅隙的游离氢云，到横跨几十光年的恢宏星系。然而，随着智慧生命活动加剧，以及宇宙自身的不断衰老，看似无尽的能量源逐渐枯竭，一个个原本壮美的广袤星系变得满目疮痍、空无一物。于是，人类不得不成群结队地在宇宙中大范围地迁徙，像是一群群穿梭的太空候鸟，不停寻觅能源丰饶的栖息地。

此时鬼方和他的伙伴们正结伴穿越虫洞，向两亿多光年外的一个年轻的球状星团跃迁。在那里，直径不过一百多光年的狭小区域中，数以万计的恒星稠密得如同一大群蜜蜂，密密层层地堆挤在一起——如此充沛的能量足够他们生活上好一段时间呢。

只是刹那间，光亮退去了，冰冷的黑暗如潮水般注入鬼方迷糊的大脑中。漫长颠簸的旅程结束了。他回头望了望，身后的虫洞此时已变成一团散发着微弱蓝光的晶莹光球，他的伙伴正摇晃着从中鱼贯而出，几十条能量束在广漠的太空中形成了一面沸腾的扇形涡旋。很快地，失去了能量支持的虫洞如同褶皱般被轻轻抹平，最终消失掉了。

随后他们怔住了，这里根本没有什么天鹅绒般灿烂的年轻的球状星团，他们此时正委身于一片异样的黑暗中，无边无际，几乎感受不到一丝星光的存在。在他们自身闪烁出的光亮所映照的有限区域中，勉强能分辨出稀稀落落的几颗白矮星和中子星——弥散着晦暗的灰白色光芒，好似块块裸露的粗粝礁石，突兀地割裂着空间——这令鬼方从心底泛起一阵厌恶。

"我们到错地方了。"一束意识开口道——微微震荡的能量场传递着信息。他是这群人类的首领，通体忽闪着与众不同的、威严瑰丽的紫罗兰荧光。

"显而易见，鬼方的时空标度出了问题，我们才跃迁到了这里——这个谁也不知道的该死的地方。"另一束意识波激动地跳动着。在这次跳跃中人们各司其职，而鬼方负责确定这次时空跃迁的方位。

"我……唔……是的，很抱歉。"鬼方琥珀色的能量波束颤巍巍地振动着，充满了深深自责。他意识到自己不小心弄错了一个时空参数，他们实际上进行了方向相反的迁跃。不知为什么，这段时间他总是心神不宁，不觉间竟犯下了如此严重的错误。

"抱怨是没用的，"首领冷静地说道，"我们现在最需要做的是弄清这片星域的参数，以便从数据库中确定现在的位置，紧接着再次进行跳跃。"

于是，他们开始缓缓地、有节奏地舞动起身躯。意识的触角，随着覆盖几乎所有频段的电磁波和引力波，交错着如涟漪般徐徐展开，探查起这片黑暗荒漠。

随着他们的意识越往深处延伸，这只旋臂的荒凉愈发一览无余：在它的中央地带散布着大小不一的黑洞——由众多大质量恒星蜕变而成——将时空弄得像蜂窝般千疮百孔；在这里，众多的白矮星甚至经过又一个几十亿年的蜕变，结晶成为更加暗淡的黑矮星；但也不是完全看不到光亮，少之又少的新生中子星，激发着星际间稀薄的云雾，发出一缕缕灰白色的模糊光亮。整个旋臂犹如一张巨大的无法辨认的残片，一个彻底腐烂掉的苹果……

"这里似乎是银河系人马座旋臂。"有人突然嗫嚅着说，暗红色的波束簌簌地颤动，像是不敢相信自己的发现。

他的话如同抛入一潭静水的石子，在人群里激起一阵骚动。一个偶然的失误，竟使他们回到了古老的银河系，回到了人类最初繁衍生息的地方，这不免让他们激动不已。

"兴许再稍微深入一些，我们就将看到太阳，甚至是地球！"一束意识大声地嚷道。

"当然，前提是它们都还存在。"首领踌躇了片刻，接着说道，"无论如何，我想我们有必要回到太阳系去看看。"

太阳、地球……鬼方在心底反复默念着这些遥远得有些抽象的名字，像是在抖落上面附着的厚厚尘埃，尽管这些美丽的名字曾和人类是那么息息相关、休戚与共。

二

越过一长串暗礁似的星系，他们远远地看到了太阳，它像是飘浮在虚空中的一块橙红色的冰砾，微小得令人无法相信——然而人们仍感到欣喜若狂，他们满怀肃穆地望着缓缓转动的太阳，它就像是一位行动迟缓的老妇人，老态龙钟地抛射着虚弱的光和热，游丝般细弱的引力仍不可思议地束缚着几颗颜色各异的行星，有淡绿的、红褐色的、冰蓝的……

不，这不是太阳，人们猛地意识到，百亿年后的太阳绝不可能达到这样的亮度。几乎是同时，他们注意到了稍远处的一颗略大的被尘埃和气状物包裹的星球——刚才由于过于暗淡而未被发现——天哪，这才是太阳！它已经完全萎缩成一颗僵硬冰冷的黑矮星，彻底地死掉了。橙红的微小星球是木星——不应该感到惊讶，在宇宙间质量越小的矮星反而拥有更加持久的生命。

太阳完了，然而木星却幸存了下来，在某种意义上成了一颗新的、大大缩小了尺寸的太阳。

于是人们开始变得饶有兴致起来，他们纷纷抖擞意识，在变得陌生的太阳系中仔细地搜索,将获得的新奇信息一一备份,当作这次旅途的纪念。没过一会儿,他们在黑暗的一隅发现了地球,此时它已变成一坨焦黑的陶瓷,如一具风干的木乃伊,竟然仍虔诚地围绕着太阳缓缓转动……

"天哪,木星那颗冰蓝行星上居然有生命!"一束意识突然大声叫嚷起来。

生命?鬼方像是触电似的猛然一颤。这是真的吗?他迫不及待地跃向那颗晶莹的蓝色星球。

这颗星球直径不过三千多千米,被冰雪覆盖。他在星球上空俯瞰整个星球,仅仅经过几纳秒的分析,他就确认出这颗星球是木卫二。同时,他脑海中浮现出木卫二遥远的形象,而数据库中的数据提醒着他,在人类离开太阳系时,木卫二深海中存在着一些低等生命,但它们不可能在太阳氦闪后继续延续。

接着,他的身体划着一道耀眼的强光,钻入了浓雾弥散的大气层。他怔住了,透过缭绕的雾气,他看到了一大片雏鸟似的生命:它们只有树叶大小,全身呈透明的白色,长着一对好看的薄薄翅膀,远远望去,像是白茫茫雾气中飘落的一片片羽毛,烁烁闪光。它们有的匍匐在积雪的沟壑中,有的紧贴着地面,有的顺着和缓的气流,慢慢地滑翔。它们生活在一个以黑白为主色调的冰雪世界。斑驳的冰原,茫茫无际,上面散布着大大小小的坑洼、纵横交错的裂缝,以及平滑起伏的山丘。

鬼方感到了一阵不知所措的眩昏。他俯冲着飞向那些羽状生命,紧绷的身子在昏沉雾气中变得越来越快。猛地,生命察觉到了鬼方的到来,都惊恐地扑棱双翼,旋涡似的一腾而起,相互碰撞着,鸣叫着穿过鬼方闪烁的身体。

鬼方在平缓的大地间低低、曲折地飞行着,大气又黏又冷,充满了清新的气味。他身体散发的热量使身下单调的冰原快速变化着形状,一簇簇的冰块嘶嘶地脆裂,升腾起袅袅白色蒸汽,让鬼方不禁感到一丝莫名的怅然。渐渐地,羽状生命似乎感觉到鬼方并不会伤害到它们,都平静了下来,在空中优雅地滑翔着,平展的翅膀几乎纹丝不动。这时天空中一道微光乍现,犹如蛛网般抛洒而下——

木卫二的这一面转向了木星。低飞的生命像是获得了命令，迅速聚拢成一团，迎着蒙眬微弱的光亮，像水母般摇曳着上升，盘绕着缓慢升起的木星打着旋。淡淡的光辉中，鬼方如痴如醉地望着它们使劲儿扑扇翅膀的身影，以及挂在半空的灰橙的圆盘，心头也随之翻腾起一种复杂的情绪，他开始调谐起意识的频段，试着与它们进行交流。他用心倾听，然而结果让他有些沮丧，这些生命并不具备与别的生命沟通的能力。接着，他伸出一束意识的触角，如无形的手，轻轻地捉住了一只正在飞翔的羽状生命，一瞬间，这只惊慌挣扎的生命的所有信息都流入鬼方意识中。它们是那样低级，仅依靠双翼的感光细胞直接汲取木星光，在一天的大部分时间中它们只有不停地翻飞，才能获得足够的能量生存下来。单独的个体毫无意识可言，数百只能够勉强组成一个共生体，即使这样，这个共生体的意识也极为简单。

带着巨大的失望，鬼方跃出了大气层，回到了在距星球不远的轨道上盘旋着的人群中。

三

覆灭后的太阳系竟还存在这般稚嫩新奇的生命，令这群游历过宇宙各处、目睹过无数奇形怪状生命形态的人类仍感到吃惊不已、浮想联翩。人们不住地面面相觑：它们来自何方？又是什么力量使它们在如此险恶的太阳系内延续至今？

鬼方同样充满了困惑，很长一段时间，他像陷入了一个幻景。远远望去，那些亮晶晶的生命只是静静地一刻不停地飞舞，如同一簇簇在黑暗中上下左右跳动的火苗。恍然间他感到翩翩飞舞的它们似乎在以这样的方式，召唤着他，急切地向他传递着一串串隐约、意思不明的话语。究竟是什么呢？但很快地，他回到了现实，回到了熟悉而陌生的宇宙中。在他的周围，太阳系内外，影影绰绰的星体与模糊的黑暗迷雾混成一体，无疑它们是太阳系往昔岁月唯一的见证者，但它们哑巴一般缄默着，牢牢封存住了所有秘密——对此，人类一筹莫展。忽然间，他难过极了。

"我记得银河系中心存在一个超级黑洞。"鬼方突然开口对首领说道。

"没错,差不多每个星系都会拥有这样的超级黑洞,和那些由恒星塌陷而成的黑洞不一样,它们质量更为巨大,寿命也更为长久,有的甚至比所在的星系还古老。"首领淡淡地说,他弄不懂鬼方怎么会一下子提到黑洞。尽管人类已经掌握了黑洞的性质,但由于超级黑洞可怖的引力,在星际漫游中,人们总是尽量地避开它。

"我们或许能让它开口说话,告诉我们这里究竟发生过什么。"

"什么?黑洞?"

"头儿,你是知道的,在银河系漫长的历史中,这颗位距银心的黑洞源源不断地吞噬掉了数不清的物质,即使是光,落入其引力范围也无法逃脱。你有没有想过,这些被吞噬的物质携带着各式各样的信息?比如来自太阳系的光子,它们就携带着太阳系过往的信息。尽管它们微乎其微——"鬼方停了下来,充满期待地望着首领。

"嗯,不过,黑洞似乎也不是全黑的……"首领像是受到了启发,不确定地说。

"是的,是的。"鬼方忙不迭地打断首领的话,"这些信息实际上并没有被完全抹去,它们只是被彻底打乱,重新整合,以新的数据排列格式存储在黑洞内部的高维膜上。在随后的时间中,一点一滴地以霍金辐射的形式蒸发,重返宇宙。"他一边解释着,一边集中力量吸敛周围空间的稀薄物质,使之像黏土一样积聚成型,他在塑造一个古人类的头颅。渐渐地,头颅上的五官逐渐清晰,这是一张扭曲、衰老、布满褶皱的面孔,是霍金。

"我明白了,"首领望着"霍金"那张呆滞的脸庞,恍然大悟地说,"你想从霍金辐射中获得太阳系的信息。"他的数据库在瞬间调出了有关霍金的一切信息:黑洞蒸发、量子宇宙论……在那遥远得无法追溯的时代,眼前这颗大脑仅是凭借敏锐的直觉和数学的推算就准确证实了这一切,这让他多少感到有些不可思议,近乎神话。

"是的,既然我们的数据库中已有了黑洞完备而精确的模型,我想我们有能力做到。"鬼方将闪耀的身体注入"霍金"奄拉的头颅中,镜片下那双失神的眼睛顿时有了神采,与此同时,在他的身旁浮现出一列列长短大小不一、相互纠缠的波函数方程式，抽象的数字、符号欢快地跳动、变幻，给整个空间抹上了一层梦幻的光彩。

"但是，你有没有想过，霍金辐射如此杂乱无章、如此缓慢而微弱，你怎么能——"首领不解地问。

"是的，在通常情况下，黑洞总是缓慢、均匀地辐射着。但是，如果我们操纵巨大的物质去撞击黑洞，打破它的平衡，黑洞就会按照我们的意愿加快蒸发。只需要一小撮信息，我们就能解码似的、毫无二致地复原历史。""霍金"兴奋地说。

"听上去，在理论上是可行的，"首领迟疑着，"但我们无法肯定是否能搜集到如此多的物质，你知道，我们所剩余的能量并不多。"

"头儿，""霍金"焦灼地说，"实际上我们并不需要多少能量。"

接着是片刻的沉默。"鬼方，你疯了吗？"身旁的一束意识终于按捺不住了，他厉声呵斥道，"我们没有必要仅为了可怜的好奇心，花费那么多的力量。现在我们已经确定好了位置——"

"不，不！""霍金"粗暴地打断了对方的话，他神经质地拼命摇着头，随着砰的一声巨响，头颅爆裂了，化作四散的碎屑，飞溅向无限的远处。鬼方又恢复了原来的形态。急躁闪烁的身体，琥珀的色泽由于激动而变得不再连贯。

此时，人们都没了反应，他们长久地注视着鬼方，像是在打量着一个古怪的陌生人。

"我们试试吧……要不然……我们将永远地错过这里的一切。"最后，鬼方几乎是哀求地说。

四

他们毫不费力地跳跃至银河中央。刚一到达，一股突如其来的引力立即汹涌而来，潮汐一般，将他们的身体拉扯成一根根又长又直的线。等他们艰难适应了引力，举目四眺，这个银河系的黑暗心脏内空无一物，呈现出比别处更为荒寂、空洞的景致；这个庞大的黑洞曾经不可一世，吞没万物，而如今由于周缘的物质早已被吞噬殆尽，进入了漫长的休眠期，像一只病入膏肓的怪兽，蜷缩着，泛着慵懒的光芒。

"那么多曾经光彩夺目的恒星都——泯灭消逝了，黑洞却安静地存留了下来。"鬼方自言自语地说，"它像是一个深沉、和缓、绵长的音符，在宇宙间长久地回荡。"他凝望着黑洞，尽管此时黑洞看上去一片死气沉沉，事实上它却一直在鼓涌着湍急、不易察觉的微澜——在其表面宽广的空间中悄无声息地沸腾着无数虚粒子，一下子产生，又瞬间湮灭掉。而黑洞巨大的引力将能量注入一部分还没来得及消失的虚粒子，使之飞离黑洞——这样，黑洞无时无刻不在缓慢微弱地向外辐散霍金辐射。

"可是黑洞也并非永恒，它也会像阳光下的露水，慢慢蒸发直至消失。"首领缓慢地说道，"在一个走向热寂的宇宙中，能量与物质都终将消散。而只有我们，不断进化的生命，才是宇宙真正长久的奇迹。终有一天，变得更为强大的我们会亲手倾覆掉这个垂死的宇宙，创建一个全新的宇宙！"

由于四周空无一物，他们不得不集中意识，花更大的力气从遥远的地方移来物质——一丝丝星际尘埃、气流被汲取、聚拢，一团团像雪球似的越堆越大。当物质累积到中等行星大小，人们开始用意识小心翼翼地挪动起旋转的物质球，到达黑洞视界上某个位置，随即松开，身体蜻蜓点水似的弹回，而物质在强大引力作用下沿着精准的抛物线蝴蝶般扑向黑洞奇点。

迅速地，黑洞犹如被唤醒的生命体，骚动不安起来。起初，它像是试探似的，断断续续地释放出零零星星的电磁辐射，婆婆娑娑，像是羞怯少女的轻声絮语。紧接着，伴随一个接一个圆球的准确撞击，黑洞的活动变得剧烈起来，如同一个酩酊大醉的酒鬼歇斯底里地咆哮着、晃动着，以 X 射线为主的粒子流伴随着猛烈光电波动的闪耀，浪潮汹涌地冲向人们——这种穿透身体的冲击像是亿万种嘈杂的声音突然涌入人们的意识深处，肆无忌惮地鼓噪起来，令人难以忍受。更可怕的是时空的畸变，人们此时仿佛置身于激荡的海面，被撕裂的时空如同波涛相互碰撞着，一块块整个高高涨起，又迅速坠下破碎掉。这骤然扭曲的时空振荡出阵阵紊乱的引力波，人们的身体在这海浪似的波流中颠来簸去、摇摇欲坠。

人们竭尽全力才稳定下来，他们把各自分散的意识聚在一起，组成了一个大脑似的运算网络，面对这排山倒海、杂乱无章的射线洪流以及其负载的高达十的五十次方比特的信息，有条不紊地开始了数据处理：他们飞快地剔除掉庞大的冗余数据，一点一点地搜索着其中微乎其微的有用信息。他们分析着、综合着。亿万份筛选出的信息迅速地拼凑在一起，同时，人类嵌入了早先获得的羽状生命的遗传信息。这样，无数零星的细节融汇，复原成一幕栩栩如生的画面——在众人的意识中，一大幅色彩斑斓的影像蜃景般叠印在广漠的空间上，画面快进一样飞速转换着。他们都收拢意识，静默下来，明晰而鲜活的历史汩汩地流入他们意识中。

五

在画面中，他们首先看到了已步入暮年的太阳，此时的太阳在外观并无多大变化，只是颜色变得更加的猩红，熟悉的九大行星仍在围绕着它悠悠旋转。人类已经离开了两亿多年，偌大的、空无一人的太阳系内显得平静且安详：地球上海洋早已干涸，大气层也消失了，但在上面还能依稀可辨文明残留的铁锈一般的建筑群；在太阳系内，人类弃置的各式各样的太空站和飞行器随处可见，在时间的侵蚀下已变成一堆黑黢黢的残骸，在太阳风波浪似的拍打下微微地颤动。

鬼方急切地在太阳系搜索着，但是他更加感到茫然无解，他没能找到一丝与羽状生命有关的信息，太阳系内所有现存的生命都将在骇人的氦闪中灰飞烟灭。不知不觉地，他将目光投向了木星，不知为什么，视野中的木星在他面前是一种需要仰视的形象：硕大暗红的圆盘上似乎永远飘浮着一缕缕梦幻般的轻纱，从内部溢出的热量狂乱地搅动着表层大气，咆哮的风暴似乎能吞没一切；汹涌的太阳风粒子不时地扫过木星强大的磁场，激发出阵阵低频电波，这在鬼方听来宛如一曲曲深沉而浑厚的音乐旋律；另一部分太阳风粒子被木星捕获，沉积在木星体内，就这样，木星的质量在漫长的时间中一点一点地增大。与此同时，不计其数的彗星与小行星如同礼花一般，频繁地撞击着木星，在其表面留下了一道道醒目的裂痕——鬼方很清楚正是木星用身躯拦截下了这些紊乱的小天体，地球被小天体撞击的概率才从几万年一次降到几亿年一次，人类才有可能在漫长的时间间隙中缓慢地成长与壮大，并最终走向宇宙。

接着，鬼方安静而豁达地目睹了太阳覆灭的过程。太阳氦闪的强光在刹那间汽化了水星，接着金星、地球以及火星也都被逐一焙烧成干硬的晶体，半小时后，冲击波抵达木星，木星表面由水冰和氨冰组成的云气被迅猛蒸发，接着冲击波点燃了木星内部液态氢的海洋，伴随嘣的一声巨响，木星在瞬间变成了一个绚烂无比的炽烈光球——在一颗恒星毁灭的同时，一颗崭新的恒星诞生了。木星与太阳的光芒糅混在一起，高速扫过广袤的太阳系外层，土星、天王星、海王星、冥王星，就像是熔融状态的玻璃珠子，在汹涌的波光中扭曲变形。最后，在太阳系的尽头，柯伊伯带中无数的原本晦暗、被冰雪覆盖的彗星陡然被照亮，爆裂，挥发，像是亿万只鼎沸的锅炉，升腾起一片茫茫无际的雪白雾气。

很快地，氦闪的冲击波减弱了下来，但此时的太阳系已变得面目全非：变为红巨星的太阳裸露出灼热的氦核，汹涌的热流从其巨大无比的表面滚涌出来；由于太阳丧失了巨大质量，使金星、地球的轨道微微外移，穿行于太阳真空一般稀薄的体内；而新生的木星与太阳组成了一个极不协调的双星系统，它们的轨道相互交错，就像是一对初次搭配、步履凌乱的舞者。

在蒸汽弥散的柯伊伯带，人们惊讶地发现了蠕动的生命。

这是一大群微小的丝状液态生命，它们通体透明，就如同一只只晶莹的小鱼儿，欢快地摇摆着细薄的身子，在水分子和有机物组成的乳白海洋中自由自在地游动、分裂，数量飞快地增加着。"怎么回事，那些生命——"鬼方感到了迷惘，他没想到极端寒冷的柯伊伯带会存在如此蓬勃的生命。

"用不着奇怪，鬼方，那些幽灵一样的冰彗星上富集着大量有机物，完全有可能出现生命。你知道，正是二百亿年前柯伊伯带的一颗蕴含着有机物的彗星偶然撞击地球，促使了地球生命的诞生。"首领接着说，"看上去，这些潜伏在彗星冰封的硬壳中的生命生长极为缓慢，几乎处于休眠状态，如今他们被太阳的热浪所激发，在温暖的蒸汽中加速地进化。"

在接下来的时间中，柯伊伯带的生命如同雨后春笋般飞快地进化着。但在一千万年后，太阳停止了向外抛洒气体，裸露的核心开始向内坍塌。这样，弥散在太阳系的热量锐减，柯伊伯带的蒸汽开始急剧收缩，变成了一汪汪相互孤立的水洼，要不了多久，这些液体水将重新凝结成冰。人们难过地看到这些生命如同涸辙之鲋，在逐渐冰冷的水中徒劳地挣扎着。

但令人类感到不可思议的一幕出现了：每一块水洼像是被突然被赋予了生命，缓慢地移动起来。原来，在每块水洼中数以百万计的微小生命相互纠缠在一起，同时黏和数量巨大的水分子，混聚成为一个个直径达几百千米的胶状共生体，在此后的上百万年中，这些共生体像是蔓延在太阳系内斑斑点点的海藻，以不易察觉的速度向光源推进着。

就在这些生命即将抵达木星轨道的时候，处在向白矮星坍塌过程中的太阳猝然开始迸发紫外光，人们看到紫外辐射就如同一双无形的巨手，迅速地拆开了水分子，庞大的共生体旋即分解、脱落。在转瞬间，木星轨道外的空间中横七竖八地堆着共生体破碎的尸体，然而尚未死亡的生命仍前赴后继地向木星扑涌。让人们感到欣慰的是，最终有一小部分生命奇异地落入了木卫二大气层，此时经历了氦闪冲击波洗礼的木卫二已变得气候宜人，适合生命生存。就这样，生命在木卫二广袤的天地中生存了下来，经过漫长艰辛的进化，形成了略微复杂的形体。

在随后飞速演进的画面中，人们看到太阳彻底走向了死亡；人们看到稀疏的遥遥星辰像是被捻灭的灯芯，逐一熄灭，人们看到木星的光辉逐渐暗淡，木卫二又变成了一片冰天雪地的世界。而一成不变的只有那些永不停歇的翻飞的羽状生命，它们在翻飞中默默衰老、死亡，掉落在大地，最终变为腐殖。而新生的生命则不断地破壳而出，在淡淡的木星光下继续飞舞……

猛然间，流动的太阳系影像在人们的意识中定格，慢慢隐去了。

人们像是从迷梦中惊醒，在此后很长的一段时间里，仍沉浸在一种激荡的心绪中，忽然间他们不约而同地吟唱了起来，参差不齐的调子叠汇在一起，低沉、轻盈，山峦一般连绵起伏，像是一首穿越了重重时光隧道而至的远古牧歌。

他们一边吟唱着，一边从四面八方会聚，交织成一面光彩缤纷的大网，光网逐渐收缩，变为一个急速涌动的暗红色涡旋。涡旋中，一条条意识就像是闪光的鳗鱼，急剧摆动着，迸发出巨大的能量。能量汇集在一起，要不了多久就将到达撕裂时空的能级。那时他们将开始新的跃迁。

鬼方能感觉到涡旋的色彩和亮度正在飞一般地加深。就要这样离开银河系了？他多少有些失望，他犹豫不定地抖动着，心底像是在期待着什么——猛地，一个强烈的念头钻入他的意识中，令他感到既害怕又解脱，但很快他下定了决心，他要一个人留下来。

他纵身一跃，就像是从篝火中偶尔蹿出的一束火花，悄然离开了沸腾的涡旋。

"鬼方，你要干什么？"首领紧张地问，他紧随着鬼方跃了出来。

"头儿，我想留在这里。"

"留在这里，你疯了吗？你想留在这荒芜、一成不变的地方？"首领不安地望着鬼方，浓稠的黑暗勾勒着他倔强地闪耀着的身影，"为什么？难道……难道你喜欢像个感情丰沛的家伙，整天沉湎于一片废墟？或是用上帝一样的目光去俯瞰木卫二上那些渺小的生命？"

"头儿，为什么——我说不上来——我只是有些腻烦了永无止境的穿梭，我想静静地……"他嗫嚅着，最后他意识到他不得不加重语气，"我想我必须留下来！"

首领明白他已经无法阻拦了。况且人类本来就仅仅是结伴而行，作为高度自由、个性迥异的个体，谁也无法凌驾于别人之上。"我们该走了。"首领无奈地说，在他身后，翻腾的涡旋已呈现出深深的绛紫色，在四维时空中震荡出道道涟漪。

就在首领汇入涡旋的一瞬，涡旋痉挛般颤动起来——跃迁开始了。鬼方默默望着同伴们飞快收缩并最终消失于无形，他清楚自己再也不可能回到他们当中了。

六

他就像一个自由自在、乐不思蜀的孩子，终日惬意地徜徉在茫茫银河系中。他会像闪电般飞快穿过一个个混沌的尘埃云，掠过一个个空漠的星系，那些灰暗的星球，仿佛是一张张在黑暗中时隐时现的苍白脸庞；有时，他也会放慢速度，就像一道彩虹，优哉游哉地缓行，群星柔和的引力就如同一只滑润润的手，轻拂着他的身躯；而有时，他会故意去靠近黑洞边缘，在那里，黑洞引力一波接一波地拍打着他，令他的身躯呼吸似的一伸一缩，这会让鬼方获得一种奇妙的感觉，仿佛自己的意识又回到了血肉之躯，重新获得了血液潮汐般的脉搏，以及胸腔中扑扑起伏的心脏。

就这样，鬼方如同幽灵般在银河系中穿梭游弋，漫无目的，无暇思考，也无须思考。亿万星辰在他视线中一闪而过，就像一支行色匆匆的殡葬队伍，都在不可逆转地走向毁灭。在他游历的地方，他再也没能找到他所期待的生命。终于有一天，他感到了困乏和孤独。于是，他再度回到了太阳系。

视野中的木星让他感到惊讶，记忆中的那个橙色的圆盘像是笼罩上了一层暗影，呈现出暗淡的红褐色，弥散出的若有若无的光亮令他感受不到一丝热量。他很快断定，木星体内燃烧的氢已所剩无几，很快就将无法维持热核反应了。

木星快死了。

他怅然地望着木卫二，那些羽状生命在阴沉天空下疯狂扑涌，要不了多久，它们的世界就将永远地黑暗下来，永远地，他仿佛看到了这些美丽纤细的生命在沉沉黑暗中挣扎着死去的样子。他就像是深陷在一场破灭的梦幻中，他感到了恐惧。必须拯救它们，他想。

他跃出了太阳系。在两百光年外，他寻找到了一颗褐矮星，体型比木星略大，像石头一般冰冷——它比木星更加接近死亡的边缘。他要用这颗矮星去撞击木星，这就像在燃尽的火堆上加上一把木屑，两颗星球在剧烈的撞击中会艰难地融为一体，最终引发新的一轮热核反应。按鬼方估算，诞生的新星至少将燃烧上二十亿年。

　　他满怀期望地用他所能聚集的全部能量场打开了一个通向太阳系的超巨型虫洞。曲窄晃动的虫洞中，蔚蓝色的光线跳动着飞掠而过，矮星在鬼方指引下缓慢，却又坚定不移地奔向太阳系。但渐渐地，他感到越来越吃力了，闪熠的身体变得晦暗不明，每坚持一秒，就会消耗掉巨大的能量。虫洞界面逐渐变得不稳定起来，像是不断坍塌的隧道，紧紧地挤压着他；矮星弥散出的微弱光亮也不再柔和，针刺一般的光咬噬着他、灼烧着他。他的意识开始变得模糊不清起来，但他仍顽强地移动着。

　　能量的不断耗散，让他就像是一条正在蜕皮的蛇，记忆和知觉如同剥裂的蛇皮，纷纷扬扬地离他而去，他身躯的轮廓逐渐地模糊黯淡，上面的色彩正在飞一般地变浅、变淡。再也回不去了，他对自己说。

　　虫洞中巨大的物质波动急速减弱。他脱离了虫洞，立即感受到木星爪子一般袭来的引力。速度加快的矮星径直撞向了木星，同时失去支撑的鬼方就像是一片羽毛，轻飘飘地，在茫茫虚无中没有方向地飘忽着。过了一会儿，他听到了"扑哧"一声，就像是冰层被胀破发出的闷响，紧接着又响起一阵阵爆裂声、噼啪声以及轰隆声。他努力集中起残存的意识碎片，尽管视线依然模糊，但他终于看见了不远处撞在一起的木星和矮星。矮星深嵌入了木星内部，而木星被压缩成一个半月形，两者看上去就像是揉捏在一起的两块淤泥。此时，剧烈的闪光此起彼伏地穿过他已变得透明的身躯，他意识到热核反应已经启动了，两颗濒临死亡的矮星终于融成一颗光亮的新星。

　　他顺着光，蜷缩着，不自由地移向新星。新星的样子让他想起了那个上升时期的太阳，那个遥远的黄金时代，以及光亮下晶莹湛蓝的地球。他将目光转向了木卫二，在木卫二上，光与热的狂暴正鞭子般地抽打着飞舞的羽状生命。它们有的凄厉地鸣叫着，有的在热浪中痛苦地死去。但更多的生命，在升腾起的浓密白色蒸汽和冰壳山崩地裂的破碎声中，拼命地扑棱翅膀，追逐着暴涨的光芒。他们中的大部分会顽强地存活下去，他相信。

　　不知不觉间，他发现自己已到达了新星身躯的边缘。此时他身旁全是一片片白晃晃的毫无刺痛感的闪光,像海洋一样萦绕着他。所有的意识都离他远去了,恍惚中他只感觉周围所有的光,已经看不到了的木卫二——甚至整个太阳系、整个宇宙,都化作一种甜蜜而迷醉的感觉,紧紧地包裹着他。最后,他将自己轻烟一般的身体注入了新星。

这样,所有活下来的羽状生命都将在他的注视下,继续飞翔。

再见哆啦A梦

阿 缺

阿缺，毕业于四川大学，自2012年发表处女作《悄然苏醒》以来，共计发表或出版作品百万字，多篇作品被译为多国文字在海外发表，多次获得中国科幻银河奖和全球华语科幻星云奖。作品以软科幻为主，风格杂糅。代表作：短篇小说《与机器人同行》《再见哆啦A梦》，长篇小说《星海旅人》。

　　我逃离城市，回到故乡，是在一个冬天。天空阴郁得如同濒死之鱼的肚皮，惨兮兮地铺在视野里。西风肃杀，吹得枯枝颤抖，几只麻雀在树枝间扑腾，没个着落处。

　　我就是在这样的天气里，拖着行李箱，缩着脖子，回到了这个偏远的村庄。

　　父亲在路边接我，帮我提箱子，一路都沉默。自打我小学毕业，就被姨妈带离家乡，只回来过一次，那次也是行色匆匆。这么多年，沉默一直是我和父亲之间最好的交流方式。但我看得出，他还是很高兴的，一路上跟人打招呼时，腰杆都挺直了许多。人们都惊奇地看着我，说："这是舟舟？变了好多！好些年没回来了吧，听说现在在北京坐办公室，干得少、挣得多，出息哩！"

　　父亲连忙摆手说："干得也不少，干得也不少。"

　　这样的寒暄发生了四五次，可见我沉默的父亲平时是怎么跟乡亲们夸我的。但如果他知道我撞见女友劈腿，随后因心不在焉而被公司辞退，生活崩溃，回来之前退掉租房，并且删了所有人的联系方式，不知是否还会保持这份骄傲。

　　现在，面对这些粗粝的面孔，我感到既熟悉又陌生，每张脸我都记得——我是在他们的笑声、吼声、骂声和窃窃私语声中长大的，但现在却已叫不出名字，像是有一面被时光磨花的玻璃挡在了我们中间。我只能对每一个人笑笑点头。

　　父亲把我带回了家。记忆中的小平房已经消失了，一栋两层小楼立在我面前，但已经不新了，毕竟在寒风中挺立了几年，墙皮都有些剥落了。楼房前是一块水泥平地，青灰色的，倒映着此时暗淡的天空。这块平地用来晒稻谷和棉花，夏天的时候，父亲和母亲还会把饭桌搬出来，在渐晚的暮色中吃晚饭。父亲照例会喝上二两黄酒。

　　厨房就在水泥平地的对面，母亲已经做好了饭，系着饱经烟熏火燎而显得焦黑的围裙，搓着手，看着我。我已经离开母亲多年，此时有些哽咽。

"回来了。"她说，"来来来，先吃饭。"

吃饭时，父亲一直沉默着，就着一筷子菜，扒几口饭，然后抿一下酒。倒是母亲一直在说话，絮絮叨叨着这几年发生的事情：大伯的儿子退伍后跟几个混混一起在街上游手好闲，抢别人脖子上的项链，被抓了；隔壁家老来得女，但孩子脑子有问题，五岁多了还坐在门前，冲路过的人傻笑，一笑就流口水；老唐家嫁了女儿，结果在喜宴上，新郎嫌老唐给的茶钱少，当场就把桌子给掀了……

"老唐家?"我放下筷子，抬头问道，"是住在村口路旁的那家吗?"

母亲说："对，对，是那家，我还以为你都忘了呢。对了，你以前跟老唐家的丫头经常一起玩，还记得吗?"

我默然，扒了一口饭。

"人家现在都结婚三四年了，唉，就是她男人不省心，天天喝酒，一喝酒就吵架，吵架还爱砸东西。电视机砸坏了好几台，前几天把摩托车给踹了，两三千块就这么一脚给蹬没了。"母亲唉声叹气，一边说，一边低头拨着煤火。

母亲接下来的絮叨我都没有听到，她的声音突然变远了。我匆忙把饭吃完，想去洗碗，母亲拦住了我。

冬天的夜晚来得特别早，不到六点，天就开始暗下来。我从北京回来，奔波了一天，在飞机、火车、大巴和拖拉机上辗转，已经很累了，于是洗漱完就在床上躺下了。

我睡得很早，但入睡之后，一场噩梦袭击了我。

梦中，我悬在一条河流之上，河面有一个漩涡，整个世界都被扭曲了，疯狂地向漩涡涌过去。一切都被吞噬。我也缓缓下沉，不管怎么挣扎，也无法阻止，眼睁睁看着自己的腿沉浸在漩涡里，被绞碎，接着是腰、腹、胸膛，最后轮到脑袋……

我猛然惊醒，瞪着黑暗喘息。这个噩梦太过熟悉，同样的场景，同样的过程，总是在午夜潜入脑中。这是故乡给我的烙印，无法抹去。

我摸出手机一看，才十二点。夜晚风大，窗子呼呼震响，我左右翻转都睡不着，索性爬起来，按开了灯。

白炽灯的光扫开黑暗，照亮了墙角的一个木箱子，上面有些尘土。我想起睡前母亲告诉我，她把我儿时的玩意儿都收在里面了，于是我起了兴致，翻开箱盖。

里面的东西少得令人失望——没有玩具，没有记录生活点滴的笔记本，没有书信，只有几本小学时的课本，还有一个造型奇特的物件。它顶部是浑圆金属，下部是方形晶体，中间无缝接合。可能是我小时候捡的废品吧……但我拿着它想了半天，也想不出是如何得来的了，便丢在一边。我接着翻了翻，兴味索然，刚要关箱，突然看到课本底下压着几张光碟，上面有已经褪色但依稀看得出的清秀字迹，写着"哆啦A梦"。

长夜漫漫。正好我带回来的笔记本电脑有内置光驱，于是我拿出电脑，接上电源，把这几张VCD擦干净，插进了光驱中。

"每天过得都一样，偶尔会突发奇想，只要有了哆啦A梦，欢笑就无限延长……"熟悉的旋律在这间小小的、冷清的屋子里响起时，我吓了一跳，连忙调低音量。屏幕上的画面很模糊，噪点密密麻麻，偶尔还出现因碟面磨损导致的蓝色条纹。

机器猫张开嘴，舌头上坐着另一只机器猫，它也张开嘴，里面还有一只机器猫……

我偎在床头，把电脑放在被子上，看着大雄和机器猫在久远的画面里蹦来蹦去。而静香，这个漂亮的女孩也加入了他们的冒险。VCD容量小，一张碟只有五集，三十多分钟。看完后，光驱停止转动，画面满是蓝色，我一直浑浑噩噩的脑袋却在清冷的空气里清晰起来。

哆啦A梦，哆啦A梦，哆啦A梦。

这四个音节，如同咒语，一经念起，满脑子都涌出了回忆。

在能够看到《哆啦A梦》之前，我的童年乏味而无趣。

在很多人的回忆里，尤其是关于乡村的回忆，童年都是充满了乐趣的——他们无忧无虑，晃晃荡荡地穿过盛夏沸腾的阳光，在湖边钓虾，门前打弹珠，在河里游泳……他们一边回忆，一边微笑。但在我小时候，没有一个孩子是真正享受这种生活的，童年缓慢得如一只在烈日暴晒下的蜗牛，永远到不了夏天的尽头。他们都希望快快长大，逃离黏稠的童年，恰似如今他们希望逃离空乏的现状。

尤其是我。

我从小就不合群。上树下河，偷瓜钓虾，这些我都不喜欢。别的男孩子在稻场上拿着竹竿喊打喊杀、互相追逐的时候，我总是一个人游荡在田野间，有时穿过金黄的油菜花，有时拂过一朵朵雪白的棉花，有时涉过被风吹得麦涛滚滚的麦田。

我经常走着走着就遇到了在田里干活的父母，他们对我这种漫无目的、鬼气森森的游荡感到忧虑，呵斥我回家去找邻居小孩玩儿。我答应了，却走得更远。

这种游荡一直持续到村子西边的杨方伟家买了 VCD 放映机为止。杨方伟的爸爸杨瘸子是开酒厂的，在白酒里兑了水卖给村里人，挣了钱，就给儿子买了这个。而那时，村里有电视机的都是少数，即使有，也是右上方有两个旋钮的那种老式电视机，加上信号不好，只能收到几个地方台。但在杨方伟家里，VCD 配上大彩电，加上偶尔从镇上租的电影碟，一下子成了村里最时髦的家电。

每天傍晚，附近的老老少少都来到杨方伟家的院子里，大声喊着要看电影。杨瘸子开始没理，但人们的精力是充足的，一直喊到半夜，他想跟媳妇儿亲热都不成。没办法，他只能一边骂骂咧咧，一边把彩电和 VCD 搬出来，接好线，放一部电影。

院子里挤满了人，自带椅子、板凳，全神贯注地盯着电视屏幕。人一挤就热，蚊子又多，但人们硬是一直忍到电影播完才散开。

杨瘸子每个星期天去镇上送酒，也就顺便换下一批 VCD，因此每个星期天，大家都知道有新电影看，人来得最多。但有一次，他把杨方伟带过去了，杨方伟在租碟店里转了半天，看到店里有新货，选了十张封面上印有圆头圆脑机器猫的 VCD。

那个星期天，人们都来了，但是画面蹦出的不再是熟悉的少林寺众僧，而是色彩鲜艳的动画。他们都抱怨起来，说："老杨，你怎么租的这个碟？动画片不好看，换换换！"

杨瘸子说："你叫我换就换？租碟子一张三角钱，你给我？"

众人起哄："杨老板莫小气，三毛钱抵不上你一斤酒里掺的水，换嘛！"

"没得，碟子是伟伟租的，他就爱看这个。"

大家只能看动画片，耐着性子看了一会儿，夸张童稚的画面并不能吸引他们。没多久，大人们就陆陆续续起身走了。

留下来的，全都是孩子，看得津津有味。

我也坐在中间，被电视里这只神奇的机器猫吸引了。它从未来跋涉而至，陪伴在大雄身边，兜里能掏出无穷无尽的宝贝，带着大雄上天入地、穿越时空，最重要的是，它还能陪着大雄去接近美丽的静香。我看得如痴如醉，腿上被蚊子咬出了好几个大包都浑然不觉。

放了两张碟之后，杨方伟站起来，对我们说："都放了十集了还舍不得走？回家吧，明天再来。"

我问："还是这个时候？"

"明天可以早一点儿，要是太晚了，你们回去也不方便，"他转过头，朝我左边说，"露露，你家有点儿远，回去要小心点。"

我这才发现，一直在我左边看电视的，是一个女孩子。电视机已经关了，我看不清她的脸，但看得到她的头发扎成细细的马尾，在黑暗中一晃一晃。

我们往回走，各自散开。夏季的田野并不全然黑暗，有星光在头顶，有萤火在身畔。我走过大路，要途经一片空旷的大稻场。我四处游荡那会儿，已经走遍了全村，所以很熟悉这条路。但走着走着，感觉身后有人跟着——是那个小女孩。一只萤火虫很近地划过她身侧，我看到她的右边脸颊有一瞬间被照亮，即使是这样的晚上，依然可以看出她很白皙，还有着黑亮的眼睛。但我再想细看时，那只萤火虫已经飞远了。

她也停下了。

我顿时明白了——稻场的周围，是一大片坟茔，村里故去的人都埋在里面。此时冷清的夜风吹过，在坟间穿梭，隐隐听得到一缕缕呼啸。坟茔的另一侧，是一条流淌的河，水声啪嗒啪嗒，像是有人在河面上走动。

这个女孩独自穿行，会感到害怕，所以才离我近一点，保持五六米的距离。

于是我放慢了速度。那是小学五年级结束的盛夏，我们都很矮小，步子跨得短，走过这片深夜的稻场要花十分钟。我记起了刚才的动画片片头曲，便轻轻哼唱起来："每天过得都一样，偶尔会突发奇想……"星空亮起来，风大起来，我们小小的身体在风里穿行。我心里没有一点儿害怕，连路过那个突兀地立在坟茔与稻场中间的房子时，也步履轻快。

走出稻场，踏上村口大路，半里外家家户户灯火连缀。

"谢谢。"

我似乎听到女孩的声音，但又怀疑听错了，因为这两个字太轻，像羽毛落在水面泛起的波纹。风有点儿大，我转过身，看到女孩已经低着头转到一条小路上。小路不远处是一栋房子，我记得父亲路过这家时，打招呼喊的是"老唐，老唐"——村里出名的酒鬼和赌鬼。

她转弯进了屋。

那个晚上，我始终没有看清她的脸。

我突然从床上跳下来，在木箱子里翻找着，但里面只有书和光碟，没有那张照片。

我跑下楼，把母亲叫醒。她正在熟睡，醒来后过了好久都回不过神来，她怔怔地看着我。

"妈，我的照片呢？"

"照片……什么照片？"

"就是小学毕业时候拍的合照，我记得跟课本放在一起的。你把它放哪儿了？"

灯光有点儿刺眼，母亲的眼睛眯着。过了好久她才说："我不记得了，十多年了吧。你找它干吗？"

我也从冲动中回过神来，意识到这是在深夜打扰母亲，便摇摇头，回到了房间。窗外依然是铁一样坚硬的黑暗，风在铁中间切割着，声音凄厉。我准备合上箱子时，心里一动，把破旧的语文书拿出来，卷了卷，有异物感，一翻开，里面果然夹着一张照片。

因为一直藏在书中，这张照片躲过了岁月的洇染，没怎么泛黄，只有质地显得有些脆，摸上去有一种粗粝感。

我在照片上仔细寻找。第一排坐着三位教师，居中的是一个脸色阴沉的年老女人，她那比面色更阴沉的目光，透过照片，穿越十数年光阴，落在我身上。

我掠过她，在角落里找到了自己。而我的身边，是一个清秀的小女孩。我终于看清了她，五官精致、秀气。她扎着辫子，嘴角有一丝扬起，不知道是在微笑还是因照片失真而引起的。她身后是一片杨树林，叶子被风托起。她的发梢轻扬。

"唐露……"在被回忆的潮水汹涌吞没前，我念出了她的名字。

那个炎热的盛夏，我停止游荡，每天吃过早饭，就跟其他孩子一起，守在杨方伟家里。他也够意思，碟放完了就让他爸去镇上带新的回来。

杨方伟的家境很优渥，是村里第一个铺上瓷砖地板的。我们坐在地砖上，凉丝丝的，在夏天特别舒服。

经常有来他家买酒的人，看到我们一大群人老老实实坐在杨方伟家里看电视，都会啧啧称奇。有一次，一个又瘦又黑的男人过来买酒，看到我们，冲角落里说道："露露，去，给我打一斤酒。"

一个女孩站起来，低着头，接过了他手里的酒瓶，走向杨家院子的酒窖。

我正好尿急，也出去上厕所，看到唐露走到杨瘸子身前，怯生生地说："杨叔叔，我给我爸打一斤酒。"

杨瘸子叼着烟，斜睨她一眼，说："你爸爸给你钱没有？"

唐露摇摇头。

"嘿嘿，这老唐，赊了我那么多酒，自己不好意思，让个小丫头来打酒——回去告诉你爸爸，不给酒钱，我这小本生意也做不下去。"

但是唐露没有走，而是低下头，声音带着些抽泣，"买不到酒，我爸爸会打我的。"

"这狠心老唐，迟早他妈遭报应！"杨瘌子把烟扔下，踩灭了，"跟你爸说，最后一次了啊！"

我怕错过电视，匆匆上完厕所就回到房间。孩子们都在看电视，老唐也坐在一旁，呲着满口黑牙说："这动画片有什么意思？听人说，杨瘌子藏了几部外国电影，自己一个人偷着看。哎，杨方伟，你知道你爸爸把碟子藏在哪儿吗？找出来放，我老唐带你们早点儿见到真正的女人，比这个动画有意思多了！"

杨方伟皱着眉头，没有理他。其他人也露出嫌恶的表情，但老唐浑不在意，继续满口胡言。

幸好唐露很快提着酒进来了。她把酒递给老唐，老唐乐呵呵接过，转身就走了。唐露坐回之前的角落，但周围的人都挪了挪屁股，离她远了一些。

她低着头，好长时间都没有抬起来。我看到一滴眼泪落下来，很快洇入她的棉布裙角。十多分钟后，电视里放到大雄被胖虎和小夫欺负，夸张地哇哇乱叫时，她才忍不住抬起头。她的脸颊尚有隐约的泪痕，却被大雄倒霉的画面逗得笑起来。

这个表情又美丽又哀婉，让我印象很深，此后每次看到雨中的花，我都会想起她边流泪边笑的脸。

"《哆啦Ａ梦》有多少集啊？"流鼻涕的王小磊没注意到我们，一边看一边问，"这么好看的动画片，可别给看完了。"

杨方伟一摆手，说："放心吧，我去租碟子的时候，看到好厚一摞呢。老板跟我说，这个动画片有几百集、几千集呢，而且还一直在画，永远不会结束的。"

杨方伟跟我同年级，但比我们都要高大一些，说起话来，有一种在村庄里少见的意气飞扬。他让我们在他家看动画片，俨然已经是孩子王了。大家纷纷点头。

我也被他的话吸引了——"永远不会结束的"。这世上，鲜花常凋，红颜易朽，没有什么是天长地久。时间会将所有我们心爱的人和事终结。但哆啦Ａ梦不会，杨方伟说，它永远不会结束，它会一直陪在大雄身边。那一瞬间，我有点儿热泪盈眶。

"那我们也能一直看到老了？"我情不自禁地问。

几乎是同时，另一个颤颤巍巍的声音也冒了出来，"我要一直看下去。"

话音刚落，我和说话的人互看了一眼。她有些怯生生的，白皙的脸上染着微红。她的五官太精致，我不敢直视，于是低下了头。

"你脸怎么这么红？"杨方伟纳闷地看着我，然后对女生说，"露露，你放心，你在我家里能一直看下去。"

但是杨方伟的这个承诺并没有兑现。很快，杨瘸子给他买了一台游戏机，那可是最高级的玩意儿，连上电视，插一张卡，就能用手柄操纵比尔·雷泽①在二维画面里冒险。所有的男孩子都被吸引了，聚集在杨方伟家里。杨方伟固定用一个手柄，另一个给其他人轮流玩，轮不上的就算是看也看得津津有味。

孩子们都兴致勃勃，只有我和唐露非常失落：《哆啦A梦》的VCD光碟被杨方伟退了，换成了一张张游戏卡。我们站在满屋子围观打游戏的孩子们的身后，看了一会儿，默默转身走开。

我往家走，唐露跟在我身后，但直到过了她家，她还是跟着我。

"你怎么不回去呢？"我问她。

她指指自己的家，低声说："我爸爸……"

于是我明白了，长长地叹了口气。

四周起了风，吹起她淡淡的刘海。我们站在风中。那一个下午，天气有些阴郁，我和她都无处可去。

回忆把我推进了睡眠里，醒过来时，天已经大亮。故乡的冬天特别阴冷，没有暖气，我缩在被子里不愿意起来。但母亲过来叫了几次，我只能挣扎起床。

春节将近，家里要办年货了，往常本是父亲搭别人的机动三轮车去镇上买，但他年纪已大，腿脚不好，爬上三轮车后车架时脚滑了几下。我上前拦住了他，说："我去吧。"

父亲没说什么，进屋给我找了件棉衣。"风大，车开的时候，要

---

① 游戏《魂斗罗·归来》中的角色。

裹住脑袋和手。"他叮嘱我说。

这棉衣又破又旧，我拿在手里都有点儿嫌弃，不愿意裹住手。但三轮车一开，冷风就瞬间变成了刀子，划过每一处裸露的皮肤。我连忙把羽绒服的帽子戴上，转过身，背对风口，同时裹住了手。

三轮车在崎岖坎坷的乡间路上行驶，路两旁掠过枯瘦的小杨树，枝丫孤零零的，在冷风中晃啊晃。冬日的村庄，全被一种"灰"笼罩了——灰色的天、灰色的田野、灰色的道路和人家。仿佛所有鲜活的颜彩，全都在这个萧索的季节里褪色了。

村子离镇上远，办年货不易，通常都是一辆三轮车载好几家人过去，每家收十块钱路费。我搭的这辆三轮车，在村里七拐八弯，接了四五个人上来，都蹲在车架上。

其中一个年轻人我看着眼熟，正思索着，他先开口了，"胡舟？"

这张脸迅速跟记忆里那个意气飞扬的孩子王重合了。我笑了笑，"杨方伟，好久不见了。"

是啊，好多年了。小学毕业以后就没见过吧。

的确，自从小学毕业，我跟姨妈去了山西，从此确实没有联系过。但他说的也不对，我回来过一次，村子毕竟这么小，还是见过的，只是我跟他的关系有些尴尬，远远见到对方，都不会打招呼。现在，我们都缩在一辆顶着寒风前行的三轮车后架上，不说话尴尬，开了口却不知如何往下接。

耳边呼啸着冷风，沉默了几分钟，我问："对了，你现在在哪儿工作？"

"本来是在重庆当老师，但是当老师吧……"他咧开嘴笑了笑，嘴唇被冻得苍白，因此让他的笑容显得有些苦涩，"挣不到钱，所以年后应该不回去了。"

"那你要去哪里？"

"准备去深圳看看，找份工作吧。"

"深圳压力会很大吧……"

他看了我一眼，"哪里压力不大呢？"

我点了点头，"是啊，哪里压力都大。"

"不过跟你不能比啊，"他又笑了笑，"听人说你在北京，做……

是做动画片吗?"

我做的其实是漫画,刚想解释,但觉得没有必要,便点了点头。

"我老婆也快生了,有了孩子就更花钱,我爸的酒厂欠了一屁股债……"他缩了缩肩膀,身子缩成小小的一团,"听你爸说,你一个月一万多呢,顶我四五个月工资。你看,你是过日子,我是熬日子。你是文化人,你说对不对?"

"谁不是熬呢?我过得也很不好。"

但他显然不太信我这句话。他笑了笑,就没说话了。

接下来,我们一直沉默着。三轮车在冷风中呼啸,许多枯树从我们身旁掠退。四周逐渐由零星的房屋变成了街道,人越来越多,摆满了货物的店铺排得看不到尽头。

"到了,你们下车去买年货吧,我买点儿药。"开车的赵叔叼着烟,吼道,"十二点在这里集合。"

我们蹲得腿脚发麻,下车后活动了好久。杨方伟一边抽烟一边跺脚,几大口就抽完一根。他碾碎烟头准备走,我叫住了他。

"你知道……唐露过得怎么样吗?"

他站住了,转头看着我。

我突然感到了一阵没来由的窘迫,解释道:"我听我妈说她过得不好,是真的吗?"

杨方伟下意识地又点了一根烟,一口抽掉大半根。"是的,她过得不好。"在朦胧的烟雾中,他的表情有些看不清,"过得很不好。"

没了哆啦A梦,我又恢复了闲荡的状态。但与之前不同的是,唐露一直跟着我,在那个遥远夏天的尾巴上游弋。

我们这两个小小的人影穿梭在田野里,在一株株将要绽开的棉花间,也穿行在村庄纵横复杂的小路上。大人们看见我俩,总会大声调笑说:"舟舟,你都有跟班啦?!"每到这种时候,我就气呼呼地昂头走过去,而身后的唐露则红脸低着头,羞怯地跟上我的步伐。

在那些漫无日的游荡的日子里,我把我在村子里发现的所有秘密都告诉唐露:杨方伟的父亲之所以瘸,是因为卖假酒被人打的;还有村尾的赵老鬼,总是悄悄把别人系好的牛牵走,在田里藏一夜,第二天再给人牵回去，以此换得一声感谢和十块钱。

唐露听得十分入神，这个村子以另外一张面孔出现在她眼中。她说："原来你知道这么多秘密啊。"

她清亮的眼睛中闪着光，这光让我豪气干云。我拍了拍胸脯，说："这些秘密算什么，我还有一个更大的秘密没告诉你呢！"

我把她带到河边。这条河是村子的命脉，听说是长江的二级支流，灌溉用水都从河里面抽取。它也流经稻场，绕着坟茔而过。关于靠近坟茔的这个河流段，有许多恐怖的传说，隔壁王三傻曾经赌咒说夜里他路过这里时，听到地下传来嗡嗡嗡的声响。"不知道是河水在流啊流，还是棺材里有人翻身……"这个傻子一边吸着鼻涕，一边用阴森森的语气说。

这种鬼故事，村里还流传着很多—— 一头水牛在吃草，吃着吃着头就不见了，血喷了十来米；1949年前，有人掉进河里，十多年后才回来，却还是跟以前一样的样貌……大人们就是拿这种故事来警告我们不要乱跑，但我向来不信，唐露也不信，却还是有些害怕。

我们小心沿着河边走。左侧是一座座土坟，唐露颤巍巍地跟着我，同时小声地对墓碑说着"对不起"。

走没多久，我们来到一处河畔前。这里非常隐秘，藏在两座荒坟后，鲜少人至。河畔长着一棵歪脖子树，都快平行于水面了。我扶着树干站稳，指着水面，对唐露说："你看这水有什么奇怪吗？"

唐露战战兢兢，看了半天，摇摇头。

"看好了。"我从地上捡起一根枯枝，扔在河面上。枯枝顺水缓缓向下流，但快到我的面前这一块儿水面时，水里像是有什么拉住它，迅速下沉，连"咚"的一声都没发出。

"咦？"唐露满脸疑惑，又捡起树枝，但接下来几次都如出一辙——树枝在水面漂得好好的，流到某一处水面时，便会立刻下沉。

我说："别说树枝，就算用泡沫盒、书包、皮球，流到这里都会沉下去。我都试过的！怎么样？我说这是村子里最大的秘密吧！"

"你是怎么发现的啊？"

"前阵子我做了艘小木船，放在河上，它顺着水漂，我就在岸边跟着它，看它最后是不是能飘到海里去。但是我走到这里时，它就突然沉下去了，所以我就发现了这里。"

"你告诉过别人吗？"唐露昂着头问我，斜阳下她的脸被染上了橘红色泽。

我摇摇头，"我本来跟我爸爸说过，非要拉他来看看，但他给了我一巴掌。我现在只告诉了你，这是我们之间的秘密，你不能告诉任何人啊！"

"我不会的！"唐露郑重地抬起手起誓，然后又问，"不过你知道为什么水面上的东西到这里就下沉吗？"

这个我倒是没想过，我老老实实地摇摇头。

唐露却转了转眼珠，看了看水面，又看了看我，说："我猜这就是哆啦A梦的口袋，可以装进无穷无尽的东西。说不定水面下，就有一只机器猫呢！"

她转眼珠的样子实在太可爱了，我一时有些兴起，压低声音说："也可能水下都是死人哦，就像王三傻说的一样，谁在水面上，就把谁拉下去！"

唐露像受惊的兔子，眼圈顿时红了，紧紧攥住我的袖子。我有些后悔，便由她拉着袖子，慢慢走上河边，穿过坟茔，回到稻场。夕阳垂在天边，金色斜晖铺满整个村庄，尤其是河面上，一片片金鳞泛动着。

我们正要走出稻场，突然吱呀一声，那间突兀地立在坟茔与稻场中间的房子的门打开了，一个面目阴沉的老女人走出来，看着我们。她脸上生满了皱纹和褐斑，看上去五十多岁，但那目光却像是在寒冰中被冻住了几千年一样，只一眼便让我遍体生寒。

我赶紧拉着唐露向家跑，但背上依然一阵发毛。

后来，我无数次在噩梦中看到这种眼神。

办完年货已经十一点半了。风大得有点儿邪门，我把包裹放在脚边，缩起来，瞪着苍灰色的天。

赵叔慢吞吞地从药店里出来，把几盒药扔到车上，嘴里骂骂咧咧。我低头扫了一眼，都是些风湿药或肠溶片，就问："赵叔，给你家老人用的？"

"呸！不是我家里！是那个姓陈的老不死，一大把年纪了不安生入土，每次都是央我给她买药。"赵叔点燃一根烟，深吸一口，嘴里和鼻孔里都冒出烟来。

姓陈的？我心里一动。

赵叔又喷一口烟，说："就是陈老师啊，我记得小学时她还教过你吧？"

我沉默了。那双噩梦中的眼睛再次浮现，我往后缩了缩。

十二点，人来齐了，三轮车吭哧吭哧地往回走。到了村口，路稍微跟之前有些不同，绕到了稻场边。我看到满地都是枯黄的细草，冬风凛冽，草在风中簌簌发抖。一座一座的坟头像丘陵般蔓延，有些修葺得如碑石般整齐，大多数无人打理，草木乱生，一派萧索。

而坟山与稻场的中间，那间屋子依然突兀地立着。它比我记忆中更破旧，原本由红砖垒砌的墙已经变成了土黄色，屋顶瓦片遗落，有些地方是用稻草盖住的。难以想象住在这样的屋子里，该如何度过这个寒冬。

赵叔把车开到路边，并不下车，喊了声"药来了"，然后抓起那几盒药扔在了屋门口，就准备开车离开。

我疑惑道："这就走了？"

"不然还怎么？"赵叔头都没回，踩着生锈的离合，"这屋子里晦气得很，难道我还要进去？你都不知道，她一个人住在这坟边，也不知在干什么。上次县里有个开烟厂的老板来买这块地，想给家里修祖坟，开价十多万啊，多少人眼红！结果这姓陈的，怎么都不卖，人家过来劝，连门都不让人进——嘿，你跳下去干吗?!"

我在地上站稳，冲赵叔喊："帮我把年货带到家。"然后转身，走到破屋子前，风吹得屋顶的稻草上下翻动，除此之外，我没听到一点儿人声，似乎屋里比外面还荒凉。

我把药捡起来，叫了一声，见没人应，就推开了那两扇腐朽的木门。吱呀吱呀，令人牙酸。我走了进去。出乎意料的是，尽管屋里很暗，摆设很少，但一桌一椅都干净整齐。最里面是一张床，上面躺着一个老人，只露出头，但依然看得出满头白发，额角皱纹如一群蚯蚓般弓起。

她睡得很浅，睁开眼睛，看到了我。

我正准备说话，她却先开口了。她的脸在暗处模糊不定。她说："胡舟，是你吗？胡舟，我眼睛不好，你走近一点儿。胡舟，你长大了。"

我一下子颤抖起来，药盒掉在地上。

我看着她，像是看着一团被岁月揉得发霉又褶皱的抹布。我厌恶这个女人，无数次想象过怎么报复她，现在进门来送药，也存了想看看她过得多么惨的心。但看了一眼这样的老态，看到岁月擅自将她摧毁，我只感到一种荒诞和无力。

她挣扎着坐起来，冲我笑笑。

"你还记得我？"我把药盒捡起来，放在床边柜上。她扫了一眼，又继续看着我，"我怎么会忘了你？你和唐露，是我印象最深的学生，而且，你是唯一一个发现了我秘密的人。"

"秘密？"我有些诧异，随即醒悟过来，跺了跺脚下的地板，"你是说这里面吗？"

她却不再说话了，重新躺下，似乎刚才这简单的几句话已经耗尽了她的全部力量。她躺着，吭哧吭哧地喘着气。屋子里太暗，我看不清她的表情。从窗外渗进来的风掠起了她花白杂乱的头发。

小学建在村口，附近几个村子的学生都来上学，曾经非常热闹，一个年级一百多人，分三四个班。但在我进入六年级那一年，一股去广东打工的风潮突然刮起来了。大人去车间，一天能挣一百二十块钱，小孩悄悄在黑屋子里穿线，每天也有三十块。这比在土里刨食要好多了。广东的厂家甚至派了车，停在村口，每天都有人带着孩子上车去往远方打工。村子就被这么一车一车地拉空了。

那时，一个在小学教书的老师守在村口，拦着每一个带着孩子上车的大人，说："你自己去就去吧，别把孩子带走了！孩子要读书，读书才是唯一的出路，如果不读书，以后怎么面对这个世界？"

大人们都很不耐烦，推开老师。老师又紧紧攥住他们的衣袖，近乎固执地说："别把孩子带走，孩子是未来，要读书。"

"读书能挣钱吗？"大人们反问。这让老师无法回答。于是大人们把衣袖从老师手中抽出来，牵着孩子的手，上了车。孩子们低着头，不敢看老师。

那个漫长的暑假结束后，开学不到两个月，六年级的学生就从一百多个减少到三十多个，老师也跑了不少。于是，原本的三个班合并成了一个班，由三个老师来教。教政治的是一个姓丁的老头儿，每天干完农活来教室，给我们把课本念一遍，然后匆匆回去种菜；教语文的是个年轻人，经常因为打牌忘了来上课，或者正上课时有人叫他去茶馆，他就放下课本跑了出去。

其余科目都是由一个五十多岁的女人来教。她姓陈，独居，据说就是她站在村口拦着上车的人。

第一次看到陈老师，我就心里一寒——暑假里，她站在坟场上看着我的阴沉眼神让我无比难忘。但这种害怕没有持续多久，因为我很快就看到了唐露。

唐露也和我合到一个班上了。

这时我才知道，这个胆怯孤单的小姑娘，之前的成绩一直是年级前列。现在唯一成绩比她好的男生，已经到广东某个城市的某个地下黑屋子里去穿线了。所以她现在是年级第一，被陈老师安排在第一排坐着，与我隔着大半间教室。

下了第一节课，我就跑到教室前面，但靠近她时又慢下来了。一种属于那个年纪的特有羞涩蒙上心头，明明没有人注意我，我却觉得自己处于所有异样目光的中心。

她一直埋头做题，没有抬头，我慢吞吞地从她身边走过，也沉默。我回到教室的时候，她抬头看了我一眼，又低下头继续做题了。

两个月没怎么说话，暑假形影相随的日子已不真切，或许她也忘了吧。

其他男生也注意到了唐露。刘鼻涕有一次被分到她旁边坐，高兴得连鼻涕也不流了，就是上课看着唐露傻笑。陈老师揪了几次他的耳朵，都没用，只能皱着眉把他换走了。还有一向以欺负人为乐趣的张胖子，看到唐露和几个女生在操场上踢格子后，居然一反往常的鄙夷，上去要求和她们一起玩，还让唐露辅导他。唐露细声细气地告诉张胖子踢格子的要诀，他边听边点头，俨然好学生的模样。

陈老师看到后把他赶开，说："怎么不见你把这股认真的劲儿放在学习上?!"

陈老师对唐露严加保护，导致没人有可乘之机。除了唐露，我们所有人在她眼中都不学无术，都游手好闲，都是愚昧父辈的延续，都注定了要在这泥土翻飞的村庄里度过一辈子。

陈老师严格按照成绩排座位，成绩差的都坐到了后面。杨瘸子提着两刀肉去陈老师家，希望她把杨方伟安排到前面坐，结果被陈老师轰了出来。第二天，她专门点杨方伟回答问题，杨方伟回答不出，于是她从鼻子里喷出一口气，轻蔑地说："回去告诉你爸爸，拉不出屎来就别想占茅坑。"我们哄堂大笑，杨方伟在笑声中脸红如滴血。

陈老师一度对我也寄予厚望。她曾经把我叫到办公室，劝我好好学习，但当她知道我只对语文有兴趣，对数学和自然课全然无感之后，非常惊异，"为什么你会对语文感兴趣呢? 这是最没有用处的学问啊! 真正可以拿来改变世界的，是科学，是对量子领域的了解，是对空间物理的掌握。一天到晚背几遍'床前明月光'能有什么出息?!"

她还说了一些什么，但那些词我都没听说过，只能低着头。她见我不开窍，叹了口气，就把我轰走了。

走之前，我突然愣住了——在陈老师的桌子上，摆放着一艘小木船，槐木雕琢，模样稚拙。我看了几眼，觉得有些熟悉，突然想起暑假我丢失在河面上的木船跟这个东西很像，连船篷的形状和上面的刻痕都一模一样。但仔细看又不对，因为眼前这艘木船的色泽很沉郁，有些地方还腐朽了，像是已经摆放了七八年的样子，而我的木船沉进水里还不到两个月。

"怎么还不走?"陈老师埋头批改作业，笔尖在本子上拖曳出一个个勾和叉。

我指着小木船，问："陈老师，这艘船……"

陈老师抬起头，眼睛眯了一下，"怎么了?"

"您放这里多久了啊?"

"十多年了吧。"

我"哦"了一声，准备低头出去，陈老师叫住我，问："你知道这艘船吗？"这时上课铃响了，我连忙摇头说："没什么，没什么。"

后来我的成绩越来越跟不上，而且整天和杨方伟他们一起玩，上课丢纸条，下课后在学校后面的橘林偷橘子。陈老师也就把我归在了他们一类，平常视而不见，闹得凶了，就抓住我们，要么罚站，要么用藤条打。我们都对她恨得牙痒痒。

我跟唐露也一直没有说过话，一间小小的教室里隔开了太远的距离。我继续跟我的小伙伴们玩耍，座位越来越靠后，直至倒数第一排。

上学期快结束的时候，陈老师在黑板上写了五道算术题，让我们上去写答案，算不出来就打手心。第一批的五个人没有一个答对，她气得嘴唇乱抖，竹板都打断了一根。张胖子挨了三四下就哭了。我们在下面看得心惊胆战，祈祷陈老师不要点到自己。

"胡舟、杨方伟、彭浩、刘鼻涕、张麻，你们五个上来，要是写不出，我把你们手打断！"陈老师直接指着最后排，想了想，然后说，"算了，张麻你回去，唐露上来。我让你们看看，这题目是有人能做出来的。"

我们愁眉苦脸地从座位上起来，慢吞吞地走上讲台。张麻则拍着心口，一脸庆幸，冲我们做鬼脸。

这是五道应用题，唐露做第四题，我做最后一题，她的左边还站了一个流着鼻涕的刘鼻涕。

我至今都记得这道题目：小明看一本故事书，第一天看了全书的 $1/9$，第二天看了 24 页，两天看了的页数与剩下页数的比是 $1:4$，这本书共有多少页？

我站在黑板前，对着这些文字苦思冥想，脑子里一团糨糊。

陈老师提着竹板，站在我身后，让我背上生寒。我举着粉笔停在黑板前，却久久不能下笔，大腿开始发抖。

其他人也都不会做，只有唐露在黑板上一笔一画地写着解题步骤。她的侧脸被从窗子透进来的光勾染，成了一些柔软的线条，像是初春里挣出来的柳枝。很久以后，我学习绘画时，总是习惯性地画一个人的侧脸，用简单的线条，用明显的光影差。我一度疑惑这奇怪的习惯从何而来，原来是记忆埋下的种子，当我拿起画笔时，它就开始萌发，在画板上绽放出唐露的脸。

"看什么看！"陈老师的呵斥打断了我的走神，她用竹板敲了一下我的头，"好好做题，做不出就下来领打。"

我摇摇头，准备丢笔放弃，这时，我听到身旁传来了轻轻的话语："设整本书为 X 页。"

我一愣，唐露旁边的刘鼻涕也愣住了，同时侧过头看向她。唐露拿着粉笔做题，一丝不苟，嘴唇轻不可察地颤动着，"别看我，老师会发现的。"

我俩连忙各自转回头。刘鼻涕看了眼自己的题目，小声说："我这道题是求面粉和糖，没有书啊……"

"不是你，是胡舟。"

刘鼻涕僵了一下，两条鼻涕趁主人不注意，迅速垂下。

我反应过来，连忙在黑板上写了假设，又小声问："然后呢？"

这时，陈老师在身后呵斥道："说什么?！"

顿了十几秒，唐露又小声说："九分之一 X 加上 24，然后等于 X 除以括号 1 加 4 括过来，算出来 X 就行了。"

我把方程式列出来，在黑板上打了下草稿，很快写出了答案。这个过程中，刘鼻涕一直用哀求的眼神看着唐露，眼泪和鼻涕都快流下来了。唐露却没有理他，把粉笔放下，转身对陈老师说："老师，我做完了。"

陈老师点了点头，"完全正确。你们看，这题目一点儿都不难，你们四个好意思吗?！过来领——咦，胡舟，你让开。"

我连忙往右挪，让陈老师看到黑板。她扫了一眼，扶了一下眼镜，又看了看我，说："今天太阳打西边出来了啊……你下去吧。"又指着另外三个人，"你们过来！"

我迷迷糊糊地从讲台走向教室后面，唐露已经在她的座位上坐好了，坐姿端正。我看向她，她的一缕发丝垂下，贴着脸颊，侧脸依然美丽，神情认真，似乎专注在课本上，但有那么一瞬间，她的右眼悄悄眨了一下。

办完年货，小年一过，村子里也渐渐热闹起来。茶馆里挤满了打工回乡的年轻人，在狭窄的砖屋里扎堆打牌。我闲得无聊，偶尔也过去打一阵儿，茶馆里满是脏话、汗臭和烟味，待久了有一种眩晕感。摸牌、出牌、递钱和收钱，时间在这四个动作的重复中飞快溜走。

春节前一天，我去茶馆有些晚了，里面只有一桌是空的，就坐了过去。随后陆陆续续来了三个年轻人，有两个是认识的，另一个比较陌生。

陌生的青年又矮又瘦，坐我对面，刚坐下就掏出烟，发了一圈。我皱皱眉，没接。

"嫌次？"他自顾自地点上，嘴里和鼻孔都冒出烟雾，"这位兄弟没怎么见过啊，哪家的外地亲戚？"

旁边有人接了话茬，说："大路，你这五块钱一包的红河还好意思发给人家？他可是大老板，在北京工作，拍动画片，挣大钱呢，一个月万把块！"

"动画片？嘿，我媳妇儿以前还挺喜欢看动画片呢。"这个名叫大路的青年把烟叼在嘴边，伸手摸牌，"来来来，打牌。"

打了半个多小时，我有些心烦，出了好几把臭牌。大路捡了空子，连赢几把，嘴都笑得都合不拢了。他的笑容让我更加心烦——不是因为钱，也不是因为他笑的时候露出满口的褐色牙齿，而是他的笑容里有明显的嘲弄。

大路一根接一根地抽烟，屋子里乌烟瘴气、空气混浊，我有好几次感到呼吸困难。又输了一把后，我把钱往桌子上一推，说："今天就到这里吧。"

大路往地上吐了口痰，用袖子抹了抹嘴，一边把钱扒过去，一边说："还这么早，没过中午呢。别扫兴啊，才输了几百。你这种大城市里的人，几百还不是肉上一根毛？来，来，坐下来继续打。"

我不想理他，站起来，向外走。但这时屋门被推开了，一个女人走进来，径自走到大路身旁，说："明天就要过年了，跟我回去收拾一下房子吧，我一个人忙不过来。"

大路看了一眼这个女人，脸上露出烦躁的神色，"你怎么来了？

没看到我在忙吗？找你爸去！"

"我爸腿不好。"女人的声音低了下来。

"也是，你爸只剩下一条腿了，"大路轻蔑地笑了笑，然后摇摇头说，"反正我不管！你自己去弄吧，不就是洗几床被褥，擦点儿墙上的灰吗？你一天忙得完。我现在手气好得不得了，是在给家里挣钱呢。"

女人劝不动他，也不愿走，就站在旁边。

"你别在这里，晦气！刚刚手气好赢了，现在你一来他就不打了。"大路斜眼瞪了一下女人，又看向我，说，"你还打不打啊？不打我再去找别人。"

我的视线这才从女人的脸上收回来，讷讷地说："那就……那就再打一会儿吧。"

接下来的时间里，我更加心不在焉了，眼睛甚至不能认清麻将上的图案。我输得更多了，不停地掏钱，大路赢钱赢得喜笑颜开。他肯定把我当一个傻子了吧。

而这个傻子正透过烟雾窥视大路身旁的女人。

女人一直低头站着，垂下的头发在烟气中显得有些发白。她穿着红色羽绒服，蓬松地裹住身体，衣服面料上有很多褶皱，随着她身体的弯曲，这些褶皱像一张张细小的嘴巴一样闭紧。我注意到，羽绒服的胸口处印着滑稽的"波可登"。

我一遍遍告诉自己，是认错人了。但眼前这张侧脸，以及垂到脸颊的头发，都丝毫不差地跟记忆深处的那张脸重合了。

关于与唐露的久别重逢，我幻想过很多次，却没料到再相遇，会是在这样烟雾缭绕、人声嘈杂的鬼地方。

我的喉咙有些干涩，不知是烟呛的，还是别的什么原因。

唐露站了一会儿，见大路实在无动于衷，便转身走了。她出茶馆的同时，我站起来，对他们说："我去上个厕所。"

我追到唐露身边时，她已经走出十来米远了。"唐露。"我喊出这个久违的名字。

她停下来，看着我，脸上憔悴，眼中迷惑。

"你还记得我吗？"

"没见过吧……"她犹疑地摇头。

我不死心，又问："你还有那本画着哆啦Ａ梦的练习册吗？"

"什么哆啦Ａ梦？"

我露出难以掩饰的失望，摇摇头，"没什么……"唐露看了我一会儿，见我不再说话，便转身走了。她的背影在冷风中有些轻微的佝偻。

我回到茶馆，机械地打牌。周围的咒骂、碰牌和拍桌声混在一起，这些嘈杂声一会儿远一会儿近，远的时候让我一阵空虚，近的时候让我耳膜欲裂。每个人都在喷吐烟雾，越来越浓。我再也忍受不了了，跑出这个乌烟瘴气的屋子，在路边弯着腰，发出一阵干呕。

自从那次黑板做题后，我和唐露就恢复到了暑假时的那种关系，似乎这半年的隔阂冰消雪融。每天放学后，她独自走到一个路口，等我慢吞吞赶过去，与她会合，然后一起走回去。

那时我家里已经硝烟弥漫。我父亲跟隔壁程叔媳妇儿的事被发现，程叔来我家闹了一次，母亲痛恨欲绝。争吵过后，两个大人在屋子里走动，却形如未见。姨妈专门回乡来劝，但是没用，只能摸着我的头叹气。

我每天晚上回去，屋子里都冷冷清清的，连吃饭都是在碗橱里找些剩饭菜热一热，就勉强对付了。

而唐露父亲酗酒的毛病更严重了，大白天都喝得醉醺醺，有时候还无缘无故地打她。

所以我们都不愿意回家，背着书包，在路上慢吞吞地走着。我记得我们会说一些话，但时光久远，大多已遗忘，也可能是那一阵子天气寒冷，声音一从嘴边出来，就冻结在冰冷的空气中，刷刷地往下掉，就像雪花一样。

我们通常会走很久，把黄昏走成夜色，看到黑暗笼罩村庄，灯火沿着河亮起来，丝带般缠绕在远处的大地上。然后，她回她的家，我背着书包走向我的家。

关于我们那些遥远飘忽的对话，我唯一记得的，就是我们提到了哆啦Ａ梦。她依然记得在上一个夏天看过的几十集《哆啦Ａ梦》，并且遗憾地说："要是能继续看就好了。"她小小的脸蛋在冷风中发抖，说完，还叹了口气。

我心中涌起一股豪情，拍着胸口说："没关系，我给你画！"

于是，在寒假来临前，我把之前辛苦攒下的四块钱拿出来，去买了彩笔和练习册。练习册选的不是五角钱一本的那种防近视的黄色本，而是三块钱的那种，很厚，纸页的边缘还有淡雅的水墨画。这种高档货，村里小卖部没有卖的，我顶着寒风，骑车到镇上的文具店才买到。我的钱不够，死活不走，求了老板很久，最后他才卖给我。

整个寒假，我都窝在家里，认真地用彩笔画画。我幻想着一头远古的巨龙抢走了静香，大雄在哆啦A梦的帮助下，穿梭时间，回到恐龙纪元，历经千辛万苦把静香救了回来。

记忆里的那个冬天，特别干冷，画到后来，我的手都裂开了。但我没有停，把脑海里的那些画面倾泻到纸上，越画越起劲儿，到最后仿佛不是我在画，而是笔拖着我的手在游走。平生第一次，我体会到了"创作"的乐趣。我记得最后画到大雄面对三头恐龙的血盆大口，却紧紧把静香挡在身后时，我的眼角都湿了；而画到静香得救后，快速地吻了一下大雄的脸时，我也忍不住嘿嘿傻笑。

画完后，我在练习册的扉页上郑重地写下了两行字：

每一个孤单童年，都有一只哆啦A梦在守护。

献给唐露——我的静香

开学后，我把这本厚厚的练习册拿出来，打算送给唐露。但刚一拿出来，就被张胖子一把抢了过去。他大声说："这么厚的本子，你不会真做了寒假作业吧？"说完就准备打开看。

平常我没少被他欺负，通常都很怕他，但当时我眼睛都充血了，一把扑上去，扯住练习册的书脊，另一手按住张胖子的胸口。张胖子毕竟壮硕太多，一伸手就把我推开了。我撞倒了一张课桌，但立刻爬起来，啊呀号叫着，又扑了过去。

张胖子大概也没想到我会反应这么激烈，有些吓到了，但同学们都看着，他不能把本子还给我。于是我们扭打成一团。

我当然是吃亏的一方，很快就被他压在身下。他气喘吁吁地坐在我身上，按着我的胸口，然后把练习册捡起来，说："我还非要看看里面是什——啊！你松开！"

我咬着他的手，死活不松口，嘴里都感觉到一丝腥咸了。张胖子痛得眼角进泪，连忙把练习册丢在我脑袋旁边。我刚松开，他却又把本子抢回去，同时狠狠一拳打在我头上。

这一拳让我有些懵，张胖子起身之后，我还站不起来。他拿着本子，洋洋得意地说："妈的，敢跟我横！我撕了你这破本子……"他说完，却发现同学们的目光有些躲闪，连忙回头。

果然，陈老师已经站在教室门口了。

她了解事情经过后，先是把我扶起来，问我有没有受伤。我只是有点儿头晕，就摇了摇头。然后她打了张胖子十下手板，非常重，张胖子眼角又进出泪来。张胖子下去后，她拿起练习册，翻了几下，看到扉页上的话后嗤一声笑起来，对我说："小小年纪，就想这个？真是跟你爸一样，臭不要脸！今天我不打你，但这个本子没收了，免得你祸害同学。"

我对陈老师有一种本能的畏惧，只能眼睁睁看着她拿着练习册走出教室。我沮丧地走回座位，路过唐露身边时，她用疑惑的眼神看着我，但我只轻轻摇头，错身而过。

我在不安和悔恨中度过了这一天，实在不甘心整个寒假的心血就这么被毁掉了。放学时，唐露照例慢吞吞往小路上走，我一咬牙，对她快速说了一句："等我一会儿，等我回来！"然后转身朝学校跑。我溜进办公室，在陈老师的办公桌上搜了搜，没有练习册，想了想，又往稻场跑过去。

那一天，憋了整个冬季的天空终于开始下雪，雪粒在黄昏时稀稀拉拉地飘下来。我跑得很快，冷风夹着雪，嗖嗖地灌进衣领。我却丝毫不感觉冷，也不畏惧坟茔的阴森，直接跑到陈老师的屋子前。

我的运气很好，看到陈老师门前那把挂着的黄铜大锁，就知道陈老师回家后又出去了。我绕着她家转了一圈，见大门锁牢，窗子紧闭，只有烟囱是唯一的入口。于是我爬上屋顶，顺着烟囱进了里屋。里面很暗，我不敢开灯，只能努力睁大眼睛，用手摸索。

我听到自己的心跳声，咚咚咚，像是有人在我胸口敲着急促的鼓点。我的害怕并非来源于屋子外面的坟墓，事实上，我宁愿死尸们全部从坟墓里爬出来，围着这间屋子厉号，也不想陈老师突然推门而归。我实在无法想象陈老师要是看到我偷偷跑进她家之后暴怒的样子。

我找了一遍，没发现那本练习册，心里不甘，又哆哆嗦嗦地摸索。当我摸到床前时，脚下感觉有些不对劲——床头前的一块木板是松动的。我轻轻一扳，木板就翘起来了。

木板下面不是泥土地，而是一个幽深的地洞，有一排斜斜的台阶通向地洞的黑暗里。

我用脚探着台阶，一步一步往下走。我以为里面会很暗，但完全进入地下之后，反而看到了通道尽头的光。

这通道不长，只有三四米，我小心翼翼走过去，发现尽头是一道门，光就是从门缝里渗出来的。我贴在门上听了半天，里面没有动静，于是我深吸一口气，用力把门推开。橙黄色的光哗啦啦涌了出来，将我淹没。

里面空无一人，但我来不及庆幸，就被里面的景象惊呆了。

之后有很多次，我回忆起这一幕时，都会怀疑是不是记忆欺骗了我。因为我之所见，完全颠覆了我对这个贫穷村庄的认知，我一度怀疑是不是自己做了一个光怪陆离的梦，而梦里的场景侵蚀了记忆，让我混淆。

因为我看到了一排排机器。我叫不出名的机器。

这个地下室有二十几平方米，墙壁连同地底都是由一种灰褐色的金属铸成，非常平滑。墙顶镶满了灯，光线令整个房间没有死角。而这整间屋子都摆满了方形仪器，红、绿、黄这三种颜色的灯不断闪烁，地上全是电线。屋子的正中间摆着一张大桌子，由三根支柱撑着，桌面上是一个玻璃罩子，正方形，大概有我两手张开那么宽。玻璃罩里什么都没有，但不知是不是我眼花——我看到玻璃罩中间的空气里，不时闪现着蚯蚓一样的电火花，很暗，一闪即没。

这些巨大而精密的仪器让我不知所措。幸好，我很快看到了练习册就放在桌子边缘，连忙拿起来，塞进衣服里，然后准备出去。

但是在出去之前，我的眼角余光一闪，发现有些物件很是眼熟。果然，在地下室的角落里，我看到了几根树枝、破书包，还有褪了色的瘪皮球。这些东西各色杂乱摆放着，但对我来说，它们有一个共同点——都曾属于我，且都在半年前的夏天，被我放进那片神秘的水面后沉入水中消失了。

我翻了一下，发现每个物件上都贴了纸，纸条已经泛黄，但字迹依稀可见。

"1982年7月13日，净重243克；来历：未知"，这是皮球上贴纸的字迹，而几根树枝上分别被标记着1985年和1992年。每一个标签上的时间都相差很多。

我逐一翻看着这些纸条，百思不解，索性不管了，跑出地下室，爬上烟囱，满身灰黑地离开了稻场。刚跑不远，我就远远看见一个踽踽独行的人影，在昏暗的天色里走进坟茔与稻场之间，走进那间神秘的屋子。

这个人影正是陈老师，我心里感到一阵侥幸，幸亏跑得及时。

我顺着小路快速奔跑，雪越下越大，这些小白点从黛蓝的天幕中飘落，在我身边打着旋儿。我有点儿着急，害怕时间太晚，唐露已经回家了。

但她并没有走。她一直等在路口，渺小的身影若隐若现，似乎随时会融化在漫天细雪的背景中。

"喏，这本书送给你。"我跑过去，小心翼翼地把练习册从衣服里拿出来。我浑身都是烟囱里的灰，但没让练习册沾染一点儿。

"你今天跟张胖子打架，就是因为这个吗？"唐露接过练习册，她的脸被冻得红扑扑的，但洋溢着笑容。

"是啊，这是我为你画的最新一集《哆啦A梦》，花了一个寒假呢！除了你，谁都不能看。"

她翻开扉页，看到我写给她的两行字，然后仰头看着夜空，过了很久，才说："你说，这世界上真的有哆啦A梦吗？"

"嗯，"我郑重地点了点头，"肯定有！"

"为什么我从来没有见过呢？"

我想了想，脑子一热，说："因为我就是你的哆啦A梦啊！"

唐露看着我窘迫的脸，轻轻地一笑，说："你到底是我的大雄，还是我的哆啦A梦呢？"

"我……我既是你的哆啦A梦，也是你的大雄！你放心，你是我们的静香，我们会一直保护你，不让你受伤。"

"你真好！"她突然踮起脚，在我右边脸上轻轻一吻，然后闪电般缩回去。

我被这道闪电击中了，浑身僵直。

我试着回味刚才这一刹那的感觉，但发现她的嘴唇太轻，有些冰凉，跟四周漫天的雪花一模一样。我摸着脸颊，那里有些微的湿润，但我分不清是因为她的唇，还是因为落雪轻吻。

在我发愣的时候，唐露合上了练习册，把它抱在胸口，转身往回走。我反应过来，连忙跟上她。那个晚上的路尤其长，我们都没有再说话，我们周围都是飘舞的雪花。

我们走啊走，走啊走，一不小心，就白了头。

大年三十，天气特别干冷，这艰难的一年终于在这一天走到了尾声。中午吃完团年饭，母亲把全家人的旧衣物都洗了，晾好，然后带着我去坟头拜祖宗。

刚走到小路口，就发现那里围着四五个人，有议论，也有劝阻，看样子像是这户人家在吵架。我看了看房子，觉得有些眼熟，仔细回想了一下，记起来这是唐露的家。

果然，我和母亲刚挤进人群，就看到了正坐在地上的唐露。她披散着头发，身上还是那件大红色的羽绒服，只是好几块面料已经被撕开了，在冷风中抖动着。她一只脚上歪歪斜斜地套着拖鞋，另一只脚赤着，被冻得乌青，沾满了尘土。

她的神情有些呆滞，眼角垂泪，脸上红肿，嘴里喃喃地说着什么。周围太吵，我听不清，但从嘴型可以看出来她说的是这日子过不下去了。

母亲看到这场景，说："作孽啊，刚和好没几天，又吵起来了。这还是大年三十啊……"

旁边有人搭腔，"这次可不得了，听说昨天大路把八万块钱全输了！啧啧，玩得可大哩，输到最后他眼睛都红了。"

母亲叹了口气，对我解释道："露露是想用这笔钱来盖房子的。"

我点了点头，看着坐在地上的唐露。她就这么哭着、念叨着，我的目光却只汇聚到她赤着的脚上。它在冷风中显得很凄凉。

这时，一身酒味的大路从屋子里冲出来，对着唐露就是一巴掌。这一巴掌打得太狠了，声响像是干树枝被折断，听得人心惊。唐露的鼻子登时冒出血来。这个矮瘦的男青年像是一头发狂的豹子，满脸通红，喘着粗气，嘴里喊叫着："去你妈的，老子输了点儿钱，你就把老子的脸都丢完了！你爸爸是个死瘸子，你也是个他妈的扫把星！"

我才发现，老唐正畏畏缩缩地站在门口。他只剩下一条腿了，拄着拐杖，他似乎想阻止大路，但抖着嘴唇，眼神飘忽，始终没有动。

围观人群里也没有人上前劝阻。我看到杨方伟站在一旁，抽着烟，脸上满是漠然。我刚想上前一步，就被母亲拉住了。她摇了摇头。

大路又打了几下，然后要把唐露拉回家里去，但拉了几下，没拉得她站起来，索性直接抓住羽绒服的衣领，把她拖回了屋子里。

唐露的头发和脸都在尘土里拖动。一滴血落下来，转瞬被尘土遮住了。

在去拜坟的路上，母亲告诉我，大家不是不想上去劝，以前劝过，结果更惨。母亲说："大路这人啊，手黑心也黑，坐过牢的。现在劝了，倒是也能拦住，但大伙儿不能守在他家一辈子啊，一有空子，他就把唐露往死里打。"

"唐露怎么会嫁给这样的人？"我的语气闷闷的。

母亲眉头蹙起，似在仔细回忆，然后说："你是小学毕业那年离开村子的，很多事情都不知道。"

在母亲的述说里，我渐渐知晓了唐露后来的经历。小学结束的那个夏天，老唐的一条腿断了，为了治病，家里的钱都花完了。唐露也因此在读完初一上学期后辍了学，早早地跟了一个裁缝师傅学做衣服。学了一年后，她就到隔壁县城的一家服装厂工作，一天十个小时，全坐在封闭的地下车间里，佝偻着腰，踩着缝纫机，在幽暗的光线里拼接一块块质量堪忧的布片。下班了后跟同龄的女孩们一起回到宿舍，挤着休息一夜。但那家厂很快因为雇佣童工被举报，唐露被送回家。这件事上了报纸，也成了当地派出所的业绩，但对唐露这个风雨飘摇的家来说，无疑是雨中墙塌。

那时唐露在家里待了不到一个星期，受不了老唐躺在床上看她的冰冷眼神，跑去央求准备到外地打工的沈阿姨。沈阿姨本来嫌麻烦，但唐露跪在她家门口，凌晨时才离去。沈阿姨离乡的那一天，都上车坐好了，看着路边杨树掠过，突然骂了一声，然后叫司机停车，步行回到老唐家，把唐露拽起来就走，临出门时又扭头朝老唐骂了一句："早死早超生，别祸害孩子！"

此后，唐露一直跟着沈阿姨，在广东一带打工。她们先是当缝纫工，但自动化普及之后，这一行迅速没落，当时广东约有几十万缝纫工无路可走。于是那年春节，沈阿姨给唐露办了一张假身份证，把年龄增加了两岁，能合法打工。春节过后，唐露没有留在家里，独自去往上海，碰壁之后再去深圳，然后到了北京。而她在北京的那阵子，我也刚刚毕业，进入那家动漫公司。

是的，那一年多里，我们这两个漂流异乡的人，可能在某个地方遇到过——地铁、街道或者便利店里。然而北京太过拥挤，充斥着一张张面无表情的脸，即使我们擦肩而过，也认不出彼此。

当我在北京立稳脚跟的时候，唐露却厌倦了这样漫无目的的飘荡，拖着疲乏的身体回到了故乡。对农村女孩来说，二十三岁已经是亟待结婚的年龄了，但村里没人敢上门——娶了唐露，还得捎上一个嗜酒的残废老唐。据说杨方伟曾经跟家里商量过，认为经济能力可以负担得起，但杨家酒厂的突然倒闭，让这件事无疾而终。这可能是唐露一生中唯一接触到幸福的机会，但这扇门在她还未抬起脚准备跨进时，就发出一声无情的"咣当"，关闭了。

最后，媒婆领着邻村的大路来到了唐露家。唐露刚开始对他并没有好感，但吃完饭后，唐露去看电视，大路走过来，看到唐露心烦意乱地拿着遥控器换台，最后换到了儿童频道。大路问："你喜欢动画片吗？"唐露点了点头。大路又说："我也喜欢啊。"唐露问："你喜欢什么动画片呢？"大路挠着头想了很久，最后说："哆……哆啦Ａ梦。"唐露这才抬起头，看着这个矮且瘦的年轻人。他看起来并没有别人说的那么粗鲁和暴躁。

但结婚之后，大路的秉性才表现出来。唐露住进了大路家，跟几个婆嫂一起，还不到一个月，就被喝醉了的大路毒打，婆嫂们都只是冷眼看着。大路还有一个毛病，就是吵架时喜欢砸东西，家具、电视、摩托……在一次次争吵中、一次次破碎声中，这个原本就拮据的家，更加贫寒。

平时唐露在镇上开店，音像店、面馆、劣质服装，什么挣钱就做什么，都做不长。大路隔三岔五还过来要钱去打牌或喝酒。但在这样的情况下，她还是省下钱来，想自己再盖一间房，离开那几个冷嘲热讽的婆嫂。

但现在，四五年攒下来的八万块钱又被大路悄悄输掉了。

这番叙述漫长而絮叨，我在冷风中听着，思绪时常抽离。天很快暗了下来，坟场里许多坟墓上都插了蜡烛，火光在冷风中飘摇成星星点点。这一年的最后时光，竟然如此寒冷荒凉。

路过陈老师的家时，我问到她的来历。母亲摇了摇头说，这个就不清楚了，但应该不是本地人，听说很久以前有一支军队驻扎在这里，后来撤走了，只有她一个人留下来了。因为懂得多，就成了小学老师。后来小学人不够，学校解散了，她也没走。

天空暗如锅底，破旧的屋子像是锈迹一样。我看了看，也没再多问。

晚上我陪着父亲，一边打哈欠，一边看着春节晚会。时间就这样缓缓流逝，快到凌晨时，我把鞭炮拿出来，准备等午夜倒计时就去点燃。这是老家的习俗，以爆竹声来宣告新旧年交替。

这时，一直沉寂的夜幕里突然传来嘈杂声，有人在呼喊。我听了一下，立刻从屋里蹿出去，跑向河边。

因为，我听到的是——"快出来啊，唐家那个丫头要跳河了！"

赶到河边时，大家果然看到一个人影站在桥头。我们小心围过去，手电筒的光驱开了浓重黑暗，照着唐露啜泣的模样。她脸上伤痕与泪痕密布。我们都劝她不要想不开。

唐露突然转头看向我，露出一笑，说："你不是说每个人都有自己的哆啦A梦在守护吗？"她的笑容迅速被泪水融化，成了一个凄婉的表情，"为什么我从来没有看到呢？"

我浑身一颤。

所有人都看向我。我张张嘴，想说些什么，但只发出嘶嘶的含混声音。

扑通一声，桥头已经没有她的身影。

人们连忙涌过去。我却迈不动步子，任这些幢幢人影从我身边掠过，脑袋里只是想着：原来，她一直是记得的。

我有些恍惚，又有点儿冷，不禁缩紧了衣领。

这时，噼里啪啦的鞭炮声在身后响起，密集得没有间隙。我转过身，看到家家户户的爆竹火光把夜撕成了零散的碎片。

新的一年终于姗姗来迟。

关于故乡最后的记忆，停留在小学毕业的那年夏天。那一年之后，小学因为没有足够的生源而停办，我们成了最后一届毕业生。拍毕业照的时候，谁都看得出来，尽管陈老师依旧面目阴沉，但眼圈泛红。拍完之后，她长久地坐在椅子上，不肯起来。

但对那时的我来说，这意味着长达六年的监狱生活终于结束了。我唯一需要担忧的，是夏季漫长，蝉鸣聒噪，这三个月的暑假该怎么度过。

这时，我家里也买了一台VCD放映机，是用来给我爸看戏曲的。正是因为这个，我对哆啦A梦的爱好卷土重来。但我到处借，也只借到零零散散的几张碟，而且上面字迹都不清晰了，所以唐露认真地在每一张光碟上写下了"哆啦A梦"。这些碟显然不够度过夏天，我问唐露："你还想看《哆啦A梦》吗？"

她使劲点头。

我暗自思揣——如果能搞到《哆啦A梦》的整套VCD，暑假就能每天和唐露一起看大雄与静香的奇妙冒险了。童年即将结束，接下来是混乱迷茫的青春期，在这最后的尾巴上，能以这样美妙的方式跟唐露一起度过，是我梦寐以求的。

但是大山版《哆啦A梦》的一整套，有一千多集，即使是租VCD，也需要一百二十块钱。这笔天文数字，超过了我的想象。我把小学六年的教材和练习册装在一个麻袋里，用自行车驮着它去了镇上，卖给了收废品的老头，换回十来块钱。当我捏着这薄薄的几张纸时，感慨六年求学，换回这么点儿钱，实在是替父母愧疚。

"书这个玩意儿啊，最不值钱了。"老头把麻袋里的书倒出来，用脚踢进角落，"值钱的还得是铁啊，你看，墙上写得一清二楚。"

果然，墙上贴了价格表：可乐罐一毛三个，书本一毛五一斤，废铁一块二一斤……我看了一会儿，叹口气，捏着钱走了。

那阵子，还发生了一件让我和唐露难堪的事情——我爸爸和唐露的爸爸打了一架。据说是在田里干活时，我爸爸听到老唐在跟人嚼舌根，说他出轨的事情。于是我爸冲过去，两个人扭打成一团，旁人拉了好久都拉不开。

因为这件事，我们都不想在家里待了，忧愁地继续游荡。我们在午后太阳西斜的时候，沿着河边行走，河面上也出现了两个人影。

我对唐露说："你看，他们是谁？一直跟着我们呢。"

唐露把手指竖在嘴边，嘘了一声，说："他们是住在水里的人，看我们靠近了，也在小心地观察我们。别大声说话，吓着他们了。"

于是我们四个沉默地走在河边。夕阳斜照，河面上的影子越来越长，也越来越淡，在他们即将消失时，我和唐露走到了那片能吞噬一切的水域前。

"对了，我一直很好奇，"唐露说，"既然什么东西都能沉进去，那，可以从里面拿出东西来吗？"

"试试不就知道了?"我脱掉上衣,准备游过去,但唐露把我拦住了。

"你要是也像其他东西一样,掉进去了出不来怎么办?"她忧虑地说,"那就没人陪我玩了……"

"放心!我不会离开你的!"我拍了拍胸膛。但唐露说的确实是个担忧,我想了想,看到岸边那棵歪脖子老树,树枝低垂,几乎快贴着水面了,我一拍脑门,"我有办法了。"

我哧溜爬到树上,顺着最靠近水面的枝干,小心挪动身体。那根枝干只有手臂粗,我一爬上去,就压得枝干下坠,正好贴近水面。我深吸一口气,准备把手伸进水里。

"小心!"唐露在河边,面色紧张。

我将手臂伸进水里。在我的想象中,这块神秘水域的下面,可能是一条有着一口密齿的大蛇,或者是布满火焰的地狱,但手真正进入水面的一刻,却什么危险都没有——甚至,水面没有经过一天暴晒后的温热,触之清凉。

我试图移动手臂,阻力很大,水里的黏稠感远胜正常水流。我慢慢移动手臂,手指碰到了一个硬物,像是铁片。我抓住它,慢慢上拖,随着手臂从水里伸出来,我看到了手里抓住的东西——是一个方形铁盖,上面有规律地摆布着一些孔洞,我感觉有些熟悉,但想不起来在哪里见过。

我把铁盖提出水面,它比在水里重多了,足有十几斤。树枝摇摇晃晃,似乎随时要断。我心里突然一动,一手夹着铁盖,一边小心往回爬,爬到老树的主干上后,冲唐露喊:"你躲开些!"

唐露让了几步,我把铁盖扔下去,大声说:"你看好它!我再去捞几个出来!"

"捞出来干吗啊?"

"卖钱啊,废铁很贵的,那个老头说一斤废铁一块二呢。这个铁盖就值十几块钱了,比一麻袋书值钱。"

唐露有些犹豫,说:"这些是谁的呢?万一有主人,怎么办?我们不能偷东西啊。"

"这条河有主人吗?"我头也不回地反问。

"没有……吧?"

"那不就得了,我从河里捞出来的,就属于我们啊,就跟钓鱼一样。别多想啦,看我的!"

天色渐渐暗了下来,远处的人家亮起了灯火。已经不早了,我隐约听到母亲在喊我的名字,于是抓紧时间如法炮制,又捞出几个铁件。它们各不相同,铁盖、铁盒、圆柱支架之类的,加起来得有七八十斤了。按照这个速度,我再最后捞出一件,就可以凑到租全套《哆啦Ａ梦》碟片的钱了。

最后一个物件比我想象中大。

我摸索了一会儿,摸到一个类似提手的东西,用力上拉。树枝在我身下呻吟着。我提出来的是一个正方形的铁盒,边角圆润,四周有许多密密麻麻的圆孔,透过圆孔可以看到里面是一层层的片状镶嵌物。整体感觉像是一台电视机的机箱,只是更加密实。铁盒侧面插着一个浑圆的突起,其余部位还有一些孔洞,看上去像是某种接口。

我两手并用,把它提出水面。这时,空气中传来一声隐约的"咔嚓",随后,远处的人间灯火次第熄灭,村庄被笼进黑暗。

唐露往回看了几眼,疑惑地说:"停电了吗?"

"好多年没停过电了……"我也有点儿纳闷,但天越发晚了,再不回去,父母就该找过来了。于是我咬着牙,把铁盒提出来,这时,身下的树枝发出最后的呻吟,"哗"的一声断了。我抓着箱子,一起落向水面。

那一瞬间,我脑中闪现出可怕的画面——皮球、树枝和泡沫板,这些绝不可能下沉的东西,都被这片水域吞噬了,再不复现。我直直地摔下去,正中水面,肯定也会沉进去,再也见不着唐露了。我有一点儿懊悔,想扭头去看唐露,但还未扭动脖子,就已经落进水里,砸出一大片水花。

温热的河水在那一瞬间吞噬了我。

我满心绝望,但手脚下意识地划动,居然很快站了起来。这块水域靠近岸边，并不深，才浸没到我胸口。

断掉的树枝浮在水面，静悄悄的，也没有一点儿下沉的趋势。

唐露刚要惊叫，见我从水里站了起来，惊呼声又吞回去了，指着我说："怎么……你没掉进去吗？"

"水很浅啊。"一阵夜风吹来，我打了个冷战，在水里拖着铁盒，一步步走上岸，"那么浅，以前的东西是怎么沉进去的？"

唐露盯着这个怪模怪样的铁盒，点头说："是啊，而且这么浅，你是怎么捞出来这些东西的？"

我穿上衣服，暖和了些，突然灵光一现，大喊道："我知道了！"

"是什么？告诉我嘛！"

"这里肯定有一扇任意门，连接另一个时空。嗯嗯，一定是这样！"

唐露笑了下，"怎么可能？"

"怎么不可能？！你想想，哆啦 A 梦的口袋不就是一扇任意门吗？可以从里面拿出任何东西。"我越说越觉得正确，郑重点头，"《哆啦 A 梦》里说的，还有假吗？我想，水下面肯定住着一只机器猫，知道我们要去买 VCD，就把废铁送给我们了。嗯嗯，一定是这样！"

"那它为什么不直接送我们碟子呢？"

"呃……"我一下子愣住了，不知如何作答。

唐露见我窘迫，脸上绽开笑容，说："不过我相信你！一定是哆啦 A 梦在帮助我们。你不是说每一个童年都有一只哆啦 A 梦在守护吗？一定是我们的童年快结束了，所以这只哆啦 A 梦来给我们最后的帮助。"

"嗯！"我摇摇头，把刚才的问题甩出脑袋。

废铁已经收集齐了，一百多斤，我今晚肯定带不走。于是把它们拖到树下面，用树枝盖住，打算明天用自行车运到镇上，卖给那老头儿。

第二天，天色阴沉，太阳被遮在云层后面，雨却迟迟不下。我起床的时候，感觉有点儿头疼，可能是昨天掉在河里后吹了风。但即将租到《哆啦 A 梦》的喜悦充盈我全身，我对唐露说我要去卖废铁，然后租 VCD 碟，下午回来，让她在家等我。

"嗯！"看得出来，唐露也很期待。

于是我骑着自行车，来到河边，用麻袋把铁件装好，放在车的后座上。装铁盒的时候，我看到侧面那个圆形凸起，好奇地去掰，一下子就把这个凸起拔了下来。圆形凸起的下面，是一截五六厘米长的晶体方块，半透明，此前这个方块一直插在铁盒里，只露出金属材质的圆形头部。我观察了一下，觉得造型有趣，就放在了口袋里，打算一会儿送给唐露。

我骑的是一辆老式二八自行车，直立起来比我都要高。我坐在座板上，脚够不着车蹬，只能斜跨着骑。它的好处在于够结实，一百多斤的铁放上去都浑然无事，只是骑得更吃力而已。

出了村子，拐上公路，再骑两个多小时就能到镇上。我使出了吃奶的劲儿蹬车，天气闷热得厉害，不一会儿我就满身大汗了。但一股劲在我胸中鼓荡，尽管腿累得像灌了铅，我却越骑越快。

路两旁的杨树静默着，在黏稠的天气里连树叶都死气沉沉地下垂着。拐过前面最后一段水泥路，上了桥，再下去就能到镇上了。

意外就是在桥上发生的。

二八自行车牢固，我尚且有劲，没想到问题出在了麻袋上——经过两个小时的摩擦，铁件把麻袋刺破了，哗啦一声，这七八件沉重的铁块全部掉了下来，在桥面上叮叮当当地碰响。

"嘿，小崽子，偷了这么多东西！"

一个熟悉的声音响起来，我正蹲在地上捡铁件，扭头一看，居然是老唐。他的脸上一片通红，步子有点儿歪，走过来踢了踢铁盒。

"我没有！"我扶住铁盒，争辩道，"是我从河里捞出来的！"

"这些东西这么新，一点锈都没有，你说从河里捞出来？骗鬼吧！"老唐喷出一口酒气，"你老子偷人！你偷东西！一家人出息啊……走，我带你去派出所！"

我想起老唐跟父亲在田里打的那一架，他打输了，一直怀恨在心。他身子枯瘦、心胸狭小，打不过我父亲，现在自以为抓到了我的把柄。

我着急起来，大声地喊："我真的是从河里捞出来的，不信，唐露可以作证！"

老唐嘴角一撇，"露露？我早就让露露不要跟你一起玩，这个死丫头非要跑出去。别说那么多了，跟我走！"

我死命反抗，但依旧敌不过老唐，他如提小鸡般揪着我的衣领，打算带着我离开桥。

"天杀的老唐！"我死死抱住桥边栏杆，"你欺负我，我爸爸会打死你的！"

老唐一下子火了，脸上更红，踢了我一脚，"别说老胡不在这儿，就算他在，我也得教训你！"他拉了我两下，没拉动，也不敢太过用力，就松手了，骂骂咧咧地转过身，"好，你不走！我去把你偷的东西上交！"

他气冲冲地扶起自行车，把铁件装在麻袋里，系在车座下的铁杆上，然后骑着车下桥，拐进了镇上的街道。

我追了几步，没追上，满心委屈地站在桥边哭，一边哭一边骂。路过的人都诧异地看着我。我哭了一会儿，累了，脑袋昏沉，于是转身往回走。

闷了许久的天空滚动着隐隐雷声，没走到一半，雨就落了下来。初时只有几点，后来就成了瓢泼大雨，将我浑身淋湿。

我在雨中抽泣，走了整整一个下午，才回到村子。路过唐露家时，看到她家家门紧闭，我过去敲了敲门，没人在。我想起跟唐露的约定，她应该会在这里等我，等我带回全套《哆啦A梦》的碟片。我没有带回来，但她应该在这里等我。我昏昏沉沉地想着。

我干脆在她家门口坐了下来，四周雨点如瀑，地上水流汇聚成河。我的头越来越晕，就靠着墙，但一直到睡着，我都没有等到唐露回来。

在唐露的葬礼上，我见到了陈老师。

在大年初办葬礼，在村子里是大忌，大家基本上都不愿意参加。再加上老唐酗酒、暴躁，人缘不好，葬礼冷冷清清的。

下葬的那一天，细雨蒙蒙，唢呐声混在雨幕中，格外萧索。我走在十来个人的送葬队伍里，缓慢地跟着前面的人，雨落在脸上，而脸已没有知觉。

老唐坐在唐露的墓前，胸前系着一个白色麻袋，表情呆滞。他的独腿直直地伸在斜前方，触目惊心。我们依次上前，把用白布包着的钱丢进麻袋，然后离开。

我前面的是一个老人，颤巍巍的，她丢完钱转身的时候，我才把她认了出来。

"陈老师？"

她看着我，枯瘦的脸看上去很深邃，不知是因为衰老，还是因为哀戚。她抖动着干瘪的嘴唇，对我说："你也来了，你来参加唐露的葬礼。唐露是我最好的学生，却过得最惨，现在埋进土里，比我都早。但你不知道，她这么惨淡的一生，她可怜的结局，都是你造成的。"

我一愣，疑心陈老师是不是年老昏了头，摇着头说："从小学毕业起，我就再没有见过她了。"

陈老师却不再说话，身子佝着，在冬雨里慢慢走向自己的那间破屋。

她离开了，她的话却像一层阴影般笼住了我。我把羽绒服的帽子戴上，缩着脖子回家，母亲正在火炉边烤火，问我："你把钱给老唐了？"

我点了点头，然后问母亲："对了，老唐的腿，是怎么断的？"

母亲眯着眼睛想了一会儿，火炉因长久没人拨弄而变得暗红，青色的烟雾升腾。"好多年了，"她说，"不过这事我记得很清楚，因为他出车祸，正巧是你生大病那天。你小时候淋雨生了场大病，你还记得吗？"

我当然记得。小学毕业的那个暑假，我淋雨回来，在唐露家门前等了很久，后来倚着门睡了过去。路过的人看到我，过来拍我的脸，却发现怎么都拍不醒我，这才通知我父母，把我送到医院，

那场大病其实早有预示——前一天我下河捞铁件，已经着了凉，

早上时便头疼。但我却没有在意，骑车骑得大汗淋漓，然后冒雨回村，于是一场高烧将我击倒。这是我得过的最严重的病，因为处理不及时，高烧引发脑水肿，一度呼吸衰弱，在医院里昏昏沉沉地躺了两个月才有好转。也正是因为这场病，远在北方的姨妈千里迢迢赶过来，把父母骂得狗血淋头，然后在我出院后，将我接走。我走的那一天，路过唐露家，她家依旧家门紧闭。

母亲接着说："我听说他当时骑着我家的车，去废品站卖废铁，喝多了，结果被一辆车给撞了。"

我恍然大悟，原来老唐后来并没有把那些铁件交给派出所，而是像我一样去当废品卖钱。听到这个，我一点儿都不吃惊，这太像是老唐能做出来的事情了。

让我惊讶的是，陈老师说的果然没错——我驮着铁件去卖，被老唐看到，他抢了铁件和自行车去废品站，因此出了车祸，失去一条腿，唐家从此没有了经济来源。唐露的整个人生就在那一天发生了转折。她之所以没有如约等我，恐怕也是因为老唐出车祸，她要赶去医院吧。

尽管我并非故意如此，也无须自责，但确实是我的行为，导致了唐露命运的急转，间接将她推向了悲惨绝望的人生。

想到这里，我豁然转身。

"你去哪儿？"母亲在我身后喊道，"外面冷，把衣服换上。"

雨丝如针，刺在每一寸露出的皮肤上。我边跑边裹紧衣服，一路来到陈老师家中，推开门，床上没人。我有些发愣，略一思索，把床前的地板挪开，再次进入那条深邃的通道。

果然，在那间满是金属的房间里，我看到了陈老师。她的头发在灯光下犹如一蓬风中的蒿草。

"你来了。"她甚至没有转身，正在按着那些复杂的按钮，"我知道你会来的，唐露是我最好的学生，是你最好的朋友。现在她死了，我们都有责任，我们都是她命运的推手。"

"可是……"我莫名地口干舌燥，后退两步，抵到了桌角，"可我不是故意的……"

陈老师继续拨弄那些按钮，一阵嗡嗡声响了起来，越来越剧烈，但随着陈老师按下最后一个按钮，屋子里的仪器一颤，又恢复了寂静。她微弱地叹了口气，转过身来看着我，"你知道时间是什么吗？"

"什么？"我一时愣住了。

"时间是一条河，每个人都在河里挣扎着。而命运，命运又是多么无力的东西，不过是河流里的一个小小漩涡，每一个漩涡互相交缠，每个人都是别人命运的推手。不管是故意，还是无心，一个小小的动作都能让所有的漩涡卷向全然不同的方向。胡舟，这是时间的魅力，也是时间的残酷。"

这些话在房间里回荡着。我张着嘴，不可思议地看着这个年近八十的老人，无论如何也想象不出这番话出自她之口。陈老师，我印象中永远阴沉偏执的陈老师，在她生命的尾声，开始思考时间和命运了吗？

陈老师让我感到一阵诡异，四周闪烁的灯更让我觉得陌生。我说："但时间是不能更改的，就算是我间接造成了她的悲剧，也没有办法了……"

陈老师看着我，眼睛浑浊如陈酒，良久，她摇了摇头，说："时间并非不能更改。这条河的很多流段，是存在闭环的。"

我愈发迷糊。陈老师伸出枯瘦的手指，在四周画了一圈，问道："你知道这间屋子是做什么的吗？"

这是从童年开始便笼罩我的疑惑，但还未等我猜测，陈老师就接着说道："这一个实验室。"

我环顾四周，这些电路和仪器确实像是在进行着某种实验。但我想不出，在这个落后偏僻的乡村，有什么可做实验的？

"这个实验室的背景，是军方。"陈老师一边说，一边抚摸着仪器的外壳，"但是更多的，我不能跟你说——尽管他们放弃了这个项目，已经有三十多年没有联系过我。我能告诉你的是，这个实验的目的，是研究时间闭环。"

"什么？"我疑心听错了，"时间闭环？"

"当时，我们从全国各地被调过来，都不知道是要来干什么。但那是……是那段时间，我们只能听从安排。这里是全国范式指数最高的地方，哦，你不知道范式指数。这是以老范的姓来命名的，老范已经死了，他的上半身就埋在外面的义山上。"

我浑身一寒，"为什么只有上半身？"

"因为我们找不到他的下半身。我们钻研了十多年，才人为造出了一条时间闭环，老范亲自做了第一例人体实验。但他刚刚沉入河面一半，闭环就失稳关闭了，时间和空间的错位被切合，他的下半身消失在另一个时空里。我记得当时，整个河面都被染红了。"

"河面？你说的是外面那片长了歪脖子树的河面吗？"

陈老师点了点头，"时空闭环在空间上的两个结点，就是这间实验室，和外面那个直径 1.42 米的圆形河面。而在时间上的结点是随机的。河面上经常漂来一些乱七八糟的东西，漂到河面结点时，就会落进这间实验室。"

"所以你给它们做了标记，是吗？"我的记忆开始清晰，我指着角落——时隔多年，我的皮球、泡沫板都还堆在那里。

"嗯，你曾经为了拿走练习册，偷跑进来过。但你没有跟别人提起，我也就没多管。"一口气说了这么多，陈老师似乎耗尽了精力，摸索着坐下来，然后继续说，"这个实验耗费了太多的人力、物力，却一直没有进展，所以那个时期结束后，实验被叫停了。他们都想回家，毕竟做这个研究就像坐牢一样。他们都走了，只有我留下来，央求他们不要销毁实验室。"

"你为什么不回家呢？"

"因为我没有家了，"陈老师凄凉地一笑，"你知道我跟老范是什么关系吗？他是我的丈夫，他埋在哪里，哪里就是我的家。"

我大概猜到了，心里戚戚，只能点头。

陈老师接着说："他们看在老范的面子上，留下了这些仪器，还把我的名字划掉了。在当时的中国，这种无疾而终的实验多不胜数，没人在意一个留在乡村的寡妇。"说到这里，她苦笑着摇了摇头，"反正我一直留在这里，替老范继续完成这个实验。"

"你刚才说时间可以改变，是已经完成了这个实验吗？"

陈老师刚要回答，突然咳嗽起来，她掏出手帕捂着嘴，手帕立刻被染红。我连忙扶住她，然后背她离开实验室。她轻得像是一片叶子。

我把她放在床上，拿来药和热水，喂她服下。她这才呼吸通顺了些，喘了许久，说："我差一点儿就成功了……数据和原理我已经推导了无数遍，没有任何问题，但就在我准备做实验的时候，实验室里几样关键仪器不见了。"

"是什么时候？"

"太久了……但应该是小学关闭之后两三年吧。"

我"噢"了一声，大概明白了——陈老师说时间闭环的另一端是随机的。我那次从河里捞出铁件，手伸进的地方，应该是两三年以后的实验室。过了两三年，她才发现实验室的仪器被我偷走了。

"我花了很长时间来重新制造消失的仪器，但只有超晶体协稳器没法儿复原，它太精密了，材料少见，我一个人无论如何也做不出。所以我谈不上成功，但是……但是时间确实是可以更改的。"她说着，眼睛慢慢合上，眼角沁出一滴浑浊的泪水，从丘壑般的脸颊上滑下，"离完成老范的夙愿只差一步，这一步我却再也走不下去了……"

我离开了这间小屋。外面依然雨丝飘飞，一座座坟茔在冬雨中瑟瑟发抖。我深一脚浅一脚地穿过这些荒凉的墓碑，来到一处新墓前。送葬的队伍已经走了，一片空旷、安寂，只有丝丝雨声。地上撒满了白纸，被雨打湿，混进了泥里。

我看到墓碑上贴着一张泛黄的照片，上面是一个清秀小女孩的剪影，扎着辫子，嘴角挂着微笑。听说老唐找遍了家里，没有一张唐露的照片，只找到了小学毕业照。他本来想把毕业照贴在墓碑上，但照片上还有其他人，这些人的家里觉得晦气，死活拦住了他。于是他把唐露的人影剪下来，当作冥照贴了上去。老唐手抖，剪得不太干净，唐露身旁还残留有我的侧脸。

天色暗了，雨更冷了。

我看着童年记忆里的唐露，她也看着我，对我笑。我伸出手，碰到了她的脸。

我和唐露最后一次见面，是在我高二的寒假。

那时我已在城市里生活多年，成了一个十七岁的少年。我开始听流行音乐，爱打篮球，想买一双耐克鞋，暗恋隔壁班的长头发女孩。我厌恶记忆里贫穷闭塞的故乡。

姨妈多年未归，后来的一个春节，她回乡探亲时把我带上了。我住在父母家里，却格格不入。这里的人和其他一切，都让我感觉脏且陈旧。父母担心太麻烦姨妈照顾我了，便向她提出把我接回来，姨妈以让我接受更好的教育为由拒绝了他们。当时我坐在旁边，悄悄松了口气。

好不容易挨到大年初六，我跟姨妈一起，坐陈叔的拖拉机去镇上，然后从镇上搭大巴去市里，再坐火车回山西。但我们到镇上时，大巴已经开走了，我们在街边等了半个多小时，才拦到一辆顺路回市里的小汽车。司机要收一百，姨妈谈了半天，才以五十块的价格谈妥。

刚要走时，身后突然传来一个怯生生的声音："你们是要去市里吗？"

我转头看见一个女生，十五六岁的样子，身形消瘦，却背着一个鼓鼓的大包，手里提着两个布袋。我怀疑这些包裹比她自己都要重。

"是啊。"我说。

"捎我一个吧，我也去市里……没赶上大巴。"

我觉得她有些眼熟，点了点头，"应该可以吧。"

这时，司机探出头来，不满地说："这可不行啊！三个人就不是五十了，得加钱，六十！"

姨妈瞪了他一眼，然后转头看着女孩，说："小姑娘，一共六十，三个人。我们四十，你出二十块，可以吗？"

女孩犹豫了，在司机催促地按了几下喇叭后，才点了点头。我帮她把行李放在后车厢里，突然记起了她的名字，脱口而出："唐露？"

"好久不见。"她却没有太惊讶，看着我笑了笑，"胡舟，你长高了。"

在去镇上的一个多小时里，我坐在唐露的旁边，彼此沉默着，车里的气氛有些尴尬。我扭头看着车窗外飞逝的树影，车窗倒映出她的脸。她低着头，刘海的影子若有若无。

"你是要去哪里呀？"我打破沉默。

"上海。你呢？"

"我跟姨妈回山西，快开学了。你现在也是在上海读书吗？"话刚说完，我就后悔了——她背着这样多的行李，无论如何都不像是去念书的样子。

唐露依旧笑了笑，"去打工。"

坐在前座的姨妈猛然回了下头，看了一眼唐露，又转了过去。

我下意识地问："做什么工作呢？"

"还不知道，去了再看吧。"顿了顿，她又补充说，"总有活儿做吧……"

接下来，又是沉默。车子上了跨江大桥，飞速行驶，我看到江面有一只白色的鸟飞过。过了桥，就是市火车站，我和姨妈将在这里坐上回山西的火车。

唐露突然说："你还看《哆啦Ａ梦》吗？"

我一愣，"很久没看了……怎么了？"

"没什么。"她说。声音突然变得有些闷，像是鼻子被堵住了一样。

车子下了桥，在车流中缓慢行进，喇叭声此起彼伏。破旧的火车站已然在望，门口拥挤着黑压压的一片人。

"我一直在看，但是他们说，《哆啦Ａ梦》已经有结局了。"唐露的视线掠过我的脸，投射到窗外的很远处，"原来，大雄得了精神病，所有发生的故事，都是他的幻想，都是假的①。所以，这个世界上从来没有哆啦Ａ梦……"

那时我已经很久没看动画片了，对《哆啦Ａ梦》的印象都已模糊，只能硬着头皮问："是谁告诉你是这个结局的？"

①　此为虚假结局。

"网上是这么说的，大家都这么说，就不会有假吧。"唐露收回目光，垂下头。不知是不是我眼花，我看到她脸上划过了两道浅浅的泪痕，"可是你跟我说过，每一个孤单童年，都有……"

这时，火车站到了，司机停下车，转头对我们说："到了，下去吧。"

唐露便没能把后面的话说完。她推开车门，我帮着把行李拿出来。姨妈给了司机六十块钱，唐露随后掏出一个布钱包，数出二十块零钱，递给姨妈。

"不用了，不用了。"姨妈看了我一眼，对她摆手说，"你留着吧，以后用得着。"

唐露执意要给，姨妈毕竟处事老到，拉着我的手就往售票厅走。我回头望去，看到唐露背着硕大的包裹，手里捏着钱，没有追上来。但她眼眶有些红，似乎是想说什么。

周围全是背着行囊赶往四方的人，人太多了，我走了几步再回头时，唐露瘦弱的身躯已经被淹没在人潮里。我使劲儿昂着头，但已看不到她的影子，我再踮起脚，依然只看得到人流汹涌。

我再也找不见她了。

雨丝透进脖子，我突然一个激灵，转身往家里跑。我在装着旧物的木箱子里一阵翻找，找到了那个底方顶圆的金属和晶体无缝接合的物件。现在端详起来，它更像是一个造型拙朴的 U 盘，但它的底部不是 USB 接口。

我把它揣在怀里，匆匆跑出去。出门前，母亲拉住我问："都晚上了，你还去哪里？"

这是我的母亲，旁边木讷寡言的是我的父亲。我突然有些心酸，上前抱住了他们，母亲满脸困惑，而父亲则有些不习惯。

我对他们说："我很快会回来的。"

"几点？"母亲说。

"不是今晚。"我说完，出门一路快走，我不需要在黑夜里打开电筒，只需沿着记忆里的路，很快就到了陈老师家里。

"现在实验室里唯一缺的，"我把那物件掏出来，"就是这个吧？"

陈老师本已经睡下了，看到我手上的物件，眼皮一跳，挣扎着坐了起来。"是……是超晶体协稳器。"她的声音在颤抖，"我找了这么久，怎么会在你手里？"

我没有回答，急切地问："是不是有了这个，你就能把我送到从前？"

陈老师从激动中回过神来，抬头看我，"你真的要回去？"

我点头。

"你现在的日子很好，舍得放弃吗？"

我苦笑，"很好吗？我在北京遍体鳞伤，所以才回到故乡。"

"现实没有往事美好，所以就要回去吗？但往事是用来回忆的，不是用来重复的。在你的想象中它很美好，但当你真正进去，就未必了。你可要想好。"

"没关系，我不是逃避，也不是去重复往事。"我上前一步，看着神态老朽的陈老师，"我是去改变。"

"改变什么？"

"如果按照因果论，唐露的悲惨是我造成的，那我就应该去纠正这个错误。我要当一个真正的哆啦Ａ梦。"

"你去了就再也回不来了，你知道吗？"

我摇摇头，"没关系。我会再次长大的，不是吗？"

我扶着陈老师来到地下通道，进了实验室。她把协稳器插好，熟练地启动繁复的按钮。中间桌子的玻璃箱里，电火花再次闪现，越来越密集，最终交织成环。

"这十多年我没闲着，一直在计算闭环的落点，理论上，可以精确控制两个节点的时间。"陈老师问，"你要去哪一天？"

我说出了日期。

光环随之扩大，透出了玻璃箱子，在空中悬浮着。陈老师点了点头，眼里闪光，说："看来计算没有错。"她再次按下几个按钮，光环竖向转动，与地面垂直，成了一个圆形门。

"我最后问你一遍，你想好了吗?"

这个问题已经无须回答了。我深吸一口气，站在光环前。它闪烁着，光照在我脸上，越来越亮。电流的滋滋声在房间里回想。我突然流下泪来，上前一步，跨进了光环里。

那一瞬间，我像是初领圣餐的孩子，放大了胆子，但屏住了呼吸。

有光。黏稠。清冷。

我的大脑短暂性地停止工作，等恢复过来时，只记得这三个感觉了。

我张开眼睛，发现自己还是在这间实验室里，但陈老师不知去向。难道失败了? 我疑惑地走出地下通道，推开陈老师的家门，走出去，一股只属于夏天的沉闷灼热感顿时袭来。

没错!

我回到了那个夏天的阴沉上午!

我顾不得惊讶，匆匆赶到大路边，看到一个男孩正骑着老式自行车，车座后面驮着一个麻袋，正向镇上骑去。

"你等下。"我拦住了他。

男孩停下来，扶着车，惊讶地看着我，"你是谁?"

"不用管我——你的麻袋不太结实，待会儿里面的东西就掉出来了，我帮你重新系一下。"我把羽绒服脱下来，包住麻袋，用袖子拴紧车杠，"嗯，这样应该就可以了。还有，你去镇上时，不要走桥上，从小路绕过去，听到了吗?"

男孩一直疑惑地盯着我，闻言点了点头。

"去吧，"我挥挥手，"早点儿回来，唐露还等你呢。"

"你怎么知道……"

"对了，你卖了废铁，找那老头借一套雨衣，待会儿你回来时会下雨。千万不要淋雨。"

男孩重新跨上车，走之前又盯着我看了几眼，说:"你跟我爸爸长得好像，你是我家亲戚吗?"

我笑了笑，"你记住我说的话就可以了，去吧！"

男孩骑车远去，很快消失在树影里。我站在原地踟蹰了一会儿，然后走向唐露家。我没有进去，站在屋前马路的对面，坐下来开始等。

这个午后过得很慢，时光像天气一样黏稠，但没关系，我有足够的耐心。我一直坐着，路过的人惊奇地打量我，我一直坐着。后来下雨了，我便到唐露家的屋檐下躲雨。

一个女孩从屋里探出头来，看见我，粉雕玉琢的脸上有些失望，然后冲我一笑，说："要喝杯水吗？"

我说："不用了，我只是躲会儿雨。谢谢你。"

"哦。"唐露缩回头，但过了一会儿，又搬了两把板凳出来，递给我一把。她也坐在我身边，看着外面无穷无尽的雨幕。

"你在等什么人吗？"我问。

唐露点点头，"我在等哆啦A梦。"

"是动画片吗？"

"不是的，是一个人。"她没有回头看我。我却看到了她的侧脸，熟悉的侧脸。

我们就这么坐在屋檐下。

男孩的身影出现在雨中，他骑着车，身上披了一件雨衣。女孩站起来，板凳倒在她身后，她都没有察觉。

男孩骑过来，把车靠在墙边，冲女孩大声喊："露露，我租到了！"他看到了我，有些诧异，却没有理我，把雨衣脱下，从怀里掏出一叠厚厚的光碟，递给女孩。

"太好啦！"女孩高兴地接过来。

我站起来，转身踏进雨中。

这时，女孩对男孩说："谢谢你，哆啦A梦！"然后，他们抑不住高兴，牵着手，在屋檐下唱起了歌——

> 每天过得都一样，
> 偶尔会突发奇想，

只要有了哆啦A梦，

欢笑就无限延长……

　　歌声清脆欢快，穿过无边雨幕，在这村庄的上空回荡。我没有转身，不知道他们是唱给自己听，还是唱给我听。但这已不重要了，从这一刻起，命运已经转向，时间之河上的漩涡被打乱、重组。这两个小孩将踏上他们全新的人生，就像野比大雄和藤野静香，将会慢慢成长。

　　而哆啦A梦，已经完成了它的使命。

闪　耀 ▌

陈梓钧

陈梓钧，清华大学航天航空学院力学系博士，2013 年在《科幻世界》第 2 期发表处女作《海市蜃楼》，作品曾获得中国科幻银河奖、全球华语科幻星云奖，代表作有中篇科幻小说《闪耀》。

1. 八亿千米外

【事故发生后八小时，北京】

这是一个寻常的早晨。

在朝阳中学的高三楼里，响起了第一节课的上课铃声。

这是祁风扬担任物理老师的第八个年头。一如既往，他没有带任何讲义，也没有做任何课件，看似有些木然地站在讲台上，望着台下睡倒一片的学生，等待上课铃声把他们叫起来。

"上课。"

"起立！"

"老师好！"

"同学们好。"祁风扬说，"请坐。这节课是复习课，我们来回顾一下万有引力定律，然后完成相关习题。"

讲台下，大家不情愿地翻开讲义，哈欠声在教室里蔓延。

见到大家的疲态，祁风扬又说："唔，看来大家都觉得这很无聊。干脆先来提提神吧……今天是 9 月 20 号，有没有人知道这是什么日子？"

听到这里，才有几个学生抬起头来。

"今天是'波塞冬号'飞船抵达木星的日子。"祁风扬伸出双手比画着，"它是人类迄今制造的体积最大、航行最远、速度最快的载人飞船，将在木卫二上着陆，探测这颗冰卫星的地下海洋。这是人类有史以来规模最大的航天任务。今天凌晨，'波塞冬号'飞船终于抵达了目的地。好，问题来了：有人知道它从地球飞抵木星要多久时间吗？"

一片沉默，刚才抬起来的几个脑袋又耷拉下去了。

"没人知道吗？这是考点啊！开普勒第三定律，已知轨道半长轴，求航行周期。地球距离太阳一点五亿千米，周期一年。半长轴之比的三次方再开根号，可以算出来'波塞冬号'航行时间大概在十到十一年之间。"

"可是，新闻里说它只用了一年……"一个学生提出疑问。

"很好！你的直觉很敏锐！"祁风扬高兴地朝他点了点头，"知道这是为什么吗？"

"因为……它的轨道不是……不是……"

"不是圆锥曲线。"祁风扬抓起粉笔，在黑板上吱吱嘎嘎地画起来，"嗯，当然，大家之前做过的都是这样的题——从半径为 a1 的圆轨道变轨到半径为 a2 的圆轨道，中间用一个椭圆轨道连接，所有轨道都是圆锥曲线。在航天中，这叫作'霍曼转移轨道'，是瞬时推进力作用下的最节省能量的轨迹，也是仅有的能靠高中知识求解的轨迹……

"然而，'波塞冬号'不采用这样的轨道。它于 2049 年发射，首先加速逃离地球，然后绕太阳运行五圈，依次被火星和金星的引力弹弓加速；在第五圈结束的时候，也就是去年 8 月 15 号，它以每秒三十千米的速度与地球擦肩而过，这时宇航员才发射升空，与之对接……所以，他们在太空中的航程只有不到一年的时间。这真是个不错的主意，是不是？"

祁风扬满心期待地望着台下，但依旧只看到一片趴在课桌上的脑袋。

"算了……我们还是继续讲题吧。"

他无奈地叹了口气，拿板擦擦掉了黑板上错综复杂的轨迹，开始抄写讲义上的习题。然而这些习题完全勾起不起他的兴致，让他来求解它们，就好像用宝剑来削土豆皮。

唉，想当年……

打住，打住，哪来这么多的"想当年"！

祁风扬苦笑一下，现在的自己早该知足了——作为中学物理老师，月收入超过一万元，加上周末的补课费，以及带高三班、竞赛班和集训队教练的津贴，每月有将近两万五千元的税后收入。他现在不仅买了房子，还可以匀出钱给父亲治病了。比起当年在 647 基地的苦日子，难道不该知足了吗？

就在这时，他的手机响了。

他抓起手机，看到那是个陌生的号码，于是挂了它，继续讲课。

但几秒后，手机又响了，仍然是同样的号码。他想了一下，给学生布置了一道习题，然后走出教室，拨了回去。

"喂，请问您是……"

"我是霍长浩。你没忘了我吧？"一个熟悉的声音响起。

"啊！"祁风扬大吃一惊，半晌才回答道，"当然没有。呵呵，居然有幸接到首富的电话，这可真是惊喜啊……"

"没时间扯淡了。你在哪儿呢？"

"在学校上课。怎么了？"

"抱歉。你能不能给学校请个假？就请三天，然后走到学校门口，有辆车在那里等你……我有个急事想求你帮忙。"

"帮忙？你居然还有脸找我帮忙？"祁风扬大感诧异。

"没办法，除了你，我别无选择。"霍长浩说，"你知道'波塞冬号'吧？"

"当然。怎么了？"

"今天凌晨，它在木星失事了。"

八小时前。

在木星的云海之下，一场电磁暴正在酝酿着。

对于木星而言，这样的电磁暴很常见。这个宇宙巨怪有着太阳系中最强大、最动荡的磁场，不断辐射出电磁波。从射电波段看，木星是夜空中最亮的光源，不停闪烁着，好像黑夜里的一盏接触不良的电灯。这种无规律的辐射一直以来都困扰着天文学界。许多理论模型被不断提出来，但还没有一个能进行准确预报。

这一次的电磁暴也是如此。那时，无论是人眼还是各种波段的仪器，都只能看到木星的云层在一如既往地翻滚，却看不见那红褐色面纱之下的剧变。

那是一个喜怒无常的世界。

木星大气层厚一千千米，含有氢气、氨气、甲烷和水蒸气，也有少量的硫化物。赤红、褐色和青白的云纹一刻不息地奔涌着，形成紊乱而斑斓的条带；"大红斑"旋涡在其中潜游着，仿佛混沌之海中的巨鲸，又像一头蛰伏着的猛虎的眼睛。在它之下，是一片浩瀚无际的液氢的"海洋"。这片海洋是无界的，没有波涛汹涌的海面，氢气从气态渐渐变厚、变重、变黏稠，最终变成液体。三十多年前，美国宇航局的"伽利略号"在这里投下了一颗盾形探测器，深入到木星云底一百五十千米的位置，在那里，压力达到十倍大气压，结果探测器被压成了碎片。

人类已知世界的疆域，到此为止。

再往下，就只有靠想象了。随着深度增加，压力继续升高，液氢变得越来越致密，氢原子的间距被挤压得越来越小。理论表明，在"海平面"下三万千米处，由于超高的压力，氢分子间距将与电子云的直径相当。此时，液氢会突然转变成一种能导电的凝胶态物质，被称为亚稳态金属氢（MSMH）。这种物质存在于木星内核和星幔之间，厚度不均匀，可能在数千千米到一万千米不等。由于缓慢自转，其中的环形电流是木星磁场的主要来源。

很遗憾，这个原理是在事故后才被证实的。

当然，即便早已发现，工程师们也很难预测到这场事故。早在"波塞冬号"启程之前，由于木星内核的某种喷发作用，一股凝胶态金属氢正从木星内核被缓慢上抛。这是很壮丽的图景——在暗无天日的木星核的表面上，一万千米厚的凝胶金属氢"海洋"在透明的液氢"海洋"之下缓缓涌动着，金属氢中运行着电流，幽幽蓝光照亮了一小片海面，也照亮了海面上落下的亘古不息的氢雨。"海面"上偶尔会溅起一个个硕大而柔软的暗蓝色液滴，缓缓上升，好像潜游的水母。那是亚稳态金属氢的抛射物，宛如暴雨中池塘里溅起的水花，只不过每个"水花"都有亚洲那么大……由于木星内部物质极为稠密，物质运动很缓慢，这个上抛—下落的过程或许已持续了上百年，和著名的"大红斑"风暴一样长寿。有可能早在"波塞冬号"的宇航员们刚出生的时候，甚至早在法国大革命的时候，灾难就已经埋下了伏笔。

金属氢只能在极大压强下存在。但有趣的是，凝胶态的金属氢具有亚稳态的特征——也就是说，当金属氢形成后，如果再缓慢降低外压，即便降低到临界压强以下，金属氢凝胶仍可以继续保持原状，但它处于不稳定的状态，仿佛一只放在马鞍上的小球，稍加扰动，它就会从亚稳态跌落，转变为普通的液态。在转变时，它将从导体变为绝缘体，电导率将在极短时间内变化十几个数量级，急剧压缩磁通量，将储存的电磁能向四面八方辐射出去。

换句话说，这是一颗巨型"电磁脉冲炸弹"！

在过去的几个世纪中，有一颗这样的史无前例的大"炸弹"形成了。它的体积相当于好几个地球，包含着数百年积累的电磁能。在上升过程中，它周围的压力慢慢减小，降低到临界压力以下后，它便处于随时可能崩溃的状态，好像是一个踮脚站立在高跷之上的杂技演员，又像是一块被推上了山顶的巨石。一天、两天，它尚能维持不倒，但时间久了，一点点风吹草动之下，它终有撑不住的时刻。

这个时刻，便是八小时二十二分前。

在那时，"波塞冬号"飞船恰好飞抵木星轨道。

只一点点微弱的扰动，迅速产生了雪崩般的效果。一道夺目的闪电从木星核中迸发出来——亚稳态的金属氢突然溃灭，超过十的二十四次方焦耳的电磁能被瞬间释放，大部分转化为热能，剩下的一小部分作为电磁脉冲发射出去。巨量的液氢被这道闪电汽化，变成一团不规则的高温高压的气泡，足有好几个地球大小。它在几毫秒内急剧膨胀了数千千米，然后又在几毫秒内向心坍缩、崩解、破碎，第二次释放能量。电磁脉冲以光速向外扩散，零点三秒时扰乱了木星的磁层，又过了零点五秒，击中了"波塞冬号"飞船。

磁暴对太空飞船的破坏是灾难性的。首先被摧毁的是电子设备。具有四路冗余的控制导航计算机全被烧毁，飞船彻底进入休克状态；高增益天线被毁，与地球的通信由此中断。但最致命的损伤来自VASIMR引擎。这个依靠射频波加速工质的发动机从来没考虑过在如此之强的电磁脉冲下工作。磁暴发生时，引擎中的电磁场严重畸变，等离子射流被壅塞，好像一个病人在被惊吓后突发心肌梗死一般，几秒后就发生了大爆炸！爆炸将飞船推进段炸开了一个两米多长的大缺口，整艘飞船空气瞬间泄露殆尽，成了漂流在太空中的一口冰冷的棺材。

一个孕育了数百年的天文事件，"波塞冬号"竟然赶上了它爆发的那一秒，这可谓是不幸中的不幸了。

但幸运的是，有人活了下来。

【事故发生后二十四小时，加州旧金山湾桑尼维尔市，NASA 艾姆斯研究中心】

湾流 X981 飞机优雅地掠过万里无云的蓝天，降落在墨菲特机场的跑道上。

此时正值中午，阳光很猛烈，湾流飞机的修长机身反射着耀眼的光，好像一把银光闪闪的长剑。这是世界上最昂贵的商务机。也只有这样高端的商务飞机，停在那些 NASA 验证机之间才不显得太过落伍。

霍长浩戴着墨镜潇洒地向祁风扬走来，说："怎么样，这飞机不错吧？"

"嗯，最大速度三点五马赫，确实是最先进的商务机。"祁风扬回答。

"我前年买它的时候花了九亿美元。"霍长浩说，"现在市价只有八亿，亏大本了，可为了她，我也只能忍痛把飞机卖了。"

"她？"

"是的。"霍长浩说，"以你的聪明，早就猜到她是谁了吧？"

说罢，霍长浩指了指候机大厅里的大屏幕。屏幕上面正播送着头条新闻，就在一行大字"SHI NING ON EUROPA！"下面是一个女子的照片。她穿着宇航服，硕大的头盔把她衬托得很渺小，仿佛是从盔甲里生长出来的一株纤弱的植物。

对着那张照片，霍长浩大声宣布："你要帮我造一艘飞船，在一百二十天内飞越八亿千米，飞到木星，把孙诗宁救回来！"

祁风扬怔怔地看着他，半晌才说："你疯了！"

"激情四射而已。"霍长浩回应。

"你的目标简直比登陆太阳还荒谬。"

"为什么？"

"我可以告诉你，本世纪最快的单程木星任务是'普罗米修斯号'，全程耗时两年；'波塞冬号'名义上只飞了十个月，但在那之前也经过了长达五年的预加速过程。就此来看，你的目标完全就是妄想。"

"哈，咋就成妄想了？你忘了吗，'北辰计划'就可以实现这样的指标。"霍长浩笑了一下。

"那也和你的妄想不一样。"

"别再说什么你的我的了。就算是妄想，那也是咱们的。"霍长浩说，"我知道你不待见我，但现在我希望你能把那些事暂且搁下。我要救孙诗宁，只能靠你；你要想实现梦想，只能靠我。"

"我的梦想早就被你毁掉了。"祁风扬看着他。

"现在你能重新捡起它。"霍长浩说，"我肯定不会再坑你。孙诗宁的遇险引起了大量关注，因此咱们能调动巨量的资源，比当年的 647 基地至少要大两个数量级。这是创造历史的大好机会。你难道想放弃吗？"

"当然不。但请你记住，我这样做不是为她，更不是为你，而是单纯地为了满足我的夙愿而已。"祁风扬僵硬地说，"我会尽力而为。"

"嗯，很好，这才像你的风格。"霍长浩说，"走，咱们先去说服 CLIPPER 公司的那些老顽固。"

艾姆斯研究中心是 NASA 的大型研究机构，CLIPPER 公司的几个重要实验室就设在这里。其中最壮观的是 E-09 大楼里的真空模拟舱。那是一个三十米高的巨型真空罐，用于飞行器全尺寸实验。祁风扬看到里面有"克洛诺斯号"登陆舱的正检星①，在它旁边，一个大胡子男人正焦急地来回踱步。

"我回来了。"霍长浩直截了当地说，"介绍一下，这就是祁风扬博士，著名轨道设计专家；祁老弟，这位是奥尔·马丁尼兹，'波塞冬号'飞船的技术总监，现在负责筹划我们即将开展的拯救

---

① 指与发射技术状态一致，用于地面鉴定试验的航天器。

任务。"

"坦率地说，霍先生，这是个不可能的任务。"马丁尼兹说。

"但也是必须完成的任务。"霍长浩立刻回答。

"霍先生，您不妨自己算算：现在木星与地球直线距离八亿两千万千米，航行轨迹会更长，但我们可以取它为保守值估算。一百天，接近两千五百小时，也差不多就是八千万秒。如果我们现在立刻出发，八亿除以八千万，飞船的平均速度就是每秒十千米，初速大概和第三宇宙速度相当。现在的技术——比如 Super‑SLS——当然可以做到这一点，但是……"

"但是，救援飞船的制造需要时间。"祁风扬说。

"是的。按照常规，飞船组装和发射需要半年左右；如果三班倒，抛弃一半的检验环节，整个北美太空发射联盟全速运转，至少需要两个月，这已经是相当惊人了。所以，飞船的平均速度至少要提高四倍；如果再考虑到加速和减速的过程，飞船的发射速度还要更高，我刚才估算了一下，大概要达到每秒一百二十千米，八倍于第三宇宙速度！"马丁尼兹无奈地摊开手，"我们从来没有发射过这么快的载人飞船。加上可靠性、成本和容错性等等其他因素的话，这已经超出目前人类的宇航能力。所以，霍先生……"

"我明白。"霍长浩说，"这正是我请祁风扬来的原因。"

"不瞒您说，我认识祁先生比您更早。"马丁尼兹说，"我们在国际轨道设计大赛上交过手——是第几届我记不清了。他是个天才，霍先生，他设计的轨道简直匪夷所思，居然用上了四颗大行星的引力弹弓，哪怕加上了各种苛刻的限制条件，仍然比第二名快了将近百分之二十。'波塞冬号'的任务，就是基于这个轨迹开始规划的……"

祁风扬苦笑一下，"真的吗？那实在是太荣幸了。"

"尽管如此，祁先生，我并不认为你能解决这个难题。"马丁尼兹打开了自己的便携电脑，"先来介绍一下情况吧。在今天中午一点——也就是你们的凌晨，我们失去了与'波塞冬号'的联系。我们首先调动了深空通信网络，但由于木星电磁暴的破坏，数百颗卫星受损，深空网络已经基本瘫痪。但幸运的是，在磁暴爆发时，有一颗卫星刚好处于火星背面，幸存下来，并起了通信中继的作用，因此我们得以确认'波塞冬号'的状态。

"爆炸发生后，飞船四个主舱体中的三个——'曙光号'指挥舱、'团结号'节点舱、'星辰号'服务舱，均无响应，各路信号全无反馈，可以认定已经损毁。第四个主舱体'克洛诺斯号'登陆舱的信号大部分中断，但低增益天线发出的自检信号正常。在这个信号中，我们发现有一套宇航服的接续状态是'使用中'，那是孙诗宁的宇航服……"

"这样就说她幸存下来了？未免太草率了吧……"祁风扬诧异。

"等等，听我说完。爆炸发生五小时后，我们再次收到'克洛诺斯号'的信号，发现在这五小时中它启动过一次发动机，燃烧时间为七十五秒，燃料消耗了百分之五十三。陀螺仪数据表明，登陆舱目前正在进入 LEU2 木卫二环绕轨道。这是第三套紧急备降方案的轨道，着陆点是木卫二赤道附近的阿瓦隆平原。这显然是人为的举动吧？"

霍长浩问："现在她正在尝试着陆吗？"

"那是三小时前的事了。"马丁尼兹说，"由于通信中断，我们无法与她取得联系。当然，更大的可能是她已经丧命。毕竟单人操纵着陆的成功率是很低的……"

"您的意思是，如果没法儿确认她的状态，拯救任务就根本没必要开始啰？"祁风扬问。

"当然。"马丁尼兹说，"我需要证据——她能坚持一百天的有力证据。"

"我明白了。"祁风扬点了点头，说，"霍长浩，你还记得刚才那条新闻吗？"

"什么？"

"那条新闻的标题，SHI NING ON EUROPA。"祁风扬说，"关于通信，我想到一个主意。"

2. 北辰计划

【事故发生后二十八小时，加州莫哈维沙漠，金石太空飞行中

心】

　　傍晚，"托德"望远镜的控制间里只剩下了最后一个人。

　　与之形成鲜明对比的是其他监控组——比如"哈勃二号"和"高列夫"望远镜，都忙得热火朝天。这种盛况从昨晚就开始了。那时候，各个监控组的电话突然响成一片，来自各大机构的调度指令如洪水般涌进了控制中心，要求调整太空望远镜的指向，目标只有一个——木星。

　　在前一天的爆发中，木星释放出了极其强大的电波，几乎覆盖了所有电磁波谱。各个频段的海量数据涌入计算机，其中蕴含的信息足够全世界科学家研究几十年。但最震撼的变化无疑在可见光波段——由于金属氢溃灭释放出的巨大能量加热了木星的大气，不均匀的热对流在云层中产生了一个旋涡，体积与著名的"大红斑"相仿，但颜色偏白，因此被称为"大白斑"。这两个旋涡并排在木星表面运行着，仿佛巨人的一双妖冶的眼睛。

　　在之后的几百年中，这双眼睛将见证着人类的崛起或是衰亡。

　　各大监控组中，"托德"X射线望远镜是最倒霉的一个。在爆发中，X射线只维持了不到一秒，而那时望远镜正指向别的方向。此后，无论大家怎么等待，指向木星的接收器都保持着零读数。于是下班后大家纷纷沮丧地离开，觉得不会再有人找上来了。

　　这时候，桌上的电话铃响了起来。

　　"这里是CLIPPER公司'波塞冬号'任务组，请求观测第X1892R6号目标。"电话对面是马丁尼兹。

　　"请传输观测授权。"

　　"授权已传输。请在确认后立刻将'托德'望远镜指向目标，时间区间为T+110 825秒至125 350秒，使用最大分辨率。具体的滤波参数稍后会发给您。"

　　"收到。"留守工程师有些困惑，"我看看……唔，这是木卫二。它不是X射线源，辐射强度比宇宙本底值高不了多少。您期待在那里看到什么呢？"

　　"不知道。"马丁尼兹含糊地说，"或许有人在发电报吧……"

　　"好吧。既然有授权，您当然可以看任何想看的东西。"留守工程师耸耸肩,输入了新的参数,在轨道上,"托德"太空望远镜缓缓调整姿态。半小时中,它对木卫二拍摄了数百张照片。

"请稍候……下行数据传输中……处理中……"

当图片序列渲染完成后,留守工程师简直不敢相信自己的眼睛。

在影影绰绰的圆形轮廓上,一个白色小亮点在闪烁着。

"喂?先生,这真是见鬼了!"

【事故发生后二十八小时,NASA 埃姆斯研究中心】

马丁尼兹放下电话,难以置信地望着祁风扬。

"真是见鬼了!"他提高声音说,难以抑制话音里的兴奋,"'托德'X 射线望远镜真的在木卫二发现了闪光,就在阿瓦隆平原!长短间隔大约二十秒,已经确认那是莫尔斯码,正在翻译中。祁先生,这是怎么做到的?"

"这叫作心有灵犀。"霍长浩笑道,"你有所不知,祁先生和孙诗宁女士曾是一对恋人,他们——"

"够了。"祁风扬不客气地打断了霍长浩的话,"这没什么神奇的。刚才我在'克洛诺斯号'登陆舱模拟器里看到了用于生成磁盾的超导线圈,就想到了这个主意。孙诗宁是个机械白痴,肯定不会修理船载通信设备,但她知道磁盾的工作原理,也知道 X 射线,所以采用这个办法通信的概率是最大的。"

"我还不太明白……"霍长浩说,"这个闪光能被望远镜看到,说明它的范围相当大,覆盖面积至少得有几十平方千米吧?这又是怎么做到的?"

"是高能粒子!"马丁尼兹一拍脑袋,"木卫二运行在木星的范艾伦辐射带内,有大量的高能粒子,磁盾主要的用途就是把这些粒子屏蔽在登陆舱外,就好像地球的磁场一样,进入登陆舱附近的高能粒子将被磁场约束,环绕登陆舱旋转,如同一个袖珍版的范艾伦辐射带……"

"是的。"祁风扬点了点头,"只要增强线圈中的电流,这个小'辐射带'就会变形,高能粒子轰击地表的冰层,发出荧光。'克洛诺斯号'屏蔽磁场的半径是五千米左右,包含了足够多的粒子,完全可以制造出这样的闪光来。"

"你的意思是，孙诗宁用磁盾制造了一个 X 射线荧光管？"

"差不多。"

"好，太好了……"马丁尼兹兴奋地来回踱步，但很快又沮丧地停了下来，"可惜，这样通信效率实在太低。孙诗宁手动操作磁盾，要好几秒才能发完一个完整的'嘀嗒'，太慢了。"

"写一个程序，让电脑自动操作磁盾就好了。"霍长浩说。

"说得轻巧。"祁风扬摇摇头，"航天器的软件大都是写在嵌入式系统上的，就算是少数能改动的软件，也是基于 VXWorks、SpaceOS 之类的专业级操作系统。你以为飞船上会装有 VisualStudio 吗？孙诗宁虽然聪明，但总归没念完大学，她不懂……"

"那只好写个教程发过去了。"霍长浩嘿嘿一笑，"祁老弟，这个任务就交给和她心有灵犀的你了。"

【事故发生后三十小时，旧金山】

傍晚时分，祁风扬终于把程序在"波塞冬号"模拟器上编译通过，交给了上行通信组。通过 NASA 深空网络，这不到九百字节的代码以最强劲的功率发射，飞向八亿千米之遥的木卫二。

与此同时，祁风扬、霍长浩与马丁尼兹暂时离开艾姆斯研究中心，乘车向旧金山市区驶去。

"下一步就是救援行动了。"坐在前座的马丁尼兹回过头说，"一百天，八亿千米。祁先生，下面我得告诉大家这个疯狂的指标是可行的。对此您有什么好主意吗？"

"他当然有。"霍长浩点上一支烟，说，"他是中国航天'北辰计划'的提出者，当时要的指标就是这个。对吧，祁老弟？"

"差不多吧。"祁风扬说。

"祁先生，我很好奇，你打算用什么火箭把几吨重的飞船加速到每秒一百二十千米？"

"不用火箭。"祁风扬说，"用光帆。"

"光帆？"

"对。一面边长两百米的方形巨帆，石墨烯基底，面积重量每平方米四克。先用火箭将它送入三十千米每秒的地球逃逸轨道，然后用地面的激光阵列集中照射，由此可以产生 $2g$ 左右的加速度。加速将持续四小时，加速航段长四十万千米，大致相当于地月间距离。"

"$2g$ 加速度？那激光功率得有多少？"

"嗯……差不多有十的十三次方瓦特。"祁风扬回答，"相当于人类全部电力输出的百分之一，或者是……"

"全球 LiFi 网络消耗的总功率。"霍长浩说。

"是的。LiFi 激光有极高的精度和准直度，功率可调，几乎就是为此量身打造的。事实上，最初的 LiFi 技术就脱胎于此项目——不，可能更早，可以追溯到本世纪初霍金提出的'突破摄星计划'。"祁风扬说，"现在全世界的 LiFi 基站有数十万个，完全可以承担起为光帆加速的任务。"

"嗯，或许……"马丁尼兹挠着头。

"而且非常巧，计划中设计的发射时间正是今年 3 月，因为现在行星间的相对位置刚好能形成最有效的构型，使得航行时间取到极小值。"

"但是，你打算怎么减速入轨？"马丁尼兹说，"到达木星后，如果仍然保持着近百千米每秒的高速，你就会直接飞掠过去。"

"我们用多帆聚焦技术减速。"

"多帆聚焦？"

"就是把另外 N 艘帆船反射的阳光全部汇聚到一艘上，以获得 N 倍的减速推力。"霍长浩插嘴道，"我记得这个过程好像还蛮复杂的，超过一万千米的减速冲程需要极为精确的瞄准器，而且每艘帆船变轨的次序、走位都有讲究。"

"由此一来，飞船就可以不必携带减速制动的燃料，每面帆的质量只有五十千克，轻得像一片羽毛。"祁风扬说，"在多帆聚光减速后，目标帆被木星捕获，飞往木卫二，而其他的帆船将在木星引力下偏转，继续飞往其他目的地。"

"听起来不错。后来怎么没实现呢？"马丁尼兹继续问。

"说来话长。"祁风扬摆摆手说，"当务之急是给出救援飞船所需的有效载荷质量，这样，我很快就可以解出所需光帆编队的规模。"

"两吨吧……这应该是下限了。"马丁尼兹马上回答。

"那原来辅助帆的数目肯定是不够的。"祁风扬说，"而且还要考虑孙诗宁的状况，她必须从木卫二起飞，逃出木卫二的引力场，然后再和救援飞船对接。就'克洛诺斯号'剩余的燃料看，孙诗宁只能加速到每秒五千米左右，叠加上木卫二的公转速度，每秒八千米，救援飞船的速度必须降低到这个值。"

"我有个办法。"马丁尼兹说，"'克洛诺斯号'上升段用的是氢氧发动机，而木卫二上最不缺的就是水。孙诗宁可以通过电解水制造氢氧燃料，灌满燃料仓，这样可以大幅度提高交汇速度……我保证，它至少能达到每秒二十千米。"

"好主意。但氢气怎么储存和液化呢？"

"'克洛诺斯号'上面有相应的装置，稍加改动就可以运行。"马丁尼兹说，"但那又需要一份更长、更复杂的教程了——考虑到孙诗宁对机械不熟悉，仅有文字教程恐怕还不够。我们必须与她保持高效的通信。"

"嗯，这就看祁老弟你的代码了，但愿它能奏效。"霍长浩转头说。

"等孙诗宁回电后就能知道了。"祁风扬看了看表，说，"我们来得及回去吗？"

"来得及，电波跑一趟来回得三个多小时呢。"霍长浩说，"晚上九点赶回来就行了。"

"我可能赶不上。"马丁尼兹说，"我得先去菲尔茨山庄找艾伦马斯克，然后还有伯利茨、布朗他们，或许他们能帮忙搞到国会的特别拨款。莱姆斯那边基本就不用指望了，这位先生连木星和金星都分不清楚……"

"祝你好运。"霍长浩朝他竖起大拇指，"我和祁风扬就找个地方喝点儿酒，叙叙旧吧。"

在一家酒馆前，霍长浩叫司机把车停了下来。

"哎，就是这里！"

顺着霍长浩指的方向，祁风扬看到一间破旧的酒吧。它的招牌上镶嵌着一对驯鹿角，吧台前有几盏蜡烛摇曳着，里面飘出桐油和松香的气味。

"我喜欢它的名字，'白夜'。"霍长浩说，"每年总有一个时刻，天黑前的一刹那，旧金山的最后一缕阳光恰好照在这里，让它变得名副其实。"

很快，祁风扬就看到了他说的景色：由于这里的角度，夕阳恰好从马路尽头照过来，打在酒吧的门廊上。无数汽车的剪影向着夕阳驶去，好像扑火的飞蛾一般，依次消失在那白炽的熔炉中。很快，天空中的斑斓色彩也渐渐沉淀，就好像霍长浩手中晃着的鸡尾酒，从灿烂的金红慢慢化为沉郁的蓝紫色。

"这真出乎我的意料，霍长浩。"祁风扬说，"我还以为你喜欢那种高级的夜总会呢，有路易十三和人头马，门口停满了法拉利和兰博基尼。"

"只有暴发户才会喜欢那些垃圾。"霍长浩说，"我选择这儿，主要是因为一部电影。这儿是电影里男女主角分别的地方，而我也曾在这里，送走了一个终生难忘的人。"

"孙诗宁？"

"没错。我说，谈这个你不反感吧？"

"呵呵，就算我反感又能怎样。"祁风扬说，"你说的那部电影，是《五年之约》吧？"

霍长浩将杯中酒一饮而尽，"是啊，她离开后，唯一给我留下的就是这部电影的回忆了……她和里面的女主角很像。祁老弟，仿佛一阵清风吹过你的手掌，你再怎么握紧，她总是从指缝间溜走，奔向更高、更遥远的天空。"

"你还有脸说这种话，霍长浩，你不记得当初你是怎么追求她的吗？"

"记得，当然记得……"霍长浩又让酒保拿来一杯酒，自斟自饮起来，"我是在埃及度假时遇到她的，那绝对是我生命中最重要的一天……她就是当代的海蒂·拉玛①，美丽、智慧，有一种无可比拟的魅力。我被彻底迷住了。"

"在那之前，你肯定还被其他女孩迷倒过。"

"是的，但那不一样！以前的那些，呵，怎么说呢，玩两天就腻味了……但我追孙诗宁可是整整追了一年。我去她的签售会，投资由她的小说改编的电影，在各种体面的餐会上和她套近乎。我带她去航海、登山，开着越野车横穿沙漠，那是她最喜欢的寻找灵感的方式。待时机成熟后，我才带她来到了这里，来到硅谷，对着 CLIPPER 公司的总裁说，让我们坐一次'山猫'吧！"

"是那个亚轨道飞机吗？"

"没错，票价四百万美元，可以飞到一百千米高的太空转一圈。"霍长浩说，"在亚利桑那的沙漠里，我们的飞机沿着一条闪亮的金属导轨加速，火箭点燃后，我们就冲上云霄，一起看着天空渐渐由蔚蓝变成漆黑。当繁星浮现的时候，我拿出钻戒对她说：'诗宁，你愿意……'"

"够了。之后我就知道了。"

"不，你不知道。"霍长浩说，"你肯定不知道，当时她拒绝了我。她说：'谢谢你的好意，但是我已经喜欢上另一个人了，他虽然家境贫寒，但有崇高的理想，将来一定是个能改变时代的天才。'祁老弟，你想知道我是怎么回答的吗？"

"你说吧。"

"嗯，我对她说：'没错，他是天才——但天才是什么？'祁老弟，你知道天才是什么吗？"霍长浩说，"你有没有想过，让你成为天才的东西，难道是什么崇高的理想，抑或是伟大的抱负？都不是！成就天才的东西是绝境，是苦难，是扭曲到不得解脱的心灵……越是扭曲，就越想用一种特别的方式证明自己；越是残缺，就越想用闪光的衣裳遮盖自己。你的心里没有爱，只有一摊为理想搏斗流下的血，这摊血映出来，便成了世人眼中天才的鲜艳腮红……"

---

① 好莱坞影星，同时也是一位发明家，其与人合作发明的"扩频通信技术"，被广泛用于今天的手机、卫星通信和无线互联网。

祁风扬慢慢晃着杯中的酒，一言不发。

"祁老弟，诗宁是爱你的，让你们分道扬镳的正是你们俩的天才。它放出的光芒就像豪猪的尖刺，让你们没法儿在一起拥抱……你们都是心里有一摊血的人。这一点，你很清楚。"

"嗯，霍长浩，你是个明白人……可你有什么资格说我？难道你，你就和她白头偕老了不成？"

"哈哈，你说得对。我们都没法儿抓住她，让她从我们的手心飞走，还飞得那么高、那么远……来，为了孙诗宁，干了这一杯！"

祁风扬咕咚咕咚地把酒喝完，苦涩在嘴里慢慢化开，一切都开始围绕他旋转起来。

"后来呢？"他大着舌头问，"后来她怎样了？"

"后来的事你都知道了……她离家出走，继续追寻她的梦。两年之后我才得知她报名参加了'波塞冬号'任务。"

祁风扬默默地盯着空杯子，叹道："或许，这才是她想要的归宿吧……"

"那你呢？后来你是怎么过来的？"霍长浩问。

"还不就那样呗……"

"详细讲讲吧，关于'北辰计划'，还有你后来的生活。"

"好吧。"祁风扬苦笑一下，"既然你想听苦情故事，我就讲给你听吧。"

3. 不 拆

【十年前，北京东城看守所】

"祁先生，我来找你谈的是大事。"探视间里，祁风扬的律师对他说，"检方已经提起公诉了。你的胜算不大，知道吗？"

"我知道。"祁风扬说，"时间紧，快说正事吧。"

"今天要过一遍你的述辞。"律师说，"就从许麟珲院士的死开始吧。10月28日下午一点后，你在什么地方，做什么？"

"我在647基地光帆仿真实验室，进行光帆的静电平衡实验。"

"这是例行的实验吗？"

"不，是我追加的，为了验证我的一个想法……我尝试用静电斥力把帆张开。比起传统的桁架式光帆骨架，这可以把光帆重量降低到原来的十分之一。当天进行的是第三次验证试验，具体的内容在诉讼书附录里面有。"

"许院士是什么时间来的？"

"下午两点左右。当时我临时有事离开，许院士说他可以过来帮我照看现场。我刚出门两分钟，实验室就发生了爆炸。"

"请简要说明一下爆炸的原因。"

"真空泵阀门的疲劳断裂。"祁风扬说，"光帆静电平衡实验是在 TL-3E 真空室中做的，为了保证能模拟太空的电磁环境，实验腔中必须抽真空，阀门每平方米承压相当于四头大象的重量。每次实验，我们都要进行抽气，次数多了之后就发生了机械疲劳。"

"诉讼书里提到这个阀门已经过了使用年限。它是由哪个部门负责的？"

"真空仿真实验室，但管理它的不是 647 基地的人员。"

"是外协单位？"

"嗯，在 647 基地建设的过程中我们接受了霍长浩的投资，很多设备都是双方共用的。当时达成了协定：在光帆实验之外，他可以利用基地的设备和人员进行其他研究。"

"他进行的研究是什么？"

"杂七杂八，其中影响最大的是 LiFi 技术。当时基地有比较完善的激光实验设备。"

"很遗憾，证据确凿，你可能会以玩忽职守罪被判刑，这一点我很难帮你开脱。"

"了解，这是事实。但最后一项指控……完全是胡说八道。"

"有人举报你利用职务之便损坏阀门谋害许院士。"律师说，"举报人声称，你和许院士在事故发生前一天发生了激烈争吵。"

"没错，我们已经吵了一段时间了。"祁风扬承认。

"原因是什么？"

"主要为了'北辰计划'的实施方案。我希望用多帆聚光技术实现木卫二两百天往返、无人—载人两步走。但许院士认为这个方案太激进，决定采用普通火箭发射单程的撞击探测器。在那次争吵中，我试图阻止他在决议上签字。"

"这还真是很专业的动机。"律师说，"这两个方案有什么不同吗？"

"当然，两者完全不一样！火箭耗费大、效率低，是注定会被淘汰的夕阳技术。要想在太阳系内大规模快速航行，光帆编队是一个很有希望的方向。"

"真的？我听小张说过，这个技术需要用到的激光功率相当于全国的电力总输出，对吗？"

"没那么夸张，大概只相当于总功率的二十分之一。当然，这种规模的激光器还是很惊人的，所以我们会和霍长浩的 LiFi 企业进行合作。"祁风扬说，"话说回来，你不觉得奇怪吗？我们在食堂后面争吵，刚好有人在录音！"

"嗯，我明白。"律师说，"如果真有人诬陷你，你觉得那会是谁呢？"

"霍长浩。"祁风扬叹了口气，"这个陷阱早就设下了……"

"但很遗憾，想诬陷你的远不止是他。"律师说，"祁先生，几乎整个研究所的人都巴不得能诬陷你。检方搜集证据时，几乎所有你的下属都在检举你。你知道为什么吗？"

"为什么？"

"因为大家想过的是安稳的日子，你却拎着鞭子把大家往险道上赶……不，还不只是险道，可能大家认为那是……绝路。逼着大家追求这种目标，最后落得众叛亲离的下场，有什么可奇怪的？"律师一边整理文件，一边说，"说实话，祁先生，你才是最难理解的。这么年轻就坐上了副总设计师的位子，再熬两年就能当上总设计师，分到一百多平方米的大房了，可你却非要往最危险的地方走。那个遥远的星球，竟然能让你抛弃安稳的生活，甚至抛弃你那个人人爱慕的未婚妻……说实话，祁先生，我一点儿也不同情你。"

"请别提她，我的事和她没有关系。"祁风扬回应道。

"当然有关系。若她做你的担保人，你完全可以取保候审，不用待在这个鬼地方。"

"没必要，比起外面，我倒觉得这里还挺清静的。"祁风扬说，"对了，今天下午我想申请回一趟基地，有些东西要取。"

"什么东西？"

"书、笔记本，还有'北辰计划'的总体方案。"祁风扬说，"万一真要在号子里待上十年，我总得有点儿事情干吧。"

傍晚时分，一辆警车把祁风扬带回了647基地。

基地里早已人去楼空，碎砖烂瓦遍地，钢筋从刚被拆毁的楼房地基上扭曲着伸向天空，好像古战场上零落的断戈残剑一般。几个拆迁工人在实验楼前，一边喝酒一边打扑克。残羹剩饭被丢在建筑垃圾之间，一群觅食的乌鸦在旁边蹦跳着。

"就是这里。"祁风扬对警察说，"钥匙是最大的那一把，劳驾了。"

嘎吱一声，门开了。祁风扬缓步走进房间。只见那份方案报告正躺在桌上，封皮是蓝色的，上面印着熟悉的徽标：三角帆与北斗七星。他拿起报告，随手翻开一页，看到那一章的标题是《正样阶段拟开展工作（2047年5月—2051年8月）》，下面写着：

（1）制造/测试标准与规范固化

（2）正检星总装和发射星总装（目标帆：北辰；辅助帆：天枢/天璇/天玑/天权/玉衡/开阳/摇光）

（3）交收试验与分系统联试

（4）整星全状态多学科耦合测试（电磁性能/质量特性/空间环境/地面环境/动力与能源）

（5）载具与发射场系统联试（CZ-9E/CZ-5F，文昌发射场TL1/TL2工位）

……

都是梦，从此，这一切都只会是梦了。

祁风扬长叹一声，合上报告，把它塞进书包，然后在实验室里转了一圈，确定没有东西被遗漏了，才慢慢地向外走去。

走到门口时，他回头朝这里看了最后一眼。一切都像极了他刚来的样子：积满灰尘的实验台，空无一物的储物架，裂了缝的真空测力管，堆在墙角的机箱壳。他又想了一下，再次确认自己真的没有遗漏什么东西了，于是关灯、关门，走进了北京的夜色之中。

可他觉得，自己最重要的东西被永远漏在这里了。

那是什么呢？

是自己的才华和梦想吗？不，那是夺不走的。祁风扬想起了科罗廖夫，想到这位饱经坎坷的前辈在集中营里的岁月。只要没有倒下，那么梦想就不会磨灭。

抑或，是自己与战友们的美好回忆？那也不算，何况回忆越是美好，现实的打击便越显得残酷。如今，当年豪气干云的战友们一个个地离开自己，甚至站到了自己的对立面，就好像绿叶无可避免地枯黄飘零一般，最后枝头只剩下一片叶子，路上也只剩下他孤零零一人。

看来，那被永远留下的是无可挽回的青春了……祁风扬想起了经费最紧张的时候，他不得不求助于体制外的资源，在全国各地奔走筹措投资。最终，他遇见了霍长浩，得到了两亿的资助——其中的一大半被用来建造位于地下的气浮室。那里安放了一个篮球场大小的气浮台，台上数万个小孔喷出六氟化硫气体，将薄如蝉翼的光帆托举漂浮起来，以模拟无重力时帆的受力状态。无数个夜晚，面对着缠作一团的缆线，大家一同争论思考；在光帆展开成功的时候，大家一同鼓掌欢呼。他记得，那一晚，他开了十几瓶"王二小放牛"——也就是二锅头兑红牛。觥筹交错间，大家汪洋恣肆地畅想着航天的未来，而作为主角的光帆就在大家身后漂浮着，安静而优雅，宛如一朵盛放的银色莲花……

他没想到，那朵花只开放了不到两年就凋谢了。

那朵花生长的土壤，如今也被剥夺了。

为什么这么难呢？他欲哭无泪，为什么所向往的一切、所珍视的一切，纵使自己拼命努力追逐，却仍然一个个地离自己而去呢？双目失明的母亲、穷困潦倒的父亲、背叛的霍长浩、牺牲的许院士，还有离他而去的孙诗宁……大概，只是因为自己太傻吧。早知如此，何必当初呢？当初的一切，或是认真得可笑，或是执着得可爱，现在看来，不都被现实的困厄拆得七零八落吗？

在实验室的外墙上，祁风扬就看到了一个巨大的"拆"字。字用红漆写成，宛如滴血。在墙角还有好几桶油漆，几个工人正蹲在马路对面抽烟。看到这些，祁风扬感到胸口有一股热血冲上脑门。他快步冲到那堵墙前面，抓起刷子，闪电般地在"拆"前面写了一个"不"字。

"哎！你干吗!?"一个工人叫嚷着跑了过来。

祁风扬丢下刷子，冲天喊道："人艰不拆啊！"

喊罢，他感到一种前所未有的畅快，眼泪不由自主地漫上了眼眶。在泪光中，星空颤抖着变形，化作无数闪烁的眼睛。在这晶莹的目光里，他内心的波澜渐渐平息了。他知道，无论命运如何困厄，都只是这颗灰尘般渺小的星球上发生的灰尘般琐碎的事情。永恒的星辰将永远注视着他，等待着，期待他的到来。

他唯有永不停步。

4. 世界尽头的海

【事故发生后三十八小时，旧金山】

第二天中午，祁风扬从宿醉中醒来。

周围一片死寂。

他环顾四周，马路上没有一个人，没有一辆车。他站起身来走了两圈，才隐约听到一点儿说话声。他顺着声音走进酒吧，只见里面坐满了人，都目不转睛地盯着电视。电视里有一个人在激动地说着什么。

"……是的，我们六小时前才接到这个消息……"

说话的是马丁尼兹。他一夜没睡，显得很疲惫。

"……这个消息的内容太过离奇，我们需要时间去核实准确性，但目前已经可以确认，它来自孙诗宁，来自从木卫二发回的'闪光电报'。"

听到这里，祁风扬脑袋里嗡的一下，酒立刻醒了大半。

一个记者问道："马丁尼兹先生,据此可以判断木卫二上存在生命吗?"

"当然不能。'电报'中的信息太少,不到二百字节,现在做任何判断都是不负责任的。那可能只是一种未知的自然现象……"

祁风扬跑出去,扇了霍长浩一个耳光,喊道:"喂!醒醒!咱们赶紧回去,出大事了!"

通往艾姆斯中心的公路上已经被车塞得水泄不通。两人不得不把车抛在桑尼维尔市区,徒步跑回 E - 09 大楼。

他们冲进真空模拟舱。昨天,这里还空旷得能听见脚步的回声,如今却挤满了人。只见"克洛诺斯号"模拟舱前搭起了一个平台,来自世界各大媒体的记者熙熙攘攘地挤在台下,台上立起了一面大荧幕。在此起彼伏的闪光灯中,马丁尼兹正在回答记者连珠炮般的疑问。

"请问孙诗宁为何只发回这么少的信息? NASA 是否在隐瞒真相?"

"请问地外生命的迹象是什么?"

"目前有获得地外生命的照片吗?"

"请问 NASA 会发射后续飞船前往木卫二吗?"

"……"

"各位,各位,请少安毋躁。"马丁尼兹做了一个平息全场的手势,"大家焦急的心情可以理解,但现在一切都还有待进一步研究,恕我无法回答。"

"先生!先生!"底下的记者又喧嚷起来,显然不满意这个答案。

其中一个女记者非常犀利地大声问道:"NASA 与 CLIPPER 公司发布了消息,却连一点儿细节都不肯透露。这很难不让人怀疑,这是一场以外星生命要挟国会拨款的骗局!"

祁风扬心里一惊,霍长浩却一副不以为意的样子。

"这是无理的污蔑,女士。"马丁尼兹面不改色地回答道,"诚然,你点出了这里的利害关系——我们希望派出飞船去营救孙诗宁,但国会认为这是无谓的浪费。为了杜绝这种污蔑,下面,我可以稍微向大家透露一点儿细节。麻烦那边把灯关一下。"

啪的一下，全场陷入黑暗，只剩马丁尼兹身后的大屏幕在发出蓝光。

"请看，这就是'克洛诺斯号'所着陆的阿瓦隆平原，一块椭圆形的完整冰面，直径五十千米，形成于三千年前的一次大规模液态水漫溢事件。木卫二是一颗很活跃的星球，在地下海洋的作用下，水像熔岩一样不断侵入冰壳，然后从冰裂隙和喷泉喷出，可以在很短时间内重塑地貌。着陆点以北约十千米就有一个冰喷泉'莱姆'，那是十年前'普罗米修斯'探针的撞击点。从孙诗宁的视角上看，那应该是很壮观的画面——水汽从泉眼中喷出，一直抛射到五十千米高，然后自由下坠，好像帷幕一样横亘在冰原之上。"马丁尼兹说，"九小时前，我们成功与她取得联系。我们首先确认了飞船的状态，检查了物资，指定了生存方案，确保她能存活一百二十天以上。然后我们就让她进行原定的科学拍摄任务，冰喷泉是首要观测对象，不料，她拍摄到了这样的东西……"

大屏幕上出现了一行莫尔斯码，下面是翻译的文字：

"……信道太窄，照片传输耗时太久，故以文字说明。'莱姆'冰泉中发现蓝色闪光球体，数目在十到一百个不等，光度很弱，肉眼难以观测，但红外波段光度很强，辐射温度约 2 000K。光球被喷泉喷出后并不做自由抛体运动，而是在空中悬停，甚至逆流而下，钻回冰喷泉泉眼内，似有自主运动能力。在红外波段，可见回到泉眼后的光球经由液态水（汽）甬道继续下潜，由于其高温和冰层的透明度，直至地下数十米仍然勉强可见。光谱数据和星震仪数据正在传输中，我将继续关注此现象……"

"各位，这就是我们所称的'迹象'。"马丁尼兹说，"想必大家都知道奥卡姆剃刀——如无必要，勿增实体。相比于地外生命，那是某种自然现象的可能性要大得多。骗取拨款一说完全是无稽之谈。"

"但是否会有这种可能性——孙诗宁为了获救，故意伪造出地外生命的迹象以诱使 NASA 派出救援飞船。毕竟花费数百亿美元去救一个人，并不是划算的买卖。"记者提出质疑。

"当然有可能。但请您记住，这不是一桩买卖。我们已经确认孙诗宁能坚持一百二十天，而当前恰好有能在一百二十天内赶往木卫二的飞行方案。即便没有任何所谓'迹象'，即便倾家荡产，救援也将如期展开。"马丁尼兹说，"好了，如果大家的问题只有这种阴谋论，那记者会应该可以到此结束了……"

"先生，我还可以问最后一个问题吗?"一个记者喊道。

"请说。"

"如果救援任务如期开展，您觉得成功率有多大呢?"

顿时，无数话筒和摄像机伸向了马丁尼兹，好像被磁石所吸引的磁针一般。

"实事求是地说，这场任务，比我们所尝试过的最大冒险还要危险百倍。"马丁尼兹说，"但是，我想引述肯尼迪总统说的一段话——'我们要去月球，不是因为它容易，而是因为它极其艰难!'今天我们与全人类一起再次站到了历史的关键点。当年的我们志在必得，今天的我们一如既往!"

【紧急拨款申请书——概述（节选）】

目标:（1）将受困于木卫二的宇航员带回地球;（2）若救援失败，则实施补给;（3）若补给失败，则实施飞掠，采集宇航员所得的数据;（4）上述任务完成后，各辅助光帆将继续飞行，实现各自科学探测目标。

实施方案:基于原 CNSA "北辰计划"。技术方案文档详见附件 1。

时间:2054 年 3 月—10 月（35 + 122 地球日）

牵头单位:CLIPPER 太空运输与探索公司

参与单位:NASA/ESA①/CNSA②/RKA③/JAXA④ 等。合同与任务分解文档详见附件 2—4;行政与法律文档详见附件 5。

---

① 欧洲空间局，简称"欧空局"。
② 中国国家航天局。
③ 俄罗斯联邦空间局。
④ 日本宇宙航空研究开发机构。

预算估计：135 亿美元（1 + 337 星/36 次发射）。参考值如下：

Galileo - 1995：16 亿美元；Juno - 2016：11 亿美元；Clipper - 2027：19 亿美元；Juice - 2032：15 亿美元；Prometheus - 2043：30 亿美元；Poseidon - 2050：127 亿美元

……

【事故发生后五十小时，艾姆斯研究中心】

凌晨两点，就在祁风扬准备就寝时，有人敲响了他的房门。

"祁老弟。"来人是霍长浩，"有一个好消息和一个坏消息。"

"什么？"

"国会的紧急拨款通过了。美联储向 CLIPPER 公司发放了一百亿美元的贷款，加上各界人士的捐赠，我们的预算勉强达标，你的理想终于可以实现了。"

"那坏消息呢？"

"它必须要有人亲自去实现。"

祁风扬沉默了片刻，叹了口气，"对接问题还是没办法解决吗？"

"是的，因为木星和地球间四十五分钟的通信延迟，地面指挥是来不及的，而且变轨和对接的判断决策太过复杂，AI 无法胜任，必须要靠经验丰富的驾驶员亲自操纵。"

"所以必须要找一个宇航员？"祁风扬精神一振，"有候选人了吗？"

"还没有。宇航员属于空军管辖，他们中的很多人都希望能驾驶'北辰号'，但空军不批准。"霍长浩直言。

"那是肯定的。培养一个宇航员太难了，而我们的任务几乎就是去送死。"

"哈哈，祁老弟，难得你有自知之明。"

"怎么，难道平时我没有吗？"

"只有一点儿……"霍长浩点上烟，然后又递给祁风扬一根，后者摆摆手回绝了，"噢，这不是贬义。现在我们需要的不是一个四平八稳的宇航员，而应当是一个不知天高地厚的、不怕死的疯子。而且……如果我没记错的话，这个疯子曾经答应过孙诗宁，要陪她去看世界尽头的海。"

祁风扬盯着霍长浩，过了半晌，突然爆发出一阵大笑，"哈哈哈……你，你还真够了解我的……"

"不是我了解你。祁老弟，你有飞行经验，身体健康，反应敏捷，意志坚定。而且作为'北辰计划'的副总设计师，你对于飞船的每个细节都了如指掌。"

"好，好，我也正有此意。"祁风扬说，"不过你要记住，我所做的一切不是为了她，更不是为了你。我只是为了实现我的夙愿。这就好像你把一块肉抛给饿得奄奄一息的狼，当它吃饱后，发生什么事情也由不得你了。"

"你什么意思？"

"没什么，很高兴你能抛给我这块肉，霍长浩先生。"

说罢，祁风扬伸出手去，与霍长浩紧紧相握。

"北辰计划"正式启动了。主导者包括 NASA、CLIPPER、ESA 和中国航天这样的宇航机构，也包括谷歌、苹果、索尼、戴姆勒和蔡斯公司这样的科技巨头。在各国的数百个超净车间里，三百三十七只薄如蝉翼的银色巨帆被小心地编织完毕，总长足有五十余万千米的牵引索被谨慎地缠绕成形；互联网的特别专线上，庞大的数据流量如洪水般在各国研究组间交互，携带着最有智慧者的理念、最有魄力者的决断与最有经验者的规划，汇总到那些地下机房里的超级计算机中。航行计划以惊人的效率被制订出来，救援方案被敲定，轨迹设计被优化，制造标准被固化，来自全世界的零件在总装车间里被精密地嵌合，通过昼夜不息的测试后，最后被送往发射场。那仿佛是一场颜料的暴雨，起初这一滴、那一滴，看不出具体的形状，但当达到某个临界点后，所有的形状都联系起来，所有的颜色都有了意义。一幅惊世画作诞生了。

此时，距离事故发生仅仅过去了三十五天。

但这还不够。飞船备妥后，必须要有载具才能被发射到太空。全世界的运载火箭制造商都全力开启了流水线，近百枚各种尺寸的火箭运往各地发射场。在短短一周时间内，"长征""猎鹰"SLS、

"安加拉"和"阿里亚娜"等重型火箭被连续发射了十余次，而其他较小型号的发射更是数不胜数。三百三十七张光帆均被成功送入太空，除了有两个因故障展开失败外，全部集结成编队，以十倍于第三宇宙速度的高速踏上了飞往木星的航程。

在此期间，霍长浩主要是在飞机上度过的。他在各地奔走，以孙诗宁丈夫的身份联络各家巨头，筹措资金，也督促着他的集团将LiFi基站改造为可以驱动光帆的激光阵列。

马丁尼兹则在艾姆斯中心日夜操劳。他希望将"北辰号"的质量压缩到一吨以下，可惜没能成功。在无数轮的减重优化之后，那艘长得像个棺材的密封舱也还是重达一点五吨。在其中，祁风扬将度过往返所需的漫长的两百个昼夜。

祁风扬也没有闲着。他通过了短暂却高效的宇航员训练，掌握了外太空各种突发情况的处理办法。

起初，他以为最难的是多帆聚光减速时的指挥，但其实不然。与孙诗宁的交会对接才是最头疼的——要等她起飞、加速和熄火之后，"北辰号"才能开始解算对接轨道。由于木星与地球的通信延迟，这一切都要祁风扬独立完成，他必须要与星载电脑紧密配合，才能在那个电光石火般的瞬间捕获到"克洛诺斯号"。

孙诗宁一直和地球保持着联系。由于非常规的通信方法，通信效率很低，传回地球的照片几乎都难以分辨。这些模糊的照片产生了两派解读的浪潮：一方坚持认为这些照片证明了外星生命的存在，另一方认为那只是未知的自然现象。

此外，孙诗宁的作家身份也让公众对她的关注持续升温，为此CLIPPER公司甚至派专人去运营孙诗宁的Facebook账号，让公众得以直接了解她在木卫二的生活。孙诗宁也不负众望，她的精神状态一直很好，甚至还打算用微藻养殖来延长自己的生存时间。

倒计时一刻不停地跳动着，最后的日子一天天逼近。这场值得载入史册的航程，马上就要拉开序幕了。

5. 零窗口

轰隆隆……

辽阔的中国南海上，阴霾密布，闷雷涌动，一场夏季雷暴正在天边酝酿着，缓慢移向文昌发射场。

与之一同到来的是霍长浩。他是坐着货轮来的，船上运载着"北辰号"飞船。这是"北辰计划"的最后一次发射了。霍长浩看到，发射场垂直总装厂房里的"长征九号"火箭已经组装完毕，即将开始垂直转运。狂风中，拉系火箭的缆绳在剧烈抖动着，仿佛一束束被命运之手弹拨的琴弦。

"喂？请问是孙珩将军吗？"霍长浩拨通了手机。

"是我。您已经到海港了？"

"到了，现在的情况有点儿不妙啊。"

"很不妙。雷暴锋面突然改变了移动路线，照这样下去，发射只能取消了。"

"但这是最后的机会。发射窗口只有明天十九点二十分，要是延后，'北辰号'就会赶不上已经发射的光帆编队，整个计划就完全失败了！"

"霍先生，我们当然了解事情的严重性——这是专业上所称的'零窗口'，只有一次机会，发射时机只有几秒。作为发射总指挥，我必须按照规程做出负责任的决断。"

霍长浩沉默了片刻，然后问："主要的威胁是什么？大风，暴雨，还是雷电？"

"雷电。"孙珩回答，"火箭本来就是个高大的引雷针。起飞前，发射场的避雷塔尚可起到一定保护作用，但火箭点火升空后，长达数百米的尾焰将成为电流的良好导体。一旦遭到雷击，后果不堪设想。"

"噢，对此我倒是有一个办法……"

"什么？"

"引雷激光。"霍长浩说，"文昌周围有五个 LiFi 穹顶基站，都属于我的公司。如果都在最大功率下运行，可以发射出兆瓦量级的激光，穿过雷雨云，产生电离通道，就好像一个无形的避雷针一样，把云中的闪电引导到安全的地方。"

"你们做过实验吗?"

"当然，这个产品是被纳入国家防雷标准的，可以有效引导两千米高度下的雷击。"

"好，那我们就冒一次险吧。"孙珩叹了口气，"现在是到了该冒冒险的时候了……"

【事故发生后第四十四天又十小时，文昌发射场 TL-01 发射工位】

在发射后勤塔的栈桥上，狂风呼啸，暴雨如注。钢铁桁架和缆线发出凄厉的呜呜声。祁风扬穿着厚重的航天服，站定在庞大的火箭整流罩前。

这是最后一次发射演练，航天医监人员正在对航天服与生命保障系统进行最后的检测。

此时火箭已经就绪。"北辰号"已经与"远征四号"上面级对接，一起连接在火箭头部的支撑环框上。整流罩是全封闭的，看不到里面，但祁风扬只要闭上眼睛，内部的结构都清晰地浮现在眼前：三个牵引光帆叠成圆柱状捆在一起，一直戳到整流罩顶部；冷却回路盘根错节地缠绕在飞船腰际，连接着液氦储罐，成千上万的霍尔散热器排布其上，好像长满藤壶的船壳；底部基座的一侧是密封舱，另一侧是对接口，连接很突兀，好像是后来临时想起来补加上去的。没有逃逸塔。没有返回舱。那都是被他亲自砍掉的死重。要是真的出事，祁风扬只能拿起身旁的吗啡注射液，让自己死得舒服一点儿。

明天，他的生命就托付给这枚火箭了。

"小祁，状态怎么样?"

来者是孙珩将军，见到他，众人都回身敬礼。

"没事，你们继续。"孙珩说，"找你也没啥大事，就是想聊聊。"

"是关于诗宁吗?"

"小祁啊，和她相处了这么久，你应该了解她的一些情况吧?"

"嗯……其实，不算太了解。我只知道您是她的父亲。"

"一个失职的父亲……"孙珩说，"五岁的时候，她的母亲离家而去，我本该担起父亲的重任。可是那正好赶上'长征九号'火箭攻关，因为工作的缘故，我没法儿照顾她，她的童年和少年时期基本上是一个人在马兰基地家属院里度过的。直到考上大学，她才第一次见到大城市的样子。"

"嗯，她和我说起过那段经历。"祁风扬说，"虽然很孤独，但她也因此得以阅读了大量的文学作品。"

"是的，这是她的幸运，也是她的不幸——孤独的童年孕育了她的才华，但也让她产生了一种极端的冲动。"

"是什么呢?"

"去看远方世界的冲动。如果是在寻常环境中成长起来，她不会把这种冲动看得太重，但她却和常人不同。她敏感、孤僻，内心除了这种冲动外别无他物。那就好像烛火，在阳光下很微弱的光芒，到黑暗中就会变得刺眼而压倒一切。为了满足这种冲动，她会不择手段，哪怕犯下欺骗全人类的大错。"孙珩叹了口气，说，"诚然，你们都是天才，但要知道天才只是一面，它的另一面是疯子，是不计一切代价将理想贯彻到极致的人，这是很危险的。你完全没必要为她牺牲生命。"

"我理解。但我不是为她而冒险的，我是为了自己的夙愿。"祁风扬慢慢说道。

"那我也没办法了。"孙珩叹了口气，说，"我没有别的要求，只有一句忠告：你身上背负的不仅有理想，还有更多的责任。她很可能根本没打算回来，如果那样，请你务必按理智行事。"

祁风扬郑重地点了点头，说道："我会的。"

【事故发生后第四十五天又十五小时，海南文昌发射场】

在文昌发射场西侧七千米左右，有一座被称为铜鼓岭的小山包。山体一侧可以俯瞰发射场，另一侧则是文西县城。在山顶上有一座白色圆顶建筑物。每个晚上，可以看到有一道淡淡的紫色光束从那个圆顶射向天空；同样的光束还有四道，分别从文昌市的其他方位射出，一直射入太空。在那里，携带信息的激光被同步卫星反射，由此构成了联通世界的 LiFi 网络中的重要一环。

这一天，那个白色圆顶建筑前突然竖起了一座铁塔。塔是临时焊成的，很粗糙，塔尖恰好位于激光器的发射头前。届时，激光引导的雷电将通过这个铁塔被导入地下。

"喂，孙将军，我这边已经搞定了！"在铜鼓岭上，霍长浩冒着瓢泼大雨走下山路。

"好，快进掩体，发射流程马上就要开始了。"

"祁风扬怎么样？"

"已经就位了，飞船舱门刚刚关闭。"

这时，发射指挥大厅里响起一个声音，听到这个声音，发射指挥大厅里的所有人都安静了下来：

"北京，进入十五分钟倒计时，启动发射序列。"

"文昌收到。"孙珩回答，"发射序列启动，人员已到位，系统准备完毕。各分系统检查状态。"

与此同时，在"北辰号"飞船上，祁风扬正躺在狭小的密封舱里，听着耳机里传来的口令，心中感慨万千。他的思绪飞回到十年前，回到在 647 基地度过的那一个个不眠之夜里。他深知这条路的凶险，也曾无数次地想踏上这条路的将会是哪位勇士，但他没想到，那勇士正是自己。

"能源？"

"正常。"

"电气？"

"正常。"

"文昌，载具已就绪。电气脱插分离。"

祁风扬听到"咔嚓"一声。连接火箭与发射塔的"脐带"被切断了，电力切换到了箭载电源。从这时起，火箭与地球的唯一联系就只有底座支架了。

"脱插已分离。载具独立，导航自主，进入十分钟倒计时。"

这时，祁风扬开始感到恐慌——在他的身下，三千吨的液氧煤油正蓄势待发，八十七万个零件正在紧锣密鼓地运行，只要有一个故障，他就会被炸上西天，这还算是爽快的——如果故障发生在天上，那他要么会被憋死，要么会被冻死。想到这里，他的额头渗出汗来。他想擦掉汗珠，但手肘被安全带固定着，够不着。

"导航？"

"正常。"

"姿控？"

"正常。"

"文昌，进入五分钟倒计时。"

他望向手边的一个红色按钮。那是紧急终止按钮。只要按下它，发射就会终止，任务就会取消，自己就会回到以前平淡却幸福的生活中。他并不怕死，但他突然发觉有太多东西让他不能死。失明的母亲需要他照顾，生病的父亲需要他供养。还有老人抱孙子的愿望呢？母亲去看海的愿望呢？

直到这时，他才明白自己一直都是个被理想绑架的狂人。比起平安幸福的生活，这些理想真的那么重要吗？想到这里，他的手不由自主地向那个按钮伸了过去。

"后勤？"

"正常。"

"气象？"

"在许可范围。"

"航天员？"

祁风扬的手停住了。他的动作定格了一秒钟，通过直播，全世界的人都看到了他脸上表情的变化。仿佛某种压迫他的重物突然消失了一般，他的表情松弛下来，长叹一口气，将原本伸向那红色按钮的手指顺势换成了胜利的手势，说道：

"正常！"

在数百万块荧屏前，人们爆发出一阵欢呼。

"文昌，有效载荷已就绪，航天员已就绪。各分系统检查完毕，请求发射。"孙珩说。

"北京，可以发射。"

"收到。十秒倒计时。九、八、七……"

周围的一切声音突然远去了，倒计时的口令好像在天边，祁风扬只听到自己的心跳，还有液压动作器加压的咝咝声。

"……六、五、四……"

去他妈的吧！他在心里怒吼。

"……三、二、一，点火！"

铜鼓岭下的海湾里，突然升起了一颗小太阳。

与其他火箭不同，"长征九号"的尾焰非常明亮，呈黄白色，那是铝基固体助推器燃烧的特征。它在铅灰色的海天之间冉冉升起，喷射出夺目的光焰，穿透暴雨，照亮原野，仿佛莫奈笔下日出瞬间的海港一般，海浪、山脉、云层和村庄，都在那金光里变得轮廓分明起来。在光焰中，发射台附近的雨幕化作万缕火流，倾泻而下，滚滚白烟从导流槽中冲上天空，好像咆哮的火山。

"……发射时间：T加零分、零秒、幺四四毫秒。"

很快，巨响传到了指控中心。在三千五百吨推力的冲击下，大地在剧烈震颤着。

"文昌，跟踪正常，遥测信号正常。"

霍长浩望着火箭钻进云层，又钻出来。它怒吼着、咆哮着，速度急剧增加，仿佛一把金光闪烁的长剑撕裂了一层层压抑的灰色帐幕。云层被点燃了，千万缕灰霾被火光烧灼得闪耀通透。火焰中被吹起的水花漫天洒落，发出哔哔啪啪的爆裂声，裹挟着呛人的烟气向霍长浩涌来，但他不肯走进掩体。他冒雨望着火箭的轨迹，望向它附近的空间。在那里，五道引雷激光已经启动。

忽然，一道闪电顺着激光劈了下来！

"三号塔接闪！"气象总监喊道。

"文昌，遥测信号受扰，冗余已投入，飞行正常。当前海拔：一千米。"

"雷区高度是多少？"霍长浩问。

"三千米左右。"对讲机那边的工程师答道，"但那也是最危险的高度。在那里，闪电主要来自云间放电，引雷激光的效果会大打折扣。"

"那就增大激光功率！"

"已经到最大了。"

霍长浩叹了口气，拿起望远镜继续追踪。

"……四十五秒，跟踪正常，遥测信号正常。当前海拔：三千米。"

在云层中，火箭渐渐隐没，只有眼力好的人才能从中分辨出那一点儿颤动的黄光。对于闪电而言，那数百米长的尾焰是绝佳的通道。

忽然，霍长浩看到云中青光一闪。

"航控！"姿控分系统主管吼道，"滚转突变！"

与此同时，各种警报灯在控制大厅中亮起，此起彼伏地闪烁着。两秒后，有人喊道："二号游姿发动机无反馈！"

"故障确认，关闭四号游机，导航转移至箭载控制系统。"推进分系统主管说。

"怎么回事？"霍长浩问。

"有一台姿控发动机被打坏了。"一个工程师说，"必须把对侧发动机关掉才能平衡。当然，这样会损失推力，虽然很小，但肯定没法儿精确进入原定的轨道了。"

"也就是说……他还需要一点额外的速度？"霍长浩问。

"是的，大概只有九十五米每秒的样子。但为了达到极速，'北辰号'没有留下一点富裕燃料。这可是个大麻烦。"

霍长浩沉默了片刻，然后问："距离飞离地球的加速点还有多少时间？"

"五小时二十分。"

"那还来得及。"霍长浩说，"对这个麻烦，我有一个主意。"

6. 地球闪耀

【发射后二百四十分钟，北京南苑机场】

当天晚上八点，湾流 X981 载着霍长浩从文昌起飞。此时这架飞机已经不属于他了，但飞机的新主人同意暂且借给他使用。飞机以极速飞行，只花了不到一小时就抵达了北京。走下舷梯时，他还能明显感觉到飞机机身所散发的热量。

"怎么样？统计结果出来了吗？"他问秘书。

"嗯，Facebook上孙诗宁账号的响应人数有八千万；腾讯和百度方面，响应人数超过三亿两千万；官媒稍微慢一点，但也进行了动员号召。目前，响应人数还在持续增加。"

"境外的情况如何？"

"我们在各国大城市的分公司都进行了动员，反应肯定没国内那么快，但应该也有数千万人参与。就在几分钟前，美国总统还对此专门进行了电视讲话。"

哈哈，这真是不可思议，不可思议！霍长浩内心狂喜，在这么短的时间内，半个地球都被动员起来，连美国总统都被他的想法鼓动了。

"加起来超过四亿人，规模基本上够了。供电能保证吗？"霍长浩信心大增。

"范局长说没问题。"

"引导措施呢？"

"也已经就绪了。对此天空广告分公司很有经验。北京天气晴朗，所以打算用飞艇来引导光线。"

"好，那下面咱们等着看戏吧。"霍长浩坐进专车，说，"回公司，那边视野最好！"

【发射后二百四十五分钟，待机轨道降交点，"北辰号"】

二十秒的燃烧后，"远征四号"上面级耗尽了最后一滴燃料，将飞船加速到每秒三十千米。咔嚓，船舱晃动了一下，飞船与上面级分离。轨道最后修正完毕，"北辰号"进入无动力滑行状态，好像一块石头，在地球引力的作用下向双曲轨道的近地点坠落下去。

祁风扬没机会仔细感受失重。为了节约重量，密封舱被压缩到只有棺材大小，里面塞满了维生物资。他只能躺在睡袋中，别说伸展手脚，连转身都困难。当然，这是他自己设计的。他想起马丁尼兹听到这个方案时的表情……

"你疯了吗?!"马丁尼兹说,"你会被憋死的!"

"但这可以减少三百千克重量,从而将到达时间提前半个月。"祁风扬说,"反正我小时候穷惯了,对我而言,四十小时的火车站票是家常便饭。"

"可这是整整两百天!两百天的站票?"

没关系,他想,如果风景足够好,哪怕是两百天的站票也没关系。透过距离面孔不到半米的观察窗,他看到了最熟悉的画面——太阳正从地球黑色的圆轮一侧升起,给大气镀上半圈橙红色的光弧,好像闪光的戒环。这不是电影,是真切地呈现在眼前的风光;窗外就是冷酷的太空,只有一纸之隔。那就好像站在悬崖顶端俯瞰深渊一般,危险的美给他带来一种兴奋的战栗。

忽然,通话器响了起来。

"'北辰',这里是休斯敦,控制权已由'远望十号'转移至我处。请注意,当前的飞行计划有重要变更。"

"'北辰'收到,请讲。"

"由于发射时引擎故障,飞船入轨初速度有微小偏差,若不修正将无法抵达加速控制点。因此在原定飞行计划中加入如下修正措施:T＋297分30秒,展开光帆至最大张度,帆轴矢量方位097－122－196,自旋5,散热1.8。修正推进持续220秒。详细变轨参数正在通过S2信道上传。"

"明白……休斯敦,可否详细说明轨道修正的动力来源?我记得地面激光阵列已经没有余量了。"

"是的,那是霍长浩的主意——将家用LiFi终端指向天空来推进光帆。"

"家用LiFi?那不是只有几千瓦的功率吗?"

"没错,但那是全世界四亿多台LiFi终端的合力。祁风扬先生,今晚,整个地球将为你而闪耀。"

【发射后二百九十分钟,北京国贸幻视大厦顶层】

"开始了!要开始了!"

在露台上，霍长浩把西装一甩，像看焰火的小孩子一样兴奋地跳着喊着。

顺着霍长浩所指的方向，秘书看到有一道绿色光束被点亮了。它劈开夜色，劈开云层，劈开林立的高楼黑色的剪影，将人们所熟悉的城市夜景诡异地劈裂为两部分。那是位于中华世纪坛的"北京之光"，它将引导北京的数百万台家用 LiFi 终端进行发射。

"你知道我为什么要出这个主意吗？"霍长浩说，"是作秀？广告？除掉以前的情敌？还是想找回我飞走的老婆？"

"抱歉，老板，我还以为这是您营销引资的手段……"秘书说。

"哈哈，不是，当然不是！那都是些琐碎的东西，不值一提。你知道这世界上最大的快感是什么吗？"

"请您指教。"

"当然是——造神！"霍长浩双臂挥舞，好像在指挥一支看不见的乐队，"神话、传说、史诗、奥德赛……人们所以为的虚构故事，其实都是古人突破极限的历史。今天我们眼前发生的，难道不是值得被后人传诵的当代神话吗？没有魔法，没有神灵，有的只是科学的计算和疯子般的工程师！"

话音刚落，只见"北京之光"缓缓运动起来，仿佛一曲交响乐的指挥棒，在夜空中扫过一条拖着荧光的轨迹。接着，第二道光出现了，越来越多的光线从普通的房顶和阳台射向夜空，朝着空中飞艇所指引的目标点照去。很快，霍长浩就无法分辨出单独的光束。成千上万条的光线缠绕为一片倾斜的光幕，仿佛是通往天空的大道一般。

若从太空中俯瞰，此时此刻，北京是夜空中最亮的星。

这时，霍长浩听到了歌声，一种缥缈空灵的歌声。他跑到露台边俯瞰，只见楼下马路上已人山人海。在街角、在桥头、在广场，无数人们低声歌唱着，举起了手中的灯。激光笔、太阳灯，甚至是手电筒，汇成了一片光的海洋，仿佛头顶的星空在地面上的倒影……

"你看到了吗？"霍长浩感慨道，"宇宙不仅存在于头顶，也存在于人们的心中！"

"他能把孙诗宁带回来吗?"秘书问。

"不可能。孙诗宁根本就没打算回来。至于他自己……两百天,八亿千米,凭一个棺材般的密封舱去穿越冷酷的太空,能活下来就已经是奇迹了。"霍长浩说,"不过,在那些伟大的航程中,又有哪个不是奇迹呢?"

7. 刹 车

【一百〇二天后,木星飞掠轨道,距离木卫二一千五百万千米】

在距离地球八亿两千万千米的太空中,"北辰号"即将抵达目的地。

"'北辰',这里是休斯敦……"

在这久违的呼叫声中,祁风扬迷迷糊糊地醒来。

"……'北辰',祝贺你成功抵达目的地。现在整个世界都在为你欢呼,也在紧张地等待着接下来的操作——木星入轨。你即将在五小时后到达木星轨道加速控制点 A,减速进入木星环绕轨道。请说明你目前的状态。"

他揉了揉眼睛,望向舷窗外。在那里,一百〇二天一成不变的漆黑太空终于有了变化。木星猩红色的轮廓已清晰可辨。在它周围有排在一条直线上的四个亮点,那是木星最大的四颗卫星。

"休斯敦,这里是'北辰'。"祁风扬说,"我的生命体征正常,有轻微头疼,下肢有麻木感,但思维和反应都还算敏捷。飞船状态正常,各分系统无故障,这真是个奇迹……等等,好像有些不对劲。"

他在触屏上点了几下,调出导航窗口,只见导航球的中央与代表速度方向的十字星有了偏离。这个偏离极其微小,只有千分之一,但足以令他在待会儿的多帆聚光减速的过程中偏离焦点。

"休斯敦,我们有麻烦了。"他说,然后点了几个按钮,向地球传输了飞船的状态参数,"请检查飞船速度矢量,它与预设值似乎有偏差。"

由于通信时滞,九十分钟后,他才收到回复:

　　"'北辰'，已经确认，这个速度差来自于离开地球时所做的轨道修正。家用 LiFi 激光照射的误差被错误估计了，你离开地球时的速度偏大了百万分之一，经过长时间飞行，现在这个微小的误差已经放大到了不可挽回的地步。"耳机里传来令人沮丧的指令，"飞行计划更改如下：放弃营救任务，采用第一套应急编队预案，飞掠木卫二后直接飞往加速控制点 B。一百九十二只光帆将在 B 点与你再次交会，聚光将你送上返程轨道。"

　　祁风扬顿时急了，按住耳麦大声说："休斯敦，不要终止任务！一定还有办法的。"

　　九十分钟后，休斯敦回复："'北辰'，请务必按照指令行事。有一个坏消息我们本没打算告诉你。十天前，孙诗宁就失去了联系，她的航天服接续状态也被断开。各种迹象都表明她已经死了……"

　　"什么?!"

　　"……由于在制造氢氧燃料的过程中突发爆炸，孙诗宁养殖的微藻死亡殆尽。事故后第一百一十四天，她耗尽了口粮。在饥饿中坚持了八天之后，她向地球发回了最后一条闪光电报……"

　　"为什么？为什么不告诉我？"祁风扬大吼。

　　"……那时她精神已经相当不稳定，电文中，她声称将用生命最后的时间去探索'莱姆'冰喷泉中的异象。根据航天服的记录，她真的去了。她带上仅剩的最后一块干粮，拖着仪器，徒步穿越十几千米的阿瓦隆平原，向'莱姆'冰喷泉的方向行进。两天后，航天服和登陆舱的接续中断。我们和她彻底失联了……"

　　祁风扬长叹一声。

　　"……'北辰'，请理解并接受现实。毕竟这是一个太冒险的行动，你能平安抵达已属万幸。即便没能成功救回孙诗宁，这次任务对于人类的价值也是巨大的，你仍然是人类的英雄……"

　　"休斯敦，我明白。无论如何，很感谢大家这一百多天的付出，创造了人类的奇迹。"祁风扬说，"其中，我最该感谢的就是霍长浩先生了。我曾对他说过，若他喂饱了一匹饿狼，那之后发生什么就由不得他了……诸位，很抱歉。"

　　说罢，他切断了通信。

【四十五分钟后，休斯敦航天指控中心】

"见鬼，这家伙在搞什么名堂?!"马丁尼兹摔下耳机，气急败坏地骂道。

"老兄，别着急。"他身旁的霍长浩说，"他一定想到了好办法，只是没时间跟咱们扯皮罢了。"

"航控!"马丁尼兹喊道，"把导航数据显示切换到后台，那没法儿切断，我们看看他到底打算怎么入轨。"

"变轨方案被他重设了。'水瓶座'8星和'双子座'9星被移动到编队排头，'南船座'被移动到排尾，共有八十二张光帆被重新设置了焦点和聚光次序……仿真结果显示，重排后的编队将把'北辰号'的速度降到五十千米每秒。"

"交汇点高度呢?"

"一千千米。"导航工程师说，"先生，'北辰号'将从木星大气层边缘掠过!"

马丁尼兹吃了一惊，嘀咕着："难道他想做 AOT?"

"那是什么?"霍长浩问。

"气动辅助轨道转移，又叫大气刹车，是一种利用行星大气层阻力实现变轨的方式……他将飞船翻转掉头，恐怕是想把太阳帆当作减速伞来使用。"马丁尼兹说，"但气动刹车是最难控制的变轨方式，如果攻角稍微偏小，他会从大气上缘擦过去;如果稍微偏大，那他就会坠入木星，像流星一样被烧毁。除非事先经过周密计算，否则他就是自寻死路!"

"我记得他算过。"霍长浩说，"在 647 基地的时候，他曾经用计算机集群研究过这种东西。"

"那也挺悬乎。他能把那些参数记在脑子里?"

"当然不行……但就算那样，他也会继续做下去的。"

"为什么?"

"因为一种执念吧……不是为了我们，也不是为了孙诗宁，他只是想把'北辰计划'完整地实现出来，那是他丢了命也要实现的夙愿。"

"真是个疯子。"马丁尼兹叹了口气，"调度，先把直播停了吧，估计待会儿就要锁门做归零了。"

【与此同时，加速控制点 A】

在向舷窗外的太空看了最后一眼后，祁风扬深吸一口气，拉上了遮光板。

光帆编队已经肉眼可见。木星红色的圆轮前，数百个小光点从太空中浮现出来，闪烁着微光，好像从黑暗中结晶析出的钻石。

导航已进入关键阶段：在屏幕上，三百三十五条轨迹在木星附近汇聚到了一个点，旁边标注着"加速控制点 A"，代表着"北辰号"的十字星正向那里缓缓移动着。在那之后，"北辰号"的轨迹陡然一转，向木星飞去，擦过木星大气边缘后与木卫二交会；而那三百三十五条轨迹如烟花般散开，在木星的引力下绕了半个圈，然后再次在木星另一侧汇聚到一点，那是"加速控制点 B"。在那里，"北辰号"将赶上重新聚集的光帆编队，在第二次聚光的加速下踏上返回地球的旅程。

此刻，祁风扬面前的倒计时已经归零。

"水瓶星座、双子星座，开始对焦！"

数十道强光汇聚在"北辰号"的光帆上。隔着舱壁，祁风扬也能感到周围的温度在急剧升高。他听到嘎吱的声响，那是飞船舱体结构在受热膨胀时发出的。

"天秤星座、蛇夫星座、室女星座，开始对焦！"

温度继续升高，环控系统开始工作。液氨在冷却管路中急剧蒸发，霍尔散热器正全力向太空抛射走多余的热量。光帆被绷紧了，祁风扬感到后背上有了压力，加速度计的读数已经达到 $0.05g$。

"大熊星座，开始对焦！"

来自大熊座的聚光推力让祁风扬深深陷进了椅背中。在那三十二只光帆里，有七只被冠上了北斗七星的名字，那是他十年前在 647 基地时亲自命名的。

"摩羯星座、南船星座，开始对焦！"

气温上升到了三十六度，密封舱已经成了蒸笼。遮光板的缝隙里透出白炽的光，仿佛外面是地狱的火海一般。祁风扬咬牙忍受着，默读着秒数。整个减速过程将持续整整四小时，比从地球出发加速时的煎熬要漫长得多。那时候他的体力尚佳，但如今经过了一百多天航程的消耗，忍耐力已大不如前。待聚光减速完毕后，他已经濒临虚脱。

他用颤抖的手打开遮光板。只见木星已近在咫尺。红色圆轮已经变成遮天蔽日的幕布。斑斓狂野的风暴在其中奔涌着，红色的、白色的、青色的，川流不息，仿佛从地狱的闸口倾泻而下的流火之河。

"诗宁，我来了，来陪你看那世界尽头的海了……"

在稀薄大气的冲击下，舱体开始振动，过载再次将祁风扬压在座椅上，不过这次力道要大得多。加速度表的读数飞快地攀升，很快，他的眼前泛起了黑雾，渐渐扩散，最后融成了一片化不开的黑暗虚空……

8. 白　夜

不知过了多久，祁风扬才从昏迷中醒来。

超重带来的黑雾渐渐散去，但他眼前仍然是一片黑暗。那是无垠的太空。

接着，如同崩裂的水坝一般，黑暗裂开了，一道光芒从裂缝中喷涌而出，放出夺目的蓝白色光辉。它辉煌地倾泻而下，飘洒而至，铺天盖地，仿佛亿万萤火虫飞旋卷起的风暴，形成了一个闪光的茧。很快，他的密封舱就被这个光茧团团包裹了起来。

那是什么？祁风扬迷惑了。在他的知识范围内，眼前的一切无法解释。

忽然，没有任何加速度，祁风扬看到窗外的风景移动了。一千千米外的木星大气中，云团突然开始加速流动。很快，木星红色的圆轮以肉眼可见的速度消失在身后；随后，斑斓的木卫一也掠过窗外，转瞬即逝，稀薄的硫黄气、碎石和冰屑呼啸着飞过。接着，阳光陡然转了个角度，一片暗蓝色的悬崖从下方升起，银白色的雾气自崖底蒸腾而上，笼罩了一切。周围越来越暗、越来越窄，岩壁上间或掠过一缕闪光，好像正在一个深井中坠落。

这样的坠落持续了约莫十分钟。当越过了某个临界点后，突然，真空的绝对寂静消失了，外面传来呜呜的风声，周围亮了起来，好像深潜者忽然浮上了海面一般。最后，他听到一声轻响，光茧消失，微弱的重力让他知道自己被放在了某个星球的地面上。

"嗒、嗒……"有人叩响了密封舱的舱门。

"什么？"

祁风扬怀疑自己幻听了。但一秒后，敲门声再一次响起，然后是窸窸窣窣的声音，好像有一只手在扳动舱门的保险锁。

接着，咔嚓一声，舱门打开了。

他望着眼前的人，不敢相信自己的眼睛——

"孙诗宁！"

真的是孙诗宁。她一如既往地托了托眼镜，微笑着打量着祁风扬，短发在微风中轻轻摇曳。

"你要歇一会儿才能走路。"她小心地把祁风扬从密封舱中扶了起来，"虽然这里重力很弱，但你躺了太久，身体需要慢慢适应。"

"我糊涂了，诗宁……"祁风扬说，"刚才我还在木星轨道上减速入轨，突然出现一道光，然后天旋地转，我就被送到了这个地方……这是哪儿？"

"当然是木卫二。"

"不可能！木卫二表面是真空，但这里有可呼吸的大气、有风、有光，还有……"祁风扬环顾四周，震惊得屏住了呼吸，"草原……"

在他周围，是一片倒悬着的荧光草原。

从这里看去，那确实像一片草原：无数纤细的荧光触须从冰的穹顶上如柳条般垂下，一直向下延伸，消失在深不可测的深渊中。但那其实是假象。由于缺乏参照物，无法判断草的大小，事实上每一株"草"都有几十千米长。祁风扬所在的位置就是一株"草"根部的囊室，它差不多有一个足球场大。在囊室上方能看见许多健壮的根须，它们深入冰穹的裂隙中，将这株巨草牢固地悬吊在穹顶之下。

"这里是'普罗米修斯'探针着陆点的正下方，距离木卫二表面十三千米。"孙诗宁说。

这时，祁风扬才注意到他所在的地面。那并非岩石，也不是冰层，而是一种透明的果冻似的薄膜。它微微蠕动着，内部有极为复杂的叶脉般的管路，无数气泡和光点在其中飞速流淌着。顺着它们流淌的方向，祁风扬望向这个囊室的顶部——在那里，一团蓝色的火焰正在熊熊燃烧着。两支粗大的脉管在火焰下方轮番跳动，一支连着囊室，另一支直接通往室外，它们喷吐着气流，让那团火焰看起来仿佛跳动的心脏。

"简直是在梦中啊……"祁风扬喃喃道，"这些巨草，就是你所说的地外生命吗？"

"是的，但不仅仅如此。"孙诗宁说，"它们只是这个世界的生产者，属于环脉门，通过电解水来制造氢气和氧气。这有点儿像地球上的光合作用，但最终的能量根源来自木星的磁场。木卫二在木星磁场中运行时，这些几十千米长的巨草切割磁感线，产生电力，电解水产生氢氧，供给整个世界使用。"

"那团火焰是什么？"祁风扬问。

"姑且称为一种呼吸作用吧。"孙诗宁说，"但与我们体内缓慢的氧化反应不同，这里大部分的生命，无论是环脉门、星状体、涡状体还是别的什么，都直接采用氢氧燃烧供能，非常剧烈，所以这里生命演化的节奏比地球快上千倍，以至于仅用了三万年就产生了智慧文明。你看那边，他们在看着我们呢……"

顺着孙诗宁手指的方向，祁风扬震惊地看到了一群精灵般的生物：他们几乎全透明，难以分辨形状，唯一能看清的只有一对黑珍珠般的眼睛，以及腹腔中蓝色的火光。数百只这样的生物聚集在这个囊室外，一动不动，似乎在虔诚地等候着什么。

"他们是这儿的智慧生命，曾经建立过辉煌的文明，甚至发生过工业革命——但现在已经濒临灭绝了。"孙诗宁说，"在这儿聚集的，已经是他们种群的全部了。"

"为什么会这样？"祁风扬诧异地问。

"因为木星的磁暴。"孙诗宁黯然道，"那场磁暴的强度是平常磁场的数万倍，充沛的能量令这些巨草疯狂繁殖，蔓延到全球，释放出大量的氢气，打破了两种气体的平衡。本来这里的大气圈只有一千米厚，氢氧可以充分混合，但现在，大气圈的厚度已经增长到了二十千米，形成了分界鲜明的氢层和氧层。生物必须交替吸收两种气体才能维持燃烧。无论是对于海面的生物，还是冰穹上的生物，这都是灭顶之灾！"

"那他们现在该怎么办？"祁风扬赶紧追问。

"让神明为他们指引一条逃亡之路呗。"孙诗宁微微一笑。

"神明？"

"没错。"孙诗宁笑了笑，说，"说的就是你呀，著名轨道专家祁风扬先生。"

祁风扬看了看外面的生物，又看了看孙诗宁，仿佛明白了什么。

"我们……被当成神了？"

"是的。与这些智慧生物最初接触的是'普罗米修斯'探针。因为他们还没形成科学体系，人类被他们当成了神明崇拜，连那枚探针都被供奉在了神坛中，探针上面的铭文——比如 JPL 的徽标和制造者签名——被当成了神谕解读。"孙诗宁说，"他们希望能借助神的力量离开这个濒死的世界。我为他们找的新家，是木卫四，那里受磁暴影响小一些，地下海洋也更深一些。但我不知道怎么设计飞向那儿的轨道，所以……"

"等等，这个轨道我能设计，但他们打算怎么起飞？有发射工具吗？"

"有，你很快都会看到的。"孙诗宁说。

借着跳跃的蓝色火光，祁风扬接过纸笔，开始演算。

纸是淡黄色的，摸起来很奇怪，有种塑料袋似的质感。笔则是用某种黑色生物的甲壳制成，很像地球上的蛏子壳。这给他一种印象：尽管这里的文明掌握了星际航行的知识，却完全没有发展过制造业，一切工具都是由生物自然演化而来的。祁风扬郑重地在那张纸上画下了两个圆，分别代表木卫二和木卫四的轨道，然后在旁边列出了动量守恒方程和角动量守恒方程。

太简单了。他想，简直如同自己的学生们在做习题。

他想起了三个月前他离开学校时布置的习题：求解两个星球间的霍曼转移轨道。当时，他还以为生活会继续平淡无奇下去，但是霍长浩的一通电话打破了这一切。随后他实现了尘封的理想，飞越了太空，最后竟然来到了这里，成为另一个文明的拯救之神……

想到这里，他望了望身旁的孙诗宁，无言地笑了笑。

诗宁，你还记得我们当年的梦想吗？

"我要为人类铺下通往星空的道路！"许多年前的他，如是说。

那是他们的第一次约会，在大学的操场上，他们在星空下漫步着、畅想着。在那里，每晚都有无数的人在一圈圈地走着，你能听到所有的人生、所有的话语落在星空中，就像世界上所有的雨落在所有的草地上。

"诗宁，你的梦想是什么？"

"很惭愧，我没什么特别的梦想啊。"

"不会吧，像你这样有才华的人，怎么会没有梦想？"

"嗯，其实也是有的，不过那是很模糊的梦想——我想去看，去体验，去遥远的未知的地方，让我的人生充满了两种截然不同的感觉。"

"那是什么？"

"就好像……在夏日的山冈上，你与你最好的朋友一起看日出，心中充满了所有的希望和幻想；或是独自走在雨中的一条无尽的路上，并意识到你将永远这样孤独地走下去……"

是的，她走下去了，勇敢无畏地走下去了。祁风扬的脑海中闪过一帧帧画面：蔚蓝的大海上，她驾着雪白的帆船劈波斩浪；陡峭的悬崖前，她拄着登山杖回首俯瞰脚下的群山；冰雪苍茫的南极，她躺在冰原上，双眸倒映着银河的星光……最后一次是在埃及的沙漠里，她登上金字塔的顶端，身旁是一个穿着花衬衫的陌生男人。

"风扬，这位是霍长浩，知名科技投资人。"她介绍道。

"幸会，祁先生。"霍长浩咄咄逼人地和他握手，右手好像一把要夹碎核桃的特大号钢钳，"听说你是造火箭的？"

"不完全是，我的主攻方向是新概念航天器轨道设计，火箭属于老概念了。"

"噢，那我有个问题——互联网产业仅仅用了三十年就成了世界的支柱，为什么火箭被发明出来已有近百年，却没有什么进步呢？"

"大概是火箭的局限性吧……有工质推进的话，所耗费的燃料将随着载荷增加而迅速增长，就好像这座金字塔，无数奴隶堆砌数百万块的巨石，只为了把这一小块塔尖送到最高点。"

"古埃及人觉得金字塔就是建筑的极限了。但有了冶金术，人类才能造出了埃菲尔铁塔，这就是新方法的力量。"

"是的。我的梦想就是这个——我想找到新方法，打破传统火箭的局限性。其中有个方案叫'北辰计划'，希望在十年内，用光帆把人类送上木卫二！"

十年很快就过去了。那是热血沸腾的十年，也是痛苦坎坷的十年，当初怎么没想到，这条通往梦想的道路是那么艰难！

"……哈哈，别信祁疯子的那套，所谓情怀，就是专门来骗你们这些应届生的……"

"……年终奖呢？房车补呢？就算祁疯子能牺牲，也不能要大家一起陪葬啊！"

"……抱歉了，祁总，向之所欣，俯仰之间，已为陈迹……"

"……小祁啊，有梦想不是错，但只有梦想就不对了……"

为什么这么难呢？他曾一次次地问自己，却总是得不到答案。现在他明白了，与其他的梦不同，通往星辰的梦想之路绝不是他一个人能走下去的。它必须与他爱的孙诗宁一起，与他恨的霍长浩一起，还有与他所认识的、不认识的所有人一起，才能坚定不移地走下去。全人类只有在那个夜晚一起点燃亿万盏守望之灯，才能汇聚起足够的力量，将他的梦想送到星辰彼端……

于是乎，梦起、梦碎、梦醒、梦回……

至于眼前的这一切，大概是最疯狂的梦中之梦吧。

半小时后，祁风扬长舒一口气。

"完成了。"他把纸笔递给孙诗宁，"在下面的这几个时间点，按照这些参数组合进行发射就可以了。"

"速度大概多大呢?"

"三千米每秒。"祁风扬说,"怎么样,这些小精灵的火箭能飞到这么快吗?"

"我想可以的。"孙诗宁点点头,走到囊室一侧,将那张纸递给了一个在外面等候的生物体。很快,周围的智慧生物纷纷散去,没入远处的黑暗中。

又过了半小时,一只生物回到囊室前,挥舞着泛着蓝光的前翅。祁风扬猜测那是一种肢体语言。

"他说可以登船了。"孙诗宁说,"来,咱们走吧。"

"走?跟他们一起去木卫四吗?"

"当然。难道你不想和他们一起开拓那片未知的世界吗?"

祁风扬望着孙诗宁,望着她眼中燃烧着的热切的光,慢慢摇了摇头。

"为什么?"孙诗宁叹了口气,"我们不是约定过吗,要一起去看那片世界尽头的海?"

"是的,我们约定过,但现在我还有更重要的责任。"祁风扬说,"你还记得吗?那时候你告诉我,你的童年是在大山深处的三线工厂度过的,母亲离婚远走,父亲常年待在工厂里,你每天只能独自望着夜空出神,用想象创造出无数神奇的世界,用对星空的幻想来弥补现实中的孤独……但你知道吗?你父亲顾不上你是因为'长征九号'火箭的缘故。作为火箭的总指挥,他别无选择。"

"你……想说什么?"

"我想说的是,总有人要做铺路人,像你父亲那样做着平凡却不可缺少的工作。他的梦想起初属于自己,但终归又不属于自己。我们的使命是不同的。你追求的是亿万星辰的美,而我,则要为你铺下通往星空的道路。"

"我明白,但是……我到那儿,一个人……"

"放心,我会回来的。"祁风扬紧紧抱住孙诗宁,说,"有朝一日,我们一定在世界尽头的海边再会。"

在向这个世界看了最后一眼之后,祁风扬缓缓合上了密封舱的舱门。

孙诗宁已经离开。他只能静静躺在舱中，等待着，等刚才那神秘的光茧将他送上轨道。

忽然，他感到周围的一切都亮了起来。一道光芒透过舷窗照进了舱里，照得他眯起了眼睛。他向外看去，只见一团明亮的蓝色火焰正顺着巨草快速移动着。它从穹顶出发，向下方的黑暗空间烧去，仿佛导火线的火头，又像一颗坠落的太阳，沿途的生物、建筑和其他不知名的物体，都依次在光芒中现形。接着，仿佛撞上一堵墙似的，那团火球猛然炸开，光度骤增，然后沿着一个看不见的平面弥漫铺展，顿成燎原之势！

祁风扬猛然醒悟，那就是孙诗宁所说的"界面"——氢气层和氧气层分界的表面。

飞船点火了！

霎时，整个地底世界被蓝白色的火光照得透亮。一堵环形火墙形成了，高度足有数千米，呈圆形扩散开去。

起初，很缓慢，但它一路翻卷起烈火旋风，越来越多的氢、氧被卷入了火焰，因此推进速度越来越快。在烈焰炙烤下，底层的海洋沸腾了，一团团硕大的白色蒸汽云翻滚而上，但它们只维持了片刻就被第二波的爆燃波撕碎。然后是第三波、第四波，直至整片海洋都化为高温高压的过热蒸汽。震波到达了，一声石破天惊的巨响中，世界分崩离析，密封舱好像海啸中的舢板一样翻滚起来！

祁风扬看到，冰穹上裂开了可怕的裂纹，仿佛无数道黑色闪电，迅速扩大，碎冰和岩石从裂缝中剥落，像暴雨一般倾泻下来。

厚达十千米的冰层被炸开了。在祁风扬的面前，出现了一条通往太空的裂缝！

刹那间，他眼前一黑，巨大的过载把他猛然按进了靠垫。高压蒸汽推动着密封舱急剧加速，顺着那道裂缝向太空冲去。

【四十五分钟后，休斯敦航天指控中心】

"喂！快看，那是什么?!"

在指挥大厅里，工程师们目瞪口呆地望着大屏幕。

屏幕上是木卫二，是由一艘光帆拍摄的红外图像。在短短几分钟之内，众人看到一道横跨整个赤道的光圈正在掠过星球的表面，速度不少于每秒十千米，仿佛整颗星球在被缓缓浸入一只看不见的熔炉一般。

"立刻打开可见光通道！"

可见光图像一切正常。木卫二洁白的冰原一如既往。

"见鬼。相机坏了吗？"

"等等！星震仪有读数了，超过最大范围，震源深度二十千米。"一个工程师喊道，"先生，那些热量可能来自冰层之下！"

很快，在红外图像上，那道火圈慢慢合拢，最后收缩到一个点上。刹那间，可见光图像也起了变化：在汇聚点的位置上出现了一个黑斑，它迅速扩大，化为蛛网般的裂纹，向整颗星球蔓延，从中喷出了银白色的蒸汽。由于尺度很大，蒸汽的运动很缓慢，仿佛一条银白色的丝巾在看不见的天风之中轻轻飘舞着，慢慢被引力之手抚平，最终形成了一条横跨数万千米的冰雪喷泉。

此时的木卫二，看起来仿佛一颗硕大的彗星。覆盖星球的冰原崩裂为成千上万块碎片，每一个的尺寸都有数千米。在爆炸赋予的初速度下，它们向四面八方飞散开去。

"先生，我们要终止任务吗？"

"不必了。别忘了通信延迟，那是四十五分钟前的事情，该发生的早就已经发生了。"

【同一时刻，木星环绕轨道，加速控制点 B】

在许久的黑暗后，一道温暖的阳光透过舷窗照在祁风扬的脸上，把他从昏迷中唤醒。

这是木星的第一缕朝阳。

此时，"北辰号"目标帆终于飞出了木星阴影。在它周围，木卫二喷出的冰喷流已经膨胀，变得稀薄，最后变得完全不可见；爆炸产生的碎片也已落回星球表面，只有极少数达到了木卫二的逃逸速度，四散飞向宇宙深处。

"……'北辰'，这里是休斯敦。收到请回话……"

在嘈杂的静电干扰中，一阵焦急的话音在祁风扬耳畔响起，听起来是那样亲切，他不禁热泪盈眶。

"休斯敦，这里是'北辰'。"他说，"我还活着，飞船状态正常……很抱歉，由于木卫二的突变，我未能完成救援任务。"

说罢，他看了看仪表板。倒计时在跳动着，加速控制点 B 已经接近。他看到远处出现了数十个光点，那是正在重新集结的光帆编队。

"……'北辰'，若一切顺利，请按二号备用方案进行变轨……"

"明白。目前飞船状态正常，轨道正常，已做好变轨准备……"他说，"说实在的，现在回去，我还真有点儿舍不得。你们绝对想不到我在这里看到了什么……"

是的，除他之外，没有人能看到如此壮美的景象了。在他眼前出现了一道彩虹——横跨百万千米的彩虹。它一端连接着木卫二，另一端连接着木星，仿佛一条连接着过去与未来的桥，又像天堂的拱门。在这座拱门之下，"北辰号"庄严地航行着，银白的巨帆在彩虹之下闪耀，美得令人窒息。

在这里，他仿佛又听见了那个熟悉的惊叹声：

"啊，这真是太美了！"

那是十几年前的回忆了。在那个回忆中的夏日，在海滩边，孙诗宁惊叹着，肩头落着鲜红的凤凰花花瓣，眼前是蔚蓝的海。那时，他们刚刚毕业，一切的辉煌和苦难都还没有开始，他们还与无数的少年男女一样，对未来充满单纯的憧憬，所期待的生活美好而平凡。

然而，正当他鼓起勇气向女孩表白时，一个不平凡的事物出现了。海湾彼岸忽然传来了一阵隆隆声。地平线上升起了一条乳白色的烟迹，直上云霄，宛如通往天国的道路。

"啊，那是'长征九号'……"他说，"举世无双的大火箭，能把飞船送到火星、木星，甚至更远的地方！"

"是的，那真是开启了一个崭新的时代啊……"

"不仅如此，从今天开始，我们俩也将迎来一个新时代呢。"

说罢，祁风扬从背后拿出一束玫瑰，"诗宁，我喜欢你。你愿意和我一起并肩携手，去寻找那世界尽头的海吗？"

突然，正在上升的火箭剧烈抖动起来，旋即翻滚，断裂，炸成一团火球！

天路戛然而止，白色烟迹末端绽成四散的乱发，无数碎片漫天飞舞，失控的助推器在天空乱窜，翻滚着、坠落着，尾烟在晚霞中划出一圈圈悲凉的螺旋……

"诗宁……你还愿意吗？"

他望着孙诗宁的眼睛。那里映照着梦魇般的惨象——火箭在爆炸，残骸在坠落，人们尖叫、哭泣……但她的双眸依然那么坚定、沉静，仿佛烈焰中的两颗纯净的玉石。

"我愿意。"

尾声　此火为大

【三年后，海南文昌航天发射中心】

这又是一个寻常的早晨。

工作结束后，祁风扬信步登上铜鼓岭。向下俯瞰，发射场一览无余。

即将进行的是"长征九号"的第二百零三次发射。此时火箭正在加注燃料，一缕缕雾气从燃料接头旁流泻下来，随风飘散，好像少女的秀发，被朝阳镀上一层毛茸茸的金边。

望着这景象，祁风扬正发呆出神。忽然，他看到山脚下有一个熟悉的身影在向他走来。

"祁老弟，怎么在这个地方？"霍长浩气喘吁吁地说，"找你找得好苦啊……"

"哎呀，这不是首富嘛。什么风把你给吹来了？"

"这不，有大事要告诉你啊！"

"什么？"

"凯瑟琳要写书了，噢，她是'波塞冬号'原定的载员之一。"

"就是被孙诗宁换下来的那个？"

"对，她的新书是写她与孙诗宁的幕后故事，书名叫《闪耀的骗局》。一听这名字，你肯定就知道这是什么货色了。"

"我早就习惯了。"

"但这次不同，祁老弟，她不仅详细描述了孙诗宁介入'波塞冬号'任务的经过，还找到了她的一篇未完成的小说，题目叫《世界尽头的海》，其中所描写的木卫二生命和你的叙述一模一样。"霍长浩盯着祁风扬，严肃地说，"关键是，这篇小说是在她大三时写的！"

"那又如何？"祁风扬说，"这种东西造假很容易。"

"我知道，但是我……妈的，我真的有些动摇了。祁老弟，你能不能告诉我真相？"

"这就是真相啊。"祁风扬说，"整个木卫二都爆炸了，全人类有目共睹，有什么可怀疑的？"

"但这也不必扯上外星人——或许有其他机理能让木卫二的地下海洋电解，纯自然的机理，使得冰层下充满氢气和氧气。'莱姆'冰喷泉就是导火索，而孙诗宁死前去那里是为了点燃它。"霍长浩说，"而且，你打算怎么解释这些疑点呢？'北辰号'的光帆，为什么在木卫二一进一出之后还能毫发无损？爆炸产生的碎块中，为什么没有任何一块像你说的那样飞向木卫四？祁老弟，面对现实吧，你不是大卫·鲍曼，木卫二上也没有黑石碑。在木星阴影中的那十个小时，你的真实经历到底是什么？"

"好吧，好吧，我承认，我确实在十几年前就和孙诗宁串通好了，联手制造了一个大骗局。"祁风扬摆摆手，"但这确实是闪耀的骗局，不是吗？"

霍长浩得意地笑了，但瞬间表情又转为震惊，然后变得怅然。最后，他摇了摇头，说："妈的，要真是这样，算你们狠。"

"其实这根本不重要……反正，我们创造的奇迹可是真实存在的。"祁风扬说，"你看这里，这是我和孙诗宁表白的地方。那时候她告诉我，我们的时代其实并不像我们所见的那般平凡。我们所做的每一次选择，垒下的每一块砖瓦，都将改变后世铭记的历史，甚至成为另一个种族的神话。这便是登天的魅力了：千百年后，群星间的子孙应该会谈起我们吧，就像我们谈起点燃最初的火炬的原始人一样……"

一阵隆隆的轰鸣，火箭发射了。刺眼的橘黄色光焰腾空而起，扶摇直上，用熊熊烈火立起了一座通天的高塔。

在那闪耀的火光中，霍长浩看到祁风扬正跪地抚摸着一块石碑，碑上刻着字：

> 我要做远方的忠诚的儿子
> 和物质的短暂情人
> 和所有以梦为马的诗人一样
> 我不得不和烈士和小丑走在同一条道路上
> 万人都要将火熄灭我一人独将此火高高举起
> 此火为大开花落英于神圣的祖国
> 和所有以梦为马的诗人一样
> 我借此火得度一生的茫茫黑夜